Las doce llaves

Novela

María Villamayor

Las doce llaves

Planeta

PEFC Certificado

Este libro procede de bosques gestionados de forma sostenible

PEFC

PEFC/14-38-00305

www.pefc.es

eBook
DISPONIBLE

Avda. Diagonal, 662-664, 08034 Barcelona (España)
www.planetadelibros.com

Diseño de la cubierta: Booket / Área Editorial Grupo Planeta
Imagen de la cubierta: Shutterstock
Primera edición en Colección Booket: abril de 2024

Depósito legal: B. 4.297-2024
ISBN: 978-84-08-28614-1
Composición: Realización Planeta
Impresión y encuadernación: Rodesa, S. L.
Printed in Spain - Impreso en España

Biografía

María Villamayor nació en Valencia, en 1963; concretamente, en la calle Quart Extramuros. Quizás, de manera inconsciente, ese lugar la llevó a ubicar su novela *Las doce llaves* (2012) en la misma calle e indagar en las entrañas de la historia de la ciudad, envuelta en misterio, intriga y aventura. Y se ha convertido en un éxito de ventas, con dieciocho ediciones. Su carrera literaria comenzó con la novela *El embrujo de Alhambra* (2006), que surgió a raíz de escuchar a su abuela contarle relatos sobre la guerra civil española y la posguerra. *Años muertos* (2016) es una historia de esperanza y de segundas oportunidades, donde la fortaleza de su protagonista resulta contagiosa. En 2020 publicó *Huellas de plomo*, la esperada segunda parte de *Las doce llaves. Lienzo de sangre* es su última novela y tercera parte de la saga, en la que las aventuras de las hermanas Ferrer continúan cautivando lectores.

Las puertas de València

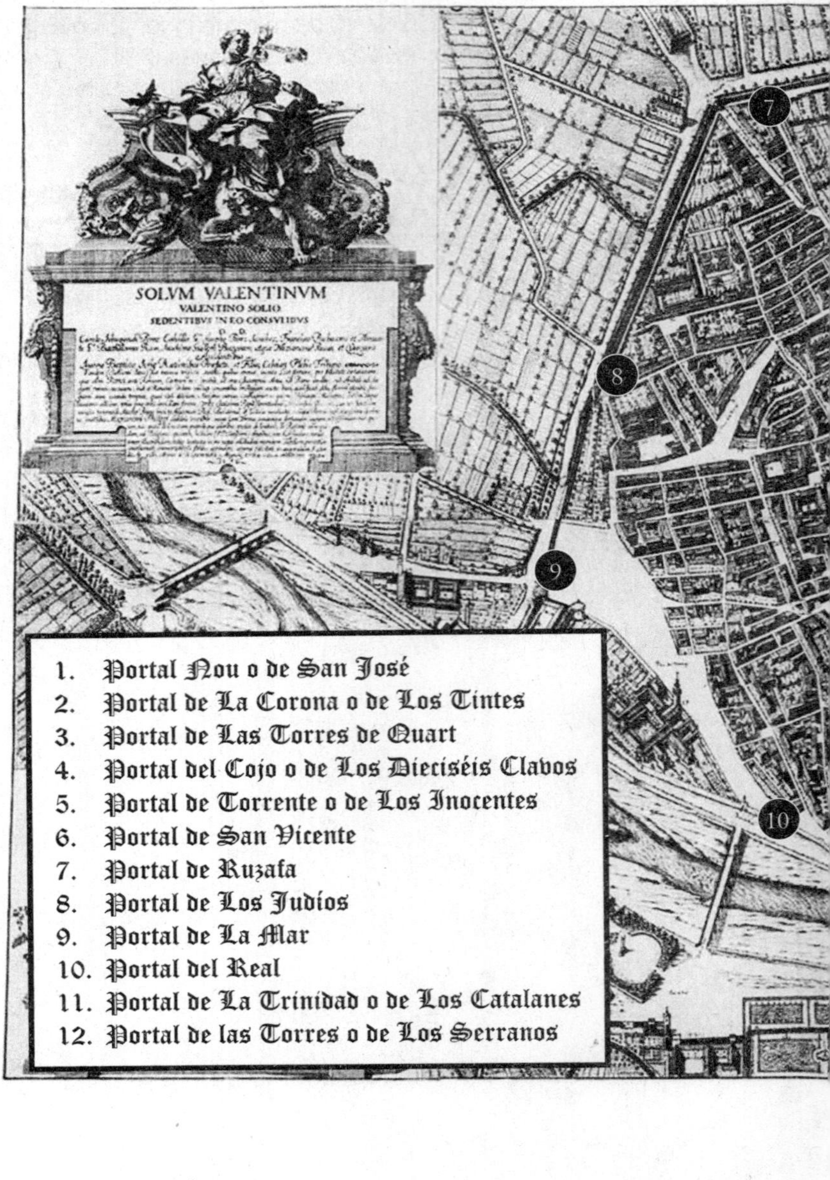

1. Portal Nou o de San José
2. Portal de La Corona o de Los Tintes
3. Portal de Las Torres de Quart
4. Portal del Cojo o de Los Dieciséis Clavos
5. Portal de Torrente o de Los Inocentes
6. Portal de San Vicente
7. Portal de Ruzafa
8. Portal de Los Judíos
9. Portal de La Mar
10. Portal del Real
11. Portal de La Trinidad o de Los Catalanes
12. Portal de las Torres o de Los Serranos

6
5
4
3
2
1
11
12

A mi marido Joaquín, por estar siempre a mi lado.
A mis hijos Daniel y Verónica, por ser como son

Ningún gran artista ve las cosas como son en realidad; si lo hiciera, dejaría de ser artista.

Oscar Wilde

CAPÍTULO 1

El dulce y espiritual olor a incienso invadía la estancia tenuemente iluminada por las cálidas velas esparcidas en un rincón. Las notas musicales de *The Magic of Nature* se mecían en el ambiente, despejando las mentes y agudizando los sentidos de las decenas de personas que, tumbadas en el suelo sobre sus colchonetas, descansaban relajadas. El CD agotó sus últimas notas dejando atrás el ruido refrescante del agua y el canto de los pájaros. El aula permaneció en silencio durante unos instantes, salvo las gotas de lluvia que tintineaban al caer sobre los grandes ventanales. Había sido una clase dura, pero gratificante, y Sara se sentía colmada de satisfacción al comprobar la expresión de felicidad en el rostro de sus alumnos. El yoga significaba mucho en su vida; era su manera de alcanzar el equilibrio entre cuerpo, mente y espíritu; de hecho, lo llevaba practicando más de diez años, y desde hacía un par daba clases tres días a la semana. Además, podía alternarlo con su propia consulta de psicología.

Sara se levantó del suelo y dio por concluida la clase. Todos se incorporaron en silencio. Tras despedirse hasta el día siguiente, recogió sus cosas y se dirigió a la calle. Aún chispeaba cuando empezó a caminar. Rebuscó el paraguas en su bolso, pero como de costumbre se le había olvidado. Cruzó la calle Burriana deprisa, esquivando los charcos, en busca del coche aparcado a pocos metros de allí. Las frías gotas le resbalaron sobre la cara y Sara se dejó querer. Cómo le gustaba la lluvia, era como si la purificara produciéndole una agradable sensación de bienestar. Sabía que a su madre también le encantaba, ¡lástima que no la tuviera allí con ella! ¡Cómo la echaba de menos! Sus ojos se humedecieron. Esa mañana se había levantado más nostálgica de lo habitual, pero su optimismo inquebrantable se superponía a cualquier dificultad, así que intentó mantener la mente ocupada en otros pensamientos. Cuando llegó al coche encendió la radio. El espacio reducido del automóvil se vio envuelto en el torbellino de Paulina Rubio con una de sus canciones: *Ni una sola palabra*. Tarareándola salió del aparcamiento dejando que la congoja se evaporara.

El tráfico estaba imposible; en cuanto caían cuatro gotas, no se podía circular por la ciudad. Sara respiró profundamente procurando no alterarse. «Con paciencia se solucionan las cosas», decía siempre Tía Rosa. Por fin consiguió cruzar el puente de Aragón en dirección a la avenida del Puerto, a cuyo término y antes de llegar al muelle encontró un lugar para aparcar, nada fácil a esas horas. Había prometido a su tía que comerían juntas, y tenía tiempo suficiente para echarle una mano en la cocina. Mientras cruzaba la avenida vislumbró su balcón. Cuántas veces había disfrutado desde él de las preciosas vistas del mar Mediterráneo. Por aquel entonces estaba convencida de que lo iba a añorar. Después de haber vivido toda su pubertad y adolescencia allí, había llegado el momento de volar.

Al abrir la puerta percibió el delicioso olor a comida. Sara atravesó el pasillo siguiendo su olfato y fue a parar directa a la cocina.

—Pero ¡qué bien huele esta casa! —exclamó sin poder contenerse y escuchando los rugidos de su estómago.

—¡Hola, pequeña!, ¡qué pronto has llegado hoy! —dijo Tía Rosa mirando el reloj de la pared.

—Tía, ¿cuándo vas a dejar de llamarme «pequeña»? Sabes que ya he entrado en la treintena.

—¡Sí, pero hace bien poco! —replicó ofendida—. ¡Además, para mí siempre serás mi pequeña! ¿O acaso no te he criado yo?

—Sí, tía, tienes toda la razón. —Sara sabía que no podría con ella en ese tema, de manera que se le acercó y sonriéndole le dio un beso en la mejilla—. ¿Cómo has adivinado que hoy me apetecía comer arroz a banda?

—Pues porque te conozco muy bien, pequeña. —Esta vez ese «pequeña» sonó de forma sarcástica.

Sentadas a la mesa degustaron el menú en un ambiente agradable. Sara sabía de antemano que la armonía se esfumaría en cuestión de segundos.

—Tía, me han llamado de la inmobiliaria y creo que he encontrado lo que buscaba.

—¡Pero Sara! —exclamó su tía disgustada—, ¿tanta prisa tienes para irte? Llevas conmigo desde los siete años, no me voy a hacer a la idea de no tenerte aquí todos los días. Primero Alejandra, y ahora tú.

El dolor ensombreció el rostro de su tía. El corazón de Sara se hizo añicos al verlo y al oír pronunciar su nombre de pila. Solo la llamaba así cuando estaba enfadada o dolida, y sabía que ahora se trataba de lo segundo.

—No es eso y lo sabes —dijo Sara compungida—, ya lo hemos hablado muchas veces, pero entiende que necesito ser independiente. No puedo estar en tu casa toda mi vida. Te prometo que vendré a verte casi todos los días.

—¿Cuándo lo has visto? —preguntó su tía con aparente entereza.

—Para ser sincera, porque no puedo mentirte, hace una semana que fui a verlo, pero no me he atrevido a decírtelo antes. Para mí no es fácil dejar esta casa ni dejarte a ti. —En ese momento le cogió la mano entre las suyas para demostrarle su cariño—. Nunca podré agradecerte lo suficiente que nos hayas criado a mi hermana Alejandra y a mí. Pero ya no somos unas niñas. Mira a mi hermana trabajando cada año en una ciudad distinta y nunca sentando la cabeza. Tía, ¡ya has hecho bastante! A decir verdad, mucho más de lo que debías. Has sacrificado muchas cosas y te doy las gracias por ello.

Tía Rosa sacó un pañuelo del bolsillo del delantal y se secó los ojos intentando disimular las primeras lágrimas.

—Mi pequeña —susurró tiernamente—. He de reconocer que sois unas verdaderas mujeres y que sabéis defenderos perfectamente solas. No quiero que pienses que soy una egoísta, aunque en el fondo puede que lo sea.

Sara se levantó y la abrazó. ¡Cuánto quería a esa mujer! Esa mujer que era su segunda madre. Su tía la correspondió con el cariño que se le da a una verdadera hija. A continuación, y tras unos minutos de incontenible emoción, Sara se sentó frente a ella y la miró con desmesurado afecto.

—¿Qué sabes del piso? —preguntó su tía interesada—. ¿Dónde está?

Sara se desvivía por ponerla al día.

—Es un ático precioso, con techos altos, dos habitaciones y un amplio y luminoso salón. —Sara estaba eufórica, radiante de felicidad mientras describía su futura casa con todo lujo de detalles—. Y lo mejor de todo: está en la calle Quart, justo donde yo quería, en el barrio del Carmen. La fachada es antigua, totalmente reformada respetando el casco histórico de la ciudad. Desde la terraza veo las Torres de Quart. ¡Tía, me encanta! ¡Es perfecto! Se pasa un poco de mi presupuesto, pero creo que podré con ello.

—Si necesitas algo, lo que sea..., yo con tal de ver esa cara de alegría —se ofreció su tía contagiada por la emoción de su sobrina.

—Tranquila, y gracias de todos modos.

—¿Cuándo está previsto que sea tuyo?

—Me dan las llaves a finales de febrero. Tengo unos veinte días para ultimar los detalles del traslado.

Los días se sucedieron con cruel lentitud. Sara, estresada, intentaba llegar a todo. La consulta y las clases de yoga cada vez se le hacían más pesadas y no lograba concentrarse. En su mente solo tenía cabida un objetivo: el ático de la calle Quart. Pero «todo llega en esta vida», como también solía decir Tía Rosa a menudo. El día que tanto esperaba amaneció soleado en plena estación invernal.

Sara estaba nerviosa y le sudaban las manos; no paraba de morderse los labios retirando el brillo del carmín que se había aplicado una hora antes. Se veía ridícula dentro de ese traje de chaqueta marrón, con esos zapatos altos de salón que solo se ponía en contadas ocasiones, y que su tía se había empeñado en que debía llevarlo el día de la notaría para causar buena impresión. Así que ahí estaban las dos en la sala de espera más rococó que Sara había visto en toda su vida. Con un sofá y unos sillones sacados de alguna película histórica francesa inspirada en el siglo XVIII, y con tantos cuadros en las paredes que, más que una notaría, aquello parecía el Museo del Louvre. En ese mismo instante, se abrió la puerta y salió una mujer de unos cincuenta años. Sin mediar ni una leve sonrisa pronunció:

—¡Sara Ferrer!

—Sí, soy yo —respondió la joven levantándose tan rápidamente como si le hubieran pinchado con alfileres.

—¡Entre, por favor! —añadió la mujer mientras le indicaba el camino con la mano.

Sara entró en el despacho seguida de su tía, unidas por cómplices miradas. Pasados unos cuarenta y cinco minutos, volvían a salir con una sonrisa de oreja a oreja y la boca seca por los nervios acumulados.

Ya en la calle y cogida del brazo de su tía, Sara admiraba las simples llaves del ático que lucían en su mano como el mejor de los diamantes. Se dirigieron al coche situado a pocos metros y, sin pensarlo dos veces, se encaminaron hacia la calle Quart.

Ante el antiguo portal de madera oscura combinada con cristal, Sara introdujo su llave por primera vez y oyó el mismo chirrido que cuando el comercial de la inmobiliaria se lo enseñó tiempo atrás. Entraron y se dirigieron al ascensor. Un joven moreno y despeinado, envuelto en un perfume fresco y varonil, bajó con su dóberman por las escaleras dándole un pequeño empujón a Tía Rosa.

—¡Perdón, señora, es que todavía estoy medio dormido! —se disculpó el joven.

—¡Pues son las dos del mediodía, hijo! ¡A ver si nos lavamos la cara antes de bajar a la calle! —Su tono fue de auténtico fastidio.

—¡Tía! ¡Cómo eres! Quieres callarte, a lo mejor ha tenido una mala noche —protestó Sara avergonzada—. ¡Vaya manera de presentarse ante los nuevos vecinos!

—¡Sí, muy mala! —continuó Tía Rosa descarada—. ¡Ahora, eso sí, la cara no se la habrá lavado, pero la botella de colonia la ha dejado seca! Este no ha dormido en toda la noche, ¡te lo digo yo!, pero si tenía los ojos igual de hinchados que un conejo. ¡Claro que, con semejante perro, cualquiera duerme pensando que, de un momento a otro, te va a morder en la yugular!

—Eres imposible, tía —la increpó Sara abochornada, sabiendo que no tenía remedio—. Aunque la verdad es que sí que da un poco de miedo, espero no encontrármelo en plena noche —murmuró cargada de temor; no era muy amante de los animales grandes.

Cuando llegaron al ático ya se había olvidado del vecino y su mascota. El corazón de Sara brincaba de emoción. No podía creerse que ese piso fuera ya suyo. Recorrió cada estancia y abrió los ventanales dejando que la luz se apoderara del interior. Se sentía la mujer más afortunada de la faz de la tierra. ¿Qué más cosas buenas le podían pasar? De repente su teléfono empezó a sonar sacándola de esa nube de dicha.

—¿Dónde he puesto el bolso? —dijo mirando hacia un lado y otro.

—Está en el suelo de tu habitación —contestó su tía. Sara descolgó el móvil, contenta al ver quién la llamaba.

—Hola, ¿cómo estás? Llevo una semana sin saber nada de ti. ¿Dónde te metes? No respondes a mis llamadas.

—Vamos, Sara, ¡no te enfades conmigo! —se oyó decir al otro

lado de la línea—. Me robaron el bolso con el móvil dentro, por eso no podías ponerte en contacto conmigo.

—¿Que te robaron el bolso? ¡Cuéntame! —indagó Sara preocupada.

—Sí, pero ya está todo arreglado. ¡No hay más que contar! Además, tengo una buena noticia. Por cierto..., ¿no era hoy el día en que firmabas la escritura del piso?

—¡Sí, ya es mío! Alejandra, estoy en el ático. Cómo me gustaría que estuvieras aquí.

—Pues debes de ser un poco bruja porque vuelvo a Valencia, así que, si tienes una habitación libre, hasta me puedo ir a vivir contigo.

Sara no podía creerse todo lo que estaba sucediendo. Hacía más de cinco años que no vivían juntas.

—No sabes cuánto me alegro. Cuenta con ello. ¿Y cómo es que vuelves?

—La revista para la que trabajo se ha fusionado con otra que tiene la sede en Valencia, así que he pedido el traslado y me lo han concedido.

—¿Cuándo vienes? —preguntó Sara ansiosa.

—Pues no te lo vas a creer, pero en quince días espero tenerlo todo organizado.

—Entonces pasarás las Fallas con nosotras —dedujo Sara conteniendo la euforia.

—Me temo que sí. Dale un beso a Tía Rosa. ¡Sara, te tengo que dejar! Hablaremos más tarde.

—Muy bien. Un beso, cuídate.

Sara colgó la llamada y puso al corriente a su tía, que se alegró mucho. Volvían a estar las tres juntas de nuevo.

Las dos últimas semanas transcurrieron en un abrir y cerrar de ojos. Tía y sobrina habían unido fuerzas exprimiendo las horas y sacándoles el máximo jugo. Ahora, mientras admiraban sus progresos en el nuevo piso de Sara, sonreían de satisfacción ante un trabajo bien hecho mientras degustaban unos bocadillos de tortilla de patata.

—Hemos batido un récord —murmuró Sara con la boca llena.

—Nunca pensé que en tan solo quince días nos daría tiempo a pintarlo, limpiarlo y acondicionarlo.

—Si no hubiera sido por tu ayuda... —añadió la joven sumamente agradecida.

—Tonterías... ¿Para qué te crees que están las tías, si no? Esta tarde solo nos quedan por colocar esas cajas con tu ropa y poco más.

—Tía, ¿has cogido el pequeño baúl de mis padres? —le preguntó Sara con una angustia repentina—. Le he perdido la pista y no me gustaría que se hubiese extraviado con todo este jaleo.

—Sí, no padezcas —contestó con dulzura—, es lo primero que metí en el coche. Debe de estar en alguna de las cajas.

Sara recobró la tranquilidad al escuchar a su tía. El solo hecho de pensar que se podía haber perdido le había acelerado el ritmo cardiaco. Ese baúl contenía los únicos y escasos objetos personales que conservaban de sus padres. Su valor sentimental no tenía precio. Siempre que estaba nostálgica lo abría y repasaba las decenas de fotografías que había manoseado miles de veces, salpicándolas con alguna que otra lágrima, y se colocaba las alhajas de su madre como si ello le hiciera sentirla más cerca o quizás pensar que todavía no se había ido.

CAPÍTULO 2

Las fiestas valencianas de las Fallas, en honor de san José, patrón de los carpinteros, se iban abriendo camino. Las calles estaban adornadas con miles de luces de colores y los casales distribuidos por todos los barrios de la ciudad albergaban a los falleros. El olor a pólvora y a fiesta se respiraba en el ambiente, acompañado por el ruido ensordecedor de los típicos *masclets*, haciendo de todo ello unas fiestas únicas y espectaculares.

El dieciséis de marzo amaneció radiante, anunciando la llegada de la primavera; era lo que se solía llamar «un auténtico día fallero». Sara se levantó pronto, mucho antes de que iniciaran la jornada con la *despertà* a base de sembrar las calles con centenares de petardos. Después de las clases de yoga, comió algo rápido y acudió a su consulta de psicología. El día había resultado agotador. Ya en casa y tumbada en su nuevo sofá, disfrutaba de un descanso bien merecido. No había tenido ni energía para prepararse la cena, así que pensó que cogería cualquier cosa de la nevera y se iría a la cama temprano. Al día siguiente, a primera hora, tenía que recoger a Alejandra en la estación del Norte. La emoción de tenerla de nuevo cerca la hacía sentirse tremendamente feliz. Tenían tantas cosas que contarse.

Sara miró el reloj. Eran casi las nueve de la noche cuando su móvil empezó a sonar. Se levantó a duras penas y lo cogió con desgana.

—Sí, dígame.

—Sara, ¿cómo estás? ¡No hagas planes para esta noche, que tenemos cena!

—Amparo, mis planes de esta noche eran cenar algo rápido e irme pronto a la cama —le expuso sin ánimos de alargar mucho más la conversación.

—Pero ¡qué dices! ¡Oye, que porque tengas un piso nuevo, por cierto, monísimo, no tienes por qué enclaustrarte, y menos ahora en fiestas! ¡Además, mañana no trabajas, así que déjate de bobadas de irte a la cama! Ya tendrás tiempo de dormir cuando te mueras. ¡Te paso a buscar en media hora! Me han dicho de un italiano en el centro...

—Pero si estoy hecha un adefesio —alegó Sara temiendo ceder.

—¡Me extraña mucho! Sabes que conmigo no tienes excusas que valgan y no acepto un no por respuesta. Nos conocemos demasiado. En treinta minutos estoy en el portal de tu casa.

Sara se dirigió a su habitación con una sonrisa en la boca. Se miró al espejo y susurró:

—Nada, que no puedo con ella. —Cogió unos vaqueros y unas botas, se cambió de suéter y se maquilló un poco. A los pocos minutos el timbre la reclamaba.

Cenaron en una pequeña y agradable pizzería de Conde Altea, disfrutando de una suculenta comida y de un buen vino. La velada transcurrió en un abrir y cerrar de ojos, cargada de risas al rememorar escenas del colegio, viejos profesores y antiguos alumnos. El cansancio de Sara se había evaporado y en esos momentos hubiera dado la vuelta al mundo si Amparo se lo hubiera pedido. Después de pagar la cuenta, pasearon por los alrededores y se adentraron en el barrio de Ruzafa, que en árabe significa «jardín», uno de los barrios más significativos e históricos de la ciudad. Confundidas entre la multitud se perdieron entre sus estrechas callejuelas curioseando los antiguos comercios, puestos de *souvenirs* y vendedores ambulantes.

Los bares y restaurantes servían a destajo en las mesas situadas en plena calle intentando acelerar las colas acumuladas. Los puestos de chocolate y churros endulzaban y espesaban el ambiente dejando a su paso olor de fritanga. Sara y su amiga decidieron darse un homenaje y pidieron un cucurucho de buñuelos de calabaza. Degustando semejante manjar se dirigieron a la calle iluminada de Sueca-Literato Azorín para poder admirar el espectacular bordado de luces de colores. Miles y miles de bombillas, de diferentes tonos y con un sinfín de formas, adornaban el lugar mientras la gente intentaba inmortalizar el momento con sus móviles y cámaras de fotos.

De regreso a casa visitaron varias fallas, monumentos de cartón piedra sostenidos por un armazón de madera, que llegaban a alcanzar en algunos casos una altura de veinticinco o treinta metros, donde las caricaturas de sus ninots reflejaban la actualidad con espíritu crítico y picaresca. Decorados con multitud de colores, hacían de las fiestas de Valencia un arte y una tradición.

Eran cerca de las tres de la madrugada cuando Sara se despidió de su amiga después de tan inesperada velada. A pesar de que sus pies le pedían una tregua, estaba contenta por haberse despejado tras un largo día. Acababa de atravesar las Torres de Quart y le faltaban tan solo unos pocos metros para llegar al portón de su casa, cuando un hombre apoyado en la pared y con expresión cabizbaja reclamó su atención. Le pareció escuchar a duras penas una frase que no logró entender, y supuso que estaría borracho al ver su destartalado y mugriento atuendo. En el mismo momento en que pasó por su lado, el individuo levantó la cabeza y la miró fijamente. El corazón de Sara le dio un vuelco. Sobresaltada, percibió cómo su mirada la taladraba despiadadamente. Acto seguido, el hombre empezó a gritar:

—¡Oye... *guaaaapa*! Tienes... ¡Oye!

Sara se apresuró en llegar al patio. No entendió muy bien lo que le había dicho, pero tampoco le importaba demasiado. Volvió la cabeza hacia atrás y vio que el tipo se dirigía hacia ella. No pudo evitar que los nervios la desbordaran. Con las llaves en la mano y temblando de miedo, intentó abrir la puerta, pero no lo consiguió.

—¡Maldita sea! —gritó angustiada.

Después de varios intentos fallidos, la cerradura cedió. Sara entró y la cerró a sus espaldas lo más rápido que pudo. Dentro del portal estaba completamente a oscuras, tan solo unos hilos de luz, filtrados de alguna farola de la calle, atravesaban el cristal del portón dando algo de vida al interior. Apoyada contra la puerta intentó buscar el interruptor. Con el susto que llevaba en el cuerpo había olvidado dónde se encontraba. Mientras luchaba por dar con él, algo inesperado captó su atención. Dos diminutos puntos de luz brillaban en la penumbra, casi pegados a la puerta del ascensor.

—¡Dónde estás, maldita sea! —dijo llena de impotencia palpando la pared una y otra vez.

En el mismo instante en que accionaba la luz, el hombre misterioso de la calle dio un golpe seco contra la puerta.

—Oye, *guaaaapa..., esperaaa.*

Sara gritó y se giró tropezándose con la cara del individuo a través del cristal. Al cruzarse con sus ojos, un gélido escalofrío le recorrió el cuerpo. Sabía que la puerta estaba cerrada y no podía entrar, aun así, el temor le hizo dar un paso hacia atrás. Asustada como una niña indefensa, y con el corazón a punto de salírsele por la boca, oyó cómo algo o alguien gruñía detrás de ella. Al darse la vuelta, un temblor de piernas se adueñó de ella. El dóberman de su supuesto vecino estaba enfrente mirándola fijamente y con claros indicios de no aceptarla como bien recibida. Sin poder articular palabra alguna pensó que lo único que podía hacer era rezar.

—¡Dios mío, ayúdame! —suplicó entre dientes—. ¿Dónde está tu condenado dueño?

A los pocos instantes, que sin embargo parecieron horas, una voz masculina se oyó al fondo de la escalera.

—¡Thor!, ¡Thor!

Sara permaneció inmóvil, cual estatua de piedra, hasta que vio aparecer al mismo joven moreno que se había tropezado con su tía días atrás, rezumando el mismo perfume que empezaba a serle familiar. Con tono autoritario llamó al perro y este le obedeció al instante, sentándose y adoptando la expresión de la más dócil de las mascotas.

—Lo siento..., de veras que lo siento —se disculpó el joven con un aspecto impecable. Informal, pero impecable—. ¿Te encuentras bien?

—Pues todavía no lo sé. Mañana te diré si me han quedado secuelas. —Su voz temblaba cómo un flan—. Creo que es uno de los sustos más grandes que me he llevado en mi vida. Primero ese hombre —dijo señalándole— y luego tu perro.

Ante la sorpresa de Sara, el joven se dirigió a la puerta y la abrió.

—¡Toma, Pepe! —dijo con voz amistosa dándole una moneda—, y no molestes más a la señorita. Es nuestra nueva vecina y ya sabes que hay que cuidar bien a los vecinos.

El tal Pepe intentó disculparse:

—*Perdooone siiii* la he *molestaado* —dijo tartamudeando.

—No pasa nada —dijo Sara con una sonrisa forzada mientras trataba de recuperar la compostura.

El joven cerró la puerta y el hombre desapareció. Luego se dirigió a Sara:

—Perdón, no me he presentado. Mi nombre es Lluís Esteve —dijo estrechándole la mano—. Vivo en el primero. Estaba a punto de salir de casa, he abierto la puerta justo cuando sonaba el teléfono y Thor ha aprovechado para escaparse. Siento el susto que te ha dado.

—Sara Ferrer... Acabo de instalarme en el ático. —Tuvo que hacer una pequeña pausa para recuperar el aliento.

—Lo sé —contestó él con una agradable sonrisa—. Era el único piso que quedaba libre. Llevas pocos días por aquí, ¿no?

—Hace una semana, y todavía no conozco a los vecinos —le respondió más tranquila.

—Aquí somos como una familia, ya verás, la gente es muy maja.

El dóberman se acercó a Sara y le lamió la mano. Ella la retiró sobresaltada.

—¡No hace nada! Es solo fachada. En cuanto te conozca, no tienes nada que temer —aclaró Lluís dándole confianza. Seguidamente llamó al perro, que le obedeció de inmediato, y lo acarició.

—Pues te aseguro que impone mucho —soltó Sara, con cautela, admirando su brillante pelaje azabache y su fibroso cuerpo—. ¿Cómo dices que se llama?

—¡Thor!

—Me gusta —añadió ella.

—Es el nombre de un dios nórdico —aclaró él, satisfecho por haber escogido ese nombre para su mascota.

—Lo sé —contestó con una dulce sonrisa al tiempo que llamaba el ascensor—. Se está haciendo tarde y mañana tengo que madrugar.

Lluís miró el reloj: pasaban de las tres y media.

—Te puedo invitar a un café o una copa... —le propuso.

—Te lo agradezco, pero mejor otro día.

Sara intentó ser amable. Estaba destrozada después de tantos sobresaltos y necesitaba relajarse un poco. Aunque reconocía que su vecino era bastante agradable, además de no estar nada mal. Cuando entró en el ático se descalzó y se puso el pijama. Hizo unos ejercicios de respiración y cayó rendida.

El despertador sonó a las ocho en punto, casi al mismo tiempo que la *despertà*. Sara intentó hacerse la remolona, pero con el ruido de los petardos era imposible seguir un minuto más en la cama. Se levantó y abrió la ventana. La habitación se inundó del olor a pólvora, y respirando el ambiente fallero se metió en la ducha. A las nueve menos cinco entraba por la puerta de la estación del Norte, cuya fachada estaba inspirada en la agricultura valenciana, considerada como uno de los monumentos más emblemáticos de la arquitectura civil de la ciudad. Nerviosa, se dirigió hacia los andenes. Faltaban unos pocos minutos para la llegada del tren. No podía creerse que su hermana pequeña se quedara en la ciudad y encima fuera a vivir con ella. Los nervios la estaban traicionando, provocando que la nostalgia que tenía guardada durante tanto tiempo le jugara una mala pasada.

Como sospechaba, cuando Sara vio a Alejandra entremezclada con las decenas de pasajeros, no pudo contener la emoción. Las dos hermanas se abrazaron con ternura. Cuanto más tiempo pasaba, más se parecían entre sí y más se parecían a su madre. Castañas y esbeltas, con media melena y piel mediterránea. Sara con ojos claros como el champán, Alejandra de color verde oliva. Hacían un buen dúo, siempre lo habían hecho desde que eran niñas. Entusiasmadas, se separaron para contemplarse.

—Tienes muy buen aspecto —dijo Alejandra con los ojos humedecidos—. Te ha sentado bien el nuevo piso.

—Tengo tantas ganas de que lo veas. Tú estás más delgada. ¿Que no comes bien? ¿No duermes? —preguntó Sara intranquila.

—Un poco de las dos cosas, pero nada alarmante.

Salieron de la estación cargadas con las maletas y, después de acomodarse en el coche de Sara, se dirigieron a la calle Quart. Alejandra estaba eufórica mirando a su alrededor. ¡Cómo había echado de menos todos esos lugares!

—Veo que todo sigue igual. ¿Sabes lo que realmente me apetece?

—No, pide por esa boca —la animó Sara complaciente—. Tengo tres días para dedicártelos enteros.

Alejandra sonrió.

—Ir a la *mascletà*, a la Nit del Foc y visitar a la Virgen. —Alejandra lo recitó de un tirón como si llevara mucho tiempo esperando ese momento.

—¡Eso está hecho! —exclamó Sara servicial.

Después de aparcar en el garaje subieron al ático. Alejandra se enamoró del apartamento en cuanto lo vio. Era perfecto.

—Me encanta su amplitud y su luz. Como el clima de Valencia, en ningún otro sitio, te lo digo por experiencia, que por suerte o por desgracia he viajado demasiado.

—¿Has desayunado ya? —preguntó Sara.

—Poca cosa.

—Pues vuelvo enseguida.

Sin decir nada más, Sara desapareció. A los pocos minutos entraba con una taza de chocolate y unos exquisitos buñuelos de calabaza.

—Sara, ¡cómo eres! —exclamó su hermana sonriente.

—¡Que se note que estamos en fiestas! Después ya iremos a base de ensaladas. Hoy comemos en casa de Tía Rosa, que tiene unas ganas increíbles de verte, pero antes iremos a la *mascletà*.

Las dos hermanas disfrutaron de la mañana como hacía tiempo que no lo hacían.

A la una y media del mediodía, el sol caía con ganas sobre los miles de personas que ocupaban la plaza del Ayuntamiento. Cientos de colores se divisaban a lo lejos, miles de cabezas apiñadas esperaban saciar sus oídos deleitándose con la mejor de las melodías valencianas. Merecía la pena esperar para ver y escuchar la *mascletà*, ese atronador sonido de pólvora que hacía aflorar diversos sentimientos. Sentimientos que muchos de los visitantes no terminaban de entender, pero cuando la tierra se siente muy adentro, tal estruendo se convierte en el mejor de los conciertos. Faltaban tan solo un par de minutos para las dos. Alejandra, al lado de Sara, estaba ansiosa. Con el suéter por los hombros y la camiseta de manga corta disfrutaba de los rayos del sol. Llegado el momento del espectáculo pirotécnico, centenares de *masclets* explosionaron produciendo un ruido ensordecedor. En apenas cinco o seis minutos habían pasado por todas las notas musicales hasta llegar al terremoto, la explosión final que sobrepasaba los cien decibelios. La plaza tembló y vibró al igual que todos los allí presentes haciendo subir los niveles de adrenalina. Al finalizar estalló un aplauso unánime de admiración, acompañado de vítores y halagos al maestro pirotécnico.

Alejandra, emocionada, aplaudía sin cesar. Debajo de sus gafas de sol de Gucci asomaron varias lágrimas acariciando sus mejillas.

En ese instante supo que había regresado a casa.

Tía Rosa las envolvió en besos y abrazos, y como premio degustaron una paella casera. Tras pasar la tarde con ella, las dos hermanas decidieron ir a dar una vuelta. El día transcurrió en un suspiro. Después de cenar en un restaurante del barrio del Carmen decidieron ir a tomar unas copas a la zona de Juan Llorens.

La calle estaba llena de gente que entraba y salía de los garitos.

Se oía la música de distintos ambientes incitando al transeúnte a entrar. Sara y su hermana echaron un vistazo y escogieron un local al azar. La luz era bastante escasa y la música estaba muy alta. No había demasiada gente y se dirigieron a la barra para pedir algo. Sara buscó el lavabo mientras su hermana tarareaba alguna de las canciones, dejando que su cuerpo se desperezara. De repente alguien la cogió del brazo.

—Hola, ¡tú, por aquí! ¡Qué casualidad!

Alejandra se giró y vio a un joven totalmente desconocido. No cabía duda de que la estaba confundiendo con otra persona o quizás era su estrategia para ligar.

—Perdón, pero te estás equivocando —gritó temiendo que no la oyera.

El chico se quedó sorprendido y la miró de arriba abajo, desconcertado. Se veía claramente que algo no le encajaba.

—¿No eres Sara Ferrer? —preguntó, dudoso, pensando que le estaba tomando el pelo.

En ese mismo instante llegó Sara del baño y sorprendida le dijo:

—¡Ey, Lluís! Creo que te confundes. Esta es mi hermana Alejandra —chilló a pleno pulmón—. Vamos a vivir juntas. —Dirigiéndose a su hermana, añadió—: Te presento a Lluís, nuestro vecino del primero, gracias a su perro me llevé un susto de muerte.

—¡Es que os parecéis un montón! Más de uno os habrá confundido. Estáis invitadas a lo que queráis —voceó Lluís dichoso de tenerlas cerca.

—No tienes por qué —repuso Sara cohibida.

—Vosotras tranquilas y pedid sin miedo —dijo con extraordinaria soltura.

Una de las camareras se le acercó y le dijo algo al oído.

—Chicas, os tengo que dejar, el deber me reclama.

Las dos hermanas se miraron una a la otra sin saber qué pensar y con una insinuante sonrisa en los labios.

—Te prometo que no sabía que trabajaba aquí —aclaró Sara sorprendida.

—Oye, ¡está como un tren! Además, huele muy bien. ¿Te has dado cuenta? —soltó Alejandra sin dejar de mirarlo.

—Por supuesto que me he dado cuenta, que sepas que yo lo vi primero —replicó Sara con los ojos clavados en él.

Después de bailar un rato decidieron regresar a casa. Se despidieron de Lluís agradeciéndole su generosidad.

Cayeron rendidas en la cama sin apenas intercambiar palabras. Al cabo de dos o tres horas, Sara se levantó a beber agua. Tenía la boca seca, no estaba acostumbrada a beber alcohol. Al pasar por la habitación de Alejandra le pareció oír ruidos, como una especie de susurros. Se acercó a la puerta, que estaba entornada, y la empujó suavemente. Su hermana se encontraba dormida en la cama, pero se la veía inquieta. Sara se aproximó a ella. Observó que estaba sudando y pronunciando una retahíla de palabras incomprensibles. El estómago se le encogió al recordar los años en que para su hermana dormir era una auténtica tortura.

CAPÍTULO 3

La mente de Sara daba vueltas y más vueltas como una ligera peonza. Intentaba buscar, de alguna manera, la forma de hablar con su hermana sin que esta notara que trataba de sonsacarle algo.

Tenían una conversación pendiente desde hacía mucho tiempo y pensaba que había llegado el momento de desvelar muchas incógnitas, y estaba dispuesta a ayudarla en todo lo necesario. Hablaría con Lucas, su socio en la consulta, y le pediría consejo sobre qué pasos tenía que dar.

Con los pensamientos colapsados y las manos ocupadas en el desayuno, no se dio cuenta cuando Alejandra entró en la cocina.

—Buenos días, Sara.

—Buenos días, ¿qué tal has dormido en tu cama nueva?

—Muy bien, toda la noche de un tirón.

Sara la miró de reojo. Sabía que había tenido una noche agitada. De hecho, la había estado oyendo murmurar hasta el amanecer. Pensó que a lo mejor no se acordaba de los sueños que la perturbaban y que quizás estaba exagerando la situación. Todos podemos tener pesadillas alguna vez, se dijo intentando restarle importancia.

Por la mañana visitaron a la Virgen de los Desamparados, como Sara le había prometido. Anduvieron por la calle Quart y pasaron por la calle Caballeros hasta llegar a la plaza de la Virgen, donde un esqueleto de madera de varios metros de altura representaba la patrona de Valencia esperando ser cubierta de flores en breves horas. Las dos hermanas se dirigieron a la basílica y rezaron una oración. Su devoción venía desde que eran niñas. Alejandra miró a su alrededor y algo la desconcertó. Cerró los ojos volviéndolos a abrir intentando saber qué le ocurría. Un recuerdo rápido, como un *flash*, pasó por su mente evocando una imagen que prácticamente había olvidado. Se vio en ese mismo lugar escuchando la homilía y con el coro a sus espaldas cantando una música celestial. Estaba rodeada de mucha gente desconocida salvo sus padres y su hermana, que se encontraban a su lado. La visión fue tan real que Alejandra se sintió aturdida. Sara le tocó el brazo.

—¿Te encuentras bien?

—Sí, no te preocupes. Estoy cansada, nada más.

Al concluir la misa salieron a la calle. Alejandra respiró profundamente. ¿Por qué le había asaltado semejante recuerdo? Sus padres habían muerto cuando ella tenía cuatro años y apenas los recordaba; toda imagen que tenía de ellos era gracias a las fotos que conservaban en un pequeño baúl junto con otros objetos personales. De repente pensó en el baúl..., ¿dónde estaría? Hacía mucho tiempo que le había perdido la pista. Con la cara pálida miró a su hermana y le preguntó:

—Sara, ¿sigues conservando el baúl?

—Por supuesto, no sé cómo puedes dudarlo, es lo único que nos queda de ellos. ¿Por qué lo preguntas?

—Por nada, simplemente me ha venido a la mente, y como hace tanto tiempo que no lo veo...

—Pues cuando quieras echarle un vistazo está en el altillo de mi armario.

Alejandra asintió sonriente, recobrando el color de sus mejillas.

A lo largo del día recorrieron las fallas más conocidas y pasearon por Na Jordana, Nou Campanar, Convento Jerusalén, La Merced, Mercado Central, El Pilar, Sueca-Literato Azorín, plaza del Ayuntamiento y muchas otras localizaciones emblemáticas. Por la noche, mientras dormían, Sara se levantó varias veces y fue a la habitación de su hermana. Al igual que la noche anterior la encontró inquieta y gesticulando. Sara intentó descifrar lo que decía, pero no consiguió entender nada. Por un momento pensó en despertarla, pero cambió de opinión. Luego volvió a la cama; desvelada, empezó a dar vueltas y más vueltas. Cuando por fin consiguió que el sueño la venciera, el estruendo de petardos de la *despertà* la devolvió a la realidad, dejándola ojerosa y malhumorada.

Mientras comían una ensalada con algo de carne y disfrutaban del calor y la luz que entraba por el ventanal del salón, Sara no pudo contenerse y decidió empezar con su interrogatorio.

—Alejandra, ¿duermes bien por las noches?

—¿Por qué lo preguntas? —contestó su hermana, recelosa.

—Porque temo que continúes teniendo las pesadillas de antaño, y da la casualidad de que me he levantado a media noche para ir al baño y... —por un instante dudó— las dos noches que has dormido aquí no parabas de removerte en la cama y susurrabas.

—Vamos, Sara..., ¡no empieces otra vez a ejercer de psicóloga conmigo! ¡Déjalo para tus pacientes!

—Dime esto solamente: ¿eres consciente de los sueños que tienes habitualmente o cuando te levantas por las mañanas no logras acordarte de nada?

—¡Sara, ya está bien! —protestó su hermana mientras se levantaba de la mesa dirigiéndose a su habitación.

—¡Tanto te cuesta decírmelo! —se quejó Sara desconsolada. Sabía que si seguía tratando de sonsacarle información no conseguiría nada. No quería volver a las andadas y perder su confianza, así que intentaría dejarlo correr unos días.

Por la tarde, como si no hubiera ocurrido nada, disfrutaron viendo la ofrenda dedicada a la Virgen de los Desamparados. En la plaza de la Reina vieron desfilar decenas de comisiones falleras, vestidas con el traje regional de gala, acompañadas de sus respectivas bandas.

Habían quedado con Amparo para cenar en una tasca y allí estuvieron disfrutando de una grata velada hasta la hora de la Nit del Foc.

Las tres jóvenes caminaban por la Gran Vía en dirección al antiguo cauce del río, rodeadas de miles de personas. Tenían una cita importante en una de las noches más maravillosas de Valencia. El puente de Aragón estaba colapsado, al igual que los puentes de alrededor. Todas las calles y avenidas colindantes eran un hervidero de gente. Se oían petardos por todas partes lanzados por espontáneos impacientes. El cielo plagado de estrellas iba a ser testigo de la magia pirotécnica. Las luces de las farolas se apagaron para dar comienzo a la noche de los fuegos. Un *masclet* gigante dio la bienvenida seguido de una serenata de espirales, de palmeras multicolores y de silbidos estremecedores que dejaron pasmado al personal. El suelo retumbaba al igual que el corazón de los allí presentes y, anonadados, solo podían exclamar: ¡Ooooh, ooooh!

Después del castillo de luces, las avalanchas de gente se fueron disolviendo en distintas direcciones y las hermanas intentaron abrirse camino. Empezaba la fiesta, el desmadre.

Sara cayó rendida en la cama. Estaba tan cansada que no pudo estar pendiente de si su hermana tenía más pesadillas. Pensó que quizás se estaba excediendo con su instinto de protección. Si Alejandra había vivido sola casi cinco años, ¡por qué tenía que estar pendiente ahora de lo que soñaba o dejaba de soñar!

Después de comer en casa de Tía Rosa, pasaron la tarde juntas. Pasearon por la plaza del Ayuntamiento, donde los mimos, disfrazados con gran creatividad, intentaban sacarse unas monedas. Artistas anónimos pintaban el suelo de las calles con temas religiosos y bellos paisajes. Las calles estaban plagadas de payasos con globos, puestos de gofres, churros con chocolate, palomitas y chufas agotando sus últimos cartuchos, mientras que las cafeterías, bocaterías, bares y restaurantes estaban saturados atendiendo al personal.

Pasada la medianoche y con el cielo lleno de millones de estrellas, la ciudad se iluminó con cientos de lenguas de fuego en la Cremá. Las fallas se deshacían y arrugaban sin contemplaciones. Sus ninots, que tanto se habían alabado, ahora yacían convertidos en simples montones de ceniza. El cielo se tornó gris con olor a hoguera, concluyendo así las fiestas de las Fallas.

El lunes a primera hora de la mañana, y con la resaca a cuestas, Sara entraba en el aula dispuesta a dar su clase de yoga e ir cogiendo el ritmo habitual. Encendió las velas en un rincón, como de costumbre, y preparó el CD con la armoniosa música. A los pocos minutos los alumnos, de todas las edades, hicieron su aparición mientras las suaves notas invadían el espacio. La sucesión de ejercicios físicos y de respiración dejaba ver, con bastante claridad, la compenetración y complicidad entre profesora y discípulos.

Concluida la clase, Sara comunicó que el mes siguiente estaría ausente unos días y que vendría otra persona en su lugar.

—Voy a hacer un curso de terapia regresiva —explicó.

Una joven llamada Elena levantó la mano:

—Sara, ¿nos podrás hacer alguna regresión en clase?

—Si queréis, sí —concedió ella encantada.

—¿Has hecho alguna regresión antes? —volvió a preguntar Elena.

—No, he visto hacer algunas, aunque nunca he participado en una.

—¿Es verdad que puedes regresar hasta el estado fetal? —preguntó un hombre de mediana edad.

—Sí, incluso mucho antes. —Sara disfrutaba con el interés de sus alumnos.

—¿Mucho antes? —preguntó una chica del fondo—. ¿Antes de concebirte?

Después de la pregunta los murmullos irrumpieron en el aula.

—En efecto. En otras posibles vidas —prosiguió Sara dejando a muchos sin habla.

—¡¿De veras?!

Tras responder a varias preguntas más y saciar las dudas de sus alumnos, Sara recogió sus cosas y se dirigió a casa. Era la hora de comer y su estómago no estaba dispuesto a esperar demasiado. De camino se había detenido en el supermercado para comprar unas cosas, e intentaba abrir el portal cargada con varias bolsas cuando una voz masculina y conocida se oyó a su espalda:

—¿Te puedo ayudar? ¿Regalan la compra en el súper? —añadió con un tono cargado de sarcasmo.

Sara se giró para contestar a su vecino Lluís. Le había reconocido al instante, pero su indumentaria la dejó boquiabierta. Llevaba un traje impecable con una corbata de muy buen gusto. No salía de su asombro. Las otras veces vestía bastante informal, con vaqueros y camiseta, pero al verlo tan elegante pensó que venía de una boda, claro que un lunes por la mañana...

—Pues no sé qué decirte, no me gustaría que te mancharas el traje —contestó Sara con cierta cautela.

—Es solo mi uniforme de trabajo —dijo Lluís quitándole importancia.

—¿Puedo preguntar a qué te dedicas? —continuó Sara curiosa y embriagada con su perfume.

—Por supuesto —contestó él sin tapujos—. Soy responsable de marketing de una multinacional extranjera dedicada a la ingeniería informática.

—Ah, pensaba que trabajabas en aquel garito de Juan Llorens —dijo Sara, confusa, mientras entraban en el patio de la finca y llamaba el ascensor.

—También... Verás, aquello es un experimento, por llamarlo de alguna manera. Por las mañanas tengo mi trabajo serio y por las noches, los jueves, viernes y sábados, soy socio de un colega en el garito. Me lo propuso hace unos ocho meses y, de momento, no va nada mal. Cuando me canse, le vendo mi parte y ya está.

Entraron los dos en el ascensor y Lluís se ofreció a subir hasta su casa. En ese mismo momento la puerta de la calle se abrió y dejó paso a una mujer de unos sesenta años, muy desenvuelta. Lluís, al verla, retuvo la puerta del ascensor.

—Gracias, Lluís. Tú siempre tan amable y servicial. ¡Vaya novia tan guapa que te has echado! —curioseó la mujer sin quitarle ojo a Sara.

—No es mi novia, señora Elisa, aunque no me importaría. Es nuestra nueva vecina del ático.

—Perdona, hija, por sacar mis propias conclusiones —se disculpó la mujer—. Siempre peco de lo mismo: hablar más de la cuenta...

—No tiene importancia —agregó la joven con una sonrisa.

Cuando la vecina bajó del ascensor, Lluís la puso al día.

—Es viuda y un poco cotilla, pero en el fondo es buena mujer. Cambiando de tema, y tú... ¿a qué te dedicas? —preguntó Lluís sin más preámbulos.

—Doy clases de yoga por las mañanas y por las tardes tengo un gabinete de psicología.

—Vaya, así que tenemos una psicóloga de vecina. No está nada mal. En parte tú y yo nos parecemos mucho, aunque nuestros oficios sean muy distintos.

—¿Tú crees? —dijo Sara no muy convencida.

Entraron juntos hasta la cocina, y ella aprovechó para enseñarle el piso. Mientras charlaban en el salón se oyó la puerta de entrada, era Alejandra que llegaba del trabajo.

—Hola, ¿qué tal en la nueva oficina? —preguntó Sara a su hermana.

—No ha estado mal. —Y dirigiéndose a Lluís, le dedicó una sonrisa—. ¿Cómo estás?

—Bien, aunque no tan bien como vosotras. —Lluís miró el reloj—. Es muy grata la compañía, pero tengo que dejaros. Thor debe de estar desesperado por salir a la calle.

—Lo primero es lo primero —murmuró Alejandra con una sensual sonrisa, viendo cómo se alejaba su vecino.

Mientras comían una ensalada y unos espaguetis a la boloñesa, Sara le comentó sobre el curso de terapia regresiva que pensaba realizar.

—Podrías venir tú también —le sugirió a su hermana.

—Vamos, Sara, a mí no me van esas cosas. Además, ¿qué pinto yo allí?

—No veo por qué no —contestó Sara ofendida—. Se van a hacer regresiones y sesiones de hipnosis.

—Me parece muy bien, pero conmigo no cuentes.

Estaba anocheciendo cuando Alejandra regresó a casa. Había sido una larga jornada y ahora estaba pagando las consecuencias del cansancio. No descansar por las noches y dormir menos de las horas recomendadas estaba empezando a hacerle mella. Su estado de ánimo se había visto alterado y le habían vuelto a invadir los viejos recuerdos de sus padres. Durante la tarde había estado inquieta pensando en el baúl donde guardaban sus recuerdos. Había pasado las dos últimas horas contando los minutos para volver a casa, una auténtica tortura. Estaba decidida, en cuanto entrara por la puerta sería lo primero que iba a hacer.

Cuando por fin llegó, le extrañó que Sara no hubiese llegado todavía, pero sin darle mayor importancia se dirigió a su objetivo. Dejó el bolso sobre la mesa del salón y entró en la habitación de su hermana. Subida a una de las sillas, intentaba localizar el baúl dentro del altillo del armario. Lo encontró detrás de una manta. Con sumo cuidado lo bajó y lo depositó encima de la cama de Sara. Era de una madera excelente, aunque muy antigua y con unos herrajes algo oxidados. Su tamaño rondaba los treinta centímetros de alto por unos cincuenta de ancho. ¡Y pensar que ahí, en ese espacio tan reducido, se encontraban todos los efectos personales de sus padres! Se sentó sobre el lecho y, nerviosa, giró la llave. El olor a rancio y a papel se filtró en sus fosas nasales. El interior estaba forrado de oscuro terciopelo color vino. Deslizó sus dedos sobre él acariciándolo y sintiendo su pulcritud.

Lo primero con lo que se tropezó fue el álbum de fotos de su propio bautizo. Lo hojeó. En una de las fotos estaba ella vestida con la envoltura de su hermana mayor, junto a la pila bautismal y en los brazos de su madre. Siempre que veía esa imagen admiraba la estampa de su madre: bellísima y radiante de felicidad. Su padre, al otro lado, se veía alegre y sumamente elegante. En fotos sucesivas aparecían la Tía Rosa y su antiguo novio. ¿Cómo se llamaba? Alejandra trató de recordar. Por más que lo intentaba no conseguía acordarse del nombre. Lo poco que sabía de él era por lo que su tía les había contado en pocas ocasiones. Ahora que lo pensaba, evitaba hablar del tema. ¿Qué habría sido de él? ¿Se habría casado? Tía Rosa nunca lo mencionaba ni para bien ni para mal.

Dejó el álbum a un lado y siguió hojeando distintas fotos. Sus padres en el campo y ellas montando en bici. Otras en las que salían vestidas de falleras. Algunas fotos de la boda de sus padres, otras de los cumpleaños de Sara y de ella. Alejandra se transportó a otro espacio, a otro tiempo. Contempló una fotografía en la que sus padres, abrazados, posaban apoyados en un coche blanco. Sí, efectivamente, era el Opel blanco. El coche en el que tuvieron el accidente. Alejandra no quería derrumbarse y estaba a punto de hacerlo cuando oyó la puerta de la calle.

—¡Alejandra! —gritó Sara desde la cocina.

—Estoy aquí, en tu habitación —contestó con fingida entereza.

—¿Qué haces? —preguntó Sara mientras se acercaba. Cuando la vio sentada en la cama con todas las fotos esparcidas a su alrededor, se quedó sin palabras. Los ojos de Alejandra estaban enrojecidos. Sara se sentó a su lado.

—Necesitaba volver a verlas —dijo Alejandra justificándose.

—Lo entiendo. Yo lo hago muy a menudo. Me hace sentirme bien, aunque triste.

Las primeras lágrimas de Alejandra empezaron a aflorar de forma incontrolable.

—¿Por qué tuvieron que irse tan pronto? —gimió—. Eran tan jóvenes y tenían tanta vida por delante.

—Lo sé... Es algo que nunca entenderé —contestó Sara, emocionada, sin más argumentos—. Lo importante es que nos tenemos la una a la otra.

Sara la abrazó. Ninguna de las dos recordaba cuándo fue la última vez que lloraron, a moco tendido, juntas y por el mismo motivo. Cuando el llanto cesó, esparcieron todo sobre la cama y siguieron revisando cada uno de los objetos con una tenue y dolorosa sonrisa. En un pequeño cofre estaban las alhajas de su madre, anillos, varios juegos de pendientes, aderezos, algunos collares de perlas y unos gemelos de oro de su padre. Todo estaba intacto y bien conservado. Se probaron algunas cosas y releyeron las inscripciones de las alianzas. Cuando se cansaron decidieron guardarlo todo de nuevo. Tenían que continuar con sus vidas; eso tan solo había sido un paréntesis.

Sara vio que en el fondo se había acumulado algo de pelusilla y diminutos restos de papel. Intentó limpiarlo sacudiéndolo con cuidado. Al hacerlo, advirtió que el forro de terciopelo estaba algo descosido.

—¡Espera un momento! —exclamó dirigiéndose a su hermana,

que tenía las manos cargadas de fotos y se disponía a introducirlas en su interior—. Mira, qué lástima —dijo señalando la parte rota—. Tiene tanto tiempo que se está deshaciendo. Voy a por el costurero y en un santiamén le doy un punto. Este baúl nos tiene que durar muchos años.

A los pocos instantes entraba con la aguja y las tijeras en la mano. Hizo un gesto para poder acceder a la base, dándole la vuelta y colocándolo de perfil, pero al meter la mano dentro notó cómo algo rígido se movía.

—¿Qué es esto? —exclamó mientras palpaba a ciegas.

—¿Qué pasa? —preguntó su hermana sorprendida.

—No lo sé, pero o se ha roto el suelo del baúl y está suelto, o hay algo dentro.

—¿Cómo que hay algo dentro? ¡Déjame ver!

Alejandra lo colocó de pie y empezó a tocar el fondo en silencio, intentando descifrar qué podía ser.

—Parece como algo plano y duro. Podría ser un libro.

—¿Un libro? —dijo Sara extrañada, sin entender nada.

Sara cogió la tijera y empezó a descoser el terciopelo. Tenían que ver qué se escondía ahí dentro, ya tendría tiempo de volverlo a coser. Cuando llevaba unos quince centímetros, metió la mano y empezó a palpar.

—Creo que tienes razón, es como un libro. Pero ¿qué sentido tiene esconderlo ahí?

—No lo sé, Sara, ¡pero como tardes un poco más, me va a dar un ataque!

Alejandra, sin poder contenerse, tiró de la tela desgarrándola por un extremo hasta sacar el contenido.

Las dos se quedaron atónitas, incapaces de articular palabra alguna. Ante ellas no tenían un libro, como imaginaban, sino una libreta del tamaño de una cuartilla. Las tapas de cartón piedra estaban roídas por los bordes; al abrirla, vieron que las páginas se habían tornado amarillentas. Las hojeó sin saber qué podía contener que fuera tan importante como para mantenerlo oculto. La mayoría de las anotaciones estaban en lápiz. Había palabras sueltas, como en clave, números al azar, sobre todo el doce. Sí, el número doce aparecía con bastante frecuencia. Además, había varios dibujos ilegibles y una línea ovalada con varias marcas. Giraron la libreta, cambiando su posición, intentando descifrar su significado. Acabaron deduciendo que podía tratarse de un mapa... de no sabían dónde y con los puntos cardinales representados, aunque lo que más les llamó la atención se encontraba en las últimas páginas: era el dibujo de diferentes llaves. Por su forma se veía claramente que eran llaves antiguas, pero... ¿por qué tanto misterio? ¿Qué pretendían al esconder semejante libreta si, aparentemente, no había nada significativo en sus páginas? Era de suponer que debía de pertenecer a sus padres, aunque sabían tan poco de ellos...

Alejandra tenía cuatro años cuando murieron y Sara, tres más. No recordaban nada o casi nada de ellos. Tan solo lo que su tía les había contado. Pero esa libreta... Sobraban las palabras, ¡solo podía ser de su padre! Era profesor de Historia en uno de los institutos más reconocidos de la ciudad y, según les había dicho su tía, empleaba su tiempo libre estudiando e investigando a todas horas. En todo lo que se refería al conocimiento, su apetito era insaciable. Las dos hermanas se miraron una a la otra sin saber qué pensar. Aburridas de darle vueltas y más vueltas a la misteriosa libreta, recogieron las cosas del baúl, dejándola mezclada entre las fotografías.

Los días transcurrieron sin sobresaltos y las dos hermanas se fueron acomodando al nuevo barrio, visitando a Tía Rosa dos o tres veces por semana. La amistad con Lluís fue creciendo. Algunas noches, después de cenar, se subía con ellas para charlar o ver alguna película en DVD. A menudo los domingos comían los tres juntos o iban al cine, y mientras tanto Thor se ganaba poco a poco el cariño de las dos muchachas.

CAPÍTULO 4

El mar Mediterráneo estaba precioso esa mañana de primavera. Los rayos del sol lo hacían brillar en toda su inmensidad convirtiéndolo en un gigante espejo. Estaba algo revuelto y, en su bravura, hacía que las olas llegaran a la orilla con furia, ribeteadas por una juguetona espuma blanca. Alejandra, con la falda arremangada en la cintura, descalza y con las sandalias en la mano, se paseaba por la orilla. De vez en cuando el agua rozaba sus pies haciendo sentir su fuerza y frescura. A su espalda había dejado una interminable senda de huellas grabadas en la arena. Había perdido la noción del tiempo; podía llevar allí diez minutos, pero a juzgar por los surcos que había dejado a su paso, y por el color sonrosado de sus mejillas y de sus brazos, más bien parecía que llevaba varias horas.

La playa estaba casi desierta a esa hora del mediodía. Alejandra agradeció el paseo y también la tranquilidad del lugar. Cómo le gustaba caminar sobre la fina y blanca arena. Por un instante cerró los ojos y se vio jugando de niña, en el agua, en compañía de sus padres. Cuando los volvió a abrir, una dolorosa punzada la hizo estremecerse. Sin saber por qué, últimamente había aumentado la frecuencia con que la asaltaban pensamientos de cuando era niña, y lo más curioso era que siempre estaba con sus padres. Su mente retrocedió al último sueño de esa misma noche. Todavía podía percibir la sensación de realidad que le había recorrido el cuerpo. De hecho, se había levantado triste y con el corazón en un puño. Era curioso, pero había días en que no recordaba nada cuando se despertaba. De no haber sido por su hermana Sara, que la vigilaba por las noches, ni tan siquiera sabría que seguía teniendo pesadillas. Por lo menos ahora no se enteraba ni de la mitad, a diferencia de antaño, cuando temía conciliar el sueño y entrar en un pozo oscuro de tinieblas. Pero esa mañana había sido diferente. Se había levantado apagada y sin ganas de nada, dando las gracias de que fuera miércoles, su día libre, porque de no ser así no hubiera tenido fuerzas para ir a trabajar.

Mientras desayunaba, y sin saber cómo, había empezado a recordar todo el sueño con una claridad increíble. Se encontraba en una pequeña habitación, pintada de color azul celeste y adornada con una cenefa de flores blancas, similares al azahar. El suelo era de granito, a manchas blancas y negras, con un brillo reluciente. Estaba sentada sobre el regazo de su padre frente a un escritorio antiguo lleno de papeles. La sensación que la invadió era de felicidad y curiosidad al mismo tiempo. Su padre no paraba de hablar y gesticular contándole algo que no conseguía entender, mientras ella, una niña de apenas tres años, se reía al ver sus expresiones y ademanes. De toda la conversación tan solo oyó de forma nítida las últimas frases, que son las que la dejaron totalmente confusa. No solo por su contenido sino por la fuerza e ilusión con que las pronunció:

«¡Algún día lo conseguiré! ¡Algún día, ya lo verás! Alejandra, todavía eres muy pequeña y no lo entiendes, pero llegará el momento en que tenga en mis manos las llaves de la ciudad. ¡Entonces, ese día será grande y todos me creerán!».

Esas frases quedaron grabadas en su memoria a la perfección. No sabía su significado, pero si venían de su padre no podían ser malas. Una y otra vez las repetía en su mente: «... llegará el momento en que tenga en mis manos las llaves de la ciudad. ¡Entonces, ese día será grande y todos me creerán!». ¿De qué llaves hablaba? ¿A qué ciudad se refería? ¿Sería real todo aquello, sería una simple e infantil metáfora, o quizás un inocente cuento para entretenerla?

Aunque un extraño presentimiento la acechó al recordar la misteriosa libreta encontrada en el baúl junto con los recuerdos de sus padres. Las ilegibles anotaciones, los números, los mapas y, sobre todo, lo que más le hizo atar cabos: los dibujos de las llaves antiguas. ¿Serían esas las llaves de las que hablaba su padre? Claro, suponiendo que esa libreta fuera de él. Pero ¿de quién iba a ser si no? ¿De su madre? No lo creía... Habían transcurrido más de dos semanas desde que la habían encontrado en el falso fondo del baúl. Los primeros días habían comentado entre ellas qué podría ser y qué significado escondería, pero la cosa se había enfriado y, curiosamente, como si la llama se resistiera a apagarse, las voces del pasado volvían para recordarle ¡que estaba ahí! ¡Que había algo pendiente que tenían que resolver! Alejandra no creía en las casualidades, pensaba que las cosas no sucedían porque sí. Todas tenían una razón de ser.

En ese instante esas preguntas y muchas más revoloteaban en su cabeza. Por eso, y sin apenas terminar el desayuno, había cogido el teléfono y había llamado, con toda premura, a su hermana Sara. Sabía que a esa hora más o menos tenía el descanso de una clase de yoga a otra. Confiaba en que tuviera el móvil cerca y no se lo hubiera dejado en el vestuario. Al tercer tono Sara había contestado.

—Sí, dime.

—Sara, ¿eres tú? —preguntó Alejandra. Su voz sonó entrecortada.

—Sí... ¿Qué te ocurre? ¿Estás bien? —Sara se asustó.

—No hagas planes para comer hoy. Comemos en casa de Tía Rosa.

—Pero ¿a qué viene eso? Y sin avisar. ¿Has hablado con ella primero? —Sara no entendía nada en absoluto.

—No, no lo he hecho. —Su voz sonaba distante—. Sara, tenemos que hablar con ella de muchas cosas. Son ya demasiadas señales. He tenido un sueño que... —Alejandra no podía continuar.

—Dime qué te ocurre. Por favor. —El miedo de no saber qué sucedía la estaba corroyendo.

Su hermana apenas la escuchaba y, sin contestar a sus preguntas, dijo:

—Nos vemos a la hora de comer en su casa.

Así había concluido la llamada sobre las once de esa misma mañana. Después se había puesto en contacto con Tía Rosa y le había dicho que irían a su casa. Por el tono de voz de su sobrina, ella había adivinado que algo estaba sucediendo y con toda confianza se lo había preguntado. Alejandra no le había dado muchas pistas, solo le había dicho que tratara de hacer memoria de cuando vivían sus padres, porque había muchas cosas que se habían quedado en el tintero.

El agua fría del mar volvió a mojar sus pies y Alejandra volvió a la realidad. Se acarició la cara y notó que las mejillas le ardían. Miró el reloj: era la una y media. Tenía un rato andando hasta llegar a la avenida del Puerto. Salió de la orilla y se dirigió al paseo. Se secó los pies y se colocó las sandalias. Durante todo el recorrido los restos de arena no cesaron de clavarse entre sus dedos.

Mientras Alejandra ayudaba a su tía a preparar la mesa, sus pensamientos continuaban acosándola. No habían comentado nada al respecto, salvo algunas frases superfluas, pero en la cara de las dos mujeres se reflejaba la curiosidad. Tía Rosa la conocía bien, por eso no había mencionado el tema. Su sobrina no era de aquellas a las que les gusta que las interroguen, así que se armó de paciencia y de incertidumbre pensando qué tipo de preguntas iba a recibir. Estaba dispuesta a contestar a todas ellas sin esconder nada en absoluto. Ella siempre había obrado bien, o por lo menos eso era lo que había creído y su conciencia le había dictado, privándose de tantas cosas y sacrificándose mucho más de lo que sus sobrinas se podrían llegar a imaginar. Pero, aun sabiendo que tenía la conciencia bien tranquila, no había podido evitar el nudo en el estómago que la estaba torturando desde hacía varias horas.

Sara no tardaría en llegar. Sabía de antemano que la bombardearían a preguntas. Estaba preparada. Creía que había llegado el momento de desvelar ciertas incógnitas. A los pocos minutos sonó el timbre y Tía Rosa se dirigió a la puerta. Al abrirla se fijó en la cara de Sara, su expresión era de sorpresa y de temor.

—Hola, pequeña. ¿Cómo estás? —le dijo al tiempo que la besaba.

—No muy bien —dijo sinceramente—. ¿Ha llegado mi hermana?

—Sí, está en el salón.

Las dos mujeres se adentraron en la casa hasta llegar a Alejandra, que tenía la mirada ausente. Sara tragó saliva e intentó mantenerse serena. Presentía que lo estaba pasando mal, pero esta reacción la había pillado desprevenida.

—¿Estás bien? Me tienes muy preocupada. —Sara apenas podía hablar.

—Sí, lo estoy, he tenido un sueño tan claro. Sara..., parecía tan real.

—Cuéntamelo, te vendrá bien —dijo su hermana con ternura.

Sara le pasó la mano por el cabello y se sentó a su lado dispuesta a escuchar. Tía Rosa la imitó acercando una silla. Alejandra empezó con su relato. Comentó las muchas visiones que había tenido, cada vez más acentuadas, en las que aparecía siendo una niña y siempre rodeada de sus padres. Unas veces en la plaza de la Virgen, otras en la playa. También aparecía una casa que no conocía y en la que no había estado nunca. Aunque lo que le había hecho perder el control había sido el último sueño. Sara observó cómo su hermana temblaba ligeramente.

Alejandra continuó hablando, ajena a la mirada atenta y observadora de Sara, intentando describir los numerosos detalles del lugar:

—Estaba con papá en una habitación pequeña pintada de azul celeste, con una cenefa de pequeñas flores blancas parecidas al azahar. El suelo de granito blanco y negro brillaba reflejando los muebles de una estancia que parecía un despacho.

Al oír eso, Tía Rosa se llevó las manos a la boca, espantada. No podía creer lo que su sobrina relataba, ¡no era posible! Era tan solo un bebé. Alejandra pasó por alto la sorpresa de su tía y continuó narrando:

—La luz se filtraba por una especie de ventana redonda formada por una miríada de cristales de colores, similares a un rosetón. El reflejo multicolor rebotaba en un antiguo escritorio lleno de papeles. Papá hablaba y hablaba, sin parar, gesticulando como si me estuviera contando un cuento, mientras yo, sentada en su regazo, le escuchaba feliz.

—¿Qué te dijo, logras acordarte? —preguntó Sara prestando su máxima atención—. Concéntrate, piénsalo bien.

La joven hablaba con la mirada perdida en el infinito. La sensación era como si estuviera reviviendo la escena.

—Sí, al principio no entendía nada, era como si solo moviera la boca y de ella no saliera ningún sonido, o como si yo hubiera perdido totalmente el sentido del oído. Aunque en la manera de detallarlo podía percibir su entusiasmo y su énfasis. Pero las últimas frases... —Alejandra hizo una pausa— las entendí con total claridad, y son esas las que me han hecho pensar que todo esto tiene una explicación, que no es pura casualidad.

—¿Qué quieres decir con eso? —preguntó Tía Rosa con dificultades para respirar con normalidad.

Alejandra inspiró profundamente antes de contestar.

—Estoy convencida de que tantas señales no son producto del azar, sino que tratan de decirme algo que no consigo averiguar, de ahí que haya tomado la decisión de convocar esta reunión urgente.

Tía y sobrina se quedaron atónitas. Sara fue la primera en reaccionar.

—¿Cuáles son esas frases, Alejandra? —preguntó su hermana con temor.

—Me dijo: «¡Algún día lo conseguiré! ¡Algún día, ya lo verás!». —Su voz transmitía añoranza—. «Alejandra, todavía eres muy pequeña y no lo entiendes, pero llegará el momento en que tenga en mis manos las llaves de la ciudad. ¡Entonces, ese día será grande y todos me creerán!»

Por un instante el silencio se impuso en el salón. Alejandra tenía los ojos vidriosos y Sara se había quedado muda con varias lágrimas deslizándose por sus mejillas. Tía Rosa no podía mudar su expresión de asombro. Sus ojos estaban congestionados y de su boca brotó un suspiro acompañado de una incontrolable exclamación:

—¡Santo Dios! ¡No es posible!

Las dos se giraron hacia ella con lágrimas en los ojos, pidiendo algún tipo de explicación.

Tía Rosa recobró la entereza, había llegado el momento de contárselo todo. No podía ni debía omitir nada en absoluto. Dirigiéndose a sus sobrinas, añadió:

—Prometo poneros al día, pero la historia es larga y antes deberíamos comer algo. —Sus sobrinas accedieron a la propuesta.

Después de comer, Tía Rosa, más sosegada, sirvió el café, se sentó en el borde del sofá e inició la tan esperada explicación.

—Éramos una familia humilde, aunque no nos faltaba de nada. Vivíamos en pleno centro de Valencia. Concretamente en la calle María Cristina. Desde nuestro ovalado balcón podíamos ver el Mercado Central, que visitábamos a menudo, tanto de niñas como de adolescentes. Siempre acudíamos a los mismos puestos y nos los conocíamos como la palma de la mano. Carmen era mi única hermana y tenía dos años menos que yo. Era alegre, jovial y pecaba de ser demasiado inocente. Conoció a Jorge con apenas diecisiete años. Todavía me acuerdo del primer día que lo vio en la Feria de Julio. Estábamos sentadas en la terraza de una cafetería tomando un refresco. Desde allí nos reíamos viendo las atracciones cercanas y la cara de espanto de la gente, cuando notamos que el camarero nos miraba con demasiado descaro. Bueno, he dicho que nos miraba, pero a quien verdaderamente miraba era a vuestra madre. A decir verdad, solo parecía tener ojos para ella. Creo que se fijó desde el primer momento...

Tía Rosa se quedó pensativa durante unos instantes, mientras sus sobrinas, que la escuchaban ansiosas, dibujaban una suave sonrisa en los labios.

—Cuando nos trajo la cuenta tropezó dos veces con el mismo bordillo y casi se cae de bruces. Aún puedo ver la dulce sonrisa de vuestra madre, y la mía, al verle perder el equilibrio por no poder despegar sus ojos de ella. Nos fuimos con la firme convicción de que al día siguiente estaríamos en el mismo lugar y a la misma hora, ya que a Carmen también le había hecho tilín.

Durante los días siguientes y hasta que terminó la feria acudimos religiosamente para que nos atendiera el mismo camarero. El último día, por fin, el joven se decidió a pedirle una cita. Vuestra madre aceptó encantada. Jorge era un muchacho bastante atractivo, como habéis podido comprobar en las fotos, con el pelo revuelto y muy soñador, sobre todo muy soñador. Poco después supimos que estudiaba Magisterio y que trabajaba de camarero para sacarse algún dinerillo extra. La relación entre ellos dos iba como la seda y día tras día fue adquiriendo más fuerza. A Jorge le apasionaba la Historia; era su afición favorita. Siempre que tenía oportunidad contaba tal o cual batalla con sus personajes históricos y sus respectivas hazañas. Se sabía la vida y milagros de todos ellos.

Tía Rosa se levantó para llenar su taza de café y aprovechó para llenar las de sus sobrinas.

—¿Y qué pasó? —preguntó Sara deseosa de seguir escuchando el relato de su tía.

—Pues transcurrió el tiempo, la relación se formalizó y, cuando Carmen cumplió los veintiún años, decidieron contraer matrimonio. Vuestro abuelo no estaba muy por la labor de que se casaran. Hubiera querido que esperaran más tiempo. ¡Cómo se iba a ir su pequeña de casa, su ojito derecho! Pero Carmen estaba demasiado enamorada para hacer caso a su padre y a pesar de su reticencia se casó. A mi padre le costó mucho hacerse a la idea. Por desgracia, dos años después falleció de gangrena a causa de una herida mal curada. Por entonces ya habías nacido tú —dijo dirigiéndose a Sara—, tenías apenas unos meses. Su muerte fue un palo bastante duro para nosotras. Aunque todavía no sabíamos lo que nos esperaba. Lo peor estaba por llegar. —Su tono había cambiado y reflejaba una conmovedora tristeza.

—¿Y qué pasó con la abuela? —preguntó Alejandra compungida.

—La abuela estaba delicada, como ya sabéis. Toda su vida lo había estado, pero la muerte de su marido hizo que cayera en picado. Tan solo la visita de su única nieta —dijo mirando a su sobrina Sara— conseguía sacarle una débil sonrisa. Yo vivía en la calle María Cristina y continué haciéndome cargo de ella. Carmen me ayudaba en lo que podía, pero su papel de madre primeriza absorbía gran parte de su tiempo.

—Tía, ¿qué pasó con tu novio? —preguntó Alejandra recordando haberlo visto en algunas de las fotografías.

Tía Rosa dio un último trago a la taza de café y la dejó sobre la mesa.

Mientras tanto puso orden a sus pensamientos. Había llegado el momento...

—Como os acabo de decir, yo vivía en María Cristina, a un tiro de piedra del Mercado Central al que acudía a diario. Era una de las pocas distracciones que tenía, ya que la abuela dependía de mí. Así que una vecina, de total confianza, se quedaba a su cargo mientras salía a comprar y me permitía pasear por aquel laberinto de pasillos y embelesarme con los miles de artículos que allí se encontraban. Uno de esos días apareció un joven apuesto, con el pelo ondulado y de color rubio oscuro, con la tez morena y unos ojos verde esperanza. —Su voz estaba llena de añoranza y congoja.

Alejandra se quedó pensativa intentando visualizar cómo sería el color verde esperanza.

Tía Rosa continuó:

—Ese día me encontraba deambulando por los pasillos del mercado admirando los montones de frutas y verduras. Llevaba un par de bolsas y paseaba sin rumbo. De repente, y sin saber de dónde ni de qué manera, apareció frente a mí y me miró con esos perturbadores ojos. Nunca, a excepción de ese instante, había percibido una sensación similar. Noté cómo se me erizaba el vello de los pies a la cabeza, y acto seguido me ruboricé. Traté de esquivarlo con un incontrolable temblor de piernas, pero instantes después lo tenía pegado, de nuevo, a mi lado con una deslumbrante sonrisa. Después se ofreció a llevarme las bolsas y acompañarme hasta el portal de mi casa. Yo me ruboricé aún más si cabe, me puse tan nerviosa que, aturdida y sorprendida a la vez, solo pude sonreír y negarme educadamente. El recuerdo de esos ojos y su atractiva boca me acompañaron durante todo el día. Pensé que tan solo había sido un ligue espontáneo. No era el primer hombre que se me insinuaba descaradamente, aunque sí el más guapo. Yo tenía veinticinco años y, aunque no era tan agraciada como mi hermana Carmen, tenía cierto encanto. Deduje que posiblemente no volvería a verlo jamás. Yo misma me reprendí por no haber sido un poco más resuelta y descarada.

»Al día siguiente hice el mismo recorrido. En mi mente no cabía la posibilidad de encontrármelo otra vez. Eso hubiera sido demasiado bonito. Pero ante mi incredulidad volvió a aparecer en el mismo lugar y con las mismas intenciones. Yo me volví a negar, igual que el día anterior, ofreciendo la mejor de mis sonrisas. Mientras regresaba a casa me maldije miles de veces por haber sido tan estúpida. Al tercer día, cuando acudí al mercado era yo quien, disimuladamente, lo buscaba entre los puestos sin encontrarlo. Deseaba volverlo a ver. Algo dentro de mí me decía que ese día no me negaría. Sin embargo, no había ni rastro de él por ninguna parte. Miré y miré, escaneando la multitud, deseando volver a ver esos ojos de color verde esmeralda que, malévolamente, me habían hipnotizado. Desistí desilusionada. Al parecer, había perdido la oportunidad. Dicen que el tren del amor pasa dos veces y a mí ya me había pasado una segunda vez. Caminé sin rumbo y con las ilusiones deshechas. Compré lo justo y necesario con la intención de regresar a casa cuanto antes y decirme, hasta que se me secara la boca, lo idiota que había sido. Atravesé un puesto de flores y me detuve. Siempre me han gustado las margaritas blancas; pensé en llevarme un ramillete y deshojarlas, sin piedad, pero después de tocarlas y olerlas deseché la idea y continué hacia la salida. Estaba tan decepcionada que preferí que me diera el aire. Enfadada, me detuve para cruzar la calle y alguien se colocó a mi derecha, tan cerca que llamó mi atención. Sentí la intensidad de su mirada hasta que me giré descaradamente. Un estupor me recorrió de los pies a la cabeza al ver que era él. Me fulminó con una de sus sonrisas enseñándome sus blancos y perfectos dientes. A continuación, me dijo con una dulce y armoniosa voz que fue como música celestial para mis oídos:

»—Perdona, no quisiera molestarte, soy Miguel Roselló, me gustaría saber tu nombre para grabarlo a fuego en mi corazón. Llevo observándote un tiempo y desde el primer día ni como ni duermo, y rezo para que llegue el momento de volverte a ver.

Sara y Alejandra se enternecieron al escuchar las frases de aquel joven.

—¿Y qué pasó? —preguntó una de ellas.

—Pues que me deshice como era de esperar —continuó Tía Rosa con un brillo especial en la mirada—. Después levantó un brazo y me ofreció un precioso ramo de margaritas blancas, las mismas que había olido minutos antes. Iban anudadas con una cinta de raso roja. A continuación, con toda la soltura del mundo, y como si me conociera de toda la vida, arrancó una flor del ramo y me la colocó sobre un mechón de pelo. Yo levanté la vista y solo pude decir:

»—Mi nombre es Rosa, Rosa Soler.

—¿Accediste entonces? —preguntó Sara, intrigadísima.

—Por supuesto. Me acompañó a casa y durante el corto trayecto conseguí a duras penas formular varias frases seguidas. Así empezó nuestro romance. Un romance precioso y el único que he tenido en toda mi vida. Fue una época feliz. —Su voz sonaba resignada, llena de amargura y con una añoranza reprimida. Al cabo de unos instantes Tía Rosa reaccionó y recobró su entereza—. Pero la vida pasa muy deprisa y tan solo quedan los recuerdos. Ellos son los únicos que perduran.

CAPÍTULO 5

La sobremesa estaba al rojo vivo. Sara y Alejandra intercambiaban miradas de complicidad ante el relato de su tía.

—Jorge y mi hermana alquilaron un piso precioso en la calle Navellos y se instalaron allí nada más casarse. Desde sus ventanas se podía ver la plaza de la Virgen. Recuerdo que allí pasabais la mayoría de las tardes correteando. Por nuestra parte, la relación con Miguel iba viento en popa. En muchas ocasiones, siempre que la abuela me lo permitía, salíamos las dos parejas a pasear juntas o quedábamos en alguna casa. Miguel y vuestro padre congeniaron enseguida. Coincidían en muchos aspectos. De hecho, durante mucho tiempo estuvieron trabajando en un proyecto. Un proyecto que llevaban bastante en secreto y que he recordado cuando has mencionado las frases de tu sueño —dijo dirigiéndose a Alejandra.

—¿Crees entonces que estoy en lo cierto y mis presentimientos pueden tener algún sentido? —preguntó Alejandra, mucho más tranquila.

—Estoy convencida de ello —dijo Tía Rosa.

—Te muestras muy segura, ¿por qué? —se interesó Sara, todavía con cierto recelo.

—Enseguida veréis que tengo razón. ¿Un poco más de café?

Tía Rosa se levantó y se lo ofreció a sus sobrinas, que acercaron sus tazas, impacientes por la aclaración.

—Esas frases..., no es la primera vez que las he oído. Fue por boca de vuestro padre. Además, esa habitación que describes con sumo detalle, el escritorio a rebosar de papeles, es exactamente igual al despacho que tenía tu padre en su casa de la calle Navellos. —Alejandra sintió como su respiración se aceleraba—. En un primer momento ese despacho iba a ser la habitación del bebé. Todos esperaban un niño, por eso pintaron las paredes de color azul celeste. Ya sabéis cómo eran antes esas cosas. Recuerdo la cenefa a la perfección porque ayudé a vuestra madre a pintarla sobre unas plantillas que ella misma decoró. Efectivamente —dijo mirando a su sobrina—, eran pequeñas flores de azahar.

—¡Y nació una niña! —exclamó Sara un poco dolida.

—Así es, naciste tú. —Tía Rosa notó el resquemor en las palabras de su sobrina y quiso suavizar la situación—. ¡Y contigo llegó la alegría de la casa! Entonces esa habitación la dejaron como despacho para Jorge y te habilitaron otra que pintaron de color rosa, con una cenefa de flores silvestres. Tres años después naciste tú —dijo mirando a Alejandra—. Como ya sabéis, vuestro padre trabajaba como profesor de Historia en el instituto Lluís Vives, donde lo apreciaban mucho, en especial sus alumnos. Fue después de que naciera Alejandra cuando desarrolló un interés desmesurado por la historia de Valencia. Recogía todo tipo de información. Acudía a las bibliotecas y devoraba todo lo que se ponía en su camino. En ese despacho era donde se pasaba las horas muertas, a veces en compañía de Miguel. Juntos hacían dibujos, verificaban mapas y consultaban un sinfín de libros. Nunca llegué a saber qué era lo que tanto buscaban. Yo creo que ni ellos lo sabían.

—¿Qué pasó con Miguel? —le preguntó Sara—. ¿Por qué no continuasteis la relación?

—Buena pregunta —contestó su tía—. Me temía que tarde o temprano surgiría y tendría que contestarla.

Las dos muchachas no entendían bien por qué querría ocultar semejante historia. ¿Qué maldad podía esconder? Siempre que le habían insinuado, tanto en broma como en serio, que saliera con algún conocido, se había negado rotundamente. Durante los veintitrés años que había estado cuidándolas, nunca, absolutamente nunca, la habían visto en compañía de ningún hombre. Se había dedicado a ellas en cuerpo y alma. Y siempre que la habían necesitado, había estado allí para ellas. Sara se quedó embelesada admirando su rostro. Su cabello teñido de rubio oscuro ocultaba numerosas canas. El óvalo de su cara había perdido firmeza y bajo sus picarones ojos ámbar se dibujaban unas finas líneas de expresión. En estos últimos años había ganado algo de peso, y lucía un aspecto saludable y un cuerpo ágil a pesar de los rigores de la edad. Tía Rosa mantenía su atractivo.

¿Qué edad tenía su tía?, se preguntó la joven. ¿Cincuenta?, no..., ¿cincuenta y dos o cincuenta y tres? Sí, más o menos. Una mujer madura que no pasaba inadvertida. Había recibido muchos halagos de repartidores, comerciantes y vecinos. Ella misma había sido testigo de ello en varias ocasiones. Además, tenía desparpajo, quizás adquirido por la edad. Pero... ¿por qué nunca había querido tener una relación?

¿Quizás ese tal Miguel Roselló le dejó una huella imborrable? Sería profunda como para no olvidarlo, o tal vez mala como para no querer repetir la experiencia con otro hombre. Sara miró a su hermana, la conocía bien, y por la expresión de su cara sabía que estaba pensativa. ¿Estaría pensando lo mismo que ella respecto a su tía?

Tía Rosa, con claros signos de resignación, retomó el relato de su relación con Miguel:

—Nuestro noviazgo duró exactamente cinco años. Nos queríamos mucho y nos llevábamos realmente bien. Miguel era de muy buena familia. Terminó la carrera de ingeniería y encontró trabajo provisionalmente en un almacén hasta lograr un buen puesto en alguna empresa. Su familia quería que ejerciera su profesión, aunque para ello tuviera que salir de la ciudad. De hecho, tenían varios contactos, y poco a poco fueron mentalizándolo. A mí se me encogía el corazón pensando que algún día tuviera que abandonar la ciudad. Dejar a mi madre, a mi hermana y a vosotras. Pero le quería tanto que por él hubiera ido al fin del mundo. De momento, no había porque alarmarse, pero si llegaba ese día... Solo de pensarlo se me ponía un nudo en la garganta. Hablé con Carmen y ella se ofreció a llevarse a mamá a casa y cuidarla, alegando que mi lugar estaba junto a él.

»El tiempo pasó y Miguel encontró un trabajo mejor, pero a pesar de ello no estaba conforme y aspiraba a algo más. Era muy inteligente y se lo merecía, además de ser trabajador y responsable. Solo que a veces la suerte no está de nuestro lado y solo hace que ponernos trabas. Pusimos fecha para nuestra boda. Se celebraría el treinta de mayo. Como no disponíamos de muchos medios económicos y él no quería aceptar la ayuda de sus padres, decidimos que, después de casarnos, viviríamos provisionalmente en la casa de María Cristina con mi madre. El día treinta de marzo, dos meses antes de nuestro enlace matrimonial, Miguel recibió una carta en la que le ofrecían el trabajo de su vida. El sueño que llevaba esperando desde hacía mucho tiempo: ejercer de ingeniero con unas condiciones inmejorables. Cuando me lo comunicó me alegré enormemente, aunque sabía que eso significaba que tendríamos que viajar. ¿Dónde?, le pregunté. A Noruega, me contestó. ¡A Noruega!, ¡no me lo podía creer! Pero ¿por qué tan lejos? Y sin conocer el idioma. Yo pensaba que sería dentro de España. Me costó semanas hacerme a la idea. Lo malo no era eso, sino que tenía de plazo un mes para contestar y treinta días más para presentarse allí. La fecha límite para su incorporación era el día de nuestra boda. ¡No os podéis imaginar en qué estado de nervios me encontraba! Nuestra vida podía dar un vuelco en cuestión de dos meses. Y no nos imaginábamos hasta qué punto iba a cambiar nuestro destino... —Su tono volvió a reflejar melancolía.

»Nos daban una hermosa casa en una lujosa urbanización, con colegios y otros servicios acordados para un futuro. Era una oportunidad de ensueño. Cuando se lo conté a mi hermana, se alegró mucho por mí, aunque al mismo tiempo se entristeció por la distancia que nos separaría. Pero, como ya os he dicho, era muy inocente y siempre veía el lado bueno de todo. Me dijo que las cosas había que tomarlas como venían sin mirar más allá y empezó a pintármelo bonito. ¡Ella sabía cómo hacerlo! Adelantaríamos la boda. Tampoco sería un trastorno, ya que había muy pocos invitados, todos ellos muy cercanos, y realmente me convenció. Acordamos con Miguel que nos casaríamos el veinte de mayo, diez días antes de la fecha prevista. Recién casados ultimaríamos los detalles y viajaríamos a Noruega a empezar una nueva vida juntos.

Tía Rosa se detuvo por unos instantes. Sus ojos se enrojecieron y la voz se le quebró, a pesar de su esfuerzo por disimularlo. Carraspeó un poco antes de continuar. Alejandra se ofreció a traerle un poco de agua. Después de acceder y dar unos sorbos al vaso, prosiguió:

—¿Por dónde iba? —preguntó despistada.

Sus sobrinas le refrescaron la memoria enseguida.

—Veo que estáis muy atentas —dijo con cierta ironía—. Pasaron los días y poco a poco iba haciéndome a la idea. Soñaba en cómo sería nuestra casa y nuestra nueva vida. Miguel aceptó el trabajo y firmó el contrato. Solo quedaba esperar. —Tía Rosa se detuvo y miró a sus sobrinas con el mismo cariño de una madre protectora—. Lo que voy a contar es algo que siempre he intentado pasar por alto, sin entrar en detalles. Quiero que sepáis que siempre he actuado pensando en vuestro bien. Pero ya sois unas mujeres hechas y derechas, y creo que ha llegado el momento de hablar de ello con pelos y señales. Solo espero que de este modo encontremos respuesta a tus preguntas, Alejandra.

Tía Rosa respiró hondo y retomó su relato:

—El día cinco de mayo amaneció gris y estuvo todo el día lloviznando. Ese día mi madre estaba más pachucha de lo normal, así que no salí de casa. Aproveché para embalar cosas y tenerlas a punto para la mudanza. Sobre las nueve y media de la tarde sonó el teléfono... —Tía Rosa hizo una pausa y con la voz angustiada por el recuerdo continuó—: Era la policía. Nos comunicaban que Jorge y Carmen habían tenido un accidente y nos pedían que nos acercáramos al lugar de los hechos. Cogí un boli para anotar la dirección, apenas podía escribir. Avisé a Miguel, que vino enseguida a recogerme. Dejamos a mi madre al cargo de la vecina y le ocultamos el accidente. Cuando acudimos al lugar de los hechos, era un caos de policía, ambulancias y bomberos. Recuerdo que había anochecido y seguía lloviendo. Mi cuerpo temblaba de frío y de temor ante la incertidumbre de no saber qué había sucedido exactamente, ya que los agentes en ningún momento nos facilitaron demasiados detalles. La carretera estaba mojada y las sirenas azules, rojas y amarillas me aturdieron. La visión que se presentó ante nosotros fue verdaderamente indescriptible. No olvidaré jamás aquel amasijo de hierros retorcidos como las ramas de una parra. Aquel ovillo que no tenía ni pies ni cabeza era el Opel blanco de mi hermana y mi cuñado. Al principio no supe identificarlo. Me despistaron los bomberos que se encontraban alrededor desempeñando su trabajo, estaba tan confusa y asustada. Pero cuando vislumbré la placa de la matrícula...

»¡Dios mío! No pude evitar reprimir un angustioso grito de dolor. Era imposible que nadie que se encontrara en el interior de semejante nido de metal hubiera sobrevivido. Miguel me abrazó destrozado mientras intentaba consolarme. Inconscientemente y afligida por la ansiedad, le golpeé varias veces el pecho mientras chillaba sin consuelo: por qué ellos, por qué... Un agente se acercó a nosotros y, tras deducir que éramos los familiares e identificarse, nos hizo saber que el matrimonio había fallecido en el acto tras el impacto con la mediana de la autovía. Que estaban luchando por conseguir sacar sus cuerpos de semejante revoltijo de metal. En ese preciso instante creía que me moría y que las fuerzas me abandonaban por completo. Nunca en mi vida había experimentado tanto dolor y tanta angustia, ni siquiera cuando murió mi padre. Pero en esta ocasión era diferente, dos personas tan jóvenes, y una de ellas era mi hermana. ¡No podía ser verdad! Dios no podía actuar de semejante manera siendo tan injusto, y cuando pensaba en lo que dejaban atrás. Dos maravillosas niñas, una de siete años y otra de cuatro. Un nudo se me formó en la garganta. El agente solo había mencionado a la pareja fallecida, pero ¿qué pasaba con vosotras dos?

»—¿Y las dos niñas? —le pregunté desesperada.

»—¿Qué niñas? —se interesó el policía con cara de sorpresa.

»—Me consta que iban los cuatro en el coche —le dije—. De no ser así, mi hermana me hubiera avisado y las hubiera dejado conmigo.

»—¿Está segura de eso? —me preguntó sobresaltado. Yo asentí sin dudar.

»El policía retrocedió sobre sus pasos lo más rápido que pudo y, acercándose al coche, avisó al equipo de bomberos que intentaban abrirse camino entre los escombros de hierro.

»—Tenemos razones para pensar que hay dos niñas ahí dentro —gritó alarmado.

»Inmediatamente —continuó Tía Rosa— alumbraron todos los rincones del interior buscando cualquier rastro de vuestro paradero. Un llanto infantil puso los pelos de punta a todos los presentes. Yo me deshice en sollozos rezando porque estuvierais vivas las dos. Creo que nunca lo había hecho con tanto ahínco.

Sara y Alejandra estaban sumidas en una desmesurada congoja.

—Miguel y yo suplicamos a los agentes que nos dejaran acercarnos lo suficiente para que nuestra voz mitigara vuestro desconsuelo y sufrimiento. Finalmente cedieron y uno de los bomberos nos avisó de que la visión no era nada agradable. Tenía toda la razón. La estampa que presenciamos fue dantesca: los cuerpos ensangrentados e inertes de vuestros padres yacían inmóviles. El *shock* fue espantoso, y me produjo espasmos en el estómago. Estuve a punto de vomitar. Luego Miguel me sujetó por los brazos con fuerza y escuché sus firmes palabras, que trataban de guiarme.

»—Rosa, ahora más que nunca tienes que ser fuerte. ¿Me escuchas?

»Asentí en silencio y le obedecí al pie de la letra. Me tragué el dolor y empecé a llamaros con un hilo de esperanza. Casi al instante reconocí el llanto de Alejandra. Mi sobrina Alejandra estaba viva. Un rayo de luz se filtró entre tanta oscuridad. Después de llamarte varias veces conseguí que me respondieras. Como era de suponer, estabas muy asustada. Apenas podíamos vernos a pesar de las potentes linternas. Sin embargo, pude introducir la mano en una pequeña abertura y sostuve la tuya. Te pregunté si estabas bien, y también por tu hermana. La pesadilla continuó cuando me dijiste que Sara no estaba contigo. Los agentes pensaron que estaría en algún pliegue de la carrocería, aunque no lograban dar con ella.

»—Tiene que estar ahí. Por favor, Miguel, haz que la busquen. Tan solo tiene siete años... —grité una y otra vez desesperada hasta quedarme sin voz—. Miguel habló con ellos sugiriendo que podía haber salido disparada del coche tras el impacto. Un grupo de hombres peinaron la zona. La oscuridad era densa y se veía salpicada por los haces de luz de las potentes linternas. Tenía que haber una explicación lógica. Mientras tanto, los bomberos intentaron con todo el tacto posible sacarte de aquella jaula —dijo mirando a Alejandra—. No sé el tiempo que pasó, ya que aquella noche fue la más larga de toda mi vida, hasta que alguien voceó en la oscuridad, sumamente conmovido, la frase más esperada que podía escuchar en aquellos instantes.

»—¡La he encontrado! ¡He encontrado a la niña! ¡Está inconsciente, pero respira!

Tía Rosa se secó los ojos y se sonó la nariz. Hacía veintitrés años que no recordaba aquel fatídico día con tal lujo de detalles. Sintió cómo se abría una fina y profunda grieta en la herida que suponía ya medio cicatrizada.

CAPÍTULO 6

Tía Rosa, tremendamente conmovida, continuaba gozando de la total y absoluta atención de sus sobrinas. Las jóvenes no tenían palabras para expresar lo que sentían. Era un cóctel de rabia, impotencia, tristeza, desamparo y dolor, sobre todo mucho dolor...

—El día cinco de mayo fue una auténtica y cruel pesadilla —continuó Tía Rosa—, y los siguientes, un auténtico e indescriptible calvario. No se lo deseo a nadie, ni siquiera a mi peor enemigo. Por nada de este mundo quisiera revivirlo. Unas horas antes del entierro se lo comuniqué a mi madre. Antes o después tenía que saberlo. Me arrepentí de haberlo hecho nada más terminar la frase. Pensé que se me quedaba en el sitio.

Una lágrima resbaló por la mejilla de Sara, y Alejandra se pasó un pañuelo por la nariz. Sus rostros reflejaban la congoja por la que estaban pasando. Pensaban en cuánto había tenido que sufrir su tía, y las situaciones tan difíciles que había tenido que superar. Mientras tanto, Tía Rosa seguía con su narración de los hechos:

—Todo fue una cadena de fatídicos acontecimientos. Como si nos hubieran echado mal de ojo. Yo estaba desquiciada. Todavía no sé cómo salí adelante. —Se quedó mirando a sus sobrinas y rectificó—: Bueno, sí que lo sé. —Una mueca parecida a una sonrisa se dibujó en su cara—: Porque estabais vosotras. Por vosotras reuní las fuerzas necesarias para no hundirme, para luchar y tirar para adelante. Vosotras fuisteis las que me alimentabais cada día de alegría y energía y hacíais que mi mente no parara ni un segundo. —Sara la rodeó entre sus brazos. Alejandra se unió en ese mismo abrazo.

—Nosotras somos las que tenemos que estarte agradecidas, por más años que vivamos nunca te corresponderemos lo suficiente —murmuró Alejandra con un nudo en la garganta.

—¿Y qué pasó? —preguntó Sara con un hilo de voz.

—Mi madre empeoró y nada más volver del entierro se metió en la cama y ya no se levantó. Día tras día se negaba a salir de su habitación. Vosotras os vinisteis a vivir a casa. Entre Miguel y yo trasladamos todas vuestras cosas y recogimos algunas pertenencias de vuestros padres, lo más esencial. Utilizamos un pequeño baúl que le regaló Jorge a Carmen en un cumpleaños, repleto de flores, y al cual mi hermana tenía en gran estima. Me sentía tan vacía y desgraciada. La fecha de la boda se acercaba. Faltaban tan solo diez días. Yo no podía celebrar un acontecimiento de ese tipo con la muerte de mi hermana y de mi cuñado tan reciente, de manera que se anuló. Pero tampoco podía irme de la ciudad y dejar a mi madre y a vosotras. Ni podía llevaros conmigo a un país tan lejano, sobre todo con una mujer mayor y enferma. Por otra parte, tampoco podía condenar a Miguel a que se quedara y desaprovechara esa oportunidad única. Sabía que significaba mucho para él y para su carrera. Después de atormentarme buscando una solución, llegué a una firme y dolorosa conclusión: ¡Tenía que romper nuestro noviazgo! Era la forma de que él se viera libre de cargas para poder actuar con total libertad. Yo estaba atada de pies y manos, pero no quería arrastrar también a Miguel. Necesitaba dejarlo marchar, aunque eso significara mi desdicha y mi tormento.

—Tía, con ese gesto demostraste lo mucho que lo querías, lo que no entiendo es... ¿cómo pudo aceptar él? —manifestó Alejandra confundida—. No puedo creer que te dejara sola ante tanto marrón.

Tía Rosa respiró hondo e intentó justificarle:

—Siempre he tenido, llámalo defecto o virtud, un don innato para convencer a la gente. En este caso tenía que representar muy bien mi papel para que partiera sin mí. El día que nos despedimos, me pasé toda la noche llorando. A la mañana siguiente me inyecté una buena dosis de moral y salí al toro con el capote bien alto.

—Nunca pensé hasta qué punto habías sacrificado parte de tu vida. Solo puedo darte las gracias —añadió Alejandra con la boca pequeña. La tristeza no le permitía hablar con más fuerza.

—Tía..., fuiste muy valiente, yo misma no sé lo que hubiera hecho en tu situación —puntualizó Sara con admiración.

—No te creas, simplemente me tocó vivir así —dijo Tía Rosa con resignación.

—¿Has vuelto a verle o saber algo de él? —preguntó Sara.

—No, no he vuelto a verle ni sé absolutamente nada de él. Al principio, durante los dos o tres primeros años, me enviaba cartas cada semana. Unas cartas que me consolaban cuando las recibía, y me destrozaban por dentro cuando las leía. No le contesté a ninguna. No quería darle falsas esperanzas e impedir que rehiciera su vida. Que conociera a otra mujer con menos ataduras que las mías. Poco a poco el intervalo entre las cartas fue más distante. Cinco años después murió la abuela. Dos años más tarde tuve la oportunidad de vender el piso de María Cristina. Por la ubicación en pleno centro me lo pagaban a muy buen precio. Encontré uno nuevo, más pequeño y barato, frente al mar, en la avenida del Puerto, y no me lo pensé. Entre las casas que iba a limpiar y el dinero que me sobró de la venta del piso, bien administrado, íbamos tirando y dio para pagaros los estudios.

Sus sobrinas la miraron con ojos de compasión y al mismo tiempo de admiración y agradecimiento. Había sacrificado su felicidad y la posibilidad de estar con el hombre a quien amaba, por su madre y por ellas. Otra en su lugar posiblemente no lo hubiera hecho. Estaban en deuda con ella y no sabían si algún día podrían devolverle todo lo que había hecho. De repente Alejandra recordó que tenía una pregunta importante que formularle:

—Tía, ¿sabes algo de una libreta de notas de mi padre?

—Una libreta de notas..., ¿de qué tipo? —Tía Rosa no terminaba de entender. Por su manera de contestar parecía claro que no tenía la menor idea.

—Hemos encontrado una en el baúl de mis padres —continuó Alejandra.

—No recuerdo haberla visto —dijo Tía Rosa pensativa.

—La hemos descubierto por casualidad —añadió Sara—. Estaba escondida en un doble fondo del baúl.

—¿Y qué contiene esa libreta tan misteriosa que ha permanecido oculta veintitrés años? —preguntó Tía Rosa realmente intrigada.

—Pues no lo sabemos. Está llena de signos, dibujos, números; concretamente, el número doce aparece en casi todas las páginas. Además de anotaciones, aparentemente sin sentido, también hay dibujos de llaves. Llaves antiguas de diferentes formas.

Los ojos de Tía Rosa se abrieron más de lo normal.

—¿Llaves? Jorge dice algo de unas llaves en las frases de tu sueño, ¿no es así? —Alejandra asintió—. Ya veo... —murmuró Tía Rosa entre dientes—. Las llaves de la ciudad. Pero eso no tiene ningún sentido. ¿Qué llaves son esas?

—Veo que sabes lo mismo que nosotras —pronunció Alejandra decepcionada. Esperaba que su tía las pudiera ayudar, pero parecía que estaba tan verde como ellas. La búsqueda se volvía más complicada de lo que esperaba—. ¡Es triste pensar que los únicos recuerdos que tenemos de nuestros padres están en un baúl de apenas cincuenta centímetros!

—¿Qué pasó con el piso donde vivíamos? —preguntó Sara esperanzada.

—Era un piso amueblado de alquiler. Vuestros padres estaban ahorrando para comprarse uno nuevo. De hecho, ya habían elegido zona y si no hubiera ocurrido tal desgracia... Eran unos luchadores natos. Además, se compenetraban hasta casi rozar la perfección. Había muchos momentos en que los envidiaba, sin malicia por supuesto. El piso quedó intacto y no he sabido nada desde entonces. Alguna vez, cuando he pasado frente al portal, no he podido evitar mirar hacia sus balcones. Han restaurado la fachada, pero todo sigue igual.

—¿Cuál es la dirección exacta? —quiso saber Sara.

Tía Rosa se la facilitó y ella la anotó en su agenda.

—Seguramente no encontraremos nada —comentó Sara—. Veintitrés años después, a saber cómo estará el piso y los cambios que habrá sufrido, pero no perdemos nada por intentarlo. Mañana tendré un hueco hacia el mediodía. Aprovecharé para averiguar quién vive allí y si hay alguna manera de que podamos echarle un vistazo.

CAPÍTULO 7

Sara caminaba en dirección a la calle Navellos. Todavía no sabía lo que iba a decir ni cómo actuar ante los dueños del piso. Claro que también podía estar vacío. Los nervios se habían apoderado de ella y no dejaba de mirar el reloj. Tendría que improvisar algo. Se adentró en la calle peatonal que desembocaba en la plaza de la Virgen, y en pocos minutos llegó a su destino. Durante unos instantes admiró la enorme fuente central, donde destacaba la figura en bronce de un hombre recostado que representaba al río Turia, rodeado de ocho adolescentes desnudas que lucían el típico peinado de labradora valenciana y que simbolizaban las ocho acequias del río. Sara miró a la izquierda y se detuvo en la basílica. Rezó una breve plegaria a la Virgen de los Desamparados implorando que le abriera las puertas y la guiara en su camino. Le rondaban por la mente las palabras de Tía Rosa cuando le había contado que, de pequeña, pasaba muchos ratos en esa misma plaza en compañía de su hermana. Sara intentaba con todas sus fuerzas recordar algo de su niñez, algo que le pudiera dar una pista de lo que buscaba su padre, pero nada, su mente estaba en blanco.

Se encontraba, por fin, ante el edificio que la vio crecer hasta los siete años, y que parecía haber sido restaurado recientemente. Tenía seis alturas y guardaba cierta armonía con el entorno. El hecho de que la calle fuese peatonal le daba un aspecto mucho más tranquilo. Solo se vislumbraba un bar en el chaflán de enfrente. Sus ojos buscaron los balcones del tercer piso; había cortinas en ellos, lo cual hacía pensar que alguien vivía en él. Sin pensarlo dos veces, se dirigió al portal. En el mismo momento en que escudriñaba los timbres de la entrada, unos niños salieron corriendo y la puerta se quedó entreabierta. Ella puso la mano para impedir que se cerrara y entró. El corazón se le aceleró. El patio era bastante amplio, le recordaba al suyo de la calle Quart. Buscó alguna referencia en los buzones; en la mayoría de ellos no figuraba el nombre de los ocupantes, ni siquiera el piso al que pertenecían.

—Esto va de mal en peor —murmuró.

Subió por las estrechas escaleras con el fin de abrir su mente a los recuerdos. El pasamano era de madera oscura con vetas anchas y Sara lo acarició al tiempo que avanzaba. Pasó del primer piso al segundo y, antes de llegar al tercero, sintió un ligero y profundo pinchazo en la palma de la mano. Instintivamente la retiró con un quejido. Se miró la pequeña herida y comprobó cómo una diminuta astilla de madera se le había clavado en la carne. De ella brotó una gota de sangre. Se acercó a la barandilla para ver qué era lo que le había producido semejante pinchazo. Su cara se tiñó de asombro y sus ojos, incrédulos, no entendían lo que veían. El corazón le dio un vuelco al descifrar lo que había escrito en la superficie de la barandilla. Su nombre aparecía grabado en la madera acompañado de otro. Alguien a quien no conocía o por lo menos no recordaba. Sara lo leyó en voz alta:

—¡Jesús Valdés y Sara Ferrer!

Tenía que ser ella. Sin embargo, ¿quién era ese tal Jesús? Y ¿por qué aparecían los dos nombres juntos? Juraría que era la primera vez que oía ese nombre, aunque no debía de ser así. Algo aturdida continuó subiendo los escalones hasta llegar al tercer piso. En su mente seguía vagando el nombre de Jesús Valdés. Procuró mantenerlo a un lado y centrarse en lo que iba a hacer a continuación. Bastante nerviosa estaba ya como para encima agravarlo con más incógnitas. Situada en el rellano miró las cuatro puertas que lo componían. La que fue su casa, según Tía Rosa, tenía una placa de cobre con la siguiente inscripción: «Juan Rodríguez Ruiz, Ginecólogo». Sara sonrió. Era su día de suerte. Parecía que la plegaria estaba dando resultado. Se haría pasar por una paciente. Respiró hondo para tranquilizarse y llamó al timbre. No oyó movimiento al otro lado de la puerta, así que volvió a intentarlo de nuevo, cruzando los dedos para que el viaje no le hubiera resultado en vano. Después del segundo intento, al ver que no respondían, Sara se dirigió hacia las escaleras, decepcionada. Pero nada más poner el pie en el primer escalón, oyó el sonido de una llave abriéndose paso a través de la cerradura. Miró hacia atrás y la puerta se estaba abriendo. Rápidamente retrocedió sobre sus pasos. Una menuda mujer estaba en el umbral. Sara, ante la alegría de que hubiera alguien en la casa y no pudiendo contenerse, le dijo:

—Buenos días, señora. Quisiera una cita con el doctor... —miró de reojo la placa— Rodríguez.

—Cuánto lo siento, hija. ¿Que no se ha enterado?

—Perdone, no sé... —Sara no entendía nada. ¿Dónde había metido la pata?

—El doctor Rodríguez falleció hace seis meses. Estaba a punto de jubilarse y mire. Ha sido una gran pérdida. Quitamos la placa de la calle, pero todavía falta retirar esta de la puerta. ¿Usted era paciente de muchos años?

Sara se quedó muda. Acababa de tirarle todo por tierra.

—¿Cómo dice?

—¿Que si era paciente del doctor desde hace mucho? Se ha quedado pálida. Entiendo que esté tan afectada.

—No, no mucho —musitó—. Esta era la segunda visita. —Sara midió sus palabras para no levantar sospechas.

—Por eso se lo he preguntado —dijo la delgada mujer—, porque no la recordaba y puedo presumir de conocer a todas las pacientes del doctor. ¡Era tan buena persona y tan buen profesional! —La señora seguía hablando y hablando. Parecía tremendamente apenada—. Fíjese si lo conocía bien que llevaba trabajando con él más de treinta años.

Sara, que estaba a punto de despedirse, intuyó que, si jugaba bien las cartas, podría sacar algo más de información, y se limitó a seguirle la corriente:

—Es una verdadera lástima —dijo Sara—. Yo acudí a él por varias recomendaciones.

—Naturalmente, pero si más de media Valencia eran pacientes suyas. ¿Sabe que también trabajaba en La Fe y en el 9 de Octubre, entre otros hospitales?

Sara creyó conveniente empezar con su interrogatorio, aunque lo haría con mucho tacto.

—¿Siempre había tenido la consulta aquí? Porque la zona es muy tranquila. —La cara de Sara reflejaba pura inocencia.

—Sí, durante... —La mujer dudó, como si estuviera calculando—. Bueno, no..., aquí estuvimos poco más de veinte años. Anteriormente tenía la consulta en la calle Caballeros, donde él residía, muy cerca de aquí. Pero le surgió la oportunidad de comprar este piso y montó aquí la consulta. ¡Y mire ahora!

Sara intentó echar una ojeada a la entrada y al pasillo, que parecía bastante descuidado. Acto seguido dijo:

—¿Y qué harán ahora? Se lo quedarán su mujer o sus hijos, ¿no? —Sara procuraba desenvolverse con discreción.

—No, hija, el doctor era soltero. Tan solo tiene un sobrino que vive en el extranjero, y creo que lo quiere vender —dijo la mujer en voz baja a modo de confidencia—. Yo estoy aquí por casualidad, recogiendo algunas cosas.

—Vaya... —murmuró la joven.

Sara no supo qué decir. Su mente procesaba la reciente información. Si lo querían vender, eso era maravilloso. Además, un hombre soltero y utilizando ese piso solo como consulta, dudaba mucho que estuviera reformado. No había más que ver la entrada: el papel de las paredes tenía más de veinte años. Ahora solo le quedaba despedirse de esa mujer, aunque, al parecer, su interlocutora no tenía muchas ganas de hacerlo, porque no paraba de darle a la lengua. Con un gesto exagerado, Sara echó un vistazo a la hora y, educadamente, se marchó.

CAPÍTULO 8

Mientras las dos hermanas saboreaban un exquisito arroz caldoso, Sara ponía al día a Alejandra tanto de la situación en la que se encontraba el piso como de la inscripción que había en la barandilla.

—¡Sara Ferrer y Jesús Valdés! ¿De verdad que no tienes ni idea de quién puede ser? —preguntó Alejandra totalmente intrigada.

—Te lo prometo. Ni la más remota idea. Y lo peor de todo es que no consigo quitármelo de la cabeza.

—No me extraña, aunque ahora lo primero es centrarnos en el piso. Ya resolveremos la otra cuestión más adelante. Porque piensas averiguar de quién se trata, ¿verdad? —curioseó Alejandra con una cómplice sonrisa.

—Por supuesto, que sepas que tengo mucho más interés que tú, aunque no lo parezca. Solo espero que no me quite el sueño.

Alejandra pensó que, aunque físicamente Sara y ella se parecían mucho, hasta el punto de que a veces llegaban a confundirlas, por dentro eran muy distintas. Sara era mucho más precavida y sensata. Quizás en algunos aspectos parecía incluso más fría, pero sabía que en su interior era muy sensible. Mientras que ella era más impulsiva y visceral.

—Tenemos que estar al tanto de las inmobiliarias —comentó Sara—, hemos de ver el piso por dentro.

—Me parece bien —Alejandra apoyó su propuesta—, pero no sabemos si realmente se va a vender o no. Solo son las suposiciones de esa mujer. De todas formas, hay que pasar a menudo por allí. Igual colocan algún cartel de venta.

—Aun así —continuó Sara—, me pondré en contacto con varias agencias diciendo que estoy interesada en un piso en la calle

Navellos, y entonces solo nos quedará esperar. Recuerda que pasado mañana me iré al retiro de Gilet. Serán tres días.

—Te hace mucha ilusión ir, ¿verdad? —preguntó Alejandra.

—Sí, creo que, profesionalmente, puede significar mucho para mí. Piensa que el subconsciente es muy complejo. Poder adentrarse en él, aunque solo sea mediante hipnosis o regresiones, puede ayudar a mucha gente. Sería bueno no solo para mi consulta, sino también para las clases de yoga.

—¿Quiénes vais? —preguntó Alejandra interesada.

—Viene Lucas, ya sabes, mi socio en el gabinete. Estaremos en compañía de varios psiquiatras y psicólogos, además de los profesores que imparten las clases, claro.

—¿Necesitas que compre alguna cosa para llevarte? —se ofreció Alejandra.

—No... —Sara hizo una pausa antes de contestar—, creo que no. Por cierto..., ¿sabes algo de Lluís?

—Me ha llamado sobre las doce; regresa mañana por la tarde de Nueva York. Su empresa le ha ascendido y dice que está harto de tantas reuniones. Está deseando llegar a la tranquila Valencia.

—¿No te ha preguntado por Thor? —preguntó Sara sorprendida.

—Naturalmente, es lo primero que ha hecho. Ya le he dicho que lo sacamos a pasear tres veces al día, y que cariño, comida y agua no le faltan.

La maleta estaba preparada para el día siguiente. Sara ultimó algunas cosas mientras Alejandra sacaba a Thor para dar el último paseo del día. Cuando llegó a la calle, el animal le dio un tirón al ver un gato callejero que se cruzó ante ellos. Alejandra, sujetando la correa con fuerza, protestó:

—¡Thor, quieto!, ¡maldita sea, que me vas a tirar al suelo! Qué ganas tengo de que venga Lluís.

El perro, al escuchar su nombre, tal y como le había indicado su dueño, cedió enseguida y se dejó llevar. Menos mal que eres obediente, pensó iniciando su recorrido habitual. Pasearon por la calle Quart hasta llegar a los jardines de Guillem de Castro envueltos por una noche magnífica. Una cálida brisa acarició su cara y removió sus cabellos, aunque su mente estaba ausente con el tema del piso y el enigma de la misteriosa libreta. Se sentó en uno de los bancos de piedra situados a los pies de las Torres de Quart. Thor, obediente, se sentó a su lado. Así permaneció unos minutos, hasta que, volviendo a la realidad, le llamó la atención que en el banco de al lado, a tan solo unos pocos metros, había un indigente. Estaba como adormilado y con una botella de vino en el suelo. Alejandra echó un vistazo al reloj, supuso que Lluís ya debería de haber llegado. Estaba dispuesta a levantarse cuando vio que el mendigo se había despertado y no le quitaba ojo de encima. Un calor repentino le subió desde los pies hasta las orejas. En su mente había desaparecido el misterio de la libreta. Ahora, disimuladamente, solo tenía ojos para ese individuo que parecía controlar sus movimientos. En parte la compañía de Thor le daba seguridad; confiaba en que el animal la defendería en una situación crítica. El hombre se incorporó y se dirigió hacia ella. Alejandra se levantó, tiró de la correa del perro y exclamó:

—¡Vamos, Thor!

Este se mostró apático, sin moverse. Justo en ese momento tan crítico, pensó Alejandra, que volvió a tirar de la correa esperando que el animal respondiera. Thor la obedeció, pero en ese breve periodo de tiempo el indigente se había colocado casi a su altura.

—Perdón *seseeeeñorita*. ¿*Nooo* se *acuuuuerda* de mí? ¿Tiene algo *paaara* mí? —Su tartamudez se acentuó. Alejandra contuvo la respiración ante su desagradable olor corporal y su aliento a alcohol.

Alejandra inició el paso esperando que Thor la siguiera, pero ante su sorpresa el perro se detuvo en seco. El individuo empezó a acariciarlo y a llamarlo por su nombre. Lo más curioso era que él se dejaba. Alejandra musitó para sus adentros: «Vaya defensa que tengo contigo». Claro que a lo mejor lo conocía y por eso estaba tan confiado. Alejandra miró su vestimenta: estaba sucia y maloliente, hacía mucho tiempo que tanto las ropas como su propia persona no tocaban el agua ni el jabón. Llevaba el pelo revuelto, muy descuidado y bastante largo, luciendo una barba de varias semanas. Se detuvo en su rostro y pudo apreciar que sus facciones no eran feas: con un buen baño, un afeitado y un buen corte de pelo podría incluso llegar a ser atractivo. No tendría más de treinta y cinco años, aunque visto de lejos parecía tener diez más. El borracho levantó la cabeza y la miró tan profundamente que Alejandra sintió un ligero escalofrío por todo el cuerpo. Le llamaron la atención sus ojos, que desprendían una paz que le puso el vello de punta. Intentó reaccionar rápidamente. No quería delatar su frustración.

—Tengo que marcharme —se quiso disculpar tirando de la correa a Thor.

—¿No *tieeeene naaada, señoriiita*? —demandó con una humildad abrumadora.

Alejandra se registró los bolsillos del vaquero. No llevaba ni un céntimo. Tan solo las llaves.

—Lo siento —dijo con un tono de lástima.

—No *impoporta*, otra vez *seeeeerá* —contestó alejándose.

Alejandra se dirigió a casa, con Thor tras ella. A pesar de la distancia, en su mente aún perduraba la mirada de ese hombre. Era curioso, se había sentido fascinada.

Cuando entró en el portal de la calle Quart, percibió el agradable perfume de Lluís y enseguida supo que su vecino había regresado.

El albergue era sencillo: suelos de madera bastante cálidos y el cuarto de baño comunitario. Lo más valioso era que ofrecía un contacto directo con la naturaleza. La sala era bastante amplia a pesar de estar casi al completo. Todos estaban en silencio, relajados y en posición de loto, escuchando a los profesores. Habían sido tres días bastante intensos en muchos aspectos. Sara estaba contenta, había aprendido muchas cosas. La teoría estaba en sus apuntes, que guardaba como oro en paño. Habían impartido pautas de hipnosis y relajación, y justo en ese momento estaban en la fase final y más esperada: la práctica.

Lucas había ido a regañadientes. Era bastante tradicional para muchas cosas y no apostaba demasiado por la hipnosis. Sus cuarenta y cinco años eran de puro convencionalismo. Con el pelo veteado de canas y con cierto sobrepeso llevaba una vida sedentaria y sin sofocos. Casado y con tres niños se limitaba a acudir a la consulta alternándola con un par de colegios. No aspiraba a más. A Sara le costó mucho convencerlo para que acudiera. A veces no terminaba de entender cómo, siendo tan diferentes, congeniaban de maravilla en el gabinete. Pero así era. En ese momento se encontraban sentados juntos, escuchando a uno de los profesores. Por la cara de satisfacción de su socio, que era bastante expresivo, Sara percibió que estaba cómodo. Eso le agradó, ya que, por lo menos, no le reprocharía que el viaje no había valido la pena. Sara estaba entusiasmada. El profesor pidió un voluntario para una regresión y ella se ofreció la primera. Se levantó y se dirigió al centro de la estancia. El profesor le sonrió. Le indicó que se tumbara y ella siguió sus instrucciones. Le preguntó si quería que profundizara en alguna etapa particular de su vida, a lo que Sara se limitó a decir que no especialmente. Todos permanecieron en silencio, atentos a lo que sucedía. Ella se relajó profundamente. Era consciente en todo momento de lo que ocurría y podía oír a lo lejos la voz del profesor mientras le indicaba los pasos a seguir.

—Sara, tu cuerpo está tan sosegado que apenas notas el contacto con la superficie en que estás apoyada. Concéntrate en tu pierna derecha y observarás que no tienes dominio sobre ella, solo está ligada a ti, pero no puedes moverla. A continuación, haz lo mismo con tu pierna izquierda.

Con los ojos cerrados, la joven escuchaba atentamente y verificaba todo lo que su instructor le predecía. De hecho, en esos momentos sus piernas eran dos bloques de corcho imposibles de mover. A continuación, ocurrió lo mismo con los brazos, primero el derecho y luego el izquierdo. Observó que, efectivamente, no era dueña de su cuerpo. El hombre continuó:

—Intenta retroceder unos diez..., o, mejor, unos quince años. ¿Qué edad tienes, Sara?

Ella tardó unos segundos en responder:

—Creo que unos quince años —dijo con voz adormilada.

—¿Por qué lo crees? ¿Qué pasa o qué ves?

—Me veo con uniforme y saliendo del instituto.

—¿Cuál es tu estado de ánimo?

—Es bueno. Estoy contenta.

—Muy bien, vamos a retroceder un poco más —prosiguió el profesor dulcemente—. ¿Has hecho la comunión, Sara?

—Sí.

—Intenta recordar ese día. Es un día feliz y... —Sara no contestó.

»¿Qué ves, Sara? Dime lo que ves.

Sara se había quedado completamente muda.

—¿Qué te ocurre? —preguntó el instructor intranquilo. Sara seguía sin contestar.

»Sara..., ¿consigues ver ese día? —De repente observó cómo del rostro de la joven brotaban varias lágrimas. Se acercó a ella y pudo apreciar que sus facciones reflejaban dolor y angustia.

—Sí, lo veo. —Su voz estaba acompañada de una estremecedora congoja.

—¿Qué te ocurre, Sara? ¿Qué sientes?

—Estoy muy triste —contestó a duras penas.

—¿Por qué? ¿Qué ha sucedido para que estés así?

—Mi Tía Rosa llora y mi abuela también. Mi hermana Alejandra tiene cinco años, y también está triste. —Sus ojos cerrados no paraban de llorar y sus mejillas brillaban humedecidas por las lágrimas.

—¿Por qué, Sara? ¡Dímelo! ¿Por qué están todos tristes?

—Mis padres... hace un año que han muerto —consiguió terminar la frase a trompicones.

El profesor se quedó sin habla y la sala entera se estremeció. Lucas, atento a lo que sucedía, se sintió afligido. Llevaban trabajando juntos varios años, y nunca la había visto así.

—¿Qué les pasó a tus padres? —preguntó el profesor después de una breve vacilación.

—Murieron en un accidente. —Las lágrimas habían cesado y parecía estar más tranquila.

—¿Quieres que continuemos, Sara? —la tanteó cauteloso el profesor.

—Sí. —Sara permanecía con los ojos cerrados y su tono era firme.

El monitor pensó bien la pregunta que iba a formularle a continuación. No quería hacerla pasar por lo mismo.

—Intenta retroceder tres o cuatro años... ¿Qué ves?

—Una habitación...

—¿La conoces?

—Creo que es mi habitación —respondió Sara dudosa.

—¿Cómo es? Descríbela.

—Pues hay dos camas y una muñeca encima de una de ellas; una Nancy vestida de azafata. Las paredes están pintadas de color rosa y tienen una cenefa de flores silvestres. —Sara se quedó pensativa: ¿No era esa la habitación que su Tía Rosa había descrito como suya, la de la casa de la calle Navellos?

—¿Cómo te sientes, Sara?

—Bien.

—¿Quieres que continuemos?

—Sí, de acuerdo.

—¿Hay alguien contigo?

—No lo sé...

—Mira a tu alrededor.

Sara prosiguió:

—Está mi madre cosiendo, y mi padre acaba de entrar por la

puerta. Lleva unos papeles en la mano y le dice algo a mi madre. Luego vuelve a salir y yo le sigo.

—¿Qué sucede después? —preguntó el profesor dispuesto a no alargar mucho más la regresión.

Sara se había quedado muda recreándose en la escena que había aparecido en su mente. El profesor, viendo que estaba un poco atascada, quiso pasar página.

—Sara..., sal de donde estés y avanza un año hacia delante. Dime qué ves.

Le costó borrar las últimas imágenes para sustituirlas por las siguientes.

—Estoy jugando. —Su tono era jovial.

—¿Dónde?

—En una plaza.

—¿La reconoces? Mira a tu alrededor.

Sara no dijo nada durante unos instantes, luego respiró hondo y añadió:

—Creo que es la plaza de la Virgen. Estoy en la explanada y correteo detrás de las palomas. Me encantan las palomas.

—¿Estás sola? —preguntó el profesor.

—No, está mi padre conmigo.

—¿Eres feliz?

—Sí, me estoy divirtiendo mucho.

—¿Hay alguien más con vosotros?

—Sí, hay un niño... Es un poco mayor que yo y no para de reírse.

—¿Lo conoces?

Sara no contestó. Buscaba en los laberintos de su mente la cara de ese niño e intentaba identificarla.

—¿Sara, lo conoces? —insistió.

—No lo sé, supongo que sí, pero no me acuerdo de él.

—¿Puedes preguntarle el nombre?

Sara, después de unos segundos sin responder, contestó:

—Dice que se llama Jesús..., Jesús Valdés.

CAPÍTULO 9

En los Viveros o jardines del Real se multiplicaban las flores de colores, y el aroma primaveral que desprendían inundaba la ciudad. Sus sendas laberínticas estaban repletas de visitantes, unos paseando, otros dando de comer a los patos en el estanque, o simplemente tomando el sol en el césped. El resto acudía a la Feria del Libro, en cuyas casetas se exhibían miles de ejemplares. Sara, en compañía de Lluís, se había detenido en una de ellas para admirar sus portadas y ojear los títulos expuestos y sus respectivos autores. Después de una complicada criba, Lluís se decantó por dos de ellos.

—¿Ya lo tienes claro? —preguntó Sara mirando el reloj.

—Creo que al final me quedaré con estos —contestó Lluís haciendo una seña al hombre de detrás del mostrador para que se los cobrara—. ¿Cómo vamos de tiempo?

—Un poco justos —respondió Sara con claros signos de ansiedad en su voz—. Hemos quedado a las seis y faltan veinte minutos.

—Tranquila... —le dijo él intentando calmarla—. De aquí a la calle Navellos llegamos en un cuarto de hora.

En cuanto Lluís recibió el cambio, salieron disparados hacia una de las salidas. Pasaron por el Museo de Bellas Artes y cruzaron el puente de la Trinidad. Habían quedado con Alejandra en la Casa de los Caramelos.

Varios días después de que Sara hubiera regresado del retiro de Gilet, habían recibido una llamada de teléfono de una inmobiliaria que gestionaba la venta de un piso en la calle Navellos, tal y como habían solicitado. No se lo podían creer, parecían tener la suerte de su lado, o por lo menos de momento. Entonces las dos hermanas habían trazado un plan: si pretendían descifrar el significado de las anotaciones de la libreta de su padre, tenían que poner al corriente a su vecino Lluís, ya que les inspiraba total confianza y, además, sus conocimientos informáticos posiblemente les serían de gran ayuda. Él se había sentido halagado al ver que lo hacían partícipe de sus preocupaciones y le pareció excitante el misterio que podía esconder la libreta y sus enigmáticas anotaciones. De hecho, se la enseñaron para valorar su opinión, aunque no pudo aportar gran cosa. Con todo, se había ofrecido a acompañarlas donde hiciera falta y les había dicho que podían contar con él para todo. Su nuevo cargo en la empresa, además de estar mejor remunerado, le permitía tener más tiempo libre.

Sara vislumbró a su hermana a tan solo unos metros del lugar de encuentro. Tenía los nervios a flor de piel, la boca seca y el pulso acelerado. Lluís miró el reloj.

—¿Qué te dije? Quince minutos exactos —puntualizó mirando a Sara.

—¡Sí, claro, con semejantes zancadas! —protestó ella señalando sus largas piernas.

—¿Que venís corriendo? —interrogó Alejandra al verlos acalorados.

—Pues casi —alegó su hermana mientras trataba de recuperar el ritmo cardiaco.

Los tres jóvenes se adentraron en la calle peatonal hasta llegar al chaflán que hacía esquina con la plaza de la Virgen. Se detuvieron en el portal para esperar al comercial. Sara echó un vistazo a la fachada e intentó recordar todos los detalles que había visto en la regresión. Había sido todo tan real..., incluso el niño que los acompañaba. Sus facciones todavía estaban frescas en su recuerdo. Aún podía percibir el sonido de sus risas y su voz infantil cuando pronunció su nombre: «Jesús Valdés». ¿Quién narices era ese muchacho? Y ¿por qué no lo recordaba en absoluto?

—¿Estás bien? —le preguntó Lluís preocupado.

—Sí —respondió ella volviendo a la realidad—. No sé cómo vamos a distraer al comercial —murmuró confundida—. Si nos lo pudiéramos quitar de encima, aunque solo fuese un rato.

—Yo tampoco —formuló Alejandra—, pero necesitamos inspeccionar la casa con detenimiento. A lo mejor conseguimos recordar datos que hasta ahora se escondían en nuestra memoria. Si lográramos tenerlo por lo menos unos días, sería perfecto.

Pasados diez minutos apareció un hombre de mediana edad. Por su aspecto pensaron que tenía que ser él. Se acercó a ellos y les preguntó:

—¿Sara Ferrer?

—Sí, soy yo.

Después de los saludos de rigor, avanzaron hasta el portal.

—Me comentó por teléfono que era para vivir con su hermana, ¿verdad?

—En efecto. Nos gusta la zona —confirmó Sara—. Me dijo que tenía tres habitaciones, ¿no?

—Sí, eso es —continuó el comercial—. El piso está sin reformar desde hace más de veinte años. Durante todo este tiempo ha sido una consulta de ginecología y el dueño no se molestó en cambiar ni un solo ladrillo.

Las dos hermanas se miraron con una leve y esperanzadora sonrisa.

—Después del fallecimiento del propietario, su sobrino, como único heredero, quiere venderlo a toda costa. Sabe que está en un buen lugar y que la zona se paga. —Levantó el brazo y pulsó el botón del ascensor. El indicador señalaba que la puerta estaba abierta. Esperaron unos instantes mientras el comercial les daba más detalles sobre la vivienda.

—El ascensor debe de estar estropeado. ¿Les importa si subimos andando? —preguntó el hombre—. Es el tercero.

—No, no hay problema —contestaron los tres casi al unísono.

Cuando pasaron del segundo al tercer piso, Sara se detuvo en la inscripción de la barandilla y se la señaló, discretamente, a su hermana. Alejandra verificó que el nombre de su hermana figuraba al lado del tal Jesús Valdés.

—Ya hemos llegado —balbuceó el comercial casi sin resuello. Después de unos segundos buscando la llave, lo que le permitió recobrar el aliento en parte, abrió la puerta.

Nerviosos, los tres jóvenes se adentraron en el recibidor. Olía a cerrado y a rancio. Observaron que el papel de las paredes, pasado de moda, estaba amarillento. Siguieron a lo largo del pasillo hasta la cocina, que se podía ver que hacía años que no se utilizaba.

—Como verán, la cocina está intacta. Aunque antigua, claro está —comentó el comercial.

Alejandra no tenía palabras, estaba en la cocina de su niñez. De repente, y por espacio de una décima de segundo, tuvo un *flash*; una ligera y tenue visión. Se vio allí, en ese mismo lugar, con su madre sonriendo y cocinando a su lado. Lluís, detrás de ella, pasó los dedos por el banco de la cocina, luego se miró las yemas: estaban ennegrecidas.

—¿Te encuentras bien? —le preguntó al verla ausente.

—Sí, perfectamente —dijo con firmeza.

Siguieron adentrándose en el piso. Alejandra observó el suelo, que era de granito blanco y negro, como había visto en su sueño. Solo que en sus recuerdos estaba resplandeciente y se reflejaban los muebles, a diferencia de ahora, que estaba mate y viejo. Llegaron a una pequeña habitación empapelada que estaba casi vacía, salvo por una mesa en el centro, un sofá de piel raído y varias sillas alrededor. Debía de ser una sala de espera. Después de atravesar una segunda habitación, se fijaron en un pequeño rosetón que unía las dos estancias. Alejandra se aproximó a él y lo acarició. Los variados y vivaces colores de los cristales que lo componían ahora se veían apagados y muertos. Continuaron hasta la tercera y última habitación, que supusieron debió ser la de matrimonio, ahora acondicionada como consulta. A simple vista no podían saber cuál de las tres habitaciones era el despacho de su padre. Necesitarían quitar el papel pintado de sus paredes para ver si debajo todavía persistía la pintura original. Pero ¿cómo iban a hacerlo con el hombre de la inmobiliaria pisándoles los talones? Tenían que improvisar algo, pero ¿qué?...

—¿Qué les parece? —preguntó el comercial.

—Bien, pero necesita una reforma —contestó Lluís.

Las hermanas asintieron dándole la razón mientras ojeaban todo a su alrededor. Estaban en el espacioso salón. El vendedor se acercó a los ventanales y, restándole importancia al comentario de Lluís, les enumeró las deliciosas vistas.

—Sí, estoy de acuerdo en que necesita una pequeña inversión. Pero miren el lado bueno: así lo pueden reformar a su gusto. No me negarán que la ubicación es inmejorable. Como hace esquina, tienen la plaza de la Virgen justo a sus pies. Sin moverse del balcón pueden ver la catedral, la basílica y el Miguelete. Los jueves, en la puerta de los Apóstoles de la catedral, podrán presenciar los juicios del Tribunal de las Aguas. En Fallas admirarán la ofrenda de flores en primera línea, y el día de la Virgen de los Desamparados podrán ver el traslado de la Virgen sin empujones.

Los tres le miraron sin pestañear mientras el hombrecillo seguía enalteciendo la ubicación del piso. Comercial hasta la médula, pensaron en silencio.

Sara se quedó pensando por unos instantes en lo que acababa de decir. ¿Cómo no se le había ocurrido antes? Hoy era tres de mayo, faltaban tan solo unos días para la Festividad de la Virgen, cuando era tradición alquilar balcones o incluso pisos para poder presenciar el acontecimiento de una manera más cómoda... Sin pensarlo dos veces, preguntó:

—¿El precio que nos comentó es negociable? —pronunció secamente.

—No demasiado. El heredero sabe que vale lo que pide —aclaró el comercial contento de entrar por fin en el tema de la negociación.

—Sí, pero aquí hay que hacer una gran inversión, entienda que el estado en el que se encuentra es pésimo —siguió Sara—. ¡Si el precio no es negociable, entonces no nos interesa! Se pasa de nuestro presupuesto.

Lluís y Alejandra la miraron sin saber muy bien lo que se traía entre manos. Sara continuó hablando:

—Por otro lado, como usted bien ha dicho, desde estos balcones hay unas vistas magníficas de la plaza y, teniendo en cuenta que el día de la Virgen está a la vuelta de la esquina, estaríamos interesados en alquilar el piso durante ese fin de semana. Ello nos ayudaría a tomar la mejor decisión.

Su hermana y su vecino se quedaron boquiabiertos. Ninguno de ellos lo hubiera hecho mejor. Una sonrisa, mezcla de complicidad y satisfacción, se dibujó en la cara de los tres jóvenes cuando observaron el rostro de desconcierto del hombre, que no sabía cómo reaccionar. Estaba claro que la proposición le había pillado por sorpresa.

—Pues no sé... —refunfuñó—. Tendría que consultarlo con el dueño. Pero no se ha contemplado la posibilidad de alquilarlo, y menos por un fin de semana.

—Le agradecería que hiciera la gestión —le apremió Sara con decisión—. Hágale saber que puede ganar un dinero extra y que es posible que ello nos ayude a decidirnos por la compra. Además, como solo lo tendremos un fin de semana, ello no le supondrá a usted ningún tipo de problema para poder enseñarlo a nuevos posibles compradores.

El hombrecillo se quedó pensativo durante unos instantes, valorando la oferta.

—¿Me disculpan un segundo? Voy a hacer una llamada —repuso.

—Por supuesto —murmuraron los tres asintiendo y con los dedos cruzados.

A los pocos minutos regresaba de la cocina.

—No hay ningún problema, siempre que lleguemos a un acuerdo con el precio.

—Usted dirá —dijo Sara complacida.

Minutos más tarde estaban cerrando el trato. Parecía que todo iba viento en popa.

CAPÍTULO 10

Amaneció un día precioso, con el sol incidiendo sobre el mármol de los miles de panteones y nichos del inmenso Cementerio General. El silencio imperaba en sus centenares de pasillos, a esa hora casi desiertos, erigiéndose en un verdadero aliado de la paz de las almas que allí descansaban.

Tía Rosa y sus sobrinas depositaron un centro de flor en la tumba de sus padres. Era cinco de mayo y el veintitrés aniversario de su muerte. Cada una rezó una plegaria dirigida a ellos.

Tía Rosa hablaba con su hermana Carmen:

—Ya se han independizado, ¿sabes? Además, se han convertido en dos mujeres hechas y derechas. Cada vez se parecen más a ti. Si las vieras... ¡Cumplí mi promesa de cuidarlas!

Mientras tanto Sara añoraba el hueco que habían dejado sus padres e intentaba preguntarles qué querían de ellas, hasta dónde tenían que llegar, y qué era lo que realmente buscaban.

Alejandra les pedía más pistas para poder desvelar el enigma que las envolvía. Juró que encontraría esas misteriosas llaves por muy escondidas que estuviesen, y así ver cumplido el sueño de su padre.

Visitaron también la tumba de sus abuelos y regresaron a casa. Estaban entrando en la calle Quart cuando se encontraron con su vecina Elisa, que las detuvo para charlar con ellas. Después de escucharla un rato, se despidieron.

Los días se sucedieron y ese sábado por la mañana las dos hermanas estaban más eufóricas de lo normal. Por fin tenían las llaves del piso alquilado de la calle Navellos. Habían ansiado registrarlo desde que supieron de su existencia, aunque las esperanzas de encontrar algo útil, después de veintitrés años, eran bastante remotas. Sin embargo, no estaban dispuestas a rendirse sin haberlo intentado.

Después de desayunar, cogieron una mochila con varias cosas indispensables junto con la misteriosa libreta y bajaron a casa de Lluís. Al abrirse la puerta, Thor salió de entre las piernas de su dueño, dándoles la bienvenida a base de carantoñas. Minutos después salieron los tres a la calle con un mismo objetivo. Siguieron por la calle Quart hasta la calle Caballeros, para acabar desembocando en la plaza de la Virgen. Puntual como siempre, Tía Rosa los esperaba en el portal. Después de intercambiar los saludos pertinentes, se adentraron en el patio. Mientras subían las escaleras, Sara y Alejandra afinaron los sentidos mostrándose lo más receptivas posible, ya que las posibilidades de repetir esa experiencia se agotaban. Una vez llegaron a su destino, Sara sacó las llaves de su bolso y las introdujo en la cerradura. Los cuatro entraron en el recibidor y cerraron la puerta. Había que ponerse manos a la obra, no podían dormirse, pero ¿qué era realmente lo que buscaban y por dónde debían empezar?

Una terrible nostalgia se apoderó de Tía Rosa cuando accedió al interior del piso. Pese a estar amueblado de distinta forma y a que sus paredes lucían diferentes, un montón de recuerdos acudieron a su mente a medida que se adentraba en las distintas estancias de la casa.

—En este pasillo corríais de pequeñas. Me acuerdo de que le regalaron a Alejandra un triciclo por Navidad y arañaba las paredes con el manillar. —Rosa pasó sus dedos por la pared como intentando identificar los rasguños. Las muchachas sonrieron.

—Creo que me acuerdo de él —comentó Sara con la mirada perdida—. Y creo recordar que no me lo dejabas —dijo dirigiendo la vista a su hermana.

—Así es —confirmó su tía—, decía que solo era suyo y no se lo dejaba a nadie, ni siquiera a los hijos de la portera, que a toda hora estaban aquí.

—¿Los hijos de la portera? —preguntó Alejandra.

—Sí... ¿No os acordáis? Era una buena mujer. Se llamaba Virtudes. Sus dos hijos eran un poco mayores que vosotras, y cuando tenía que hacer algún recado, se los dejaba a vuestra madre.

Sara y Alejandra se miraron mutuamente.

—Tía, ¿recuerdas cómo se llamaban? —solicitó Sara curiosa.

—Pues, espera... No me acuerdo, y mira que lo tengo en la punta de la lengua.

—¿Es posible que el nombre de uno de ellos fuera Jesús Valdés?

Su tía sonrió al recordarlo, pero al mismo tiempo en su cara se dibujó una mueca de sorpresa.

—¿Te acuerdas de ellos? ¡Pero si eras muy pequeña!

—No —respondió Sara—, pero en la barandilla de la escalera están grabados su nombre y el mío. Y cuando me hicieron la regresión en este último cursillo, lo vi jugando conmigo en la plaza.

—Pues os llevabais muy bien. Con el mayor puede que os llevarais un par de años —dijo señalando a su sobrina Sara—. Pero cuando os trasladasteis a vivir conmigo, perdisteis totalmente el contacto. No sé qué habrá sido de esa familia.

Después de echar un ligero vistazo al piso, Tía Rosa les señaló cuál había sido su cuarto y cuál el despacho de su padre. Las hermanas entraron en lo que fue su antigua habitación. Alejandra cerró los ojos y tuvo una visión fugaz. Vio un par de camas y a ellas dos en camisón, saltando con las almohadas en la mano. Abrió los ojos y se acercó a la pared de enfrente. Retiró una silla y empezó a rascar y a despegar el papel que cubría el tabique. Primero por una esquina, luego por el centro. El papel estaba tan viejo y la cola tan seca que se rompía a jirones sin hacer ningún esfuerzo. Rebuscó en su mochila una rasqueta y siguió en su empeño. Se detuvo en seco al oír el grito de su hermana:

—¿Qué estás haciendo? —bramó enojada.

Alejandra se quedó inmóvil, mirando la pared, como saliendo de un breve trance y sin saber qué responder. Se frotó la frente y balbuceó en voz alta:

—¡Dios mío! ¿Qué me ha pasado? Me estoy volviendo loca o qué... —Sara, al oír la frase de su hermana, le dijo que se sentara.

—No te preocupes —le susurró arrepentida por el tono que había empleado—. Ahora mandaré a Lluís a por cola de empapelar. Esto va a quedar como si nada. ¡Ya lo verás!

Su vecino acudió enseguida al lugar donde se encontraban.

—¿Qué pasa? —preguntó.

—Mira —dijo Sara señalando la pared—. Tendremos que intentar arreglarlo, aunque no sé cómo lo vamos a hacer.

Lluís se aproximó al lugar y a los pocos instantes volvió a alejarse. Luego repitió la misma operación. Sara no salía de su asombro. ¿Qué estaba haciendo? ¿Acaso había encontrado algo imperceptible para ella? Estaba a punto de preguntarle cuando su vecino se quedó mirándolas y les dijo:

—¿Habéis visto eso? —exclamó tocando un punto determinado en la pared.

Sara se puso en cuclillas. No veía absolutamente nada.

—¿Qué has visto? —preguntó decepcionada.

—Sara, aléjate —insistió él—. Vete a la puerta y, sin dejar de mirar donde te señalo, ve acercándote poco a poco.

Alejandra se levantó de la silla y repitió los mismos movimientos que su hermana. Al principio no divisaron gran cosa. Lluís se levantó y se apartó para que entrara mejor la luz y las sombras no les entorpecieran la vista. La cara de Sara se iluminó y de su boca floreció una estremecedora sonrisa. En uno de los huecos que había quedado libre de papel asomaban restos de pintura rosa, pero lo que verdaderamente les llamó la atención no fue el color sino un dibujo, en lápiz, de apenas unos siete u ocho centímetros. Un pequeño boceto que visto de lejos no llegaba a ser perceptible, pero según se acercaban iba adquiriendo forma y también algo de sentido.

—¿Qué diríais que es? —preguntó Lluís. Ellas concentraron toda su atención.

—Parece un castillo. No sé... —sugirió Sara—. O quizás unas torres.

—Fíjate bien —insistió su vecino—. Conoces bien Valencia, ¿verdad?

—Creo que sí —contestó la joven.

—Recordad que, por lo que cuenta vuestra tía, la obsesiva investigación de vuestro padre se centraba en la ciudad de Valencia. Además, era profesor de Historia y le apasionaba su profesión...

Tía Rosa hizo su aparición en la estancia y escuchó el final de la frase de Lluís. Alejandra estaba atenta a sus palabras. Fue en ese preciso instante cuando lo vio claro.

—¡Ya sé lo que es! —voceó con ímpetu—. Son las Torres de Serranos.

—Efectivamente —asintió su vecino con una sonrisa.

—Pues ahora que lo dices, ¡es cierto! —se unió Sara.

—Jorge dibujaba muy bien —atajó Tía Rosa—. No me extraña nada que ese boceto lo hiciera él. Siempre estaba dibujando cosas a lápiz. De hecho, Carmen le reñía porque a veces lo hacía en los lugares más insospechados. Aquí tenéis un ejemplo —dijo señalando la pared.

—¿Qué había exactamente en este lugar, tía? —quiso saber Sara.

—Justamente aquí estaba el cabezal de la cama de Alejandra.

Sara dio unos pasos y preguntó:

—Entonces, si dormíamos juntas, mi cama debería de haber estado aquí aproximadamente, ¿no es así? —demandó mirando a su tía.

Esta asintió con la cabeza, sin entender nada.

—¿Qué tienes en mente? —inquirió Alejandra.

—Todavía no lo sé. Es solo una corazonada.

Sin mediar palabra, midió a ojo la altura aproximada a la que habían encontrado el anterior dibujo y empezó a retirar el papel donde supuestamente habría estado su cama. Todo lo que estaba sucediendo no podía ser solo una casualidad. Sus manos iban a una velocidad de vértigo. Sintió cómo una de sus uñas arañaba el yeso, seguido de un estridente chirrido que le produjo un tremendo escalofrío. Luego se quedó quieta, con la mente en blanco al observar que su intuición había sido certera.

Los ojos de Sara empezaron a empañarse humedeciendo los pedazos de papel que habían caído al suelo. Ya no pensaba en el comercial de la inmobiliaria, ni tan siquiera en el dueño del piso cuando se lo devolvieran. A decir verdad, le daba lo mismo, el destrozo había valido la pena solo para contemplar lo que había dibujado su padre en la cabecera de su cama.

—¡Sara, aquí hay algo! —chilló Alejandra emocionada.

Tía Rosa sintió cómo se le erizaba el vello de los brazos.

Sorprendidas e ilusionadas divisaron otro dibujo similar al anterior. Era muy parecido, pero no igual. Sara se quedó sin palabras al comprobar lo que era. No entendía absolutamente nada. Fue Alejandra quien rompió el silencio.

—¡Son las Torres de Quart! ¿Os dais cuenta de lo que significa todo esto?

—No —contestó Sara desquiciada y casi perdiendo los papeles—. En tu cabecera estaban las Torres de Serranos. Y da la casualidad de que están situadas a tan solo doscientos metros de aquí, y en mi parte..., en mi cabecera, están las Torres de Quart. Y da la casualidad también, y es lo que no entiendo, que nosotros tres —dijo señalando a su hermana y a Lluís— vivimos a menos de cien metros de ellas. Con todos los áticos que hay en Valencia, con todas las viviendas en venta que hay en la ciudad he ido a comprármelo justamente ahí. Demasiadas casualidades.

Tía Rosa intervino agobiada, viendo la comprensible confusión de sus sobrinas:

—Mujeres de poca fe. ¿No os dais cuenta?

Los tres jóvenes la escucharon atentamente.

—¿No queríais señales? —dijo mirándolos—. Creo que esto no son simples dibujos que un padre hace a sus pequeñas. Recordad que la búsqueda de esas llaves tenía absorbido a vuestro padre. Estoy convencida de que hablaría constantemente de ello con vosotras, erais pequeñas y le escucharíais como si fueran cuentos. El subconsciente es muy sabio. Puedes tener retenidos recuerdos y creer que están olvidados, hasta que, sin saber por qué, salen a la luz. ¿Es así o no, psicóloga? —sondeó señalando a Sara.

Sara corroboró las palabras de su tía. Intentó serenarse y adoptar un punto de vista más frío. Los sentimientos la habían desbordado antes, pero no volvería a suceder.

—Tienes razón, tía. Si teníamos esos dibujos en la cabecera de nuestras camas, por lógica, nos debía de hablar a menudo del tema. Posiblemente al llevarnos a dormir. Ahora entiendo por qué inconscientemente quería que mi piso estuviera ubicado en la parte más histórica de la ciudad. Incluso llegué a sugerirle al comercial que buscara cerca de las Torres de Serranos o de Quart.

Alejandra intervino al oír la explicación de su hermana.

—¿Me queréis decir que yo sabía el lugar exacto donde se encontraba el dibujo? —Su hermana asintió—. Pues me alegro —dijo sonriendo—, porque pensaba que me estaba volviendo loca.

—¿Habrá más dibujos en la casa o alguna pista que nos pueda revelar algo? —preguntó Lluís, que hasta el momento había permanecido en silencio.

—No lo sé —contestó Sara—, pero no podemos empezar a quitar el papel de todas las paredes. Tenemos que plantearnos primero cómo arreglar el destrozo que acabamos de hacer.

—Déjalo en mis manos. Siempre me han gustado los trabajos manuales —se ofreció Lluís con sarcasmo—. Bajaré a comprar cola y quedará como nuevo.

Sara le miró a los ojos y le dio las gracias. Sobraban las palabras. Cada vez se alegraba más de que estuviera a su lado.

—¿Creéis que estos dibujos pueden tener alguna relación con lo que buscamos? —preguntó su tía.

—Pues no lo sabemos todavía —comentó Sara—. Pero deduzco por los dibujos que aparecen en la libreta de mi padre que se refiere a llaves antiguas —agregó mientras la sacaba de su mochila—. Si las torres que están dibujadas en la pared son monumentos históricos de la ciudad de Valencia, es posible que tengan algo que ver en todo esto. Debería de haber algún tipo de conexión en estas anotaciones.

—Espero que así sea, porque es lo único que tenemos —continuó Alejandra.

Sara se dirigió al salón y se sentó en el sofá que había debajo de los ventanales. Aprovechó la luz que entraba del exterior y empezó a hojear los folios amarillentos. Saber que esa libreta había pertenecido a su padre la llenaba de satisfacción, aún más si con ella podían terminar algo que él había empezado. Eso la emocionó, notando cómo un nudo de sentimientos encontrados se formaba en la garganta y le oprimía el corazón. Ahora, con la mente más despejada, entendía los motivos que las llevaron tanto a su hermana como a ella a olvidar todo cuanto habían vivido con sus padres. El dolor sufrido en aquellos momentos bloqueó esos años y las hizo empezar de cero, actuando como un mecanismo de defensa. Sin embargo, en Alejandra los recuerdos se habían filtrado a lo largo de su infancia y adolescencia mediante tormentosas pesadillas, escenas que su cerebro se resistía a borrar. Ella, a diferencia de su hermana, no lo experimentaba en sueños o, por lo menos, no era consciente de ellos, pero sí había olvidado por completo su vida anterior a los siete años. La traumática pérdida de sus padres les había afectado más de lo que se imaginaban. ¡Cómo los echaba de menos! Una lágrima se abrió paso lamiéndole el rostro y cayó en una de las páginas de la libreta. Sara, con sumo cuidado, intentó secarla, no quería que esas valiosas hojas se deterioraran.

CAPÍTULO 11

La cálida noche, plagada de estrellas, era testigo de los cientos de personas que, agrupadas y sentadas en el suelo de la plaza de la Virgen, contaban los minutos hasta poder ver a su patrona: la Virgen de los Desamparados, llamada cariñosamente «Geperudeta». A medida que pasaban las horas el gentío aumentaba hasta alcanzar los miles de personas. Un ligero murmullo se mecía en el aire y los valencianos y visitantes, llenos de fe y devoción, esperaban a que amaneciera para rendirle homenaje.

Según cuenta la historia, en el año 1409, el padre Jofré, de la orden de los Mercedarios, asombrado por el mal trato que recibían los locos, discapacitados, niños abandonados y desamparados de la ciudad, fundó una cofradía que se transformó en el primer hospital psiquiátrico del mundo occidental. La leyenda relata que los cofrades solicitaron al padre Jofré que les proporcionara una imagen de la Virgen. Poco tiempo después tres peregrinos se presentaron ante el clérigo pidiendo refugio y comida. A cambio ofrecieron esculpir una imagen con la condición de tener los materiales necesarios y estar solos. Durante los tres primeros días que estuvieron recogidos en la ermita, se oyeron golpes que procedían del interior. En la madrugada del cuarto día, el padre Jofré, inquieto por ver cómo se desarrollaba el trabajo, entró y los peregrinos habían desaparecido dejando solo la imagen, que recibiría el nombre de Virgen de los Desamparados, alegando que había sido esculpida por los ángeles.

La plaza vestía un colorido y perfumado tapiz floral junto a un improvisado altar. El sonido de las nueve campanas del Miguelete, volteando manualmente y anunciando el toque del alba, estremeció a Tía Rosa y a sus sobrinas. La misa se escuchó por los altavoces acompañada de los coros de diversos colegios, dando la sensación de que decenas de ángeles invadían el lugar. Una bandada de palomas alzó el vuelo en señal de paz, dejando paso a los rayos del sol que estrenaban un nuevo día.

El ambiente estaba cargado de sensibilidad y fervor, mientras esperaban a que se abrieran las puertas de la basílica para ver a la más preciada joya de la ciudad. En esos momentos no había diferencias de clase, ni de sexo, ni de color. Todos eran iguales ante su patrona; todos eran iguales ante su Virgen.

Cuando la sacaron en andas a la plaza camino de la catedral, el gentío aclamaba su presencia con gritos de emoción y efusivos aplausos, con la esperanza de tocar su manto y recibir su bendición. Las alabanzas la cortejaron durante el trayecto cubriéndola con perfumados pétalos de flores. Algunos niños eran transportados por la multitud llevándolos por encima de sus cabezas hasta la mismísima Virgen. Sara y Alejandra se encontraban apiñadas en el callejón del Micalet, a tan solo cincuenta o sesenta centímetros de su manto. Envueltas en sudor y rodeadas de empujones y pisotones, no perdían la esperanza de cumplir uno de sus sueños. ¡Valía la pena intentarlo!

—¡Sara, casi puedes tocarla! —gritó Alejandra emocionada.

Sus esfuerzos fueron en vano. Sara se estiró todo lo que pudo, pero un empujón hizo que se desviara perdiendo su posición y alejándola unos valiosísimos centímetros. La invadió una terrible tristeza. Decepcionada, no pudo evitar dejar caer una lágrima.

De repente, los dos hombres que le estaban impidiendo el contacto con la Mare de Déu se giraron y, viendo cómo las dos hermanas se debatían desesperadas, las dejaron acercarse con una expresión de serenidad.

Sara, agradecida, se acercó y consiguió tocar el ansiado manto. Por un instante sintió un ligero calor en la palma de su mano. Al levantar la mirada vio la expresión de su patrona llena de compasión y misericordia. Se sintió cautivada y al mismo tiempo terriblemente conmovida. Cuando bajó la cabeza y volvió a la realidad, dejó que su hermana siguiera sus pasos para facilitarle el camino quedándose un poco rezagada. Miró a su lado y vio al hombre que la había dejado pasar, sonriéndole. Por una décima de segundo la cara de aquel amable caballero se transformó en la viva imagen de su padre. Abrumada miró a su hermana para avisarla, pero cuando volvió a mirarlo se dio cuenta de que todo había sido producto de su propia imaginación.

El restaurante estaba a rebosar y la algarabía de la gente no dejaba escuchar ni a los propios acompañantes. El olor a cocina infestaba el lugar. A otras horas hubiera resultado molesto. En cambio, a las tres de la tarde, era el perfume más estimulante. Gracias a Lluís, habían conseguido una mesa para cuatro, y sentados en la terraza disfrutaban de los cálidos rayos del sol, a la espera de saciar su apetito. El sueño y el cansancio se reflejaban en sus caras. Apenas habían dormido un par de horas con el ajetreo de la Virgen, pero no les importaba. Ya tendrían tiempo de hacerlo. Había sido un fin de semana lleno de sensaciones nuevas, aunque todavía les quedaba la tarde del domingo.

—Tú tampoco has pegado ojo, ¿verdad? —le preguntó Sara a su vecino, viendo las pronunciadas ojeras que se dibujaban bajo sus ojos.

—No mucho, el local estaba a reventar —contestó con una dulce sonrisa.

—Mira la parte positiva —añadió Alejandra mientras daba un trago al vermut—. Eso es bueno para el negocio.

—Y ¿qué me decís de las anotaciones de la libreta? —preguntó el joven curioso—. ¿Habéis sacado algo más en claro?

—Nada de nada, y mira que no consigo quitármela de la cabeza —respondió Sara sacándola de su bolso y hojeándola—. Lo que más me llama la atención es la frecuencia con la que aparece el número doce. Es rara la hoja en la que no está.

En sus mentes vagaba esa cifra sin rumbo. Estaba claro que les quería decir algo, pero ¿qué?

Tía Rosa rompió el silencio:

—¿Qué puede significar? Son doce los meses del año y muchos artículos se compran por docenas.

—En efecto —prosiguió Alejandra—. Al igual que son doce las horas diurnas y doce las horas nocturnas.

—También son doce signos del zodiaco —añadió Sara.

Los demás asintieron y fue Lluís quien tomó la palabra:

—El número doce es el número solar por excelencia y una constante en la cultura mediterránea.

—Son doce las estrellas amarillas de la bandera de la Unión Europea —reanudó Alejandra.

—Y las uvas de Nochevieja —expuso Sara sonriendo.

—Y doce son los Apóstoles —siguió Tía Rosa con el juego. Aquello parecía un acertijo.

—Al igual que el número atómico del magnesio —formuló Sara— y el número pentagonal.

—También son doce los representantes de las tribus de Israel —explicó Lluís de carrerilla—, y doce las puertas de la Jerusalén Celeste.

Estaba claro que así no iban a ningún sitio. Eso se había convertido en un verdadero cachondeo.

El camarero se les acercó, interrumpiendo la conversación, y les sirvió algo de picoteo: un esgarraet, unas patatas bravas y unos calamares para que fueran calmando el hambre hasta que llegara la paella. Tía Rosa pidió una botella de agua y Lluís, una de vino.

—¿Usted nunca bebe vino? —le preguntó Lluís.

—Poco, la verdad...

—Nos queda revisar lo que fue el despacho de papá —dijo Sara mientras pinchaba un calamar—. Y el tiempo apremia, solo tenemos esta tarde para inspeccionarlo.

—Si tenéis que quitar más papel —prosiguió Lluís con tono burlesco—, podéis hacerlo. Creo que le he cogido el tranquillo a eso de empapelar, y oye, tiene su punto.

Tía Rosa lo miró complacida. Dicen que a veces las apariencias engañan, y la primera vez que lo vio en el patio de su sobrina Sara le pareció un poco golfo y desastrado. Sin embargo, cómo había cambiado su opinión. Además de lo bien que olía siempre, sin proponérselo se las estaba llevando a las tres al huerto.

Después de saborear la paella y disfrutar de un postre variado, regresaron al piso de la calle Navellos. Se centraron en el antiguo despacho de Jorge. Alejandra recordó el sueño que tuvo tiempo atrás y a su mente acudieron las frases que él le recitó.

Era difícil saber qué tenían que hacer y dónde buscar sin los muebles y documentos de entonces.

—¿Qué hicisteis con todos los papeles que había, tía? —preguntó Sara.

—Pues no me acuerdo muy bien, pero se debieron de tirar. Eran tantas cosas que... —Tía Rosa por un instante se sintió culpable. Quizás en aquel momento actuó un poco a la ligera. Pero no podía llevarse todas las cosas a su casa de la calle María Cristina, y las pocas que se llevó terminó tirándolas con la mudanza a la avenida del Puerto.

—Si hubiera dejado algún tipo de escondite, alguna clave o pista para poder continuar... —especuló Alejandra echa un lío.

Estaba claro que lamentándose no iban a encontrar nada. Así que se pusieron manos a la obra revisando una habitación no muy grande y con pocos enseres. Unos cuadros de paisajes decoraban las paredes junto con el rosetón de colores que comunicaba con la que había sido la habitación de las niñas. Lluís y Sara palparon las paredes, Tía Rosa y Alejandra inspeccionaron el suelo. Sara se detuvo frente al rosetón y se aproximó a él. Era una lástima que estuviera lleno de polvo, ya que originalidad no le faltaba. ¿Qué sentido tenía un rosetón similar al de las iglesias en su propia casa?

—¿No os llama la atención este rosetón? —planteó Sara—. ¿Qué pinta en esta habitación?

Lluís se aproximó a él para inspeccionarlo, seguido de Alejandra y Tía Rosa.

—Ahora que lo mencionas —dijo su tía—, ese rosetón lo hizo vuestro padre. No estaba en el piso cuando lo alquilaron.

—¿Cómo? —preguntaron sus sobrinas a un tiempo y con los ojos más abiertos de lo normal.

—¿Quieres decir que esto lo puso mi padre y nos lo dices ahora? —clamó Sara incrédula.

—Pues sí —contestó su tía en tono de disculpa—, no me he acordado de ello hasta que has preguntado, lo siento.

Por un momento la tensión invadió la estancia. Tía Rosa intentó recuperar la calma y relató lo poco que sabía.

—Solo puedo deciros que lo encargó. Como estaba hasta la madrugada con sus investigaciones, lo colocó entre la pared de su despacho y vuestra habitación para teneros controladas mientras dormíais.

Tía Rosa se quedó pensativa por unos instantes. Estaba intentando recordar algo más. Se llevó la mano a la barbilla como si ese gesto la ayudara a refrescar la memoria.

Todos esperaban que abriera la boca para sacarlos del suspense. Alejandra estaba a punto de decirle algo cuando su tía hizo un ademán que dejaba entrever que se disponía a continuar.

—Ahora que me acuerdo... Los cristales los encargó mucho tiempo después. Primero hizo el dibujo y le dio forma. Más tarde, el agujero, y mucho tiempo después colocó las láminas de colores. ¡Eso es! Me acuerdo porque le gastaba bromas al respecto.

—Pero es un poco raro —puntualizó Alejandra—. Si realmente era para controlarnos, podía haber colocado una ventana normal y corriente.

—Tengo que deciros que vuestro padre era muy buena persona y quería a mi hermana y a vosotras con locura. Hubiera dado su vida por vosotras tres. Pero en algunos aspectos era un poco raro, o quizás yo no lo llegué a comprender nunca. Mi hermana lo entendía a la perfección y lo apoyaba en todo. —Su tono era de admiración, casi rozando la envidia—. El caso es que encargó ese rosetón a un cristalero especializado.

—¿Sabes por qué? —inquirió Sara intranquila—. Debía de tener algún motivo.

Lluís la apoyó.

—Creo que tienes razón, Sara.

Tía Rosa se les adelantó:

—Efectivamente —continuó Rosa, orgullosa de su memoria—, lo encargó fijándose en una iglesia específica.

Los tres jóvenes se quedaron mudos y atentos.

—La iglesia de los Santos Juanes.

—¿No es esa la iglesia que está enfrente de la Lonja y al lado del Mercado Central? —preguntó Sara.

—Sí, así es —corroboró su tía—. En esa iglesia fue donde se casaron vuestros padres. Recordad que nosotras vivíamos muy cerca de allí.

—Lo cual quiere decir que posiblemente no tuviera ningún motivo específico, sino que simplemente le recordaba a su feliz matrimonio —dedujo Lluís algo decepcionado.

—Sí, eso parece —dijo Sara desilusionada—, estamos como antes, con las manos vacías.

—De todas formas, no está de más que le echemos un vistazo a la iglesia de los Santos Juanes —concluyó Alejandra sin perder un ápice de esperanza.

Los demás asintieron.

CAPÍTULO 12

La clase estaba en silencio. Sara tomó conciencia de su cuerpo eliminando todo tipo de tensión. Sus alumnos, obedientes, siguieron las indicaciones de su suave voz y empezaron a aflojar el cuello, los hombros, los brazos, descendiendo poco a poco. Todos disfrutaban de ese momento mágico. Un tiempo que les permitía desconectar del trabajo, de la casa, de los niños y del estrés diario, recuperando el equilibrio y la armonía.

Alejandra se encontraba entre el grupo. Su hermana no daba crédito. Habían transcurrido tres días desde que entregaron las llaves al comercial de la inmobiliaria del piso de la calle Navellos. Por suerte, Lluís se había esmerado con el papel y las paredes habían quedado de lujo. Después de la clase, y aprovechando que era el día libre de Alejandra, decidieron ir a visitar la iglesia de los Santos Juanes. La curiosidad las roía por dentro.

Era la una del mediodía cuando las dos hermanas entraban por la calle San Vicente para desembocar en María Cristina. Al llegar a la fachada de la iglesia que daba a la plaza del Mercado, el móvil de Alejandra empezó a sonar.

—Sí, dime... De acuerdo. Te esperamos en la puerta.

—¿Es Lluís?... —preguntó Sara.

—Sí, está a punto de llegar.

Por unos instantes se recrearon en la portada, donde destacaba la escultura central de la Virgen del Rosario. Sobre ella se encontraba la torre del reloj, franqueada por los dos santos Juanes: san Juan Evangelista y san Juan Bautista. En lo alto de la fachada estaba la veleta conocida como «el pardal de Sant Joan». A ras del suelo había unos semisótanos en los que antaño se ubicaban chatarreros y tiendas de viejo llamadas «covachuelas» o «casillas de Sant Joan». Lluís llegó por detrás, sorprendiéndolas.

—Casi no llego. Entre el tráfico y una reunión de última hora... —Su respiración era más agitada de lo normal.

—¿Entramos? —propuso Sara.

La nave estaba en penumbra y el cambio brusco de luz hizo que sus pupilas se dilataran. La temperatura era ligeramente inferior y Alejandra se frotó los brazos al notar un escalofrío. Estaba prácticamente vacía, salvo dos beatas arrodilladas en uno de los primeros bancos. Sara se mojó las yemas de los dedos en la pila de agua bendita y se santiguó. Alejandra la imitó.

Era la primera vez que entraban en esa iglesia. Por unos instantes imaginaron a sus padres vestidos de novios en el altar. A pesar de que necesitaba una restauración urgente, su decoración le confería una sensación de grandeza. Construida sobre una antigua mezquita en 1240 y de origen gótico, adquirió una forma barroca a finales del siglo XVII y comienzos del XVIII. La bóveda estaba adornada con frescos de Antonio Palomino. Debido a que fue la primera iglesia que quemaron durante la guerra civil, y a varios incendios posteriores, el color negruzco del hollín y del paso del tiempo emborronaban gran parte de los pasajes de la Biblia y del Apocalipsis.

Sentados en uno de los bancos, los tres jóvenes intentaban localizar el posible rosetón cuya reproducción adornaba la pared del despacho de Jorge. Aparentemente no existía ninguno en toda la iglesia o, por lo menos, no fueron capaces de encontrarlo. Sara contempló una serie de figuras, superiores al tamaño natural, situadas alrededor de la nave central y colocadas sobre unos pedestales. Eran doce. El número atrajo su atención. Al principio pensó que serían los apóstoles, pero cuando empezó a leer sus nombres —Rubén, Simeón, Leví, Judá, Isajar, Zebulun, Dan, Neftalí, Gad, Aser, José, Benjamín—, sus sospechas se esfumaron.

—¿Sabes quiénes son esas figuras? —le preguntó discretamente a Lluís, que no tardó en responder.

—Son los doce hijos de Jacob —susurró muy seguro de su respuesta.

—¿Los hijos de Jacob? —repitió Alejandra levantando una ceja.

Lluís asintió sin más. Su vecina pensó que estaba muy enterado en cuanto a los temas eclesiásticos se refería. Tal vez había sido monaguillo.

Sara admiró el majestuoso retablo mayor de madera policromada y dorada que albergaba la Inmaculada como imagen central. En los extremos del retablo y dentro de dos amplias hornacinas se encontraban san Juan Evangelista con un águila representando su visión mística y san Juan Bautista con un cordero.

Se levantaron y se dirigieron hacia la capilla. Era pequeña y el oro relucía por todos los rincones. La bóveda estaba compuesta por dibujos geométricos y pinturas de la Biblia. Salieron a la calle por la puerta que daba a la avenida del Barón de Cárcer. Avanzaron unos metros para poder ver la fachada con más perspectiva. Encima de la entrada había un círculo gigante cubierto de palomas.

—Eso es lo único redondo que hemos visto en toda la iglesia —afirmó Alejandra señalándolo—. Y lo más parecido a un rosetón, si se puede llamar así.

—No vas desencaminada —añadió Lluís—. Que sepáis que antes de venir, he hecho mis deberes. —Su tono rozaba el sarcasmo.

Las dos muchachas se miraron sonrientes.

—Muy bien, ¿qué has averiguado? —interrogó Sara impaciente.

—Como bien ha dicho tu hermana, es lo más parecido a un rosetón porque estaba concebido para serlo, pero debido a la magnitud de su diámetro, y temiendo que no fuera seguro, no se atrevieron a llevarlo a cabo, por lo que quedó como un óculo cegado; lo llaman «la O de Sant Joan».

—Un rosetón sin terminar. Al igual que la búsqueda de mi padre... —masculló Alejandra con nostalgia—. Claro... —Sus ojos se iluminaron—. ¿Acaso no recordáis lo que comentó Tía Rosa?

—Sí —dijo Sara con una pequeña luz en la mirada.

—Mi padre primero dibujó el rosetón en la pared y le dio forma —continuó Alejandra—. ¡Y ahí lo tenemos! —expuso señalando el óculo cegado—. Más tarde hizo el agujero, y al final lo rellenó con cristales de colores.

—Y... ¡no veo qué quieres decir! —manifestó Lluís con cara de incertidumbre.

—Pues que lo tuvo parado hasta que encontró por dónde seguir, entonces lo abrió, y después, cuando dio con la clave, lo terminó —concluyó Sara.

—¿De verdad creéis lo que estáis diciendo? —exclamó Lluís incrédulo.

—¡Pues no lo sé! —confesó Alejandra insegura—. Pero creo que estamos en el buen camino. Llámalo intuición femenina.

Lluís lo dejó pasar. Con la intuición femenina no quería jugar, que siempre salía escaldado.

Alejandra dio unos pasos hacia delante colocándose frente a un pequeño jardín. En el centro había un busto de piedra. Se quedó helada al leer la inscripción.

Mientras tanto, Lluís y Sara continuaban su conversación ignorando la sorpresa de Alejandra.

—¿Qué me dices de los doce hijos de Jacob? —preguntó Sara dirigiéndose a su querido vecino.

—Pues que precisamente ellos son los doce representantes de las tribus de Israel —contestó.

—¿Quieres decir que tienen algo que ver con las doce puertas de la Jerusalén Celeste que comentaste hace unos días? —continuó Sara desconcertada.

—Por supuesto. Anoche estuve sacando información de Internet y tomé algunos apuntes. Luego me gustaría enseñároslos, es posible que saquemos algo en claro.

Alejandra llamó a su hermana con la voz congestionada.

—¿Te has fijado en ese busto?

Sara lo observó durante unos segundos.

—¿Crees que será otra señal? —preguntó Sara.

—Estoy segura.

Lluís no tenía ni idea a qué se referían.

—Si no es mucha molestia. ¿Os importaría ponerme al día? —apeló suplicante.

—¿De quién es el busto que tenemos delante? —preguntó Alejandra. Él leyó la placa en voz alta y, con tono de sarcasmo, añadió:

—De Lluís Vives. ¡Se llama como yo!

—¡No seas egocéntrico!, por favor —le regañó Alejandra malhumorada.

—Perdona, pero no veo la relación —se disculpó—. Me he debido de perder algo.

—Lluís Vives nació en Valencia y fue un humanista, pedagogo y filósofo, pero también es el nombre del instituto donde mi padre impartió clases de Historia durante diez años —explicó Sara.

—Y estáis pensando que puede ser una pista, ¿no es así? —interrogó el joven.

—No nos cuesta nada visitar el colegio. Tal vez algún antiguo profesor lo recuerde y nos pueda ayudar en algo —propuso Sara.

Los rayos del sol se disipaban dando paso al crepúsculo. Sara había terminado la consulta más tarde de lo habitual y se dirigía a casa. Hoy no estaba de muy buen humor. Sus pacientes le habían contagiado la nostalgia y el desánimo. Ella que siempre se mostraba positiva y fuerte, ahora se sentía vulnerable. El tema de su padre la estaba afectando mucho más de lo que creía. No podía con la incertidumbre de no saber qué estaba buscando ni qué pasaría si de verdad llegaba a encontrarlo alguna vez... Estaba hecha un verdadero lío. Había quedado con su hermana y con Lluís para cenar una pizza en casa y hojear los apuntes que él había sacado de Internet. No es que le apeteciese demasiado, pero procuraría no ser maleducada. Solo quería acostarse pronto y descansar. Hacía varias noches que no conseguía dormir y eso le estaba alterando el estado de ánimo.

Bajó del autobús en Guillem de Castro y atravesó las Torres de Quart. Recordó el dibujo que su padre había hecho en la cabecera de su cama. Eran esas mismas torres. ¿Qué le quería decir con ello? ¿Qué significado tenían para él? Siguió caminando con la mente colapsada con preguntas sin respuesta. Al pasar por uno de los bancos de piedra reconoció a Pepe, el hombre que la asustó al poco de instalarse en su piso. Había tenido varios encuentros fortuitos con él y siempre estaba ebrio. ¡Qué pena de hombre!, se dijo. En el fondo parecía buena persona. ¿Qué circunstancias le habrían llevado a terminar así? Cuando entró en el patio, estaba totalmente embotada. Mientras esperaba el ascensor oyó la cerradura del portal; su vecina Elisa intentaba entrar. ¡Hasta dónde le llegaba la mala suerte! En ese preciso momento no estaba para muchas conversaciones superfluas. El ascensor llegó en el mismo instante en que la habladora mujer se entretenía con alguien que pasaba por la calle. Sara subió rápidamente. Estaba claro que ese día no le cuadraba nada. Suerte que estaba terminando...

Alejandra había preparado la mesa para tres y pedido una pizza familiar. Sara se cambió de ropa y se puso cómoda. Cuando sonó el timbre y abrió la puerta, algo se le abalanzó a la altura de la cadera.

—Thor, ¡qué susto me has dado! —gritó Sara mientras acariciaba la cabeza del animal.

—No he podido dejarlo —se justificó Lluís—. Es como si hubiera adivinado que venía aquí. Ha salido al rellano y no quería entrar.

—Sabes que en esta casa sois bienvenidos los dos —dijo Sara con una sincera sonrisa.

Sentados a la mesa, como buenos amigos, cenaron entre risas mientras Thor, tumbado en el suelo, los miraba con atención. Lluís cogió una carpeta y empezó a desplegar varios folios. Por suerte, Sara se había despejado y tenía la mente abierta a cualquier explicación. Alejandra dejó una bandeja con tres cafés encima de la mesa, y la cafetera llena por si la cosa se alargaba demasiado. Lluís ordenó sus apuntes. Las dos hermanas analizaban sus movimientos. Se le veía muy organizado y meticuloso en el trabajo. No les cabía duda de que era inteligente y por ello ocupaba un alto cargo en la empresa. Estaban seguras de que se lo merecía y lo desempeñaría a la perfección. Iba vestido con un vaquero que le quedaba estupendamente, una camiseta de algodón y unas chanclas. Informal y sumamente atractivo, además de oler como los ángeles.

Lluís levantó la cabeza y vio cómo sus vecinas lo observaban.

—¿Nadie me va a ofrecer un café?

Alejandra le acercó una de las tazas junto con el azúcar.

—Gracias —dijo con una dulce risita.

—¿Qué has encontrado que pueda ser de interés? —inquirió Sara.

—Esta mañana me has hecho una pregunta y tenía parte de la respuesta. Pero antes de subir he averiguado algo más. Es bastante interesante y posiblemente nos aclare muchas dudas.

—Pues empieza ya, ¡por lo que más quieras! Nos tienes con la miel en los labios —se quejó Alejandra impulsiva.

Lluís empezó con su explicación:

—Como ya os he dicho esta mañana, las doce estatuas que hemos visto en la iglesia de los Santos Juanes son los doce hijos de Jacob, lo que quiere decir que son los representantes de las doce tribus de Israel.

—Te importaría ser un poco más explícito —exigió Alejandra mientras le daba un sorbo al café.

—¿Conocéis el Apocalipsis? —preguntó Lluís.

—No mucho.

—Imagino que sabréis —continuó Lluís— que el Apocalipsis es el último libro revelado del Nuevo Testamento. Es de carácter profético y significa «revelación». El número doce es el número sagrado del pueblo de Israel. Jerusalén representa un espacio sagrado. Es el lugar de los elegidos. La ciudad santa por excelencia fundada por el rey David en el monte Sion. En el Apocalipsis se describe como «Jerusalén nueva», «Jerusalén futura», «Jerusalén celeste». Son tres sinónimos para hablar de la «Ciudad Santa». Os voy a leer un pasaje del Apocalipsis de san Juan 21,10. Dice así:

> Me llevó en el Espíritu a un monte grande y alto y me mostró la gran ciudad, la Santa Jerusalén que desciende del cielo de parte de Dios...
>
> Alrededor de la ciudad había una muralla grande y alta, con doce puertas, y en cada puerta un ángel; en las puertas estaban escritos los doce nombres de las tribus de Israel.
>
> Tres puertas daban al este, tres al norte, tres al sur y tres al oeste.
>
> La muralla de la ciudad tenía doce piedras por base, en las que estaban escritos los nombres de los doce Apóstoles del Cordero.
>
> El ángel que hablaba conmigo llevaba una caña de oro para medir la ciudad, sus puertas y la muralla...
>
> La muralla estaba hecha de diamante y la ciudad de oro puro, como vidrio pulido. Las piedras de la base de la muralla estaban adornadas con toda clase de piedras preciosas: la primera con diamante, la segunda con zafiro, la tercera con ágata, la cuarta con esmeralda, la quinta con ónice, la sexta con rubí, la séptima con crisolito, la octava con berilo, la novena con topacio, la décima con crisoprasa, la undécima con jacinto, la duodécima con amatista.
>
> Las doce puertas eran doce perlas...

Después de leer los pasajes, dejó los papeles a un lado, cogió la taza de café, le dio un largo trago y examinó las caras de sus vecinas, que estaban pensativas y algo confusas.

—¿No vais a decir nada? —demandó al fin. Fue Sara quien habló primero.

—Nos has mostrado cómo san Juan veía la ciudad de Jerusalén. Por un momento se me han puesto los pelos de punta. Mi padre, según nos comentó mi tía, estaba obsesionado con Valencia. Leía todo lo relacionado con la ciudad, principalmente su historia. Da la casualidad de que Valencia, como muchas otras ciudades, también tenía una muralla, aunque no sé cuántas puertas tenía exactamente. —Lluís sonrió—. ¿No me digas que también tenía doce puertas? —Él asintió con la cabeza.

—Eso explicaría los dibujos de nuestra habitación —continuó

Alejandra emocionada—. Las Torres de Serranos y las Torres de Quart eran dos de las principales puertas de la ciudad cuando estaba amurallada, y las únicas que permanecen aún en pie.

—Me alegro de que lo hayáis visto tan claro —ratificó Lluís—. Lo cual quiere decir que esas doce llaves que estamos buscando corresponden a las doce puertas de la antigua muralla cristiana de Valencia.

Una enorme sonrisa se dibujó en sus caras... Acababan de dar con la clave del misterio. Aunque tan solo era el principio de una larga búsqueda. Las hermanas se estremecieron. Alejandra recordó las frases que su padre le pronunció en sueños e inconscientemente las reprodujo en voz alta:

—«¡Algún día lo conseguiré! ¡Algún día, ya lo verás! Alejandra, todavía eres muy pequeña y no lo entiendes, pero llegará el momento en que tenga en mis manos las llaves de la ciudad. ¡Entonces, ese día será grande y todos me creerán!».

Con los ojos empañados y apenas sin poder hablar, murmuró:

—¡Yo te creo, papá! ¡Yo te creo!

CAPÍTULO 13

En la plaza del Mercado el tráfico había embotellado el asfalto y los cláxones de los coches, sumados al murmullo de la gente, habían formado una atmósfera ruidosa. En las calles se apelotonaban las personas, que caminaban despreocupadas. Tía Rosa se había detenido frente al Mercado Central. No se cansaba de admirar su fachada. Estaba sorprendida por la afluencia de gente que entraba y salía del edificio. ¡Cómo había cambiado en todo ese tiempo! Si la memoria no le fallaba, hacía más de quince años que no pisaba esa zona. Cuando se trasladó a la avenida del Puerto intentando recomponer su vida, quiso borrar de su mente todo lo que le recordara a su antiguo novio Miguel. De hecho, creía haberlo conseguido, aunque una parte de ella lo seguía buscando, lo ansiaba. Deseaba en lo más profundo de su ser volver a escuchar su voz, volver a estar entre sus brazos, volver a sentir sus besos. Claro que, después de veintitrés años, su aspecto ya no era el mismo. Sus pechos habían perdido turgencia, sus carnes ya no estaban tan prietas como antaño y su cara y su cuello delataban que había entrado en los cincuenta.

Tía Rosa intentó animarse. No era de las que se dejaban amedrentar por cualquier cosa, y era valiente por naturaleza. Lo había tenido que demostrar en muchas ocasiones a lo largo de su vida. Sabía que, a pesar de todo, estaba de muy buen ver. Eran muchos los hombres que la seguían halagando, y eran muchos a los que había rechazado. Ahora se preguntaba por qué. ¿Por qué los había rechazado a todos? ¿Por sus sobrinas? No..., sabía que eso había sido una excusa a la que se había aferrado. Posiblemente algún pretendiente la hubiera hecho feliz... ¿De veras?, se preguntaba desde lo más profundo. De puertas hacia fuera seguro que sí, pero no en su interior. Y eso era lo que más le importaba, que en todo momento había seguido sus convicciones y nunca había sido falsa, ni engañosa. Después de contarles a sus sobrinas la historia, con pelos y señales, había vuelto a avivar esa pequeña llama que estaba como apagada en su corazón. Desde que habló con ellas hacía casi un mes, sacando a la luz a su antiguo novio, no lograba quitarse a Miguel de la cabeza.

¿Por qué nunca le contesté las cartas?, se preguntó. ¿Por qué le cerré las puertas sin darle ninguna esperanza? ¿Qué habrá sido de su vida? ¿Estará casado y habrá formado una familia? ¡Dios mío! Esas preguntas la atormentaban. Mientras sus sobrinas habían vivido con ella, había estado ocupada y tenía ciertas responsabilidades que no la dejaban pensar más de lo necesario. Pero ahora que habían volado del nido y se habían independizado, se veía sola... Cada mañana antes de levantarse se autoconvencía de que tenía que volver a visitar su antiguo barrio. Debía volver al Mercado Central que en tanta estima tenía. Recorrerlo y revivir momentos pasados. Así pues, esa mañana se había arreglado, había cogido el autobús y allí estaba, en la acera de enfrente del Mercado Central, dudando si entrar o dar media vuelta. No estaba dispuesta a retroceder. Durante todos esos años se había negado, rotundamente, a revivir los recuerdos anidados en esas calles, adentrarse en los pasillos del mercado y detenerse en sus puestos, haciendo emerger la imagen de Miguel. Ya era hora de madurar en ese aspecto, de curar viejas cicatrices, porque intuía que, si no lo hacía en ese momento, no sería capaz de hacerlo nunca. Así que respiró hondo, se recolocó el bolso sobre el hombro y cruzó la calle. Atravesó los puestos situados fuera, en los que vendían paellas, botas de vino, cerámica, *souvenirs* de falleras y postales. Sonrió ante su renacida fortaleza, camufló su nerviosismo interior y, rebosante de dignidad, subió los escalones de piedra.

El Mercado Central era de estilo modernista. Tenía una superficie de más de ocho mil metros cuadrados y albergaba dentro de su estructura metálica novecientos cincuenta y nueve puestos. Se consideraba uno de los mercados cubiertos más grandes de Europa. Las bellísimas vidrieras que lo rodeaban dejaban entrar la luz mezclada de atractivos colores que inundaban su interior. La gran cúpula central coronada por una veleta, en forma de cotorra, simbolizaba el bullicio de la gente al realizar sus compras.

El laberinto de pasillos y la multitud de colores y olores diferentes refrescaron la memoria de Rosa, y sintió que había regresado a casa. Durante unos fugaces instantes tuvo la placentera sensación de que el tiempo se había detenido, de que Miguel aparecería en cualquier momento con un ramo de margaritas blancas en la mano. Al volver en sí, suspiró asumiendo la realidad. Avanzó unos metros algo despistada y se percató de los cambios acaecidos a lo largo de los años. Se detuvo e intentó orientarse. Un hombre detrás de un mostrador de fruta y verdura le dijo:

—Guapa, ¿te pongo melocotones? Son dulces y sabrosos.

Tía Rosa lo miró sonriente y, a la vez, sorprendida.

—¡Paco! Paco Herrera, ¿eres tú? —exclamó dudosa.

—¡Por los clavos de Cristo! No me digas que eres Rosa, la hija de Antonio. —El hombre salió de detrás del mostrador y la abrazó—. Pero ¿cuánto tiempo hace que no vienes por aquí? ¡Porque si has venido y no has pasado a saludarme, no te lo perdonaré nunca!

—Pues más de quince años, Paco —contestó con tristeza viendo que el tiempo se le escapaba de entre las manos.

—¿Qué tal tus sobrinas? Estarán hechas ya unas mujeres.

—Desde luego que sí, y ¿cómo está Pilar?

—Hace cinco años que nos separamos. Lo nuestro no iba muy bien últimamente. Vendimos el piso de María Cristina. Yo me quedé con la parada del mercado y ella se abrió una tienda en la calle En Sanz.

—Vaya, no lo sabía. Lo siento. —Rosa estaba perpleja ante la noticia. Todavía recordaba el día de su boda, cuando invitaron a todos los vecinos a la ceremonia.

—Oiga, ¿que no atiende? —se quejó una mujer.

—¡Voy enseguida! —contestó Paco—. Te dejo que tengo que trabajar. La clientela me reclama —mencionó satisfecho por el fruto de muchos años de esfuerzo—. Me he alegrado mucho de verte. Cuando vuelvas por aquí, pásate y te invitaré a un café.

—De acuerdo —asintió Tía Rosa alegrándose del encuentro.

Siguió perdiéndose por aquellos serpenteantes pasillos. El reencuentro con alguien conocido le inspiró seguridad en sí misma. Sus ojos se deleitaron con surtidos de frutas de primera calidad, salazones y variedad de olivas, frutos secos y montañas de especias. Afinó el olfato y el oído. Los diversos aromas la hicieron retroceder veintitrés años. ¿Qué habría sido de su vida si se hubiese casado con Miguel y se hubiera trasladado a Noruega? ¿Si su madre no hubiera estado enferma y su hermana y su cuñado no hubieran fallecido en el accidente? Eso era algo que nunca sabría. Al fin y al cabo, ese había sido su camino y debía asumirlo con todas las consecuencias. Ya era demasiado tarde para dar la vuelta, y mucho menos para andarse con lamentaciones. Mientras caminaba con los pensamientos hechos un ovillo, percibió el olor del pescado. Las anguilas vivas se revolcaban por el lecho de hielo, acompañadas de sardinas, truchas, pescadillas, etc. Las gambas, sepias, centollos, navajas, almejas y demás marisco lucían brillantes junto a manojos de perejil. Tía Rosa se detuvo en varios puestos para comprar algunas cosas que necesitaba. Cada vez se alegraba más de haber tomado la decisión de volver. Salió por la puerta de la plaza del Mercado con la intención de regresar a casa. Al pasar por su antiguo portal de María Cristina, se detuvo a observar lo que fueron sus balcones y ventanas.

¡Qué gratos recuerdos le traían a la mente! Minutos después, y llena de nostalgia, se alejó de allí en busca del autobús con la firme proposición de que acudiría al mercado una o dos veces por semana, aunque no tuviera necesidad de comprar nada.

Eran las cinco de la tarde y con ello el fin de la jornada escolar. Los niños y jóvenes atascaban los pasillos del instituto Lluís Vives situado en la calle Xàtiva. Un escandaloso griterío mezclado con risas inundaba el espacio. Alejandra retomó sus años de juventud y esquivó a los chavales hasta llegar al despacho del director. Había concertado una cita con él, aunque no sabía muy bien cómo se iba a desarrollar la conversación. Confiaba en su buena mano como periodista. Solo que este no era un simple artículo para su revista, era algo más personal, lo cual hacía que se sintiera vulnerable.

Ansiosa, llamó a la puerta en la que leyó sobre una placa de metal «Vicente Martí». Una voz grave y con autoridad emergió del otro lado:

—¡Entre!

Alejandra respiró hondo y abrió la puerta, quedándose en el umbral. El director hizo un gesto para que tomara asiento y ella le obedeció sin rechistar.

—Buenas tardes —pronunció sintiéndose ignorada.

El hombre, sentado en su mesa con actitud indiferente, apenas levantó la cabeza y dedicó su atención a los papeles que tenía entre manos. Alejandra pensó que no empezaba con buen pie y se limitó a estudiarlo discretamente. Tendría unos cincuenta y tantos años. Pelo blanco y muy poblado. Su expresión era de preocupación.

Por un momento pensó que su padre podría tener aproximadamente esa edad. Mientras lo observaba, vio cómo amontonaba los papeles, aparcándolos en un extremo de la mesa. Con las manos cruzadas como si fuera a rezar, le dijo:

—Muy bien, señorita Ferrer. ¡Usted dirá!

—Ante todo quisiera agradecerle que me haya recibido tan pronto. Imagino que será una persona muy ocupada. Como le comenté por teléfono, necesito cierta información y posiblemente usted me pueda ayudar.

—¿De qué se trata? Me comentó que era periodista, ¿no?

—En efecto. Aunque hoy no estoy aquí por mi trabajo, sino por un tema personal.

—Adelante, pregunte entonces.

—Necesito información sobre un profesor de Historia que trabajó en este instituto durante diez años. —Alejandra hizo una pausa. Tenía la boca seca—. De esto hace veintitrés años.

—No pretenderá que recuerde quién trabajaba aquí hace tanto tiempo. —Su tono se estaba volviendo un poco grosero—. Tenga en cuenta, señorita, que por estas aulas han pasado decenas y decenas de docentes.

—Me lo imagino —dijo ella en tono de humildad. Le acababa de dar una negativa sin tan siquiera preguntar de quién se trataba. Pero no se iba a dar por vencida. Era terca como su padre—. Posiblemente haya todavía algún profesor con esa antigüedad y que coincidiera con él. Si me facilita el nombre de quién podría ser...

La voz del director no le dio opción a continuar.

—¡Yo mismo llevo treinta años trabajando aquí! ¡Pero lo que usted me pide es imposible!

Una pequeña llama de esperanza se iluminó en el rostro de Alejandra, a pesar de la aparente negativa. Tenía que ser hábil y también sincera.

—Siendo el director del centro y con tal veteranía, estoy segura de que lo recordará. Por las fechas que ha mencionado, debe de haber una horquilla de siete años aproximadamente en la que ustedes dos debieron de coincidir —planteó Alejandra con astucia—. ¡Se llamaba Jorge Ferrer! Murió en un accidente de tráfico junto con su mujer a los treinta y cuatro años —soltó de sopetón y sin darle opción a la réplica— y era mi padre.

La cara del director mudó de expresión. Su mirada se mantuvo fija en Alejandra intentando adivinar por qué vendría precisamente ahora a remover el pasado. Sus facciones bordes y tirantes se suavizaron tornándose más condescendientes.

—Sí, lo recuerdo. —Su voz sonó más tolerante.

El corazón de Alejandra dio un vuelco. ¡Dios mío! ¡Lo recuerda!

—¿Qué necesita saber? —preguntó el director conmovido.

—Cuando él murió, yo tenía cuatro años y mi hermana, siete. Todo lo que sabemos es por nuestra tía, que nos crio. Tenemos motivos para pensar que estaba trabajando en algún proyecto sobre la historia de Valencia. Le estaría muy agradecida si usted pudiera recordar algo sobre ello. —Su voz se entrecortó.

—Tenga en cuenta, señorita Ferrer, que hace más de veinte años de todo aquello.

—Me hago cargo, pero sería de gran ayuda si pudiera hacer memoria.

—Cuando yo entré a trabajar en el instituto, Jorge llevaba dos o tres años en el centro. Congeniamos enseguida. Era una persona que se hacía querer. Bastante soñador, si me permite decirlo, pero muy buen profesor. Tenía un don especial para comunicarse con los alumnos. El instituto Lluís Vives es uno de los más antiguos y representativos de la ciudad de Valencia. Las notas más altas en Historia se dieron mientras su padre estuvo ejerciendo aquí. Y no se piense que no era exigente. Los chavales lo adoraban y disfrutaban escuchándolo. Los encandilaba con su manera de narrar la Historia. Casi todos los alumnos que lo conocían fueron al entierro. A muchos les costó superar su pérdida. Para ellos era como un tío e incluso para algunos como un padre.

Alejandra se emocionó escuchando las palabras del director. Se imaginaba a su padre impartiendo sus clases con los alumnos embobados. ¿Por qué se tuvo que ir tan pronto?, se preguntó dolida por enésima vez.

—No sabe cuánto le agradezco lo que me está contando —se sinceró la joven.

—Me alegro de que así sea —manifestó él con empatía.

—¿Sabe si estaba trabajando en algo sobre Valencia?

El hombre se quedó pensativo durante unos instantes. Alejandra sabía que la pregunta era complicada, pero necesitaba una respuesta y, a ser posible, afirmativa.

—Pues, a decir verdad..., creo que sí. Recuerdo que pasaba horas y horas en la biblioteca buscando información. Todos pensábamos que era para sus clases, pero, si no recuerdo mal, un día me hizo un comentario... —Se frotó la barbilla antes de seguir. Unos segundos después le confesó—: Esto que le voy a decir sucedió pocos días antes del accidente. Me dijo algo así: «Vicente, estoy a un paso de que cambie mi vida. Va a ser el mayor hallazgo de toda la historia. De momento no puedo decirte nada más, no quiero que te veas involucrado. Pero ya te contaré».

—¿Y no le dijo nada más? —reclamó Alejandra curiosa.

—No, lo siento. Para ciertas cosas era muy reservado, aunque su actitud entusiasta me impresionó. Deduzco que debía de estar muy cerca de hallar lo que buscaba.

Alejandra repetía mentalmente las frases que acababa de escuchar: «De momento no puedo decirte nada más, no quiero que te veas involucrado». ¿Por qué le diría eso? «Va a ser el mayor hallazgo de toda la historia.» ¿Acaso podía correr algún tipo de peligro? ¡Dios mío! Eso sucedió pocos días antes del accidente. Sus piernas empezaron a temblar...

—¿Qué pensó cuando le dijo eso? —preguntó mientras recobraba la compostura.

—No gran cosa, tenga en cuenta que no me dio muchas explicaciones y, como ya le he dicho, era muy soñador.

—Y cuando ocurrió el accidente... ¿no le dio que pensar? —indagó procurando no perder los papeles.

—Pues al principio sí —admitió el director intuyendo dónde quería ir a parar.

—¿Por qué no se lo dijo a la policía? —cuestionó angustiada con una ligera subida de tono.

—¿Qué quería que le dijera? —alegó viéndose acorralado—. No sabía nada de lo que se llevaba entre manos. ¿Qué les iba a contar? Además, las investigaciones confirmaron que su muerte y la de su madre fueron un trágico accidente.

—Lamento mi comportamiento. —Alejandra trató de disculparse por su actitud. Tras una pequeña pausa, continuó—: Espero que pueda disculparme.

—La entiendo perfectamente. Sepa que yo apreciaba a su padre y, como ya le he dicho antes, sentí mucho su pérdida. No le quepa duda de que, si hubiera podido hacer algo, lo habría hecho. De todas formas, si me acuerdo de algo que pueda ser de ayuda...

—Muchas gracias. —Alejandra le tendió la mano al tiempo que le entregaba una tarjeta con su teléfono—. No dude en llamarme a la hora que sea. Por favor...

—¡Lo haré!

Alejandra salió del despacho y recorrió los pasillos. Ahora estaban desolados y vacíos. Miró el reloj: eran las seis y media. Ya en la calle, se acercó al borde de la calzada y levantó el brazo. Un taxi con el piloto en verde se paró a su lado. Cuando subió, murmuró la dirección:

—Por favor, a la calle Quart.

CAPÍTULO 14

El cielo vestía un azul intenso esa mañana de junio. Sara había madrugado más de lo habitual, a pesar de ser domingo. Antes de las nueve de la mañana había salido de casa y había subido en el autobús de la línea 5, ya que su recorrido coincidía en su mayor parte con la desaparecida muralla cristiana, derrumbada en 1865. Solo cuatro personas la acompañaban en el trayecto: el conductor, un señor mayor que estaba sentado en uno de los primeros asientos leyendo el periódico, y una pareja de quinceañeros que cada dos por tres se comían a besos. Hacía una semana que, gracias a Lluís, habían descifrado el significado de las doce llaves. Creían haber dado en el blanco, aunque no entendían qué importancia podían tener esas llaves, suponiendo que estuvieran ocultas en algún lugar. A partir de ese día, los tres se habían movilizado para recopilar todo tipo de información. Sentada en la última fila del autobús y con un mapa de Valencia en la mano, verificaba las posiciones de las demolidas puertas de la ciudad. Hoy apenas quedaban vestigios de lo que fueron salvo las Torres de Quart y las Torres de Serranos. Si llevaban más de ciento cuarenta años derrumbadas, ¿por dónde tenían que empezar a buscar? Aquello parecía una tarea imposible. Pero si su padre había llegado casi hasta el final, ¡por qué no iban a conseguirlo ellas!

El autobús bordeó Blanquerías, Conde de Trénor, Pintor López, Glorieta, Colón, Xàtiva y Guillem de Castro. Un itinerario que había hecho miles de veces, pero al que nunca le había dado la mayor importancia. Ahora empezaba a abrir los ojos y verlo desde otra perspectiva.

Estaba de vuelta a casa cuando se encontró con Lluís paseando a Thor. Este se le abalanzó en gesto cariñoso y Sara le acarició la cabeza.

—Cada vez está más grande. Hay que ver la fuerza que tiene... —murmuró la joven mientras le hacía unas cuantas carantoñas.

—Hoy has madrugado. ¿De dónde vienes tan pronto? —preguntó Lluís sorprendido.

—Del autobús. Acabo de hacer el recorrido del 5.

—Entiendo... ¿Sigue en pie lo que comentamos ayer?

—Por supuesto. En una hora estaremos mi hermana y yo en tu casa.

Sara se despidió de su vecino con una inevitable sonrisa. No podía negar que su compañía la hacía sentirse bien. Tan solo se conocían desde hacía siete meses, cuando ella se mudó al ático de la calle Quart, y sin embargo parecía toda una eternidad. Sus caracteres eran tan afines y habían congeniado tan bien que aparentaban tener una amistad de muchos años. Pero solo se trataba de eso, ¿no? ¿De una leal y sincera amistad? Nunca le había visto un mal gesto o un comentario fuera de lugar; su comportamiento era siempre ejemplar, educado y correcto, y en ningún momento había intentado sobrepasarse con ninguna de las dos. ¿A dónde quería ir a parar?, se preguntaba mientras abría la puerta del portal. ¿Sería que sus sentimientos hacia Lluís estaban cambiando, tal vez rozando el difícil laberinto del amor? Pensó en su hermana. Sabía que también le gustaba. En más de una ocasión le había comentado lo bueno que estaba. Y tenía razón, era imposible pasarlo por alto.

Cuando abrió la puerta de casa, su hermana acababa de salir de la ducha.

—Me visto y bajamos a casa de Lluís —le comentó mientras entraba en su habitación.

Sara asintió sin decir palabra. Necesitaba aclarar sus ideas cuanto antes.

Eran casi las once y media cuando las dos hermanas llamaron a la puerta de su vecino, que les abrió enseguida esquivando a su mascota.

Alejandra, todavía con el pelo húmedo y cayéndole por los hombros se sentó junto al ventanal. Despedía un agradable aroma a limpio. Los finos e intensos rayos del sol se posaron sobre su melena haciéndola brillar y resultando aún más seductora. Su tono castaño adquiría reflejos rojizos. Lluís paseó la mirada por encima y se detuvo en su cara. Era sencillamente perfecta, dijo para sus adentros. Facciones finas y femeninas, ojos vivos y expresivos, boca sensual. Además, un cuerpo bello y bien formado y una cabeza algo alocada, pero muy, muy alegre. Después se detuvo en Sara. Estaba de pie mirando hacia la calle. Por un instante sus ojos la recorrieron de arriba abajo. Su ajustado vaquero dibujaba unas curvas realmente apetecibles. Era difícil decantarse por una o la otra. Siempre le habían gustado las mujeres a rabiar, sobre todo si eran guapas, y ahora que se encontraba entre dos de ellas... ¿qué le pasaba? No se atrevía a describirlo, pero era incapaz de tomarse ciertas confianzas. ¿Por qué? Estaría sentando la cabeza o quizás le gustaban las dos y valoraba demasiado su sincera amistad. Sara seguía de pie callada. Él intentó descifrar qué era lo que la tenía ensimismada. Enseguida lo descubrió. Su mirada penetrante estaba posada sobre las Torres de Quart. A continuación, ella se dio la vuelta como si hubiera adivinado que la estaban observando y se sentó al lado de la mesa de wengué. Lluís, disimulando, dejó que sus fantasías se evaporaran, sacó los apuntes de su carpeta y encendió el ordenador portátil.

Sara fue la primera en exponer la información recabada:

—Como ya sabéis, tres han sido las murallas que han custodiado la ciudad de Valencia a lo largo de su historia. Yo me voy a remontar a su origen en la época romana, cuando recibía el nombre de Valentia, cuyo significado es «fortaleza» o «buen augurio». Fundada en el año 138 a. C., estaba rodeada por una muralla con cuatro puertas: la Saguntina, la Sucronense, la Celtiberia y la del Mar, situadas en los cuatro puntos cardinales. Estaba formada por dos calles principales que se cruzaban entre sí, llamadas Cardo Máximo y Decumano Máximo. La intersección de dichas calles era conocida como punto cero. —Sara se detuvo y miró el rostro de sus acompañantes—. ¿Sabéis qué se encuentra, hoy, en ese lugar, justo detrás de la catedral?

Alejandra negó con la cabeza.

—El Museo de la Almoina, que alberga los restos arqueológicos hallados en las excavaciones realizadas entre los años 1985 y 2005, y cuyos vestigios datan del siglo II a. C. hasta el siglo XIV. En un principio iba a ser una plaza acristalada, pero pensando en su posible deterioro han dejado un lucernario central cubierto por láminas de agua a través del cual se pueden ver las termas del foro romano. Son las más antiguas de la península ibérica, pero lo más importante para nosotros es que podemos visitar su interior. —Una sonrisa brotó de su boca contagiándosela a su hermana y a su vecino. A continuación, le cedió el turno a Alejandra, que sacó sus notas y empezó a hablar:

—Sobre el año 714, Valencia fue conquistada por los musulmanes al mando de Tarik. Entonces era un recinto amurallado con cuatro puertas y se conocía con el nombre de Madinat al-Turab o «ciudad de tierra». Después de la caída del Califato de Córdoba, a principios del siglo XI, Valencia se convirtió en la capital de un reino de taifa, pasó a llamarse Balansiya, y experimentó un importante crecimiento urbano que llevó a la ampliación de la ciudad y a la construcción de un nuevo perímetro defensivo, donde se abrirían siete puertas principales. Esta construcción transformó nuestra ciudad en la plaza más fuerte de todo el al-Ándalus. De hecho, tengo el gráfico de la trayectoria por donde iba el muro, con sus respectivos torreones y puertas marcadas. —Alejandra les mostró un mapa. Con un rotulador en la mano hizo su exposición—. Son muy pocos los restos que se conservan en la ciudad, y los que hay no están en muy buen estado, que digamos. Como podéis apreciar, la mayoría están dentro del recinto del barrio del Carmen, y las cruces en rojo señalan dónde se han encontrado restos de las murallas y de sus torres. Mi día libre lo pasé de excursión por el casco antiguo. La verdad es que me faltó tiempo. Además, hay una cosa muy curiosa —dijo mientras sujetaba la libreta de notas de su padre—. Cuando dibujé el contorno de la muralla musulmana y observé su forma, me resultó familiar. —Abrió la libreta por una de sus páginas y se la mostró a los demás—. ¿Lo veis?

—Es cierto —corroboró Sara—. Es el mismo dibujo, y también está el mío: el recinto de la muralla romana. Hasta ahora no sabíamos a qué se debía, pero las piezas van encajando.

—Más de lo que pensáis —intervino Lluís—. ¡Mirad esto! He buscado información sobre la muralla cristiana, la última de nuestra historia y la que más nos interesa por tener doce puertas. El dibujo de su perímetro también está incluido en la libreta de vuestro padre. Lo que no termino de entender es por qué solo hay puntos de colores, pero ninguna ubicación.

—Los puntos de colores imagino que corresponderán a las puertas —supuso Alejandra.

—En efecto. Pero eso no explica la ausencia de topónimos. Hay algo que no me encaja —dijo Lluís pensativo.

—¿Qué información has recogido? —requirió Sara dirigiéndose a su vecino.

Después de organizar los papeles que tenía delante, empezó su exposición:

—La muralla cristiana fue construida en 1356, reinaba entonces el rey de Aragón Pedro IV el Ceremonioso. Tenía un perímetro de unos cuatro kilómetros, triplicando la superficie anterior. —Lluís iba señalando el recorrido en el mapa de Alejandra—. Constaba de doce puertas distribuidas en cuatro portales grandes: la Puerta de Serranos al norte, la Puerta de San Vicente al sur, la Puerta del Mar al este y la Puerta de Quart al oeste. El resto eran ocho portales pequeños: el Portal de los Judíos, Portal de Ruzafa, Portal de los Inocentes o de Torrente, Portal del Cojo o de los Dieciséis Clavos, Portal de la Corona o de los Tintes, Portal Nuevo o de San José, Portal de los Catalanes o de la Trinidad, y Portal del Real. —Marcó todos y cada uno de ellos indicando su posición y dando por hecho que se sabía la lección—. Son pocos los restos encontrados. Tan solo hay una muestra del antiguo muro defensivo en el IVAM. Lo utilizan para exposiciones de pintura, maquetas o dibujos. Aunque no he conseguido más información, creo que deberíamos centrar nuestro interés en las puertas. Propongo que, ya que los únicos portales que continúan en perfecto estado de conservación son las Torres de Serranos y las de Quart, deberíamos empezar por la opción más fácil. Y como las Torres de Quart las tenemos tan a mano, ¿qué os parece si nos damos un paseo por su interior?

—Me parece una idea excelente —apoyó Sara mientras se levantaba dispuesta a salir de inmediato—. Además, al ser domingo por la mañana, posiblemente incluso tengamos suerte y ofrezcan alguna visita guiada.

Pocos minutos después, los tres jóvenes estaban en la base de las Torres de Quart. Sara miró hacia arriba, parecían perderse en las nubes.

Curiosearon la enorme puerta de madera, sujeta al muro por una gruesa cadena de hierro. Observaron su cerradura sin llave. Ahora solo tenían que saber dónde se encontraba. Un juego de niños, pensó Lluís con sarcasmo. Atravesaron la negra verja de forja y se dispusieron a subir los cincuenta escalones de piedra hasta el primer piso. Casi sin aliento se pasearon por el interior junto con el guía y tres o cuatro personas más. Prestaron atención a su explicación:

—Las puertas son de estilo gótico y fueron construidas por los maestros de la piedra Francesc Baldomar y Pere Compte. Como pueden comprobar están formadas por dos torres gemelas cilíndricas en su parte anterior, y achaflanadas en su parte interior. Entre ambas se abre una puerta formada por un arco de medio punto que lleva hacia Quart de Poblet. Formaron parte de la muralla medieval y su función era defender la ciudad, soportando con valentía la guerra de Sucesión, la de la Independencia y la guerra civil. Todavía se pueden observar las huellas de los numerosos impactos de los cañones.

Sara se detuvo en una pared. Unos dibujos grabados en ella le llamaron la atención. En ese momento el guía se detuvo e hizo un inciso.

—Les llamarán la atención estos dibujos, ¿no es así? —Sara asintió. Los demás no se habían dado ni cuenta.

—Han aparecido a raíz de la última restauración —aclaró el hombre—. Estaban ocultos por el polvo y la corrosión.

—¿Saben lo que significa? —se interesó Lluís—. Parecen peces.

—Sí, lo son. Además, están hechos de una forma muy sencilla como pueden observar, como si fueran pinturas rupestres. A este lado —dijo señalando en otra dirección— parece que se pueden distinguir una serpiente y un conejo, pero sobre todo abundan los peces. Todavía no se sabe muy bien a qué se deben. En el siglo XVI las torres fueron utilizadas como prisión de mujeres, hasta el siglo XVIII, cuando pasaron a ser prisión militar. Se presupone que pudieron haberse hecho en esa época y posiblemente por el guardia o centinela. Quizás por aburrimiento.

—Pero ¿por qué siempre animales? —preguntó Alejandra.

—Pues todavía no se sabe muy bien —respondió el guía—. Se dice que posiblemente fuera porque tuviera hambre.

Todos sonrieron ante la respuesta. Ascendieron hasta las almenas. Sara se asomó y localizó su balcón. Desde allí parecía realmente pequeño.

—En el siglo XIX —reanudó la explicación el guía— se llamaba también la Puerta de la Cal porque por aquí se transportaba ese material a la ciudad.

—Perdone... —apuntó Lluís—, tengo entendido que hasta los años setenta más o menos la puerta tenía acceso a nivel de calle y de hecho se podía circular a través de ella.

—Es cierto, pero se descubrió que las vibraciones de los coches dañaban la piedra. Incluso mucho antes pasaba el tranvía.

—Supongo que esa puerta tendría una llave. —Insistió Lluís muy habilidoso—. ¿Sabe usted si existe o está en algún museo?

—Pues es una pregunta curiosa —manifestó el guía sorprendido—. Es la primera vez que me la hacen. La verdad es que no sé mucho al respecto, solo que tuvo llave desde el siglo XV, y que ignoro su actual paradero. Ahora subiremos hasta arriba del todo. Cuidado con la escalera de caracol que es muy estrecha.

Los treinta escalones restantes los subieron de uno en uno; eran oscuros, húmedos y angostos. Cuando llegaron arriba les sorprendió la luz del sol. Desde tal altura se ofrecían unas magníficas vistas de la gran urbe. Mientras los tres amigos oteaban los numerosos campanarios repartidos a su alrededor, el sonido de un teléfono los interrumpió.

—Está sonando un móvil —advirtió Lluís.

—¡Es el mío! —confirmó Alejandra mientras buscaba en el fondo de su bolso.

Al descolgar escuchó una voz masculina.

—¡Sí, dígame!

—¿Alejandra Ferrer?

—Sí, soy yo. ¿Quién es? Apenas le oigo.

—Soy Vicente Martí, el director del instituto Lluís Vives. Perdone que la llame en domingo. Vino usted a verme hace unos días y me dio su número de teléfono.

La cara de Alejandra cambió de expresión e hizo una señal a su hermana y a su vecino de que la llamada era importante.

—Sí, le recuerdo perfectamente.

El director del instituto prosiguió:

—Señorita, he recordado algo que creo que puede serle de utilidad. La verdad es que desde que usted se fue, no he podido quitarme a su padre de la cabeza y me siento culpable; igual debí avisar a la policía entonces.

—No se preocupe —Alejandra estaba nerviosa e impaciente—. Dígame, ¿qué ha recordado?

—Como le comenté, había muchos alumnos que lo adoraban como profesor y como persona. Eso le creó muchos afectos, pero también muchas envidias. Había un alumno en especial, se llamaba Andreu Subies. Un buen estudiante. Tenía una estrecha relación con su padre. Curiosamente, cuando ocurrió el accidente..., que creo que fue en verano...

—En primavera. En mayo, concretamente —le rectificó Alejandra.

—Pues por aquel entonces estaba matriculado para el año próximo y, sin dar ningún tipo de explicación, no se presentó. Intentamos establecer comunicación con sus padres, pero estos no quisieron hablar con el colegio. Yo lo sentí porque era un chaval muy estudioso y con un gran futuro. Además, llevaba con nosotros desde primaria.

—¿Qué edad tenía Andreu, entonces? —preguntó Alejandra muy interesada.

—Tendría unos doce o trece años.

—A lo mejor se fue a otro centro a estudiar o encontró un trabajo como aprendiz —añadió la muchacha—. Quién sabe...

—No le digo que no, señorita. Pero los acontecimientos se desarrollaron de una forma poco corriente... Me quedé con la sensación de que algo no encajaba.

—¿Sabe cómo puedo localizarlo? —preguntó Alejandra, ansiosa.

—Pues tenga en cuenta que han pasado veintitrés años —contestó el director dubitativo—. Creo que sus padres tenían un bar en la avenida de la Plata. Se llamaba... —El director permaneció callado durante unos segundos—. Bar Oro y Plata o algo similar. Ya sé que no es mucho, pero si recuerdo alguna otra cosa se la haré saber.

—Muchas gracias. Le estoy muy agradecida. Hasta luego.

CAPÍTULO 15

El jardín del Turia, que se extendía a lo largo del antiguo cauce del río, se había convertido en el pulmón verde de la ciudad, ya que contaba con grandes extensiones de césped, una nutrida variedad de árboles, instalaciones deportivas, circuito para bicis y zona de juegos infantiles; algunos de ellos tan originales como el parque Gulliver. También albergaba construcciones de gran envergadura como el Palau de la Música, la Ciudad de las Artes y las Ciencias y el Parque de Cabecera.

Lluís, acompañado de Sara y Alejandra, conducía su Audi negro paralelo al antiguo cauce del río con el objetivo de localizar el Bar Oro y Plata. Antes de llegar a la autopista del Saler giraron a la derecha.

—Acabamos de entrar en la avenida de la Plata —informó Lluís.

—Será mejor que aparques donde puedas y vayamos andando. No sabemos a qué altura estará el bar, si es que todavía existe —dijo Alejandra.

—Me parece buena idea. Mira, ¡ahí tienes un sitio! —indicó Sara—. Me temo que esta avenida es muy larga. Será mejor que nos dividamos.

—Id vosotras por esa acera y yo cruzaré al otro lado —sugirió Lluís—, así avanzaremos al mismo tiempo.

Anduvieron fijándose en todos los establecimientos. Apenas habían caminado cien metros cuando Sara se detuvo frente a una fachada. El luminoso letrero rezaba: BAR ORO Y PLATA. Con una sonrisa en los labios le dio un codazo a su hermana. No se podían creer su suerte. ¡Todavía existía! Esperaron que Lluís se uniera a ellas y, sin más preámbulos, entraron en el local. El bar tenía buena pinta, y el olor de la cocina les recordó que era la hora de comer. Además, les dio confianza el hecho de que estuviera casi completo.

—¿Qué os parece si comemos aquí? —preguntó Lluís.

Ellas asintieron. Él se dirigió a un hombre con delantal que pasaba por su lado y le pidió una mesa.

—¡Hemos tenido suerte! —exclamó—. La del fondo es la única que queda libre.

Se acomodaron y observaron el entorno, en especial a los camareros. Buscaban un hombre de unos treinta y cinco o treinta y seis años, aunque desconocían su aspecto. Uno de ellos estaba detrás de la barra llenando una jarra de cerveza. Debía de ser mayor, rondando los cuarenta, aunque tal vez fuese el tal Andreu Subies que buscaban, a veces la edad engañaba. Su rostro estaba lleno de marcas, posiblemente de una viruela. Otro chaval más joven de unos veintitantos años iba y venía por las mesas. Cuando se acercó a la suya para tomar nota, Sara se percató del lunar, del tamaño de una lenteja, que tenía en la mejilla izquierda. Mientras comían un plato de paella salió un tercer hombre de la cocina. Era calvo y mayor, posiblemente de unos sesenta y tantos años. Al parecer ninguno encajaba en la imagen que se habían formado. Claro que cabía la posibilidad de que a lo largo de tantos años el bar lo hubieran traspasado o vendido. Cuando pidieron los cafés, Sara se dirigió al joven del lunar.

—Perdona, estamos buscando a un hombre llamado Andreu Subies. Creo que hace veintitrés años sus padres eran los dueños del local.

El muchacho negó con la cabeza y se dio media vuelta.

—¡Qué raro! No se ha dignado ni a contestar —refunfuñó Alejandra—. ¿Te parece lógico?

—Pues no, no es muy normal —contestó Sara, perpleja.

—Callad un momento —chistó Lluís—. Fijaos..., el camarero del lunar está hablando con el otro de la barra, el de la cara llena de hoyos. Disimulad, chicas. ¡Nos están mirando!

—¿Crees que sabrán algo? —preguntó Sara, recelosa.

—Me da que sí —sospechó Lluís—. Hay que insistir de nuevo.

El camarero joven se acercó a ellos con la cuenta en la mano. Cuando se marchaba, Lluís le sujetó del brazo.

—Perdona, no habrás oído antes la pregunta de la señorita. ¿Conoces a un tal Andreu Subies?

—¡No, no lo conozco! —negó rotundamente.

—¿Estás seguro? —reiteró—. Hay personas que no saben mentir.

La frente del joven empezó a sudar. Al momento el camarero de la barra le llamó por su nombre de pila.

—¡Juan! —gritó con autoridad—. ¡No te entretengas!

Él aprovechó para soltarse.

—Creo que no tenemos nada que hacer —cedió Sara—. Será mejor que nos vayamos.

Los tres jóvenes salieron del local altivos y con mirada desafiante.

Eran las diez de la noche cuando las dos hermanas, sentadas en el sofá del salón, comentaban la negativa del camarero del bar a hablar con ellos y las circunstancias que rodeaban lo que habían vivido. Un remolino de aire agitó violentamente las cortinas. Sara se levantó para cerrar la puerta de la terraza.

—Todo esto debe tener una explicación —expuso Sara sentándose de nuevo y retomando el tema que les preocupaba—. No tiene ni pies ni cabeza.

—¿Tú crees? —dudó Alejandra hecha un verdadero lío—. Y ¿por qué tanto misterio? Está claro que el personal del bar de esta mañana ocultaba algo.

—Ojalá lo supiera —rechistó Sara sin argumentos.

—¿Por qué nuestro padre se molestó en esconder esa libreta, cuando a nosotras de momento no nos ha revelado nada? ¿Por qué le dijo al director del colegio, entonces compañero suyo, que estaba a un paso de que cambiara su vida? ¡Que iba a ser el mayor hallazgo de toda la historia! Y ¿por qué no quería involucrarlo? Entre líneas nos está diciendo que algo temía... Además, ¿qué me dices de las frases de mi sueño?: «Algún día lo conseguiré y todos me creerán». Eso solo quiere decir que alguien más lo sabía y estaba al tanto de sus descubrimientos.

—Quizás esa libreta —continuó Sara en complicidad con su hermana— esconde algo que no conseguimos descifrar. Si la escondió es porque no quería que cayera en las manos equivocadas. Podía representar un peligro..., tal vez para su propia vida. —Por un momento se mantuvieron en silencio—. Si es el mayor hallazgo de toda la historia, tiene que ser algo muy gordo. Es posible que haya incluso personas importantes involucradas. —Su voz, inconscientemente, bajó de tono convirtiéndose en un susurro.

—Y ¿por qué no pensar que la muerte de nuestros padres no fue un accidente? —planteó Alejandra sin pensarlo dos veces.

—¿Estás insinuando que fue provocado? ¿Que nuestros padres fueron asesinados? —El corazón de Sara se aceleró.

—No lo sé... Ya no sé qué pensar. —Alejandra se pasó las manos por la cabeza con la intención de despejar sus millones de incógnitas—. ¿Y si la policía no hizo bien su trabajo? —planteó abriendo la puerta a la duda. Unos instantes después se levantó y se dirigió a la cocina. Tenía la boca seca.

Sara tragó saliva. La teoría de que sus padres hubieran sido asesinados la llenaba de rabia e impotencia. Reflexionó sobre la hipótesis de su hermana, que no era tan descabellada. Sin saber muy bien dónde la llevaban sus pies, se dirigió al balcón, abrió la puerta y se apoyó en la barandilla. Necesitaba respirar aire fresco. Había anochecido y el cielo estaba nublado. Una ráfaga de aire alborotó sus cabellos y le erizó el vello de los brazos. Parecía que se avecinaba una tormenta de verano. Desde el fondo de la casa le llegó la voz de Alejandra, aunque no entendió qué le decía. Acto seguido escuchó la puerta de la calle. Sara se giró con la intención de llamarla, pero un hombre situado en la acera de enfrente captó su atención. A pesar de su gran tamaño le envolvía una grisácea burbuja de humo que emanaba de las sucesivas caladas de su habano, mientras su fría mirada la desafiaba con descaro Sara percibió cómo un ligero escalofrío le recorría el cuerpo de arriba abajo. Estaba a punto de meterse dentro y perder de vista a semejante individuo cuando vio que su hermana salía del portal con una bolsa de basura en la mano. Intranquila, desvió la mirada hacia el contenedor y vio que el hombre que la había querido intimidar ahora se dirigía hacia ella. Estuvo a punto de gritarle y decirle que no la siguiera, pero recapacitó y se contuvo. La reciente conversación la había desquiciado y estaba tan susceptible que tal vez veía cosas que no eran. Su hermana regresaba al portal y estaba a punto de toparse con ese tipo. Con más de medio cuerpo fuera de la balaustrada, Sara intentaba no perder detalle del encuentro. Alejandra se cruzó con el hombretón y se detuvo frente a él. Por sus gestos Sara dedujo que estaban hablando, después vio cómo lo esquivaba y con la cara descompuesta aceleraba el paso hasta entrar en el patio.

Sara entró, cerró la puerta del balcón y salió al rellano esperando que su hermana subiera en el ascensor. Cuando llegó, le preguntó angustiada:

—¿Qué te ha dicho ese tipo?

—¿Lo has visto? —gritó enervada—. ¡Será desgraciado!

Sara observó cómo su hermana temblaba.

—Alejandra, ¿qué te ha dicho?

—¡No te lo vas a creer! —bramó mientras entraban en casa—. Se ha acercado a mí apestando a tabaco y me ha dicho, el muy cabronazo —se detuvo un instante y respiró hondo—: ¡Dejad de preguntar por ahí y de buscar cosas que no existen! ¡Es el primer y último aviso!

Parecía que sus sospechas se confirmaban. Algo muy gordo se escondía en todo ese embrollo y a alguien no le interesaba que saliera a la luz. ¡Dios mío! ¿Eso significaba que sus vidas podían correr algún tipo de peligro? Ya había sido bastante duro perder a sus padres.

—¿Qué opinas, Sara?

—Pues no sé —vaciló temerosa—. ¿Crees que deberíamos abandonar nuestra búsqueda?

—¿Abandonar? —chilló Alejandra en tono de reproche—. Y esconder la cabeza como avestruces. Sara, ¿lo estás diciendo en serio? ¡Me niego rotundamente! —exclamó enfadada—. ¡Parece mentira que tú me digas eso! Sabes que llevo prácticamente toda mi vida con pesadillas, y ahora que están empezando a remitir... ¿Sabes lo que es eso? ¡Yo voy a continuar! ¡Estés conmigo o no! ¡Esto no puede quedar así! Si hay un culpable de la muerte de nuestros padres, ¡tiene que pagar por ello!

Sara, con lágrimas en los ojos, abrazó a su hermana.

—Tienes razón, ya no hay vuelta atrás, tenemos que llegar al fondo de este asunto.

CAPÍTULO 16

Eran las cinco de la tarde y la brisa marina recorría la avenida del Puerto. Desde el balcón de Tía Rosa se divisaba el mar en toda su inmensidad. En su habitación y con la cama atiborrada de ropa, dudaba cuál de todos los conjuntos se iba a poner. Unos los desechó porque le sacaban a relucir los odiosos michelines, otros porque eran demasiado escotados y no quería parecer una buscona, o porque los colores eran demasiado chillones. Con el armario casi vacío y con la hora de su cita aproximándose, todavía no sabía qué ponerse.

¡Eso le pasaba por la falta de costumbre!, se dijo. Nerviosa y desesperada, al final optó por una falda negra clásica y una blusa de colores pastel. Se puso unas sandalias de medio tacón y cogió el bolso a juego. Después se dio unos toques de su perfume Loewe y salió disparada. En la calle cogió un taxi, no quería llegar tarde a su primera cita. Todavía no sabía cómo había podido aceptar. ¡Dios mío, en qué estaba pensando! Debió de cogerla en la hora tonta, como se suele decir. ¿De qué iba a hablar con él después de tantos años? ¿Y si le pedía al taxista que diera la vuelta?, se planteó indecisa. Estaba hecha un mar de nervios. Por otra parte, su reacción era normal, hacía veintitrés años que no quedaba con nadie, se autoconvencía a sí misma. Bueno, a decir verdad, solo había quedado con su novio Miguel, pero aquello pertenecía al pasado. Tenía que empezar a rehacer su vida. Y ¿por qué no empezar desde ese mismo instante? Se merecía conocer a alguien que pudiera hacerla feliz. Ya había pagado durante muchos años por una decisión que nunca sabría si había sido la correcta. Además, Paco parecía un buen hombre, educado y respetuoso. Tenía un trabajo estable en su parada del Mercado Central y le mostraba mucho aprecio. El hecho de que se separara de su mujer no quería decir nada, eso estaba a la orden del día. Posiblemente no eran compatibles. Ella llegó a conocer a su exmujer y sabía que tenía un carácter fuerte. ¿Por qué no salir con él? Al fin y al cabo, los dos estaban libres de cualquier atadura. Desde que se propuso ir dos veces por semana a su antiguo barrio y recorrer el mercado, se habían visto en varias ocasiones. Él siempre se había mostrado muy interesado por ella hasta que había conseguido arrancarle una cita.

El taxista interrumpió sus agitados pensamientos.

—Señora, ya hemos llegado. Son cinco euros con veinte.

—Gracias, aquí tiene —dijo mientras le pagaba.

Rosa se detuvo antes de entrar en la cafetería y se arregló la falda. Nada más pisar el umbral vio a Paco sentado en una de las mesas. Al verla, se puso en pie, le dio dos besos y le ofreció una silla.

—Siento llegar tarde —se disculpó ella—. No sabía qué ponerme. La falta de costumbre, ya sabes...

—Cómo sois las mujeres. Deberías saber que con cualquier cosa que te pongas siempre estarás guapa, Rosa, aunque te felicito por la elección.

Ella sonrió intentando disimular su nerviosismo.

—Todavía no sé por qué no has querido que fuera a recogerte a casa —añadió con dulzura mirándola a los ojos—. No tenías necesidad de coger el autobús.

—No, tranquilo, he venido en taxi —contestó ella sin saber dónde colocar las manos.

—Pues no tienes necesidad de gastarte dinero cuando quedes conmigo.

Ella sonrió.

—Me alegro mucho de que hayas accedido. —En ese momento puso una mano sobre las de ella—. Cuando te vi en el mercado hace casi un mes después de tantos años, no me lo podía creer. He de reconocer que los años te han sentado muy bien. ¡Estás todavía más guapa!

—Eres un adulador —le atajó Tía Rosa casi sonrojada—. Eso no es cierto. Me veo todos los días en el espejo. Pero, de todas formas, gracias...

El camarero se acercó para tomar nota.

—¿Qué quieres tomar? —le preguntó.

—Un capuchino.

—Yo tomaré otro, y dos trozos de esa tarta con tan buena pinta que tienes ahí delante. ¿Qué te parece?

—No sé si debo —dijo ella con picardía—. Luego me arrepentiré.

—Traiga dos trozos, por favor...

Tía Rosa se fijó en su acompañante y advirtió los cambios sufridos en los últimos años: su cabello antes negro ahora lucía numerosas canas, su rostro lustroso se mantenía terso debido a su aumento de peso y sus ojos oscuros se veían perfilados por unas finas arrugas que le daban un aire maduro e interesante. Su sonrisa permanecía intacta, tal y como la recordaba, con unos dientes casi perfectos. Tía Rosa se sintió a gusto a su lado. Era hablador y hasta encantador. Le infundía seguridad. La conversación se inició con naturalidad y así pasaron varias horas, recordando años pasados, riéndose y contándose sus venturas y desventuras.

Sobre las nueve de la noche, Paco la acompañó a casa en su Mercedes.

—Veo que te van bien las cosas —manifestó ella cuando subió al vehículo.

—¿Lo dices por el coche? —preguntó con una pícara sonrisa—. Es de segunda mano. Ahora, eso sí, está en perfecto estado. Cuando me separé lo repartimos todo al cincuenta por ciento. La parada en el mercado nos iba muy bien y siempre tuve el capricho de tener uno de estos.

—Y te diste el lujo de comprártelo.

—Pues sí. ¡Por qué no, me dije! ¿No es acaso un dinero que me he estado ganando durante años y años? Además, como no tuvimos hijos, ¿para qué quería guardarlo? ¿Para que me lo metieran en la caja el día que me muera? Mejor disfrutar de él en vida, ¿no crees?

—Sí, tienes razón —asintió advirtiendo su sensatez—. Ya hemos llegado. Vivo justamente allí.

—Me gustaría quedar contigo otro día —le propuso él mientras paraba el motor del coche—. A cenar o a pasar el día juntos. Podemos ir a la playa o a donde tú quieras.

—Llámame..., aunque de todas formas me pasaré por tu parada. ¡Ya sabes! Guárdame los mejores melocotones que tengas. —Su frase terminó con el broche de una sonrisa.

—Sabes que lo haré...

Paco se inclinó hacia delante y la besó en la mejilla. Poco después se despidieron.

Cuando Tía Rosa entró en su casa, y mientras se desvestía frente al espejo de su habitación, la expresión de su cara delataba entusiasmo y felicidad. La había besado en la mejilla dejando claro que era un caballero. Con qué poco se conformaba. Su nerviosismo de hacía unas horas se había convertido en una indescriptible sensación de bienestar.

El olor a café inundaba la atmósfera del ático de Sara. Su hermana, medio adormilada, acudía como un zombi a la llamada del aroma que salía de la cocina. Tras untar varias tostadas con mantequilla y mermelada, se sentaron en la mesa para desayunar.

—Alejandra, ¿has conseguido dormir?

—Bien poco. No he podido quitarme de la cabeza las amenazas de ese tipo.

—Yo tampoco —se sinceró Sara—. Además, la tormenta de esta noche solo ha conseguido que viera a ese individuo en una pesadilla horrorosa en la que entraba en casa por el balcón y nos ataba a la cama mientras nos quemaba con su asqueroso puro.

—¡Ve dando ideas! —se quejó Alejandra en tono burlón, mientras daba un sorbo al café.

—Si vamos a continuar con la investigación —añadió Sara—, tendremos que ser muy cautas y astutas. Hay que avisar a Lluís. ¿Anoche no conseguiste localizarlo?

—No, su móvil estaba apagado. Debía de estar en el local de Juan Llorens.

—No le habrá pasado nada, ¿verdad? —especuló Sara preocupada.

—¡No digas eso ni en broma! Voy a llamarlo ahora mismo, aunque a estas horas debe de estar durmiendo. Si anoche trabajó hasta tarde, aún estará en la cama.

—¿Sabes si ha podido arreglar el tema de las vacaciones? —preguntó Sara.

—Creo que sí. Vamos a tener suerte. Dentro de unos días los tres podremos disfrutar de todo el mes de agosto.

—¿Sabes que me llamó anoche Tía Rosa? —le reveló Sara a su hermana—. Ni te imaginas lo que me contó —dejó pasar unos segundos antes de continuar—. Ayer por la tarde tuvo una cita.

—¡No me lo puedo creer! —exclamó Alejandra sorprendida—. ¿Con quién? ¿Lo conocemos?

—Pues me temo que sí. Se lo tenía muy calladito, pero lo ha estado viendo durante este último mes.

—Dime quién es. No aguanto más. —Alejandra ardía de curiosidad.

—¿Tú te acuerdas de Pilar, una vecina que teníamos en la calle María Cristina? Una mujer pelirroja que nos reñía siempre que bajábamos corriendo por las escaleras.

—Sí, sí que me acuerdo.

—Pues es su exmarido. Hace cinco años que se separaron. Y sigue teniendo la parada en el Mercado Central.

—¿Y qué tal está Tía Rosa? —preguntó Alejandra.

—Muy ilusionada. Como una adolescente.

—Me alegro mucho por ella. ¡Se lo merece tanto!

—Se me hace tarde —apremió Sara mirando el reloj—. Nos vemos a la hora de comer.

Alejandra se quedó sola mientras intentaba contactar con Lluís. El teléfono comunicaba. Se levantó y recogió el desayuno. Volvió a intentarlo de nuevo y esta vez tuvo más suerte.

—Lluís, perdona. ¿Estabas durmiendo?

—No, me acabo de levantar. Me espera un día muy movido. Me ha llamado mi socio del local que esta noche han entrado a robar. Está esperando que llegue la policía para hacer la denuncia. ¿Qué ocurre? Es raro que me llames tan pronto. ¿Sucede algo?

—Pues sí, aunque bastantes cosas tienes ya.

—Vamos, cuéntame, ¿qué pasa? —Su vecino se mostraba tan comprensivo y servicial como siempre.

—Anoche... —Alejandra dudó por un instante— había un tipo en la calle y me amenazó.

—¿Que te amenazó? ¿Qué te dijo? —Su tono era de desconcierto.

Alejandra estaba asustada. ¿Tendría algo que ver que le hubieran entrado en el bar o sería solo una simple casualidad?

—Me dijo: «¡Dejad de preguntar por ahí y buscar cosas que no existen! ¡Es el primer y último aviso!».

—¡Te ha dicho eso! ¡Será hijo de puta! —Ahora su voz registraba indignación—. ¿Cómo era el tipo ese? —preguntó enfurecido.

—Pues parecía un armario ropero. Moreno y con el pelo muy corto, tipo militar, y fumaba un puro repelente.

—Alejandra, no te asustes. Pero a ese tipo lo he visto merodeando antes por la zona y dudo mucho que viva en el barrio.

—Y si entra en mi casa o en la tuya, ¿qué podemos hacer?

Alejandra estaba hecha un manojo de nervios. El solo hecho

de tropezarse de nuevo con semejante individuo le ponía los pelos de punta.

—De momento, tranquilizarnos. Debemos actuar como si no pasara nada. Dentro de tres días estaremos de vacaciones y dispondremos de todo nuestro tiempo para pensar cómo vamos a llevar a cabo la búsqueda. Porque pensáis seguir con ella, ¿no?

—Sí, hasta el final, aunque ahora mismo esté cagada de miedo.

—Vete a trabajar como si nada y luego hablamos —Lluís intentó darle ánimo—. Ante todo, tranquilidad. ¿Cómo está tu hermana?

—Se ha ido a trabajar.

—Bien... Tú haz lo mismo.

—Gracias, Lluís. No sé qué haríamos sin ti.

Después de media hora, Alejandra salió de su casa hacia el trabajo. Anduvo por la calle Quart, atravesó las torres y se detuvo en el paso de cebra de Guillem de Castro para coger un taxi. Mientras esperaba, abrió su bolso para buscar las llaves del despacho. ¡Seguro que se las había vuelto a dejar encima de la mesa! Abstraída con la búsqueda, no reparó en que alguien se colocaba a su espalda de la manera más silenciosa. Una mano se posó suavemente en su hombro izquierdo dándole un susto de muerte.

—*¡Señorrrittta!*

—¡Por Dios! ¡Qué susto me has dado! —gritó casi sin aliento. Se tranquilizó al comprobar que era el indigente que frecuentaba la zona.

—Lo *siennnnto*. No *querrrría asustaaaaarla* —tartamudeó el sujeto.

—No pasa nada —musitó con la boca pequeña.

Alejandra dio con las llaves en un rincón del bolso. Seguidamente, cogió su cartera, buscó una moneda y se la entregó.

—*Gracccicias* —dijo agradecido.

Él se quedó mirándola fijamente y exclamó:

—¡Tenga cuidado, que los lobos están al acecho!

—¿Cómo dices? —interrogó ella aturdida, sin entender a qué venía ese comentario.

Alejandra hizo una seña a un taxi, que se detuvo ante ella. Se subió de inmediato. Quería quitarse a ese hombre de encima lo antes posible. Una vez dentro, respiró profundamente.

—¿La estaba molestando ese tipo? —se interesó el taxista.

—No, tan solo merodea por la zona —explicó la joven, pensativa.

—¡Cada vez la ciudad está más llena de gentuza! —exclamó el

conductor, ajeno a que Alejandra no le escuchaba—. ¡No puede salir uno a la calle tranquilo! No sé a dónde vamos a ir a parar...

En la mente de Alejandra solo tenía cabida la frase de ese pobre mendigo. ¿Qué había querido decir con que tuviera cuidado, que los lobos estaban al acecho? ¿De qué lobos hablaba? ¿A quién se refería? Además, habría jurado que no había tartamudeado cuando pronunció esa frase. Cada vez estaba más confusa. Debía de estar borracho, cómo le iba a dar crédito. Las amenazas de la noche anterior le estaban haciendo ver cosas donde no las había. ¡Dios, se estaba volviendo loca!

CAPÍTULO 17

El primer día de agosto amaneció caluroso. La noche anterior los tres vecinos cenaron en un pequeño restaurante del barrio del Carmen y celebraron su primer día de vacaciones. Esperaban que fuera un mes productivo en cuanto a su investigación se refería. Comentaron qué pasos iban a dar y se comprometieron a encontrar las misteriosas llaves, a pesar de las amenazas recibidas. Intentarían ser todavía más discretos, ya que en sus primeros pasos les habían llamado la atención; lo cual los llevaba a pensar que alguien los tenía controlados. Los interrogantes y preguntas sin respuesta se amontonaban a cada paso que daban. Por ello, y con ganas de iniciar la búsqueda, habían quedado esa misma mañana para ultimar detalles y trazar la hoja de ruta que iban a seguir.

El sol ya estaba alto cuando Alejandra se levantó y se dirigió a la cocina. Preparó dos zumos de naranja y los llevó a la terraza. Sara se encontraba allí, sentada delante de una mesa repleta de folios y mapas, anotaciones y rotuladores. Al verla, Sara cerró la libreta de su padre y la dejó en un extremo de la mesa, prestándole atención.

—¿Por dónde empezamos a buscar? —le preguntó Alejandra al mismo tiempo que le entregaba uno de los vasos.

Sara dio un largo trago antes de contestar.

—Gracias, está muy bueno.

—Recién exprimido. ¿Has sacado algo en claro? —inquirió Alejandra viendo el follón que tenía.

—No mucho, aunque tengo una intuición —continuó Sara—. La muralla cristiana tenía doce puertas, y son las llaves de esas puertas las que estamos buscando. Según el mapa que tengo aquí —dijo señalando la mesa—, verás que he marcado en negro el recorrido de la muralla, en rojo los portales grandes y en azul los portales pequeños. Hemos empezado a buscar por el portal o Torres de Quart porque es el que más cerca tenemos. Pero, si te fijas, te darás cuenta de que la ruta a la que dan acceso los portales se pierde entre las calles. Solo el Portal de Quart, el Portal de San Vicente y el Portal de los Catalanes convergen en un punto.

—¡Déjame ver! —exclamó Alejandra acercándose a las líneas que le señalaba su hermana—. Yo no estaría tan segura. Coincido contigo en que las Torres de Quart desembocan en la plaza de la Virgen tras atravesar las calles de Quart y Caballeros. Mientras que la Puerta de San Vicente llega hasta la plaza de la Reina y la de los Catalanes te lleva también a la plaza de la Virgen, pero se pierde unas calles antes.

—Así es —asintió Sara—. Lo cual quiere decir que solo la de Quart llega casi en línea recta a la plaza de la Virgen. Y como da la casualidad de que dicha plaza está al lado de la plaza de la Almoina, la intersección o punto cero de las dos vías principales de la Valencia romana, cabe pensar que podría ser un buen lugar para esconder algo valioso.

Alejandra reflexionó sobre lo que acababa de escuchar. No estaba nada mal el planteamiento. Podría ser. Al fin y al cabo, por algún sitio tenían que empezar.

—¿Cuándo quieres que vayamos? —preguntó Alejandra llena de esperanza.

—Esta misma mañana. ¿Tienes algo mejor que hacer?

—Pues la verdad es que no —contestó mirando a su hermana con cierta curiosidad. Había algo que la preocupaba, estaba convencida de ello—. Aparte de lo que llevamos entre manos ¿hay algo más que me quieras contar?

—No sé a qué te refieres... —mencionó Sara desconcertada.

—Si no te conociera lo suficiente, podrías hacerme creer que todo va bien, pero es difícil ocultarnos algo entre nosotras.

—Pues no sé... —dudó en continuar.

—¿Qué me dices del nombre que tienes escrito en la esquina de ese folio? Y no me digas que no has sido tú o que está allí por casualidad.

Sara la miró con resignación. No necesitaba mirar, sabía sobradamente lo que ponía porque lo había escrito ella.

—No tergiverses las cosas, que te veo venir. Lo escribí en un momento de debilidad y nada más —puntualizó Sara restándole importancia.

—¡Ya! Por eso pusiste Jesús Valdés como podías haber puesto otro nombre —exclamó su hermana incrédula—. Te preocupa no recordarle a él ni tampoco tu vida anterior a tus siete años, ¿verdad?

—Pues sí —confesó Sara quitándose un peso de encima—. Por más que lo intento es como si mi infancia hasta la muerte de nuestros padres no hubiera existido.

—Te entiendo. Yo apenas lo recuerdo, claro está que tan solo tenía cuatro años, y solo gracias a mis pesadillas he visto y escuchado cosas de aquella época. Ahora sé que eran señales para que iniciáramos esta complicada búsqueda.

—Yo por el contrario soy una página en blanco —murmuró Sara.

—Tú eres psicóloga, sabes perfectamente que un *shock* de esa índole puede crear un trauma como el tuyo. Piensa que la vida nos dio un giro radical y tu edad era más complicada que la mía.

—Lo sé... —asintió su hermana.

—¿Por qué no hablas con tu socio Lucas?, quizás te pueda ayudar. —Alejandra estaba realmente preocupada. Pocas veces había visto a su hermana tan decaída.

—Lo había pensado, pero todavía no me he atrevido a dar el primer paso.

—¿Y a qué esperas? —la apremió.

El sonido del timbre interrumpió su conversación. Alejandra fue a abrir la puerta. Lluís estaba al otro lado. Vestía informal, con el pelo engominado y emanando su habitual perfume varonil.

—Buenos días, chicas.

Sus vecinas le saludaron, no sin antes darle un repaso de arriba abajo.

—¿A dónde vas tan guapo? —le piropeó Sara.

—Tengo entendido que vamos de excursión por la ciudad —respondió él con sarcasmo.

—Tus fuentes son correctas —corroboró Alejandra con ironía.

—¿Habéis averiguado algo? —demandó Lluís mirando a Sara, que aún continuaba sentada frente a decenas de folios.

Ella le puso al día de sus conjeturas.

—Me parece que es un buen punto de partida. De todas formas, anoche durante la cena se quedaron varias preguntas en el tintero. ¿Qué sentido tenía esconder doce llaves que aparentemente no tenían ningún valor? ¿Qué haremos cuando las tengamos en nuestro poder, si es que conseguimos encontrarlas? Y, sobre todo, y la pregunta que me ha desvelado gran parte de esta noche: ¿Quién se ha preocupado de hacerlo? Si las llaves son del siglo XV y la muralla cristiana se derribó en el año 1865, quiere decir que llevan ocultas más de ciento cuarenta años. Si mis investigaciones están en lo cierto, fue Cirilo Amorós, el entonces gobernador civil de Valencia, quien solicitó a la reina Isabel II la licencia para derribar el muro, alegando la necesidad de dar trabajo a los numerosos obreros en paro afectados por la crisis de la seda. Lo llamaron el ensanche de la ciudad. Sin embargo, los portales no fueron derruidos todos al mismo tiempo. Alguien se preocupó de ir recogiendo esas llaves y esconderlas meticulosamente, pero ¿por qué?

—No lo sé, Lluís —contestó Sara—, pero mi intuición me dice que la llave de Quart o alguna otra tiene que estar en la plaza de la Almoina o en sus alrededores.

—Tu intuición tiene cierta lógica —apoyó Lluís—, aunque también podría estar escondida en las torres.

Sus vecinas se quedaron pensativas. No podían descartarlo.

—O en cualquier otro sitio: en la basílica de la Virgen, la catedral de Santa María, la plaza de la Virgen y no sé cuántos lugares más —prosiguió él en tono sarcástico—. Puede estar escondida desde debajo de una de las baldosas de mármol de la enorme plaza hasta dentro de la fuente, o dentro de un santo, quizás de un retablo o en la cúpula de la propia catedral. Es como buscar una aguja en un pajar. Además, los restos arqueológicos que vamos a visitar han estado enterrados siglos y siglos hasta hace aproximadamente veinticinco años, cuando los descubrieron, y han sido analizados por expertos arqueólogos. Si hubiera algo, ellos ya lo habrían visto.

—Nuestro padre murió hace veintitrés años —continuó Alejandra—. Poco después. ¿Por qué no pensar que era ahí donde estaba la clave y por eso estaba tan cerca de conseguirlo?

Los tres permanecieron en silencio durante unos segundos.

—Esa es otra posible teoría. Si no tenemos nada mejor, deberíamos ponernos en marcha —alegó Sara.

Se dirigieron hacia la plaza de la Virgen sin saber por dónde empezar y confiando en que las piezas de semejante rompecabezas fueran apareciendo y encajando. La plaza estaba muy concurrida, principalmente por numerosos turistas.

—Ya hemos llegado, y ahora ¿qué? —preguntó Alejandra.

—No sé. Espero que no nos siga nadie —dijo Sara nerviosa. Lluís advirtió la tensión de sus vecinas.

—Tranquilas, chicas. Estamos de vacaciones y vamos a hacer un poco de turismo, ni más ni menos. Empezaremos siguiendo la intuición de Sara.

Minutos más tarde llegaban a la plaza de la Almoina. Curiosos, se dispusieron a entrar. Unidos a un grupo de personas dirigidas por un guía, comenzaron a descender por las escaleras metálicas. Pasaron por las termas, inundadas por la luz natural que se filtraba a través del enorme ventanal, y avanzaron a lo largo de una fina barandilla siguiendo la explicación del guía, ahora centrado en el ninfeo o fuente y el hórreo donde se guardaban las cosechas de cereales, hasta que les indicó que se encontraban ante las dos calles principales de la ciudad romana. Sara prestó la máxima atención al oír que se encontraban en el punto cero, tan solo les separaban unos pocos metros de su objetivo, aunque aquello seguían siendo solo piedras y más piedras.

—Si pudiéramos deslizarnos y bajar... —susurró.

—¡No es el momento! —la frenó discretamente Alejandra—, nos van a llamar la atención.

—Ya lo sé, pero si pudiéramos quedarnos los tres aquí dentro... solos. —Sara insistía en su propuesta a sabiendas de lo descabellada que sonaba su proposición.

—Sara, ¿estás loca? —le susurró su hermana.

—Creo que podríamos intentarlo —intervino Lluís.

—No puedo creer lo que estáis diciendo —se quejó Alejandra confundida.

El guía continuaba con su explicación, y el grupo avanzaba sin fijarse en ellos tres.

—Esta es la última visita de esta mañana —explicó Lluís—. Tenemos dos horas por delante hasta que empiece el turno de la tarde. Si conseguimos despistarlos...

—Pero somos tres personas. No es tan fácil —interrumpió Sara.

—¿Quién ha dicho que tengamos que quedarnos los tres? —especificó Lluís—. Vosotras saldréis con el grupo.

—¡De eso nada! —protestó Sara—. Si te quedas tú...

—Sara, eres una persona sensata. Necesitaré a alguien fuera que me indique si hay peligro. Vosotras me guiaréis a través del lucernario de cristales que hay arriba. Además, todos llevamos el móvil encima, ¿no?

Las dos hermanas asintieron. Se integraron en el corro de gente mientras el guía continuaba con su explicación:

—En el siglo XIV se construyó el edificio de la Almoina por iniciativa del obispo Ramón Despont, era una institución benéfica que se ocupaba del mantenimiento de los pobres. En mayo de 1348 llegó la Muerte Negra, y todos pensaron que era un castigo divino para los pecadores. Con la peste murieron miles de personas. Los cementerios se quedaron pequeños y todos los objetos, ya fuesen vasijas, ropas o cualquier enser que estuviera en contacto con la epidemia, los lanzaban a ese foso que tienen ahí delante.

Todos miraron el pequeño foso de piedra y siguieron avanzando. Visitaron unas columnas restauradas, cuya pared estaba pegada con la basílica de la Virgen. Alejandra siguió a su hermana y, cuando buscó a Lluís, se dio cuenta de que había desaparecido. Discretamente intentó localizarlo sin éxito. ¿Dónde se había escondido en tan poco tiempo?

La visita continuó. Alejandra, nerviosa, observó que nadie lo echaba de menos. Respiró profundamente intentando tranquilizarse y susurrando para sus adentros «no pasa nada, no pasa nada». Su hermana se encontraba a su lado. Siguieron la visita hasta llegar al lugar donde san Vicente fue martirizado en el año 304; allí se levantó una pequeña iglesia en su memoria. Ahora solo quedaba el ábside y algunos restos de tumbas. La visita estaba a punto de finalizar. Poco después subían por la escalera de metal en dirección a la salida.

Agradecieron el aire libre y la inmensa luz les hizo protegerse los ojos. Hacía un calor sofocante. Sara se puso sus gafas de sol y se dirigió al lucernario de cristales. Su hermana la siguió. Se sentaron en el bordillo para tener un buen punto de observación. Tras los cristales no había ni rastro de Lluís.

—¿Crees que saldrá bien? —preguntó Alejandra temerosa de que le pudiera ocurrir algo.

—Espero que sí. Tenemos que estar muy atentas, dentro de nada cerrarán las puertas y se irán a comer. Entonces avisaremos a Lluís para que se mueva.

—¿Y si queda alguien de seguridad? —volvió a preguntar Alejandra nerviosa.

—¡No lo sé! ¡Cállate de una vez! —Sara estaba alterada. Ya era bastante delicada la situación como para que su hermana estuviera poniendo pegas.

La plaza empezaba a vaciarse, era la hora de comer. Al cabo de media hora se quedaron solas y las puertas del museo se cerraron. Ignoraban si se había quedado algún miembro del personal dentro, pero no había manera de averiguarlo. Así que sentadas en el borde del lucernario se esforzaban por ver algo de actividad en su interior.

—Creo que se ha movido algo —advirtió Alejandra con el estómago encogido.

—Sí, es Lluís —chilló Sara nerviosa—. Ha salido de su escondite. Será mejor que estemos cada una en un extremo. Ten el móvil a mano.

Alejandra la obedeció y se acomodó en la otra esquina.

Sara miró el reloj. Había transcurrido hora y media. ¿Habría encontrado alguna pista? Solo disponía de veinte minutos más. Para su sorpresa, un grupo reducido de personas entró en la plaza y se aproximaba a la puerta del museo.

—¡Dios mío! ¡Van a entrar! Tengo que avisarle. —Sara cogió el móvil y marcó el número de Lluís.

Respondió una voz femenina: «El teléfono está apagado o fuera de cobertura».

—No puede ser, ¡cómo que apagado o fuera de cobertura! —Sara colgó y volvió a intentarlo.

De repente Alejandra levantó la cabeza y se quedó paralizada. Frente a ella y de espaldas a su hermana se encontraba, en uno de los extremos de la plaza, un hombre con un puro en la mano, similar al que la amenazó días antes frente a su casa.

¡Dios mío, es el mismo tipo!, se dijo mientras le empezaban a flaquear las piernas. Se tapó la cara disimuladamente. No sabía si las había reconocido. No era posible que las hubieran seguido, ya que había aparecido dos horas después.

Miró fijamente a su hermana deseando que esta advirtiera su presencia, pero estaba demasiado ocupada mirando al interior del yacimiento. Intentó llamarla sigilosamente.

—Sara... Pssss. —¡Maldita sea! Miró hacia la puerta y vio que un grupo de personas se disponía a entrar. Parecían gente importante, a juzgar por sus atuendos. Lo que más le llamó la atención fueron los guardaespaldas que los acompañaban.

Su sorpresa aumentó cuando vio que el tipo tiraba el puro al suelo y se unía al grupo hasta desaparecer dentro del museo. Rápidamente se levantó y se acercó a su hermana, que aún intentaba localizar a su vecino.

—No consigo contactar con Lluís —refunfuñó Sara preocupada.

—Ha entrado un grupo y en él está el tipo que me amenazó.

—¿De veras? —preguntó incrédula.

—¡Te lo juro!

—Confiemos en que Lluís los vea antes que ellos a él.

—¡Allí está! —exclamó Alejandra señalando el interior—. ¡No me lo puedo creer! Se ha escondido dentro de la fosa donde metían los enseres de los muertos por la peste negra.

—La cosa no está para muchos remilgos —protestó Sara secamente—. ¡Alejémonos de aquí! ¡No dejemos que nos vean! El grupo está bajando... ¡Maldita sea! —gruñó mientras se retiraba de los cristales y agarraba a su hermana.

—¿Qué pasa? —preguntó Alejandra asustada.

—¡Creo que nos ha visto el tipo ese! No sé si nos habrá reconocido.

—Creo que sí. ¡Sara, corre todo lo que puedas! Está subiendo por las escaleras y viene hacia nosotras. ¡Sígueme! ¡Corre!

Las dos hermanas salieron de allí espantadas. En un santiamén cruzaron la plaza y entraron por una de las puertas de la basílica. Había bastante gente; la mayoría, turistas. Las jóvenes se camuflaron entre la multitud. Sara miró hacia la Virgen de los Desamparados y, a pesar de su agitada respiración, le rezó una breve oración. Alejandra le dio un codazo y al instante supo a qué se refería; el individuo que las seguía acababa de entrar en la iglesia. El condenado era tan alto que su cabeza sobresalía entre la mayoría de las personas que allí se encontraban. Medio agachadas y esquivando a la gente, se dirigieron hacia la salida opuesta con el fin de escapar de allí. Pero, cuando llegaron, vieron que la puerta estaba cerrada. Su temor aumentó, tenían que retroceder. Sara intentó divisar al tipo, pero no había ni rastro de él por ningún lado. Había desaparecido, posiblemente se habría ido al no verlas.

—Alejandra, Alejandra —chistó su hermana en voz baja. ¿Dónde estaba? La había perdido. Histérica, empezó a buscarla con la mirada hasta que se quedó petrificada. Algo la apuntaba a la altura de la cintura. Un aliento cálido y maloliente le dijo, justo detrás de su cabeza:

—¡Sois muy desobedientes! ¡Lo vais a pagar muy caro!

Sara no sabía cómo reaccionar. Pensó que no se atrevería a disparar delante de tanta gente y menos en un lugar como ese. Una mujer bastante gruesa la empujó para pasar entre los dos y Sara aprovechó para escabullirse. Como una anguila se deslizó entre el gentío hasta conseguir salir por la puerta por la que había entrado. Desorientada y cegada por el sol, dio unos pasos sin rumbo. ¿A dónde se dirigía? Miró al frente y sus ojos se detuvieron en la inmensa fuente rodeada de turistas. Se aproximó a ella e intentó esconderse sin dejar de mirar a la puerta por la que había salido. Todavía no sabía si Alejandra se encontraba dentro. Sacó el móvil del bolsillo y marcó su número. Después de dos tonos, escuchó la voz de su hermana. Sara respiró hondo. Parecía encontrarse bien. Le dio su posición y a los pocos segundos la vio salir de la basílica y dirigirse hacia ella. El móvil de Sara vibró en su pantalón y, nerviosa, vio que la llamada era de Lluís.

—¿Dónde estás? —preguntó Sara angustiada.

—He conseguido salir. Estoy en la plaza de la Almoina. Y vosotras, ¿dónde estáis?

—¡Sal de ahí ahora mismo! —gritó Sara asustada. En ese momento vio como de la basílica salía el tipo que las había seguido y mirando a su alrededor se dirigía hacia la plaza donde se encontraba Lluís—. ¡Corre! ¡Corre hacia el río! Nos vemos en la Casa de los Caramelos en diez minutos.

Se encontraron en el lugar acordado. Habían sido unas horas estresantes. Camino de casa y mucho más tranquilos, se pusieron al día.

—¿Sabes quiénes eran esos tipos que entraron en el museo, Lluís? —preguntó Alejandra.

—Por lo poco que he podido escuchar, había una persona del ayuntamiento. Supongo que para guiarlos por el yacimiento. Pero el pez gordo y sus guardaespaldas me pareció entender que pertenecían a una asociación privada. Hablaban de ella todo el rato, pero sin decir el nombre.

—Tenemos que averiguar quiénes son y qué es lo que pretenden. Y ¿por qué tanto interés en que no investiguemos sobre este tema? —aclaró Alejandra.

—¿Has conseguido dar con alguna pista? —preguntó Sara mucho más tranquila.

—No había nada en particular que me llamara la atención. No es fácil —contestó Lluís—. Pero creo que deberíamos echar otro vistazo a la libreta de tu padre. Tiene que contener alguna pista que estamos pasando por alto.

—Creo que hemos sido muy irresponsables —interrumpió Sara—. Imagínate si te llegan a pillar. No me lo hubiese perdonado nunca. Además, es posible que haya cámaras de seguridad.

—Estoy de acuerdo, Sara —añadió su hermana, ya recuperada del susto.

—Es posible —accedió Lluís—. Hemos actuado un poco a la ligera, pero de los errores se aprende. La próxima vez debemos estudiar todos los movimientos a seguir. ¡Tenemos que ser más listos que ellos!

CAPÍTULO 18

Sara, Alejandra y Lluís se encontraban sentados frente a la misteriosa libreta. La habían abierto y cerrado decenas de veces. Habían ojeado sus páginas meticulosamente, deteniéndose en todos los signos y números, y no habían conseguido descifrar absolutamente nada. No veían qué relación podía tener la plaza de la Almoina con el posible escondite de una de las llaves. Sus conjeturas se esfumaban. Sara, que en un principio lo veía bastante claro, empezaba a dudar de que las encontraran alguna vez. A la vista estaba que no tenían ni por asomo las dotes de su padre.

De repente, Alejandra se levantó y, con una chispa de luz en su rostro, dijo:

—¿Alguien tiene una lámpara de luz negra?

—¿Para qué? —respondió Sara confusa—. No entiendo qué pretendes.

—Una vez vi una película en la que descubrían ciertas pistas en unos pergaminos con una de ellas. Estaban escritas con zumo de limón o algo así. El caso es que solo se podían leer con una luz de ese tipo.

—Yo tengo una en casa —mencionó Lluís encantado de poder ayudar—. Era del local y no sé cómo fue a parar a uno de los cajones de mi escritorio. Imagino que estará llena de polvo, pero ahora te la subo.

Lluís entró con ella a los pocos minutos, buscó un enchufe y se la entregó a Alejandra.

—Es toda tuya.

Las manos de su vecina temblaban como las de una niña ante una experiencia desconocida. Suavemente y con la luz activada, fue pasándola por la primera página sin resultado. Repitió la misma operación en las siguientes hojas hasta llegar al final. Aquel método no revelaba nada en absoluto; Alejandra estaba a punto de abandonar.

—¡Un momento! —dijo Lluís—. No lo estamos haciendo bien. Hay demasiada luz. ¿No os dais cuenta? Sara, cierra las ventanas y baja las persianas, tenemos que dejar la habitación totalmente a oscuras.

Su vecina le obedeció sin rechistar. Cuando el salón se tiñó de negro, los tres jóvenes se agruparon frente a la libreta con las pupilas dilatadas y los dedos cruzados, centrando toda su atención bajo la luz ultravioleta. Sus caras se llenaron de asombro al comprobar que, en la página aparentemente vacía, aparecían unas anotaciones manuscritas como por arte de magia. Sara, nerviosa, las leyó en voz alta:

A las tres mujeres de mi vida: Carmen, Sara y Alejandra.
A Andreu, que ocupó el lugar del hijo que nunca tuve.
Si leéis estas líneas, significa que algo me ha sucedido.
Pero las claves que describo solo vosotros cuatro podréis descifrarlas.

Sara y Alejandra sintieron una punzada de emoción al leer las frases de su padre y un nudo se formó en sus gargantas. Su padre nunca pensó que moriría acompañado de su mujer. Y ese tal Andreu solo podía ser Andreu Subies, el antiguo alumno de su padre. Debió de significar mucho para dedicarle esas afectuosas palabras. Tenían que encontrarlo y saber qué había sido de él.

Ansiosos por descubrir más notas de su padre y con las mentes confusas por las frases que acababan de leer, repitieron la misma operación en la segunda página. En ella dominaba el número doce por doquier, y de nuevo unas frases aparecieron ante ellos:

No perdáis el tiempo buscando el significado.
Solo cuando tengáis las doce llaves en vuestro poder,
hallaréis la solución.

Atónitos y sin poder articular palabra, pasaron a la tercera hoja, en la que supuestamente solo había dibujos de las murallas de Valencia, que ahora sin embargo adquirían sentido al ir acompañados del nombre de sus respectivas puertas. Sonrieron al comprobar que no habían dado palos de ciego. En las hojas siguientes estaban representados los cuatro portales grandes, con su nombre a pie de página acompañado de unas frases que deberían ayudarles a desvelar el lugar exacto donde se encontraban las llaves. Ansiosos, buscaron el escrito que pertenecía a las Torres de Quart. Decía así:

Donde los cardinales convergen y la iglesia no ve,
donde no llega la luz y se humedecen la bravura y la abundancia,
allí está la nada.

El silencio se impuso en la habitación mientras sus mentes navegaban a una velocidad de vértigo procurando descifrar su significado. Sara se levantó y subió las persianas. La luz entró sin compasión en todo el salón al mismo tiempo que se borraban las palabras que acababan de leer. Alejandra terminaba de anotar en una hoja las pistas que su padre les había proporcionado. A continuación, las volvió a recitar en voz alta.

Sara fue la primera en romper el hechizo:

—¡Es un acertijo! —exclamó sorprendida, al ver que a su padre le gustaban ese tipo de juegos.

—¡Tenemos que descifrarlo! —añadió Alejandra—. Cuando dice «donde los cardinales convergen», los cardinales pueden ser... un número cardinal, o también podrían ser los cuatro puntos cardinales.

—Sí, es muy posible —dijo Lluís, que hasta ahora no había abierto la boca—. Aunque dice que convergen supuestamente en un punto y no creo que sean los números. La cuestión es saber dónde convergen. No es por nada, pero vuestro padre tenía mucha imaginación y le gustaba retorcer un poco las cosas —murmuró en tono cariñoso.

—Sigamos con la frase —continuó Sara—: «y la iglesia no ve». ¿Quiere decir que quizás la iglesia no lo aprueba por algún motivo? O que a lo mejor sale de su jurisdicción. No sé... —murmuró desmoralizada.

—Estoy segura de que daremos con la solución —apuntó Alejandra con esperanza—. Piensa que ahora tenemos muchas más pistas que antes y, aunque despacio, vamos avanzando.

Sara abrió el balcón y salió para que le diera el aire. Estaba bloqueada y necesitaba pensar, mientras su hermana y su vecino repetían las frases una y otra vez como auténticos papagayos.

A los pocos minutos Sara volvió a entrar con una mueca de alegría dibujada en el rostro.

—No quiero crearos falsas ilusiones, pero me van encajando algunas piezas.

—¿De veras? —preguntó Alejandra levantando una ceja—. Dinos algo, por Dios.

Sara se sentó y se explicó:

—«Donde los cardinales convergen y la iglesia no ve». Los cuatro puntos cardinales, como todos sabemos, son norte, sur, este y oeste. Creo que en este caso se está refiriendo a las dos calles principales de Valentia, la antigua ciudad romana, el Cardo Máximo y el Decumano Máximo.

—¿Por qué estás tan segura? —inquirió Lluís—. ¿Y qué pasa con la parte de «y la iglesia no ve»?

—Da la casualidad de que la basílica de la Virgen y la catedral están de espaldas a la plaza de la Almoina. Metafóricamente hablando, cuando estás de espaldas no ves —puntualizó Sara satisfecha de su ocurrencia.

—Hermana, cada vez me sorprendes más. ¿Y qué me dices del resto?: «donde no llega la luz y se humedecen la bravura y la abundancia».

—Eso no lo tengo tan claro —confesó Sara.

—Espera un momento —dijo Alejandra—. Hace veintitrés años no había museo arqueológico, ni plaza de la Almoina, ni nada por el estilo. De hecho, han estado con las excavaciones algo más de veinte años.

—En efecto —agregó Lluís—. Lo único que había eran los restos de los hallazgos y un montón de escombros. Lo cual quiere decir que, cuando vuestro padre murió, esto debía ser un solar vallado que esperaba a ser intervenido y poco más.

—Claro, ¿no os dais cuenta? —medió Sara—. Cuando dice «donde no llega la luz», es porque estuvo enterrado.

—¿Y el resto? «Y se humedecen la bravura y la abundancia» —planteó Alejandra.

—No lo sé —respondió Sara.

—¿La bravura de un animal o de una persona? —preguntó Alejandra—. Y la abundancia, ¿de qué? Está claro que los acertijos no son lo mío.

—Si fuese de un animal —continuó Sara—, el cuerno representaría la bravura de un toro o de un carnero, por ejemplo.

Lluís abrió su ordenador portátil y buscó resultados con la combinación de esas dos palabras.

—¡Escuchad esto! —dijo a los pocos minutos—. La palabra

cornucopia viene del latín *cornu*, «cuerno», y *copia*, «abundancia». Llamado en español el cuerno de la abundancia, era además el símbolo de Valentia durante la República romana. Fijaos en el dibujo —dijo mientras señalaba un cuerno de la abundancia con flores y frutos sobre un haz de rayos—. ¿Qué es lo más destacado del Museo Arqueológico de la Almoina? —Sus vecinas se quedaron pensativas. Lluís, impaciente, no podía contener por más tiempo la respuesta—. Lo más importante son las termas o baños públicos de los antiguos romanos. Eso daría significado a lo de humedecer la bravura y la abundancia.

—Y la frase final «allí está la nada» —prosiguió Sara fascinada por su agilidad mental— es precisamente el punto cero donde convergen las dos calles principales. Cero es igual a nada. ¿No creéis que es una bonita manera de llamarlo, simplemente «nada»?

—Si todo eso es cierto, Sara —intervino Alejandra—, reconozco que no ibas mal encaminada en tu primer planteamiento. Creo que ya tenemos el lugar exacto. En el punto cero tiene que estar escondida la llave de las Torres de Quart. Ahora tenemos que resolver la segunda parte y la más arriesgada: ¿cómo vamos a entrar en el museo sin levantar sospechas?

CAPÍTULO 19

La playa de la Malvarrosa era un hervidero de bañistas. Las coloridas sombrillas le daban el aspecto de un espléndido jardín en flor. Alejandra, tumbada sobre la arena, absorbía los rabiosos rayos del sol. A su lado, Lluís se deleitó mirándola. Su piel bronceada y brillante acentuaba sus atractivas curvas. Por un momento le asaltó la pregunta que se había formulado en otras ocasiones: ¿qué pensaría ella de él, más allá de su amistad? Alejandra se dio la vuelta en ese mismo instante y le preguntó:

—Estás muy callado, ¿puedo saber en qué piensas?

—En nada —atajó rápidamente temiendo que pudiera adivinar sus pensamientos—. Solo admiraba lo preciosa que eres.

Alejandra se estremeció ante la ternura de su voz. No quería darle demasiadas esperanzas, y no porque no le gustara; era guapo, inteligente, sensato, cariñoso y noble. ¡Cómo no iba a gustarle! Pero su hermana estaba de por medio y no quería hacerle daño. En ningún momento ninguna de las dos había confesado sus verdaderos sentimientos hacia Lluís, pero sobraban las palabras, solo había que fijarse en cómo se lo comía con los ojos cada vez que se le ponía delante. El caso es que presentía que Lluís se iba a sincerar, que iba a confesarle sus sentimientos. Se le veía serio, cuando siempre había resultado gracioso y se había mostrado informal. Aun así, Alejandra debía mantener los pies en el suelo.

—Eso se lo dirás a todas —replicó ella restándole importancia.

—No creas. Alejandra, llevo tiempo que... —murmuró dulcemente pensando su siguiente palabra.

Alejandra confirmó sus sospechas. No había más que ver sus ojos. Pero si se la comía con la vista. Esa mirada desnuda, sincera y tierna. No podía dejarle continuar. Sabía que si lo hacía sería incapaz de darle una negativa. Por una décima de segundo la imagen de su hermana se interpuso entre los dos.

—Lluís, por favor, no sigas. Creo que deberíamos irnos ya, ¿no te parece?

—Por supuesto —aceptó Lluís con sequedad mientras se ponía en pie. Había captado la indirecta a la primera. Sus temores se confirmaban: ¡tan solo lo veía como un buen amigo!

Iban de vuelta a casa en el Audi de Lluís. Alejandra, en silencio y con la mirada perdida al frente, sentía cómo la culpabilidad la ahogaba y estaba a punto de llorar. Había sido una estúpida. Le había cortado sin darle ninguna explicación y acabado con todas sus esperanzas. El mejor hombre que había conocido en su vida se interesaba por ella... y lo había rechazado pensando en su hermana. Alejandra lo miró de reojo y vio que estaba enfadado y herido. No había más que ver las tensas facciones de su rostro. No podía dejar así la situación, pero las palabras se le escapaban y no lograba articular ni una sola sílaba con cierta coherencia. Lluís procuró serenarse, aunque su decepción le había afectado mucho más de lo que pensaba. Su mente se había convertido en un revuelo constante de turbios pensamientos. Si le hubiera dejado..., le habría dicho tantas cosas. Sin embargo, todas las frases que tenía ensayadas se habían desvanecido en la arena. Lluís puso música para paliar ese ahogado silencio que les aprisionaba. Una balada de Andrea Bocelli anegó el vehículo de tristeza y Alejandra dejó escapar una lágrima.

El trayecto hasta la calle Quart resultó eterno, ya que tuvieron que detenerse varias veces por culpa de un atasco.

—Hay demasiado tráfico, no es normal —dijo Lluís rompiendo el hielo.

Alejandra volvió a la realidad. Observó que la calle de un solo carril estaba atascada.

—¡Qué raro! ¡Ha debido de ocurrir algo! —añadió confusa—. No es normal estar parados tanto tiempo.

—Mira..., está la policía ahí delante —señaló Lluís alargando el cuello y avistando unas sirenas azules.

—Es cierto, y están desviando la circulación.

Los coches empezaron a avanzar por la derecha. Siguieron por el desvío obligatorio hasta que consiguieron aparcar en un hueco libre. Después fueron caminando hacia su casa. Cuando retomaron de nuevo la calle Quart, observaron que, a unos doscientos metros y a la altura de su edificio, había dos coches de policía y una ambulancia. El corazón de Alejandra dio un vuelco. Su hermana Sara se había quedado en casa. Eso fue lo primero que pensó. Inconscientemente, ambos aceleraron el paso.

—¿Qué habrá pasado? —preguntó Alejandra con un nudo en el estómago.

—No lo sé, ¡pero no me gusta! —respondió Lluís.

Un cordón formado por vecinos y curiosos rodeaba el furgón de la policía. Lluís le preguntó a un señor que se cruzó con él.

—¿Qué ha sucedido?

—Han encontrado una mujer muerta. Parece ser que vivía ahí —contestó el hombre señalando su edificio.

—¡Sara! —gritó Alejandra—. ¡No, por favor! —A su mente acudieron las amenazas recientes y pensó en lo peor.

Tan solo le faltaban un par de metros para llegar al cordón de gente, que le impedía avanzar. Alejandra empezó a deslizarse entre unos y otros, abriéndose paso. Estaba histérica.

—¡Por favor! —gritó angustiada—. ¡Déjenme pasar!

Cuando consiguieron traspasar aquel muro humano y se colocaron en primera fila, se quedaron atónitos. Ante ellos yacía un cuerpo en el asfalto bajo un plástico. Alejandra levantó la cinta que acordonaba la zona para acercarse al cadáver. Tenía que averiguar de quién se trataba.

—¡No puede pasar! —voceó uno de los agentes, frenándola.

—Por favor, necesito saber si es mi hermana —suplicó rozando la desesperación.

—Lo siento. El juez de instrucción está a punto de llegar para levantar el cadáver. Tiene el rostro desfigurado.

Alejandra rompió a llorar. Lluís la abrazó con fuerza mientras procuraba mantener la calma. ¡No podía ser! ¡No podía ser!

—¡Agente! —le llamó Lluís nervioso—. Necesitamos saber si es una mujer joven.

Otro policía se aproximó a ellos al verla descompuesta y llorando.

Sin vacilar preguntó:

—¿Es su hija?

—¡Cómo dice! —exclamó Lluís temiendo no haber escuchado bien la pregunta—. Necesitamos saber si esa mujer es su hermana.

—Tranquilícense —aclaró el agente—. Es imposible que sea su hermana, me acaban de pasar más información. Es una vecina del inmueble de más de sesenta años. Se llamaba Elisa Hurtado.

—Elisa —repitió Alejandra envuelta en sollozos.

En ese momento, alguien se abrió paso entre la gente y se dirigió a ellos.

—Alejandra, Lluís —los llamó.

Ellos se giraron y respiraron aliviados. Sara estaba sana y salva.

—Gracias, señor, gracias —agradeció Alejandra abrazándola—. Creía que eras tú. Menudo susto nos hemos llevado.

—Tranquila, ya ha pasado. —Sara percibió que su hermana todavía temblaba.

Sara se encontraba en la terraza cuando sonó el timbre. Alejandra desde la cocina se aproximó a la puerta.

—¿Puedo pasar? —preguntó Lluís.

—Sabes que sí, tonto —respondió Alejandra juguetona.

Cuando llegó a la terraza, Lluís se sentó en una de las sillas de mimbre y miró a sus vecinas con cara de tunante.

—¿Qué sucede? —preguntó Sara—. Tienes la misma cara que un niño cuando se sale con la suya.

—No vas desencaminada —confirmó Lluís.

Alejandra tomó asiento. La cosa parecía ponerse interesante. Lluís sacó un pequeño objeto del bolsillo y lo depositó encima de la mesa.

—¿Has vuelto a cambiar de móvil? —indagó Sara mirándolo.

—No es un móvil —negó Lluís con una risita.

—Ah, no... Entonces, ¿qué es? —preguntó Alejandra.

—Un descodificador de alarmas —puntualizó él sin inmutarse.

—¿Cómo? —preguntaron las dos hermanas a la vez pensando que les estaba tomando el pelo.

—Lo que habéis oído.

—Pero ¿eso es legal? —quiso saber Sara asombrada.

—Qué inocente eres —suspiró su hermana—. ¡Cómo va a ser legal!

—No, no lo es —corroboró Lluís disfrutando del momento—, pero piensa que vamos a quebrantar la ley con un buen fin, y solo lo utilizaremos en caso estrictamente necesario.

—Ah, bueno, eso me deja mucho más tranquila —espetó Sara con sarcasmo.

—¿De dónde lo has sacado? Pensaba que esas cosas no existían —se interesó Alejandra.

—Tengo ciertos contactos...

—Ya... imagino que de dudosa reputación —supuso Alejandra.

—Llamémoslo así —afirmó Lluís mientras cogía el artefacto—. Me lo han prestado. Funciona por ondas y bloquea la red donde están conectadas las alarmas dejándolas sin funcionar temporalmente.

—¿Es eso posible? —desconfió Sara, asombrada por el avance de la tecnología.

—Efectivamente, y no solo eso, también inutiliza las cámaras de seguridad. Solo hay una pega.

—¿Cuál? —quiso saber Alejandra.

—Este aparato solo funciona durante sesenta minutos. Entremos donde entremos, solo disponemos de una hora exacta. Un segundo más y se vuelven a conectar todos los dispositivos.

Las dos hermanas se quedaron sin aliento.

—Dependiendo de la situación, una hora puede ser muy larga o muy corta —añadió Alejandra mientras se levantaba para traer unas cervezas.

—Cierto —asintió Lluís.

—Esta noche he soñado con nuestra difunta vecina —les contó Sara—. Me la encontraba en el patio y me tenía una hora contándome chismes.

—Como siempre hacía —apuntó Alejandra—. ¡Qué pena! ¿Realmente pensáis que se suicidó tirándose por la terraza como atestó la policía? No parecía que tuviera problemas.

—No lo sé —agregó Lluís dándole un trago a su cerveza—. Desde que enviudó, vete a saber lo que pasaba por su mente.

—Es curioso —expuso Sara—, pero tan solo hace una semana del suceso y me pareció oír ruidos anoche en su casa. Me acosté pensando en ello y quizás por eso he soñado con la pobre mujer.

—¡Ruidos! ¡Qué raro! —se extrañó Lluís—. Creo que no tenía hijos ni familia cercana. De hecho, en el entierro los únicos que estábamos éramos los cuatro vecinos, la dueña del horno y la de la carnicería. La verdad es que no sé qué pasará con el piso. En estos casos, ¿quién se lo queda, el Estado?

Las dos muchachas pusieron cara de no saber la respuesta.

CAPÍTULO 20

La oscuridad de la noche envolvía la ciudad de Valencia. La luna llena se escondía entre las numerosas nubes iluminando a ratos la plaza de la Almoina y reflejándose en el gigante ventanal situado a ras del suelo. Nadie transitaba por allí salvo Lluís, Sara y Alejandra, que, con cautela y muchos nervios, se aproximaron a la puerta del museo. Creían haber escogido el día y la hora oportunos, pero eso no quería decir que hubieran acertado. Lluís conectó el descodificador de alarmas. Sara solo pedía que funcionara y no los dejara colgados. En sus treinta años de vida no recordaba haber incumplido la ley, voluntariamente, y esperaba tener las suficientes fuerzas para responder ante el cometido que se habían propuesto. Atentas a Lluís, a quien se le veía bastante seguro de sí mismo, observaron cómo un pequeño piloto rojo situado por encima de sus cabezas cambiaba a color verde. Al parecer tenían vía libre. Los tres consultaron sus relojes y se pusieron los guantes. Tenían sesenta minutos exactos. Ni más ni menos. Lluís, con manos hábiles y aparentemente expertas, se centró en la cerradura. Alejandra lo miraba sin dar crédito. ¡Quién lo hubiera dicho con lo buen chico que parecía! Al momento oyeron un clic y la puerta del museo se abrió. Sara miró a su hermana con cara de sorpresa; estaba resultando más fácil de lo que había pensado. Sin mediar palabra accedieron al interior.

Una tenue luz se filtraba de la calle, a través de los paneles de cristal que daban forma a la fachada, y les permitía moverse sin necesidad de encender las linternas. El silencio resultaba estremecedor. Sus sentidos se acentuaron. Alejandra sintió un ligero escalofrío al percibir que la temperatura había descendido con respecto al exterior. Bajaron en fila india por las escaleras metálicas hasta el piso inferior. Ante ellos se encontraba una superficie de dos mil quinientos metros cuadrados de subsuelo arqueológico. Enfrente estaban las termas; a la derecha, el cruce entre el Cardo Máximo y el Decumano Máximo, y a la izquierda, tres de las veinte tumbas encontradas. Lluís fue el primero en descolgarse de la plataforma de metal y pisar el terreno pedregoso. Después lo hicieron sus vecinas y juntos se dirigieron a su primer objetivo: el punto cero. Sara encendió su linterna e iluminó el suelo, imitando a Lluís y a Alejandra. Los tres empezaron a palpar y observar todas las piedras que tenían ante ellos. Era como buscar una aguja en un pajar. Estaban convencidos de que ese era el lugar correcto, pero ¿cuál era el punto exacto? Se separaron para avanzar más deprisa. El tiempo corría en su contra. Lluís se acercó al ninfeo tratando de encontrar alguna pista, mientras Sara se movía por el hórreo y Alejandra daba vueltas y más vueltas por las termas.

De repente empezaron a oír voces del exterior, que procedían del lucernario de cristal. Dos chavales jugaban sobre la fina capa de agua que los cubría. Alejandra, que se encontraba justo debajo, apagó la linterna y el yacimiento se tiñó de sombras. Rápidamente salió de las termas, ya que estaba demasiado expuesta. Los jóvenes seguían chapoteando en el agua y adentrándose cada vez más, gritando y riendo sin parar. Alejandra dedujo que estaban bebidos. Sin perderlos de vista, caminó hacia atrás con tan mala suerte que le falló un pie y cayó en un agujero de un metro de profundidad. Con el impacto la linterna que tenía en la mano se encendió. Alejandra, sofocada, quiso apagarla antes de que la delatara y cuando lo consiguió soltó un quejido de dolor; se había hecho daño en el brazo. Seguro que se había clavado alguna piedra. ¡Qué ganas tenía de salir de ahí! Respiró profundamente para relajarse y al hacerlo notó el desagradable olor que emanaba de ese agujero. Miró de nuevo hacia el ventanal; los chavales seguían con sus gamberradas ajenos a los intrusos.

—¡Joder! No tenéis otro sitio adonde ir —susurró ella al ver que no se marchaban.

Al moverse notó que algo se le clavaba en la espalda. Palpó la zona. ¿Qué era aquello? Si eran piedras, eran muy raras. Con sensación de angustia decidió encender la linterna con suma discreción. Nada más accionarla comprobó que estaba sobre un nido de huesos humanos. Un grito ahogado salió de su seca garganta. Recordó la explicación del guía, días atrás, cuando les habló de esos esqueletos. Rápidamente se incorporó para salir del foso, pero se frenó al ver cómo los jóvenes se empujaban entre sí y uno de ellos caía al suelo boca abajo, clavando su cara contra el cristal. Alejandra volvió a agacharse, reprimiendo sus náuseas. El muchacho se levantó, con torpeza, y gritó dirigiéndose a su amigo:

—¡Hay alguien ahí dentro!

—¡Qué dices, tío! ¡Estás borracho! —le reprendió el otro igual de ebrio.

—¡Te lo juro! He visto a alguien —insistió viendo que su amigo lo tomaba por mentiroso—. ¡Asómate y verás!

—Yo me voy a dormir la mona. ¿Te vienes o qué?

Agarrándose, salieron del ventanal empapados y se alejaron de allí.

Alejandra aprovechó la oportunidad para salir. Nada más poner los pies en el suelo un susurro la sobresaltó:

—¿Estás loca o qué? —masculló Lluís enfadado—. ¿A qué estás jugando? Te llevo buscando un buen rato y encima te dejas ver por esos idiotas de ahí arriba.

Alejandra estaba tan confusa que no se defendió. Estaba a punto de llorar, pero no iba a hacerlo delante de él, y menos después de haber recibido su bronca. Lo siguió sin rechistar hasta que se unieron con su hermana.

—¿De dónde sales? —la interrogó Sara al tiempo que le olía la ropa como si fuera un sabueso—. ¿A qué hueles?

—Si te contara... —musitó ella sacudiéndose el polvo.

—De momento no hemos encontrado nada y el tiempo se nos está agotando —expuso Lluís bastante disgustado.

Sara miró el reloj. Era más tarde de lo que pensaba. Tan solo les quedaban veinte minutos.

—¿Qué propones? —le preguntó Alejandra a Lluís.

—No lo sé. No he encontrado nada. ¿Qué tal tu zona? —inquirió dirigiéndose a Sara.

—Tampoco. ¿Y las termas, Alejandra?

—¡Pues no lo sé! —refunfuñó de mal talante—. Después de que aparecieran los borrachos de arriba, me he escondido dentro de una fosa llena de huesos, me he destrozado el brazo derecho con uno de ellos y estoy que me muero con las arcadas. Así que no he podido registrarlas como es debido. Pero no os preocupéis, la próxima vez me quedaré en casa y asunto arreglado.

Sus ojos estaban a punto de estallar y sus mejillas ardían de cólera. Su hermana no supo qué contestar. Lluís se sintió culpable por haberle llamado la atención.

—No pasa nada —dijo su vecino intentando calmar los ánimos—. Aún nos quedan quince minutos. Las registraremos los tres juntos.

Se pusieron manos a la obra. Revisaron las letrinas y las termas de agua caliente y fría. Aquello era una auténtica locura. Estaban exactamente igual que al principio. Desmoralizados, tocaron grietas, rincones y rascaron el suelo. Sara volvió a mirar el reloj.

—No quisiera ser aguafiestas, pero nos quedan siete minutos. Y necesitamos tres para salir de aquí.

—¡Vámonos! —sentenció Lluís tajantemente—. No podemos arriesgarnos a que nos pillen. Si eso ocurre, se terminaría toda la búsqueda. Tendríamos que responder a muchas preguntas.

Alejandra, que estaba unos pasos más alejada, empezó a tocar y a rezar al mismo tiempo. Tenía que estar aquí.

—¡Vamos, papá, échanos una mano! —gritó la joven, desesperada.

—¡Alejandra, vámonos! —repitió Lluís con cariño—. Eso ya lo he revisado yo y no hay nada. No podemos permanecer más tiempo aquí.

La muchacha seguía sin escuchar a su vecino. Arrodillada, palpaba y palpaba. Sin poder evitarlo sus ojos se llenaron de lágrimas que salpicaron el suelo, mientras sus manos levantaban algo de polvo en su frustración por no encontrar absolutamente nada. Consternada y con la sensibilidad nula por el guante, se lo quitó y tocó a ciegas sin saber lo que podía encontrar. De pronto tropezó con algo duro y se rompió una uña. Las yemas de sus dedos se ennegrecieron. Esperanzada, comenzó a quitar la capa superior de tierra para ver de qué se trataba.

—Alejandra, ¡vámonos ya! —chilló Sara nerviosa—. ¡No tenemos tiempo! Si no salimos corriendo ahora mismo, no llegaremos a la salida.

—¡Esperad un momento! —voceó—. ¡Creo que he encontrado algo!

Lluís y Sara se arrodillaron junto a ella y le echaron una mano. Alejandra se quitó el pañuelo que llevaba anudado al cuello y limpió la superficie. Era como un grabado en relieve del tamaño de un puño. Asombrados, comprobaron que representaba una cornucopia, el símbolo de Valentia en la época romana. Habían dado en el blanco. No podía ser solo un emblema, tenía que haber algo más, tal vez algún dispositivo. Sara volvió a mirar el reloj: tan solo les quedaban dos minutos. Ya no les daba tiempo a llegar a la salida.

Irremediablemente las alarmas empezarían a sonar y la policía los pillaría con las manos en la masa.

Alejandra no se daba por vencida.

—Si pudiera sacarlo un par de centímetros del suelo para poder agarrarlo... —susurró.

Lluís, abrumado, le pasó un punzón para facilitarle la tarea. Les quedaba menos de un minuto.

—Siento deciros que nos van a pillar —los avisó Sara con los ojos pegados a la esfera del reloj como si estuviera hipnotizada. Seguidamente empezó la cuenta atrás como un cohete a punto de despegar—. Cuarenta y cinco, cuarenta y cuatro, cuarenta y tres, cuarenta y dos...

Alejandra consiguió agarrar el símbolo con la mano, olvidándose del escozor de sus dedos. No se había equivocado. Sus corazonadas eran certeras. Con fuerza intentó girarlo en una dirección.

Sara seguía descontando:

—Veintitrés, veintidós, veintiuno...

Nada. Aquello no se movía. Alejandra empezó a maldecir en voz alta, golpeándolo con ambas manos.

Sara continuaba:

—Doce, once, diez, nueve, ocho...

En ese mismo instante, y ante el asombro de los tres, escucharon un ruido que retumbó por todo el museo arqueológico; era como si la tierra rugiese bajo sus pies.

—¿Qué está pasando? —chilló Sara asustada.

—No lo sé —dijo su hermana—. Creo que acabo de activar algo. El sonido parece que viene de... —No pudo terminar la frase.

El suelo comenzó a temblar y a inclinarse hacia un lado. Instantes después perdían el equilibrio.

—¡Sujetaos bien! —vociferó Lluís agarrando a sus dos amigas. ¡Nos vamos a caer!

La enorme baldosa de piedra donde estaban apoyados se había movido, igual que una balanza, provocando que los tres cayeran rodando al vacío. A continuación, la plataforma retomó su posición inicial dejando el recinto y sus termas sin ningún rastro de vida.

La oscuridad era total. Sara empezó a toser por las diminutas partículas de polvo que flotaban en el ambiente, mientras Alejandra se sujetaba el brazo herido con claros signos de dolor.

—¿Estáis bien? —preguntó Lluís preocupado.

Las dos muchachas respondieron afirmativamente.

—¿Dónde estamos? No se ve una mierda —quiso saber una de ellas.

—No lo sé —respondió Lluís—. Creo que debajo del museo. ¿Tenéis las linternas a mano? Han debido de caer con nosotros.

Las hermanas se arrodillaron y buscaron a tientas con desesperación. La incertidumbre de no saber dónde se hallaban las estaba corroyendo.

—¡La tengo! —gritó Sara—. He encontrado una.

Estaba tan nerviosa que no podía encenderla. Al final un haz de luz iluminó las paredes de ese reducido lugar y Lluís se la quitó de las manos.

—¡Déjame ver!

El espacio era pequeño, demasiado pequeño. Era una habitación de un par de metros cuadrados con forma triangular. Pero lo más angustioso y alarmante era que no veían ninguna salida. Parecía una fosa o algo similar. Lluís dirigió la luz al suelo y vio las otras dos linternas y el punzón.

—Hay que coger todo eso —sugirió—. Nos puede hacer falta.

—Estamos atrapados, ¿verdad? —sentenció Sara muerta de miedo.

—No lo sé, pero no tiene sentido —dijo Lluís más que confuso—. Debería de haber otra salida.

—Sí, yo también quiero creerlo —murmuró Alejandra, optimista—. Hay que seguir buscando si no queremos quedarnos sin aire.

—Mi móvil está fuera de cobertura ¿y los vuestros? —preguntó Lluís.

Las dos hermanas asintieron con desánimo. Sara notó un ligero cosquilleo a la altura de sus pies...

—¡Santo Dios! Algo se ha movido en el suelo —exclamó sobresaltada.

Lluís alumbró y vieron a dos ratones correteando en busca de una salida. Sara gritó al verlos y Alejandra se apartó.

—¡Esperad un momento! —ordenó Lluís—. No hay que perderlos de vista. Si ellos pueden salir de aquí, nosotros también.

—Con el pequeño inconveniente de que nosotros no tenemos el tamaño de esos roedores —exclamó Alejandra con sarcasmo.

A los pocos instantes los ratones se perdieron por una de las rendijas del suelo. Lluís se agachó para inspeccionar el lugar con la linterna en la mano.

—Pásame el punzón —dijo dirigiéndose a Alejandra.

—¿De veras crees que vamos a salir de aquí? —le preguntó ella agachada a su lado.

—Por supuesto —afirmó sin mucha convicción—. Por cierto —dijo con ternura—, Alejandra, perdóname por haberte hablado mal antes.

Ella le acarició la nuca y le dijo:

—Todos estamos nerviosos por la situación. Mejor será que no perdamos tiempo. Todavía tenemos mucho trabajo por hacer.

Lluís hurgó en las grietas hasta que, desilusionado, asumió que allí no había ninguna salida.

—Nunca pensé que moriría en un lugar como este; enterrada viva y con vosotros dos a mi lado —divagó Sara, asustada.

—Me niego rotundamente a permanecer en este lóbrego tugurio —vociferó Alejandra rabiosa.

Lluís les alumbró la cara. Estaban desencajadas. Se aproximó a ellas y las abrazó. Parecía que la noche terminaba en ese putrefacto agujero. La pregunta era: ¿cuánto tiempo les quedaba?

—Os prometo que saldremos de aquí —les murmuró casi al oído—. Lo que vamos a hacer es inspeccionar esta habitación palmo a palmo. No vamos a dejar piedra sin registrar.

Cada uno se centró en una pared. Estaban hechas de grandes piedras y barro. Tocaron los bordes por si había juntas falsas y golpearon las baldosas por si sonaban a hueco. Nada de nada. Decepcionados se sentaron en el suelo. Alejandra apoyó la linterna encendida en el empedrado proyectando la luz hacia arriba.

—Será mejor que apaguéis las vuestras —sugirió frustrada—, no sabemos el tiempo que estaremos aquí.

Alejandra se cubrió la cara con las manos. Estaba acongojada. Se acordó de Tía Rosa, de su madre y de su padre. Entonces, al levantar la cabeza para rezar una plegaria, vio un pequeño bulto sujeto en el centro del techo.

—¡Mirad eso! —gritó señalándolo mientras se incorporaba.

Lluís y Sara se levantaron rápidamente. Había algo envuelto en un trapo. Tenían que intentar cogerlo, aunque la altura era considerable. Alejandra subió a los hombros de Lluís, encaramada como un gato y haciendo esfuerzos por mantener el equilibrio. Alargó el brazo al máximo, pero no era suficiente.

—Me falta muy poco —exclamó estirada a más no poder.

Lluís se puso de puntillas.

—¡Casi! —chilló emocionada, rozándolo con los dedos.

—¡Cógelo, hermana, cógelo!

Cuando creyó tenerlo agarrado, Alejandra, a pesar del dolor en el brazo, tiró con fuerza, pero se le escapó.

—No puedo —sucumbió dolorida—. Debe de estar enganchado a algo.

Dadme el punzón. Voy a intentarlo de otra manera.

Alejandra se cebó con el filo de metal, blandiéndolo sin ton ni son. Después de varios intentos fallidos, consiguió su propósito. El enganche se soltó accionando una especie de resorte y el envoltorio quedó libre.

—¡Lo tengo! —chilló histérica sujetándolo con fuerza.

En ese preciso momento, y antes de que pudieran ayudarla a bajar, uno de los extremos del suelo empezó a moverse abriéndose e inclinándose hacia abajo. Asombrados ante ese inesperado movimiento, cayeron por segunda vez a donde la providencia los guiara. Descendieron rodando por una especie de tobogán de piedra de varios metros de profundidad, con sus gritos retumbando en el vacío, hasta que sus cuerpos se detuvieron en seco, golpeándose contra un suelo desconocido.

Aturdidos, trataron de incorporarse mientras se palpaban cada parte de su cuerpo.

—¿Estás bien? —preguntó Lluís acercándose a Sara y cojeando de una pierna.

—Dolorida y asustada, pero bien —contestó apenas sin voz—. Estoy mojada... Creo que me he meado encima.

—Yo también estoy mojado —añadió él—. Hemos caído en una galería de la red de alcantarillado.

—Pues ahora que lo mencionas, debe ser eso, porque hace una peste insoportable. ¿Dónde está mi hermana? —preguntó Sara angustiada mirando hacia un lado y otro.

—No lo sé. Debería de estar cerca. —Su voz reflejaba temor.

—¿Cómo que no lo sabes? —le increpó ella mientras se levantaba—. Tú la tenías sujeta mientras... ¡Dios mío! No me digas que no ha caído con nosotros y se ha quedado allí encerrada. Sara se puso las manos en la cara y empezó a llorar lamentándose—. ¡No debimos haber hecho esto nunca! ¡Es una locura! Nos creímos Indiana Jones y lo único que vamos a conseguir es dejarnos la vida en esta pocilga.

Lluís la abrazó para consolarla. No podía tener razón. No la tenía. Alejandra estaba viva y la encontrarían enseguida.

—Sara, tenemos que ser fuertes y estar más unidos que nunca. Hemos de volver por donde hemos caído.

—Eso es muy fácil decirlo, pero imposible de hacer. ¿Cómo vamos a subir? Tenemos que llamar a la policía, si es que conseguimos salir de aquí. Dios mío, mi hermana Alejandra...

—Tranquilízate, Sara, ¿qué les vas a contar? ¿Que entramos en el museo a hurtadillas? ¿Que lo revolvimos todo buscando una llave de las Torres de Quart? ¿Que una de las baldosas de las termas se comunica con un pasadizo y...?

—¡Ya está bien, Lluís! Si hace falta, sí. Yo solo quiero que aparezca mi hermana, nada más. —Su tono reflejaba verdadera angustia.

—Lo sé, Sara..., lo sé, yo también.

CAPÍTULO 21

El aire de la estancia era viciado y escaso. El calor resultaba insoportable y los ánimos no podían estar más por tierra. Alejandra, que siempre había sido una mujer optimista y decidida, ahora se veía sumida en la desesperación. Su cuerpo estaba impregnado de sudor, de polvo y de arañazos. Todo eso lo hubiera soportado en compañía de su hermana y de Lluís, pero para colmo de males se había quedado sola. No tenía a nadie a su lado en ese negro agujero de mierda. Eso era lo que más la atormentaba: una muerte segura en la mísera soledad. Todavía no entendía qué era lo que había sucedido realmente. El suelo se había cerrado tan deprisa que tan solo había podido rescatar una linterna que se había quedado enganchada, y el envoltorio que había encontrado y que pudo atrapar con dificultad. La luz de la linterna hizo un amago de apagarse dejando el habitáculo completamente a oscuras.

—No —susurró sollozando y rozando la consternación—. Estaba a punto de sacar el móvil para iluminarse cuando la luz de la linterna volvió a encenderse. Alumbró el paquete que estaba tirado en el suelo y lo sopesó.

—Espero que todo esto valga tanto la pena como tú esperabas, papá —dijo en voz alta.

Empezó a desenvolverlo suavemente. Aquel trapo no era más que un trozo de algodón amarillento y andrajoso, pero ¿qué guardaría en su interior? ¿Sería la llave de las Torres de Quart que andaban buscando? Cuando consiguió abrirlo, sus ojos se llenaron de lágrimas. Sus manos sostenían una llave de hierro, de casi dos palmos de grande. Era antigua, pesada y con un olor intenso a no sabía qué... La iluminó de arriba abajo y pudo leer a lo largo de su tronco: «Portal de Quart». Había dado con ella, pero de qué le serviría si no conseguía salir de ese agujero. Se secó las mejillas con las yemas de los dedos, se sonó los mocos, y sujetando la llave con fuerza, la agitó al aire y gritó:

—¡Ya la tengo, papá! ¡Ya la tengo! Tenías razón. Solo espero que sea tan importante como tú creías. —Luego miró a su alrededor, respiró profundamente, y musitó—: Ahora solo me queda salir de aquí. Me niego rotundamente a morir enterrada viva.

A continuación, envolvió la llave en el retal de tela maloliente y se la guardó dentro de la camisa, pegada a su pecho. De repente se quedó inmóvil, le había parecido oír algo. Sí, venía de abajo. Tumbada en el suelo y con la oreja pegada a la fría piedra, afinó el oído. Oyó a duras penas cómo alguien la llamaba una vez... y otra. Sería del más allá... Sería su padre, pensó. Intentó ser sensata. ¿Cómo iba a ser su padre? Cuando cayó en la cuenta, de sus labios brotó una sonrisa: era Lluís.

—¡Lluís, Lluís, estoy encerrada! —gritó desesperada y con todas sus fuerzas.

—Lo sé... Intenta dar... —Su voz se perdía por el túnel.

—No te entiendo. ¿Qué quieres decirme? —Su angustia iba en aumento—. No sé cómo salir de aquí. ¿Me oyes?

—Alejandra, escúchame... —Ahora la voz de Lluís iba unida a la de su hermana—. Golpea el... Golpea el resort... Golpea el... —La voz se volvía a perder.

—¿Cómo...? ¿Que golpee qué...? —Alejandra se sentó en el suelo e intentó pensar. ¿Qué era lo que intentaban decirle? Miró hacia arriba y vio el resorte donde había estado anclada la llave—. ¡Claro, ahora lo entiendo! —Cogió rápidamente la linterna y la lanzó contra el enganche metálico. La linterna casi lo rozó antes de caer al suelo. La cogió de nuevo y la impulsó por segunda vez. Esta vez estuvo más cerca, pero al estrellarse contra el suelo la luz empezó a fallar hasta que se apagó del todo. Esta vez no pudo volverla a encender. La cosa empeoraba. Desesperada, a oscuras y con ganas de vivir, sacó el móvil y se alumbró, la cogió por tercera vez y, mientras la lanzaba con todas sus fuerzas, gritó:

—¡Va por ti, papá!

Debió de dar en el blanco, porque segundos después el muro empezó a rugir y el suelo se abrió bajo sus pies. Cayó por el túnel al igual que lo habían hecho su hermana y su vecino. Pero ahora era ella la que gritaba sin saber dónde iba a aterrizar. Pensó que cualquier cosa era mucho mejor que estar encerrada. Se dio de bruces contra el suelo y todos sus huesos crujieron.

Antes de que pudiera lamentarse, ya tenía a Sara y Lluís abrazándola sin parar.

—Me alegro mucho de volver a veros —musitó emocionada.

—¡Qué susto nos has dado! —exclamó Lluís cogiéndole la mano—. Estoy tan feliz de verte.

—¿Dónde estamos? —preguntó ella mientras se reponía.

—Creemos que es un colector de alcantarilla —dijo Sara sin soltarla—. No tienes más que oler el ambiente. Es vomitivo.

Alejandra se palpó el pecho y notó que la llave todavía permanecía pegada a ella. Con una sonrisa de oreja a oreja introdujo la mano.

—Lo había olvidado, pero la tengo.

—¿El qué? ¿La llave? —exclamó Sara incrédula.

Alejandra sacó el envoltorio y se lo mostró a sus dos compañeros de aventuras. Después de tantas penurias, al final podían tenerla entre sus manos. Fue Sara quien la cogió primero y leyó su inscripción en voz alta. Después se la pasó a Lluís, que la observó con satisfacción.

—¿De verdad creéis que tiene algún valor? —murmuró el joven en voz alta.

—No lo sé, pero de no ser así, ¿por qué se iban a tomar tantas molestias en esconderla? —dedujo Alejandra mientras la cogía tras ver los ojos de ambición de su vecino.

—Tenemos que salir de aquí —sugirió Sara poniéndose en marcha—. Hay que ponerla a buen recaudo. No podemos esconderla en casa y que nos la roben. Es demasiado valiosa. Recordad las frases de papá: «Solo con las doce llaves juntas descifraremos su verdadero significado».

Buscaron una salida siguiendo el canal de agua hasta ver dónde los conducía. Iban sin rumbo y caminando con dificultad.

—¿Dónde creéis que nos llevará? —preguntó Alejandra cojeando.

—Ni idea..., pero ¿no dicen que todos los caminos llevan a Roma? —añadió Lluís con cierto humor.

Después de casi quinientos metros sin encontrar nada parecido a una salida, sus fuerzas empezaron a decaer.

—Lo que daría por una ducha caliente y mi cómoda cama —susurró Alejandra cansada.

—Y yo —añadió su hermana casi sin aliento.

—Mañana no podremos movernos —continuó Lluís—. Estaremos llenos de agujetas.

—Si salimos de esta, habrá valido la pena, ¿no crees? —agregó Alejandra mirando a su hermana, que le sonrió dando su aprobación.

—¿Qué es eso? —preguntó Lluís señalando una abertura en la pared—. ¡Parece una salida!

A tan solo unos pocos metros tenían una escalera de metal que ascendía hasta la tapa de una alcantarilla. Treparon por ella deseosos de salir a la calle y respirar aire fresco. Cuando llegaron al final, estaba cerrada. Lluís la presionó con sus manos. No se movió. Luego trató sin éxito de empujarla con la espalda.

—Utiliza el punzón en la cerradura —le propuso Sara ansiosa por perder ese túnel de vista.

Él le obedeció y, tras varios intentos, la tapa empezó a ceder.

—¡Creo que lo tengo! —exclamó con un hilo de esperanza.

—No pares ahora —la animó Sara ansiosa.

Lluís agotó sus fuerzas hasta que consiguió separar la palanca y la boca de metal quedó suelta.

—Necesito vuestra ayuda —solicitó sudando sin parar.

Los tres jóvenes unieron sus fuerzas para levantar la trampilla y lograron por fin el fruto que esperaban. Un sonido seco retumbó en la galería y la luz de la luna se filtró por el agujero. Lluís sacó la cabeza, no había nadie. Salieron los tres y colocaron la tapa en su sitio. Anduvieron magullados a la luz de la luna, con las ropas mojadas y oliendo a cloaca. Aunque en esos momentos lo que menos les importaba era su aspecto físico. Había sido una noche inolvidable y habían conseguido su primer objetivo. Eso les hacía sentirse satisfechos y les daba fuerzas para continuar con la búsqueda.

Cuando entraron en el portal de casa alguien, oculto entre las sombras y situado a varios metros de distancia, daba las últimas bocanadas a un consumido habano. Nada más verlos desaparecer por la abertura marcó un número de teléfono.

—¡Acaban de llegar!

Una voz autoritaria y enfadada le recriminó:

—¡Se suponía que no habían salido!

—Eso creía yo —dijo con tono de disculpa—. Se me han escabullido sin darme cuenta.

—¡Espero que no vuelva a suceder! —La voz sonó tajante—. Van por buen camino, ¿verdad?

—Creo que sí. No hay más que ver el aspecto que traen. No es precisamente el de dar un paseo por el parque.

—¡Maldita sea, Marc! No les quites los ojos de encima. Quiero saber absolutamente todos sus movimientos, ¿entendido? —gritó desde el otro lado del auricular.

—Sí, pero no puedo controlarlos a la vez —se quejó.

—No te preocupes por eso. Tendrás refuerzos.

—Puedo entrar en su casa y comprobar si han encontrado algo —propuso para ganarse la confianza de su jefe.

—¡No! —chilló—. Déjalos que sigan avanzando. Contrólalos, pero con precaución, y mantenme informado.

—De acuerdo.

CAPÍTULO 22

A primera hora de la mañana y sin apenas haber conciliado el sueño por el agotamiento, el dolor y la emoción, Sara y Alejandra se habían arreglado y, junto con Lluís, habían acudido al Banco de Valencia para guardar la llave en una caja de seguridad. De vuelta a casa, el cansancio empezó a hacer mella en ellos, pero era más grande la curiosidad por encontrar la segunda llave.

Cuando entraron en el portal, mientras esperaban el ascensor, entró una pareja de edad semejante a la de ellos. Después de los saludos pertinentes, la mujer, de pelo rubio platino muy corto, se presentó.

—¡Hola! Soy Erika y él es mi marido Gustavo —dijo señalando al hombre que la acompañaba—. Acabamos de instalarnos en el segundo.

—¡Hola! —respondió Lluís con el ceño fruncido—. Yo soy Lluís, vivo en el primero, y Alejandra y Sara en el ático.

Hubo un intercambio de sonrisas y frases de cortesía. Lluís se quedó pensativo por un instante. En la segunda planta solo quedaba vacío el piso de la difunta Elisa. Era muy raro que lo hubiesen vendido en menos de dos semanas, y no sabía que tuviera familia cercana.

—¿Sois familia de Elisa? —preguntó curioso.

—¿Cómo dices? —respondió la mujer rubia con cara de no saber de qué le estaba hablando.

—¿Que si conocíais a Elisa? —continuó Alejandra.

—Perdón... —balbuceó la nueva vecina.

—Sí, cariño, hablan de mi tía —interrumpió su marido dulcemente—. Es que nosotros pocas veces la llamábamos por su nombre, para nosotros era la «tita» —dijo en tono de disculpa.

—No sabíamos que tuviera familia —lanzó Lluís.

—Sí, soy su único sobrino y por circunstancias nos veíamos muy poco.

—Una lamentable pérdida —ofreció Sara—. Era una mujer muy cariñosa.

—¡Sí, en efecto! Tan buena mujer y tan discreta —replicó la nueva vecina—. ¡Se nos hace tarde! —dijo mirando el reloj.

Ya en el ático, comentaron la presencia de sus nuevos vecinos.

—¿No os parece un poco raro? —cuestionó Lluís.

—¿El qué? —contestó Sara sin apenas mostrar interés.

—Que ya estén viviendo en el piso de Elisa. Ella me dijo un día que no tenía más familia que su difunto marido. Y cuando le hemos dicho el nombre..., a la chica le sonaba a chino.

—Lluís, ¡cómo eres! Le sacas punta a todo —refunfuñó Sara—. Ha dicho que no la veía casi nunca, ¿no?

—Muy normal no es —añadió Alejandra mostrándose recelosa—. Además, Elisa era un torbellino con la lengua, y no precisamente discreta, como la ha definido ella.

—De verdad, ¡cómo sois! —Sara no les hacía caso.

—¡Venid y mirad esto! —susurró Lluís escondido detrás de las cortinas de una de las ventanas que daban al patio de luces.

Las dos hermanas fisgonearon, discretamente, y comprobaron que en una de las ventanas del segundo piso el tal Gustavo gesticulaba acalorado con su mujer. No podían oírlo, pero se deducía que estaban en medio de una discusión.

Sara y Alejandra fueron a casa de Tía Rosa a la hora de comer. Con todo el ajetreo llevaban sin verla varios días. Estaban de vacaciones, pero la búsqueda de las llaves las tenía absorbidas. Su tía las recibió con besos y abrazos.

—Pero ¡qué cara traéis! ¿No dormís bien? —les preguntó preocupada—. Alejandra, ¿sigues con las pesadillas, hija? ¿Y tú, Sara...?

—Tía, estamos bien —mintió Sara—. Apenas hemos dormido esta noche porque hemos estado de fiesta. Para qué son las vacaciones sino para disfrutarlas, ¿verdad?

—Y para descansar, que luego el año es muy largo —apuntó Tía Rosa nada convencida.

Se sentaron a la mesa y hablaron de sus cosas menos de lo que llevaban entre manos. No querían que su tía supiera nada al respecto. Primero por no preocuparla, y segundo para que no corriera un riesgo innecesario.

—¿Qué tal tu relación con Paco? —interrogó Sara.

—Bueno, relación, relación... —respondió su tía, restándole importancia.

—¡Cómo que no...! ¿Habéis quedado varias veces o no?

—Sí, y es un auténtico caballero y muy detallista. El otro día me trajo un ramo de rosas a casa sin ningún motivo. Solo porque le apetecía.

—¡No me digas! Vamos, que está *coladísimo* por ti —afirmó Alejandra encantada de verla feliz. Se lo merecía tanto. Además, no había más que escucharla hablar de él, se le iluminaba la mirada.

La tarde transcurrió en un santiamén y cuando regresaron a casa se encontraron con Lluís paseando a Thor.

—¿Cómo lo lleváis? —preguntó el joven.

—Deseando coger la cama —manifestó Alejandra—. En todo el día no hemos podido pegar ojo.

—Alejandra, ¿qué tal el brazo? —se interesó él.

—Me sigue doliendo, pero no más que el resto del cuerpo.

—Ya os lo dije —sonrió—. Yo estoy igual que vosotras, parece que me han dado una paliza. Creo que mañana deberíamos tomarnos un descanso.

—Me parece buena idea —declaró Sara destrozada.

—No os comprometáis para mañana por la noche, os tengo preparada una sorpresa —les anunció su vecino con cara de misterio.

—¿No piensas anticiparnos nada? —reclamó Alejandra ilusionada.

—Nada en absoluto —negó con una picarona sonrisa—. Solo os diré que os pongáis elegantes. Pasaré a recogeros a las ocho de la tarde.

—Me encantan los misterios —aulló Alejandra—. Creo que le estoy cogiendo el gustillo.

Mientras hablaban alegremente, un hombre que caminaba despacio por su misma acera se aproximó a ellos. Cuando tan solo le faltaban un par de metros, Lluís lo miró con el rabillo del ojo y le saludó:

—Qué tal, Pepe ¿cómo estás?

—Biiiien...

Lluís rebuscó en sus bolsillos y se dio cuenta de que no llevaba la cartera.

—Lo siento, hoy no llevo nada —se excusó con desilusión.

—No *paaaaasa* nada —contestó con dificultad.

Sara miró en su bolso y sacó un euro de él. Pepe apestaba a alcohol. En el fondo le daba pena. Parecía una buena persona.

—Toma —le dijo mientras notaba la sequedad y aspereza de su mano.

—*Gracccciiias*. E id con mucho cuidado con los lobos que están al acecho —les susurró en voz baja. Después se dio media vuelta y se marchó.

Los tres amigos se quedaron sin palabras. Era la segunda vez que Alejandra le oía decir esa frase, y además pronunciada correctamente y sin atisbo de tartamudez. Posiblemente estuviera borracho y no tuviera mayor importancia, pero ¿y si no era así? Lluís se adelantó unos pasos y, sujetándole del brazo, le preguntó:

—¿Qué quieres decir con eso?

—¡Mucho cuidado! —volvió a murmurar mientras se colocaba el dedo en los labios en señal de silencio.

—Pepe, te das cuenta de que ya no tartamudeas —quiso aclarar Alejandra, que se había acercado a ellos.

—Mucho cuidado —repitió una vez más, ahora en un tono apenas imperceptible, mientras se alejaba.

—Pero... —Alejandra intentó detenerlo.

—Déjalo marchar —intervino Lluís—. Creo que no sabe lo que dice. Sus frases no tienen ninguna coherencia.

—No entiendo por qué tartamudea solo a veces —espetó Alejandra confusa.

—Yo tampoco —comentó Sara—, pero no me voy a quedar para averiguarlo. Estoy muerta de cansancio.

Los tres jóvenes se esfumaron dentro del edificio mientras el indigente se acomodaba en su banco de piedra. Después de hacer un hatillo con sus escasas y malolientes pertenencias, se las colocó de almohada, se acurrucó en posición fetal y cerró los ojos en busca del sueño.

La agradable brisa de verano se colaba por el ventanal mientras Sara y Alejandra se acicalaban para la sorpresa que Lluís les tenía preparada. A pesar de sus insistentes preguntas, no habían conseguido sonsacarle ni una mísera pista. Faltaba todavía media hora y aprovechaban para darse los últimos retoques. Sara se terminó de maquillar en el baño y apreció que las ojeras se habían suavizado.

Alejandra rebuscaba en su armario el traje adecuado. Tras amontonar varias opciones encima de la cama, optó por un escotado vestido negro que realzaba no solo su figura y sus pechos, sino también su luminoso bronceado. Se puso unas sandalias de tacón y sacó un fular que dejó encima de la silla. Su hermana entró en la habitación. Alejandra la miró indecisa:

—¿Crees que voy demasiado arreglada? Si al menos nos hubiese dicho a dónde vamos, sabríamos qué ponernos.

—No digas tonterías —contestó Sara—. Estás guapísima.

En ese momento sonó el timbre.

—¡No puede ser! ¡Ya está aquí, y yo sin vestir! —gritó Sara histérica.

—Tranquila, yo abriré —se ofreció mientras se dirigía a la puerta y se colocaba el último pendiente.

Cuando vio a su vecino al otro lado del umbral, se quedó muda. ¡Dios mío, qué guapo está!, pensó. Con la camisa recién planchada, el pelo engominado y ese penetrante perfume varonil que la hizo estremecerse.

—Pasa —articuló apenas sin aliento.

—Estás preciosa —la halagó Lluís mirándola de arriba abajo—. No sabes lo afortunado que soy.

Alejandra lo miró con dulzura. Estaba a punto de abrazarlo cuando Sara apareció por detrás con un moderno y favorecedor conjunto de color camel. Minutos después salían los tres del garaje subidos en el Audi de Lluís. Los cuatro tenores de Il Divo con su canción *Regresa a mí* amenizaron el trayecto.

—¡Cómo me gusta este grupo! —exclamó Alejandra con el vello erizado.

—Lo sé —añadió Lluís.

Bordearon la ciudad iluminada por la orilla del río. Esa noche Valencia parecía mágica. Algo había en el ambiente que les hacía sentirse en paz. Pasaron por delante de las Torres de Serranos, erguidas entre luces y sombras. Sara, sentada en el asiento de atrás, admiró su majestuosidad. Pensó en todo el trabajo que les quedaba por hacer, aunque eso sería para otro día; esa noche pensaba disfrutar. Su hermana iba delante con Lluís. No había pasado por alto sus mutuas miradas y cómo él rozaba su mano con delicadeza. Se les veía felices. Una punzada de envidia sana se apoderó de ella. En el fondo hacían buena pareja. No sería ella quien pusiera trabas entre los dos. Tan solo quería la felicidad de su hermana, nada más, y si tenía que ser al lado de Lluís, lo asumía. Una resignada sonrisa brotó de sus labios mientras les dedicaba una mirada de admiración.

—¿No piensas decirnos a dónde nos llevas? —preguntó Sara.

—Todo a su debido tiempo —añadió Lluís mirándola por el retrovisor—. Ya estamos llegando.

Cruzaron el puente de Aragón y se dirigieron hacia la Alameda. A los pocos minutos Lluís buscaba un sitio para aparcar. Cuando salieron del coche estaban frente el Palau de la Música, que brillaba con luz propia gracias a su bóveda acristalada sostenida por diez robustas columnas, situado en pleno jardín del Turia. La inmensa fuente a sus pies lucía como un centelleante espejo. Una dulce melodía se mecía en el ambiente al mismo tiempo que los chorros de agua bailaban a su son, acompañados de luces de colores. Cuando concluyó el espectáculo, Lluís cogió a cada una de sus vecinas por el brazo y les dijo:

—Chicas, vamos, que el concierto está a punto de empezar.

Nerviosas, entraron al edificio. A través de la bóveda de cristal podían ver las estrellas que empezaban a aparecer en el cielo. Les pareció precioso. Avanzaron siguiendo a decenas de personas hasta llegar a la sala Iturbi, donde tomaron asiento. La velada resultó agradable y única; difícil de olvidar. La acústica era maravillosa y estremecedora. Cuando concluyó, Alejandra estaba fascinada y, sin pensarlo dos veces, se acercó a Lluís y le dio un beso en la mejilla diciendo:

—Me ha encantado, gracias.

—Me alegro —siseó sorprendido y ufano—. Si cada vez que te invite a un concierto me vas a besar, voy a tener que hacerlo más a menudo.

Empezaron a salir del Palau rodeados del resto de los espectadores. El espacio que les quedaba hasta la puerta era de escasos metros. De repente, Sara cambió la expresión de su cara y, apretando el brazo de su hermana, le cuchicheó:

—¿No es aquel el camarero del lunar del Bar Oro y Plata?

—Creo que sí —afirmó ella centrando su atención en el sujeto y avisando a Lluís.

—Deberíamos seguirle —propuso Lluís—. A lo mejor hoy sí quiere contestar alguna de nuestras preguntas.

Sin quitarle los ojos de encima, vieron cómo salía del recinto en compañía de otro joven. Por suerte para ellos, a los pocos metros se despidieron. Le siguieron muy de cerca mientras el joven del lunar caminaba por la Alameda. Lluís presintió que iba en busca del coche y quiso interceptarlo. Avanzó deprisa y, cuando estuvo a tan solo un par de metros de él, le llamó.

—Perdona... Oye... Juan.

El joven se giró al escuchar su nombre. Debió reconocerlo de inmediato, porque su expresión se volvió tensa. Lluís aceleró el paso y se puso a su altura.

—Solo quiero hacerte un par de preguntas. Nada más.

—No sé nada de nada, de veras... —afirmó con ademán de salir corriendo.

Alejandra y Sara se acercaron colocándose al lado del joven, impidiéndole el paso. Se le veía aterrorizado.

—Tan solo queremos que nos digas qué sabes de Andreu Subies —demandó Lluís impaciente.

—Nada en absoluto —contestó el joven despacio.

—Eso no es verdad. ¡Tu cara te delata, tío! —bramó Lluís.

—¡Os juro que no sé nada! —repitió con la voz entrecortada.

—¡No me lo creo! —chilló Sara—. Cuando estuvimos en el bar, se notaba que ocultabais algo. Solo queremos que nos digas dónde podemos encontrarlo. No es tan difícil.

El joven del lunar se mantenía firme en sus negativas. Hizo un intento de escapar, pero Lluís le agarró de la camisa y, enfadado, gritó:

—¡O me dices ahora mismo lo que sabes, o...! —le amenazó.

—¡No sé nada! ¡Os lo juro! ¿Cuántas veces lo tengo que decir? —gritó agitado.

—¡Ahora veremos si dices la verdad!

Lluís cogió al joven como un saco y lo arrastró hacia una fuente cercana, luego le sumergió la cabeza dentro del agua verdina una y otra vez.

—Pero ¿qué haces? —gritó Alejandra frenándole—. ¡Lo vas a ahogar!

—¡Dinos lo que sabes ahora mismo o no respondo! —Lluís parecía haber perdido los papeles. Sumergía al joven una y otra vez.

—¡Lluís, por Dios! ¡Déjalo ya! —voceó Sara asustada.

—Hasta que no hable, no pienso soltarlo —dijo enojado.

El joven estaba empapado hasta los pies y agotado por la falta de aire. En un momento de debilidad las piernas le flojearon y se dejó caer en el borde de la fuente. Lluís le soltó de la camisa y se agachó para estar a su altura.

—¡Será mejor que nos digas lo que sabes ahora mismo! Si no...

—dijo cogiéndole de nuevo y con intención de seguir lo que había dejado a medias.

—Espera, espera... —imploró descompuesto—. Hablaré. —Tomó aire y respiró hondo, meditando lo que iba a contar—. Andreu Subies es mi tío. Hace más de diez años que no lo he visto. No sabemos nada de él. Al principio creíamos que se había marchado al extranjero, pero con el paso del tiempo hemos llegado a pensar que está muerto.

—¿Por qué creéis eso? —preguntó Alejandra con gran pesar—. ¿Y por qué se fue sin daros una explicación?

—No lo sé con exactitud —continuó el muchacho—. Cuando él se fue, yo tenía unos quince años. Lo que sí recuerdo es que había mucho revuelo en casa.

—¿Nunca has preguntado a tu familia nada al respecto? —preguntó Lluís arrepentido de su brusquedad.

—Sí, varias veces, y la respuesta siempre era la misma: «Tu tío Andreu y sus malas compañías, era un rebelde y siempre se estaba metiendo en líos». Eso era lo que decía mi abuelo. De hecho, unos días antes de que se fuera de casa, mi familia recibió varias amenazas y alguien entró en el bar y lo destrozó por completo. Mi padre y mi abuelo no quieren oír hablar de él y por eso, cuando me preguntasteis por Andreu en el bar, negué conocerlo. Creemos que las personas que destrozaron el bar... —hubo una pequeña pausa en sus palabras— vigilan o vigilaban a mi familia.

—¿Por qué pensáis eso? —preguntó Sara confundida—. Tenéis algún motivo para justificar ese temor.

—Sí. —El muchacho hizo una pausa, como si dudara en continuar—. ¿Quién me dice a mí que no sois vosotros los que andáis tras mi familia?

Alejandra le cogió la cara entre sus manos, lo miró a los ojos y le dijo:

—Te juro por lo que más quiero en este mundo que no es así. Nuestros motivos para localizar a tu tío no tienen nada que ver con su desaparición.

El muchacho se frotó las manos como si tuviera frío. A pesar de hacer una agradable temperatura, estaba completamente mojado.

—Mi madre murió hace once años, pocos días antes de que mi tío Andreu desapareciera por arte de magia. —Una sombra se posó en su mirada—. Se cayó por el balcón. O por lo menos eso fue lo que las autoridades nos dijeron. Solo que ni mi padre ni yo pensamos que fuera un suicidio. Creemos que fue provocado; la empujaron o la obligaron a hacerlo.

—¿Tenéis alguna prueba? —indagó Sara.

—Ninguna —negó el muchacho—. La policía hizo las indagaciones oportunas y consideró que había sido un suicidio. Intentamos remover cielo y tierra y no sirvió de nada. Por eso durante este tiempo he vivido con un miedo constante a que en cualquier momento me suceda lo mismo que a mi madre, y lo peor de todo es que no sé por qué.

El relato del chaval los sobrecogió. Lluís, avergonzado por su comportamiento, cogió al muchacho por el brazo y le ayudó a levantarse.

—Lo siento mucho —se disculpó alisándole la ropa—. Vamos, te acompañaremos al coche.

—No hace falta —dijo con tristeza—. Lo tengo muy cerca. Es la primera vez desde hace diez años que hablo de mi tío Andreu con extraños. Espero que eso no me traiga problemas.

—No te preocupes —lo tranquilizó Alejandra—. Confía en nosotros.

Detrás de un ficus gigante de la Alameda, escondida entre sus enredados troncos y mezclada en la oscuridad de la noche, una sombra se ocultaba, invisible salvo por un punto rojo que ganaba en intensidad con cada bocanada de humo. Había hecho bien en seguirlos hasta allí. Pensó que esas dos hermanas y su amiguito eran demasiado listos y estaban atando cabos con demasiada facilidad. ¿De dónde sacaban sus pistas? Si por él fuera, se iban a enterar. Pero ya habría tiempo de rendir cuentas. Había aprendido a esperar el momento oportuno.

CAPÍTULO 23

Sara, tumbada en la cama, se recreaba hasta la hora de levantarse. No podía ahuyentar de su mente el tipo que amenazó a su hermana y que luego se encontraron en la Almoina. No habían vuelto a saber nada de él. ¿Se habría olvidado de ellas? No lo creía...

De repente unos golpecitos en la puerta la hicieron bajar de las nubes.

—Sara, ¿estás durmiendo? —preguntó su hermana al otro lado de la puerta.

—No, pasa. Estaba a punto de levantarme.

Alejandra entró con un fresco pijama de algodón.

—Hoy tenemos un día movidísimo. ¿Quieres que te prepare algo para desayunar?

—Sí, por favor. Estoy muerta de hambre. Voy enseguida.

Minutos más tarde y con los estómagos saciados, Sara sacó la libreta de su padre de su escondite. La puso encima de la mesa, bajaron las persianas y con la lámpara de luz negra fueron en busca de la pista de la segunda llave.

—Creo que deberíamos esconderla en un lugar más seguro —sugirió Sara señalando la libreta—. Tenerla en casa me da un poco de miedo.

—Me parece una decisión bastante sensata. Podemos guardarla en la caja de seguridad junto a la llave del Portal de Quart.

—Esta misma mañana iremos al banco —continuó Sara—. Y ahora, centrémonos en la libreta.

Pasaron las páginas hasta llegar a la tercera, donde se refería al Portal o Torres de Serranos. Ese sería su siguiente objetivo. Alejandra leyó en voz alta el acertijo, mientras su hermana con lápiz en mano se disponía a anotar palabra por palabra, ayudada por la luz de la linterna.

—Dice así:

Donde lo humano y lo animal son uno, y la oscuridad es su aliada.
Donde el poder sonríe, y las piezas encajan.
Donde la unión, la astucia y el equilibrio son los dones de la clave.

Después de dejar que la luz exterior volviera a entrar en el salón, intentaron descifrar semejante acertijo.

—¿Sabes qué quiere decir con eso? —preguntó Sara totalmente despistada.

—¡No tengo ni idea! Pero ya va siendo hora de que hagamos una visita a las Torres de Serranos.

—Por supuesto. Voy a darme una ducha. ¿Sabes algo de Lluís?

—Hoy tenía una reunión.

—Pero ¿no está de vacaciones?

—Sí, pero ha surgido algo y necesitaba ir un par de horas. Luego lo llamaré para decirle dónde estaremos.

Las dos hermanas, después de depositar la libreta en el Banco de Valencia, se dirigieron a las torres. Caminaron por la orilla del río, aprovechando la sombra de los árboles, mientras intentaban aclarar semejante enigma. Estaban perdidas. Por más conjeturas que hacían, no conseguían sacar nada en claro. Situadas en el puente de Serranos tenían una vista privilegiada de uno de los monumentos más representativos de la ciudad.

—¡Son impresionantes! —exclamó Alejandra con admiración.

—¡Lo son!

—He pasado por esta zona millones de veces —reflexionó Alejandra en voz alta—, pero hoy es distinto. Mis ojos están como embrujados. Además, estas torres son las que papá dibujó en la cabecera de mi cama.

Sara percibió la emoción en la voz de su hermana.

Cruzaron hasta detenerse a los pies de las Torres de Serranos. Un foso seco y restaurado rodeaba una parte de la estructura. Sara se asomó intentando ver algo que le llamase la atención, pero solo logró vislumbrar una estrecha escalera en la parte izquierda que daba acceso a la zona inferior. Pasaron a través de la gigante entrada central que separaba las dos torres poligonales. Se detuvieron en la enorme puerta de madera de pino de dos hojas y más de seis siglos de antigüedad, que estaba abierta y sujeta a los muros con gruesas cadenas. Alejandra la inspeccionó. Estaba reforzada con herrajes y clavos de hierro. El clima había provocado la degradación de la madera. ¡Sería demasiado bonito que la llave estuviera puesta en la cerradura!, pensó ilusionada. Observaron las torres por la parte sur, que daba a la plaza de los Fueros. Tenían aproximadamente tres alturas y varias aberturas de iluminación con arcos. Entraron en las dos salas de la planta baja; a simple vista nada les llamó la atención. Continuaron su excursión. Atravesaron la reja de acceso y empezaron a subir decenas de escalones de piedra caliza que se encontraban en perfecto estado de conservación. Sin aliento comprobaron que las pequeñas salas estaban vacías. ¿Por dónde deberían empezar a buscar? Turistas extranjeros y gente de la tierra las acompañaban en su visita. Ellas se camuflaron entre los visitantes, pero en sus caras se dibujaba el asombro y la duda. Una vez llegaron a la segunda planta, se asomaron por las grandes aberturas. Les llamaron la atención las nervaduras que estaban rematadas con ménsulas de motivos vegetales, animales y humanos. Sara le dio un codazo a su hermana señalándolos.

—¿Crees que puede ser una pista? —preguntó Alejandra.

—No estoy segura, creo que deberíamos subir hasta arriba, todavía nos queda mucho por ver.

En lo más alto y detrás de las almenas, las vistas eran espectaculares. La ciudad de Valencia lucía en todo su esplendor. Riadas de vehículos colapsaban las arterias de la ciudad. El jardín del Turia estaba a rebosar. En la parte sur lucía el casco antiguo con sus bucólicos tejados y decenas de campanarios de las iglesias colindantes. Alejandra estaba entusiasmada. Recordó haber subido a ellos de pequeña, seguramente con su padre, aunque esa visión se le emborronaba. En ese momento de confusión, alguien la cogió de la cintura haciendo el gesto de empujarla al vacío. Alejandra, impresionada, se agarró al muro mientras lanzaba un grito ahogado.

—¡Maldito seas, Lluís! ¡Qué susto me has dado! —exclamó con cara de pánico.

Sara se acercó al verlo y le preguntó:

—¿Cómo sabías que estábamos aquí?

—Por el mensaje de tu hermana, y porque os he visto asomadas en el piso de bajo. ¿Cómo va la búsqueda?

—¡Mal! Inténtalo tú a ver si tienes más suerte —se quejó Sara mientras le entregaba el papel en el que estaban anotadas las frases de su padre.

Lluís las leyó en silencio, una y otra vez.

—Vuestro padre era único haciendo este tipo de juegos. Me hubiera gustado conocerle.

Alejandra le comentó que en el piso de abajo habían visto unas ménsulas que podían tener algo que ver con la primera frase. Juntos decidieron bajar a inspeccionarlas.

—Puede que tenga sentido, pero no sé... —dudó Lluís—. Vamos a hacer las cosas bien. ¿Qué sabemos de las torres?

Fue Sara la primera en comentar la información recabada.

—Que fueron construidas por el maestro de la piedra Pere Balaguer. De hecho, hay una lápida conmemorativa de mármol en la entrada dedicada a este buen señor. Se construyó entre 1392 y 1398 y se convirtió en la entrada principal de la realeza y personalidades importantes, siendo la obra más significativa de la ciudad. Ah... se me olvidaba, también fue prisión durante tres siglos hasta que en 1888 trasladaron los presos a cárceles cercanas y el ayuntamiento se planteó su restauración.

Lluís la escuchaba atentamente junto con Alejandra. Unos visitantes se unieron a ellos para seguir la explicación, pensando que Sara podía ser una guía turística. Sara se detuvo en seco, avergonzada, viendo cómo los turistas la observaban. Estos le sonrieron y continuaron su visita. A continuación, fue Alejandra quien tomó la palabra y continuó con el relato.

—Como bien has dicho, Sara, se podría decir que gran parte de las torres fueron restauradas, desde las escaleras, las ménsulas, el antepecho y la hornacina de la nave central del primer piso, hasta las almenas de la parte superior del cuerpo central, que se remozaron, posteriormente, en los años ochenta, junto con las cuatro gárgolas escultóricas que hay en la parte sur, que fueron reconstruidas en su totalidad haciendo moldes de las originales. Aprovecho para deciros que, en 1937, en plena guerra civil española, el monumento se habilitó para poner a salvo algunas obras del Museo del Prado.

Los tres jóvenes se asomaron por uno de los balcones para poder admirarlas.

Lluís fue el primero en hablar.

—¿Sabéis qué significa *gárgola*?

—Por supuesto —contestó Alejandra.

—Hay una leyenda que dice que vienen de Francia —prosiguió

Lluís, muy enterado en el tema—. En la Edad Media se utilizaban como desagües para expulsar el agua de la lluvia evitando que cayera por las paredes y erosionara la piedra, ya fuera en catedrales, iglesias o edificios como este. Su función es decorativa y lo curioso es que nunca se han encontrado dos iguales. Representan monstruos infernales, imágenes grotescas y muecas burlonas, tanto con formas animales como humanas, o una mezcla de las dos. Cualquier forma era buena si conseguían su segundo objetivo.

—Y ¿cuál era? —preguntó Sara.

—Custodiar el recinto donde se encontraban. Hay varias teorías. Muchos historiadores opinaban que eran guardianes de la iglesia y mantenían alejado al Maligno. Otros decían que eran almas que tenían la entrada prohibida en las catedrales o iglesias por sus pecados. De ahí su aspecto terrorífico. En la antigua Grecia se les otorgaban poderes fantásticos y misteriosos que utilizaban para socorrer al hombre en la noche, cuando estaba más indefenso, mientras que por el día las gárgolas se quedaban quietas e inertes hasta que anochecía y cobraban vida.

—Lluís, con lo que acabas de decir —añadió Alejandra, emocionada— hemos resuelto la primera frase del acertijo.

—¡Tienes razón! —estalló Sara volviendo a leer la nota en voz alta—. «Donde lo humano y lo animal son uno, y la oscuridad es su aliada.»

—¡La clave está en las gárgolas! —asintió Lluís consciente de que sin proponérselo había dado en el clavo—. Lee todas las frases de nuevo, Sara.

—«Donde lo humano y lo animal son uno, y la oscuridad es su aliada. Donde el poder sonríe y las piezas encajan. Donde la unión, la astucia y el equilibrio son los dones de la clave» —recitó Sara. Y a continuación preguntó—: ¿Qué querrá decir con «el poder sonríe»?

—No lo sé —contestó su hermana pensativa—. Aunque teniendo en cuenta que esta era la puerta por donde pasaba la realeza, ¡qué mejor representación del poder! Pero ¿a qué piezas se refiere y dónde tienen que encajar?

—Quizás esa respuesta nos la revelen las gárgolas —sugirió Sara.

—Es posible —continuó Lluís—, pero recapitulemos. Cuando dice «Donde el poder sonríe», estoy de acuerdo con lo que has dicho, Alejandra. Esta era la puerta más importante de la ciudad y, cuando la nobleza pasaba por ella, era motivo de alegría. Pero hay una cosa que me llama la atención. —Por unos segundos se quedó pensativo. Luego, como si hubiera recordado algo importante, añadió—: ¡Venid conmigo!

Las dos hermanas le obedecieron siguiendo sus pasos. Subieron hasta llegar a la parte norte de las torres. Lluís se asomó por la barbacana fijándose en la parte de arriba del arco de la puerta principal, luego miró a sus vecinas y, con una sonrisa de oreja a oreja, proclamó:

—¡Creo que ya sé de qué piezas habla!

—¿Te refieres a la tracería ciega? —preguntó Sara.

—¡Claro! —confirmó Alejandra—. De hecho, las Torres de Serranos se caracterizan por su impresionante tracería. ¿Cómo no me he dado cuenta antes? —Su respiración se agitó por la emoción—. Toda ella fue sustituida a principios del siglo XX, salvo algunas piezas originales que tienen un color diferente. Están hechas con una mezcla de yeso y tierras naturales ricas en óxido de hierro, que le otorga un color que oscila del rojo almagra al anaranjado dependiendo de su degradación.

—Hemos de centrarnos en esas piezas —apuntó Lluís con una sonrisa.

—Pero ¿cuáles son exactamente? —planteó Sara fijándose en la inmensa tracería que se desplegaba a varios metros debajo de ella.

—¡Eso será más difícil de saber! —advirtió Alejandra—. Debemos tener en cuenta que hay quince tipos diferentes de piezas labradas con motivos vegetales, colocados de forma aleatoria. Además, hay cuatro niveles, y después de la última restauración la diferencia entre las nuevas y las originales es mínima.

—Sara, lee por favor la siguiente frase —propuso Lluís. Ella sacó la hoja y recitó:

—«Donde la unión, la astucia y el equilibrio son los dones de la clave».

—Tengo una teoría —formuló Lluís—. Cuando dice «la unión», se debe de referir a que una sola persona no puede lograrlo, «la astucia», que depende de nuestro ingenio, y «el equilibrio» es porque hemos de descolgarnos para acceder a las gárgolas y a la tracería.

—¡Estás loco! —protestó Alejandra—. ¿Cómo vamos a suspendernos en el aire a una altura de tres pisos? ¿Cómo piensas hacerlo? o, mejor dicho. ¿Cómo crees que vamos a hacerlo?

—¡Bajaremos con cuerdas! —propuso Lluís como si fuera lo

más fácil del mundo—. Tranquilas, yo hice un cursillo rápido de alpinismo. Esto no creo que sea mucho más difícil.

—¡Ah, sí! ¿Cómo de rápido? —preguntó Sara con sarcasmo.

—De tres horas —dijo Lluís entre dientes—. A decir verdad, fue solo teoría. Pero siempre he querido practicar estos deportes de riesgo y ya va siendo hora de empezar.

Alejandra miró a su hermana. ¡No podía creer lo que estaba oyendo! Por otra parte, si no se descolgaban, nunca podrían averiguar el paradero de la segunda llave. Respiró hondo y dijo:

—¡Si tú bajas, yo también lo haré!

—Espero que no haga falta —añadió Lluís—. Con uno creo que será suficiente.

—¿Cuándo vamos a hacerlo? —planteó Sara con temor.

—Esta noche —sugirió Lluís—. De día es imposible, esto está lleno de gente. La policía nos detendría antes de llegar a nuestro objetivo.

—Hay un pequeño inconveniente —informó Sara.

—¿Cuál? —quiso saber Alejandra—. Tú siempre poniendo pegas.

Sara señaló los potentes focos de luz instalados en el suelo que apuntaban hacia arriba.

—Por las noches esos focos se encienden y el efecto es como si fuera de día.

—Habrá que poner remedio a eso —afirmó Lluís con resignación mientras pensaba en cómo solucionar el problema—. Me encargaré de reunir todo el material necesario.

—¿Cómo vamos a entrar? —inquirió Sara—. Estará todo cerrado, y aquí no nos sirve tu descodificador de alarmas.

—Saltaremos la verja y, cuando lleguemos a la puerta, improvisaremos —explicó Lluís como si no supusiera ningún tipo de riesgo—. Ahora os invito a comer.

—¿Cómo puedes estar tan tranquilo? —preguntó Sara dudando de que semejante aventura fuera a terminar bien.

—¿Sirve de algo preocuparnos antes de tiempo? —manifestó con ironía.

Las dos hermanas negaron con la cabeza. Lluís las cogió por el brazo y bajaron las decenas de escalones que los separaban de la calle.

CAPÍTULO 24

Era más de medianoche cuando las hermanas Ferrer, vestidas con ropa cómoda, se reunieron en casa de Lluís. Thor estaba encantado con sus invitadas y no se separaba de ellas. Su dueño hacía un recuento de todo lo que se iban a llevar a la aventura de esa noche: varias cuerdas, tres potentes linternas, dos arneses, unos alicates de electricista, los *walkie-talkies*, etc.

—Creo que está todo —confirmó mientras cerraba la mochila.

—Pues ¿a qué esperamos? —apremió Sara inquieta.

—Es un poco pronto —frenó Alejandra—, a estas horas, y más en verano, la gente todavía está paseando por las calles o tomando algo.

—Sí, tienes razón —apoyó Lluís—. Pero será mejor que vayamos con tiempo, aparquemos el coche y observemos cómo está la situación.

Salieron del piso y tomaron las escaleras hasta el patio. Justo cuando ellos estaban a punto de abrir la puerta de la calle, se oyó el ascensor y de él salieron los nuevos vecinos.

—¡Buenas noches! —saludó la mujer rubia platino.

—Hola, Erika —respondió Sara algo nerviosa.

—Vamos a tomar algo, ¿os queréis venir? —preguntó su marido Gustavo.

—No, gracias... —atajó Lluís, excusándose—. Mejor otro día. Hemos quedado y vamos un poco justos de tiempo.

—¡Como queráis! —contestó Gustavo un tanto receloso—. Otro día será.

Los tres salieron a la calle sin mirar atrás. A tan solo unos metros tenían aparcado el coche de Lluís. Se subieron y Alejandra miró hacia atrás: la pareja no les quitaba ojo de encima.

—No me dan buena espina esos dos —comentó.

—¡Cómo eres, Alejandra! —la recriminó Sara—. Yo creo que estamos un poco paranoicas.

—No sé qué pensar —intervino Lluís—, estoy de acuerdo con tu hermana.

Aparcados en una de las calles de detrás de las torres, y bien entrada la madrugada, estaban a punto de comenzar la búsqueda de la segunda llave. Bajaron del coche y repasaron el plan. Solo esperaban que todo fuera sobre ruedas y no hubiera ningún contratiempo.

A Sara le flaquearon las piernas cuando tuvo enfrente las Torres de Serranos. Alejandra, en cambio, respiró hondo y rezó una breve plegaria. Entraron por la plaza de los Fueros, desde allí las gárgolas se veían pequeñas y apenas se divisaban sus detalles. Miraron alrededor en busca de algún extraño. De momento tenían vía libre. Sara se quedó a una distancia prudencial vigilando, mientras Lluís se acercaba a la verja de hierro, con la mochila al hombro, se encaramaba y trepaba por ella como un gato. Antes de que Alejandra pudiera decir ni pío, se había colado en el patio. Sara conectó el *walkie* para avisar a su hermana de que un coche se acercaba. Nerviosa, comprobó que no funcionaba.

—¡Empezamos bien! —se lamentó en voz alta mientras chistaba a su hermana para avisarla.

—¡Maldita sea! —rumió Alejandra entre dientes al ver al conductor.

El coche pasó por su lado muy despacio. Un hombre se asomó por la ventanilla y piropeó a Alejandra.

—¡Adiós, guapa!

Ella notó cómo el pulso se le aceleraba y un tremendo calor le subió por la garganta. Apretando los puños vio cómo el automóvil se alejaba. Intentó tranquilizarse. Lluís, mientras tanto, seguía agazapado en un rincón. Cuando vio que el peligro había pasado, y con una sonrisa en los labios, le susurró con sorna:

—Vamos, guapa, ¡saltas o no!

Alejandra le dedicó una mueca de disgusto y se dispuso a escalar la verja. Se agarró con fuerza y con la ayuda de Lluís consiguió llegar al otro lado. Cogió el receptor y verificó con Sara que todo funcionaba a la perfección. Al parecer, había sido una falsa alarma. Su primer objetivo era desconectar los focos de la parte sur. No podían permitir que la luz los delatara. Lluís los apagó en un santiamén. Alejandra estaba sorprendida; ese chico era una mina.

Luego los dos subieron los escalones hasta que se tropezaron con la puerta de madera que daba acceso al primer piso. Estaba cerrada. Lluís consideró forzar la cerradura, pero eso le llevaría demasiado tiempo. A su izquierda, encima de las escaleras y a poco más de metro y medio, había una abertura a modo de ventana. Se decantaron por ella.

—Si conseguimos entrar, estaremos en una de las salas y justo debajo de una de las gárgolas —dijo Lluís.

Alejandra lo intentó primero. No era demasiado difícil; con un poco de equilibrio lo consiguió a los pocos minutos. Lluís le lanzó la mochila, que ella depositó en el suelo, y a continuación siguió sus pasos hasta colocarse a su lado. Juntos sacaron las cuerdas y demás herramientas.

—Intentaré engancharlo en la misma abertura del segundo piso —explicó Lluís muy seguro de sí mismo—. Es difícil por la altura, pero si lo consigo podré subir por la cuerda hasta llegar a la gárgola que nos interesa.

Necesitó varios intentos hasta conseguir su objetivo. Seguidamente se colocó el arnés y empezó a escalar. Lo hizo despacio; la falta de práctica acentuó su torpeza. A base de sudor y voluntad logró encaramarse en la gárgola que le interesaba. Cogió de su bolsillo una pequeña linterna para iluminar la figura de piedra y empezó a inspeccionarla sin saber qué era lo que buscaba.

—Es un león con un niño en su regazo —susurró a través del *walkie*—. Más bien parece como un símbolo de protección.

—Debe de haber algo —demandó Alejandra—. Alguna señal o símbolo. Sigue buscando.

Lluís no paraba de mover la linterna intentando enfocar toda la figura, aunque no resultaba nada fácil hacerlo colgado en el aire.

—¿Qué ves? —le preguntó Sara desde la plaza.

—Poca cosa —respondió él—. La piedra tiene un montón de pliegues. Ver algo aquí es francamente difícil. Además, se supone que estas gárgolas no son las originales.

—Si es un molde, debería ser idéntica —dijo Sara—. Fíjate bien.

Lluís inspeccionó la gárgola con suma atención. Se centró en el león, sus patas, el cuerpo, la abundante melena. Nada. Metió la linterna en su boca, donde aparecía el tubo del desagüe. Tampoco. Luego pasó al niño desnudo que acogía entre sus patas delanteras. Lo miró cuidadosamente. Todas las muescas de la piedra le llamaban la atención, pero eran indescifrables. Subió por su cuerpecito hasta llegar a la cara. Su expresión era de temor, con la boca entreabierta. Continuó buscando y, cuando llegó a la nalga del pequeño, le pareció ver un número.

—¡Creo que lo he encontrado! —susurró a través del *walkie*.

—¿De veras? ¿Qué has visto? —inquirió Alejandra emocionada.

—No estoy seguro. —Él movía la cabeza hacia un lado y otro intentando entender lo que veía—. Parece... —Permaneció callado unos segundos—. Creo que es... ¡Sí, diría que es el número cuatro!

—¡El cuatro! Busca a ver si hay algo más —propuso Sara.

—Me temo que no. Voy a subir hasta arriba y entraré en la siguiente sala. Luego intentaré abrir la puerta que da a la terraza. Si lo consigo, tendré acceso a las dos gárgolas siguientes.

—De acuerdo, pero, por favor, ten mucho cuidado —le suplicó Alejandra con dulzura.

Lluís consiguió llegar a la abertura de arriba y una vez en la sala vacía se aproximó a la puerta de madera y forzó la cerradura. A los pocos minutos se encontraba en la terraza. Aseguró las cuerdas, verificó el arnés y se dejó caer. La gárgola estaba a tan solo un par de metros. Al mirar hacia abajo, vio la silueta de Sara en la calle, cómo lo miraba encogida y ajena a la presencia de una pareja de policías que se le acercaba por detrás. Lluís, sobresaltado, perdió el control y se dio la vuelta de espaldas al muro, golpeándose la cabeza en la piedra. ¡Joder!, se lamentó para sus adentros.

Sara se llevó las manos a la boca al ver cómo a su vecino le fallaban las manos, cuando alguien le habló a la altura de la nuca, sobresaltándola.

—¡Perdón, señorita! ¿Se encuentra bien? —preguntó uno de los policías.

Sara se giró con las mejillas coloradas. Intentaba mantener la calma, pero en tales circunstancias temía que los nervios la traicionaran.

—Sí, sí, gracias... —contestó con un hilo de voz.

—¿Espera a alguien? ¿La podemos ayudar en algo?

—No, gracias. Estoy esperando a mi novio. Está a punto de llegar.

—Muy bien. Buenas noches, entonces. —Antes de marcharse, el agente volvió a mirar a Sara—. Perdón, ¿no nos conocemos de algo? —le preguntó inseguro.

—No lo creo —contestó Sara secamente. ¿Estaba intentando ligar con ella o qué demonios pretendía?

—Perdone... pero hay algo en su cara... No sé, sus ojos quizás... —puntualizó él confuso—. Debo de haberla confundido. Buenas noches —terminó de decir mientras se alejaban.

—Buenas noches —correspondió Sara intentando no temblar y esperando que los policías no levantaran la cabeza más de la cuenta y descubrieran a Lluís colgado de la fachada de la torre.

Mientras tanto, Alejandra, muda ante la visita inesperada que había recibido su hermana y acurrucada dentro de una de las naves, rezaba para que no los pillaran. Lluís, al ver que el peligro había pasado, se encaramó a la figura de piedra y con la linterna en la mano la escudriñó centímetro a centímetro. Su aspecto era espeluznante: parecía Lucifer con la boca abierta, medio cuerpo de hombre, medio de bestia, con pezuñas y garras. Lluís se centró en examinar la piedra olvidando la forma diabólica. Solo esperaba que no cobrara vida siguiendo la tradición medieval. Aquello era más difícil de lo que parecía. Estaba a punto de darse por vencido. A lo mejor no todas las gárgolas escondían una pista. A punto de apagar la linterna, volvió a enfocar una de las patas; en la esquina de una pezuña había un garabato. Se acercó todo lo que pudo: eran dos números. El uno y el tres.

—Chicas... —susurró a través del *walkie*—. ¡Tengo otra clave! Anotad, es el número trece. ¡Esperad un momento! Estoy viendo algo en la otra pezuña. ¡Hay otro número! Es el noventa y dos.

Lluís apagó la linterna y se deslizó hacia la otra figura. Había hecho la mitad del recorrido y no se podía quejar. La siguiente era un hombre con indumentaria medieval, con las manos sobre la cara y expresión dantesca. Repitió la misma operación tratando de encontrar alguna otra cifra. Esta vez resultó mucho más fácil, entre el dedo corazón e índice pudo apreciar el nueve. Rápidamente iluminó la otra mano y en la misma posición divisó el ocho. Después de transmitir las cifras a sus compañeras, volvió a subir a la terraza. Se apoyó en el muro y dio gracias por tocar de nuevo tierra firme. Tan solo le quedaba una, pero para ello debía de entrar en la otra sala. Se armó de valor y al cabo de un rato estaba echando la cuerda sobre la última gárgola. Se descolgó a través de ella y la iluminó como las demás. Se trataba de un hombre arrodillado, con facciones grandes, un martillo en una mano y en la otra..., ¿qué era lo que llevaba? Parecía una piedra. Se especulaba que podía referirse a Pere Balaguer, el maestro de la piedra que las construyó. Después de repasar su cuerpo minuciosamente, se centró en las herramientas que llevaba: en la cara interna del martillo encontró el número veintidós, y en la base de la piedra, el número uno. Alegre y ágil, ascendió por la cuerda.

Sara repasó las cifras anotadas en el papel e intentaba descifrarlas. La voz de su vecino se oyó a través del *walkie*:

—¡Sara, tienes que salir de ahí, la pareja de policías está volviendo y van en tu dirección!

—¡Dios mío! Si me ven, no sé qué excusa les voy a poner, hace casi una hora que han pasado por aquí.

—Vuelve al coche... —propuso Lluís nervioso— o mejor, si te das prisa, entra en las torres con Alejandra.

Sara dudó y al fin se encaminó hacia la verja de las torres. No era demasiado alta y su flexibilidad privilegiada gracias al yoga le facilitó el camino. Ascendió por las escaleras hasta ver a su hermana, que la ayudó a entrar en una de las salas. Juntas repasaron los números hasta que vieron cómo la silueta de Lluís descendía.

Sentados los tres en el suelo intentaban dar con el siguiente paso. Barajaron varias hipótesis bajo las frías piedras de aquella sala. El tiempo se les agotaba. Pronto amanecería.

—Recapitulemos —dijo Sara concentrada—. La primera frase está clara. En cuanto a la segunda, creemos que se refiere a la tracería de la parte norte, y con estas cifras deberíamos tener la solución. Los números son: cuatro, trece, noventa y dos, noventa y ocho, veintidós y uno. Aparentemente no tienen ninguna relación.

—Igual que la tracería —continuó Alejandra—. Está llena de dibujos que no guardan ningún orden compositivo aparente, aunque debería ser más fácil de lo que parece. Veamos, la tracería está dividida en cuatro niveles. Aquí aparece el número cuatro. Puede referirse al cuarto nivel. ¡Esperad un momento! Hay piedras originales de los siglos XV y XVI mezcladas con las nuevas. ¡Nos está dando su ubicación! —dijo emocionada—. ¿Os dais cuenta? «Donde el poder sonríe y las piezas encajan.» Solo tenemos que seguir los pasos y daremos con ellas. Si las torres se construyeron entre 1392 y 1398...

—Alejandra, ¡ya lo tengo! —exclamó su hermana—. Acabas de dar con la clave. Los números trece y noventa y dos nos indican el año en que empezaron su construcción, y el noventa y ocho cuándo terminaron. Solo nos queda averiguar qué significan el veintidós y el uno. ¡Tenemos que subir!

—Me temo que hay un pequeño inconveniente —advirtió Lluís con la boca pequeña.

—¿Qué sucede? —preguntó Sara.

—Para poder acceder al piso superior hay que escalar por la cuerda.

—¿No hay forma de que puedas abrir la puerta? —propuso Sara.

—Me temo que no. Lo he intentado y me es imposible.

—¿Seguro que no hay otra opción? —sondeó Alejandra, sudorosa.

—Lo siento —negó él—. ¿Os veis capacitadas para hacerlo?

—No lo sé —dudó Sara—. ¿De cuántos metros estamos hablando?

—De seis o siete, aproximadamente.

—¡Uf! —clamó Alejandra—. Me arrepiento de no haber ido al gimnasio en estos últimos años. En cuanto salgamos de aquí, prometo apuntarme.

—Primero subiré yo y os lanzaré el arnés. Voy a hacerle varios nudos a la cuerda para que podáis ascender más fácilmente. —La voz de Lluís reflejaba preocupación—. También puedo intentar bajar a la tracería yo solo.

—¡De eso nada! —intervino Alejandra—. La última frase de mi padre decía: «Donde la unión, la astucia y el equilibrio son los dones de la clave».

—Tienes razón —asintió Sara—. Debemos permanecer unidos.

Lluís escaló primero y lanzó la cuerda anudada. Alejandra se ofreció a ser la primera. Miró la soga con respeto, como si fuera una desafiante serpiente, cerró los ojos y se santiguó varias veces. Luego se agarró a ella como si su vida dependiera de ello. Los músculos de sus brazos se tensaron al tener que soportar el peso de su cuerpo. Trepó con dificultad hasta tener la sensación de que sus extremidades se agarrotaban. Los últimos tres metros fueron un verdadero tormento. El sudor empapó su cuerpo y las fuerzas le flaquearon. De nada le servían los guantes ante la desagradable y dolorosa sensación de tener las manos en carne viva.

—¡No puedo! —se quejó mientras Lluís le infundía ánimos desde arriba.

La angustia se apoderó de ella nublándole los sentidos.

—¡Dios mío! —exclamó desesperada y casi sin aliento.

—¡Vamos, no puedes rendirte ahora! ¡Casi te tengo! —La voz de Lluís se quebraba—. Lo estás haciendo muy bien. Tu padre estaría orgulloso de ti.

La última frase fue un caudal de fuerza, una inyección de moral. A punto de desfallecer consiguió llegar hasta arriba, donde Lluís la agarró de la mano, orgulloso de su valentía. Alejandra se dejó caer en el suelo a punto de llorar. Lo había conseguido..., lo había conseguido.

Sara supo que había llegado su turno. Subió por la cuerda con agilidad y con ganas, pero, al igual que su hermana, los tres últimos metros fueron un verdadero camino de espinas. Notó cómo sus músculos se contraían, ya no los dominaba. Después de muchos esfuerzos, logró llegar al piso de arriba. Repusieron fuerzas y recogieron los bártulos camino de la barbacana que miraba al río. Fijaron dos cuerdas y las dejaron caer una a cada extremo de la tracería, con la esperanza de no necesitar más que una.

—Bajaré yo primero —se ofreció Lluís precavido—. Vosotras os quedaréis aquí salvo que sea estrictamente necesario.

—¡Yo bajaré contigo! —insistió Alejandra, repuesta del esfuerzo anterior—. Si es como un rompecabezas y hay que detectar las piedras originales, tú solo no vas a llegar a todas. Estamos hablando de varios metros de ancho por varios de alto.

—Hay otro pequeño inconveniente —añadió Sara.

—¿Cuál? —dijo su vecino.

—No necesitaréis linternas —mencionó con cinismo—. Los potentes focos de abajo os iluminarán constantemente.

—¡Mierda! —exclamó Lluís—. Se me ha olvidado desconectar los de esta parte.

—Ya no hay tiempo para bajar y volver a subir —intervino Alejandra—. Está amaneciendo. Rezaremos para que no nos vean y pasemos desapercibidos.

Cada uno sujeto en un arnés, se deslizaron despacio por el muro. Iban a la par. El panel de la tracería parecía mucho más pequeño visto desde la calle, pero ante sus ojos resultaba inmenso y cuidadosamente tallado. Decidieron bajar hasta el primer nivel, donde la arquería ciega lucía diferentes tonos. El color rojo anaranjado indicaba que las piedras eran originales. Empezaron probando varias combinaciones con los números que habían encontrado en las gárgolas. Al cabo de un rato habían tocado casi todas las piedras y no había sucedido nada.

—Espera un momento —imploró Alejandra—. Lluís, céntrate en la cifra 1392 y yo lo haré con 1398. Vamos a buscar un orden de arriba abajo, por ejemplo.

Tras varios intentos, de repente Alejandra gritó:

—Lo tengo.

Empezó a contar y las piedras encajaban según el número que había seleccionado. Lluís la imitó con su cifra, pero no sucedía nada en absoluto.

—Intentémoslo los dos a la vez —sugirió.

Pulsaron la primera cifra y la segunda, después la tercera y, cuando presionaron el último número, un ruido sordo y profundo se oyó en el interior de los muros.

—¿Qué ha sido eso? —preguntó Alejandra.

—No lo sé, pero ha sonado muy fuerte.

—¿Estáis bien? —chilló Sara desde arriba.

Su hermana le hizo una señal para tranquilizarla. Ignoraba lo que significaba ese horrendo ruido, pero presentía que iban por buen camino.

—Nos quedan los números veintidós y uno —pronunció Lluís.

—Como he dicho antes, creo que el cuatro se refiere al nivel —le recordó Alejandra—. Vamos a subir hasta el último dibujo.

El cuarto nivel estaba formado por once enormes aros abiertos en la parte superior que albergaban en su interior varios dibujos. En los extremos había una especie de hojas que coronaban la tracería. Todas eran del mismo tono menos la primera y la última, de un tono mucho más intenso y rojizo, lo cual quería decir que eran las originales de todo el entramado y que coincidían con los números veintidós y uno. Emocionados, realizaron movimientos simétricos, giraron y apretaron hasta que se activaron esas hojas y sobresalieron unos centímetros del resto, al mismo tiempo que en el centro las piedras parecían desprenderse, como si las torres se fueran a derrumbar de un momento a otro. Alejandra pensó que se pasaría el resto de su vida en prisión por haber destruido uno de los monumentos más emblemáticos de la ciudad. Seguidamente se abrió una fisura en el centro de la tracería. Tenía alrededor de unos veinte centímetros. Alejandra miró a Lluís emocionada.

—Tenemos que llegar al centro —gritó Lluís nervioso—. Voy a intentar columpiarme.

Alejandra le imitó. Aunque le costó coger impulso, poco a poco fue balanceándose y su recorrido se amplió. Espero que la cuerda aguante, pensó. En uno de esos incontrolados movimientos se chocó con el muro haciéndose daño en una pierna. A pesar del dolor intentó dominar la situación. Estaba a punto de alcanzar a Lluís. Él le tendió la mano a la espera de su ansiado contacto hasta que se acercó lo suficiente como para agarrarla con fuerza. Juntos y abrazados se centraron en la fina abertura que había emergido del grueso muro.

—¿Crees que la llave estará dentro? —preguntó Alejandra con una chispa de ilusión mirando aquel oscuro agujero—. Cabe una mano justa, lo que no sabemos es la profundidad que puede tener.

—Solo hay una manera de averiguarlo —contestó Lluís decidido, y metió primero la mano, después la muñeca, el antebrazo... Solo que algo lo entorpecía.

—No puedo más. Mi brazo es demasiado ancho —murmuró con tono de fastidio.

—¿Llegas a tocar algo? —inquirió Alejandra ansiosa.

Él negó con la cabeza.

—Déjame probar a mí.

Con cautela, introdujo la mano poco a poco. Notó el tacto rugoso de la piedra mientras sus uñas se arrastraban a ciegas por el diminuto túnel. De repente, chilló:

—¡Ay, Lluís! Creo que he tocado algo.

—Tranquila, intenta cogerlo.

Alejandra, que había retirado el brazo unos centímetros, hizo un segundo intento. Algo rozó sus dedos, lo sujetó y asió con fuerza, después tiró de ello con suavidad. Estaba a punto de salir a la superficie cuando los focos del suelo se apagaron y se quedaron literalmente a oscuras.

La joven lanzó un grito ahogado.

—No te preocupes. Los focos deben de estar programados —dijo Lluís tratando de calmarla.

—Pues me han dado un susto de muerte... ¡Casi se me cae el paquete al vacío! —respondió con él en la mano.

Por el aspecto del hallazgo dedujeron que habían dado con la segunda llave de aquel complicado galimatías.

Muy lentamente Alejandra retiró el amarillento pañuelo y de su interior asomó una antigua y enorme llave. Le pareció hermosa. Mientras la observaban, un ruido familiar, pero más suave, volvió a escucharse ante ellos. La fisura donde la llave había estado escondida se cerró ante sus anonadados ojos. Lluís perdió el equilibrio y sin querer soltó a su vecina, que se balanceó de un lado al otro sin control. Temiendo extraviar la llave y que cayera al vacío, se la escondió entre la ropa segundos antes de estamparse contra el muro.

CAPÍTULO 25

Alejandra se retorcía de dolor entre las sábanas. Tenía agujetas en todo el cuerpo, además de un moratón en el muslo. Eran casi las doce del mediodía y, después de una noche tan agitada, no tenía fuerzas para levantarse. Muchas aventuras como esa acabarían con ella. Menudo mes de vacaciones, y pensar que tan solo les quedaba una semana. Qué rápido pasaba el tiempo. Oyó el ruido de la puerta de la calle y la voz de su hermana. Pero ¿con quién hablaba? Alejandra, inquieta, se levantó con torpeza y salió de la habitación con un pijama de pantalón corto. Se dirigió al salón y, a medida que se acercaba, identificó la voz de la persona que acompañaba a Sara: era su nueva vecina. Estuvo a punto de retroceder cuando se dio cuenta de que ya era tarde.

—Buenos días —saludó a desgana.

—Buenos días —contestaron al unísono.

—¡Vaya cardenal que llevas en la pierna! —exclamó Erika examinándola.

—Sí, me he dado un golpe tonto —contestó ella restándole importancia.

—Pues ten mucho cuidado —le aconsejó su vecina con una sonrisa que a Alejandra no le gustó—. La verdad es que tenía mucha curiosidad por ver vuestro ático —añadió sin parar de cotillear—. ¡Tenéis mucho gusto! ¿Allí está la terraza? —inquirió mientras se acercaba al ventanal.

Sara la siguió y juntas salieron. Alejandra torció el morro. No la soportaba. Cogió el periódico que estaba encima de la mesa y le echó un vistazo para hacer tiempo hasta que volvieran a entrar.

—¡Dios mío! —exclamó sobrecogida.

En la esquina izquierda del *Levante*, había un titular en mayúsculas que la asustó enormemente. Nerviosa, buscó la página que indicaba dónde se encontraba el artículo. Sara y Erika volvieron al salón. Al oírlas, Alejandra cerró el diario y lo plegó. Sara percibió la inquietud en el rostro de su hermana.

—¡Me ha encantado! Espero que cenemos juntos algún día. —Erika seguía en su papel de vecina amable.

—Cuando quieras —contestó Sara por compromiso.

—Ahora estáis de vacaciones, ¿verdad? —indagó Erika.

—Sí, nos quedan tan solo unos días.

—Pues ¿qué os parece mañana sobre las nueve en mi casa? —planteó Erika.

—¿Mañana? —Sara se quedó pasmada mirando de reojo a su hermana, que gesticulaba una negativa—. Pues no sé... —susurró con la boca pequeña.

—¡No se hable más! —determinó Erika con temple—. Ahora que lo pienso, en mi casa no va a poder ser —se excusó—. Mañana vienen los albañiles. ¡Una pequeña reforma en la cocina! Durará dos o tres días. Si no os importa, podemos cenar aquí y la siguiente noche lo hacemos en mi casa.

—De acuerdo —cedió Sara obligada mientras su hermana se lo recriminaba con gestos.

—No quiero molestaros más —se despidió dirigiéndose hacia la salida.

Las hermanas Ferrer la acompañaron deseosas de quitársela de encima. Instantes antes de cerrar la puerta, Erika se miró las manos y dijo:

—Me he dejado el bolso y el periódico encima de la mesa. Esta cabeza mía...

—¡Voy yo! —se ofreció Alejandra voluntariosa, queriendo perderla de vista cuanto antes. Instantes después le entregó sus pertenencias con una falsa sonrisa.

—Gracias, Alejandra, y cuídate esos moratones, que no tienen buen aspecto. Yo conocí una vez a un tipo al que, por menos de eso, le tuvieron que amputar una pierna.

—Mujer, tampoco hay que dramatizar —protestó Alejandra con cinismo maldiciéndola un millón de veces. ¡Será hija de puta!

—Por cierto, ¿habéis visto la noticia de las Torres de Serranos? —preguntó Erika clavando sus ojos en ellas.

Un terrible escalofrío recorrió a las dos hermanas.

—No —respondió Sara temerosa de lo que iba a escuchar.

—¡Ya no respetan nada! —les cotilleó—. Han destrozado los

focos del suelo, han forzado algunas puertas y han encontrado restos de cuerdas en su interior. Parece ser que alguien se lo ha pasado en grande allí. La policía está sobre la pista de una mujer que vieron por la noche husmeando por la zona.

Sara notó cómo se le agriaba la leche del desayuno. Alejandra puso una mano sobre su hombro para que mantuviera la calma.

Los termómetros instalados en la ciudad marcaban treinta y cinco grados. Ese final de agosto se presentaba bastante caluroso, aunque ya habían anunciado que no tardarían en llegar las tormentas. El autobús de la EMT hacía su recorrido habitual. Tía Rosa iba sentada en uno de los primeros asientos, con su mente en otro lugar, en otra época. Paco se había infiltrado en su vida ocupando un lugar que crecía día a día, y ella se estaba dejando querer. Era cariñoso, sabía cómo tratarla, y ella se sentía halagada. Apenas llevaban mes y medio saliendo juntos, si es que a eso se le podía llamar salir. Estaba ilusionada como una colegiala y, por primera vez desde hacía más de veinte años, se volvía a sentir mujer, aunque al principio la asaltara una especie de culpabilidad ya superada. Paco la había ayudado a dejar a Miguel, el amor de su vida, en un rincón de su corazón. Sabía que no podría olvidarlo, ni tampoco quería, pero no podía vivir anclada en el pasado toda su vida, se merecía ser feliz. Sin embargo, algo había sucedido esa noche que no conseguía quitarse de la cabeza y que la estaba atormentando. El cansancio había hecho mella en su rostro en forma de unas pronunciadas ojeras. Cuando pensaba en lo ocurrido, se le erizaba el vello de los brazos.

¡Dios mío! ¡Había sido tan real! Cerró los ojos escondiéndolos en sus oscuras gafas de Dior y revivió, hasta donde le alcanzaba la memoria, el sueño de esa misma noche: se encontraba en su habitación, tendida sobre la cama. Todavía podía sentir la calidez y suavidad de las sábanas, las caricias de esas manos fuertes que la volvían loca, los besos en la comisura de los labios, en el cuello, en los pechos. Notaba cómo se endurecían sus pezones, cómo su piel se sentía viva. Volvió a escuchar esas dulces palabras que la hacían sentirse la mujer más deseada del mundo. Se ruborizó al recordar su sexo húmedo, sus jadeos de placer, la dureza del miembro de su amante que la penetraba una y otra vez. Al mismo tiempo que le susurraba cuánto la quería, cuánto la amaba y necesitaba. Su ritmo cardiaco se aceleró todavía más cuando volvió a vislumbrar el rostro de aquel hombre que la había colmado de amor y de placer. Después de veintitrés años, Miguel Roselló volvía a aparecer en su vida enmascarado en sus sueños. Sobresaltada y excitada, se había despertado a las cuatro de la madrugada sin poder conciliar el sueño de nuevo. Varias preguntas se formularon en su desvelo: ¿por qué aparecía ahora, justamente cuando tenía la oportunidad de ser feliz con otro hombre? ¿Por qué no me fui contigo? ¿Por qué? ¿Por qué? Las lágrimas la acompañaron hasta que amaneció. Tía Rosa abrió los ojos y volvió a la realidad. Miró por la ventanilla del autobús y vio que su parada estaba próxima. Esperaba no tener ningún contratiempo porque se pondría a llorar sin poder evitarlo. Frente al mercado, respiró hondo. Se adentró entre los pasillos y aspiró los aromas dejando que sus pensamientos vagaran en libertad.

—Rosa..., Rosa..., ¿que no pensabas saludarme? —una voz la reclamó.

—No te había visto. ¡No sé en qué iba pensando! —se disculpó Tía Rosa con una piadosa mentirijilla.

—¡Te he guardado estos melocotones! —dijo Paco mientras se los entregaba. ¿Quedamos mañana a cenar, como siempre?

—Pues no sé... —murmuró Tía Rosa dudosa.

—¿Que no te encuentras bien? —preguntó Paco sorprendido ante la negativa y al mismo tiempo preocupado. ¡Te veo un poco ausente!

—Estoy bien, tranquilo. —Su voz era poco convincente. Intentó arreglarlo con una sonrisa, luego accedió—. ¡Venga, sí, nos vemos a la misma hora!

—Hoy no voy a poder tomarme un café contigo, estoy solo y el mercado está a tope —dijo Paco disculpándose en tono de fastidio por no poder estar más tiempo con ella.

—No pasa nada. Nos vemos mañana en mi casa. —Rosa se despidió con una risita picarona devolviendo la alegría a su pretendiente.

Eran casi las nueve de la noche cuando Sara y Alejandra ultimaban los detalles de la mesa para cinco comensales. En la cocina esperaban para ser servidos una variedad de aperitivos, una ensalada y una merluza en salsa con almejas.

—Tengo que felicitar a las cocineras. ¿Sabéis que a la mayoría de los hombres se les conquista por el estómago? —las alabó Lluís.

—¿Ah, sí? Y a ti, ¿cómo se te conquista? —le preguntó Alejandra astuta.

—¡Sabes que soy muy facilón! —le susurró él casi al oído.

—Yo me voy de la cocina que se está caldeando el ambiente —añadió Sara en tono cínico viendo que sobraba.

En ese momento sonó el timbre. Sara se quitó el delantal y fue a abrir la puerta. Alejandra no pudo reprimir un gesto de disgusto, al que le siguió un comentario:

—¡Todavía no entiendo por qué han venido a cenar! Espero que pase pronto la velada. ¡No soporto esa arrogancia! Con lo bien que hubiéramos cenado nosotros tres solos.

—Tranquilízate —la sosegó Lluís quitando leña al fuego—. A veces se hacen las cosas por compromiso. No le des más vueltas.

—Sí, pero una y no más —recalcó malhumorada.

Gustavo y Erika entraron al salón, los saludaron y tomaron asiento.

—¿Queréis tomar algo antes de cenar? —preguntó Sara en su papel de anfitriona.

—Sí, yo me tomaré una cerveza —pidió Gustavo.

—Yo otra —intervino su mujer.

La velada transcurrió amenizada con comentarios superfluos. Erika era una habladora nata y Gustavo, un potente observador. Se levantó en un par de ocasiones acercándose al mueble para comentar unas fotos de sus difuntos padres. También pidió permiso para hacer una llamada con su teléfono fijo, lo que les sorprendió a los tres, ya que todos llevaban móviles encima. Algo no encajaba, pero por cortesía no pudieron negarse. Por fin la velada concluyó y los vecinos se despidieron.

Después de recoger la mesa, Sara se sentó en el sofá al lado de su hermana y de Lluís.

—¿Os habéis dado cuenta de lo cuadrado que está Gustavo? —apuntó Lluís con cierta envidia.

—Sí, parece militar o algo así —aportó Alejandra, dándole la razón.

—Dice que trabaja de profesor de gimnasia —añadió Sara inocentemente.

—¿Tú crees? ¿Qué me decís de Erika? —cuestionó Lluís—.

¿También es profesora de gimnasia? Porque tiene más brazos que yo.

—Ella es enfermera —aclaró Sara—. Eso me ha dicho, lo que ocurre es que va mucho al gimnasio.

—¡Y lo curioso que es Gustavo! —dijo Alejandra en tono de fastidio—. Se ha empapado bien de quiénes eran todos los que salían en las fotos.

—¡Cómo sois de mal pensados! —les recriminó Sara.

—Ya veremos, ya veremos —añadió Alejandra desafiante—. Oye, Lluís, este vino que has traído, que por cierto estaba buenísimo, se sube un poco a la cabeza.

—¡Todo depende de cuánto bebas! —contestó él con cierta sorna.

—¿Sabéis qué os digo? Que ya recogeremos la cocina mañana. Yo me voy a la cama.

Nada más quedarse solos, Lluís miró a Alejandra y se acercó a ella. Estaba preciosa. Las mejillas sonrosadas por el vino y los ojos chispeantes acentuaban todavía más su atractivo. Su blusa de seda dejaba a la vista un escote bronceado y tremendamente apetecible. Uno de los tirantes se le resbaló por el brazo. Lluís, en un acto reflejo y comiéndosela con la mirada, se lo colocó sobre su hombro acariciándole la piel.

—¿Por qué no me besas? —le incitó ella sin más preámbulos.

Lluís se quedó perplejo. Estaba ansioso por besarla y tenerla entre sus brazos. Sin embargo, dejó actuar a la sensatez y se contuvo. En otras circunstancias se habría abalanzado sobre ella devorándola a besos y a caricias, pero ¿qué le sucedía con esa mujer? Con los deseos carnales a flor de piel, se acercó a ella y le susurró:

—¡No quiero que luego me digas que abusé de ti porque estabas bebida y no eras consciente de tus actos!

Alejandra le cogió la cara entre sus manos y lo besó. Fue un beso suave, algo cohibido, ya que dudaba de si sería correspondida. Lluís hizo que se convirtiera en un beso apasionado despejando totalmente sus dudas.

—¡Creo que te quise desde el momento en que te vi en aquel local! —murmuró la joven.

—Alejandra, debes saber que eres la mujer de mi vida. —Sus palabras sonaron tan sinceras—. En estos seis meses que nos conocemos he imaginado este momento centenares de veces. ¡Pensaba que solo me veías como un buen amigo!

—Al principio no sabía si preferías a mi hermana, o si ella te prefería a ti —le confesó—. Por eso trataba de distanciarme.

—Sara siempre será para mí, además de mi vecina preferida, mi mejor amiga. Pero es contigo con quien me gustaría compartir la vida.

Alejandra se acercó a él y le susurró algo al oído. A continuación, se levantaron y se dirigieron hacia la puerta de la calle. La cerraron con llave y bajaron hasta el primer piso. Lluís abrió su casa y Thor los recibió con zalamerías. Después entraron en la habitación y cerraron la puerta. Solo las sábanas fueron testigos de lo que allí ocurrió. De las palabras cariñosas que se dijeron y de las caricias que intercambiaron.

Tía Rosa estaba a gusto con Paco en su casa. Habían terminado de cenar y no podía evitar que su cabeza diera vueltas y más vueltas.

—Te veo distante. ¿Te preocupa algo? —le preguntó él inseguro.

—No. —Después de unos instantes, rectificó—: A decir verdad, sí —respondió Tía Rosa con timidez—. Hace dos noches soñé con Miguel y no consigo quitármelo de la cabeza.

El rostro de Paco se turbó por unos instantes. Otra vez la sombra de su antiguo novio se interponía entre ellos, dijo para sus adentros.

—Piensa que solo era un sueño —la animó Paco, restándole importancia—. Es muy difícil controlar el subconsciente. ¿Cuántos años hace que no sabes nada de él? Rosa, mereces rehacer tu vida, porque estoy convencido de que él lo habrá hecho. Seguro que estará casado y tendrá hijos. No te atormentes más.

—Sí, tienes razón, Paco. Lo siento. No debí nombrártelo —Tía Rosa se arrepintió.

—Sabes que puedes contármelo todo, tanto lo bueno como lo que te preocupa. —Paco se acercó y le dio un beso. Ella le correspondió.

Él detectó cierta frialdad, y eso lo desconcertó. Empezaba a conocerla bien. Sintió una punzada de temor. ¿Iba a perderla? Tenía que conseguir que olvidara a ese hombre, cuya sombra se cernía sobre su relación. Sería paciente con ella. Cómo eran las mujeres..., nunca terminaría de entenderlas totalmente.

—¿Te pasa algo? —preguntó Tía Rosa llena de culpabilidad

por haber sacado a relucir a Miguel y viendo cómo su acompañante se mostraba ausente.

—No, nada —contestó adornando su respuesta con una efusiva sonrisa—. ¿Qué sabes de tus sobrinas?

—Están bien —contestó más despejada—. Hablamos casi todos los días por teléfono. Dentro de poco empezarán a trabajar. El verano se nos va en un abrir y cerrar de ojos —dijo con melancolía.

CAPÍTULO 26

En la comisaría de policía Valencia Centro los agentes andaban alterados. Vaya mes de agosto que llevaban. Los incidentes habían aumentado respecto al año anterior. Dos cadáveres encontrados sin todavía haber sido determinadas las causas ni sus identidades. La desaparición de un anciano y una niña de once años. Habían desarticulado una red de pederastas en la Comunidad Valenciana y las denuncias de hurtos y robos con intimidación se amontonaban sobre la mesa del despacho del comisario Morales. Aunque nada de eso se salía de lo común. En los treinta años que llevaba en el cuerpo, había investigado casos insólitos, algunos de ellos lo suficientemente macabros como para descomponer cualquier estómago, pero lo que realmente intrigaba al comisario en esos precisos momentos era la entrada clandestina, y de una forma limpia y sublime, al Museo de la Almoina. ¿Con qué intención lo habían hecho? No se echaba nada en falta según el inventario. Habían forzado la puerta de entrada y habían conseguido burlar la sofisticada alarma. Ingenioso, aunque hoy en día, con los desactivadores que circulaban por el mercado negro, se podían hacer auténticas virguerías. Ni una sola huella dactilar... Sin embargo, habían dejado huellas de pisadas por doquier, bien por ser inexpertos o porque eran tan comunes que difícilmente podrían ser detectadas. Solo tenían claro que eran un hombre y presumiblemente dos mujeres. Pero ¿qué buscaban? Para más inri, ahora se introducían en las Torres de Serranos de una forma similar. Los focos habían sido desconectados y los restos de cuerda indicaban que habían escalado o se habían descolgado. Pero de nuevo no sabían cuál era su objetivo ni si lo habían cumplido. Esas preguntas sin respuesta le quitaban el sueño. Su intuición de policía y sus años de experiencia en el cargo le hacían sospechar que algo se escondía detrás de todo ese entramado.

Mientras el comisario Morales, sentado en su sillón, hojeaba el informe, alguien llamó a la puerta sacándolo de su meditación.

—¡Adelante! —soltó con voz firme.

—¿Me había llamado? —preguntó un policía de ojos negros.

—Sí, solo una pregunta, Moreno. Estoy revisando el informe de las Torres de Serranos: ¿dice usted que la cara de esa joven le era familiar?

—Yo no diría familiar —rectificó—. Había algo en ella que... Me recordaba a alguien, nada más.

—¿Puedo saber a quién? —insistió.

—Pues lo curioso es que no lo sé. —Su voz se mostraba insegura—. Es como si la conociera o la hubiese conocido en otra época.

—Ahora me contará el cuento chino de que fue en otra vida —contestó el comisario con sarcasmo—. Moreno, yo no creo en esas chorradas de la reencarnación.

—Que no crea usted, señor, no quiere decir que no existan. Si solo tiene eso que preguntar.

El comisario le hizo una seña para que se retirara. Mientras caminaba, el inspector Moreno pensó en el rostro de aquella joven que vio durante escasos minutos.

La hora del ángelus se acercaba y la plaza de la Virgen estaba tan concurrida como de costumbre. El sol lucía en lo alto mientras una bandada de palomas hacía su ronda matinal posándose sobre la conocida fuente central. La gente paseaba, tomaba algo en las terrazas o entraba y salía de la basílica y de la catedral. Concretamente, en el número uno, justo enfrente de la puerta de los Apóstoles de la catedral, se encontraba la Casa Vestuario, un sobrio edificio de estilo neoclásico de tres pisos, destinado principalmente para los magistrados del Tribunal de las Aguas como lugar de reunión antes de asistir a los juicios celebrados en dicha puerta. Como era tradición desde hacía varios siglos, cada jueves a las doce del mediodía, y cuando las campanas del Miguelete anunciaban la hora en punto con su armonioso sonido, los ocho miembros del Tribunal de las Aguas, en compañía del alguacil y ataviados con el típico y austero blusón de huertano, protagonizaban un juicio oral que era considerado la institución jurídica más antigua de Europa. Su función era dirimir los conflictos por el agua de riego de los agricultores de la Comunidad de Regantes de las ocho acequias que lo formaban: Quart, Benáger-Faitanar, Tormos, Mislata, Mestalla, Favara, Rascaña y Rovella.

Pero esa mañana, en la sala de reuniones de la Casa Vestuario, los ocho síndicos del Tribunal de las Aguas, sentados alrededor de la mesa de roble y sobre sus recios sillones de madera, estaban más preocupados de lo habitual, y no era precisamente por los casos que los esperaban. Eran ya muchos los años de experiencia de todos ellos y sus juicios se basaban en la justicia y el respeto mutuo. Además, a su edad estaban curados de espanto. Sin embargo, la intranquilidad de aquellos ocho hombres había provocado una algarabía digna de estudiantes.

—¡Por favor, mantengamos la calma! —gritó Humberto Fernández, jurado de Favara y presidente del Tribunal desde hacía casi cuarenta años.

Sus palabras fueron ignoradas por los demás componentes, sumidos en protestas y quejas que anegaban la estancia de un clamor incomprensible.

—¡Señores, por favor! —insistió—. La discusión no nos lleva a ninguna parte. Hemos de actuar con la sensatez que nos caracteriza.

Su ruego surtió efecto y el griterío empezó a bajar de intensidad transformándose en un murmullo, casi imperceptible. Al cabo de unos instantes el silencio fue absoluto y Humberto Fernández tomó la palabra:

—Comprendo vuestra incertidumbre y la comparto. Pero entenderéis que el diálogo es la única manera de encontrar una solución —declaró con firmeza.

—¿Qué propones? —inquirió Jaime Santos, jurado de Quart, con las manos cruzadas encima de la mesa esperando una respuesta convincente.

—La situación es crítica —interrumpió Juan Alcázar, jurado de Mestalla, sin poder contenerse.

—Al igual que vosotros —continuó el presidente del Tribunal—, desconozco quién o quiénes han podido acceder al Museo de la Almoina. Los únicos datos que conocemos son los difundidos por los medios.

—Y ¿qué nos dices de las Torres de Serranos? —cuestionó Lorenzo Alonso, jurado de Rovella.

—Sí, tienes razón. El museo hubiera sido un caso aislado y no de preocupar, pero pienso, como vosotros, que ambos incidentes están relacionados.

—Pero ¿quién ha podido obtener los datos suficientes para llevar a cabo semejante rastreo? —preguntó el jurado de Quart—. Y lo que es peor, no sabemos si han encontrado lo que buscaban.

—No, no lo sabemos —respondió Humberto Fernández, cabizbajo—. He estado repasando datos y las únicas personas que pueden encajar son las hijas de Jorge Ferrer.

—Sus hijas... —murmuró Adolfo Serrano, jurado de Mislata—. No es descabellado.

—¿Y qué nos dices de su cuñada, Rosa Soler? ¿Crees que ella también puede estar involucrada? —planteó uno de los síndicos.

—No lo descartemos. Cabe la posibilidad —afirmó el presidente—. Aunque durante todos estos años se ha limitado a criar a sus sobrinas. También es posible que esto haya sido tan solo una casualidad. Vamos a esperar. Hemos de estar atentos a cualquier novedad. Si avanzan en su búsqueda, nos veremos obligados a tomar cartas en el asunto.

—Esperemos que tengas razón y no llegue a más —murmuró Lorenzo Alonso, jurado de Rovella.

—Señores, ha llegado la hora, son casi las doce —señaló el presidente del Tribunal de las Aguas poniéndose en pie.

Los ocho síndicos, precedidos por el alguacil, cruzaron las puertas de la Casa Vestuario, y con el sol impactando sobre sus cabezas, se abrieron paso a través de las decenas de personas que querían presenciar el ancestral juicio. Tomaron asiento en sus respectivos sillones de madera formando un círculo bajo la puerta de los Apóstoles de la catedral. Las campanas del Miguelete retumbaron anunciando el mediodía. Seguidamente, el alguacil fue nombrando cada una de las acequias que representaban los magistrados reclamando la presencia de denunciantes y demandados.

CAPÍTULO 27

Sara deambulaba pensativa por los senderos de los jardines de la Glorieta, pasando por alto los bustos de piedra de varios pintores famosos. Atravesó el parque infantil y los gritos de los niños le sacaron una sonrisa. Se detuvo ante una fuente cercana, donde refrescó sus acaloradas manos bajo uno de los chorros de agua y se empapó el cuello y la nuca. Admiró los ficus centenarios que tenía a su alrededor y se sentó en un banco de piedra al cobijo de la sombra de uno de ellos, repasando mentalmente la búsqueda que se traían entre manos. De las cuatro puertas grandes de la muralla cristiana, habían conseguido obtener dos llaves: la primera, la de las Torres de Quart, mirando al oeste, y la segunda, la de las Torres de Serranos, al norte. Todavía tenían pendientes la Puerta de San Vicente en el sur y la Puerta del Mar en el este, con el agravante de que esas dos últimas puertas estaban desaparecidas.

Por ello, ahora se encontraba frente el Arco del Triunfo, monumento erigido en memoria a los caídos, justamente en el mismo lugar donde estuvo la Puerta del Mar. De entrada, Sara descartó la posibilidad de que la llave pudiera encontrarse en su interior, ya que se construyó en 1946, mucho después de que derribaran la muralla en 1865.

Sara miró el reloj: eran más de las doce del mediodía. Esperaba que su hermana y Lluís hubieran visto la nota que les había dejado encima de la mesa. Alejandra no había pasado la noche en casa. De hecho, su cama estaba intacta. Dedujo que la habrían pasado juntos. No hacía falta ser muy lista para saber cómo iban a terminar. Se alegraba tanto por los dos.

Sara miró a su alrededor y no había ni rastro de ellos. Su mirada se tropezó con una pareja de policías que le pedían la documentación a un joven que iba en moto. Un calor sofocante le subió de pies a cabeza cuando reconoció a uno de ellos. Juraría que era el agente que se encontró en las Torres de Serranos. Sara, desencajada y asustada, se dio la vuelta ocultando su rostro. ¡Que no me reconozca! ¡Que no me reconozca! Segundos después alguien la tocó en el hombro, sobresaltándola. Sara se giró despacio con los dedos cruzados.

—¿Qué te pasa? —preguntó Alejandra al ver su expresión de terror. Lluís estaba a su lado.

—¡No te imaginas el susto que me has dado! —la riñó intentando reponerse—. Ahí detrás está el poli que me vio la noche de las Torres de Serranos.

—No fastidies... —gruñó su hermana.

—¿Crees que si te vuelve a ver te reconocería? —preguntó Lluís consternado.

—No lo sé —respondió Sara a media voz—. Pero ese artículo en el periódico que dice que están tras la pista de una mujer me tiene muy preocupada.

—¡Será mejor que nos larguemos de aquí! —propuso Alejandra temiendo por su hermana.

—Esperad un momento —añadió Lluís—. Creo que son ellos los que se van.

A los pocos minutos habían desaparecido. Sara respiró hondo. Alejandra se sentó a su lado y Lluís sacó un papel del bolsillo donde había anotado las frases del nuevo acertijo. Sara lo leyó en voz baja:

> *Donde despierta el sol y la ley se ilumina. Donde los peregrinos rezan y los enfermos sanan sus heridas. Donde las dos J y las ocho puntas esconden las valiosas reliquias.*

—¿Habéis sacado algo en claro? —preguntó Sara sin saber por dónde empezar.

—Nada en absoluto —admitió Lluís—. Hay que ver cómo le fascinaban los enigmas a vuestro padre. ¡Qué imaginación! —Su tono era de admiración.

—La mitad de la primera frase está más o menos clara —puntualizó Alejandra mientras se levantaba—, cuando dice «Donde despierta el sol...». Al fin y al cabo, la llave que estamos buscando corresponde a la Puerta del Mar, que miraba al este.

—¿Y qué me dices de lo que sigue: «... y la ley se ilumina»? —planteó Sara sin saber por dónde iban los tiros.

—No lo sé —contestó Alejandra.

—Y qué me decís de la siguiente —continuó Lluís—: «Donde los peregrinos rezan». Creo que nos está hablando de una casa de beneficencia, o tal vez de una iglesia. Y cuando dice «y los enfermos sanan sus heridas», quizás se trate de un hospital o algo parecido.

—Es muy posible —dijo Sara levantándose—. Hemos de ver todas las iglesias y hospitales del entorno. Claro que también cabe la posibilidad de que ya no estén en pie. No sabemos si nuestro padre, al ingeniar el acertijo, se refería a hace veintitrés años o a cuando derribaron la muralla.

—Cada vez el listón está más alto —intervino Lluís desanimado—. ¿Y qué significa «Donde las dos J y las ocho puntas esconden las valiosas reliquias»?

—Creo que deberíamos volver a casa y recopilar más información... —aportó Sara desganada ante la dificultad del siguiente desafío.

—Me parece una idea sensata —zanjó Alejandra.

Horas después el salón de Sara estaba inundado de obras de referencia que iban pasando de mano en mano, apuntes y mapas de Valencia. También navegaron por Internet buscando algo que les abriera las puertas de dicho enigma. Llevaban más de ocho horas ininterrumpidas y seguían sin dar con nada de interés. Alejandra se sentó en el sofá, desmoralizada, y miró el reloj.

—¿Habéis visto qué hora es? —exclamó alarmada.

Sara levantó la cabeza del ordenador y Lluís hizo una mueca para mirar el reloj de su muñeca.

—Son casi las diez de la noche —prosiguió ella extenuada—. Tengo la cabeza embotada, estoy muerta de hambre y, como no lo dejemos ya, me voy a poner a gritar como una histérica.

—Tienes razón —asintió Lluís colocándose a su lado. Podemos darnos una ducha rápida y bajarnos a cenar por aquí cerca. ¿Qué os parece?

—Buena idea —aprobó Sara apagando el portátil.

—¡Tenéis media hora! —dictó Lluís antes de irse a su casa.

La noche era cerrada, tan solo la luz ámbar de las farolas alumbraba la calle Quart. Unas risas perturbaban el silencio del desierto barrio del Carmen. Alejandra, con la mano en los labios, trataba de contener la risa ante algo que acababa de decir Lluís, mientras Sara sonreía silenciosa. La cena había sido deliciosa y las copas de después los habían dejado de muy buen humor. Lluís sacó las llaves y abrió el portal dejando que entraran primero las hermanas. Nada más hacerlo, Sara gritó espantada. Tremendamente afectada señaló a un hombre que yacía boca abajo en el suelo del patio rodeado de sangre.

—¡Dios mío! ¿Estará muerto? —preguntó Alejandra asustada.

—Esperemos que no —murmuró Lluís acercándose al individuo.

—¡No toques nada! —gritó Sara.

—Solo quiero comprobar si está vivo, tranquila —replicó mientras le ponía los dedos en el cuello para sentirle el pulso.

—¿Está vivo? —cuestionó Sara desquiciada.

—¡Voy a llamar a la policía! —chilló Alejandra nerviosa sujetando el móvil con las manos temblorosas.

—Creo que aún tiene pulso —contestó Lluís muy preocupado—. ¡Llama y di que es muy urgente! ¡Que vengan enseguida!

Alejandra procuraba no errar en la llamada, aunque los nervios la estaban traicionando y tuvo que colgar para comenzar de nuevo.

—¡Mierda! —bramó descompuesta.

—¡Creo que se ha movido! —añadió Sara sin quitarle ojo de encima.

—Sí, tienes razón. —Lluís se arrodilló a su lado. Desprendía un desagradable hedor—. Oiga, no se preocupe, estamos llamando a la policía —dijo para tratar de reconfortarlo—. Enseguida vendrá una ambulancia.

—No, no, *noooo* —susurró el hombre con un hilo de voz apenas imperceptible.

Lluís arqueó las cejas. Se inclinó sobre él y le retiró un mechón de pelo de la cara para ver sus facciones, pero la sangre, la barba desaliñada y el pelo enmarañado y largo no le permitían identificarle. De repente volvió a escuchar su voz:

—No, *noooo*. A la policía, *nooooo*.

—¡No puede ser! —exclamó Lluís con un terrible escalofrío. Acababa de reconocerlo. Era Pepe, el indigente que merodeaba por la zona—. Pero ¿qué te ha pasado? —le preguntó Lluís conmovido. Apreciaba a ese hombre, sabía que era una buena persona—. ¿Qué te han hecho?

—A la policía, no. A la policía, no. —El mendigo tan solo insistía para que no reportaran el suceso.

Los tres amigos, asombrados por su negativa y sin saber cómo actuar, vieron que Pepe, con gran dificultad y quejándose de dolor, hacía ademán de levantarse.

—¡Alejandra, no llames todavía! Espera un momento —chilló Lluís interrumpiendo la llamada.

—¿Qué te ha pasado? —le preguntó Sara—. No sabemos lo que tienes y puede perjudicarte que te muevas de donde estás.

—Me han dado una paliza —apenas podía hablar—. Esos desgraciados...

—Escúchame, Pepe. —Lluís trataba pacientemente de convencerlo—. Lo mejor es que llamemos al SAMU.

—No, no por favor. Estoy bien —susurró.

—¿Puedes moverte o crees que tienes algo roto? —inquirió Lluís desesperado.

—No *loooo* sé. —Su voz apenas se escuchaba.

—Intentaremos darte la vuelta —añadió Lluís.

—¡No podemos moverlo! —gritó Sara asustada.

—Estoy bien. Solo un poco magullado —dijo Pepe.

—¡Un poco magullado! —repitió Sara incrédula.

—Vamos a darle la vuelta —insistió Lluís—. ¡Ayudadme! Despacio, vamos, una, dos y...

—¡Santo Dios! —exclamó Alejandra al verle el rostro totalmente desfigurado. Tenía los ojos hinchados e inyectados en sangre; sus sucias ropas, hechas trizas, y su cuerpo era un ovillo—. Necesitas que te vea un médico. Lo siento, pero voy a llamar. No puedo consentir...

—No, no. Por favor —suplicó—, júrame que no vais a llamar —insistió sujetando el brazo de Lluís.

—¡No quiere que llamemos a nadie y no podemos dejarlo aquí! —exclamó Sara—. ¿Qué hacemos?

—Vamos a subirlo a mi casa —propuso Lluís en un impulso repentino. Esperaba no tener que arrepentirse—. Pepe..., ¿crees que, con nuestra ayuda, podrás ponerte en pie y andar unos metros?

Él asintió. Los tres jóvenes hicieron de tripas corazón, sin saber por dónde sujetarlo para no causarle más dolor. Minutos después lo dejaban caer sobre la cama de la habitación de invitados. Lluís cogió el teléfono y llamó a un amigo suyo que era médico.

—Perdona que te moleste. Sí..., ya sé que es muy tarde. Necesito que vengas enseguida. —Lluís hizo una pausa—. Si no fuera urgente, no te sacaría de la cama a estas horas. Gracias..., te debo una.

Estaba a punto de amanecer cuando Sara volvió a repartir café. Necesitaban estar despiertos mientras el médico reconocía al maltrecho Pepe. El pobre había recibido palos hasta en el rincón más escondido de su cuerpo. No sabían cómo había sucedido, pero ¡menuda panda de cobardes! Dar una paliza a una persona indefensa. El doctor se reunió con ellos en el salón después de lavarle las heridas, curárselas y darle algún calmante para que descansara.

—Ese tipo ha tenido mucha suerte. A pesar de las múltiples contusiones, y si no hay ninguna complicación, se repondrá en unos días.

—Menos mal —manifestó Alejandra aliviada. Solo conocía a ese hombre desde hacía unos meses, y apenas habían intercambiado unas pocas frases. Reconocía que al principio la impresionaba tenerlo cerca, pero se veía que era una buena persona y con buen corazón. Una víctima más de la sociedad, como tantos otros que se ven arrastrados a vagar por las calles.

—¡Gracias a Dios! —exclamó Sara.

—¿Sabéis quién es? —preguntó el médico dirigiéndose a los tres.

—Es un indigente que merodea por los alrededores y duerme bajo las Torres de Quart —contestó Lluís mientras daba el último sorbo de café.

—¿No llevaba documentación? —siguió preguntando el doctor.

—Nosotros no le hemos encontrado nada —continuó Sara—. Solo sabemos que se llama Pepe.

—Debería denunciar —prosiguió el hombre—. La noche ha sido muy larga. Será mejor que descanséis. Por el tal Pepe no os preocupéis, dormirá durante varias horas. A media mañana os llamaré para ver cómo va.

Cuando Sara y Alejandra cayeron rendidas en la cama, su última imagen antes de conciliar el sueño fue la cara de Pepe envuelta en sangre.

Nada más despertar, Alejandra llamó a Lluís por teléfono. Estaba intranquila por saber cómo habían transcurrido las últimas cuatro horas. Recuperó la calma al saber que Pepe todavía dormía tras haberse despertado un par de veces. Preparó el desayuno y se sentó en la mesa de la terraza. Tan solo les quedaban cuatro días de vacaciones y todo volvería a la normalidad. Se preguntaba cómo iban a continuar con la búsqueda de las diez llaves que les quedaban por encontrar. Cada vez las claves eran más difíciles y disponían de menos tiempo. Se giró al escuchar un ruido detrás de ella. Sara entraba con una taza de café en la mano.

—¿Sabes algo de Pepe? —le preguntó con marcadas ojeras.

—Sí... He llamado a Lluís y me ha dicho que aún dormía —contestó Alejandra mientras daba el último bocado a la tostada.

—¡Menudo susto el de anoche! —exclamó Sara sentándose frente a su hermana—. Todavía estoy sobrecogida. ¿Qué le sucedería?

—No lo sé, y tengo curiosidad. Voy a bajar a casa de Lluís a ver si puedo ayudarle en algo.

—Me parece bien. Yo bajaré más tarde, voy a poner la casa en orden, parece una leonera.

Alejandra se vistió con una camiseta de algodón y unos pantalones cortos. Se fijó el pelo con una pinza y se sujetó uno de los mechones más cortos detrás de la oreja. Bajó las escaleras y llamó al timbre. Thor salió pegado a su amo, como un leal amigo, recibiéndola con muestras de alegría.

—¡Hola, Thor! —exclamó sin parar de acariciarlo—. ¡Buenos días, Lluís! ¿Has conseguido dormir?

—Poca cosa —respondió mientras se le escapaba un bostezo.

—Vengo a relevarte —se ofreció dedicándole una mirada picarona—. Da una cabezadita, yo me encargaré de Pepe.

—Acabo de hablar con el médico que lo visitó anoche —le contó dirigiéndose a la cocina y encendiendo la cafetera.

—¿Qué te ha dicho? —se interesó ella.

—Me ha preguntado qué tal había pasado estas horas y me ha dicho que cuando se despierte y desayune, se tome los calmantes y se dé un buen baño —reportó Lluís.

—La verdad es que lo necesita. ¿Cuánto tiempo hará que no se ha podido duchar como Dios manda? —apuntó Alejandra.

—¡Vete a saber! Voy a ver si está despierto.

Alejandra se quedó en el pasillo hasta que oyó a Lluís hablando con Pepe y decidió entrar. La habitación desprendía un hedor como a cebolla rancia o podrida. Al verlo tumbado en la cama, Alejandra notó cómo el corazón le daba un vuelco. ¡Madre mía!, se dijo a sí misma. Su rostro era puro hematoma. Apenas podía abrir un ojo y el otro estaba totalmente cerrado. Tenía los labios hinchados, las mejillas salpicadas con restos de sangre seca y el pelo sucio y embarrado. Por encima de la sábana asomaban los brazos cubiertos de vello oscuro, con heridas y arañazos. Sus manos eran grandes, sucias y agrietadas, con las uñas ennegrecidas, o de luto, como habría dicho Tía Rosa si las hubiera visto.

—¿Cómo estás? —le preguntó con suavidad, como si temiera que un tono elevado pudiera hacerle daño.

—Mucho mejor —respondió él suavemente y sin tartamudear.

Alejandra se percató enseguida de que había contestado a su pregunta sin ningún problema y antes de que pudiera inquirir sobre ello, Pepe se le adelantó diciendo:

—No sé cómo agradeceros... —hizo una pausa para coger aire y continuó— lo que habéis hecho por mí. —Se detuvo de nuevo, al parecer hablar le causaba un gran dolor—. Nunca lo olvidaré y espero que pueda devolveros el favor algún día.

—No tienes que devolver nada —añadió Lluís—, ahora lo que importa es que te repongas lo antes posible. Alejandra te va a traer el desayuno y unos calmantes. Después te prepararé un buen baño.

Ella se dirigió a la cocina dejándolos solos.

—Tomaré el desayuno y nada más —aceptó con humildad—, pero será mejor que me vaya lo antes posible. No quiero ser una carga y causaros problemas.

—¡De eso nada! —le interrumpió Lluís—. ¿No te apetece un baño caliente? —Su tono de voz fue muy sugerente—. Te vendrá bien.

—Apenas me acuerdo de lo que es eso —murmuró entre dientes.

Alejandra entró en la habitación con una bandeja en las manos. Pepe levantó ligeramente la cabeza, sus fosas nasales se inundaron del aroma del café y las tostadas con mantequilla y mermelada. Su boca se hizo agua y, emocionado, se dijo: todavía existe gente buena en este mundo. Sintió un terrible escozor en un ojo al dejar escapar una fina lágrima. Alejandra, ajena a sus sentimientos, le colocó la almohada en la espalda para que estuviera lo más cómodo posible. Sentada frente a él, se quedó embobada mirando cómo devoraba el desayuno.

—Está delicioso —murmuró mientras arrasaba hasta la última miga—. Cómo me recuerda a los buenos tiempos.

—¿Quieres más? —preguntó conmovida.

—No quisiera abusar de vuestra hospitalidad, pero me gustaría repetir si puede ser —respondió Pepe.

Alejandra asintió con una sonrisa, se levantó y a los pocos minutos entraba con la bandeja llena.

Mientras Pepe saboreaba el desayuno, Alejandra pensaba en el montón de preguntas que quería hacerle, pero no quería agobiarlo. Había observado que ya no tartamudeaba y que era educado y respetuoso. ¿Qué le habría pasado a ese hombre para verse en la calle?, se preguntó.

—Pepe, ¿te das cuenta de que ya no tartamudeas? —lanzó la pregunta mientras le retiraba la bandeja y la colocaba encima de la mesita.

—Sí —asintió—. No soy tartamudo, si es eso a lo que te refieres. —Hizo una pausa—. A veces uno tiene que hacer ciertas cosas, aunque no le gusten.

—¿Quieres decir que cuando lo haces estás fingiendo? —indagó con afabilidad.

—Más o menos —confesó—. En algunas ocasiones vale la pena hacerse pasar por tonto o tartamudo.

—Te entiendo. La vida de la calle debe de ser muy dura —mencionó enternecida—. ¿A qué te dedicabas antes? Quiero decir..., antes de ser indigente..., bueno, ya me entiendes. —Alejandra se puso colorada, parecía una estúpida haciéndole semejante pregunta—. Lo siento, quiero decir...

—No te disculpes. Sé lo que soy —susurró quitándole importancia—. Hay veces que uno toma un camino que cree que es el correcto...

—¿Y no has pensado en encontrar un trabajo? No trato de organizar tu vida, Dios me libre. Es que me duele verte por las noches en ese banco de piedra y con la botella en la mano. —Otra vez se le había ido la lengua. Le acababa de llamar borracho sin decírselo.

—¡No soy un alcohólico! —negó Pepe muy serio.

—No quiero que me malinterpretes —se disculpó avergonzada, aunque sabía que muchos alcohólicos no reconocían su enfermedad.

—Las cosas no son siempre lo que parecen —sentenció Pepe dejándola muda durante unos instantes.

—Pepe..., hay una cosa que me gustaría preguntarte y que me tiene muy intrigada. —Alejandra se frotó las manos antes de seguir—. Hace unas semanas nos vimos bajo de las Torres de Quart, yo iba a coger un taxi en Guillem de Castro y tú te acercaste a mí y me dijiste una frase que no terminé de entender, y que vaga por mi memoria desde entonces. Posiblemente no te acuerdes de aquel día.

—Me acuerdo perfectamente —respondió con seguridad—. Te dije: «Tenga cuidado, que los lobos están al acecho».

—Eso es —afirmó ella con una sonrisa—. Tienes una gran memoria.

—En el colegio decían que tenía una inteligencia superior a la media.

—¿A qué te referías cuando me dijiste eso? —preguntó Alejandra con ganas de esclarecer el asunto.

En ese preciso instante, Lluís entró con un montón de ropa en las manos y la dejó encima de la cama.

—Te he encontrado esto. Espero que te vaya bien de talla. La bañera está lista.

En cuanto Lluís entró con Pepe en el baño, Alejandra abrió la ventana de la habitación y la aireó. Cambió las sábanas y las metió en la lavadora. El teléfono empezó a sonar. Avisó a Lluís que tenía una llamada. Cuando regresó Lluís, le afeitó con cuidado y le ayudó a cortarse las uñas, mientras Alejandra buscaba unas tijeras para cortarle la maraña de pelo. El resultado fue espectacular, teniendo en cuenta que la hinchazón y los hematomas todavía tardarían en desaparecer. Alejandra estudió sus facciones y comprobó que era mucho más joven y atractivo de lo que se imaginaba. Apostaría que estaba en su treintena. Pepe hizo un intento de levantarse con la ayuda de Lluís. Caminó despacio y se detuvo frente al espejo. Tremendamente emocionado se miró de arriba abajo, y Alejandra observó cómo sus mejillas brillaban. Compadecida, notó cómo se le formaba un nudo en la garganta al deducir que ese hombre estaba llorando.

CAPÍTULO 28

La cuenta atrás estaba llegando a su fin. Tan solo un día de vacaciones y todo volvería a la normalidad. Las hermanas Ferrer y Lluís iban contrarreloj intentando descifrar el misterioso acertijo. Habían madrugado más de lo habitual y, cerca de las ocho de la mañana y dispuestos a tomar el tercer café, se resistían a abandonar. Después de cuarenta y ocho horas, estaban igual que al principio y los nervios empezaban a aflorar.

—Está visto que esto nos sobrepasa —exclamó Lluís desanimado—. Hay que reconocer que nos viene grande. Mañana empezaremos a trabajar y dentro de pocos días tendré que viajar a Estados Unidos. Ayer recibí una llamada de mi jefe. Cuando me incorpore, no me va a quedar más remedio que salir de Valencia.

—¿Estarás fuera mucho tiempo? —preguntó Alejandra curiosa.

—Si todo va bien, será solo una semana —le contestó cogiéndole una mano con delicadeza.

—¿Cómo está Pepe? —preguntó Sara.

—Se encuentra bastante mejor —respondió Lluís—. Los hematomas han bajado de color y la inflamación ha cedido bastante. Mañana se irá de mi casa. En un principio iba a ser hoy, pero me sentí mal, y le he dicho que se quede una noche más.

—Es triste pensar que volverá a dormir de nuevo en la calle —se lamentó Alejandra en voz alta.

—Sí, no puedo dejar de pensar en ello —intervino Lluís, decaído—, pero ¿qué podemos hacer?

—Lluís, has hecho todo lo que estaba en tus manos —le animó Alejandra advirtiendo su pesadumbre.

—¡Hemos hecho! —corrigió Lluís—. Los tres le hemos ayudado, pero no podemos estar cuidándolo siempre. Cada uno tiene que volver a hacer su vida. Lo único que podríamos hacer es intentar buscarle un trabajo.

—Pero no quiere... o no puede trabajar —dejó caer Alejandra.

—¿Se lo has preguntado? —inquirió su hermana confusa—. No me parece que esté impedido ni nada por el estilo.

—Eso es cierto... —Alejandra dudó—. Me llama la atención su situación, porque es una persona culta y educada. —Por un instante permaneció callada y miró a ambos lados—. No creo que nos esté escuchando, ¿verdad?

—No, tiene la puerta del dormitorio cerrada. Además, suele levantarse un poco más tarde —susurró Lluís—. Sí, es cierto que es muy correcto. Durante los tres días que hemos convivido ha procurado darme el menor trabajo posible. Sé que lo voy a pasar mal cuando me asome al balcón o vaya por la calle y lo vea deambular por el barrio.

—¡Tenemos que hacer algo! —sugirió Alejandra.

—Sí, pero ¿qué? —preguntó Sara mirando a uno y a otro.

Resignados, y con la imagen de Pepe en la cabeza, decidieron que era el momento de rellenar sus tazas de café y continuar con sus pesquisas. Cuando había transcurrido más de una hora desde el último descanso y habían recopilado todo tipo de información, Alejandra repitió las frases del enigma en voz alta:

—«Donde despierta el sol y la ley se ilumina. Donde los peregrinos rezan y los enfermos sanan sus heridas. Donde las dos J y las ocho puntas esconden las valiosas reliquias».

—Centrémonos —puntualizó Lluís—. Con «Donde despierta el sol», hemos deducido que habla del este, pero qué quiere decir «la ley se ilumina».

—¿Y el resto? —continuó Alejandra—. «Donde los peregrinos rezan y los enfermos sanan sus heridas. Donde las dos J y las ocho puntas esconden...» —Apenas pudo terminar la frase al verse interrumpida por una voz masculina.

—¡Es la iglesia de San Juan del Hospital!

Los tres jóvenes se giraron anonadados.

—Lo siento —se disculpó Pepe—. No quería escuchar, pero no he podido evitarlo.

—No te preocupes. Repite, por favor, lo que acabas de decir —le conminó Lluís.

—¿El qué? —preguntó Pepe arrepentido de haber abierto la boca.

—¿Qué iglesia has dicho que era? —inquirió Sara más que intrigada.

—La iglesia de San Juan del Hospital —repitió con temor.

—No la conozco —dijo Sara.

—Yo tampoco —negó Lluís.

—¿Dónde está? —preguntó Alejandra muy interesada, al mismo tiempo que le hacía una seña para que se sentara.

—Entre la plaza de San Vicente Ferrer y la calle del Milagro. Próxima a la calle del Mar —explicó orgulloso de su amplio conocimiento de las calles de la ciudad.

Sara cogió un mapa de Valencia para indagar su ubicación, seguidamente se sumó Lluís.

—¡Ya la tengo! —gritó ella ilusionada—. Iglesia de San Juan del Hospital —recitó.

—¿Cómo estás tan seguro de que se refiere a ella? —preguntó Alejandra dirigiéndose a Pepe.

—Es muy sencillo... —dijo Pepe satisfecho de saberse la lección.

—¡Mirad esto! —intervino Lluís señalando el mapa—. Creo que tiene razón. Justamente en la plaza de San Vicente Ferrer se encontraba la Puerta de la Xarea. Era la puerta este de la muralla musulmana. Actualmente aún lo llaman barrio de la Xarea.

—No veo la relación con las frases —comentó Sara.

—La Puerta de la Xarea era conocida también como Puerta de la Ley —concluyó Lluís—. «Donde despierta el sol y la ley se ilumina» nos está indicando la ubicación aproximada.

—Vamos atando cabos —chilló Alejandra emocionada—. ¡Esto me gusta! Pero ¿cómo sabemos que es esa iglesia en concreto?

—¿Puedo? —solicitó Pepe, cauteloso. Estaba tan agradecido por todo lo que habían hecho por él que quería ayudarlos a toda costa.

Alejandra dudó. La euforia de saber que iban por buen camino les estaba llevando a revelar la investigación ante un desconocido.

—Si lo sabes, nos ayudarías a terminar un trabajo que tengo que presentar para la revista. Un artículo, ya sabes —dijo restándole importancia.

Lluís y Sara captaron la indirecta. Debían de ser más cautos. Pepe comenzó con su explicación. A decir verdad, se le veía ansioso por contarles lo que sabía. Al principio empezó su relato algo cohibido, como si le diese vergüenza mostrar sus conocimientos, hasta que se fue soltando.

—San Juan del Hospital fue la primera iglesia que se construyó en Valencia tras la reconquista de Jaime I el Conquistador en 1238. El monarca concedió los terrenos, próximos a la puerta de la Xarea, a la Orden Militar y Hospitalaria de San Juan de Jerusalén, los también llamados «sanjuanistas», en agradecimiento por su ayuda militar. Eran caballeros, monjes y militares que se acogían a los votos de pobreza y castidad y estaban ligados a un código de honor. Además de la iglesia, se levantó un hospital en la parte norte, donde tenían la obligación de dar cobijo a los peregrinos que entraban por la Puerta de la Xarea, y un cementerio en la parte sur para uso de los caballeros, que albergaba una pequeña capilla llamada del rey Don Jaime I y que aún permanece en pie.

Los tres jóvenes escuchaban atónitos la exposición de Pepe. Jamás se hubieran imaginado ese caudal de intelecto. Alejandra fue la primera en hablar:

—Ya tenemos la segunda frase: «Donde los peregrinos rezan y los enfermos sanan sus heridas».

—Pepe, te has ganado el desayuno —le premió Lluís agradecido.

—Ya lo creo que sí —añadió Sara, sorprendida del don de palabra que tenía ese hombre.

Durante el almuerzo intercambiaron impresiones sobre la iglesia.

—¿Cómo sabes tanto de ella? —preguntó Alejandra intrigadísima.

—Te comenté que tenía una inteligencia superior a la media, o por lo menos eso decían mis profesores. Es broma —dijo humildemente mientras dibujaba una agradable sonrisa en su rostro que contagió a la joven—. Estuve mendigando día y noche por los aledaños del lugar durante más de tres años. Uno de los párrocos de la iglesia me apreciaba bastante, de vez en cuando me encargaba algún recado. Fue él quien me puso al día respecto a la historia del lugar.

Sara pensó que tenía lógica. Aun así, se desenvolvía de una forma extraordinaria.

Dos horas después los tres jóvenes se encaminaron hacia la iglesia de San Juan del Hospital. Se aseguraron de que Pepe no había errado en su exposición histórica, aunque todavía estaban sorprendidos por su agilidad mental al dar con la solución al acertijo, escuchándolo tan solo una vez. Era realmente admirable e increíble.

—Pepe es muy listo, ¿no os parece? —apuntó Sara todavía impresionada.

—En efecto —apoyó Alejandra—. Quiero creer que es una persona de fiar y que no nos perjudicará el hecho de que nos haya oído más de la cuenta.

—Yo creo que sí —continuó Lluís—, y más me vale que sea de fiar, porque lleva durmiendo y comiendo en mi casa tres días.

—Estamos llegando —indicó Sara.

Ante sus ojos se erigía el ansiado templo, que, por su ubicación, podría pasar desapercibido. Se adentraron en una especie de portal con grandes puertas de madera. Al fondo había un amplio patio rectangular adornado con gran cantidad de macetas.

—¡Fijaos en esto! —gritó Alejandra mirando a la izquierda y señalando una lámina de cristal de varios metros que protegía unas cruces rojas pintadas sobre la pared de piedra—. Pepe estaba en lo cierto. Corresponden a las cruces de los sanjuanistas y representan el número de miembros de la orden. Las cruces tienen ocho puntas en lugar de cuatro, y he leído que simbolizan las ocho bienaventuranzas.

—Las piezas van encajando —corroboró Sara feliz—. Esto remite a la tercera frase: «Donde las dos J y las ocho puntas esconden las valiosas reliquias». Ya sabemos a qué se refería cuando nombra las ocho puntas, pero eso de las dos J... me tiene despistada.

—Creo que sé la respuesta —continuó Lluís—. Pepe nos la ha dicho claramente con su explicación. Una J corresponde a la orden de San Juan del Hospital y la otra, a Jaime I.

Las dos hermanas asintieron.

Se detuvieron al principio del patio frente a una puerta románica del siglo XIII que daba acceso a la iglesia. En la parte superior tenía un óculo con la cruz de ocho puntas. A su derecha vieron una serie de arcos góticos, vestigios de lo que fue el albergue. Siguieron caminando hasta el final. A la izquierda había una entrada que se abría ante ellos y Alejandra fue la primera en acceder por ella. Se quedó muda de admiración. Situada a los pies de la nave central, rodeada de capillas a ambos lados, observó minuciosamente su interior. Su arquitectura era del gótico más puro; durante una décima de segundo se imaginó a los caballeros de la orden de San Juan caminando por ese pasillo e incluso al mismísimo rey Jaime I orando en uno de esos bancos. Un susurro cerca de su cuello la devolvió a la realidad.

—¡Es preciosa! —Sara estaba sorprendida de que un lugar tan oculto pudiera esconder tanta belleza.

—Lo es —afirmó Alejandra hipnotizada—. Es majestuosa y al mismo tiempo transmite tanta paz, sencillez y armonía que me ha puesto los pelos de punta.

Lluís sacó un pequeño mapa de la iglesia y anotaciones que consideraba importantes. Sentados en uno de los bancos intentaron situarse.

—Tenemos que aprovechar ahora que no hay nadie —sugirió Lluís—. No sabemos cuándo será la próxima misa. Estamos en el lugar exacto. Solo que las pistas que tenemos no nos revelan dónde está lo que buscamos. A no ser que...

—¿Qué? —susurró Alejandra nerviosa—. No nos dejes con la miel en los labios. Desembucha de una vez.

—Según el mapa que tenemos delante y la referencia a «valiosas reliquias», solo puede estar oculta en tres lugares.

—¿En serio? —interrumpió Sara sorprendida—. De toda esta inmensa iglesia, ¿ya sabes dónde puede estar? ¡No me lo puedo creer!

—Quieres callarte y dejar que hable —gruñó Alejandra con el corazón en un puño por la impaciencia.

—Seguidme —dispuso Lluís levantándose, seguido por sus vecinas—. Vuestro padre era muy astuto y, cuando menciona esa frase, lo hace a conciencia. Nos está hablando entre líneas. Según estos apuntes, esta iglesia posee una capilla de Santa Bárbara —comentó atravesando una verja de hierro y adentrándose en ella— que, como veréis, contrasta por su estilo barroco. Aquí se custodian dos reliquias de la santa: un trozo de la columna donde fue atada y azotada y una piedra de la que brotó agua, que se utilizó para bautizarla —les explicó señalándolas—. Las trajo la emperatriz Constanza de Grecia, que estaba agradecida por su milagrosa curación de la lepra. De hecho, en su testamento pidió ser enterrada en esta iglesia, y actualmente en este pequeño sarcófago —indicó— reposan sus restos, que fueron rescatados del pudridero de la primera capilla construida para la santa y que se encontraba al lado del presbiterio.

—¿Crees que la llave puede estar escondida entre las reliquias?

—preguntó Alejandra aturdida—. No quisiera tener que cometer sacrilegio...

—¿Cuál es el otro lugar dónde crees que podría estar? —preguntó Sara dirigiéndose a Lluís.

—En el presbiterio —dijo señalando a la izquierda con el brazo— se encuentra la cámara oculta. Un recinto usado como calabozo, escondite o archivo. Aunque se dice que era donde guardaban los tesoros de la iglesia.

Los tres juntos se dirigieron hacia el lugar señalado. Subieron las escaleras del altar aprovechando que estaban solos hasta que dieron con la ubicación de la cámara oculta.

—Debe ser aquella ventana —indicó Sara, desanimada.

—¿Te refieres a esa abertura? —exclamó Alejandra, con temor, señalando un punto suspendido a más de diez metros de altura.

—Me temo que sí —asintió— y lo peor de todo es que no hay otro acceso. O cogemos una escalera bien alta o...

—¡Me niego rotundamente a escalar de nuevo! —vociferó Alejandra.

—Shhh. —Un sacerdote con el cabello canoso les chistó por detrás, llamándoles la atención—. Silencio, por favor, es la casa de Dios. No se puede gritar y tampoco pueden estar en el presbiterio.

—Perdone, padre. Discúlpenos —se excusó Alejandra bajando los escalones.

—Lo sentimos mucho —añadió Lluís—. Perdone, ¿se puede acceder al cementerio medieval y a la capilla de Jaime I?

—No, están cerrados al público —contestó el párroco secamente.

—Pero ¿no hay forma...? —insistió Lluís.

—Le repito que están cerrados al público. Están realizando excavaciones arqueológicas. Si quieren ver los hallazgos encontrados hasta ahora, afuera en el patio está el museo que pueden visitar.

—Muchas gracias —le agradecieron mientras observaban cómo se alejaba el sacerdote.

—¿Habéis visto esa puerta? —preguntó Lluís señalando hacia el sur.

—Sí —contestaron ellas atentas.

—Es el acceso al cementerio medieval, donde supuestamente no podemos entrar. Sin embargo —su tono de voz bajó al mínimo e hizo que las hermanas se aproximaran más a él—, sería conveniente que le echáramos un vistazo. Quién sabe, a lo mejor lo que buscamos está ahí dentro y no tenemos que cometer sacrilegio ni escalar en vano.

CAPÍTULO 29

Estaba empapada. En el diluvio sus gritos ahogados no se escuchaban, y pensar que podía estar sola la llenaba de angustia. Su pelo y su rostro estaban embarrados y sus pies y manos no tenían dónde agarrarse. Su mente no reconocía el lugar y estaba tremendamente asustada. Un ruido sordo y repetitivo se oía de fondo y Sara no conseguía identificarlo. Notaba cómo por momentos se asfixiaba más y más y sus pies se hundían centímetro a centímetro en el fango. ¿Dónde estaba? ¿Qué maldito agujero era ese? ¿Era un pozo o quizás era una fosa? Un estremecimiento recorrió todo su cuerpo. El ruido persistente seguía sonando y la estaba volviendo loca. Intentaba gritar, pedir auxilio, pero no conseguía articular ni una sola palabra. De repente, sumida en un miedo atroz, abrió los ojos. El sonido del despertador resonaba por las cuatro paredes de la habitación y Sara le dio con la mano para poner fin a sus berridos. Ahora entendía el ruido que había estado escuchando y se quedó más tranquila al comprobar que había sido solo una horrorosa pesadilla.

¡Dios mío, parecía tan real! Pero ¿dónde se encontraba? ¿Qué era ese lugar tan tenebroso? Pensó que todos los días hablando de museos, iglesias, reliquias y cosas por el estilo le habrían saturado la mente. Afinó el olfato y el olor a café la incitó a saltar de la cama.

—Buenos días —dijo Alejandra con la toalla envuelta en el pelo—. ¿Era tu despertador el que sonaba mientras estaba en la ducha?

—Me temo que sí. Estaba sumida en una espeluznante pesadilla... —murmuró Sara.

—¡Se nos acabó lo bueno! —exclamó Alejandra con tristeza, pensando en su primer día de trabajo.

—Por cierto, ayer, cuando comimos en casa de Tía Rosa, ¿no la notaste un poco extraña? —preguntó Sara preocupada.

—Pues ahora que lo mencionas, sí. Estaba como confusa o distraída, no sé...

—¿Será por su relación con Paco? —inquirió Sara.

—Pero si nos dijo que todo iba sobre ruedas.

—¿Y la creíste? Alejandra, no me digas que todavía no la conoces lo suficiente como para adivinar que nos oculta algo. Con tal de no preocuparnos... Deberíamos hablar con ella. Estoy segura de que algo no va bien.

—De acuerdo.

—Oye, ¿y te parece buena idea lo que nos sugirió Lluís anoche con respecto a Pepe? —planteó Sara.

—Pues le he dado muchas vueltas y creo que podría dar resultado. Además, sería una manera de que se ganara algún dinero.

—Tenemos que hablar con él. Espero que lleguemos a un acuerdo.

Después de un mes olvidándose del reloj, el primer día de trabajo se hacía cuesta arriba. A pesar de ello, Sara entraba en su clase de yoga deseosa de volver a ver a sus alumnos. La clase fue placentera y Sara agradeció haber elegido esa profesión. Mientras tanto, a tan solo unos pocos kilómetros, Alejandra, en la redacción de la revista, se encargaba de recopilar información para su nuevo artículo. Mientras tomaba una taza de café, anotaba, con letra ilegible, ideas que le venían a la mente. La mañana transcurrió más rápido de lo que ellas esperaban y cuando se dieron cuenta era mediodía. Sara fue la primera en llegar a casa. Antes de aproximarse al portal, se paseó por las Torres de Quart con la intención de ver a Pepe, que ya había abandonado el piso de Lluís, pero no tuvo suerte. Poco tiempo después, su hermana Alejandra repetía sus pasos y lo encontró en su sitio habitual. Nadie, a excepción de quien lo hubiera conocido, diría que era un indigente. Sencillamente era un apuesto hombre que descansaba admirando el parque que tenía a su alrededor. ¡Vaya si había cambiado! A pesar de que aún quedaba visible alguna secuela de la paliza, ¡era de admirar hasta qué punto podía transformarse una persona!

—¡Quién te ha visto y quién te ve! —exclamó Alejandra acercándose a él.

Pepe le correspondió con una sonrisa y le ofreció un sitio a su lado. Alejandra se sentó y le miró a los ojos. ¿Qué tenía la mirada de ese hombre que la dejaba totalmente indefensa?

—Todo gracias a vosotros tres. Estoy en deuda —añadió tremendamente agradecido—. Si en cualquier momento necesitáis lo que sea, menos dinero, claro está... —sonrió—, no dudéis en pedírmelo.

—¿Tienes dónde comer? —preguntó Alejandra.

—Pues... —primero dudó; luego, con determinación para no destapar su mentirijilla, contestó—: Por supuesto.

—¿Puedo saber dónde? —preguntó ella—. Me gustaría que vinieras a comer con mi hermana y conmigo. Si no tienes un plan mejor, claro.

—Pues no sé. —Tenía una chispa de luz en la mirada—. Creo que no es buena idea. Cuanto antes vuelva a mi vida, será mejor para todos. Además, en la Casa de Beneficencia dan un plato de comida caliente y después...

—¡Tengo un trabajo para ti! —Alejandra insistió sin dejar que terminara la frase y observando la expresión de sorpresa en su rostro—. Podemos comentar los detalles durante la comida y sería una manera de que ganaras algunos euros.

—Si es a cambio de un trabajo en el que pueda ayudaros, acepto encantado.

—Entonces... ¿Nos vamos? —Alejandra sonrió algo emocionada.

Los dos se levantaron y se dirigieron hacia el portal. Cuando Sara lo vio entrar junto a su hermana, le sonrió. De momento su plan funcionaba.

Estaba amaneciendo y Pepe había pasado la noche en la esquina de la calle del Milagro. La temperatura era agradable, aunque los meteorólogos habían anunciado que se acercaba una gota fría con numerosas y fuertes tormentas. Tal y como le habían indicado Sara y Alejandra, debía investigar la iglesia de San Juan del Hospital. Quién mejor que él, que se la conocía al dedillo. Supuestamente debía acudir durante el día, averiguar horarios de misas y confesiones, vigilar quién entraba y salía. Controlar los movimientos de los sacerdotes al cargo de la iglesia y, sobre todo, si estaban trabajando en las excavaciones del patio sur. Se había propuesto hacer bien su trabajo, tan bien que había decidido pasar la noche en aquella esquina desde donde podía controlar las dos entradas de la iglesia.

En el momento en que abrieron sus puertas se coló en su interior junto con cuatro personas madrugadoras. Uno de los sacerdotes le saludó al verle. Hubiera preferido pasar desapercibido, pero no pudo evitarlo.

—¡Pepe!, ¿eres tú?

—Buenos días, padre —saludó cariñosamente.

—Tienes muy buen aspecto —exclamó examinándolo de arriba abajo—. No sabes cuánto me alegro. ¿Has conseguido un trabajo?

—Sí, padre, estoy trabajando. —Pepe pensó que no le estaba mintiendo.

—¿Necesitas algo? Eres un buen hombre, te mereces que la vida te sonría.

—No, padre, gracias.

—Entonces vienes a visitar a santa Bárbara, ¿eh? Siempre has sido un buen devoto —murmuró el sacerdote mientras le colocaba una mano sobre su hombro en señal de afecto.

—Sí, padre, le debo mucho. Poco a poco voy encarrilando mi vida.

—Pepe, te tengo que dejar. Ya sabes que tienes las puertas siempre abiertas. Ven cuando quieras.

Habían transcurrido varios días y Pepe se sabía todos los movimientos realizados en la iglesia y los alrededores. Cerca de las nueve de la noche se dirigió hacia la calle Quart para informar de todo lo recabado. Aunque no sabía muy bien para qué necesitaban todos esos datos, no pensaba preguntar nada. Con el paso de los años había aprendido a ver, oír, callar y a hacerse el tonto. Eso le había dado resultado en más de una ocasión. Además, estaba convencido de que tendrían sus buenos motivos. Eran buena gente, se lo habían demostrado con creces, y, por el momento, las personas más allegadas que tenía.

Cuando llegó al patio llamó al timbre.

—Sí, dígame —contestó Sara al otro lado.

—Soy Pepe.

—¡Sube!

Cuando llegó al ático, la puerta estaba abierta. Mientras avanzaba por el pasillo algo cohibido, oyó varias voces conocidas.

Las hermanas estaban sentadas en el sofá charlando con Lluís.

—¿Cuándo te vas de viaje? —preguntó Alejandra.

—Mañana sale el avión a primera hora —contestó Lluís mientras acariciaba su mano—. Calculo que en unos siete u ocho días estaré de vuelta.

Cuando Pepe llegó al salón, le indicaron que se sentara. Sara encargó cena para los cuatro. Escucharon atentos la exposición de todo lo referente a la iglesia de San Juan del Hospital y hasta bien avanzada la noche estuvieron comentándolo sin revelar más de la cuenta. Su secreto debía seguir a buen recaudo. Alejandra pensó que habían tomado una buena decisión con Pepe. Su discreción y buen hacer valían su peso en oro.

Ahora solo quedaba llevar a cabo su plan. Lástima que Lluís se tuviera que marchar. Tenían dos opciones: esperar a su regreso o pasar a la acción sin él.

CAPÍTULO 30

Los rezos de los feligreses retumbaban por toda la iglesia de San Juan del Hospital dando la sensación de que estaban en el mismísimo cielo. Sentadas en uno de los bancos Sara y Alejandra se disponían a realizar su búsqueda. Habían sopesado la idea de suspenderla por la ausencia de Lluís, pero finalmente se habían empoderado y ahí estaban, dispuestas a todo lo que pudiera ocurrir. Sin embargo, las dudas aumentaban a medida que el sermón del cura se alargaba.

Cuando concluyó la misa, esperaron hasta quedarse solas.

—Estoy muy nerviosa —susurró Alejandra mostrándole el temblor de sus manos.

—Yo también, pero no vamos a dar marcha atrás. Hemos invertido mucho tiempo y lo tenemos todo bajo control —le contestó Sara, aparentemente segura de sí misma—. Ya verás, todo va a salir bien.

A la hora exacta, tal y como Pepe les había explicado, la puerta que daba al patio sur se abrió. Ellas se encontraban a escasos metros y pudieron ver, de refilón, el interior. Dos hombres salieron y entornaron la puerta. Si todo salía según lo previsto, volverían pasados unos minutos y cerrarían con llave hasta el día siguiente.

—Tenemos que hacerlo ya. ¡Es ahora o nunca! —susurró Sara en voz baja—. Si perdemos esta oportunidad, no tendremos otra. Sígueme...

Alejandra estaba clavada en el banco de madera. Sus piernas no le respondían. Vio cómo su hermana se colgaba la mochila del hombro y caminaba con sigilo hacia el patio. Ella quería acompañarla, pero... ¿qué le pasaba? ¿Por qué no se movía? Intentó levantar los pies y parecían hechos del plomo más pesado. Un fino hilo de sudor rodó por su espalda ante tal impotencia. Centró sus ojos en el altar y respiró hondo. Tenía que ser fuerte, ahora no podía permitir que el miedo se apoderara de ella. Se frotó las rodillas para activar la circulación, que parecía totalmente detenida, y movió los dedos de los pies. Hizo un sobreesfuerzo y se incorporó siguiendo los pasos de su hermana.

Sara, oculta detrás de unos escombros, la esperaba desquiciada. ¿Por qué tardaba tanto si debería tenerla pisándole los talones? Un mal presagio se adueñó de ella. Las cosas no empezaban bien. Gracias a Dios, pasados unos interminables segundos Alejandra atravesó la puerta románica y se unió a ella. Juntas observaron desde su escondite cómo la puerta se cerraba con llave ante sus ojos. Ambas se miraron sin decir ni una sola palabra, pero unidas en el mismo desasosiego. Echaron un vistazo a su alrededor para ver dónde se encontraban. El patio al aire libre era amplio y un muro de gran altura, almenado en la parte de la calle, bordeaba su perímetro. Todavía les quedaban un par de horas de luz hasta que anocheciera, aunque el cielo se estaba poblando de negros y espesos nubarrones. Llevaban varios días anunciando que se aproximaba la gota fría y que la zona de Levante se encontraba en alerta roja, pero hasta el momento no había caído ni una sola gota. Solo esperaban que no cayera esa noche, que ya se avecinaba de por sí larga y difícil. Según Pepe, tenían unas cuantas horas para recrearse en su búsqueda, ya que hasta las siete de la mañana no regresaban los arqueólogos y el resto del personal. Después ya verían cómo salían de allí; tendrían que improvisar. Ese importante detalle no estaba del todo pensado, pero las ganas de encontrar la tercera llave las habían sobrepasado.

El suelo era de tierra con numerosos socavones, algunos de ellos bastante profundos. Alejandra se asomó al más próximo y recordó la visita que hicieron días atrás al museo de la iglesia, donde estaban expuestos gran cantidad de hallazgos encontrados en las excavaciones arqueológicas. Había desde restos de sepulcros de los templarios hasta gárgolas y vasijas que llevaban enterradas cientos de años. Pasaron cerca de una estilizada escalera de metal que estaba apoyada sobre el muro y esquivaron herramientas y maquinaria hasta llegar a la capilla hospitalario-funeraria, del siglo XIII, que todavía permanecía impasible ante el paso del tiempo.

—No puedo creerme que estemos aquí —suspiró Sara mientras acariciaba una de las paredes—, justo en el mismo lugar en que Jaime I rezaba sus oraciones.

La capilla era pequeña y más bien parecía un templo en miniatura. La nave estaba abierta por los costados y cubierta con cúpula de crucería. Adosada como si fuera un ábside se encontraba la cabecera de planta poligonal. Decidieron dar una vuelta de reconocimiento. Pero ¿por dónde debían empezar? ¿Y si habían interpretado mal las pistas de su padre?

Decidieron separarse para avanzar más deprisa. Sara bordeó el perímetro peinando palmo a palmo aquella tierra que tanta historia había vivido. Empezó por el arco pegado a la puerta de entrada, donde había tres cruces de ocho puntas, pintadas en rojo, sobre el mural frontal y las bóvedas laterales. Sara deslizó sus manos sobre ellas intentando captar cualquier señal. Pensó en su padre, en lo mucho que hubiera disfrutado esos momentos. Revisó centímetro a centímetro buscando una palanca, una piedra que se moviera más de la cuenta, una grieta que escondiera algo, una pista... No encontraba nada y la oscuridad se cernía rápidamente sobre la tarde. Una intempestiva bocanada de aire fresco removió sus cabellos y Sara miró hacia el cielo. No le gustó su aspecto. Si su instinto no le engañaba, se acercaba una tormenta a gran velocidad. Mientras caminaba hacia la pequeña capilla, el viento aumentó su fuerza levantando polvo del suelo. Sara se protegió los ojos disminuyendo su visibilidad y, al cerrar la boca, notó cómo le chirriaban los dientes. A punto estuvo de caer a uno de esos agujeros que había por todo el suelo en busca de nuevas reliquias. Cuando pisó la capilla, vio cómo su hermana seguía enfrascada en su búsqueda, ahora con las paredes.

—¡Alejandra, se acerca una tor...! —No pudo terminar la frase.

Un rayo cayó en medio del patio partiendo en dos una enorme piedra y dejándola totalmente chamuscada. Las dos hermanas se refugiaron dentro de la diminuta capilla. Salvo esos escasos metros, no tenían otro lugar donde cobijarse. Tantos días advirtiendo la llegada del mal tiempo y tenía que ser justamente esa noche cuando la naturaleza descargara toda su furia. A continuación, un trueno hizo temblar hasta la última partícula del lugar y las dos hermanas se estremecieron. ¿Sería un castigo por ultrajar un lugar sagrado? Seguidamente escucharon el melódico tintineo de la lluvia mojando el suelo. Miles de gotas se multiplicaron impregnando las piedras y la tierra, dejando un olor cargado de humedad.

—¿Qué hacemos? —preguntó Sara con temor.

—¡Desde luego, de aquí no nos movemos! —contestó Alejandra

encogida—. El lugar es pequeño, pero por lo menos nos mantiene secas.

—¿Qué has revisado de aquí? —preguntó Sara señalando el interior.

—El suelo, y te puedo asegurar que no hay nada en absoluto. Esperemos tener más suerte con las paredes o el techo, y recemos porque lo que buscamos esté aquí.

Iniciaron su búsqueda sobresaltadas por los truenos y relámpagos. Por el aspecto de la tormenta parecía que iba a durar toda la noche. Ayudadas por las potentes linternas emplearon a fondo el sentido del tacto y de la vista para no perder detalle.

—Necesitamos una escalera o no podremos llegar a la parte de arriba —sugirió Alejandra viendo cómo los charcos aumentaban de tamaño.

—Me ha parecido ver una a pocos metros de aquí —indicó Sara, señalándola desde la capilla con el haz de luz de su linterna.

—Iré por ella —se ofreció Alejandra al tiempo que ponía un pie en la tierra mojada.

—¡De eso nada! —interrumpió Sara—. Vengo enseguida.

Antes de que pudiera reaccionar, Alejandra vio cómo su hermana, protegiéndose como podía de la lluvia, se lanzaba al barrizal. ¡Cómo podía haber cambiado el entorno tan rápidamente! Sara se hundía en aquel lodazal a cada paso que daba. Después de mucho padecer, consiguió llegar a su objetivo. Se guardó la linterna en un bolsillo de la sudadera y cogió la escalera con fuerza. Su largo tamaño le supuso una dificultad añadida, ya que iba tropezando con todo lo que tenía delante. Chorreando como una sopa y con los mechones de pelo adheridos a sus mejillas menguándole la visibilidad, resbaló en el borde de uno de los hoyos, ahora transformados en auténticos pozos, y a duras penas consiguió llegar a la capilla, donde Alejandra salió a su encuentro para echarle una mano.

Habían transcurrido un par de horas y no habían dado con nada que les confirmara que lo que querían podía estar escondido en ese pequeño lugar. Por otra parte, la tormenta no había cedido ni un ápice y el patio parecía una piscina olímpica.

—Creo que estamos equivocadas. Este no es el lugar —se lamentó Sara.

—En menudo lío nos hemos metido para nada..., solo por nuestra cabezonería y nuestras ganas de encontrar algo que nos viene grande.

Cansadas, se sentaron las dos en el suelo observando la capilla y esperando que la lluvia amainase. Habían manoseado todas las piedras hasta la hilera de canecillos de su exterior y no les había servido de nada. Alejandra miró el techo cubierto con cúpula de crucería, sustentada por columnas. Primero frunció el ceño, luego sus ojos se iluminaron, pero ¿qué era lo que figuraba en el mismísimo centro de una de las dos cúpulas?

—Dime qué ves en el centro de esa cúpula —solicitó Alejandra señalando el techo.

—Una cruz de ocho puntas —contestó—, pero no es la única que hemos encontrado en esta iglesia. Si esa es la señal, este lugar está lleno de ellas.

—Sara, tienes que tener más fe. Ahora dime qué ves en el centro de la cruz.

Sara, a pesar del cansancio, levantó la vista sin rechistar.

—¡Una J! —chilló esperanzada, recuperando las ganas.

—Muy bien —siguió Alejandra segura de haber acertado—. ¿Y qué ves en la otra cúpula?

—Otra J ¡Son las dos J! —Los ojos de Sara centellearon—. ¡No me lo puedo creer!

—«Donde las dos J y las ocho puntas esconden las valiosas reliquias» —dijeron al unísono, recordando la última frase del acertijo de su padre.

—¿Es posible que estemos en lo cierto? —preguntó Sara emocionada.

—Solo hay una forma de averiguarlo.

Se incorporaron rebosantes de ilusión y acercaron la escalera al centro de una de las cúpulas. Alejandra fue la primera en poner el pie en el escalón. Sara le dio un punzón. Con cada peldaño que ascendía, su corazón palpitaba más y más deprisa. Cuando llegó a la cima y rozando la cruz con los dedos, intentó moverla. Pero parecía estar fija. Utilizó la fina herramienta para incrustarla en el obstruido borde que rodeaba la figura. La fina capa se desprendió dejando caer partículas de polvo. Cambió de técnica y presionó con fuerza. Tenía que ser hacia dentro, no había otra opción. Aun así, nada de nada... Volvió a utilizar el punzón y presionó con las dos manos. El sudor le corría por la frente, pero insistió una tercera vez. Ante la sorpresa de las hermanas, escucharon un vasto estruendo que no parecía un trueno.

—¿Has oído ese ruido seco? —preguntó Alejandra convencida de que habían dado en el blanco.

—Sí, aunque no sé de dónde viene, porque ha retumbado por los cuatro costados.

—Creo que vamos bien. ¡Ayúdame! —pidió Alejandra mientras bajaba de la escalera y, junto con su hermana, la movió hacia la otra cúpula.

Fue Sara la que subió esta vez y repitió los mismos movimientos de su hermana. Antes de presionar con fuerza, pronunció en voz baja y con mucha fe:

—¡Va por ti, papá!

Acto seguido la piedra se incrustó sobre el techo de la cúpula introduciéndose varios centímetros. Un silencio aterrador se apoderó de aquel reducido espacio. Sara y Alejandra detuvieron su respiración expectantes. Segundos después, oyeron un tremendo rugido, como si las entrañas de la tierra se despertaran de un profundo letargo. El suelo vibró y la escalera se balanceó. Sara se apresuró a bajar rápidamente y abrazadas se cobijaron en un rincón instantes antes de que la escalera se estrellara contra el suelo. Agachadas y confusas percibieron cómo el suelo temblaba bajo sus pies tras una sucesión de ruidos extraños.

—¿Crees que deberíamos salir de aquí? —preguntó Sara.

—No lo sé. Esto no me gusta nada.

La retahíla de sonidos aumentó su intensidad hasta unirse en uno solo. Parecía que las piedras que formaban la capilla iban a derrumbarse de un momento a otro. Estaban a punto de salir a la intemperie, en mitad de la lluvia, cuando a tan solo un par de metros de ellas el suelo empezó a moverse dejando abierta una gran grieta donde asomaban unos gruesos escalones que se adentraban en la oscuridad.

En ese momento el ruido cesó dejando paso al sonido de la lluvia. Sara cogió una de las linternas e iluminó el interior de esa fosca abertura aparecida por arte de magia. Se guardó el punzón y la otra linterna, se colgó la mochila a la espalda y, pegada a su hermana, se dispuso a bajar. A medida que descendían, un frío helado las congeló hasta las entrañas. El miedo aceleró su respiración y de sus bocas se escapaba un vaho como si estuvieran en el Polo Norte. Un olor nauseabundo, cada vez más denso, se apoderó de sus olfatos produciéndoles inevitables arcadas. Alejandra soltó un grito al verse la cara impregnada de una extensa tela de araña. Sara la ayudó a quitársela.

—Creo que voy a vomitar —farfulló Alejandra quitándose todavía los restos pegajosos de encima—. Con el asco que me dan los insectos... y este olor me está matando.

Mientras descendían se formularon las mismas preguntas: ¿a dónde les conducía ese pasadizo? ¿Qué más pruebas les esperaban? Cuando llegaron al final de las escaleras, se abrió ante ellas un enorme pasillo. Proyectaron la luz para ver dónde estaban. Pero ¿qué era eso que había en las paredes? Alejandra se acercó para averiguarlo y exclamó:

—¡Joder! ¡Joder! ¡Salgamos de aquí ahora mismo! —Su tono era de auténtico pavor.

Sara alumbró las paredes y sus cabellos se erizaron. Estaban rodeadas por ambas partes de hileras de nichos antiquísimos. Aquello era ni más ni menos que un panteón o una fosa funeraria. ¡No podían creérselo! Eran ataúdes de más de quinientos años. Procuró que el miedo no se apoderara de su cuerpo o saldría corriendo de allí.

—Acuérdate de lo que dice Tía Rosa —pronunció Sara con voz serena.

—¡En este momento no me acuerdo de nada! —le espetó Alejandra.

—«Hay que temerles más a los vivos que a los muertos» —recitó su hermana de memoria.

—¡Claro, eso lo dice porque nunca ha estado en un lugar como este! —El cinismo imperaba en su tono de voz—. ¿Y ahora qué?

—Pues no lo sé —Sara estaba descolocada—. Estoy tan despistada como tú. Habrá que buscar en los nichos. Fíjate en las inscripciones.

La oscuridad era total salvo por la pequeña aureola de sus linternas. Se separaron y cada una fue por un lado leyendo lo poco que quedaba de algunos epitafios. Muchos de los ataúdes estaban tan deteriorados que se podía ver el interior. Alejandra se tapó la nariz con la manga y linterna en mano fue descubriendo cráneos y huesos de todos los tamaños.

—¡Joder! ¡Joder! ¡Qué ganas tengo de salir de aquí! —murmuró.

—¡Hay algo que no me encaja! —exclamó Sara con la intención de compartir sus sospechas.

—¡Tú dirás! A mí tampoco me encaja que tengamos que estar aquí rodeadas de tanto muerto.

—¡Fíjate en esta hilera! —dijo Sara enfocando la zona con la linterna—. Todos los ataúdes son aproximadamente del mismo tamaño menos ese.

—Sí, tienes razón —asintió—. Es del tamaño de un bebé.

—Y no tiene aspecto de ataúd —especificó Sara acercándose a él—. ¡Tenemos que abrirlo!

Sin pensarlo, buscó dentro de la mochila el punzón y empezó a golpear esa especie de cajón. La madera podrida se resquebrajaba a cada golpe que daba.

—¡Creo que ya está! —Sara estaba eufórica—. ¡Nunca pensé que sería tan fácil!

—¡Fácil! —Alejandra no daba crédito—. ¡Después de todo lo que estamos pasando! Desde luego, ¡qué optimista eres!

—¡Ya casi está! ¡Ya casi está! —gritó.

—¿Qué es ese ruido? —preguntó Alejandra alerta, enfocando con la linterna por doquier.

—¿Qué ruido? —Sara continuaba dando golpes.

—¡Para un momento! —gritó Alejandra con la cara acongojada—. ¿No lo oyes? Es como, no sé..., un zumbido.

Sara no la escuchaba. Estaba a punto de ver el interior de la caja.

—¡Para, por favor! ¿No lo oyes? —voceó angustiada—. Sara, quieres escuchar de una puta vez.

La tapa de la caja cedió ante tanta presión dejando al descubierto un trozo de tela amarillenta enrollada que yacía en el fondo.

—¡Lo tenemos, Alejandra! ¡Lo hemos conseguido! —Sara alumbró la cara de su hermana—. ¿Qué te pasa? ¿No te alegras? —Su cara reflejaba pánico.

—¿No lo oyes? —Alejandra no sabía si llorar o salir corriendo—. Cada vez es más intenso. Me está volviendo loca. Dime que tú también lo escuchas.

Sara permaneció en silencio durante unos instantes.

—Sí, tienes razón —asintió rotundamente. Parecía que no estaban solas—. ¿Qué diablos es eso?

—No lo sé. Pero no veo nada y eso es lo que me preocupa. Algo zumba por ahí y no consigo encontrarlo.

Su haz de luz se movía a una velocidad de vértigo por todo el pasillo. No lograba localizar de dónde provenía ese ruido indescriptible, pero para su desgracia cada vez se oía más próximo y, lo peor de todo, más intenso. Sara metió la mano en la caja y cogió el envoltorio de tela. Por su aspecto les recordaba a las dos llaves encontradas anteriormente. Solo esperaba que fuera así. Lo desenvolvió con cuidado mientras Alejandra, con la cara desencajada, no paraba de hacer dibujos de luz en las paredes.

—¡La tenemos! ¡Ya es nuestra! —gritó extasiada de satisfacción. La tercera llave se encontraba en manos de Sara.

—¡Vámonos de aquí! —chilló Alejandra aterrada—. ¡Sara! ¡Vámonos de una puñetera vez! —volvió a gritar viendo que su hermana se entretenía demasiado.

Sara quiso tapar la llave entre el retal de tela cuando notó que algo se movía entre sus manos escabulléndose por sus dedos.

—Ay..., ¡qué es esto! —exclamó con cierta repulsión.

Alejandra alumbró a su hermana.

—¡Joder! ¡Joder! ¡Joder! ¡No me lo puedo creer! La tela está llena de cucarachas, con el asco que me dan.

Sara sacudió el trapo, arrojando los bichos al suelo, y rápidamente enrolló la llave y la guardó en su mochila. Al hacerlo se le cayó la linterna al suelo dibujando un sendero de luz. Atónitas, vieron cómo aquella columna iluminada tenía vida propia y se movía en su dirección transportando centenares de cucarachas rojas y de un tamaño descomunal. Sara recogió la linterna rápidamente y alumbraron el lugar. No había centenares, sino miles y miles de cucarachas que salían sin cesar de los nichos empotrados en las paredes.

—¡Mierda! ¡Conque estaba resultando fácil! —se quejó Alejandra con sarcasmo. Luego empezó a saltar temiendo que pudieran escalar por sus piernas.

—¡Dios mío! ¡Las tenemos casi encima! —gritó Sara de puntillas—. ¡Salgamos de aquí cagando leches!

Empezaron a brincar sobre los insectos. El silencio del panteón se vio alterado por la mezcla de sus alaridos al querer quitárselos de encima y el crujir de los bichos aplastados bajo sus pies. Faltaban pocos metros para llegar a los escalones y salir de ese angustioso lugar cuando oyeron un sonido que les recordó al que habían escuchado cuando se abrió el pasadizo.

—¿Qué es ese ruido? —preguntó Sara mientras subían lo más rápidamente que podían—. ¿Has tocado algo?

—Yo, nada. Pero suena igual que... —Alejandra se estremeció—. ¡Corre Sara, corre todo lo que puedas! —Su voz era pura angustia—. Creo que se está cerrando la entrada.

Extenuadas, sudorosas y con la escasa luz de sus linternas, ascendían sin encontrar el fin de aquel terrorífico corredor. Contando los peldaños que les quedaban para salir a la superficie, tropezaron varias veces sin dejar de escuchar ese maldito y escalofriante rugido de la tierra.

—¡Sara, no pares, ya casi hemos llegado! —la animó Alejandra, casi sin aliento, presintiendo que la entrada se cerraba ante sus propias narices.

El tiempo corría en su contra. Tan solo unos pocos metros más y lo conseguirían. No podían quedarse encerradas ahí dentro. Eran demasiado jóvenes para morir allí, tenían tantos proyectos por cumplir, tantos sueños sin realizar. Sus pies apenas tocaban el suelo y sus manos arañaban las húmedas paredes impulsándose hacia arriba. Alejandra logró salir la primera. La entrada estaba medio cerrada. Todavía había espacio suficiente para que saliera su hermana. Alejandra, agachada, le gritaba desesperada mientras trataba de iluminarle el escaso trecho que le quedaba.

—¡Vamos, vamos! ¡Puedes hacerlo! ¡No te pares, por Dios! —gritó mientras, inconscientemente, sujetaba la piedra como si con ese gesto pudiera frenarla.

Sara asomó la cabeza y sacó los hombros, pero la mochila se le enganchó impidiéndole salir. Intentó a toda prisa descolgarla, pero el tiempo corría en su contra. La abertura era cada vez más pequeña y Sara no podía atravesarla. Su hermana, llorando, trataba de aflojar la bandolera.

—¡Maldita sea! ¡Maldita mochila! —gritó llena de impotencia.

Por fin consiguieron que una de las hebillas cediera. Rápidamente Sara se coló por el estrecho agujero lastimándose una rodilla y saliendo a la superficie. Tumbadas en el suelo boca arriba, intentaban recuperar el pulso mientras, como música de fondo, escuchaban la lluvia. Todavía les temblaban las piernas por la excesiva tensión y angustia que habían vivido en tan pocas horas. Ellas que siempre habían sido dos chicas normales, con vidas normales... Había que ver cómo en tan solo unos meses había cambiado el rumbo de su existencia.

Pasado un rato, y más relajadas, estudiaron la forma de salir de allí antes del amanecer y así evitar tener que enfrentarse con los encargados de la excavación. Sara miró su reloj, eran más de las cuatro de la mañana. Apenas les quedaban tres horas. La lluvia seguía siendo la protagonista. ¡Menuda tormenta!, pensó. No había parado de llover ni un solo instante. Todo estaba enfangado de barro y los agujeros del suelo se habían convertido en profundos pozos.

—Podemos utilizar la escalera de metal —propuso Alejandra como alternativa sensata— y saltar por el muro almenado hasta la calle.

—Me parece una buena opción. No perdemos nada por intentarlo.

Entre las dos cogieron la escalera y salieron de la capilla. En cosa de segundos se les empapó el pelo y parte de la ropa. No habían dado más que dos pasos y al tercero las botas se les clavaron en el fango. Era imposible caminar. Torpes y pesadas, se esforzaron por avanzar sorteando los obstáculos que encontraban a su paso.

—Esto va a ser más difícil de lo que creía —gritó Alejandra tirando de la escalera y de sus propios pies.

—Y yo que pensaba que lo peor había pasado —replicó Sara con tono burlón.

—Ánimo, que ya queda menos —la alentó—, y ten cuidado con los socavones.

Con mucho esfuerzo, por fin alcanzaron su objetivo. Alejandra fue la primera en subir y lo hizo con dificultad debido a la densa capa de barro adherida a sus suelas. Cuando estuvo en lo alto, se apoyó en una de las almenas y avisó a su hermana para que empezara su ascenso. Sara siguió sus pasos con torpeza hasta llegar arriba. Las dos hermanas estaban encaramadas en las alturas planteándose cómo sorteaban los tres metros de distancia que las separaban del suelo.

—Menos mal que la lluvia nos ha dado tregua —dijo Alejandra viendo que las gotas caían con menos frecuencia—. ¡No hay más remedio que saltar!

—Me temo que sí. ¡Yo seré la primera! —se ofreció Sara.

—¿Por qué? ¿Porque eres la mayor? —rebatió Alejandra ofendida—. Aquí no hay rangos. ¡Yo seré la primera! Recuerda..., si me rompo una pierna o la cabeza, por favor, no me sigas. Busca otra manera de hacerlo.

—Será mejor no pensar...

Antes de que Sara pudiera terminar la frase, su hermana se lanzó al vacío. Cuando aterrizó en el duro asfalto, su cuerpo rodó y sus piernas le recordaron que no era de goma. Otra vez amanecería llena de cardenales, aunque daba las gracias de que no se le hubiera roto ningún hueso. Sara, al ver a su hermana ponerse en pie sana y salva, se dispuso a saltar con tan mala fortuna que la cinta de su mochila se soltó de su brazo y cayó al patio interior.

—¡Mierda! —gruñó localizando su posición—. Alejandra, todavía no puedo saltar. Se me acaba de caer la mochila —susurró—. ¡Maldita sea! Voy a tener que bajar de nuevo por la escalera.

—¡Joder! Sara, ten mucho cuidado —le imploró temerosa de que le pudiera suceder algo y ella se tuviera que quedar de brazos cruzados.

—No te preocupes... ¿Qué puede sucederme? ¡Ahora mismo vuelvo!

Bajó con precaución peldaño tras peldaño. Sus botas embarradas resbalaron en uno de los últimos travesaños y estuvo a punto de caer. Por una décima de segundo y con el corazón en un puño, se arrepintió de haber hecho ese estúpido comentario: ¿qué puede sucederme? La bolsa estaba a unos pocos metros de donde ella se encontraba, hundida en el fango. Avanzando a duras penas logró rescatarla, respiró profundamente y se la sujetó lo más fuerte que pudo a la espalda. Ya tenía la mitad del recorrido hecho, estaba ansiosa por salir de ese lugar, darse una ducha caliente y tumbarse en su mullida cama. Sumida en los placeres que le esperaban cuando llegara a casa, no vio cómo sus pies rozaban el borde de uno de los agujeros. La tierra mojada y blanda cedió ante su peso haciéndole perder el equilibrio. Una exclamación brotó de su garganta al no saber qué le sucedía. Sin poder evitarlo, cayó de pies al fondo de la zanja con el agua cubriéndole a la altura del pecho.

—¡Maldita sea! ¡No puede ser verdad! —murmuró consternada.

Sara estudió la situación, que no pintaba nada bien. La zanja tenía demasiada profundidad y sus manos apenas salían a la superficie. Se agarró con fuerza al borde y clavó sus uñas en la tierra mojada ayudándose con los pies como si escalara, pero el terreno no tenía ninguna consistencia y se deshacía entre sus dedos. Desesperada, volvió a repetirlo en varias ocasiones. De ninguna de las maneras podía salir de ahí. Además, de tanto moverse, notaba cómo sus pies se hundían cada vez más como si pisaran arenas movedizas. Estaba claro que sus intentos por salir de ese agujero eran inútiles.

—¡Dios mío, espero que este no sea mi destino! Morir en esta especie de fosa. —Su tono era de súplica—. Papá, échame una mano, por favor.

La lluvia volvió a arremeter con fuerza y la zanja continuó llenándose de agua. Sara recordó la angustiosa pesadilla que había tenido días atrás. Era la misma imagen que en sus sueños. A pesar de que era la primera vez que pisaba ese lugar, estaba sucediendo tal y como lo había vivido oníricamente. ¡Ojalá fuera solo una horrible pesadilla y el sonido del despertador estuviera a punto de despertarla! ¿Qué podía hacer? Necesitaba ayuda desde el exterior, pero su hermana estaba al otro lado del muro. ¡Cómo se podían llegar a complicar tanto las cosas! Las lágrimas brotaron de sus ojos llenos de impotencia. Y todo eso por una llave, por una maldita llave que ni siquiera sabía para qué servía.

—¡Papá, qué misión más difícil nos has encomendado! —gritó repleta de congoja y de rabia.

Había perdido la noción del tiempo. Ya dudaba de cuánto llevaba ahí dentro. Sus labios estaban amoratados y no podía parar de tiritar. Sus extremidades inferiores estaban entumecidas y había perdido sensibilidad. La lluvia se había fundido con sus lágrimas, aunque en ese momento ya no le quedaban fuerzas ni para llorar. Había gritado pidiendo ayuda, pero nadie había acudido. Ya no le importaba que la vieran ahí dentro o que tuviera que contestar un sinfín de preguntas. Solo quería salvar su vida. De repente una sombra la desconcertó. Hubiera jurado que algo se movía. El instinto de supervivencia se desató en ella.

—¡Aquí! ¡Estoy aquí! —gritó. No sabía quién podía ser, tal vez solo había sido una falsa alarma y la desesperación le estaba jugando una mala pasada.

Pero no, otra vez, sí, en efecto, lo había vuelto a ver... Era una sombra, pero... ¿de qué?, o ¿de quién?

—¡Socorro! ¡Que alguien me ayude! ¡Por favor! ¡No puedo salir! —gritó angustiada.

Un relámpago iluminó gran parte del patio al mismo tiempo que una imagen se alzaba en el borde del agujero donde se encontraba.

—¡Sujétate fuerte, Sara! —pronunció la sombra a la vez que se inclinaba hacia ella, tendiéndole una mano.

Sara dio gracias a Dios por su salvador. Lo agarró con todas sus fuerzas y, después de mucho bregar, logró salir. Cuando estuvo fuera de peligro, se fijó en la persona que tenía delante de ella y, emocionada, la abrazó.

—¡Pepe! No puedo creerme que seas tú —exclamó llorando—. No puedes imaginarte lo agradecida que estoy... Yo... —Apenas podía sostenerse; la congoja, el agotamiento y el frío se lo impedían.

—Tranquilízate. Ya estás a salvo —le susurró con ternura—. Vamos, te ayudaré a subir la escalera y a salir de aquí. Alejandra nos está esperando al otro lado.

Por una vez en toda la interminable noche, Sara se sintió segura. Los tres juntos regresaron a casa. Había sido una experiencia inolvidable, tremendamente inolvidable.

CAPÍTULO 31

La fiebre era muy alta. A pesar de los antipiréticos la temperatura corporal de Sara no recuperaba la normalidad. Su cuerpo tiritaba y su mente navegaba por túneles ocultos balbuceando frases incoherentes. Tía Rosa, sentada en un lado de la cama, le refrescaba la frente con un paño húmedo. Su preocupación era evidente. Su sobrina no había mejorado en los dos días que llevaba cuidándola, y todavía no lograba entender cómo había podido enfriarse de semejante manera. Estaba claro que llevaba varios días sin parar de llover, pero eso no parecía un simple remojón. Sabía que era una mujer fuerte y saldría adelante. Estaba convencida de ello, pero por más vueltas que le daba presentía que le estaban ocultando algo. Cuando Sara logró conciliar el sueño, Tía Rosa aprovechó para salir de la habitación, recoger unas cosas y preparar la comida. Tenía que hablar con Alejandra del asunto nada más regresara del trabajo.

Mientras comían juntas, empezó con su interrogatorio:

—Hace poco más de una hora que la fiebre de Sara ha disminuido. Menos mal —comentó Tía Rosa—. Ya estoy más tranquila.

—Qué mal lo está pasando, pobrecilla —murmuró Alejandra entre dientes, temiendo que su tía sospechara algo.

—Y ahora que tu hermana parece que va recuperándose, ¿quieres explicarme de una vez qué demonios ha ocurrido? —preguntó con vehemencia—. Piénsatelo antes de hablar, ¡porque no admitiré más evasivas y mucho menos mentiras!

Alejandra dudó unos instantes... ¿Haría bien poniéndola al día? Deducía que había llegado el momento de sincerarse, así que decidió empezar por el principio.

—No sé si recordarás que hace unos meses te comentamos algo sobre una libreta de notas de mi padre que habíamos encontrado en el baúl —la tanteó Alejandra.

—Sí, lo recuerdo —le confirmó Tía Rosa.

—Bien, pues hemos descifrado una parte de su contenido.

—¿Y...? —Su tía no terminaba de entender.

—Nos ha revelado que las doce llaves a las que hace referencia mi padre pertenecen a las doce puertas de la desaparecida muralla cristiana de Valencia.

Tía Rosa se quedó pensativa y sorprendida a la vez.

—De ahí su interés en estudiar la historia de la ciudad. —Tía Rosa empezaba a atar cabos—. Pero ¿de qué sirve localizar esas llaves?

—Todavía no lo sabemos —contestó Alejandra cabizbaja.

—¿Estáis seguras de que esas llaves existen? —preguntó Tía Rosa incrédula—. Mira que vuestro padre era muy soñador.

—Tía, ¡no pongas en duda su palabra! —Alejandra se molestó—. Sí que existen. De hecho, ya hemos encontrado tres.

—¡¿De veras?! —La sorpresa se reflejó en su cara.

—Sí, tenemos la llave de las Torres de Quart, de las Torres de Serranos y de la Puerta del Mar.

—Hija, me estás dejando de piedra. ¿Cómo las habéis encontrado?

—Hemos descifrado los acertijos de la libreta, y ahora están escondidas en un lugar seguro.

—Pero, Alejandra, ¿a quién le van a interesar esas llaves de hace cientos de años que seguramente estarán más que oxidadas?

—Pues no lo están, te lo aseguro —replicó Alejandra.

—De todas formas, no entiendo por qué me lo habéis ocultado. Ni tampoco la relación con el estado de tu hermana.

—Tía, las llaves no estaban guardadas precisamente en el cajón de una cómoda. —Su tono rezumaba cinismo—. Su búsqueda se ha llevado a cabo en circunstancias que podríamos calificar de difíciles, muy difíciles.

—Aclárame eso —solicitó su tía con cierta preocupación.

Su sobrina dudó en continuar con su confesión.

—Alejandra, ¡que te conozco! —farfulló Tía Rosa a punto de perder los nervios.

—Pues hemos tenido que ingeniárnoslas para poder acceder de noche y a deshoras a los lugares donde se custodiaban. Te asombrarías de dónde estaban escondidas. La última, sin ir más lejos, fue en la iglesia de San Juan del Hospital. Eso fue hace tres noches, justamente cuando empezó a llover a cántaros.

—¿Quieres decir qué profanasteis la iglesia? —preguntó Tía Rosa irritada.

—Yo no lo llamaría así —la corrigió su sobrina—. La encontramos en la capilla del patio. Seguimos las pistas y nos llevó a un pasadizo secreto que nos condujo a una cripta con pútridas tumbas que rezumaban un olor nauseabundo.

—¡Santo Dios! —exclamó su tía santiguándose.

—Nos invadió una plaga de cucarachas gigantes y la entrada casi se nos cierra en las narices.

—¡Válgame Dios! —Tía Rosa no daba crédito a lo que estaba escuchando, era como si le estuvieran relatando un estreno de cine.

Alejandra continuó su relato:

—Cuando de madrugada intentamos salir saltando el muro, yo lo conseguí, pero Sara se cayó a uno de los muchos socavones que había en el patio por la excavación arqueológica, con el agua cubriéndole por encima de la cintura.

—Ahora entiendo la fiebre. Y ¿cómo salió de allí?

—Fue Pepe quien la ayudó después de varias horas.

—Pepe... ¿Quién es Pepe? —Tía Rosa intentaba asimilar toda la información.

—Es un indigente afincado en uno de los bancos de las Torres de Quart. Una noche lo encontramos en el patio malherido por una paliza que le dieron y le hemos estado ayudando. Gracias a Dios estaba por allí cuando pasó todo aquello y ayudó a Sara a salir del hoyo.

—Estoy pasmada. Hay que ver lo que os ha cundido desde que os habéis independizado. ¿Por qué ese interés en esconder las dichosas llaves?

—No lo sé, tía. Pero creemos que hay alguien que no quiere que las busquemos y mucho menos que las encontremos.

—¿Por qué dices eso? —inquirió intranquila.

—Porque... —Alejandra se calló de repente. Se estaba yendo de la lengua más de la cuenta.

—Quieres hacer el favor de seguir. Alejandra, ¡no se te ocurra dejarme a medias!

—Porque nos amenazaron —soltó de un tirón.

—¿Cómo? —Tía Rosa se puso de pie. Empezaba a perder la calma.

—Un tipo me abordó una noche en la puerta de casa y me amenazó —confesó Alejandra.

—¿Que te amenazó? —gritó exaltada—. ¡No me lo puedo creer! ¿Qué te dijo exactamente?

—«¡Dejad de preguntar por ahí y de buscar cosas que no existen! ¡Es el primer y último aviso!»

—¡Será desgraciado! —bramó encendida, aunque con cierto temor—. ¡Hay que avisar a la policía! —resolvió con decisión.

—¡No podemos hacerlo! —La negativa de Alejandra fue tan rotunda que la descolocó.

—¿Por qué no? Si se puede saber —Tía Rosa iba y venía nerviosa—. Alejandra, no entiendo nada.

—Tía, si lo hiciéramos no podríamos seguir buscando y necesitamos continuar para saber... —Alejandra se detuvo, arrepentida de haber llegado hasta ahí.

—¿Para saber qué? —demandó Tía Rosa con exigencia.

—Tía, no vale la pena —Alejandra reculó—. Creo que por hoy ya te he contado bastante.

—¡Un momento, jovencita! Dime todo lo que sabes. ¡Ahora mismo!

Alejandra sabía que no conseguiría disuadirla, pero también sabía que lo que le quedaba por escuchar le dolería en el alma.

—Hay una serie de circunstancias que nos hacen sospechar... —Se detuvo para ordenar sus palabras—. Tía, barajamos la hipótesis...

—¡Alejandra, desembucha de una vez! —la riñó.

—Pensamos que nuestros padres no murieron en un simple accidente, sino que fue provocado. Tía... creemos que pudieron ser asesinados. —Alejandra observó cómo una amarillenta palidez teñía la cara de su tía con una expresión de incredulidad.

Tía Rosa se quedó perpleja. Acababa de oír que su hermana y su cuñado podían haber sido asesinados. No, no podía ser verdad. Durante veintitrés años había creído que habían muerto en un fortuito accidente de coche y ahora descubría que todo podía ser una vil mentira. Que podían haber sido víctimas de algún desalmado que había decidido robarles la vida. Los recuerdos de aquel fatídico día desbordaron su mente. Revivió el aviso de la policía y la escena del accidente, el abrazo a sus sobrinas después de pensar que también las había perdido, y su visita al depósito de cadáveres para reconocer los cuerpos ensangrentados de Carmen y Jorge. Todavía podía sentir el frío indescriptible que la recorrió de pies a cabeza cuando besó la frente helada de su hermana.

¿Quién se había atrevido a quitarles la vida cuando estaban empezando a dar sus primeros pasos en ella? ¿Y por qué? ¿Por qué ellos? ¿Qué ganaban con ello? Habían dejado a dos niñas huérfanas sin ningún miramiento, sin ninguna piedad. ¿Y qué le habían hecho a ella?, se preguntó llena de dolor. Habían cambiado totalmente el rumbo de su existencia. A raíz de aquello había renunciado a su único amor. ¿Cómo hubiera sido su destino si esos desgraciados no se hubieran interpuesto en él? ¡Nunca lo sabría! Sintió rabia, impotencia, furia, rencor y una creciente sed de venganza. Se dijo que, aunque fuera lo último que hiciera en su vida, daría con el desalmado que lo hizo. ¡Lo juro por Dios! Un par de lágrimas cayeron por sus mejillas. Tía Rosa, sin inmutarse, se pasó los dedos por ellas.

Alejandra, emocionada, se fundió en un abrazo con su tía.

CAPÍTULO 32

A primera hora de la mañana, en la comisaría de policía de Valencia Centro había una reunión urgente. El comisario Morales, sentado en su mesa, leía el último informe sobre lo sucedido en la iglesia de San Juan del Hospital. Llevaba sus acostumbradas gafas Mont Blanc de acetato negro para la presbicia, que disimulaban su prominente nariz y acentuaban su mal carácter. El inspector Moreno y el subinspector Roque, compañeros inseparables, observaban atentamente cómo su malhumorado superior fruncía el entrecejo arqueando sus pobladas cejas y les exponía la situación.

—¡Es la tercera vez! —bramó dando un golpe en la mesa—. ¡La tercera vez que se ríen en nuestras propias narices! ¡Aparentemente, tampoco falta nada! ¡Gracias a Dios! Aún habrá que darle las gracias a esa gentuza. ¡Maldita sea! No entiendo el porqué de entrar por la noche, forzar puertas y cerraduras, dejar una serie de pruebas del delito que no se preocupan en ocultar y salir de los lugares como si fuera su propia casa. Pero ¿por qué siempre en lugares emblemáticos de la ciudad? ¿Qué coño busca esa gente, qué pretenden? O tal vez sean ganas de molestar, de retarnos de alguna manera. Aunque me da en la nariz que andan detrás de algo. Me apuesto lo que sea. Lo difícil va a ser saber qué. Por el rastro de barro que han dejado en la iglesia de San Juan del Hospital, esta vez les ha resultado mucho más complicado, y según las huellas, vuelven a ser un hombre y dos mujeres —gritó Morales indignado—. Además, tienen la santa suerte de que no haya testigos. ¿Vosotros creéis que es normal que nadie los haya visto? ¿Que nadie se haya percatado de algo anormal a esas horas de la madrugada? Esto es increíble.

—Si supiéramos cuál va a ser el próximo lugar —intervino Moreno.

—Lo dices como si estuvieras seguro de que va a haber una cuarta vez —comentó Roque.

—No me extrañaría nada —asintió el comisario alzando la voz—. Pero no siguen una pauta concreta, o por lo menos que nosotros sepamos. Sinceramente no sé cuál puede ser el siguiente paso. Nos tienen totalmente desorientados. Necesitamos dar con esa joven de las Torres de Serranos. Es la única persona a quien podemos recurrir, bien como implicada o como posible testigo.

—Nos pondremos manos a la obra —contestó el inspector Moreno—. Haremos un retrato robot. Eso nos ayudará a localizarla.

Minutos más tarde y sentados delante del ordenador, ensayaron decenas de variantes femeninas: formas del cabello, óvalos faciales, ojos, cejas, boca, hasta aproximarse lo más posible a ella. ¡Ya casi la tenían! No había sido difícil, ya que el inspector Moreno había grabado en su mente las facciones de esa mujer como una especie de tesoro. ¡Qué tenía esa mujer que no podía quitársela de la cabeza! Estudió el dibujo detenidamente. Esos ojos le recordaban a alguien de quien no conseguía acordarse...

Había llegado el otoño y con él la bajada de temperaturas. Sara estaba ya restablecida y de vuelta en el trabajo. Aquel mal trago se quedaría como una anécdota, algo que contar a sus nietos cuando fuera una anciana, mientras que Alejandra continuaba con su ajetreado trabajo en la revista. Lluís había dejado el local de Juan Llorens vendiéndole su parte a su socio. El nuevo ascenso en la empresa no le permitía compaginar su trabajo con otras actividades, y mucho menos nocturnas. Pepe continuaba deambulando por las calles, aunque, de vez en cuando, le invitaban a comer y le ofrecían algún trabajillo extra para que fuera sacándose un dinero. Tía Rosa seguía visitando el Mercado Central y viéndose con Paco.

Esa mañana, como de costumbre, Tía Rosa entraba por la puerta del mercado. Lo había meditado muy detenidamente y estaba decidida: hablaría con Paco y le explicaría que, por el momento, no quería una relación estable y formal. Era un hombre bueno, cariñoso, incluso atractivo. Sabía que se desvivía por ella. Pero ¿y ella? ¿Se desvivía también por él? No, se contestó sin tapujos. ¡Ojalá pudiera decir lo contrario! ¡Ojalá su corazón se deshiciera cada vez que lo tenía delante! ¡Ojalá el amor no fuera tan complicado! Podía cerrar los ojos y dejarse llevar o, mejor dicho, dejarse querer, y lo había intentado. Pero eso no significaba que fuera feliz. Ahora que sus sobrinas se habían independizado y no tenía obligaciones, podía cambiar el rumbo de su vida y compartirla con un buen hombre que, además, se lo había pedido en numerosas ocasiones. Ella siempre le había dado negativas y largas. Quizás pedía demasiado. Quizás fuera demasiado exigente. Cuántas mujeres en su situación cederían ante un hombre como Paco. Reconocía que estaba chapada a la antigua. Aunque ¿era eso cierto o es que después de veintitrés años aún le perseguía la sombra de Miguel Roselló? A este paso moriré de vejez más sola que la una. Seré toda mi vida una solterona, se reprochó. ¿Era eso lo que quería en realidad? Ni ella misma lo sabía. Solo sabía que no podía concebir estar el resto de su vida al lado de Paco, por lo menos no ahora. Quién sabe, se decía dándose ánimos, a lo mejor dentro de un tiempo cambiaba de opinión. Dicen que el roce hace el cariño.

—Perdón —se oyó una voz a su espalda.

Alguien la había empujado sin querer devolviéndola a la realidad. Deambulaba por los pasillos del mercado intentando ordenar sus pensamientos, algo revueltos. Al pasar por la parada de Paco, se saludaron y quedaron en verse para cenar. De esa noche no pasaba que le aclarara la situación. Le haría ver las cosas como eran, aunque sus ilusiones se desvanecieran. No quería jugar con sus sentimientos. No se lo merecía. De todas formas, Paco era muy inteligente e intuitivo, seguro que lo sospechaba. De hecho, en varias ocasiones le había preguntado si estaba bien con él.

Después de comprar algunas cosas, se dirigió hacia la calle San Vicente pasando por su antigua casa de María Cristina. Por unos instantes se detuvo observando su querido balcón, en el que tantas y tantas veces había visto a Miguel. La añoranza de aquellos tiernos y felices momentos le produjo una gran tristeza. Intentó tragar saliva llena de resignación, pero un nudo en la garganta se lo impidió. Cabizbaja, continuó hacia la parada del autobús.

En el mismo lugar y con pocos minutos de diferencia, un hombre bien acicalado, de pelo canoso, barba bien recortada y ojos de color verde esmeralda se detenía frente al balcón de la calle María Cristina. Sonrió al comprobar que el edificio era como lo recordaba. Su corazón palpitó con fuerza y su pulso se aceleró como el de un adolescente. Impaciente y apenas sin mirar, cruzó la calle esquivando un coche. A pesar de ser un hombre ágil, la emoción de estar tan cerca le produjo un incipiente temblor de piernas unido a una desconocida torpeza. Después de tantos años casi no reconocía la ciudad. ¡Cómo había cambiado todo! El progreso había dejado su huella. Y a Rosa, ¿la reconocería? ¿Qué habría sido de su vida? ¿Por qué nunca le contestó a las cartas? Si no se hubiera ido... Nunca se lo perdonaría. Estaba confuso y, sobre todo, arrepentido. Mientras se aproximaba al patio, le embargó una angustiosa sensación. Cabía la posibilidad de que estuviera casada y con hijos. ¡Tendría que soportarlo! Ese sería el precio que pagaría por su cobardía, por no haberla apoyado en aquellos momentos tan difíciles. Respiró hondo para calmar su estado de ansiedad y asimilar la situación con que podría encontrarse. Aun así, quería volver a verla, saber qué había sido de su vida, aunque la respuesta lo destrozara. Un vecino salió del edificio, Miguel sujetó la puerta y se introdujo en el portal. Habían cambiado el color de las paredes, pero seguía igual que hacía veintitrés años. Decidió subir a pie, como la primera vez que pisó aquel lugar. Recordó la imagen de Rosa cuando le esperaba sonriente con la puerta entreabierta. ¡Qué inolvidables aquellos momentos! La añoranza de aquella época le llenó de tanta tristeza, que la congoja le impedía respirar. Cuando llegó al rellano, nadie le estaba esperando y la arrebatadora sonrisa de su amada solo permanecía intacta en su memoria. ¡Señor, dame fuerzas para afrontarlo!, se dijo. Tembloroso y pálido, tocó el timbre de la puerta. Oyó unos pasos al otro lado y aprovechó para arreglarse la camisa y el pantalón. Cuando la puerta se abrió, lo recibió una mujer de unos cincuenta y tantos años, pelirroja y con la cara empolvada.

—Dígame —solicitó la mujer, desconfiada, esperando la respuesta del desconocido.

Miguel se quedó mudo. Esa no podía ser Rosa. Por muchos años que hubieran pasado era obvio que no tenían nada que ver. Podía ser un familiar o tal vez una amiga.

—Perdone. —Su voz se había transformado en un tono más grave. La emoción casi no le permitía articular palabra—. ¿Vive aquí Rosa, Rosa Soler?

—No, se ha confundido —respondió la mujer secamente mientras intentaba cerrar la puerta delante de sus narices.

Miguel, inseguro, comprobó el número de la puerta. ¿Era posible que se hubiera confundido? No, estaba convencido de que no había ningún error.

—¡Perdone que la moleste! —insistió viendo que perdía la oportunidad de aclarar la situación—. La mujer por la que pregunto vivió aquí hace muchos años. Si usted fuera tan amable de decirme algo sobre su paradero. Yo... le estaría tremendamente agradecido.

—¡Creo que se equivoca! —dijo la mujer con frialdad—. Llevo viviendo aquí más de quince años y no conozco a nadie con ese nombre. Lo siento. —Tras sus palabras, cerró la puerta.

Miguel, desconcertado, permaneció inmóvil frente a la puerta sin saber qué hacer ni a dónde ir. Su mente, aturdida, buscaba una respuesta. Era posible que ya no viviera allí, que se hubiera mudado. Era comprensible. Seguramente habría formado su propia familia. Aun así, necesitaba encontrarla. ¿Por dónde podía empezar a buscar? Un mal pensamiento asaltó su mente, turbándole el ánimo. ¿Habría fallecido? No, no... Negó una y otra vez. Eso no podía ser. Necesitaba verla, y necesitaba verla con vida.

CAPÍTULO 33

La temperatura había descendido a medida que avanzaban las fechas del calendario y los árboles se iban desnudando, dejando un manto de hojas secas por las calles de la ciudad. Ese sábado por la mañana Alejandra había salido de compras. Necesitaba un traje elegante para un acontecimiento muy especial. La empresa donde trabajaba celebraba el lanzamiento de una nueva revista con una gran presentación que incluía cena y fiesta, a la que estaba previsto que acudieran personalidades importantes. Llevaba más de dos horas deambulando por la calle Colón y alrededores. Una de las zonas más transitadas por su infinidad de tiendas que lucían en sus escaparates las últimas colecciones de la temporada. Desorientada, recorrió *boutique* tras *boutique* hasta cumplir su objetivo y quedar satisfecha con su compra. Cuando entró en casa, Lluís estaba con su hermana.

—Veo que has aprovechado la mañana —comentó él al verla con varias bolsas.

—Pues sí —asintió sonriente—. Tengo un evento importante y necesitaba renovar el vestuario.

—¿De qué magnitud? —preguntó él con sorpresa.

—Todavía no me ha dado tiempo de ponerte al día, como pasas tanto tiempo en la oficina... Aunque tengo que pedirte un favor.

—Tú dirás —se ofreció Lluís—. Si está en mis manos.

—Lo está —confirmó con voz picarona—. Necesito un acompañante para la cena y he pensado que tal vez tú...

—¿Cuándo es? —preguntó él encantado de que le incluyera en sus planes.

—El sábado que viene. A las ocho, en el Hotel Meliá.

—Pues cuenta conmigo —respondió complaciente.

—¡Eres un sol! —exclamó rodeándolo entre sus brazos y besándole.

En un extremo del salón y sepultada bajo una montaña de papeles, Sara los miraba impaciente.

—Cuando queráis empezamos con la búsqueda de la cuarta llave —interrumpió con sarcasmo.

Alejandra se puso ropa cómoda y se sentó al lado de su hermana y de Lluís.

—¿Empezamos? —agregó con ironía.

Sara abrió una hoja de papel y empezó a leer en voz alta las claves para localizar la cuarta llave:

Donde la fe le hizo ser vencedor
y la luz aplacó su sufrimiento.
Donde es liviano como una pluma
y pesado como una rueda de molino.
Donde nada es lo que parece
y el sonido, la clave del enigma.

—¿Eso es todo? —preguntó Alejandra ansiosa de tener algún dato más.

—En la libreta de papá no había nada más —aclaró Sara, resignada—. Me temo que lo tenemos bastante difícil.

—No nos desanimemos —dijo Lluís tratando de levantar la moral—. También nos parecían difíciles los otros tres acertijos y dimos con la clave. No veo por qué ahora tiene que ser diferente. De acuerdo que el mensaje no es muy explícito, pero...

—Será mejor que nos pongamos manos a la obra cuanto antes —murmuró Alejandra.

—Empecemos por lo más fácil —comentó Lluís con sensatez—. Esta llave que buscamos pertenece al Portal de San Vicente, que era la puerta sur de la muralla cristiana.

—Tengo cierta información sobre ella —prosiguió Sara—. Esta puerta estaba situada en la calle del mismo nombre próxima a la iglesia de San Agustín. Era un torreón que permitía el paso al interior de la ciudad. En 1830 fue demolida y en su lugar se erigió otra formada por tres vanos rectangulares. Sobre ella se levantaba una estatua de san Vicente Ferrer, patrón del Reino de Valencia, por lo que miraba hacia el exterior, y otra de san Vicente Mártir, patrón de la ciudad, que miraba hacia el interior.

—Creo que deberíamos centrarnos en san Vicente Mártir

—propuso Alejandra—. Hasta ahora todo lo que buscamos se encuentra dentro de las murallas cristianas, y puesto que él es el patrón de la ciudad...

—Me parece bien —aprobó Sara—. Además, la frase «Donde la fe le hizo ser vencedor y la luz aplacó su sufrimiento» nos lo dice claramente.

—¿Ah, sí? No me digas... —cuestionó Lluís incrédulo.

—¿Sabíais que el nombre de Vicente significa «vencedor»? —apuntó Sara.

Lluís negó con la cabeza. Sara prosiguió:

—San Vicente, convertido en el gran mártir de la iglesia de Occidente, fue un clérigo español, diácono del obispo Valero de Zaragoza. Sobre el año 303 se originó una sangrienta persecución contra los cristianos decretada por los emperadores Diocleciano y Maximiliano, que dieron poder al prefecto Daciano para que se ensañara con la población cristiana de la ciudad. Allí fueron capturados el obispo Valero y san Vicente y trasladados a Valencia bajo arresto carcelario. La ciudad fue elegida por su destacada comunidad cristiana, a la que pretendían darle una lección. Fueron juzgados y encarcelados, y ambos se negaron a renunciar a su fe. El obispo Valero, que provenía de buena familia, fue desterrado fuera de España, mientras que a san Vicente lo torturaron sin compasión. Pasó por el potro y le descoyuntaron los miembros, recibió azotes y desgarros con garfios. Puesto que no cedía, lo pasaron por una parrilla con hierros calientes. A pesar de ello, él siguió firme en su fe.

»Daciano dijo: "Un suplicio queda todavía. Buscad una cárcel, un lugar tenebroso aislado de toda luz. Esparcid por el suelo pedazos de puntiagudas tejas y dejadle encerrado en las tinieblas". Pero por la noche aquella cárcel fue invadida de una eterna luz, y la horrible soledad, poblada con multitud de ángeles que le consolaron. La leyenda cuenta que murió el 22 de enero del año 304 sobre el colchón de rosas en el que se habían convertido las puntiagudas tejas. Aun así, Daciano, al sentirse vencido dijo: "Si no pude vencerle vivo, lo castigaré muerto". Arrojó su cuerpo a un descampado para que lo devorasen las alimañas y no recibiera el honor de la sepultura. Sin embargo, los cuervos lo protegieron. El cónsul, desesperado, ordenó atarlo a una rueda de molino y lanzarlo al mar. Pero su cuerpo, inexplicablemente, volvió a la playa conocida como Font Santa, donde se levantó una ermita, y allí fue sepultado. Muchos años más tarde se trasladaron sus restos a un cementerio que se convertiría en basílica y mausoleo en las afueras de Valencia.

—¿Quién te ha contado esa historia? —preguntó Lluís conmovido.

—Una monja que conocí hace mucho tiempo —aclaró Sara—. Me la repetía cada vez que nos encontrábamos. Me la relataba como si fuese un cuento y, de tanto escucharla, me la aprendí de memoria. ¿Creéis ahora que estamos tras la pista correcta sí o no?

—Sí —asintió Lluís—, no cabe duda, pero fijaos en la segunda frase: «Donde es liviano como una pluma y pesado como una rueda de molino». Lo de liviano como una pluma puede referirse a un pájaro, quizás a los cuervos que evitaron que las alimañas consumieran su cuerpo —murmuró el joven entre dientes—. Y la rueda de molino con la que lo arrojaron al mar. Pero estoy seguro de que nos quiere decir algo entre líneas, algo que no consigo ver.

—Sí —atajó Sara—, además, cuando representan a san Vicente, junto a las vestimentas de su rango, aparece con un cuervo o una rueda de molino. Pero el acertijo se contradice en esta última frase: «Donde nada es lo que parece y el sonido, la clave del enigma».

—¿Qué demonios querrá decir? —se preguntó Alejandra.

—Por lo menos ya tenemos una parte resuelta —agregó Sara—. Además, hay seis lugares claves vinculados al martirio de san Vicente Mártir en la ciudad de Valencia. No estaría de más que los visitáramos. Quién sabe, a lo mejor nos dan alguna pista sobre lo que buscamos.

Amaneció un día precioso pese a que el otoño iba asentándose sin prisa, pero sin pausa. Los tres vecinos salieron temprano de casa y cruzaron la calle Quart.

—¿Os habéis fijado en quién está en aquella esquina? —los alertó Alejandra, asustada—. Es el tipo que nos amenazó.

—¿Dónde? —quiso saber Sara.

—A tu derecha, y por favor sé discreta —le susurró su hermana.

Sara giró la cabeza en la dirección señalada. Efectivamente era ese individuo con su maloliente puro.

—¿Qué querrá ahora, después de tanto tiempo sin aparecer por aquí? —preguntó Sara inquieta—. Seguro que intimidarnos. ¿Qué hacemos?

—Nada —continuó Lluís—. Seguiremos caminando como si no lo hubiéramos reconocido. Hay que estar atentos por si nos sigue. A ese tipo lo he visto varias veces por aquí y me temo que tiene controlados todos nuestros movimientos. Lo que no termino de entender es por qué no ha cumplido sus amenazas todavía.

—¿Sabrá que tenemos las tres llaves? —preguntó Alejandra con temor.

—No lo sé. —Lluís permaneció pensativo durante unos instantes—. Posiblemente sepa hasta dónde las tenemos escondidas.

—¿Tú crees? —la voz de Sara se quebró.

—Creo que sí. De no ser así, nos las habrían intentado robar.

—¿Entrando en casa? —volvió a preguntar Sara. Ahora su voz delataba angustia—. ¡Dios mío! Igual están esperando que encontremos las doce llaves para luego...

—¡No perdamos los nervios! —dijo Lluís, aparentemente entero—. De momento no podemos hacer otra cosa. Hay que pensar que las llaves están a buen recaudo en el banco. Si les interesan, que den ellos el primer paso.

Llevaban un buen rato caminando. La idea era visitar los lugares emblemáticos por los que pasó san Vicente Mártir en su recorrido por la ciudad. Empezaron por la iglesia de Santa Mónica, donde encontraron una columna rescatada de una posada próxima a la cual se dice que Valerio y san Vicente fueron atados antes de entrar en la ciudad. La inspeccionaron concienzudamente intentando encontrar alguna pista. Con las manos vacías se encaminaron hacia la catedral. Allí estaba la reliquia del brazo de san Vicente, situada en una pequeña capilla dentro de una urna de cristal. Lo trajeron hacía unos treinta años y fue un regalo de una familia de Padua. Según estudios forenses, pertenecía al siglo IV y correspondía a un hombre joven que presentaba quemaduras en la piel. Mientras la admiraban estudiaron la forma de introducirse en el pequeño recinto. El acceso a la diminuta capilla era imposible, de manera que se contentaron con examinar los detalles a través de la reja de hierro.

La siguiente parada era una pequeña capilla en la plaza de la Almoina, que parece ser que fue la primera prisión del mártir, pero estaba cerrada salvo unas pequeñas rendijas en la puerta a modo de ventilación y que dejaban entrever un pequeño altar en la oscuridad. Llevaban gran parte del recorrido hecho y estaban igual que al principio. Visitaron también la cárcel de la calle del Mar, próxima a la plaza de la Reina. La mala suerte los perseguía, también estaba cerrada. Sara daba vueltas y más vueltas a la última frase del acertijo: «Donde nada es lo que parece y el sonido, la clave del enigma».

¿De qué sonido hablaba? ¿A qué puñetas se refería?

CAPÍTULO 34

El olor a flores invadía el ambiente salpicando de colores los mármoles de las lápidas. Los numerosos pasillos del Cementerio General se veían ocupados por centenares de personas que visitaban a sus seres queridos en ese día de Todos los Santos. Tía Rosa, junto con sus sobrinas, se encontraba frente a las fotos de Jorge y Carmen. ¡Cuántos años han pasado ya!, se dijo Rosa con resignación. ¿Cómo será el lugar donde os encontráis? ¡Seguro que es bueno! Tiene que serlo para unas personas tan inocentes como vosotros. Recordó las sospechas de Alejandra sobre el accidente de sus padres y se le tensó la mandíbula de pura rabia.

—¡Juro por lo más sagrado que vengaré vuestra muerte! —murmuró—. ¡Lo juro!

—Tía, cuando quieras nos vamos —dijo Sara con los ojos brillantes y posando su mano en el brazo de su tía.

—Sí, vámonos —añadió esta con una media sonrisa, colocándose entre las dos.

Caminaron despacio y cabizbajas. En la mente de cada una de ellas solo cabía una palabra: *venganza*.

—¿Cómo lleváis la búsqueda de la siguiente llave? —preguntó Tía Rosa.

—No muy bien —contestó Sara—. Esta cuarta nos está costando más de lo que esperábamos. Llevamos casi dos semanas detrás de ella y no hay manera.

—Hay algo que se nos escapa y no conseguimos saber qué es —continuó Alejandra.

—Tened fe —les alentó su tía—. Sé que vuestros padres están con vosotras y os guían en todos vuestros pasos. Ya sé que a veces la vida es más complicada de lo que podemos aceptar, pero recordad: «Dios aprieta, pero no ahoga». Os lo digo por experiencia.

Sus sobrinas la miraron con cariño y admiración. Su entereza y fuerza eran envidiables.

El órgano de la catedral agotó sus últimas notas mezclado con las voces del coro, mientras tía y sobrinas, sentadas en uno de los primeros bancos, repetían la tradición anual, desde hacía veintitrés años, de escuchar misa después de visitar el cementerio.

Cuando concluyó la homilía esperaron a que la gente se dispersara para dirigirse a la salida por la puerta de los Apóstoles. Antes de levantarse, Tía Rosa les propuso pasar por la capilla de San Vicente Mártir.

—Tengo una corazonada —les dijo—. Como decís que todos vuestros hallazgos os llevan hasta él.

—Así es —afirmó Sara—. Aunque eso no quiere decir que estemos en lo cierto. De momento es lo único que tenemos.

Rodearon el presbiterio hasta que Alejandra se detuvo frente a la reliquia de san Vicente, donde, dentro de una urna de cristal, reposaba el brazo del santo que habían visitado recientemente sin ningún resultado.

—¡Aquí ya hemos estado! —dijo Alejandra a su tía.

—¡Pero esta no es la capilla de San Vicente Mártir! —replicó Tía Rosa. Aquí está su reliquia, pero en realidad esta es la capilla de la Resurrección.

Sus sobrinas la miraron con cara de sorpresa; al parecer se habían confundido. Tía Rosa las llevó a la capilla correcta, que estaba situada cerca de la puerta de los Hierros y al lado del Miguelete. Mientras permanecían ante ella observando los detalles, las campanas empezaron a sonar y Alejandra desvió su atención hacia su tañido.

—Aquí no hay nada y, si lo hubiera, la verja de metal nos impide el acceso —protestó Sara desanimada—. ¿Alejandra, me estás escuchando?

Su hermana se había alejado unos pasos hacia la base del Miguelete. Parecía como si estuviera hipnotizada. Desde lo alto las campanas tañían y tañían sin parar.

—¡Alejandra! —la llamó su tía—. ¿Se puede saber qué te ocurre?

—¡Vamos a subir al campanario! —afirmó sin dar más explicaciones.

—Yo ya subí hace años —contestó su tía—. Y te puedo asegurar que no es fácil. La escalera de caracol es estrecha y tiene unos escalones...

—¡Lo sé! —atajó Alejandra—. Yo también subí hace años. Sara, ¿recuerdas la segunda frase del acertijo?

—Sí, «Donde es liviano como una pluma y pesado como una rueda de molino» —recitó sin entender nada.

—¡Efectivamente! —confirmó Alejandra—. Sara, creo que son las campanas.

—Pero las campanas no son livianas —objetó Tía Rosa, confundida.

—Pero están en lo más alto, como si volaran o como si no tuvieran peso alguno —argumentó Alejandra, nerviosa—. Y al mismo tiempo son más pesadas que una rueda de molino. También dice: «Donde nada es lo que parece y el sonido, la clave del enigma».

—Tiene sentido. —Sara sonrió—. Si el sonido es la clave del enigma, deberíamos subir ahora mismo, es posible que solo podamos averiguarlo cuando estén en movimiento.

Sacaron el tique rápidamente, pasaron por un pequeño patio esquivando a varios turistas y llegaron al pie de la escalera de caracol. Tía Rosa quedó más rezagada mientras veía cómo sus sobrinas se perdían por aquellos empinados doscientos siete escalones de la cantera de Godella. A medida que las dos jóvenes ascendían, los peldaños triangulares se iban empequeñeciendo. El campanario constaba de tres salas en distintos pisos y acababan de pasar la primera, conocida como la prisión o asilo de refugiados. Era una sala lóbrega de anchos muros y con escasa luz en su interior. El sonido de las campanas se intensificó y sus oídos se resintieron de la subida de decibelios. Habían pasado la segunda sala, la casa del campanero, donde vivió dicha figura hasta bien entrado el siglo XX.

Las hermanas continuaron subiendo todo lo rápido que sus piernas les permitieron, dada la dificultad del ascenso. Alejandra, precavida, iba la primera. El corazón se le salía por la boca. Sara le pisaba los talones. Faltaba poco, muy poco. Con la respiración agitada y las piernas flaqueando, llegaron a la sala de las campanas, donde unas veinte personas disfrutaban del espectáculo. La música que desprendían esos gigantescos artefactos de metal era estremecedora. Embobadas, admiraron la compenetración tan milimétrica del Gremio de Campaneros Valencianos. Había ocho ventanales de perfil apuntado con bóveda de crucería, siete de ellos ocupados por las campanas y el otro por la escalera. Las ventanas estaban cubiertas de madera para preservar la sonoridad original. El sonido era tan brutal que dificultaba la comunicación. Alejandra las contó en silencio. Había once campanas, cinco de ellas bastante más grandes que el resto. Al lado de cada una había una placa con su nombre. Los leyó en voz alta, aunque debido al ruido nadie la escuchó.

—Jaime, Catalina, Bárbara, Manuel, María, Vicente... Al leer este último nombre, se detuvo. ¿Sería posible que esa fuera la clave qué buscaban?

Quiso decírselo a su hermana, pero era imposible comunicarse entre ellas. Sara le hizo una señal para darle a entender que se había dado cuenta.

Mientras tanto, las campanas seguían volteando una y otra vez. Parecía mentira cómo podían moverse con tanta ligereza, ya que algunas de ellas podían llegar a pesar más de tres mil kilos. Alejandra se fijó en la campana llamada Vicente; en su inmensa y voluptuosa estructura de metal, en el yugo de madera, en el badajo que se movía en el interior. Tía Rosa alcanzó a sus sobrinas y se colocó a su lado.

—¿Habéis visto algo? —les preguntó casi sin resuello. Sara negó con la cabeza.

Una de las campanas, concretamente la más antigua, llamada Catalina, empezaba a bajar de intensidad. Un hombre la manipulaba con cuerdas controlando que se detuviera poco a poco. Eso significaba que detrás irían el resto. No tenían mucho tiempo. Alejandra se aproximó todo lo que pudo a la campana Vicente y no detectó nada fuera de lo normal. No es que entendiera mucho de campanas, pero algo en su interior le decía que iban bien encaminadas, que aquí debía esconderse la cuarta llave. Pero ¿dónde exactamente? Si la persona que se había preocupado de esconderlas había sido tan meticulosa como con las otras llaves, debía de haber seguido los mismos patrones. Vamos, Alejandra, piensa, se dijo a sí misma. Sus ojos recorrieron la campana al mismo tiempo que giraba.

Sara estaba centrada en el mismo objetivo. El tiempo se les agotaba cuando Catalina se detuvo. Después le siguió Jaime.

—¡Dios mío!, se están parando y todavía no hemos visto nada —dijo Sara, temblando, cogida del brazo de su tía.

—Sara... Sara... —Alejandra reclamó la atención de su hermana—. Hay unos signos grabados.

—¿Dónde? —preguntó gritando.

—En la base del yugo —insistió Alejandra.

Cuando la campana volteó, sus ojos se clavaron en ella. Sí, parecía haber algo, aunque también podían ser marcas producidas por el deterioro del tiempo. Tendrían que averiguarlo, pero eso implicaba ascender hasta ella y para eso tenían que quedarse a solas. El resto de las campanas fueron deteniéndose paulatinamente y el silencio reinó durante escasos instantes, seguido de un efusivo aplauso. Poco a poco los visitantes fueron desapareciendo por la estrecha escalera. Los campaneros, después de recibir varias felicitaciones, recogieron sus enseres.

—¡Tendremos que volver otro día! —dijo Alejandra con resignación.

—Sí, será lo mejor —concluyó Sara.

CAPÍTULO 35

La noche, salpicada de multitud de estrellas y de una incandescente luna, permitía que Sara, Alejandra y Lluís caminaran entre las sombras hasta detenerse a los pies del Miguelete.

—¿Crees que podremos subir? —preguntó Alejandra temerosa.

—Espero que sí —contestó Lluís.

—Menos mal que no es necesario entrar por la catedral. No me sentiría cómoda entrando a hurtadillas —susurró Sara intentando no recordar su aventura en la iglesia de San Juan del Hospital. Se le ponían los pelos de punta solo de pensarlo y se dijo que al menos esa noche no había indicios de que fuera a caer ni una sola gota.

Ante ellos tenían una verja de metal de unos dos metros de altura adornada con abundante vegetación. A la izquierda tres escalones de piedra conducían a una puertecita de hierro que daba acceso a un pequeño patio exterior, donde estaba la entrada al campanario.

—¿Quién salta primero? —preguntó Alejandra.

—Lo haré yo —contestó Lluís.

Se encaramó como pudo y a los pocos minutos se encontraba al otro lado. Sus vecinas le siguieron ágiles como gatos. El primer obstáculo estaba cumplido. Mientras Lluís estaba ocupado con la cerradura de la pequeña puerta, Sara le alumbraba con la linterna.

—¿Sabéis por qué se llama «Miguelete»? —preguntó Alejandra para amenizar la espera.

—No —contestó su vecino mientras hacía presión con unos alicates.

—Porque en su parte más alta se encuentra la campana Miguel, que era el santo que tenía la obligación de proteger a la ciudad de tormentas y otros males.

—Tiene lógica —comentó Lluís enzarzado con el cerrojo.

—Y ¿sabéis por qué tiene dos entradas, una por la catedral y otra fuera en la calle? —Alejandra continuaba en voz baja.

—¿Por qué? —preguntaron Lluís y Sara al mismo tiempo.

—Porque cuando construyeron el campanario quisieron que no solo fuera para acontecimientos religiosos sino también civiles. De manera que la persona que no fuera religiosa podía perfectamente subir a él sin necesidad de tener que pisar la iglesia. Si os fijáis, el patio está al aire libre. —Alejandra se quedó muda por unos instantes, luego susurró—: Aunque no os lo creáis, también tiene su motivo.

Sus dos acompañantes la miraron esperando a que terminara su explicación.

—Para que si llovía —continuó Alejandra— se mojaran tanto los unos como los otros sin distinción.

—¡Nunca me lo habría imaginado! —añadió Lluís entre dientes.

—Y ahora —murmuró Sara—, si te parece, puedes estar calladita mientras el pobre Lluís termina de pelearse con la dichosa cerradura.

Un tremendo silencio se apoderó del lugar hasta que se oyó un chasquido de metal cuyo eco retumbó perdiéndose en la lejanía.

—¡Ya está! —exclamó Lluís, suspirando—. Este maldito pasador me ha costado más de lo que creía.

Los tres entraron en el pequeño patio. Sara apoyó la mochila que llevaba en una especie de pozo, mientras era el turno de Alejandra iluminar a su vecino con la puerta del campanario. Para su sorpresa, resultó más fácil que la primera. Iniciaron la subida pegados unos a otros. Si por el día esos escalones habían resultado difíciles, ahora, con la luz restringida, el ascenso era angustioso. Agarrados con uñas y dientes al eje central de la escalera, ascendían despacio y con mucho tiento. Alejandra iba la última, tenía el vello erizado de frío y miedo al mismo tiempo. Qué fúnebre resultaba aquello, parecía la boca de un lobo.

—Tranquilas, que ya queda menos —las alentó Lluís con la respiración más agitada de lo normal—. ¡Casi hemos llegado!

Se detuvieron ante la sala de las campanas. Qué diferente resultaba ese escenario de noche. Sara se sentó en un escalón esperando que Lluís concluyera con la tercera cerradura. Había que ver qué habilidad tenía el chico para esas cosas. Cada vez la sorprendía más.

—¡Ya casi está! —murmuró Lluís zarandeando la puerta—. Aunque me temo que se ha enganchado. Habrá que empujarla. ¡Retiraos un poco! Voy a darle una patada a ver si...

El golpe retumbó en ese reducido espacio y Alejandra se tapó los oídos.

—Espero que no lo haya oído nadie más —le increpó Sara con temor—. No quisiera tener que salir corriendo. Aunque realmente tampoco sabría hacia dónde... —susurró con cinismo.

Se adentraron en la sala y la alumbraron. Con solo ellos tres la estancia parecía mucho más grande. Las once campanas eran como firmes estatuas de metal que dormían a esas horas de la madrugada. Solo esperaban que estuvieran bien atadas y no se despertara ninguna.

Se centraron en la campana Vicente, que pesaría más de mil quinientos kilos. Lluís rebuscó en la mochila, mientras Sara y su hermana inspeccionaban el yugo de madera que estaba sujeto con cuerdas en una argolla de hierro anclada a la pared.

—¿Dónde dices que estaban esos signos? —preguntó Sara a su hermana mientras intentaba ampliar el haz de luz.

—No lo sé —contestó Alejandra un poco desorientada—. Ahora parada no los encuentro por ningún lado. Puede que al estar en movimiento fuera un efecto óptico.

—¡Mira que si después de todo nos hemos equivocado y no estamos en el sitio correcto! —le recriminó Sara desanimada.

—¡Espero que no! —atajó Lluís—. Nos pueden detener por estar aquí. Si encima no conseguimos nuestro propósito...

—¡Queréis callaros de una vez y no ser agoreros! —interrumpió Alejandra disgustada ante la posibilidad de que tuvieran razón—. ¡Vamos a registrarla palmo a palmo! Las pistas de papá nos conducen hasta aquí. Estoy segura, yo... —Su voz iba bajando de volumen hasta quedarse en un susurro.

—Vamos, cariño. —Lluís la abrazó—. Estoy convencido de que tienes razón. Vamos a registrarla a conciencia.

Se pusieron manos a la obra. Lluís ató una cuerda en una columna y ascendió hasta el borde de la campana. Tenía la forma de una U. Sus pies tocaron el duro y resbaladizo metal perdiendo el equilibrio y su hombro se golpeó con el canto.

—Ten cuidado, por favor —susurró Alejandra preocupada.

—¡Ya lo intento! —musitó Lluís queriendo recuperar el control.

Colgado en lo alto de la campana, la bordeó en busca de algo que los pudiera ayudar. Nada de nada.

—Y si te metes dentro —propuso Sara.

—Creo que no me va a quedar más remedio —contestó deslizándose por la cuerda en el interior.

—¿Ves algo? —preguntaron las hermanas impacientes.

Dentro de aquella U gigante, Lluís procuraba hacer el menor ruido posible para evitar el eco. Con el haz de luz inspeccionó palmo a palmo la parte superior. Esquivó el badajo con tan mala fortuna que se le enganchó un pie y, al intentar liberarlo, la linterna se le soltó de la mano precipitándose al fondo. El estruendo hizo que Lluís se tapara los oídos olvidándose de que pendía de un hilo, de modo que la cuerda en la que estaba sujeto se soltó y cayó de bruces al suelo. Después la soga se descolgó y rodó sobre sus pies.

Unos metros más abajo, Sara y Alejandra intentaban contactar con él.

—Lluís, contesta, por favor, Lluís... —Alejandra lo llamaba, angustiada, sin obtener respuesta—. ¡Voy a subir! —exclamó—. ¿Y si le ha pasado algo?

—Estoy bien —se oyó en un tímido susurro—. Por unos instantes he perdido el oído, pero ya pasó.

Al escucharlo, las dos hermanas respiraron más tranquilas. Sara se aproximó a una de las ventanas y miró hacia la calle. Casi cuarenta metros les separaban del suelo. Parecía que todo estaba tranquilo. ¡No pasa nada!, se dijo. ¡Todo va a salir bien! Eran demasiadas emociones seguidas. A estas alturas debería de estar acostumbrada por las aventuras pasadas, pero no lo conseguía.

Lluís, más repuesto, decidió salir y reunirse con sus vecinas. Cogió la cuerda e intentó engancharla a un gancho sujeto a la pared. Su tarea no era fácil; sin apenas luz, las posibilidades de que acertara eran muy bajas. Tuvo que hacer varias maniobras, entre ellas saltar varias veces para coger impulso. La base del yugo de madera se sujetaba mediante una gruesa cuerda atada fuertemente a una argolla. Pero los saltos de su intruso no le beneficiaron en absoluto, ya que dicha argolla empezó a ceder suavemente sin que las hermanas se dieran cuenta, a pesar de encontrarse relativamente cerca. Después de muchos intentos logró encaramarse y salir de la cámara de metal.

Alejandra vio el gesto contrariado en el rostro de Lluís y supo que su búsqueda había sido en vano. Dudó de sus teorías y de si podían estar equivocadas.

—¡Mira esto! —apuntó Sara señalando un pequeño agujero en el yugo de madera. ¿Qué dirías que es?

Alejandra se acercó con el corazón encogido. Por el tono de su hermana se acababa de abrir una pequeña luz de esperanza.

—No sé... —Alejandra lo inspeccionó con cuidado. Era un pequeño orificio de apenas dos o tres milímetros, pero al alumbrar con la linterna parecía ser bastante profundo.

—¿Crees que puede ser carcoma y estar apolillada? —preguntó Sara—. Es bastante frecuente en los muebles antiguos y esa madera tiene sus años.

—Es posible —contestó Alejandra pensativa—. Pero cuando eso ocurre son más pequeños, suele haber más agujeros iguales y no veo ningún otro alrededor.

—¡Espera, aquí hay otro! —gritó Sara desde el otro lado.

—Déjame ver —Alejandra centró su atención.

Entusiasmada, rodeó la campana inspeccionando la madera y descubrió dos orificios más. En total había cuatro y cada uno en una cara distinta, pero lo más curioso era que estaban colocados a la misma altura. No cabía duda de que eso no era una plaga de polillas. Alguien había hecho esos orificios con alguna intención. Necesitaban introducir algo, quién sabe, a lo mejor activaba algún resorte, pero su diámetro era tan diminuto que ninguna de las herramientas que llevaban les servía.

—Lluís, creemos haber dado con algo —le indicó Sara.

Él, después de verificar los cuatro orificios, dijo:

—Sería demasiada casualidad que llevarais horquillas en el pelo, ¿verdad?

—Demasiada —atajó Alejandra—. Aunque, Sara, ¿no llevarás el imperdible que te regaló Tía Rosa?

Sara, instintivamente, se tocó el pecho y entre un abultado pañuelo oscuro dejó entrever un bonito imperdible de unos ocho centímetros de largo.

—¡La suerte nos sonríe! —afirmó Lluís eufórico.

Después de desmontarlo y dejarlo como un alfiler gigante, Lluís lo introdujo despacio en uno de los pequeños agujeros mientras sus vecinas, con las orejas pegadas a la madera, prestaban atención a algún posible ruido extraño.

—Parece que he llegado al tope —dijo decepcionado.

—Inténtalo de nuevo y, esta vez, ¡dale fuerte! —propuso Alejandra.

Lluís la obedeció y, cuando llegó al final, hincó el fino metal lo más fuerte que pudo. La cara de Alejandra cambió de expresión.

—¿Habéis oído?

—Sí —gritó Sara con una amplia sonrisa—. Se ha movido un mecanismo en el interior. Tenemos que pinchar los otros tres.

Lluís procedió con el ritual e introdujo el estilizado metal en el segundo y en el tercer agujero. Cada uno tenía un sonido diferente.

—¡Vamos bien! ¡Vamos bien! —chilló Alejandra de alegría.

—Ten mucho cuidado con el cuarto —le advirtió Sara—. No sabemos qué puede suceder. Tenemos que estar muy alerta.

Lluís se dispuso a introducirlo por cuarta vez con precaución. Unos sonidos extraños empezaron a retumbar en toda la estancia. Sorprendidos y asustados a la par, se alejaron unos metros temiendo algo inesperado. La madera donde habían estado apoyados segundos antes se abría ante sus ojos dejando al descubierto un pequeño cajón. Mientras tanto, la argolla de la pared que permitía que la campana permaneciera inmóvil cedió un poco más ante las vibraciones. Lluís, que se encontraba detrás, se giró al oír un extraño crujido, y cuando alumbró con la linterna, gritó:

—Chicas, no quiero asustaros, pero hemos de salir por piernas urgentemente.

—No veo por qué —cuestionó Alejandra.

Lluís les señaló el muro y las dos jóvenes se llevaron las manos a la boca.

—No puede soltarse —dijo Sara asustada—. Si eso ocurre despertará a media ciudad y, con los doscientos siete escalones que tenemos hasta la calle, no conseguiremos escapar.

—Podemos acercarnos despacio al cajón, cogemos la llave y bajamos echando leches de aquí —planteó Lluís.

Sara y Alejandra dieron su aprobación. Los tres juntos se aproximaron esperando encontrar el típico envoltorio de tela con la cuarta llave, pero su desilusión fue mayúscula al observar que lo que tenían delante no tenía nada que ver con lo que ellos esperaban.

—¿Qué diablos es eso? —preguntó Alejandra, sorprendida.

—Parecen números —contestó Lluís sin saber qué relación podían tener.

Dentro del pequeño cajón de madera estaban grabados en relieve diez números del 0 al 9.

—¡No me lo puedo creer! —se quejó Sara, cansada—. ¡Es otro acertijo!

—Tenemos que marcar un número —añadió Lluís—. Pero ¿cuál? ¿Qué criterio tomamos ahora? Esta vez vuestro padre se ha quedado corto con las pistas.

—Tal vez no sospechaba nada de esto —pronunció Alejandra con la boca pequeña—. ¡Qué frío hace aquí arriba! Me estoy quedando congelada y me está cayendo el moquillo. ¿Alguno tiene un pañuelo?

Sara buscó en los bolsillos del pantalón y al sacar un clínex algo le cayó al suelo. Alejandra se agachó para recogerlo. Parecía un papel.

—¡Se te ha caído esto! Será mejor que no dejemos más pruebas de que hemos estado aquí —comentó entregándoselo sin darle apenas importancia.

Sara lo cogió, lo miró y se lo volvió a guardar.

—Solo es el tique de la entrada del Miguelete de esta mañana —comentó.

—Si no conseguimos averiguar qué número hay que marcar, todos nuestros esfuerzos no habrán servido de nada. Apenas tenemos tiempo —observó Lluís sin dejar de mirar la argolla.

—¡Nunca lo sabremos! —añadió Alejandra con los ojos vidriosos—. ¿Qué nos está pidiendo? ¿Una fecha? Y si es así... ¿De quién o de qué? ¿De san Vicente Mártir, del campanario, o de la madre que los parió a todos? —Su tono era de pura desesperación.

—¡Espera un momento! —añadió Sara sacándose de nuevo la entrada del Miguelete del bolsillo.

—¿Tienes algo? —preguntó Alejandra, nerviosa—. No tenemos mucho tiempo.

—Quieres callarte un momento, por favor —la increpó Lluís.

Ella miró detenidamente el trozo de papel. En una de las caras se detallaba la fecha de su construcción y su altura. También estaban los nombres de las once campanas, los años en que se fabricaron y su peso respectivo. Sara levantó la cabeza.

—Es posible... —murmuró mientras se lo enseñaba a sus acompañantes—. ¿Creéis que aquí puede estar la respuesta?

—¡Por qué no! —asintió Alejandra, esperanzada—. De perdidos al río. Nos centraremos en la campana Vicente. ¡Pero tengo una duda! ¿Nos decantamos por el año de fabricación o por el peso? Las dos soluciones tienen cuatro cifras.

Confundidos, se miraron unos a otros.

—¡Hay que decidirse ya! —apremió Lluís extendiendo la mano imitando a los tres mosqueteros—. ¡Yo voto por el año de fabricación!

—¡Yo también! —añadió Alejandra suspirando por que fuera la decisión correcta antes de colocar su mano sobre la de Lluís.

—¡Y yo! —concluyó Sara repitiendo el mismo gesto y cruzando los dedos.

Fue Sara quien marcó la fecha en cuestión. Empezó por el número uno seguido del cinco. Un enredado ruido de metales retumbó dentro de la sala. Sara miró la argolla que tenía enfrente y vio cómo se abría un poco más. Cerró los ojos llena de pánico. El ruido se detuvo y el silencio volvió a reinar en el interior. A continuación, marcó el seis seguido del nueve. Ya estaba hecho. Acababa de marcar el año 1569. Solo quedaba esperar. El ruido metálico volvió a sonar con mayor intensidad dando la sensación de que el campanario se estremecía. Lluís no quitaba ojo a la anilla que sujetaba la enorme campana. Estaban tentando demasiado la suerte. A decir verdad, no sabía cómo estaba aguantando tanto. En ese mismo instante, el sonido se detuvo en seco y se abrió un segundo cajón.

Sus miradas se posaron en el interior seguidas de una merecida sonrisa al ver el envoltorio de tela blanquecina. Sara, que era la que estaba más cerca, lo agarró con fuerza. Por la forma y tamaño parecía una llave en toda regla. Alejandra se asomó por una de las ventanas temiendo que alguien pudiera haber escuchado tanto escándalo.

—¡Oh, no! ¡Dios mío! —gritó llena de temor—. ¡Hay un coche de la policía ahí abajo!

Lluís escuchó una sacudida y se giró alumbrando detrás de él. La argolla que tanto temían acababa de soltarse y la cuerda pasaba a través de ella a una velocidad de vértigo. Solo le dio tiempo a gritar:

—¡Salgamos de aquí! ¡Rápido!

Los tres se dirigieron hacia las escaleras. No habían avanzado más de tres o cuatro escalones cuando la campana Vicente bramó retumbando dentro y fuera del campanario. Nerviosos al verse atrapados, bajaron deprisa, cada uno alumbrando donde podía. Todo estaba tan oscuro que apenas veían los escalones. Los haces de luz de sus linternas se movían sin cesar y más de una vez estuvieron a punto de caer. Si la subida les había resultado larga y pesada, la bajada estaba siendo un auténtico calvario. De repente la campana dejó de sonar, posiblemente por falta de impulso. Solo que el mal ya estaba hecho. Sus mentes avanzaron acontecimientos presagiando lo que les pasaría cuando llegaran a la calle. La policía los estaría esperando, los esposarían, los encerrarían en la cárcel y tendrían que prestar declaración. Explicar qué demonios hacían en lo alto del Miguelete a las cuatro de la madrugada y explicar también qué significado tenía la llave que acababan de encontrar.

¡Estaban perdidos! Dando traspiés, arañando las paredes y dando tumbos sobre ellas, llegaron al último escalón. Lluís fue el primero en salir. Se asomaron, despacio, con el corazón a punto de salírseles por la boca. Se oía alboroto en la calle. Alguien gritaba, pero no lograban entender qué era lo que decía. Salieron del patio con mucho cuidado, pero aún tenían que atravesar la verja.

—¿No decías que habías visto un coche de policía? —inquirió Lluís a Alejandra.

—Sí, te juro que lo he visto —respondió apenas sin aliento.

Cuando se asomaron para saltar la reja de metal vieron una pareja de policías que se dirigía hacia ellos.

—¡Cuidado! ¡Escondeos! —murmuró Lluís avisándolas.

A los agentes les faltaban tan solo unos pocos metros para llegar a su altura cuando un hombre, con aspecto desaliñado, se plantó delante de ellos.

—¡Que nos dejes en paz! —gruñó uno de los agentes—. ¡Estás borracho! O te vas a dormir la mona y nos dejas tranquilos o te detenemos y llevamos a la comisaría. ¿Has visto a alguien por aquí? Nos ha llamado el sacerdote porque había oído unos ruidos muy extraños, y acaba de sonar una de las campanas.

—Sí, *dooos* hombres han *saliiido corrrrieeendo* hacia *alllí* —contestó el borracho señalando una dirección.

La pareja de policías se metió por el callejón indicado desapareciendo a los pocos instantes. La vía estaba libre, y Sara, Alejandra y Lluís aprovecharon la ocasión para saltar la verja. El hombre ebrio se aproximó a ellos. Boquiabiertos, comprobaron que el ángel de la guarda que les acababa de salvar era Pepe.

—¿Qué haces tú aquí? —le preguntó Sara asombrada.

—Creo que antes de preguntar eso, deberíamos darle las gracias —atajó Alejandra.

—Debemos salir de aquí rápidamente —añadió Pepe, precavido—. Los policías no tardarán en volver.

Los cuatro se alejaron perdiéndose entre las callejuelas del barrio del Carmen. Había sido una noche muy agitada, pero gracias a Dios, y a Pepe, habían conseguido su objetivo.

CAPÍTULO 36

Estaba casi amaneciendo cuando llegaron, extasiados de felicidad, a la calle Quart. No podían creer que la providencia les hubiera llevado a Pepe esa noche en el momento más oportuno. ¡Cuánto tenían que agradecerle! Era la segunda vez que les salvaba el pellejo. Les estaba pagando con creces lo que hicieron por él.

Sentados los cuatro en casa de Lluís, entraban en calor con una taza de café recién hecha y comentaban los hechos sucedidos.

—¡Todavía no me lo puedo creer! —murmuró Sara después de beber un trago—. Has llegado en el momento adecuado.

—¡Tengo que confesaros que os he seguido! —declaró en tono de disculpa—. Lo siento, no he podido evitarlo. Al igual que cuando nos encontramos en la iglesia de San Juan del Hospital, tampoco fue por casualidad. Pero mi intención siempre ha sido protegeros. Estoy en deuda con vosotros. Hicisteis tanto por mí curándome, dándome cobijo y comida que nunca os estaré lo suficientemente agradecido. Muy pocas personas se han portado tan bien conmigo en esta vida.

Alejandra le puso una mano en el hombro. Luego le preguntó:

—¿No tienes familia?

—Una vez la tuve. —Su voz denotaba añoranza—. Mi madre y mi hermana. A mi padre no lo conocí. Fueron años duros, pero estábamos unidos. Más tarde mi madre se casó por segunda vez y nos llevó a buenos colegios. Allí aprendí mucho, me gustaba estudiar, aunque mi nuevo padre nos hizo la vida imposible. Siempre me decía que era un bicho raro, que nunca llegaría a ser nadie y que no merecía estar en este mundo. Ahora me doy cuenta de que tenía razón.

—¡No digas eso! —lo amonestó Sara—. Nadie tiene derecho a

juzgar quién debe o no estar en este mundo. Creo que todos tenemos una misión que cumplir. Además, eres una persona inteligente y con una gran cultura. No sé qué te habrá llevado a estar en tu situación, pero te puedo asegurar que, si tú quisieras, podrías cambiarla.

—Eso es fácil decirlo —manifestó con incredulidad—. A veces te cierran las puertas y es muy difícil abrirlas de nuevo, sobre todo cuando estás solo.

Durante unos segundos un silencio se apoderó del salón.

Lluís fue el primero en romper el hielo.

—Piensa que no estás solo, ahora nos tienes a nosotros. Podemos buscarte un empleo y poco a poco ir encauzando tu vida. De momento puedes quedarte aquí hasta que las cosas se vayan solucionando.

—No, gracias —rehusó Pepe—. Te lo agradezco, pero no quiero ser un estorbo.

—Pepe, sabes de sobra que mi ofrecimiento es sincero. Esta casa es muy grande para mí solo y ya hemos convivido unos días...

Pepe le miró con ternura y gratitud. Luego bajó los ojos hacia el suelo sin saber qué contestar.

—¿Qué pasó? —preguntó Alejandra curiosa—. Quiero decir... ¿cómo llegaste a verte en la calle?

—Fue un cúmulo de acontecimientos. A veces vale la pena pasar inadvertido. ¿Puedo haceros una pregunta? —demandó dudoso—. Si consideráis que no es de mi incumbencia, no tenéis más que decirlo y no lo volveré a preguntar. Como os dije en una ocasión, llevo muchos años viendo, oyendo y callando.

Lluís miró a Sara y Alejandra con una clara sospecha. ¿Sería sensato y prudente ponerle al día en lo referente a la búsqueda de las llaves?

—¡Tú dirás! —contestó Alejandra recelosa.

—Tengo cierta curiosidad por saber —empezó a decir con mucho tiento— qué buscabais en la iglesia de San Juan del Hospital que fuera tan importante para poner en peligro vuestras vidas. No tenéis pinta de ladrones, por eso no consigo adivinar el motivo. Ni tampoco entiendo qué buscabais en el Miguelete, de madrugada y a sabiendas de que os podían detener. Os considero unas personas sensatas, así que debe de ser algo muy importante para los tres. Perdonad mi atrevimiento, pero...

—No te preocupes, Pepe. Agradecemos tu franqueza y creo que hablo en nombre de los tres —dijo Alejandra viendo la aprobación tácita de Sara y Lluís—. Era de esperar que te preguntaras a qué estamos jugando. Si es que podemos definirlo como un juego. Es una larga historia. De momento, no puedo decirte más. Solo te diré que hay un buen motivo y que todavía no hemos terminado.

—No habéis respondido a mi pregunta y respeto vuestro silencio —manifestó Pepe con convicción—. Sin embargo, os prevengo que tengáis mucho cuidado con los lobos que están al acecho.

Alejandra se incorporó como un resorte al oír de nuevo esa frase. Con los últimos vaivenes se le había olvidado, pero era la tercera vez que la oía por boca de Pepe. Tenía que averiguar su significado.

—No es la primera vez que mencionas esa frase y algo me dice que esconde un mensaje —le soltó.

Pepe permaneció en silencio durante unos segundos y aprovechó para dar el último trago de café.

—En este mundo hay mucha gente que se mueve por intereses y que son capaces de hacer cualquier cosa con tal de conseguir su propósito. Presiento que vosotros tenéis algo muy goloso para ciertas personas y por eso están al acecho, quiero decir que os están vigilando constantemente.

El silencio se adueñó de nuevo de la estancia. ¿Cómo era posible que Pepe supiera tantas cosas?

—¿Puedo saber en qué te basas para sacar esas conclusiones? —le interrogó Sara.

—Recordad que vivo en la calle. Oigo, veo y callo, y como indigente que soy, a nadie le importo. Nadie se preocupa por mí ni por la gente como yo. Eso te hace ser invisible, o lo que es lo mismo, pasar desapercibido. Desde hace varios meses estáis vigilados a todas horas. Un tipo grande y que fuma puros.

—¡Lo sabemos! —murmuró Alejandra asombrada—. De hecho, nos amenazó hace unos meses y lo hemos visto en alguna otra ocasión merodeando cerca.

—¿También sabéis que vuestros nuevos vecinos están en el mismo bando? —expuso Pepe.

—¿A qué vecinos te refieres? —preguntó Sara inocente.

—A esa mujer rubia y al tipo cachas. Los he visto en más de una ocasión hablar los tres juntos y no creo que fuera para preguntarse la hora.

—¿Quieres decir que Erika y Gustavo son cómplices del tipo que nos vigila? —preguntó Alejandra—. Ya te lo decía yo, Sara. Que no me fiaba de ellos. Y tú invitándolos a cenar a casa.

—¿Han estado en vuestra casa? —preguntó Pepe alarmado.

—Sí... pero estuvieron vigilados todo el tiempo —aclaró Sara con la boca seca.

—¿Tú crees? —preguntó Lluís—. ¿No recordáis que Gustavo tenía mucho interés en vuestras fotos familiares? Quizás ha colocado algún dispositivo de escucha —murmuró entre dientes.

Sus cuerpos se estremecieron al imaginar que desde hacía dos meses sus movimientos y conversaciones podían haber sido vigilados. No, no podía ser verdad. Se estaban sugestionando de mala manera, aunque solo había una forma de averiguarlo.

—¿Deberíamos echar un vistazo? —planteó Alejandra temiendo que pudiera ser verdad y hubieran ultrajado su intimidad.

Todos asintieron.

A los pocos minutos los cuatro estaban entrando en el ático de las dos hermanas. Se movieron por señas sin despegar los labios. Se centraron primero en el salón y en los retratos. Parecían limpios, ya que no encontraron nada raro ni en las fotos, ni en los marcos. Estaban haciendo una montaña de un grano de arena. De repente Sara recordó que Gustavo hizo una sorprendente llamada desde el fijo pese a llevar su propio teléfono con él. Pepe desmontó el aparato y sus sospechas se confirmaron: un pequeño y sofisticado micrófono se alojaba en su interior. Sara y Alejandra se llevaron las manos a la boca. Pepe salió a la terraza, se asomó a ella y lanzó el micrófono al techo de un camión de basura que pasaba por allí.

—¿Puede haber alguno más? —susurró Alejandra.

—No lo creo —contestó Pepe—. Ese era de nueva generación y de gran alcance. No solo registraba las llamadas de teléfono, sino también todas las conversaciones en doscientos metros a la redonda.

Sara se dejó caer en el sofá, las piernas le flaqueaban. La cosa iba en serio. Ellas pensaban que les habían dado una tregua y resulta que no se dejaban ver porque las tenían controladas por todos lados. Hizo memoria de las últimas conversaciones: estaban informados de todos sus pasos e incluso de dónde tenían escondidas las llaves. Lo sabían todo excepto que habían conseguido la cuarta.

—Pepe, estás muy enterado en el tema del espionaje —afirmó Lluís receloso.

—Algo sé —confesó—. Hace años viví en mis propias carnes una experiencia similar.

—¿Cómo es eso? —requirió Alejandra curiosa.

—Es una larga historia —se limitó a responder Pepe.

Alejandra sonrió al recibir la misma respuesta que ella le había dado hacía tan solo un rato. Luego miró a su hermana y a Lluís, y en ambos vio la señal para desvelarle el secreto que llevaban entre manos. Pepe parecía un buen hombre y les había demostrado su lealtad.

—¡Muy bien! ¡Tú ganas! —exclamó Alejandra—. Nosotros te contaremos nuestra historia, si tú nos cuentas la tuya.

Pepe asintió. Sara fue a la cocina a preparar café y tostadas. Ya había amanecido y era la hora de desayunar. Además, después de no haber pegado ojo en toda la noche, sus estómagos se estaban poniendo insoportables.

Entre bocado y bocado Pepe fue desgranando su niñez.

—Mi madre enviudó cuando yo tenía apenas un año, por lo que no tengo ningún recuerdo de mi padre, ni bueno, ni malo. Poco tiempo después se casó por segunda vez y nos mudamos. Mi hermana y yo tuvimos que aprender a convivir con el nuevo cabeza de familia, y no fue nada fácil. Era déspota, estricto, dominante y posesivo. A la mínima ocasión aprovechaba para humillarnos o darnos palizas, sobre todo a mí. Siempre me decía que era muy raro y que no entendía cómo podía ser hijo de Matilde. Nuestra madre enfermó y, para evitar discusiones entre ellos dos, callábamos y lo ocultábamos. En sus ratos de lucidez, ella siempre me decía que era especial, que no era como los demás y que algún día me sentiría orgulloso de ello. Así que pasaron los años, crecí sin el calor ni el cariño de un padre, hasta que empecé el colegio y me refugié en los estudios. Cada mañana ansiaba ir a clase y salir de casa. Siempre fui reservado con mis cosas; solamente una persona sabía de mis problemas en casa y me ayudó enormemente. Se podría decir que llegó a ocupar ese hueco que había en mi vida. Nos veíamos a diario, charlábamos y nos reíamos. Me encantaba escucharle; sus historias parecían tan reales que yo anhelaba que alguna vez mis sueños se convirtieran en realidad y ese hombre pudiera ser de verdad mi padre. Como ya os he dicho, no lo conocí, pero estoy seguro de que debió de ser como él.

—¿Qué pasó? ¿Por qué perdisteis el contacto? —preguntó Alejandra con tristeza.

—Desgraciadamente murió cuando yo tenía trece años. —Su cara se ensombreció.

—Lo siento —lamentó Alejandra, empatizando con Pepe, ya que ella tampoco tenía recuerdos de su padre.

—Todavía recuerdo el último día que estuve con él —continuó Pepe retrocediendo en el tiempo—. Era viernes por la tarde y paseamos durante largo rato. Me contó muchas cosas y, cuando nos despedimos, me regaló un libro que todavía conservo. —Un doloroso silencio detuvo el tiempo por unos instantes.

—Y ¿qué pasó? —preguntó Lluís interesado en saber dónde había adquirido esos conocimientos sobre técnicas de espionaje.

Pepe, más repuesto, continuó su relato:

—Ocurrió algo muy curioso y difícil de explicar. Esa primavera estuvo llena de acontecimientos nefastos. Por esos días entraron a robar en casa y en el negocio familiar. Mi padrastro pensó que había sido por mi culpa. No le gustaban mis compañías ni tampoco le gustaba yo.

—¿Y no fue así? —preguntó Sara.

—No. Nada tenía que ver con mis amistades —aclaró Pepe—. Las personas que entraron en mi casa buscaban algo. Apenas destrozaron el mobiliario, aunque lo revolvieron todo. No sé si lo que buscaban lo encontraron o no, porque no echamos nada en falta. Pero se encargaron de meternos el miedo en el cuerpo.

—Igual fue algo fortuito —añadió Alejandra buscando una explicación.

—No lo era. A partir de ese momento, nos vigilaban constantemente. Encontramos varios dispositivos de escucha y recibimos varias notas amenazándonos de que, si acudíamos a la policía, alguno de nosotros podría sufrir un grave accidente. Una noche, cuando regresaba a casa, dos tipos me abordaron intentando sacarme cierta información. Información de la que carecía. Me amenazaron diciendo que todos mis pasos estarían controlados por muchos años que viviera. Entonces, tan solo tenía trece. El tiempo fue pasando y pude comprobar que, efectivamente, cumplían su promesa. Transcurrió el verano, y de la noche a la mañana tuve que dejar el colegio y dedicarme al negocio familiar. Mi padrastro dijo que tenía que ganarme el pan. Cada cierto tiempo esos tipos nos hacían una visita para recordarnos que estaban ahí, que no se habían olvidado de nosotros. En cuanto crecí lo suficiente, me largué de casa. Necesitaba respirar. Me sentía ahogado sabiendo que cada paso que daba estaba controlado. Salí de Valencia y recorrí varias ciudades. Estuve en Madrid, en Toledo, en Sevilla, en Cádiz. Trabajé de camarero, de repartidor, qué sé yo. Era cuestión de supervivencia.

»¡Y siempre daban conmigo! Antes o después me encontraban. Era una auténtica pesadilla. Parecía un criminal perseguido por la policía, solo que no había cometido ningún crimen y los que me perseguían no tenían nada que ver con la ley. Deduje que lograban encontrarme por las tarjetas de crédito y por la Seguridad Social, así que me fui al extranjero, procurando hacer trabajos que no figuraran en ningún sitio. Después de varios años, regresé a mi tierra. Me uní a un grupo de indigentes y me enseñaron cómo sobrevivir. De esa forma podía ver a mi familia siempre que quisiera, aunque ellos me ignoraran por completo. Podía pasear libremente por mi ciudad, ir de un sitio a otro sin dar ningún tipo de explicaciones, y nadie me seguía ni se molestaba en preocuparse por mí. Aunque os parezca extraño, era libre y me sentía libre. Por eso, cuando vi que vosotros estabais amenazados de una manera similar, algo se encendió en mi interior y me llevó a rebelarme contra la situación. Tenía que avisaros. Tenía que hacer algo por vosotros.

—¿Cuánto tiempo llevas en la calle? —quiso saber Alejandra.

—Cinco años —respondió con una tenue sonrisa.

—¿Qué buscaban esos tipos? ¿Qué podía interesarles tanto como para no dejaros tranquilos? —inquirió Sara angustiada.

—No lo sé exactamente —murmuró mientras se frotaba las manos para disimular sus nervios. Estaba a punto de romper un juramento. Respiró hondo y continuó—. ¡Aunque lo sospecho! Lo que os voy a confesar es algo que sé desde que tenía trece años. A nadie, absolutamente a nadie, a pesar de las amenazas que he recibido, le he contado lo que os voy a decir. Esa persona tan importante para mí de la que os he hablado tenía una inteligencia fuera de lo común. Había descubierto ciertas claves para encontrar el mayor tesoro de la historia. Y lo mejor de todo es que se encuentra en nuestra ciudad.

Los ojos de las dos hermanas se encontraron en un movimiento instintivo, mientras sus latidos incrementaban su intensidad. No podía ser verdad... ¿Todas esas confesiones eran meras casualidades? ¿O realmente ese profesor al que hacía referencia Pepe en su relato era su padre? ¡No podía ser! El hombre que tenían delante y al que su padre llegó a tenerle tanta confianza como para exponerle sus teorías no podía ser otro que Andreu Subies, su antiguo alumno al que, según su bloc de notas, calificaba como el hijo que nunca tuvo. Pero... el nombre no coincidía y, según su sobrino, podía estar muerto. Si no era así, entonces... ¿quién era?

—Os habéis quedado mudos —observó Pepe al ver las caras

pálidas de sus confidentes—. Seguramente pensaréis que estoy loco o posiblemente borracho, pero puedo aseguraros que...

—No, no es lo que piensas —atajó Sara intentando controlarse—. Es solo que cuesta creer lo que dices.

—¡Os juro que todo, absolutamente todo, es cierto! —Pepe quiso justificar su explicación a sabiendas de que era un tanto inverosímil.

—¿Puedo saber quién era ese hombre al que tanto estimabas? —preguntó Sara temiendo su respuesta.

—Era mi profesor de Historia del instituto Lluís Vives —respondió sin dejar de mirar sus rostros.

—¡Santo Dios! ¡No puede ser! —exclamó Alejandra con los ojos brillantes.

Pepe se sorprendió ante su reacción sin entender absolutamente nada.

—No veo por qué... —añadió temeroso.

—¡Pepe! —exclamó Sara disimulando su nerviosismo—. Ese hombre..., ese hombre. —Tragó saliva antes de continuar—. Se llamaba Jorge Ferrer, ¿verdad? —pronunció mientras una lágrima resbalaba por su mejilla.

Pepe, sorprendido, asintió con la cabeza. Lluís se colocó delante de él y le dijo:

—Es muy importante que nos digas quién eres. Tu nombre no es Pepe, ¿verdad? Te llamas Andreu Subies.

Ahora era él quien se había quedado de piedra. ¿Cómo podían saber su verdadero nombre cuando hacía más de cinco años que nadie le llamaba así? ¿Quiénes eran esos tres jóvenes que habían descubierto su verdadera identidad?

CAPÍTULO 37

El destino a veces jugaba malas pasadas; otras, en cambio, te acercaba a seres desconocidos con quienes, sin saberlo, existían ciertos lazos de unión. Unos pensaban que estaba escrito de antemano, mientras que otros defendían que éramos nosotros quienes lo provocábamos. ¿Cómo definir la experiencia que acababan de vivir las hermanas Ferrer al encontrar a Andreu Subies? Habían removido cielo y tierra y, sin embargo, se encontraba a la vuelta de la esquina. Sara había tenido que comprar el ático justo en ese punto de la calle Quart y encontrarse a Pepe casi a diario. Los tres le habían ayudado al encontrárselo malherido. Parecía una especie de prueba de la que habían salido airosos por su manera de obrar. Satisfechos a la par que sorprendidos, no cabían en su asombro; habían encontrado a la persona de la que Jorge Ferrer se había sentido orgulloso, llegando a tratarlo como si fuera su propio hijo. Sin saberlo, le habían depositado toda su confianza y estaban a punto de revelarle sus más ocultos secretos. Sara se preguntó si realmente había sido una suma de casualidades o estaban destinados a encontrarse, aunque poco importaba la respuesta. A pesar de haber crecido sin sus padres y reconocer que ese hecho les había marcado para siempre, consideraba que la vida era maravillosa.

El sol iba posándose en los tejados de los edificios a medida que transcurría la mañana. En el salón de Sara los cuatro disfrutaban de una agradable conversación. Sara, Alejandra y Lluís ponían al día a su invitado sobre la historia de las llaves. Le comentaron cómo encontraron la libreta escondida en el pequeño baúl, cómo habían conseguido descifrar que se refería a las doce puertas de la muralla medieval y cómo habían logrado encontrar cuatro de ellas. A continuación, le detallaron la conversación de Alejandra con el director del instituto Lluís Vives y cómo se enteraron de su existencia, así como del bar Oro y Plata, donde habían negado conocerle y cómo su sobrino les había comentado que lo daban por muerto.

—Estaba muy asustado, aunque reconozco que yo perdí los papeles —admitió Lluís intentando disculparse.

—Es muy buen chaval, pero la muerte de mi hermana nos afectó a todos —añadió Pepe con tristeza—. Yo sigo opinando que no fue un accidente y que no se llevó a cabo una buena investigación policial. Su muerte fue la gota que colmó el vaso y el detonante para que yo abandonara la ciudad. Mientras permaneciera con mi familia, seguiría estando amenazada. Por eso no he vuelto ni les he dado señales de vida desde que regresé a Valencia.

—Elisa también se cayó al vacío —murmuró Alejandra en voz alta.

—¿Cómo dices? —preguntó Pepe sin entender nada.

—Perdona. —concretó Alejandra—. Decía que nuestra vecina Elisa apareció muerta en la calle, se cayó por el balcón. Casualmente es el mismo piso donde están viviendo Erika y Gustavo.

—¡Las piezas van encajando! —verificó Sara con tristeza en su voz—. Además, también creemos que nuestros padres no murieron en un accidente de tráfico, sino que fue provocado. Cada vez estamos más seguros de que fueron asesinados.

—Yo asistí al entierro de vuestros padres —dijo Pepe dolido—. Recuerdo veros cuando erais unas niñas, llorando y abrazadas a una mujer. Los demás profesores os dieron el pésame; yo me quedé clavado en un rincón observando y asimilando lo sucedido, cuando lo único que ansiaba era acercarme a vosotras y deciros que yo también le quería. Cuando días más tarde me amenazaron interrogándome sobre vuestro padre, supe que había gato encerrado y acudí a la policía, por supuesto, sin revelar absolutamente nada sobre la investigación de Jorge; después de todo había hecho un juramento de silencio. Pero ¿quién iba a creer a un mocoso con alguna detención por alterar el orden público? Pensaron que, como en otras ocasiones, solo lo hacía para llamar la atención. Al día siguiente entraron en mi casa y en el bar revolviéndolo todo. A partir de ese momento supe que la cosa iba en serio y temí por mi madre y por mi hermana. Decidí pasar página e intentar olvidar todas las teorías de Jorge sobre su último descubrimiento.

»Pero, casualidades de la vida, unos diez años después, mientras hojeaba la prensa, un artículo me llamó la atención. Una organización llamada AFCANI aseguraba que debajo de Valencia se escondía una de las fortunas más codiciadas de la historia. Decía también que había subvencionado a un grupo de investigadores para que la localizaran y presumía tener en su haber ciertas claves de su ubicación. En cuanto terminé de leer el artículo, empecé a recopilar información sobre el tema. No podía permitir que esos impostores se colocaran la medalla de un descubrimiento que no les pertenecía. Se lo debía a vuestro padre después de que hubiera sacrificado su vida por proteger y esconder esas claves. Necesitaba hacer justicia. Empecé a moverme, a preguntar, a buscar datos. Intenté recordar todas las palabras que Jorge me dijo diez años atrás. Todos los detalles, por pequeños que fueran, que pudieran abrirme las puertas a esa incansable búsqueda.

—¿Encontraste algo? —preguntó Alejandra ansiosa.

Pepe la miró con una sonrisa de satisfacción, lo cual dio a entender que su respuesta era afirmativa.

—¿De veras? —volvió a preguntar Sara con los ojos como platos.

—Todo a su debido tiempo —contestó Pepe a sabiendas de que la espera se les haría interminable—. Me llevó bastantes quebraderos de cabeza dar con la solución. Recordé que Jorge hacía mucho hincapié en las notas de cada trimestre. Por suerte, a mi madre, a pesar de su enfermedad, le gustaba guardar todos los papeles. Solo tuve que rebuscar y localizar los boletines de notas de los últimos años de instituto. En los de mi último curso con él, había unas líneas en clave que descifré y que correspondían a versículos de la Biblia. Después de darles muchas vueltas, localicé la posición de dos de las llaves y di con ellas. Una correspondía al Portal de Torrente o de los Inocentes, y la otra al Portal de los Tintes o de la Corona. Las llaves son más sencillas que las que habéis encontrado hasta ahora; tened en cuenta que pertenecían a dos de las ocho puertas pequeñas de la muralla.

—¿Las tienes en tu poder? —preguntó Lluís, incrédulo.

—Más o menos —contestó Pepe mirándolo con el rabillo del ojo.

—¿Eso es que sí o que no? —puntualizó Sara.

—No físicamente, pero sí sé dónde localizarlas.

El silencio se instaló entre ellos, y Pepe aprovechó para continuar con su relato:

—En mi alegría por haber confirmado las teorías de Jorge y darle en los morros a esa organización, olvidé que los sabuesos que nos vigilaban no descansaban en su tarea. Me abordaron una noche e intentaron sacarme toda la información posible, pero yo era una tumba. Recibí una retahíla de palos y, cuando regresé a casa, dolorido, desde mi interior me reía de ellos por no haberme sonsacado ni una sola palabra. La risa se me fue de repente cuando, al día siguiente, a mi hermana la encontraron muerta en el asfalto víctima de un supuesto suicidio. Me sentí tan culpable y al mismo tiempo tan lleno de ira que, como no sabía qué hacer, opté por la postura más cobarde: salir de la ciudad, olvidarme de todo y de todos, y dar un rumbo nuevo a mi vida.

—¿Qué otra cosa podías hacer? —preguntó Lluís en tono de consuelo.

—Durante casi veinte años —continuó cabizbajo Pepe— viví con un temor constante, tanto por mí como por mi familia. Estos cinco últimos años en los que vagabundeaba por las calles, me he dado cuenta de que tener miedo no tiene ningún sentido. Una persona no es absolutamente nada si no tiene libertad de movimientos. Y como dice William Wallace en una escena de la película *Braveheart* antes de entrar en combate: «Podrán quitarnos la vida, pero nunca nos quitarán la libertad». Estoy dispuesto a llegar hasta el fondo de este asunto y ayudaros en la medida de lo posible a descubrir el resto de las llaves y dar con el culpable del asesinato de vuestros padres. Y, sobre todo, vengarme de la muerte de mi hermana y de los veintitrés años que nos han hecho padecer semejante infierno. Contad conmigo para lo que haga falta y consideradme como un hermano tanto para lo bueno como para lo malo.

Unos lazos invisibles de amistad, compañerismo y lealtad los unieron.

Alejandra fue la primera en hablar. En su voz todavía se reflejaba la emoción de conocer la historia de Pepe y de saber quién era en realidad.

—A partir de ahora te quedarás a vivir con nosotros. No puedo consentir que sigas durmiendo a la intemperie.

—No creo que sea buena idea —replicó Pepe resignado.

—¡Cómo que no! —exclamó Sara, sorprendida ante su negativa—. Yo opino lo mismo que mi hermana.

—Os estoy muy agradecido —atajó él—, pero no debemos dejarnos llevar por sentimentalismos. Yo debo continuar en la calle como hasta ahora. Reconoced que ahí soy más útil. Puedo pasar desapercibido y vigilarlos a ellos igual que ellos os vigilan a vosotros, ¡y de ninguna de las maneras pueden averiguar quién soy! De momento, el nombre de Andreu Subies tiene que permanecer oculto. Yo soy Pepe para vosotros y para todo el que me conoce. Escogí ese nombre porque era perfecto y no despertaría sospechas. Es corto, sencillo y muy valenciano. Hemos de jugar bien nuestras cartas si queremos llegar hasta el fondo de este asunto.

—Pero... —murmuró Alejandra con la boca pequeña y el corazón encogido.

—Creo que Pepe tiene razón —intervino Lluís—. Todo ha de continuar como estaba, cualquier cambio podría perjudicarnos a nosotros, y sobre todo a él. Para empezar, ya deben de saber que hemos descubierto el micro, lo cual quiere decir que aumentarán la vigilancia, contando con que no decidan colocarnos otro nuevo. Es muy posible que intenten entrar en el piso por las buenas o por las malas. Debemos de estar muy alerta y en permanente contacto. Tengo un móvil en casa que no utilizo, será para ti —dijo dirigiéndose a Pepe—. Tendremos una contraseña para avisarnos de cualquier peligro.

—Me parece bien —agregó Pepe con seguridad—. Es importante que seamos una piña. Hay algo que no debemos dejar de lado: investigar sobre esa organización

Sara y Alejandra se miraron entre ellas, en sus ojos se reflejaba el temor por la incertidumbre de no saber qué podía llegar a ocurrir.

CAPÍTULO 38

La comisaría de policía Valencia Centro bullía de actividad, como de costumbre en las últimas fechas. El problema de la inmigración cada vez se acentuaba más y también el número de detenciones.

El inspector Moreno y el subinspector Roque interrogaban a dos hombres por el robo en una joyería. Los delincuentes se negaban a hacer ningún tipo de declaración. En ese momento alguien llamó a la puerta interrumpiendo el interrogatorio.

—El comisario Morales quiere veros en su oficina —dijo una mujer con varias carpetas en la mano.

Los dos policías salieron de la sala y se dirigieron hacia el despacho de su superior.

—¿Nos llamaba? —preguntó Moreno asomando la cabeza en la puerta entreabierta.

—¡Adelante! ¡Sentaos! —ordenó señalando las dos sillas al otro lado de la mesa—. ¿Habéis conseguido dar con esa mujer del retrato robot?

—No, señor —contestó el subinspector Roque—. Está resultando más difícil de lo que creíamos. No está fichada y nos llevará algún tiempo localizarla.

—¿Habéis repartido fotografías? —preguntó el comisario mientras revolvía varios papeles de encima de su mesa buscando algo.

—Sí —afirmó el inspector Moreno—. Hay copias por todas las comisarías. Pero de momento no hay rastro de esa mujer.

—¡Hay que ponerle más ganas! —gritó Morales—. No admito más evasivas. ¡Han vuelto a actuar! ¡Esos malditos sinvergüenzas han vuelto a hacerlo de nuevo! ¡Es la cuarta vez que entran en un lugar emblemático de la ciudad! —Su mal humor crecía por momentos mientras sus gafas negras le acentuaban el entrecejo de mala leche—. ¡Quiero a esa mujer ya! Hay que interrogarla para saber si tiene algo que ver o si nos puede revelar alguna pista. No puede ser que en las cuatro intervenciones no haya habido ningún testigo. Es imposible que nadie pasara por allí en esos momentos. Se están burlando de la justicia en nuestra propia cara.

—¿Seguro que son los mismos? —preguntó el subinspector Roque.

—La manera de operar es idéntica —explicó Morales quitándose las gafas y fregándose los ojos—, aunque esta vez todavía no sabemos cuántas personas eran y si entre ellas había alguna mujer o no.

—¿Dónde ha sido esta vez, jefe? —preguntó el inspector Moreno.

—Ni más ni menos que en el Miguelete —respondió el comisario, encolerizado.

—¿En el Miguelete? —repitió el subinspector Roque sorprendido—. ¿Qué puede haber de valor en un campanario? Como no se lleven las campanas —soltó con ironía—. No lo entiendo.

—Yo tampoco —atajó el comisario, desorientado, barajando varias hipótesis en su mente—. No veo el móvil por ninguna parte. Podría tratarse de un robo, pero ¿qué iban a robar? ¿Ganas de hacer daño? ¿Un juego de rol? Vete a saber... Como de costumbre, aparentemente no se llevaron nada, son bastante habilidosos y limpios en la faena, salvo por pequeños destrozos en las cerraduras. El sacerdote oyó ruidos y llamó al 112, acudieron dos agentes, pero les dieron indicaciones incorrectas.

»Forzaron la puerta del patio lateral y de la sala de las campanas. Al parecer, la cuerda de sujeción de una de las campanas más grandes se rompió y armó un escándalo del copón. Pero aun así salieron airosos de allí. No me lo puedo creer; es que por muchas vueltas que le doy es como si el diablo les estuviera echando una mano.

—A lo mejor no es un diablo, sino un ángel —murmuró el inspector Moreno.

—¡Menos cachondeo, Moreno! —le increpó el comisario encendido—. ¡Os doy una semana para que me traigáis a esa mujer! Esta mañana me ha llamado un directivo del Gobierno de la Generalitat pidiéndome explicaciones. Unas explicaciones que no tenía. Imaginaos la situación. Hay que dar con esa gentuza, averiguar qué están buscando y por qué.

Los ocho síndicos del Tribunal de las Aguas se encontraban reunidos en la sala de la Casa Vestuario, como era habitual cada jueves por la mañana. Debatían la crítica situación por la que atravesaba la ciudad y el resto del mundo.

—Este año es uno de los más graves de las dos últimas décadas —comentó Humberto Fernández, presidente del Tribunal y jurado de Favara—. Las catástrofes naturales han segado la vida a miles de víctimas inocentes, y lo que es peor, en los próximos años las cifras que estamos manejando ahora podrían volverse insignificantes.

Un murmullo semejante a un zumbido de moscardones creció en la sala.

—Pero, Humberto... —atajó Jaime Santos, jurado de Quart, ante el silencio de los asistentes para escuchar su comentario—. Todos sabemos que la situación del mundo está en un estado lamentable, que los terremotos, tsunamis, inundaciones están siendo cada vez más devastadores. Pero es que el hombre no ha sabido respetar la Tierra ni su entorno, y ahora estamos pagando las consecuencias.

—Tienes razón, Jaime, y sabes que estoy contigo en esa afirmación —continuó Humberto Fernández—. La madre tierra está enferma por el mal juicio y los malos actos de los hombres, pero lo que más me duele es que siempre paguen los inocentes.

Muchos de los asistentes asintieron uniéndose a su reflexión.

—¿Y qué me decís de la búsqueda que se ha desatado en la ciudad? —preguntó Juan Alcázar, jurado de Mestalla—. Las hermanas Ferrer continúan con su desesperada investigación.

—Es cierto... —afirmó Humberto Fernández—. Al principio cabía la posibilidad de que los incidentes en el Museo de la Almoina y las Torres de Serranos no fueran más que una casualidad, sin embargo, tras el ultraje de la iglesia de San Juan del Hospital esa teoría se ha derrumbado. Y no contentos con eso, además han encontrado la llave escondida en el Miguelete.

—Según nuestras averiguaciones —informó Adolfo Serrano, jurado de Mislata—, están involucradas las hijas de Jorge Ferrer y un vecino que es directivo en una empresa de ingeniería informática. Tenemos que detenerlos. Están avanzando a pasos agigantados y dijimos que actuaríamos si persistían en llegar hasta el final.

—Lo sé —asintió Humberto Fernández con voz calmada—.

Deduzco que desconocen a dónde los va a llevar todo esto, pero lo que me quita el sueño es no saber qué les está guiando.

—Esa incógnita nos está carcomiendo a todos —interrumpió Lorenzo Alonso, jurado de Rovella.

—Sea como sea, hemos de impedir que sigan adelante —expuso rotundamente Jaime Santos, jurado de Quart.

—¡Y lo haremos! —confirmó Humberto secamente.

Ese día Tía Rosa había madrugado más de lo habitual, pero de poco le había servido. A pesar de haber llegado mucho antes de que abrieran la comisaría, llevaba más de una hora haciendo cola en la calle, esperando que le llegara el turno. Parecía mentira que, en los tiempos en que estaban, no se hubiera ideado otro sistema para renovarse el carné de identidad. Miró el reloj por enésima vez, el tiempo avanzaba más rápido que la fila que tenía delante. ¡Qué barbaridad!, se dijo. Cuando por fin consiguió entrar dentro del edificio, tenía delante a cuatro o cinco personas. Su idea era pasar después por el Mercado Central para comprar unas cosas y visitar a Paco. Disfrutaba recreándose en cómo se interesaba por ella. No había más que verle la cara cuando la veía; le cambiaba la expresión por completo. Igualito que un niño. Tía Rosa sonrió al reconocer que estaba loco por ella. En el fondo se sentía culpable por su comportamiento. Quizás le había puesto demasiados impedimentos, ¿esperando qué? Un sueño imposible que nunca llegaría. Con los años que tenía, ya era hora de despertar de una vez por todas. Tenía un hombre maravilloso volcado a sus pies y comiendo de su mano, y ¿qué estaba haciendo ella? Tontear y perder el tiempo como si fuera una colegiala. Por otra parte, Paco, tenaz, no desistía en su conquista y había hecho que día a día Tía Rosa se fuese encariñando al ver todo lo positivo en él. Tenía que ser más amable, liberarse de todo tipo de prejuicios y, sobre todo, olvidar de una vez por todas a Miguel. Había estado demasiados años atada a un fantasma que nunca volvería. ¡Estaba decidida! A partir de ese momento, solo tendría ojos para el presente y el futuro. Y, ¿quién mejor que Paco para compartir ese tiempo?

—Señora, le toca ya —dijo una voz masculina a su espalda.

—¿Cómo dice? —preguntó perdida en sus pensamientos.

—Que ya puede pasar —insistió el joven—. Es su turno.

—Gracias —contestó sonriendo mientras se aproximaba al mostrador indicado.

El policía que tenía delante le pidió los papeles necesarios. Rosa, sentada frente al hombre, recorría con la mirada el interior de la comisaría. Observó a los demás agentes, los mostradores contiguos, la cantidad de papeles amontonados en las mesas, la espesa capa de polvo que tenía la ventana de enfrente y lo sucios que estaban los cristales. Tía Rosa pensó en la última tormenta. De eso hacía bastante tiempo. Lo cual demostraba que esa ventana estaba sin limpiar desde...

—¡Firme aquí! —le indicó el funcionario señalando un recuadro en blanco.

Rosa, obediente, estampó su rúbrica, sin rechistar.

—Espere un momento —le dijo el hombre levantándose y perdiéndose en la habitación de al lado.

Tía Rosa esperaba que no se demorara mucho más. Se estaba haciendo tarde y aún tenía que coger el autobús. Aburrida, curioseó el resto de la oficina. Sus ojos hicieron un barrido rápido y se detuvieron en un papel colgado de una de las columnas. Parecía el retrato de una mujer. Debajo del rostro había un rótulo en mayúsculas que ponía se busca. Volvió a mirar el dibujo. Había algo que le resultaba familiar. Esos ojos, esa boca...

—¡Cielo Santo! —Exclamó con el estómago encogido.

Tía Rosa acababa de reconocer la fotografía que estaba en la pared. Asustada miró a su alrededor y pudo observar que no era la única foto de esa mujer que había allí dentro. Empezó a contarlas... Había seis idénticas en distintos puntos. Tía Rosa se llevó una mano a la boca, asustada. Pero... ¿cómo no se había dado cuenta antes? Si estaban por todas partes. No cabía la menor duda de que la foto correspondía a su sobrina Sara. Pero ¿de dónde habían sacado su cara y por qué la buscaban? Tía Rosa notó cómo se le aceleraba el pulso. Los nervios se apoderaron de ella temiendo por la seguridad de su sobrina. El policía que la estaba atendiendo regresó de nuevo.

—Ya lo tiene, señora —dijo mientras le entregaba el nuevo carné—. Ya se puede marchar. ¿Le ocurre algo? ¿Se encuentra bien? —preguntó al apreciar la palidez de su cara.

—Estoy bien, gracias —contestó sin apenas aliento—. Entonces, ¿ya me puedo marchar?

El hombre asintió con la cabeza.

—Perdone que lo moleste. ¿Sabe por qué buscan a esa mujer? —preguntó en tono inocente señalando la fotografía más próxima.

—Para interrogarla.

—¿Para interrogarla? —repitió sorprendida y casi sin poder hablar.

—Sí, es una posible testigo y pieza crucial de un robo. ¿La conoce?

—No, no, simple curiosidad —se justificó temiendo que la expresión de su cara la delatara—. Gracias.

Cuando salió a la calle, respiró hondo. Se estaba ahogando por momentos. En cuanto dobló la esquina, sacó el móvil de su bolso y marcó el número de su sobrina Sara. Necesitaba ponerla al día ya.

CAPÍTULO 39

El bullicio y los murmullos de los clientes se expandían por todo el recinto del Mercado Central. Las callejuelas estaban a rebosar de gente que iba y venía buscando el mejor género y los comerciantes gritaban ofreciendo su mercancía, de primera calidad, haciendo que ese viernes por la mañana el mercado vibrara de energía. Un hombre con ojos de color verde esmeralda deambulaba por los angostos y olorosos pasillos, camuflado entre la gente, recordando momentos pasados. Momentos vividos hacía muchos años. ¡Cómo habían reformado las paradas del mercado en esos veintitrés años! ¡Y cómo había cambiado la ciudad! Todo había evolucionado con el progreso y la modernización. Desde que había llegado a Valencia hacía más de un mes y se había instalado en la ciudad, no había día que pasara sin que realizara ese mismo trayecto. Después de visitar el antiguo domicilio de Rosa, tras la negativa de aquella desagradable mujer, y sin saber por dónde empezar a buscarla, preguntó a todos los vecinos del inmueble sobre el paradero de Rosa Soler, pero no logró sacar mucha más información, salvo que se había trasladado con sus sobrinas a otra zona hacía un montón de años. Por más que preguntó con la intención de averiguar si se había casado, nadie supo darle más explicaciones. Lejos de darse por vencido, había consultado las guías de teléfono para obtener algún dato más sobre su paradero, pero no había tenido éxito. Desanimado por un lado y lleno de esperanza por otro, se hizo una seria promesa: que todos los días visitaría el Mercado Central con el firme objetivo de tropezarse con ella, como sucedió hacía veintiocho años cuando la vio por primera vez. Soñaba cada noche con ese momento y se levantaba y acicalaba cada mañana con ese anhelo. Abatido, después de haber recorrido el mercado varias veces y sin rastro de Rosa por ningún lado, decidió regresar a casa. Lo intentaría el sábado, el lunes, el martes, el miércoles..., así sucesivamente. No tenía prisa. Tenía todo el tiempo del mundo para encontrarla. Como persona tenaz que era, dio una última vuelta al mercado siguiendo una repentina corazonada.

En el otro extremo del mismo mercado, en la zona donde las frutas y hortalizas eran las protagonistas y se mezclaban los olores más apetitosos del lugar, Tía Rosa se despedía de Paco con una tierna sonrisa. Habían quedado para cenar y Paco, contento, albergaba la idea de poder conquistarla y que un día no muy lejano pudiera ser su mujer. A pesar de que ella le había hablado muy claramente, él se negaba a perderla. Desde que se había separado, anhelaba encontrar una mujer como ella. Dulce y cariñosa, atractiva, sincera, responsable y con gran sentido del humor. Era extraordinaria, y eso hacía que la admirara no solo como mujer, sino también como persona. Había sufrido mucho en esta vida y se merecía ser feliz, solo que aún la atormentaba la sombra de aquel novio suyo. Tenía que hacérselo olvidar de una vez por todas por el bien de los dos. Por ella, porque no podía continuar viviendo en el pasado, y, egoístamente, por él, porque le estaba cerrando las puertas a su propia felicidad.

Enredado en sus pensamientos vio cómo Tía Rosa se alejaba y observó su silueta. ¡Cómo le gustaba esa mujer! Cuando desapareció de su vista, empezó a organizar el mostrador que había quedado hecho una pena por la avalancha de gente. Un hombre de mediana edad pasó por su lado y se detuvo durante unos instantes ojeando la fruta que tenía expuesta, después siguió pasillo adelante. Paco, como buen observador que era, detuvo su mirada en el rostro de ese desconocido durante unos segundos. ¿Qué tenía la cara de ese hombre que le resultaba familiar? ¡Esa cara! ¡Y esos ojos!... Se repetía una y otra vez. Algo había en la mirada de ese tipo... ¿De qué le sonaba? Podía ser un cliente, se dijo... Pero él, que presumía de ser muy buen fisonomista, podría afirmar casi con total seguridad que no lo era. Sin embargo, juraría que no era la primera vez que lo veía.

El frío mármol del cuarto de baño parecía un *stand* de cosmética de una perfumería, desde el maquillaje con tonalidades naturales, pasando por el colorete para acentuar el sonrosado de las mejillas, sin olvidar la sombra de ojos con su abanico de colores, la máscara de pestañas y la barra de labios. Alejandra, envuelta en su albornoz, alternaba los colores y jugaba con los pinceles intentando sacarse el máximo partido. Miró el reloj y se relajó, todavía tenía tiempo. Lluís no tardaría en llegar. Esa noche esperaba que todo saliera según lo previsto. ¡Menuda fiesta le esperaba! Iba a estar toda la plantilla de la revista. Y no solo la de Valencia, sino también de Madrid y Barcelona, e incluso venían directivos de Francia y de Italia para presentar el nuevo proyecto. Y ¡cuánta gente importante acudiría! Iba a ser una noche única e inolvidable. Habría representantes del Ayuntamiento y la Generalitat, coleccionistas de arte, pintores, escultores, escritores y gente del mundo de la moda, actores, actrices, modelos, diseñadores... El timbre de la puerta irrumpió en sus pensamientos. Cogió el carmín, se dio los últimos toques dejando sus labios brillantes y sensuales, y salió disparada hacia la habitación. Cuando se enfundó el estiloso vestido y se calzó los altísimos zapatos, se miró en el espejo que tenía delante. Una inevitable sonrisa brotó de su cara mientras escuchaba cómo Lluís intercambiaba varias frases con Sara. Se puso unas gotas de su perfume Bvlgari, cogió el bolso de fiesta con el echarpe de seda y salió al salón. Al verla, Lluís se quedó sin palabras. Era imposible estar más bella. Parecía la princesa de un cuento de hadas.

—Cuando quieras nos vamos —pronunció ella admirando el elegante traje de Lluís. Qué guapo estaba con su pelo engominado y esa fragancia masculina que la volvía loca.

Bajaron a la calle y subieron al Audi negro de Lluís. Las calles iluminadas de la ciudad los acompañaron en su recorrido.

—¿Te he dicho que estás preciosa? —la piropeó poniendo su mano sobre la de ella.

—No, todavía no me lo habías dicho —comentó risueña—. Tú también. Gracias por acompañarme.

Sus miradas coincidieron y sobraron las palabras. Lluís le apretó la mano, ella le correspondió.

Esa noche el Hotel Meliá vestía sus mejores galas con alfombras de terciopelo, centros de flores en todos los rincones derrochando lujo y glamur, todo ello aderezado con materiales nobles que le daban elegancia y distinción. Alejandra, mezclada entre los invitados, saludaba y presentaba a Lluís entre la muchísima gente conocida que había asistido. Una hilera de uniformados camareros servía bandejas de canapés fríos y calientes, con gran variedad de bebidas. Después de tomar asiento en uno de los grandes salones, los directivos de la empresa presentaron la nueva revista bautizada con el nombre de *Vía Augusta*, que no solo trataría de sociedad, sino también de arte. Una mezcla muy explosiva. Todo estaba saliendo a pedir de boca. Los invitados disfrutaban de una agradable velada y ovacionaban el nuevo proyecto, augurándole un gran éxito. Alejandra estaba radiante y feliz.

»Después de una larga e intensa exposición, donde fueron nombrados todos los colaboradores que integraban la empresa, el presentador hizo especial hincapié agradeciendo su apoyo al mayor accionista, casi totalitario, de la revista: Augusto Fonfría. Todos los presentes aplaudieron, algunos de ellos incluso se pusieron de pie vitoreando a dicho personaje. Alejandra imitó a los demás invitados aplaudiendo sin conocerle y pensó si el nombre de *Vía Augusta* lo habría escogido él. No sabía que ese hombre era uno de los mayores accionistas de su empresa, ni tampoco había oído hablar de él. Claro que también desconocía a muchas de las personas que la rodeaban. Lo estudió con detenimiento. Iba elegantemente vestido, con un traje de algún famoso y carísimo diseñador. Aparentaba alrededor de unos sesenta años, con un cutis bien cuidado, ¡claro que con esa gente nunca se sabía la edad exacta! Tenía el cabello peinado hacia atrás y una blanca sonrisa. Los aplausos fueron cesando paulatinamente hasta quedar la sala prácticamente en silencio. A continuación, el señor Fonfría dijo unas palabras con las que dejó a más de media sala con la boca abierta. Acababa de dejar el listón bien alto. No había lugar a dudas de que era un hombre culto y astuto, y los aplausos volvieron a reanudarse. Alejandra, curiosa, se dirigió a una compañera de trabajo que se encontraba sentada a su lado.

—¿Quién es? —preguntó inocentemente.

—¿De verdad que no lo sabes? —chilló, incrédula, tratando de hacerse entender ante tanto aplauso.

Alejandra negó con la cabeza.

—Es una de las personas más ricas e influyentes de esta sala —le explicó en tono confidencial al tiempo que se sentaban de nuevo— y uno de los coleccionistas de arte más célebres. Dicen que tiene en su poder tal cantidad de cuadros que ni él mismo sabe lo que tiene.

—¿Cómo sabes todo eso? —preguntó Alejandra curiosa.

—Mi tía es íntima amiga de su secretaria personal. Además,

corren rumores de que es un poco raro, algo excéntrico, pero con el dinero que tendrá ese hombre, ¿quién no lo es? También posee varias empresas cuyos nombres no recuerdo ahora, y tiene una organización dedicada al mundo del arte que se llama... —La joven intentó recordar su nombre—. Lo tengo en la punta de la lengua —murmuró—. ¡Ya lo sé! Se llama AFCANI: Asociación Fonfría Coleccionista de Arte Nacional e Internacional.

Alejandra sintió un escalofrío que le congeló hasta el alma. Esa organización era la misma que había comentado Pepe días atrás, la que afirmaba en un artículo que en Valencia se escondía el mayor tesoro de todos los tiempos. ¿Sería ese tal Augusto Fonfría el culpable del asesinato de sus padres, de haber dejado a su hermana y a ella huérfanas, privándoles de crecer en compañía de sus progenitores, de haber causado un giro radical al destino de su Tía Rosa, de la vigilancia y las amenazas que habían recibido y de la interminable tortura a la que habían sido sometidos Andreu Subies y su familia? ¡No podía ser! ¡Y dentro de su misma empresa! Estaba aturdida y la cabeza le daba vueltas. Ya no sabía qué pensar. Se quedó ensimismada descifrando si sería casualidad o cosa del destino que se encontraran en la misma sala. Este maldito mundo estaba lleno de sorpresas.

—¿Qué te ocurre? —le preguntó Lluís viendo la palidez de su rostro.

A Alejandra le costó reaccionar y volver a la sala del hotel; se había transportado a otro lugar donde el odio y la venganza crecían sin medida. Discretamente informó a Lluís de quién era ese personaje y lo que acababa de descubrir. Él hizo memoria de cuando tuvo que esconderse en el Museo Arqueológico de la Almoina a causa de aquel grupo de personas que lo visitaron fuera de horas. Lluís se fijó en sus facciones y confirmó que era el mismo hombre, ¡sin ningún tipo de duda! ¿Eso quería decir que tenían delante al culpable de todo lo que había ocurrido?

—Alejandra, es el mismo tipo del Museo de la Almoina —confirmó con seguridad.

—¡Santo Dios! —murmuró ella con la voz entrecortada.

Minutos más tarde comenzaron a servir una suculenta y apetitosa cena. Alejandra apenas podía abrir la boca para engullir. Su garganta estaba obstruida por la rabia y la impotencia. Sus ojos encendidos de cólera no le dejaban ver más allá. Solo deseaba huir de allí, salir cuanto antes de aquella inmensa sala que al entrar le pareció exquisita y cuidada al mínimo detalle, y ahora se había convertido en una terrible cueva en la que las paredes la aprisionaban dejándola frágil y desvalida. Resopló varias veces seguidas. ¡Qué calor hacía! Se ahogaba. Notó cómo un reguero de sudor se deslizaba por su espalda. Se pasó la mano por la frente y notó que la tenía húmeda. Se asfixiaba por momentos. Las imágenes que tenía delante se le emborronaban. ¿Qué le estaba sucediendo? ¿Por qué no veía con claridad?, se preguntó angustiada.

De repente la envolvió un sudor frío y una sosegada y dulce oscuridad tiñó la sala de negro y los invitados desaparecieron.

—Alejandra, Alejandra... —Lluís no paraba de pronunciar su nombre, asustado.

Una agradable paz se había apoderado de ella y no la dejaba volver a la realidad. Pero... ¿quién la llamaba? ¿Por qué la molestaban si ella no quería abrir los ojos?

—Alejandra, Alejandra... —Lluís insistía, arrodillado a su lado.

Alejandra conocía esa voz, sabía que era de su querido Lluís, pero ¿por qué quería despertarla?

—Parece que está volviendo en sí —comentó una mujer—. Ha sido un desmayo.

—Déjenla respirar, sepárense —murmuró un hombre.

Alejandra, confundida, entreabrió los ojos lentamente. ¿Qué había sucedido? ¿Qué hacía tumbada en el suelo? ¿Cuánto tiempo había pasado? Tenía frío, un sudor helado la envolvía. Una chaqueta de caballero le cubría parte del cuerpo. Dibujó una tenue sonrisa al ver a Lluís a su lado, pero se moría de vergüenza al sentirse observada. Si hubiera podido desaparecer de allí lo habría hecho. Ahora empezaba a recordar lo sucedido. Se había desmayado. Intentó incorporarse para dejar de ser el centro de atención. Dios mío, ¡qué bochorno! Si lo que pretendía era pasar desapercibida, desde luego no lo estaba consiguiendo.

—Tranquila... —le susurró Lluís con dulzura mientras le acariciaba la cara.

Alejandra hizo ademán de incorporarse, pero su cuerpo no le obedecía.

—No te precipites, ten paciencia —murmuró más tranquilo. ¡Menudo susto le había dado!

Pasados unos minutos Lluís la ayudó a levantarse. Alejandra sentía que la cabeza le daba vueltas y más vueltas. Tenía tal sensación de inseguridad que se agarró a su acompañante con toda la fuerza de que fue capaz.

Las personas que habían acudido en su ayuda empezaron a dispersarse no sin antes preguntar por su estado.

—Estoy bien, gracias —balbuceó todavía descolocada.

—¿Quieres que salgamos? —le preguntó Lluís intranquilo—. El aire te sentará bien.

—Sí, por favor. ¡Sácame de aquí! —contestó sin soltar su brazo. Lluís recogió su bolso y el echarpe de seda y se lo pasó por los hombros.

Los dos avanzaron despacio por el salón esquivando mesas e invitados. Alejandra contaba los pasos que le quedaban hasta llegar a la puerta de salida. La situación le estaba resultando angustiosa. Solo pensar que se había convertido en el centro de atención y que estaba en la misma estancia que ese individuo...

—Perdone, perdone..., señorita Ferrer, ¿no?

Una voz masculina a su espalda pronunció su nombre. Alejandra se giró con la ayuda de Lluís intentando mantener el equilibrio y la compostura. ¿Quién la llamaba?

—Alejandra Ferrer, ¿verdad? —Su nombre era repetido por segunda vez por un caballero que le tendía la mano con el fin de estrechársela.

Alejandra estaba en *shock*. No se lo podía creer. Debía de ser una alucinación. Su rostro volvió a palidecer cuando comprobó que la persona que tenía delante de ella era el mismísimo Augusto Fonfría. El hombre que había despertado sus instintos de odio más profundos estaba delante de ella, y encima pretendía estrecharle la mano amigablemente. Por una décima de segundo, se negó a saludarle. ¡Cómo se podía tener tan poca vergüenza!, se preguntó.

Instantes después, y haciendo de tripas corazón, cedió y extendió el brazo hasta notar el calor de la mano contra la suya. Su mandíbula se contrajo. Engarrotada, era incapaz de disimular su repulsa y su desprecio, pero ese no era ni el momento ni el lugar.

—Sí, soy yo —asintió con una leve y forzada sonrisa.

—Soy Augusto Fonfría —Su tono era afable, a diferencia de su gélida mirada—. Señorita Ferrer, ¿se encuentra mejor? Nos hemos asustado todos con su desmayo.

—Estoy bien, gracias. Lamento haber causado tantos problemas.

—¡Problemas, ninguno! —la excusó decidido—. Pero por el color de su tez debo deducir que todavía no está bien del todo.

—Solo necesito un poco de aire —murmuró ella.

—Ahora precisamente íbamos fuera —intervino Lluís sin soltarla.

—Muy bien —prosiguió Augusto Fonfría—. Recupérese pronto, por favor. Solo quería decirle que tiene usted la misma mirada de su padre. Yo lo apreciaba mucho.

Alejandra, perpleja, le hizo un leve movimiento de cabeza unido a una mueca similar a una sonrisa y se dio la vuelta hacia la salida. Todavía no entendía con qué intención le había hecho ese comentario afirmando que conocía a su padre y aparentando que habían tenido un trato de amistad.

CAPÍTULO 40

Sara se levantó sin encender la luz, se conocía cada palmo de su casa y podía deambular por ella, con soltura, aun con los ojos cerrados. Atravesó el salón teñido de negro salvo por el piloto rojo del televisor y llegó a la cocina. Encendió la luz y se puso un vaso de leche. A los pocos minutos oyó que alguien se acercaba por el pasillo y vio aparecer a su hermana.

—¿No puedes dormir? —le preguntó Sara tras dar un sorbo a la leche.

—No —contestó Alejandra, que imitó a su hermana y se llenó otro vaso—. Es cerrar los ojos y solo veo la cara de Augusto Fonfría. Sus facciones no son duras, pero hay algo en él que delata su frialdad. —Alejandra se quedó pensativa durante unos instantes, como si estuviera reviviendo la escena de la cena.

—¿Y a ti qué te pasa? —quiso saber Alejandra.

—Hay algo que todavía no te he contado —contestó Sara preocupada.

Alejandra la miró sorprendida y al mismo tiempo con curiosidad. Desde hacía unos meses todo eran incidentes fuera de lo habitual. Esperaba cualquier cosa.

—Hace unos días me llamó Tía Rosa —le empezó a contar—. Estaba en la comisaría renovándose el carné de identidad y vio varias fotos robot de una mujer a la que están buscando.

—¿Y? —Alejandra no entendía a qué venía ese comentario.

—¡Pues que esa mujer era yo! —Sara estudió la reacción de su hermana y vio cómo su expresión cambiaba en pocos segundos.

—¿Me estás diciendo que te está buscando la policía? —Alejandra no daba crédito a lo que acababa de escuchar. Su rostro palideció. Buscó una silla próxima, sus piernas flaqueaban—. ¡No me lo puedo creer! Es por ese imbécil de policía que te vio en las Torres de Serranos. ¡Maldito sea! ¿Y ahora qué...?

—Pues no lo sé —Sara se estaba desmoronando—. Solo te puedo decir que, desde que Tía Rosa me llamó, no consigo dormir, y cuando voy por la calle, voy suplicando para no tropezarme con policías. ¡No sé cuánto tiempo podré aguantar! Me siento como una vulgar delincuente, como una fugitiva.

—Tranquilízate. —Alejandra intentaba consolarla, aunque en el fondo estaba más asustada que ella—. ¡Tendrás que cambiar de aspecto!

—¿Tú crees? —dudó.

—¡Un momento! —exclamó Alejandra recuperando el control de su cuerpo mientras se levantaba—. ¡Nosotros no hemos robado nada, o por lo menos nada que puedan echar en falta! ¡Ni tampoco hemos matado a nadie! ¿De qué delito te pueden acusar? De entrar en un par de sitios a deshoras. Seguramente, como mucho, tendríamos que pagar una multa.

—Gracias por tratar de animarme —reconoció Sara.

—Lo siento... —susurró su hermana mientras la abrazaba, intentando darle la fuerza necesaria para sobrellevarlo.

Con los ojos hinchados y las ojeras de no haber pegado ojo en toda la noche, Sara salió de casa para ir al trabajo. Estaba a punto de dejar el patio atrás cuando alguien pronunció su nombre.

—¡Sara! Buenos días.

—Buenos días, Erika —la saludó deseosa de perderla de vista. Pensó en los comentarios de Pepe acerca de ella y de su supuesto marido, y del micrófono que instalaron en el teléfono de su casa.

—Qué ojeras tienes, ¿que no te encuentras bien? —le preguntó Erika con tono de preocupación.

—Sí, es que no he dormido muy bien —repuso Sara.

—Tienes que descansar. ¡Cuánto tiempo sin vernos, y mira que vivimos cerca! —dijo Erika en tono amigable—. ¡Qué bien lo pasamos en la última cena! ¿Lo recuerdas? Deberíamos repetirlo, ¿no crees?

—¡No va a poder ser! —negó rápidamente—. Estamos muy liadas últimamente. ¡Tal vez más adelante! Uf..., me tengo que marchar —exclamó mirando el reloj—, se me está haciendo tarde.

—¡Ya! —refunfuñó su vecina mientras la veía alejarse dejándola con la palabra en la boca. A continuación, sacó el móvil y marcó un número de teléfono.

—¡Confirmado que sospechan de nosotros! —dijo sin vacilaciones—. ¡Ha llegado el momento de actuar!

Una voz masculina se oyó al otro lado de la línea.

—Tranquila, Erika. Eres demasiado impulsiva. Si os han descubierto, en parte está bien. Eso los pondrá nerviosos.

—Sí, pero también irán con más cautela —añadió ella intentando convencer a su interlocutor.

—Tranquila... Todavía no ha llegado el momento. Hay que saber esperar. Ahora, eso sí —agregó decidido—: ¡quiero saber todos sus pasos!

Las calles estaban mojadas por la humedad cuando Lluís salió de casa de madrugada. Era mucho más temprano que su horario habitual, pero esa mañana tenía mucho que hacer. Hoy no acudiría al trabajo, había pedido el día de asuntos propios, aunque lo que pretendía era ayudar a Sara y Alejandra en su búsqueda. Había dedicado las últimas horas a una exhaustiva investigación sobre el personaje de Augusto Fonfría y todo lo referente a su entorno, incluyendo, por supuesto, AFCANI. Según sus averiguaciones, era una organización prestigiosa y aparentemente cumplía con las normas. Al frente tenía un hombre muy poderoso, accionista de otras muchas empresas, y, como se diría de forma vulgar, un auténtico pez gordo.

Lluís se adentró en la calle Guillem de Castro y encendió la calefacción del coche. A los pocos metros, y como habían acordado, vio en el borde de la calzada a Pepe. Cuando llegó a su altura, se detuvo y esperó a que subiera.

—Buenos días, Lluís. ¡Hace una mañana de perros! —comentó Pepe mientras se frotaba las manos acercándolas a la boca e intentando calentarlas.

—¡Hola, Pepe! Estamos a cuatro grados. Este invierno está batiendo récords. ¿Crees que conseguiremos averiguar algo? —preguntó dudoso.

—No estoy seguro. No va a ser fácil sacar los trapos sucios a un tipo como Augusto Fonfría, pero por lo menos lo vamos a intentar. Tenemos que encontrar respuesta a este enigma.

Avanzaron atravesando la ciudad sin apenas compañía y se encaminaron hacia las afueras, dirección Madrid. En el desvío de

Cheste salieron de la autopista. El pueblo estaba desierto y siguieron las indicaciones del navegador hasta llegar a la plaza, donde aparcaron el coche. El lugar que buscaban estaba a dos calles de allí. Caminaron con las manos metidas en los bolsillos y el cuello levantado para resguardarse del frío. Una vez dieron con la fachada que buscaban, entraron decididos.

—¡Buenos días! —saludó Lluís sonriente—. Nos envían de la agencia de Valencia para cubrir dos bajas.

—¿De la central? —preguntó un hombre con bigote y cara de pocos amigos.

—Sí, de la central —confirmó Pepe.

—¿Sois nuevos? —cuestionó mirándolos de arriba abajo—. No recuerdo haberos visto antes.

—Sí, es nuestro primer día en la empresa —afirmó Lluís tratando de parecer convincente.

—Bien, espero que seáis de confianza. ¿Os han explicado ya lo que tenéis que hacer?

—Más o menos —puntualizó Pepe sin tener mucha idea.

—¿Más o menos? —gruñó el hombre en tono insolente—. ¡Os lo voy a explicar solo una vez y espero que seáis espabilados! Dentro de media hora vendrán tres compañeros más y los cinco cogeréis una furgoneta de la empresa e iréis al lugar indicado. Es una mansión que está a varios kilómetros de aquí, donde se celebran una o dos veces al mes unos eventos un tanto desenfrenados. La persona que manda es muy exigente. Deberéis limpiar todo a conciencia según las instrucciones del ama de llaves. Ayer tuvieron una de esas fiestas y está todo manga por hombro. A las doce del mediodía habréis terminado la faena y os volverán a traer aquí. ¿Ha quedado claro?

Lluís y Pepe asintieron. Intentarían hablar lo menos posible con el fin de no meter la pata. Como el hombre del bigote les había indicado, a la media hora se presentaron los tres hombres que los acompañarían durante la jornada. Cargaron unas cajas con material de limpieza y subieron a una furgoneta rotulada con el nombre de la empresa. Después de unos treinta minutos de camino, se desviaron hacia una carretera secundaria con campos de naranjos a ambos lados, que recorrieron durante varios kilómetros. Lluís y Pepe iban atentos memorizando el camino. Ascendieron por una pendiente con una vegetación muy cuidada. Lluís pensó que debían estar muy cerca.

—¡Ya estamos llegando! —indicó uno de los hombres.

A pocos metros había un alto muro que rodeaba el perímetro con unas grandes puertas de metal que les impedían el paso. El conductor estiró el brazo y tocó un botón camuflado entre la maleza. Después de identificarse, la puerta empezó a abrirse.

—¿Abren a todo el mundo? —interrogó Pepe para sacar información—. ¿Cómo saben que les estás diciendo la verdad?

—¡Esta gente lo tiene todo controlado! —contestó uno de los compañeros—. No tienes más que ver la cantidad de cámaras de seguridad que hay por todo el recinto. ¡Una advertencia! Ni se os ocurra coger absolutamente nada de la casa. Hay dos personas que controlan las cámaras las veinticuatro horas del día. Hace un año un compañero se guardó varios puros en un bolsillo. Al día siguiente lo despidieron.

Lluís y Pepe se miraron en silencio, tratando de memorizar la posición de las cámaras. Faena nada fácil, ya que estaban colocadas a pocos metros unas de otras. Pocos espacios quedaban fuera de su control. Subieron por un camino con arbustos de diferentes tamaños podados con formas irregulares y abstractas, flores de mil colores nunca vistas que adornaban un jardín de ensueño, como en el mejor de los cuentos de Walt Disney. Pepe pensó que, si en invierno estaba tan maravilloso, en primavera sería una locura pasear por aquel lugar. Miró al frente y vio el caserón; era sublime, majestuoso, sencillamente precioso. La furgoneta se detuvo ante su imponente fachada. Una mujer delgada de unos cincuenta años y con cara de pocos amigos salió a recibirles.

—¡Llegan cinco minutos tarde! —Esas fueron sus primeras palabras.

—Lo sentimos, señora —se disculpó uno de los compañeros.

—¡Me quejaré a su empresa! —les increpó—. ¡Espero que por lo menos sepan trabajar!

Entraron en el hall cargados con cajas de productos de limpieza, siguiendo los pasos del ama de llaves. Un original y grandioso espejo ocupaba una de sus enormes paredes, y frente a él se alzaban dos soberbias figuras de mármol que representaban a Adán y Eva. Pepe alucinó durante unos segundos. Si esa era la entrada, cómo sería el resto de la casa. Seguidamente se adentraron en uno de los salones y después en otro y otro... Cada uno más espectacular que el anterior. Uno combinado en tonalidades blancas y negras. Otro a base de materiales naturales y nobles, como la madera. Y lo más impresionante, todas las paredes estaban plagadas de enormes y diferentes cuadros. Seguro que muchos de ellos serían de un incalculable valor. Lluís intentó contarlos.

¿Cuántos había? Perdió la cuenta. Pepe pensó lo mal que estaba repartido el mundo. Unos viviendo en la calle sin saber qué llevarse a la boca y otros nadando en la abundancia. Por unos instantes, sus recuerdos de cuando era niño le abordaron. La paliza que recibió por no querer desvelar nada sobre Jorge Ferrer. El posible asesinato de su maestro y su mujer. La muerte de su hermana por un supuesto suicidio. La vida que le habían destrozado hasta el punto de obligarle a ocultar su identidad y mendigar en su propia ciudad. Todos esos recuerdos lo llenaron de odio y de venganza tensando las facciones de su cara. Juró y perjuró que, si ese tal Augusto Fonfría era el culpable de todo ello, pagaría por todas y cada una de esas cosas.

Comenzaron a trabajar recogiendo todos los desperdicios: botellas vacías de todo tipo, principalmente de whisky caro y champán francés, vasos semivacíos, bandejas de canapés desperdigadas por doquier, papeles, confeti, restos de vómitos... Empezaron a llenar bolsas industriales de basura y a amontonarlas en una esquina del jardín. ¡Menuda fiesta se había pegado esa gente! Al parecer había durado todo el fin de semana.

—Pepe, acércate aquí un momento —solicitó Lluís señalando una pequeña mesa de cristal con restos de polvo blanco—. ¿Qué dirías que es esto? —preguntó con ironía.

—Desde luego no es azúcar glasé —sonrió—. Esta gente no se ha privado de nada...

—Mejor será que le pasemos un trapo antes de que nos veamos tentados a aprovechar sus despojos —insinuó Lluís pulverizando la cocaína con limpiacristales.

La luz del sol ya entraba por los ventanales cuando terminaron con el interior de la casa. Después se centraron en las piscinas, los jardines y el *spa*. A todos los desperdicios había que sumarles vasos rotos, una buena cantidad de preservativos usados y algún que otro juguetito erótico. Esa gente se lo montaba a lo grande.

A las doce del mediodía, los cinco hombres subieron en la furgoneta camino a la agencia de limpieza. Otro vehículo exactamente igual que el suyo se cruzó con ellos, y el conductor tocó el claxon en señal de saludo.

—¿Quiénes son? —preguntó Pepe curioso.

—El equipo femenino de la empresa —contestó el conductor—. Nosotros limpiamos lo gordo y ellas dan el toque final.

Durante el camino de vuelta, Lluís anotó en una pequeña libreta los puntos destacados de la casa que no quería olvidar, por si había que hacer una segunda visita, así como los lugares estratégicos de algunas de las cámaras y la ubicación de la habitación donde se debían de encontrar los monitores con los vigilantes. Ese tal Augusto Fonfría no era trigo limpio. Por lo poco que habían podido constatar, era un personaje bastante corrupto. Aun así, todavía les quedaba mucho por averiguar.

Subidos en el Audi negro, los dos compañeros regresaban a casa. Lluís le entregó el dinero que le habían pagado en la agencia de limpieza.

—Eso no me pertenece —protestó Pepe viendo que le entregaba también su paga—. Hemos trabajado a partes iguales. No me parece justo.

—¡No protestes y cógelo! —refunfuñó Lluís cariñosamente—. Te lo mereces. Además, yo me llevo un sueldo todos los meses. Y a ti te hace más falta que a mí.

Un pequeño silencio invadió el automóvil. Pepe miró a Lluís y sus ojos se humedecieron en agradecimiento a su gesto.

CAPÍTULO 41

Eran tan solo las seis de la tarde y la oscuridad extendía su manto sobre la ciudad. Durante todo el día el cielo había permanecido con tonalidades grises, avisando de la nieve cercana. La calle Quart estaba prácticamente vacía salvo por una pareja que caminaba deprisa ataviada con ropa de abrigo. Según las fechas del calendario, la Navidad estaba a la vuelta de la esquina y los comercios habían desempolvado sus adornos navideños, que servían de reclamo para sus clientes. Ese año el frío había llegado antes de lo esperado y la bajada de temperaturas estaba haciendo los primeros estragos. La ola polar había hecho que patrullas de policía recorrieran las calles recogiendo a indigentes y personas sin recursos, llevándolos a zonas de refugio y albergues, o repartiendo mantas a quienes se negaban a acompañarlos.

Pepe se había refugiado en casa de Lluís para pasar la noche, no sin antes asegurarse de no ser visto por los secuaces que los vigilaban sin descanso. Reunidos en el salón junto a Sara y Alejandra, y con la calefacción a toda mecha, intentaban averiguar el paradero de la siguiente llave. Pensaban que al tener a Pepe de su lado y sabiendo ahora quién era, les sería mucho más fácil dar con el siguiente enigma.

—Habéis sido muy imprudentes al traer la libreta de vuestro padre a casa —les increpó Lluís al ver cómo Sara la sacaba de su bolso—. El lugar más seguro es la caja fuerte del Banco de Valencia junto con las llaves que hemos encontrado.

—No nos ha quedado más remedio —se justificó Alejandra—. ¡Juzga tú mismo! —le invitó entregándole el cuaderno.

Lluís la hojeó una y otra vez. Volvió a recordar las dedicatorias del principio. Repasó los números doce que aparecían esporádicamente en algunas páginas y se detuvo en un dibujo pequeño que parecía un escudo.

—¿Qué me decís de esto? —preguntó señalándolo con el dedo.

—No sabemos qué significa —contestaron las hermanas a la vez.

—Déjame ver —solicitó Pepe. Lo revisó y negó con la cabeza.

Activaron la lámpara de luz negra para rastrearlo con más detalle y volvieron a examinarlo minuciosamente. Hubiera jurado que había más páginas escritas, pero, sin embargo, solo estaban las cuatro correspondientes a las llaves ya encontradas, con los complicados acertijos a los que se estaban empezando a acostumbrar. Sin embargo, en el resto de las hojas había garabatos y números sueltos, aparentemente sin ninguna importancia. No había ninguna frase más para descifrar. Sus caras se tiñeron de asombro; parecía que el camino se acababa ahí.

—¡No puede ser! —exclamó Pepe cogiendo la libreta otra vez. Mientras pasaba las páginas se detuvo a leer las frases de uno de los jeroglíficos y sonrió con añoranza al reconocer la letra de Jorge. Todavía recordaba la última tarde que pasó con él. Las cosas que le dijo, el libro que le regaló. Era algo que permanecería siempre intacto en su memoria.

—Se nos están acabando las opciones y estamos a menos de la mitad del camino —murmuró Alejandra, desanimada—. Tiene que haber algo más. No tuve ocasión de conocer bien a mi padre, pero dudo mucho que nos deje con la miel en los labios. Por lo que hemos visto parecía una persona muy meticulosa, y no de los que dejan las cosas a medias.

—Opino lo mismo que tú —la apoyó Pepe, esperanzado—. Hay que buscar en estas páginas, pero hay que hacerlo con los ojos de él.

—¡Con los ojos de él! —repitió Sara entre dientes—. Tú por lo menos recuerdas las últimas horas que pasaste a su lado. —Su tono era de reproche y envidia, pero también de melancolía—. Yo apenas lo recuerdo... —Un nudo en su garganta le impidió continuar.

Pepe se sintió avergonzado y triste al mismo tiempo. La próxima vez mediría sus palabras. Por unos instantes revivió el entierro de Jorge y vio a sus dos indefensas pequeñas envueltas en lágrimas. Instintivamente posó su mano sobre las de Sara en señal de consuelo y apoyo, mientras de sus labios se escapaba una tenue disculpa:

—Lo siento.

—¡Pásame la libreta un momento! —le pidió Alejandra intentando suavizar la situación—. ¡Tengo una corazonada!

Pegada a la lámpara de luz negra, empezó por el principio y se tropezó con la inscripción de la primera página. Casi no la recordaba. Habían pasado unos meses desde que la leyeron en compañía de Lluís, ignorando la existencia de Andreu Subies, que ahora se encontraba a su lado. Decidió leerla en voz alta siendo consciente de que a Pepe le resultaría gratificante y a su hermana le daría fuerzas para continuar:

A las tres mujeres de mi vida: Carmen, Sara y Alejandra.
A Andreu, que ocupó el lugar del hijo que nunca tuve
Si leéis estas líneas, significa que algo me ha sucedido.
Pero las claves que describo, solo vosotros cuatro podéis adivinarlas.

La cara de Pepe se iluminó a medida que Alejandra avanzaba en su lectura. ¿Era verdad lo que acababa de escuchar? «A Andreu, que ocupó el lugar del hijo que nunca tuve.» Sí, estaba seguro de que su oído no le había engañado y lo consideraba como si fuera su hijo. Se sintió la persona más afortunada del mundo.

Alejandra continuó con la siguiente página, después de observar la expresión de júbilo de Pepe. Pensó que se lo merecía y se sintió satisfecha por haberle confirmado lo que tanto ansiaba escuchar.

No perdáis el tiempo buscando el significado.
Solo cuando tengáis las doce llaves en vuestro poder,
hallaréis la solución.

—Ha quedado claro —manifestó Alejandra eufórica— que no conseguiremos nuestro objetivo hasta que localicemos las doce llaves. Así que no podemos conformarnos solo con un tercio. Debemos continuar. Cuando dice que las claves que describe solo nosotros cuatro podemos adivinarlas, me da en la nariz que la clave puede estar en ti, Pepe —puntualizó señalándolo—. Si no, ¿por qué en esta libreta solo nos ha planteado los acertijos de cuatro llaves? ¿Qué pasa con el resto? Es como si este cuaderno solo fuera una parte de este complicado rompecabezas. Quiero pensar que en nosotras depositó las claves para localizar cuatro de las doce llaves, y en ti —dijo refiriéndose a Pepe por segunda vez—

estoy convencida de que tiene que haber cuatro más. Si ya has encontrado dos de ellas, deberíamos empezar a buscar las otras dos restantes.

—Me has convencido —replicó Sara mirándolo fijamente—. ¡Pepe, creo que te toca mover ficha!

Él permaneció callado mientras retrocedía en el tiempo. Después añadió:

—Recuerdo que la última tarde que pasamos juntos paseamos durante un largo rato. Me confesó que llevaba mucho tiempo investigando un enigma y que había atado cabos y más cabos hasta dar con la solución. Que todavía le quedaba un largo trayecto por recorrer, pero que estaba dispuesto a llegar hasta el final. Estaba feliz. Me dijo: «Andreu, por fin todas mis conjeturas van a dar su fruto. Todas las horas que he dedicado a este enigma verán la luz». Cuando nos despedimos me regaló un libro, diciéndome que lo conservara siempre a mi lado, que algún día me ayudaría.

—¿Qué libro era ese? —preguntó Lluís.

—El *Lazarillo de Tormes* —contestó—, pero no veo ninguna conexión, os lo puedo asegurar. Lo leí una y otra vez y no hay nada en absoluto.

—Entonces, ¿por qué te dijo que lo conservaras siempre a tu lado y que algún día te ayudaría? —cuestionó Alejandra.

—Ya hace muchos años que ese libro me ayudó —explicó Pepe—. ¿Lo habéis leído?

Alejandra negó con la cabeza, mientras que Sara y Lluís hicieron un gesto afirmativo. Pepe continuó hablando:

—Es una novela picaresca que cuenta las fortunas y adversidades de un niño muy humilde, huérfano de padre, y cuya madre, amancebada con un negro, lo pone al servicio de un ciego. Relata las peripecias con sus distintos amos y, a medida que transcurre la novela, la inocencia del chaval se ve transformada en instinto de supervivencia. En cierta manera me sentía identificado con el protagonista. En aquella época era muy desgraciado. Era huérfano de padre y el único hombre al que podía considerar como tal había fallecido en un accidente. Tenía el cariño de mi madre, pero solo en contadas ocasiones, y mi padrastro me hacía la vida imposible. El *Lazarillo de Tormes* me ayudó a abrir los ojos. Contagiado por el ingenio del personaje, pude salvar varios obstáculos.

—¿Qué hiciste con el libro? —preguntó Lluís con una chispa de ilusión—. ¿Todavía lo conservas?

—Digamos que sí —contestó con una media sonrisa.

Sara pensó dónde podría tenerlo, teniendo en cuenta que vivía en la calle, a no ser que estuviera en su antigua casa.

—Está escondido en un lugar seguro —afirmó en tono confidencial—. Cuando me fui de casa para salir de la ciudad decidí llevarlo conmigo. Era un gran recuerdo que no podía olvidar. Al volver de nuevo a Valencia, y puesto que no tenía donde vivir, lo oculté junto con mi documentación en un lugar a buen recaudo. Saqué de su escondite las dos llaves que había encontrado años atrás y las deposité junto al libro.

—Deberíamos echarle un vistazo, ¿no crees? —propuso Alejandra mirando a Pepe—. Y ya es hora de que esas dos llaves se unan con el resto.

—Esta misma noche iremos por él —comentó para tranquilizarlos.

La oscuridad se cernía sobre la desolada ciudad salpicada de intermitentes luces navideñas. Esa noche el termómetro había descendido más de lo habitual llegando a los cero grados, lo que, sumado a las ráfagas de viento, hacía que las calles estuvieran totalmente desiertas. Abrigados con pasamontañas y guantes, los cuatro compañeros salieron del portal, no sin antes cerciorarse de que no eran vistos. No había rastro de su vigilante habitual. Seguramente pensaría que con semejante noche no se atreverían a salir de casa. Subieron al Audi de Lluís y siguieron las instrucciones de Pepe. Avanzaron por la orilla del río hasta llegar a las Torres de Serranos y una vez allí se perdieron por las estrechas callejuelas del barrio del Carmen.

—¿Nos vas a decir a dónde vamos? —solicitó Alejandra, intrigada.

—Ya estamos llegando.

Sara miró a su alrededor. Estaban entrando en la plaza de la Virgen, que se encontraba desolada y silenciosa salvo por el agua de los surtidores de la fuente, que chapoteaba sin importarle el frío polar.

—Hemos llegado —los avisó Pepe—. Para el coche por donde puedas.

—¿Aquí, en medio de la plaza? —exclamó Alejandra sin imaginarse en qué lugar podía estar oculto el libro junto con la documentación de Pepe y las llaves.

—Sí, están debajo de la fuente —les anunció mientras se quitaba el cinturón del coche.

—¿Debajo de la fuente? —murmuraron más que sorprendidos.

—¿Quién viene conmigo? —preguntó Pepe saliendo del automóvil. Las dos hermanas y Lluís le siguieron.

Los silbidos del recio viento competían con el chisporroteo de las decenas de surtidores de agua. Pepe se aproximó al borde norte de la fuente dando la sensación de que se iba a meter dentro. Alejandra lo siguió sin pensar lo cerca que estaba del agua. Al instante notó cómo las gotas congeladas le pinchaban la cara como si fueran alfileres. Pepe se agachó y empezó a hurgar en una trampilla situada a ras del suelo.

—Espero que no hayan arreglado el cierre —susurró intranquilo—. De todas formas, has traído las herramientas, ¿verdad? —preguntó a Lluís.

—Sí, están en el coche. ¿Quieres que las traiga?

—No, no creo que sea necesario, aunque las linternas sí que vamos a necesitarlas.

Lluís se alejó del grupo en dirección al vehículo acompañado de Alejandra. Cuando regresaron a los pocos minutos, la trampilla del suelo estaba abierta y Pepe, dispuesto a bajar por ella. Alejandra miró el agujero, que era realmente pequeño. Por él asomaban unas finas escaleras de metal que se perdían en la oscuridad.

—No hace falta que bajemos los cuatro —opinó Pepe, prudente.

—Yo te acompañaré —se ofreció Sara.

Descendieron iluminados por el haz de luz de sus linternas hasta llegar a una especie de habitación con varios pasillos. Sara se estaba empezando a familiarizar con ese tipo de lugares. Había varios mecanismos metálicos que funcionaban de forma simétrica produciendo un ruido característico.

—Son los motores de la fuente —aclaró Pepe viendo la cara de sorpresa de Sara.

—Nunca me había planteado cómo funcionaban las fuentes —respondió sorprendida—. ¿Cómo se te ocurrió la idea de esconder tus objetos personales aquí dentro? Nunca se me hubiese pasado por la cabeza.

—Posiblemente a mí tampoco —manifestó mientras palpaba y buscaba incansablemente a través de unos largos tubos de metal—. Cuando regresé a Valencia, y como ya sabéis, mi forma de vida cambió. Hice amistad con un hombre que se dedicaba al mantenimiento de las fuentes públicas de la ciudad, y él me enseñó este lugar junto con otros más. Me pareció un buen escondite.

—Te puedo asegurar que lo es —corroboró convencida.

—¡Aquí está! —gritó Pepe victorioso—. ¡Ya lo tengo!

Mientras tanto, Lluís y Alejandra, iluminados suavemente por la luz de las farolas de la plaza, movían sus piernas intentando activar la circulación y se frotaban las manos embutidas en guantes para entrar en calor.

—Espero que no tarden mucho más o solo encontrarán dos bloques de hielo —murmuró Alejandra expulsando un hálito espeso y grisáceo.

—Alejandra... —susurró Lluís en tono de preocupación—. No te gires, pero un coche patrulla de la policía está pasando por detrás de ti.

—¡Joder! ¡No me lo puedo creer! —refunfuñó olvidándose del frío y dejándolo en un segundo plano. ¿Qué hacemos?

—De momento nada. Esperemos que pasen de largo —musitó cruzando los dedos.

Lluís los siguió con la mirada, discretamente. Sus peores temores se confirmaron cuando el coche se detuvo. No era muy lógico ver una pareja a esas horas de la madrugada con el temporal que hacía.

—Alejandra, uno de los policías viene hacia aquí.

—¡Joder! ¡Joder! Temo que me delaten los nervios. ¿A cuánto está?

—A veinte pasos escasos, más o menos.

—Dios mío, Lluís... —susurró alarmada—. Nuestras linternas están en el borde de la fuente. ¡Las va a ver!

Alejandra tenía razón, eso los delataría. Discretamente Lluís alargó el brazo y les dio un pequeño empujón dejándolas caer dentro del agua. Durante unos segundos vio cómo se hundían hasta desaparecer.

—¡Buenas noches! —oyeron a lo lejos—. Perdonen...

En ese mismo instante la trampilla del suelo por donde Pepe y Sara habían bajado y que había permanecido cerrada para no levantar sospechas empezó a moverse. Lluís y Alejandra se subieron encima de la placa de metal mientras escuchaban unos golpecitos al otro lado.

—No, ahora no... —gimió Alejandra.

Lluís cogió a Alejandra por la cintura, la abrazó y le dio un apasionado beso.

—Perdonen —escucharon justo a su lado—. ¿Va todo bien? ¿Tienen algún problema?

—¿Problema? —repitió Lluís soltándola—. ¿Acaso tenemos aspecto de tenerlo? Las mujeres, ¡que no hay quién las entienda! —añadió con ironía—. Me había retado a que no la besaba en la plaza a medianoche.

—Lo siento, agente. ¿Pasa algo? —preguntó ella con expresión enamoradiza.

—No, solo que la temperatura no acompaña para pasear —replicó el policía, desconfiado, mientras los observaba—. Pero si va todo bien...

—Gracias, agente, todo va bien —aseguró Lluís—. Enseguida regresaremos al calor del hogar.

El policía se quedó mirando fijamente a Alejandra.

—¿Nos conocemos?

—No, no lo creo... —tartamudeó con los nervios a flor de piel.

—Su cara... —el policía insistió— me recuerda a otra persona. ¿Tiene alguna hermana?

—No, ya me hubiera gustado, pero soy hija única —pronunció con un tremendo esfuerzo por mantener la calma.

—Siento haberla confundido —se disculpó alejándose—. No se queden mucho rato aquí, el temporal no tiene buen aspecto.

—Así lo haremos. Gracias —contestaron al unísono.

Hasta que el coche de policía no desapareció de su vista, Lluís no se retiró de la trampilla.

—¡Ya podéis salir! —susurró, cauteloso, ayudándolos a levantar la chapa de metal.

Fue Pepe el primero en salir con un paquete en la mano.

—¿Qué está pasando? —preguntó Sara mientras salía a la superficie.

—Hemos tenido una visita —explicó Alejandra todavía con temblor de piernas—. Nada más y nada menos que la policía, y encima me dice que si me conocía o si tenía una hermana. Con lo nerviosa que estaba, casi me desmayo.

Por la cabeza de Sara pasó la idea de que posiblemente fuera el mismo policía que vio en las torres y que confeccionó el retrato robot. Intentó recordar su rostro y solo tenía una vaga imagen. ¿Cómo podía haberse acordado de ella con todo lujo de detalles si tan solo estuvo delante de él unos minutos? Según le había comentado Tía Rosa, era su vivo retrato. Eso la dejó desconcertada. O ese hombre tenía una espléndida memoria fotográfica, o por algún desconocido motivo se había fijado en ella.

CAPÍTULO 42

Refugiados en el calor del hogar, el cansancio acumulado en los cuerpos de los cuatro jóvenes iba haciendo mella a pocas horas del amanecer. Sin embargo, no podían esperar. La satisfacción de tener ante sus ojos dos llaves más, las que había encontrado Pepe, y la tensión por el camino que les quedaba por recorrer los mantenía en vilo. Con los cuerpos apiñados delante de la caja de metal, esperaban ansiosos poder verlas con sus propios ojos. Pepe fue quien hizo los honores dejándolas encima de la mesa, acompañadas de su típico envoltorio de hilo amarillento.

Cuando Alejandra tuvo las llaves en su poder, se le escapó una exclamación de alegría que hizo que Sara se emocionara. Eran de aspecto similar a las anteriores, pero un poco más pequeñas. Corroboraron mediante el nombre grabado en ellas que correspondían al Portal de Torrente o de los Inocentes, y al Portal de los Tintes o de la Corona. Una vez saciada su curiosidad, se concentraron en el libro del *Lazarillo de Tormes*, intentando buscar alguna pista que les permitiera continuar en esa especie de yincana. Lo habían hojeado dentro del coche, de regreso a casa, y no habían encontrado nada especial. Salvo el deterioro ocasionado por el paso de los años, sobre todo en el forro que protegía las tapas, que estaba lleno de polvo.

—Ya os dije que era un libro de lo más normal —comentó Pepe cediéndoselo a Sara.

—Es muy posible que tengas razón —atajó la joven—, pero al igual que supo camuflar la forma de llegar a esas dos llaves dentro de los boletines de tus notas, perfectamente pudo haberlo hecho dentro de la novela, y encima haciendo creer a todos que era un libro más, sin ninguna importancia. Me parece una manera muy astuta de no despertar sospechas. Por eso me resisto a creer que no hay nada. Además —hubo unos segundos de pausa—, quiso que lo guardaras tú, precisamente tú. Debía de tener sus motivos para ello. —Su mirada se detuvo en los ojos de Pepe.

Alejandra sacó de un cajón la lámpara de luz negra, apagó la luz del salón y se centraron en cada una de sus páginas.

Atentos se preguntaron si daría el mismo resultado que con la misteriosa libreta de su padre, si se iluminarían algunas palabras o descubrirían enigmáticas frases. Silenciosos intentaban no perderse el menor detalle. Despacio y sin prisa, pasaron una hoja tras otra, pero, con el libro avanzado, aún no les había desvelado nada en absoluto.

—¡No puede ser! ¡Tiene que haber algo! —insistió Sara defraudada.

—No vamos a parar hasta el final y, si es necesario, lo repetiremos las veces que haga falta —la animó su hermana.

—¡Esperad un momento! Acabo de recordar algo —puntualizó Pepe—. Retrocede de nuevo hasta la primera página. Había una dedicatoria de vuestro padre en ella.

—¿De veras? No la hemos visto —añadió Alejandra muy interesada en leerla.

—¡Tiene que estar, lo recuerdo perfectamente! —exclamó mientras quitaba el forro que cubría la portada.

A continuación, dejó a la vista la primera página con unas líneas escritas en una letra idéntica a la que Sara y Alejandra habían visto en la libreta de su padre. Los cuatro se acercaron para leerlas:

Para Andreu, con todo mi cariño.
Tu inteligencia y tu interés
harán que juegues bien las cartas.
Si es así, este libro te será de gran ayuda.

Tu profesor: Jorge Ferrer.

No cabía duda de que Jorge apreciaba a ese muchacho mucho más allá del apego entre profesor y alumno. Las dos hermanas sintieron una punzada de emoción. Pepe añoró su presencia y un nudo en la garganta le hizo respirar hondo. Lluís cogió la lámpara de luz negra e iluminó la hoja con sumo interés. Sorprendido, murmuró:

—¡Mirad esto! —dijo señalando un garabato casi ilegible en un rincón del papel.

—¿Qué es? —preguntó Sara inquieta.

—No lo sé —respondió Lluís moviendo la hoja intentando buscar un ángulo más legible—. Parece una palabra.

—Hay que descifrarla —chilló Alejandra alterada.

—Lo estoy intentando —dijo Lluís atrapado en esas letras—. Parece... No sé... ¡Sí! Creo que es una palabra. Chicas, anotad. Dice «ALJAMA» y algo más que no consigo entender. Lo siguiente parecen números: «39º28'14"83 N 0º22'16"42 O».

Encendieron las luces del salón sin saber a qué se refería con esas nuevas claves. Sara y Alejandra se miraron sin entender nada. Y aún se quedaron más perplejas cuando sus miradas se detuvieron en el rostro de Pepe, que las sorprendió con una tremenda carcajada.

—¿Se puede saber qué te hace tanta gracia? —preguntó Alejandra con ironía.

—Vuestro padre era único, era el mejor sin duda alguna —comentó lleno de admiración—. «ALJAMA» es un término castellano utilizado en España en la Edad Media para referirse al conjunto de judíos o moros de una localidad.

Sara sonrió, y luego añadió:

—De las seis puertas que nos quedan por encontrar, una de ellas es el Portal de los Judíos.

Pepe la miró con una suave sonrisa. Parecía que iban encauzando la siguiente búsqueda.

—Muy bien, ya sabemos cuál es la siguiente puerta —dictó Lluís—. Pero ¿por dónde empezamos a buscar? Pensad que donde estaba el portal hace más de ciento cuarenta años hoy hay una estación de metro, y por su ubicación es de las más transitadas de la ciudad.

—Tienes razón, Lluís, aunque hay algo más —aclaró Pepe—. Os recuerdo que Jorge Ferrer era mi profesor de Historia y un buen profesor. Me hizo aprender con especial interés todo lo referente al Portal de los Judíos.

—Somos todo oídos —soltó Alejandra esperando que sus conocimientos les permitieran continuar.

Pepe refrescó su memoria, tomó asiento y empezó su lección:

—Como suponéis, su nombre era debido a la proximidad con

el barrio judío. Fue construido en 1391 y era la entrada de los productos de la huerta. También lo llamaban Portal de San Andrés por la imagen del santo que había en su fachada, y de Santa Catalina de Sena por la cercanía a un convento con dicho nombre, que durante el reinado de Fernando el Católico se construyó sobre el cementerio judío abarcando varias manzanas. Tuvo varias transformaciones hasta su demolición en 1890. Después de muchos años ocultos por el paso del tiempo, sus vestigios volvieron a aparecer tras la ampliación de la línea 3 del metro dejándolos integrados en la vía pública. Solo que la mayoría de la gente que pasa por allí en la hora punta ni siquiera sabe qué significan esas ruinas que adornan la estación.

—Todo eso está muy bien —le felicitó Lluís admirado por su memoria—. Pero ninguno de esos datos nos indica donde está la quinta llave, a no ser que esos números nos den su posición exacta.

—Tienes razón, Lluís. Hay que centrarse en ellos —apoyó Pepe—. Pero debes saber que, por motivos que desconozco, durante la construcción de la estación hubo cierta información que nunca salió a la luz. Posiblemente porque se habrían suspendido las obras para buscar restos arqueológicos y había demasiados intereses en juego.

—Y me temo que tú dispones de esa información, ¿o me equivoco? —cuestionó Sara tremendamente intrigada.

—Digamos que sé algo de ello —agregó Pepe.

—Eres una verdadera caja de sorpresas —lo alabó fascinada.

—No sé hasta qué punto es real —prosiguió Pepe cauteloso—, pero parece ser que había ciertos pasadizos subterráneos que comunicaban el convento con el exterior de la muralla, y me temo que en esos túneles está lo que buscamos.

—No me sorprende en absoluto —atajó Alejandra—. De hecho, desde que estamos embarcados en esta aventura hemos paseado por lugares que nunca hubiera dicho que existían en las mismas entrañas de la ciudad. No me sorprendería que la llave estuviera ahí, y esa numeración bien podrían ser coordenadas geográficas.

—Si eso es cierto, tenemos el lugar exacto —continuó Lluís optimista—. No tengo conocimientos topográficos, pero sí un GPS y apostaría el sueldo de este mes a que estamos en lo cierto. Déjame ver.

Sara le pasó las anotaciones.

—No cabe duda. Marca la latitud y la longitud en grados, minutos y segundos. ¡Chicos, ya tenemos lo que buscamos!

El sol se dejaba entrever a duras penas a esa hora de la mañana. La plaza de los Pinazo hervía de gente ultimando las compras de Navidad. El Corte Inglés bullía de clientes entrando y saliendo de sus almacenes y también de los comercios de alrededor. Sara y Alejandra se situaron en la boca del metro de Colón, seguidas de Lluís y Pepe. Observaron los restos de las murallas y del Portal de los Judíos que tenían a sus pies. Las coordenadas geográficas coincidían perfectamente con dicha estación.

Bajaron las escaleras y se adentraron en ella. A su derecha había una vitrina con vasijas y restos arqueológicos encontrados en las excavaciones, y como fondo un mapa de la Valencia antigua que detallaba todas y cada una de sus puertas. Sara sonrió, ya que era muy semejante al que tenían en casa. Sacaron cuatro billetes con el fin de ir hasta los andenes y bajaron por las escaleras mecánicas estudiando el lugar. Si realmente aquello conectaba con algún pasadizo, sería como buscar una aguja en un pajar. Además, la mayoría de las paredes estaban remachadas con paneles, lo que dificultaba su localización.

Lluís conectó su GPS para determinar la posición exacta y la profundidad a las que se encontraba. Parecía mentira que Jorge Ferrer pudiera saber tantos datos y con una exactitud tan certera. No paraban de preguntarse cómo habría conseguido descifrar el paradero de las doce llaves. Sin duda alguna, era una persona con una inteligencia muy superior a la media y un genio con los acertijos. Qué lástima no poder contar con su presencia y juntos llevar la búsqueda hasta el final.

Situados en el andén y camuflados entre la multitud de viajeros, los cuatro intentaban pasar inadvertidos.

—Creo que lo tenemos bastante crudo —comentó Lluís sin dejar de mirar el GPS.

—¿Por qué dices eso? —preguntó Sara.

—Si este trasto no falla, las lecturas indican que estaría dentro del túnel.

—¿Dentro del túnel? ¡No puede ser! —exclamó Sara asustada—. Si parece la boca de un lobo. ¡Eso sería un suicidio!

—Lo sé —continuó Lluís desanimado—. No vamos a poder acceder.

—Tiene que haber alguna manera de hacerlo —atajó Pepe.

—¡Imposible! —le increpó Alejandra—. Aun decidiendo bajar a las vías y meternos en el túnel, no lo conseguiríamos. Los trenes pasan cada muy pocos minutos, no tendríamos tiempo de hacer absolutamente nada.

—Creo que se me está ocurriendo una idea —dijo Sara en voz baja—. Debemos averiguar los horarios del metro y del personal que trabaja aquí.

CAPÍTULO 43

Habían dedicado las últimas horas a buscar la manera de entrar en el túnel del metro de Colón, sin riesgo para ellos y sin despertar sospechas. El trabajo en equipo había dado su fruto y solo quedaba ver el resultado. Después de barajar varias hipótesis, parecía que habían dado con la certera. Todas las estaciones de metro hacían un descanso durante la noche. Aprovecharían ese intervalo para acceder al túnel. Se habían aprendido al dedillo el horario de los trenes y las posiciones de los guardias de seguridad, así como las estancias privadas fuera del alcance de cualquier usuario.

—Tenemos poco más de tres horas y media para realizar la búsqueda —dijo Pepe muy serio—. El último tren dirección Rafelbunyol pasa a las 00.23 y el primero de la mañana, dirección Aeropuerto, a las 4.58. La estación abre y cierra sus puertas media hora antes del primer tren y media hora después del último. Durante ese tiempo no debería quedar nadie en la estación.

—Todos sabemos nuestras posiciones, solo que no estoy para nada conforme —protestó Alejandra refiriéndose a Lluís y Pepe—. Me niego rotundamente a que bajéis solo vosotros dos. Hasta ahora siempre hemos colaborado todos y no estoy dispuesta a que vosotros os juguéis el pellejo mientras nosotras nos quedamos al margen.

—Es muy peligroso —murmuró Lluís intentando convencerla—. Piensa que disponemos de muy poco tiempo y el nivel de riesgo es bastante alto. Además, Sara no debería jugársela más de la cuenta. Si nos descubren o surge algún imprevisto, la policía está tras su pista y tendría que dar muchas explicaciones. Sé sensata. Se nos iría todo al traste.

—Pero es que no puedo permitir que vayáis solos. —Su cara

estaba descompuesta ante la posibilidad de que sucediera algo grave.

Lluís la abrazó para consolarla y, al sentir el calor de su cuerpo, notó que temblaba igual que una niña. Con voz cariñosa le dijo:

—No te preocupes. No va a sucedernos nada. Ya lo verás. Además, tu padre no lo permitiría. Estará con nosotros. No pienses que te vas a librar de mí tan fácilmente.

Lluís se tranquilizó al ver que había conseguido arrancarle una débil sonrisa. Luego la besó.

Sara, por primera vez desde que habían empezado la búsqueda, se alegró enormemente de no tener que adentrarse en ese lóbrego túnel. Desde que lo vio hacía tan solo unas horas, la había invadido una sensación de pánico unido a un mal presentimiento.

La noche se había hecho dueña de la ciudad de Valencia y en la estación de Colón cuatro jóvenes se despedían como si de dos parejas de enamorados se tratase.

Alejandra besó a Lluís y Sara abrazó a Pepe.

—Por favor, tened mucho cuidado —suplicó Alejandra—. Al menor contratiempo, por pequeño que sea, llamadnos. Y no arriesguéis demasiado. Vosotros sois lo primero. ¿Entendido?

Los dos hombres asintieron con la cabeza. Estaba claro que, si era necesario, sí iban a arriesgar. Estaban decididos, aunque dejarían que la situación se desarrollara de la mejor manera posible. Se despidieron quedando en verse tres horas y media después. A los pocos segundos, los perdieron de vista.

Mientras descendían por las escaleras mecánicas, Lluís echó un vistazo al interior de la mochila que llevaba colgando del hombro, repasando mentalmente la lista de cosas que iban a necesitar para completar la misión. Pepe, instintivamente, le imitó.

—Creo que lo llevamos todo —confirmó Pepe procurando aliviar la tensión.

—Sí, espero que todo salga según lo planeado.

La estación estaba formada por dos vías, una en el extremo derecho y otra en el izquierdo. Faltaba poco para que cerraran las puertas. Dentro de pocos minutos pasaría el último tren camino de Rafelbunyol, y tras él la soledad y el silencio reinarían en el recinto. Esa vía no era precisamente su objetivo, pero sí una manera de poder acceder y crear confusión. Cuando llegaron al andén, había media docena de personas. Entre ellas una pareja que permanecía abrazada en un rincón, un hombre de pelo y barba blanca que miraba sin parar el reloj, acompañado de un pequeño maletín. Dos jóvenes que jugaban con los móviles y se reían entre ellos y, por último, un guardia de seguridad. Cuando Lluís y Pepe se unieron al grupo, dieron un vistazo a su alrededor y levantaron la vista al reloj de la pared. Tan solo siete minutos y sus planes se pondrían en marcha. Lluís miró de reojo el túnel. ¡Santo Dios! ¡Qué oscuridad!, pensó. Comprobó la posición del guardia de seguridad, que bostezaba en señal de cansancio. No podía perderlo de vista. Parecía que estaba deseoso de salir de allí, y ellos también, pero con la quinta llave en sus manos.

Lluís se aproximó a una puerta con un letrero de «Prohibida la entrada. Solo personal autorizado» y se apoyó en ella. Pepe levantó la vista hacia el reloj y comprobó que tan solo quedaban cinco minutos. Cinco interminables minutos en los que las mentes de Pepe y Lluís iban a una velocidad de vértigo mientras repasaban los pasos a seguir, y rezaban por que fuese todo como la seda. Lluís metió la mano en el bolsillo y comprobó que llevaba la ganzúa preparada; inconscientemente, jugueteó con ella. Pepe se dirigió al segurata con la intención de distraerlo para dejar vía libre a Lluís. Sin embargo, en ese momento los dos jóvenes que jugaban con el móvil se le adelantaron y le preguntaron algo. Pepe le hizo una señal a Lluís, que aprovechó la ocasión para forzar la cerradura. Fue relativamente fácil. El primer paso estaba hecho. Después se alejó unos metros aproximándose a las vías.

Faltaban tan solo dos minutos. El tiempo avanzaba y los nervios se iban incrementando en sus cuerpos. Pepe controlaba al guardia de seguridad, que daba pasos sin rumbo fijo para matar el tiempo, mientras Lluís estaba pendiente de las cámaras de seguridad. Tenían que tener mucho cuidado con ellas. Debían ser rápidos en sus movimientos o estaban perdidos.

Un ruido característico y conocido por todos los presentes empezó a retumbar en el interior del túnel. A medida que pasaban los segundos, se iba haciendo mucho más intenso. Los pasajeros del andén se acercaron a la vía. La oscuridad del túnel se iluminó con dos potentes faros y el tren hizo acto de presencia. El momento crítico que estaban esperando Lluís y Pepe acababa de llegar. El primero en subir fue el caballero de barba blanca y maletín, seguido de la pareja de novios. Tomaron asiento nada más entrar. Por la otra puerta y en el mismo vagón, subieron los dos jóvenes. Lluís y Pepe se quedaron rezagados hasta subir en el último vagón, que estaba completamente vacío. El guardia de seguridad los observó confirmando que no quedaba nadie en la estación.

Disponían de unos pocos segundos para realizar bien su jugada. El tren estaba a punto de iniciar su recorrido mientras ellos, en su interior, no podían salir sin ser vistos por el guardia. La tensión aumentó. No podían permanecer más tiempo allí dentro o tendrían que continuar hasta la próxima estación destrozando sus planes. Su idea era entrar sin ser vistos en la sala para personal autorizado antes de que llegara el tren, pero en vista de las pocas personas que había en el andén y de que el guardia los había visto llegar, no podían permitirse cometer semejante error. El tren iba a arrancar en décimas de segundos. Pepe le hizo un gesto a Lluís; parecía que el guardia se retiraba por fin. Efectivamente, les estaba dando la espalda y se dirigía a la zona de personal autorizado. Las puertas empezaron a cerrarse cuando, sin pensarlo dos veces, se deslizaron a toda velocidad a través de la rendija y salieron del tren.

De un salto bajaron a las vías y permanecieron agachados y escondidos durante unos minutos. El guardia se giró. Juraría haber oído un ruido extraño, pero, al no ver nada fuera de lo normal, lo achacó al cansancio. Le llamó la atención que la puerta de los servicios y los vestuarios no tuviera la llave echada. Pensó que al compañero del turno anterior se le habría olvidado; no era la primera vez que sucedía.

Pasado un tiempo prudencial, Pepe y Lluís salieron de su escondite con mucho tiento y sin perder de vista las cámaras. El guardia de seguridad todavía continuaba en la sala del personal. Estaba claro que saldría de un momento a otro. Supuestamente y según lo que habían podido averiguar, cerraría la estación y posiblemente se iría a casa. Aun así, se arriesgaron. Tan solo tenían que cruzar unos metros y dejarse caer en el carril de enfrente, dirección Aeropuerto. Con sigilo y presteza alcanzaron su objetivo. Seguidamente oyeron la puerta y vieron salir al guardia en dirección a la salida. Resoplaron de alivio; de momento, los planes salían bien.

Se adentraron en el túnel sumergidos en la oscuridad, aspirando un intenso olor a gasoil y con las zapatillas manchadas de restos de la combustión de las máquinas. Pasada media hora, se cerraron las puertas de la estación y en la soledad activaron sus respectivos cronómetros. Disponían de poco más de tres horas hasta que se reanudara la actividad, y media hora más hasta que pasara el primer tren, exactamente a las 4.58 de la mañana. A esa hora tenían que estar fuera del túnel o se convertirían en las dos últimas víctimas de un atropello en el metro.

Cuando consideraron que su posición era segura, sacaron parte del material de la expedición. Se colocaron los guantes y cogieron una potente linterna cada uno. Lluís localizó la posición exacta de su objetivo y se dirigieron hacia allí con cautela para no tropezar. La oscuridad los rodeó por todas partes a excepción de sus haces de luz. Los dos hombres, cargados de una buena dosis de moral avanzaban despacio, pero seguros. De repente, y después de perder la cuenta de los pasos que llevaban, Lluís se detuvo en seco.

—¡Maldita sea! —bramó.

—¿Qué sucede? —inquirió Pepe preocupado.

—Creo que aquí termina el camino.

—¿Qué quieres decir con eso.

—Según este trasto —explicó—, estamos en la profundidad exacta. Tan solo nos quedan escasamente dos o tres metros para llegar al punto en cuestión. Pero, o buscamos un atajo con un pasadizo oculto, o nos tenemos que dar la vuelta y regresar por donde hemos venido. Si continuamos hacia delante nos desviamos de nuestro objetivo. Hemos de girar a la izquierda, pero este grueso muro de hormigón nos lo impide.

—¡Pues manos a la obra! —le animó Pepe lleno de optimismo.

—¡No va a ser nada fácil! —se quejó Lluís.

—Sabíamos cuando nos embarcamos en esta misión —continuó Pepe— que los muros-pantalla que delimitan las paredes del túnel nos lo iban a poner difícil, pero aquí estamos ¿no?

—Sí, solo que no podemos empezar a abrir agujeros a nuestro antojo.

—Analicemos la situación —continuó Pepe mientras tomaba asiento en el suelo y jugueteaba con las piedrecitas que tenía alrededor de sus pies.

Lluís le imitó colocándose enfrente de él.

—Es imposible acceder de forma directa, ya que la bóveda está hecha de hormigón más otros elementos de refuerzo y anclajes... —empezó a repasar en voz alta.

Por unos segundos se quedó pensativo mientras observaba cómo Pepe tiraba una piedrecita tras otra al suelo.

—¡Ya lo tengo! —anunció—. ¡Por el suelo! Tan solo hemos de atravesar el muro por debajo, como si fuéramos topos

—No lo veo —dijo Lluís con la intención de desmoronar su

teoría—. Piensa que estos muros deben de tener unos buenos cimientos. Sería imposible, a no ser...

—¿A no ser qué? —preguntó Pepe nervioso.

—Que haya algún pasadizo oculto en el muro —sugirió Lluís.

A continuación, se puso en pie, sacó un escardillo y una pala pequeña de la mochila y empezó a golpear la pared atento a los sonidos que desprendía.

Pepe le imitó. Después de varios intentos, Lluís exclamó de alegría:

—¡Justo aquí! —gritó señalando con el dedo índice.

Pepe se acercó y, ni corto ni perezoso, empezó a golpear la pared con entusiasmo.

—Hemos de tener mucho cuidado —le advirtió Lluís—. Recuerda que, en los túneles urbanos para servicios públicos, hay instalaciones de agua, gas, cables eléctricos y cables de telecomunicaciones. Si tocamos alguno de ellos, nos podemos despedir para siempre.

—Soy consciente de ello. No te preocupes —quiso tranquilizarlo Pepe.

Miraron el reloj: había transcurrido media hora. No podían andarse con tonterías y perder más tiempo. Empezaron a cavar, esparciendo los escombros para no perjudicar el buen funcionamiento del metro. Tenían que avanzar hasta llegar a su objetivo. Pero ¿realmente conseguirían recorrer esos tres metros en un minúsculo y apretado túnel? Y si lo conseguían, ¿qué se iban a encontrar? Tierra y más tierra. ¿Cómo iban a respirar? Por un momento, Pepe pensó que se estaban enterrando en vida, y Lluís le sonrió dándole vueltas a la misma cuestión. Aún estaban a tiempo de retroceder, de salir de esa oscuridad que parecía el mismísimo infierno. Sin embargo, ninguno de los dos reculó ni abrió la boca para sugerir que abandonaran su cometido.

La teoría de Jorge Ferrer y la búsqueda de las llaves les había calado muy hondo y no podían defraudar a Sara y Alejandra. Había transcurrido una hora y habían excavado poco más de un metro. Estaba claro que aquello no era una pared de hormigón como el resto. No sabían muy bien por qué, pero la textura era mucho más blanda, y a pesar de ello, no les estaba resultando nada fácil. Si el dispositivo que les indicaba el camino no mentía, les faltaba poco para llegar al otro lado, pero cada vez les costaba más respirar y la tierra les envolvía parte de su cuerpo entorpeciendo el trabajo.

—¡Vamos, Pepe! Estamos a punto de conseguirlo —gritó Lluís infundiéndole ánimos.

Debido al sobreesfuerzo la temperatura de sus cuerpos había subido y el agotamiento había hecho mella en ellos menguando sus fuerzas. Transcurridas dos horas, todavía no habían dado con nada que no fuera tierra y piedras. Pepe alumbró el reloj con su linterna. ¡Qué rápido pasaba el tiempo! Tan solo les quedaba hora y media hasta que pasara el tren que iba al Aeropuerto.

—Tenemos que darnos prisa —apremió Pepe.

—Según este aparato ya deberíamos haber encontrado algo —apuntó Lluís, confuso, sin esperar que la llave apareciese así por las buenas.

Lluís avanzaba por el estrecho túnel temeroso de que se derrumbara. Era una completa locura. ¿Quién le aseguraba que iban a encontrar algo? ¡Se estaban jugando la vida por unas llaves que todavía no sabían ni para qué servían! Pepe quiso sacarlo de sus malos pensamientos alentándolo.

—Lluís, tienes que encontrar algo ya. ¡No nos queda tiempo! —Su tono tembloroso inquietó a Lluís.

Su reloj marcaba las cuatro y cuarto. Pasados quince minutos volverían a abrir las puertas de la estación. No habían avanzado nada en absoluto. Estaban envueltos de polvo y tierra, con la cara tiznada como dos mineros y con la moral por los suelos presagiando el fracaso.

—¡No hay nada! —murmuró Lluís mientras salía del agujero desmoralizado y confirmando todos sus temores.

—Tal vez no hemos interpretado bien las señales. —Pepe estaba hecho un mar de dudas.

—Ha sido una locura, no sé cómo demonios vamos a salir de aquí.

—Igual que hemos entrado —respondió Pepe inyectándole optimismo.

—¿Tú crees? ¡Mira nuestro aspecto! No pasaríamos desapercibidos ni delante de una fila de ciegos.

—Me ha parecido oír un ruido —observó Pepe.

—Han debido de abrir la estación —supuso su amigo resignado—. Creo que hemos terminado el trabajo por hoy. Lo que más me duele es que regresamos con las manos vacías.

—A mí también me duele —musitó Pepe poniendo su mano sobre el hombro de su compañero.

—Podemos hacer un último intento —propuso Lluís.

—¿Qué podemos perder? —aprobó Pepe con una sonrisa y cierto sarcasmo—. Tenemos exactamente veinticinco minutos antes de que pase el primer tren. Si no lo conseguimos, tendremos que salir a toda prisa y...

—¡Vayamos al grano! —le cortó Lluís mientras se perdía en el hoyo que habían excavado.

Pepe, sin decir ni una sola palabra, le obedeció siguiéndolo a cierta distancia. El hedor viciado a tierra húmeda impregnó sus fosas nasales. Reptando como dos serpientes avanzaban despacio intentando consumir el menor aire posible. Lluís escupió la tierra que se le había metido en la boca. Había llegado al final del pequeño túnel y golpeó un poco más. Debía de faltar muy poco. No terminaba de entender por qué todavía no tenían nada a la vista. Oyó cómo Pepe tosía detrás de él.

—¿Estás bien?

—Sí, no te preocupes —contestó con la voz ronca.

Lluís se quitó los guantes y clavó las uñas en la tierra húmeda. Fue un acto espontáneo, desesperado. Algo duro y plano rozó las yemas de sus dedos. Su tacto había sido diferente a la tierra que llevaba palpando varias horas.

—Pepe, ¡creo que aquí hay algo!

—¡No te detengas! —gritó—. ¡Averigua lo que es!

Lluís sintió dificultad para respirar. A pesar de ello golpeó la pala contra la superficie plana que se mostraba ante él. Debía de ser parte de la entrada de uno de esos pasadizos que andaban buscando.

—¡Tiene que haber alguna palanca! —murmuró con dificultad para hablar.

—¿Cómo? —demandó Pepe con apenas un hilo de voz.

En ese instante un ruido familiar unido al temblor del suelo alarmó a Pepe. ¡Dios! El tren viene de camino, se dijo.

—¡Lluís, tenemos que salir de aquí! ¡Sal ahora mismo! —gritó con todas sus fuerzas—. El tren...

En ese preciso instante el ruido aumentó y la vibración se convirtió en un insoportable estruendo que removió hasta la última partícula de ese túnel. Presintiendo que aquello se desmoronaría en unos instantes y serían enterrados vivos, quiso agarrar los pies de Lluís, pero el inminente derrumbamiento lo inundó todo de tierra. Pepe se protegió la cara con el antebrazo. No veía absolutamente nada. La linterna estaba enterrada, al igual que todo su cuerpo. No podía respirar y los latidos de su corazón se descontrolaron. Intentó alargar los brazos para tocar a Lluís, pero no podía moverse. Estaba totalmente sepultado.

Su mente navegaba a una velocidad de vértigo tratando de encontrar la forma de salir de ese agujero infernal. Intentó llamar a Lluís, pero la tierra le impedía abrir la boca. Sus músculos no le respondían y sus fuerzas empezaron a menguar. Estaba a punto de perder el conocimiento. ¿Qué podía hacer? No tenía señales de Lluís y no podía ir hacia delante ni hacia detrás. Por una décima de segundo se dejó llevar por esa sensación de bienestar que te atrapa poco antes de perder definitivamente el sentido. Se mantuvo con los ojos cerrados y el ritmo cardiaco bajo mínimos hasta que, a punto de desmayarse, vio la imagen de Jorge Ferrer, su querido profesor de Historia.

Pepe reaccionó ansioso por obtener una bocanada de aire. No había llegado su hora. Sabía que solo conseguiría salir hacia atrás. ¡Lo tengo que conseguir!, se dijo. Se arrastró retrocediendo con todas sus fuerzas. La tierra que acababa de cubrirlo todavía estaba tierna y eso le permitió retroceder muy lentamente. Sus pulmones reclamaban aire fresco, y en su lugar, solo recibían un espeso polvo irrespirable. Ya faltaba poco, un último esfuerzo. ¡Jorge, ayúdame!, imploró. De repente notó cómo las piernas se liberaban del peso de la tierra que las aprisionaba. Eso significaba que estaban libres. Sí, tenía las piernas fuera. Con mucho esfuerzo consiguió sacar el resto del cuerpo. Un fuerte golpe de tos le hizo reaccionar queriendo llenar sus pulmones de aire. Dando bocanadas provocadas por el instinto de supervivencia, intentó recuperar el pulso normal.

Cuando su ritmo cardiaco se estabilizó, se sentó en el suelo y se dio cuenta de la magnitud de la desgracia que acababa de suceder. Una losa mucho más pesada que la propia tierra cayó sobre su espalda. Un sentimiento de culpabilidad se apoderó de él por haber dejado a su compañero solo. Solo y seguramente muerto. No había hecho nada por salvarle. Le había fallado, no se merecía estar ahí. Se hubiera cambiado por Lluís sin dudarlo. Una de las pocas personas que le había brindado toda su confianza, curando sus heridas, ofreciéndole una cama y un techo en su propia casa, su comida y todo lo necesario para hacerle sentir bien. Y ¿cómo se lo había pagado? Dejándolo morir de asfixia. Las lágrimas brotaron de sus ojos enrojecidos dejando un reguero en la piel ennegrecida de sus mejillas.

Aturdido, no se percató de que el mismo ruido familiar volvía a la carga.

Pepe tardó en reaccionar y darse cuenta de que el metro siguiente iba a pasar por su lado de un momento a otro. Giró la cara y un resplandor a lo lejos le hizo darse cuenta de la gravedad de la situación. No había sitio para los dos. O volvía a meterse de nuevo en el agujero, o salía corriendo antes de que el tren lo arrollara. Sus piernas empezaron a moverse iniciando una carrera desesperada. ¡Tenía que lograrlo! ¡No podía tropezar!

Cuando llegó al andén sofocado, sudoroso y con el corazón a punto de estallar, no había nadie y eso le permitió subir de un salto. En varias zancadas se dirigió a la puerta reservada para el personal autorizado. La cerradura estaba abierta, ya se había encargado Lluís de que no se pudiera cerrar. Entró al mismo tiempo que el tren hacía su aparición, parando unos pocos minutos y retomando su camino de nuevo. Sigiloso echó un vistazo a la estancia asegurándose de que estuviera vacía. Por suerte así era. Iba descolocado, fuera de sí y con un aspecto deplorable. Su rostro, sin expresión alguna, estaba perturbado por los acontecimientos recientes. En el lavabo se enjabonó la cara, las manos, y se aseó lo mejor posible. Se mojó el pelo y se pasó los dedos simulando un peine. Se sacudió la ropa como pudo, respiró hondo y salió de allí.

Subió las escaleras mecánicas sin tropezarse con nadie. A esa hora en invierno la mayor parte de la ciudad dormía. Estaba a punto de llegar a la calle. El guardia de seguridad hablaba por el móvil de espaldas a él y eso le permitió caminar con más soltura. Cuando la brisa de la mañana le acarició la cara, los ojos se le humedecieron. Tan solo hacía unas pocas horas en ese mismo lugar, se habían despedido Lluís y él de Alejandra y Sara. Ahora solo regresaba él de aquella odiosa e inolvidable pesadilla.

¿Qué les iba a decir a ellas? ¿Qué les iba a contar? ¿Que lo había dejado abandonado a su suerte? ¿Que había preferido salvarse él a toda costa? ¿Que no pudo hacer nada a pesar de que lo intentó con todas sus fuerzas? Por muchas explicaciones que les diera, nunca le creerían. Nunca pensarían que las cosas se habían complicado de tal manera que había sido imposible salvarle. Y que, de no haber sido por la imagen de su padre cuando estaba a punto de perder la consciencia, posiblemente él también se hubiera quedado allí enterrado. ¡Cargaría con esa losa el resto de su vida!

¡Nunca se lo perdonaría!

CAPÍTULO 44

En un coche aparcado a pocos metros de la estación del metro de Colón, Alejandra había perdido la cuenta de las veces que había mirado el reloj en los últimos quince minutos. Nerviosa, intentaba mantener la calma y controlar el tic de la pierna derecha, que no paraba de moverse. Sara, a su lado e igual de intranquila, tamborileaba con los dedos en el volante.

—¡Ya deberían estar aquí! —se lamentó Alejandra con el rostro desencajado.

—Tienes razón —agregó Sara—. Por el horario ya deben de haber pasado dos trenes. Tienen que aparecer de un momento a otro.

—¿Y si algo no ha salido bien? —Alejandra era un manojo de nervios—. No deberíamos haberlos dejado ir solos. Si en cinco minutos no dan señales de vida, bajaré a buscarlos. No aguanto más la espera.

—Creo que no será necesario —añadió Sara—. Por ahí viene Pepe. ¡Gracias a Dios!

Alejandra buscó desesperada a Lluís. Le extrañó que no fuesen juntos. Luego se detuvo en el rostro de Pepe y rápidamente adivinó que algo grave había sucedido. Él subió en el asiento trasero del coche temiendo el bombardeo de preguntas.

—¿Dónde está Lluís? —le interrogó Alejandra alarmada.

—Todo ha salido mal —contestó Pepe con voz ronca—. No he podido hacer nada.

—¿Qué quieres decir con eso? —le interpeló Sara muerta de miedo.

—¡Que nos hemos quedado sepultados en ese maldito túnel casero! No debimos hacerlo. Fue un error —se lamentaba sin escuchar nada más que sus propias quejas—. Lluís iba delante y yo he intentado cogerlo de los pies para ayudarle a salir. Os juro que lo he intentado, pero no he logrado alcanzarlo. Estaba todo negro, Lluís, no estaba y no se podía respirar..., la tierra nos asfixiaba. He perdido el conocimiento durante no sé cuánto tiempo y no sé ni cómo he podido salir. Yo... —Pepe estalló en un sollozo conmovedor—. No he podido sacarlo.

Alejandra, a medida que escuchaba a Pepe, observaba que el nudo que se le había formado en la garganta aumentaba de tamaño. ¡No podía ser verdad! Tan solo era una terrible pesadilla. Por favor, quiero despertar, se dijo en silencio, mientras las lágrimas le inundaban la cara y le gritaba:

—¿Por qué no has avisado a nadie para que te ayudara? ¡No puede ser verdad lo que nos estás diciendo!

—¡Tenemos que hacer algo! —exclamó Sara con un hilo de voz—. Hay que avisar a la policía. A lo mejor todavía está con vida.

—Sí, hay que dar parte —mencionó Pepe con la mirada fija en un punto.

Un tremendo golpe de tos retumbó en aquel oscuro pasadizo. Lluís intentó coger la mayor cantidad de aire que pudo, aunque fuese viciado y espeso. No iba a ponerse exquisito después de permanecer quién sabe cuánto tiempo sepultado bajo tierra y totalmente a oscuras. Por fin había encontrado la palanca que accionaba la entrada al pasadizo secreto y, gracias a ello, había salido airoso de aquel tenebroso tormento. Lo último que le había parecido escuchar era la voz de Pepe advirtiéndole de algo... Segundos después, un estruendo hizo que se removieran las entrañas de la tierra. Al principio pensó que sería un terremoto, luego se dio cuenta de que era el tren de camino al aeropuerto que pasaba fielmente a su hora. En cuanto accionó el resorte, escuchó un ruido. Acto seguido, se abrió ante él una salida. Con las escasas fuerzas que le quedaban se arrastró por ella. Tras unos minutos que le permitieron reponer sus pulsaciones casi a la normalidad, se agachó de nuevo y llamó desesperadamente a Pepe sin obtener respuesta alguna. ¿Habría logrado salir? Mientras gritaba, palpaba en la tierra intentando encontrar su linterna. Por fin localizó el artefacto junto con la pequeña pala. Sin embargo, seguía sin obtener la menor señal de vida de su compañero. No podía ir a buscarlo. Era un auténtico suicidio. Quería pensar que Pepe ya estaría fuera. Al fin y al cabo, tenía mucho menos recorrido que él. Dio al interruptor de su linterna y se hizo la luz.

Se encontraba en un pasadizo de un metro y medio de ancho. Respiró y se tranquilizó. Por lo menos había ganado en el cambio. Pero... ¿a dónde le llevaría? Estaba totalmente perdido y sin GPS, que se había extraviado con el derrumbamiento. Avanzó despacio y atento a cualquier detalle sospechoso que le pudiera revelar dónde estaba la llave que andaba buscando. Sacó el móvil e intentó contactar con Alejandra. Quería avisarles de que se encontraba bien. Seguro que estarían preocupados. Justo lo que se imaginaba: no había cobertura. ¡Maldita sea!, gruñó. Aun así, les mandó un mensaje: «Estoy bien, aunque no sé dónde me encuentro».

No tenía ni idea de los metros que había avanzado, aquello parecía no tener fin. Por un momento pensó que llevaba toda la vida moviéndose por la ciudad sin pensar en otra cosa salvo en el suelo que pisaba, y ahora se daba cuenta de que todo eso no era más que una parte de la ciudad. Una parte construida día a día, pero que en sus tripas escondía otra dimensión en cuya creación habían participado también sus antepasados. Cuántas personas darían lo que fuera por vivir una experiencia como la que estaba viviendo con sus amigos en un mundo desconocido e histórico, antiguo y mágico, que pasaba desapercibido y que en muchas ocasiones les venía grande. Y pensar que muchas de aquellas cosas nunca saldrían a la luz y quedarían ocultas por los siglos de los siglos...

Alejandra y Sara habían salido del coche. Pepe todavía permanecía dentro, inmóvil, como una estatua de piedra a punto de resquebrajarse. Intentaban contactar con la policía y no lo conseguían. Un coche patrulla pasó por la calle Colón y Sara le echó el alto. Se detuvo a pocos metros. Uno de los policías salió del vehículo y se dirigió hacia ella, que caminaba deprisa en su dirección. Sara, acompañada de Alejandra, todavía no sabía muy bien qué le iba a contar, pero eso era lo de menos si conseguían salvar a Lluís. El tiempo iba en su contra. Faltaban tan solo unos pocos metros para contactar con el agente cuando sonó un pitido en el bolsillo de Alejandra. Rápidamente sacó el móvil del vaquero.

Acababa de recibir un mensaje de Lluís. Al verlo se detuvo en seco. Decía: «Estoy bien, aunque no sé dónde me encuentro». Miró la hora en que había sido enviado y se le escapó una sonrisa.

Levantó la vista y vio cómo su hermana iba a entablar conversación con el agente. Tenía que detenerla de inmediato. Salió corriendo lo más rápido que pudo mientras la llamaba:

—Sara... tranquila. Todo va bien —gritó—. Sara...

Su hermana se giró sin entender nada en absoluto. Cuando Alejandra se puso a su lado le pasó el móvil para que leyera el mensaje.

—Perdone, agente —se disculpó Alejandra mientras su mente daba forma a una excusa convincente—. Es que mi hermana se ha asustado un poco. Dos hombres se han metido con nosotras y enseguida al verlos a ustedes...

El policía la miró sin saber muy bien si creerla.

—Su hermana ha mencionado algo de un hombre en el metro —respondió el policía contrariado.

—Sí, es que se han metido en el metro —quiso aclarar Alejandra lo más serena que pudo—. Pero parece que el peligro ha pasado. Gracias de todos modos.

—Solo cumplimos con nuestro trabajo, señorita. ¿Quieren que las acompañemos a casa? —se ofreció el policía.

—No hace falta, muchas gracias por todo.

Mientras tanto, en las profundidades de la tierra, Lluís avanzaba totalmente desubicado. Verse atrapado y sin encontrar la salida a la superficie le estaba alterando los nervios. Aquello se había convertido en un laberinto. Y lo más curioso era que no había nada que le hubiese llamado la atención. La noche de aventuras que llevaba a sus espaldas y los nervios acumulados de las últimas horas estaban haciendo mella en su estado de ánimo. Alumbró en línea recta intentando ver la distancia que le quedaba por recorrer. Su sorpresa fue mayúscula cuando a tan solo cinco o seis metros algo le impedía continuar. Parecía que llegaba el fin. Pero... ¿y la salida? Frente a él tenía una pared de tierra compacta. Ya empezaba a estar harto de tanta tierra. Palpó y palpó intentando encontrar una abertura, una fisura, una palanca, algo que indicase que podía traspasarla. Nada.

¿Y si no había ninguna salida? ¿Sería ese el final de sus días? Después de todo lo que le había costado llegar hasta allí y se iba a morir desnutrido, congelado y aburrido. Cogió el móvil para verificar si tenía cobertura. Daba por hecho que a semejante profundidad posiblemente no la hubiera. Aunque en algunos tramos había ascendido. A decir verdad, no tenía ni idea de la posición en la que se encontraba. El alivio se reflejó en su cara al ver que sí tenía señal. Directamente marcó el número de Alejandra. Apenas dos tonos y contestó:

—Lluís..., ¿cómo estás? —gritó angustiada.

—Cansado, pero bien. No sé nada de Pepe —añadió con tristeza—. Lo he perdido en el túnel.

—No te preocupes, cariño. —Alejandra estaba emocionada de oír de nuevo su voz. Era la primera vez que le llamaba cariño y pensaba hacerlo el resto de sus días—. ¡Pepe está con nosotras! Ha llegado abatido pensando que habías muerto. ¿Dónde estás?

—Pues ese es el problema, que no lo sé. He ido a parar a un pasadizo, pero he dado muchas vueltas y parece que he llegado al final.

—¿Y? —preguntó Alejandra.

—Que no veo ninguna salida.

—Tranquilízate... —Alejandra se quedó pensativa durante unos instantes como si quisiera dar con la solución—. ¿Has encontrado la llave?

—No..., ni rastro de ella.

—Tiene que haber alguna relación —murmuró ella.

—¿A qué te refieres?

—Según las coordenadas inscritas en el *Lazarillo de Tormes*, estás en el lugar indicado. La llave tiene que estar camuflada en algún lugar de ese pasadizo. Y me temo que, si no la encuentras, no podrás salir. ¡Tienes que encontrar la llave, Lluís!

—Lo intentaré. Te llamo más tarde.

La conversación con Alejandra le había reconfortado y le había hecho sentirse querido. Era la primera vez que le llamaba cariño y reconocía que le había gustado. Cuando saliera de allí le pediría que se casara con él. La quería con locura. En esas últimas horas lo había confirmado al cien por cien, despejando todas sus dudas. Ya estaba bien de hacer el tonto. Hasta ese momento su relación había sido un poco atolondrada, con sexo cuando les apetecía a los dos y viéndose a diario para buscar las llaves. Tocaba dar el primer paso y estaba dispuesto a ser él quien lo diera. Tenía que encontrar esa dichosa llave para poder salir de allí y confesarle sus sentimientos. Miró el reloj, eran las ocho de la mañana. En la superficie se habría recobrado la actividad habitual desde hacía varias horas. Se centró en la supuesta salida y las paredes a su alrededor. Continuó metro a metro hacia el interior, examinando paredes, suelo y techo. Alumbró sin cesar hasta que la linterna hizo un amago de apagarse.

—No, ahora no —bramó.

La sacudió de un manotazo y siguió alumbrando. Tropezó con una piedra y estuvo a punto de caer.

—¡Maldita sea! —gruñó de nuevo.

Cuando iba a darle una patada de pura frustración, le llamaron la atención unas marcas hechas en el suelo. Se agachó para poder descifrarlas mejor. Eran letras... ¿Cómo no las había visto antes? No le extrañaba. Allí no se veía nada en absoluto. Cambió de ángulo con la intención de poder leerlas hasta que las vio con claridad: ALJAMA. Era la segunda vez en pocos días que leía esa palabra, que aparecía escrita en la dedicatoria del ejemplar de Pepe del *Lazarillo de Tormes*. Era una señal, y posiblemente la única que encontraría en ese lugar. Se centró en las letras. Arañó el suelo y sopló el polvo que las cubría. Tocó y retocó. El nombre estaba grabado sobre una piedra con forma rectangular. Lluís se ayudó de la pala para hacer palanca. Estaba muy agarrada. Después de tantos años era lógico. Insistió con todas sus fuerzas. ¡Se había movido! ¡Sí, ya lo tenía!

Cuando consiguió retirar la piedra, se tropezó con una hendidura en la tierra que albergaba un envoltorio de tela blanca. Lluís recordó que era el mismo tejido que en los anteriores hallazgos. El corazón empezó a latirle acelerado. ¡Lo había conseguido! Agarró con fuerza el paquete y lo desenvolvió. Una llave antigua y preciosa le deleitó la mirada y su cara se iluminó de alegría. Acababa de encontrar la séptima llave de ese complicado acertijo. Ahora tocaba salir de allí.

Apenas habían transcurrido un par de minutos cuando un ruido sordo e intenso se oyó al final del pasadizo. Lluís, sobresaltado, se puso de pie y se guardó el envoltorio dentro de la chaqueta, subiendo la cremallera hasta el final. ¡Qué frío hacía allí abajo! Caminó hacia el sonido como si estuviera poseído. No conseguía adivinar qué sucedía. Enfocó el haz de luz al final del pasadizo y vio cómo una abertura se abría dejando paso al otro lado. Sin pensarlo dos veces echó a correr. Nada más cruzar el umbral de la supuesta salida, esta se cerró automáticamente a su espalda. Suerte que se había dado prisa.

Avanzó agachado a cuatro patas intentando deducir dónde estaba. No hacía falta encender la linterna; una tenue luz se filtraba por algún sitio que no conseguía descifrar. Parecía que se encontraba en un estrecho conducto de ventilación de algún edificio. Por las dimensiones debía de ser un lugar importante. La temperatura era agradable. Avanzó despacio hasta que se tropezó con una trampilla en el suelo. Miró hacia abajo: el suelo era de cemento y estaba pintado con rayas de varios colores. Había pilares marcados con una franja roja central y algunos coches. Aquel lugar era un aparcamiento sin lugar a duda. Y no uno cualquiera: era el aparcamiento subterráneo de El Corte Inglés de Colón.

Acto seguido cogió el móvil y rezó para que tuviera cobertura. Sonrió al comprobar que sí. Llamó a Alejandra para notificarle su posición. Ella le contestó al momento, ansiosa de tener noticias suyas.

—No te preocupes —dijo dulcemente después de escuchar dónde se encontraba—. En unos minutos nos tienes ahí.

—Alejandra... —pronunció Lluís.

—Dime... —demandó ansiosa por escuchar su voz.

Lluís permaneció en silencio durante unos segundos.

—Te quiero.

Un escalofrío recorrió el cuerpo de ambos. Ella solo acertó a decir:

—Yo también.

CAPÍTULO 45

En la estación de Colón habían saltado las alarmas. Varios indicios hacían pensar que un intruso había estado merodeando por las zonas de acceso restringido. Habían forzado una de las cerraduras y, en uno de los baños, había restos de barro y tierra. Ni los guardias de seguridad, ni los revisores, taquilleros y personal de limpieza reconocían haber sido los responsables. También había huellas que provenían del andén, infundiendo el miedo de que hubiesen colocado algún artefacto explosivo en la vía, y más en vísperas de Nochebuena. La estación y los alrededores se habían convertido en un trajín de policías. Interrogaron a los guardias de seguridad, tanto el del turno de noche como el de mañana, que afirmaron no haber notado nada sospechoso. Estaba claro que los intrusos los habían burlado con astucia.

El comisario Morales repasaba el lugar de los hechos acompañado de sus agentes, entre ellos el inspector Moreno y el subinspector Roque. Intentaban recabar pistas o cualquier tipo de prueba que les aclarase qué demonios había pasado ahí durante la noche. Mientras tanto, el equipo de artificieros se introducía en el túnel del andén de donde provenían los restos de tierra encontrados. Habían suspendido las líneas del metro durante varias horas hasta que la situación se aclarase. Era demasiado arriesgado. Aun así, las quejas de los usuarios aumentaban a medida que transcurría la mañana.

Camuflados entre la multitud y el caos, una mujer rubia platino con el pelo cortado a cepillo y su acompañante, un hombre bastante fornido, deambulaban intentando recabar información. Después de enterarse de lo sucedido, la mujer marcó un número en su móvil.

—También han pasado por la estación de Colón. ¡Menuda han armado!

—¿Sabéis si han encontrado lo que buscaban? —preguntó la voz masculina al otro lado de la línea.

—No lo sabemos, pero te mantendremos informado —respondió la mujer—. Creo que deberíamos actuar ya y hacerles ver que no están solos en esta búsqueda. Son bastante escurridizos y los estás subestimando.

—Debéis ir poco a poco —les ordenó con voz firme—. Dejaos ver y ponedlos nerviosos, pero con astucia. No pierdas los papeles, Erika, que nos conocemos. De momento, nos interesa que vayan por libre. Después de todo, nos están haciendo el trabajo. Pero... Quien ríe el último, ríe mejor.

—De acuerdo —asintió ella a regañadientes.

El coche de Sara se introdujo en el aparcamiento de los grandes almacenes buscando la rejilla de ventilación que les había descrito Lluís. Apenas había coches aparcados por ser primera hora, por lo que no fue difícil localizarla. Cuando Pepe consiguió abrir la trampilla dejando libre a su amigo, se unieron en un fraternal y sincero abrazo.

—Creí que te había perdido... —murmuró Pepe, emocionado.

—Yo también —dijo Lluís rebosante de alegría—. Me alegro de verte, amigo.

Lluís abrazó fuertemente a las dos hermanas y besó a Alejandra.

Por fin estaban juntos de nuevo. Esta vez la prueba había sido dura, pero lo habían conseguido una vez más.

Cuando el coche de Sara atravesó la calle Colón en dirección a su casa y pasó junto a la estación del metro, se quedaron atónitos. El increíble despliegue policial era de película. Sin duda buscaban algo muy gordo. ¡Menos mal que habían intentado pasar desapercibidos! Cruzaron los dedos para que no encontraran ninguna pista con que los pudieran identificar. Medio ocultos dentro del vehículo, continuaron con el cuerpo encogido y el temor a flor de piel.

Alejandra, asustada por la situación, echó una última ojeada a la explanada de la estación. Se quedó muda y sin aliento cuando su mirada se cruzó con la de su vecina Erika y esta le sonrió cínicamente.

—¿Habéis visto a nuestra querida vecina? —exclamó a media voz.

—¡Esa lagarta! Me temo que sabe más de lo que nosotros creemos —anunció Pepe.

La estación de Colón estaba infestada de agentes de la ley y el orden. Las cosas se complicaban. Habían encontrado en la vía una mochila rodeada de montones de tierra. Alguien había estado trabajando muy duro esa noche. Por las huellas encontradas había dos personas involucradas y parecía que se trataba de dos hombres. Lo más curioso era que se habían encargado de repartir la tierra de manera que no afectara el trayecto del tren. Eso les desconcertaba. Si no querían interrumpir el servicio, ¿con qué fin habían estado realizando toda esa faena?

El comisario Morales estaba manteniendo una conversación con el inspector Moreno y el subinspector Roque cuando se les acercaron dos agentes.

—¿Comisario Morales? —preguntó uno de ellos.

—Sí, soy yo.

—Tengo entendido que es usted quien está a cargo de la investigación.

—Así es...

—Creemos haber visto algo, señor —mencionó uno de ellos.

Morales le hizo un gesto para que continuase. La sola sospecha de que hubiera alguien que pudiera aportar algo sobre lo que había sucedido le provocaba una tremenda satisfacción.

—Sobre las cinco y media de la mañana una joven acompañada de su hermana nos ha parado a la altura de la estación. Nos ha comentado que había un par de tipos que al parecer se habían metido con ellas y que luego han entrado en el metro.

—¿Ha podido ver a esos dos hombres? —demandó el comisario muy interesado.

—No, señor. Habían desaparecido cuando nosotros hemos llegado —respondió el agente.

—¿Cómo era esa joven? —volvió a preguntar el comisario.

—Castaña, con media melena. Ojos verdes. Bastante guapa.

—¿Se sabe usted también sus medidas? —le increpó el comisario lleno de sarcasmo.

—¡No, señor! Solo me he fijado en su cara —respondió el joven policía un tanto cohibido.

—¡Pues podría haber mostrado más interés en esos dos individuos, posiblemente sean las piezas clave de este asunto!

—Lo siento, señor comisario —se disculpó humildemente.

—Puede retirarse.

En el momento en que el joven agente iba a darse media vuelta, el inspector Moreno le detuvo.

—¡Espera un momento! Ya que te has fijado tanto en esa joven, dime si se parece a esta.

Moreno sacó de su cartera un folio con el retrato robot de Sara.

El joven agente se sorprendió al comprobar que, efectivamente, esa imagen correspondía a una de las dos jóvenes.

—Sí, es una de las dos hermanas. A decir verdad, se parecen bastante entre ellas.

—¿Hay algo más que puedas decirme sobre esa mujer? —Inquirió Moreno esperanzado.

—Pues sí, ahora que lo pienso —añadió—. Se llama Sara. Lo sé porque su hermana ha pronunciado su nombre.

—Gracias —dijo Moreno intentando mantener la calma, satisfecho de su respuesta—. Esto es todo de momento.

El comisario Morales se quedó perplejo. Otra vez la muchacha esa por medio, y ahora, por si era poco, con su hermana. Eso no tenía muy buena pinta. La buscaban como posible testigo en las Torres de Serranos, y qué casualidad que esta vez también hubiera estado merodeando por el lugar de los hechos. Y qué casualidad que en el Museo Arqueológico de la Almoina y en la iglesia de San Juan del Hospital hubieran encontrado huellas de dos mujeres, y qué casualidad también que no sabía qué coño estaban buscando. La investigación estaba tomando un cariz que no le gustaba en absoluto.

—No sabía que llevabas una foto robot de esa mujer en la cartera, como quien lleva la foto de su novia —comentó el comisario Morales al inspector Moreno con una mirada inquisidora.

—Es que me tomo mi trabajo muy en serio, y esta mujer es clave para nuestra investigación —replicó el inspector muy resuelto.

—¡Ya! —balbuceó el comisario.

El subinspector Roque, que presenció la escena, dejó escapar una tenue sonrisa.

El inspector Moreno, sentado en su despacho y con la foto de la joven en sus manos, pronunciaba el nombre que le habían facilitado.

—Sara... Sara... Me gusta tu nombre. Siempre me ha gustado. ¿Es posible que seas tú? Tengo que encontrarte como sea.

Recordó que tan solo unos días atrás se había tropezado con una pareja en plena noche al pie de la fuente de la plaza de la Virgen y, confundido, creyó que la joven era ella. Ahora lo entendía, era su hermana.

—Ya ha llegado el informe de las huellas de la estación —le avisó Roque interrumpiendo sus pensamientos.

—Vamos a llevárselo al jefe —propuso Moreno.

El comisario Morales repasaba el caso sobre su sillón de piel. Se había descartado totalmente la posibilidad de que hubiesen colocado algún artefacto explosivo en las vías, como se había barajado en la primera hipótesis. Solo tenían una simple mochila y, después de analizarla concienzudamente, no encontraron huellas. Las botas que habían utilizado eran normales y corrientes, imposibles de identificar. Aunque había un dato curioso: aparentemente habían descendido al andén dos hombres, pero solo uno había salido a la superficie. ¿Se trataría de un asesinato? ¿Si solo había salido uno de los hombres, dónde narices estaba el otro? Enterrado, quizás... Sin duda era un buen escondite. Eso explicaría los montones de tierra esparcidos por la vía. Aun así, algo no cuadraba. Demasiado perfeccionista. Se encontraba frente a un grupo de criminales que, o eran muy listos y unos auténticos profesionales, o muy tontos y con mucha suerte. Otro misterio sin resolver, y este año ya llevaban unos cuantos. Gracias a Dios que estaba terminando, pensó el comisario Morales.

Un toque en la puerta le hizo levantar la cabeza del informe.

—¡Adelante! —exclamó.

—Comisario, tengo el informe de las huellas dactilares del grifo del lavabo de la estación.

—Pásamelo, Moreno. A ver si de una vez por todas cogemos a ese cabrón y nos aporta un poco de luz a todo esto.

Permaneció callado durante unos instantes hasta que terminó de leer el informe. Seguidamente se quitó las gafas y las sostuvo en la mano mientras de sus labios brotaba una sonrisa irónica.

—¡Ya tenemos la identidad de ese desgraciado! Se llama Andreu Subies. ¡Quiero que lo localicéis a toda costa! Y también quiero que localicéis a esa mujer, a esa tal Sara, como se llame. Los quiero a los dos aquí en la comisaría. ¡Y los quiero ya! ¿Entendido? Hay que descifrar muchas incógnitas. Mi olfato me dice que este asunto es mucho más retorcido de lo que aparenta ser.

CAPÍTULO 46

El vapor de agua había empañado los azulejos del cuarto de baño. Ella cogió la toalla de ducha y se secó el cuerpo. Abrió el armario de la pared buscando una loción corporal, pero no encontró ninguna. Observó su interior y confirmó la ausencia de una mujer por la falta de cremas, maquillaje y demás potingues femeninos.

Un toque en la puerta la sobresaltó.

—Rosa, ¿estás bien? —Una voz masculina se oyó al otro lado de la puerta.

—Sí, Paco. Salgo enseguida —contestó sonriente.

—¡Tómate el tiempo que necesites! —le dijo dulcemente—. Se me había olvidado el tiempo que tarda una mujer en salir del baño.

Tía Rosa sonrió al escucharle. Estaba feliz. Después de mucho tiempo, volvía a sentirse mujer. Recordó la velada de la noche anterior; la suculenta cena, un buen vino, rodeada de velas y en buena compañía. Mantuvieron una agradable conversación donde aclararon muchas cosas, y donde Tía Rosa se sinceró como hacía mucho tiempo no lo había hecho, arrinconando en su mente a Miguel Roselló y dejando vía libre a otro hombre que se comprometía a hacerla feliz, que la embaucaba con palabras que siempre había querido escuchar, pero que iban dirigidas a otras personas. Esa vez era ella quien recibía esos halagos, esa ternura, esas caricias sinceras y ese amor.

Su cuerpo se estremeció de gozo cuando revivió la penumbra de la habitación, su vello erizado por el contacto de las frías sábanas, los besos de ese hombre apasionado que la hacían temblar hasta en lo más profundo de su ser, los susurros cerca de su cuello, que la transportaron a un lugar mágico, la dulzura de sus caricias que no querían perderse ni un solo pliegue de su piel, haciendo vibrar su cuerpo y despertándolo de un largo letargo. Esa noche se había transformado. No era ella. ¿Sería el vino?, se preguntaba. Quería ser suya, que la poseyera. Cerró los ojos y se dejó llevar. Se olvidó del mundo y se concentró en esas cuatro paredes. En ese lecho. Esa noche no había nada más. Solo él y ella, dos personas adultas haciendo el amor. Un hombre y una mujer extasiados de placer. Apenas recordaba lo maravilloso que era. Tía Rosa se miró en el espejo y vio cómo sus mejillas se habían ruborizado. En ese momento dio gracias porque Paco fuese un ser paciente ante su inexperiencia y haber aguantado su hombría hasta el final.

Se despidieron esa mañana con un beso y una tierna sonrisa dibujada en sus labios. Paco acompañó a Tía Rosa en su Mercedes hasta la calle Quart, para que pasara el día con sus sobrinas. Después de verla perderse en el portal, continuó el trayecto hacia el Mercado Central más contento que unas castañuelas. Su rostro reflejaba una viveza y una alegría como hacía mucho tiempo no experimentaba. Por fin sus plegarias empezaban a cumplirse. Por fin Rosa formaba parte de su vida. Recordaba lo maravillosa que había sido la noche con ella. El buen sabor de boca que todavía perduraba le estremecía como a un adolescente causándole una erección.

Era la hora punta en el Mercado Central y víspera de Nochebuena. Tal y como se esperaba, los clientes acudían como enjambres de abejas a ultimar las compras. Las enormes colas en las pescaderías para adquirir marisco nada tenían que envidiar a la multitud de gente que esperaba su turno en las carnicerías y en las fruterías, abarrotando los pasillos. La mañana estaba resultando agotadora, pero Paco, con las pilas cargadas y lleno de vida, sobrellevaba a los clientes con su astucia y experiencia. Iban a ser unas Navidades estupendas, pensaba.

En uno de los grupos de gente, un hombre con los ojos de color verde esmeralda esperaba a ser atendido. Habían transcurrido cerca de tres meses desde su regreso a Valencia y seguía visitando el mercado a diario sin perder la esperanza. Solo que las fechas que se aproximaban no le ayudaban nada en absoluto. Unas fiestas familiares que, al igual que en los últimos años, las pasaría solo. A pesar de ello, ultimaba algunas compras para Nochebuena, siempre comprando más de la cuenta por si tenía que compartirlo con la persona que buscaba, aunque su ilusión se esfumaba con el paso de los días. Compraría unos filetes de carne y los adobaría con una salsa de verduras, una receta que aprendió en el extranjero. Abriría una botella de un buen vino y daría buena cuenta de ella recordando momentos felices. Momentos inolvidables que habitaban en su memoria. Repasaría por enésima vez el álbum de fotos de hojas raídas y volvería a acariciar la cara y la silueta de Rosa. Con los pies cansados por la caminata matutina y con la moral a la altura de los tobillos, esperaba con paciencia que le llegara el turno.

A pocos metros de distancia, el puesto de Paco era visitado por su fiel clientela. Contento porque su vida sentimental empezaba a encauzarse e iba tomando forma, y porque el negocio prosperaba cada vez más, iba y venía atendiendo alegre y dicharachero. En un momento de tranquilidad, Paco observó a su alrededor; le reconfortaba ver el ambiente navideño. Durante unos instantes, posó su mirada en un individuo que le pareció haber visto días atrás merodeando por allí. A pesar de los miles de personas que entraban y salían todos los días del mercado, ese hombre captaba toda su atención. Estaba obsesionado con descifrar quién era. Efectivamente, era la misma persona que no supo reconocer el otro día, aquella que hubiera jurado que conocía y no sabía de qué. Le resultaba familiar. Esa manera de moverse y de caminar. Su mirada. Esos ojos... Mientras lo observaba algo enturbió su buen humor. Sintió miedo. Por mucho que se esforzara, no lograba identificar por qué ese hombre había alterado su estado emocional.

La casa estaba adornada de fiesta, con el Belén presidiendo la entrada y dando la bienvenida a la Navidad. El olor de la cocina envolvía el hogar y el aroma del marisco se mezclaba con el apetitoso pavo asado. Los diferentes platos preparados enriquecían el banco de la cocina, esperando a ser presentados en la mesa elegantemente vestida. En las fiestas señaladas, Tía Rosa aireaba la mantelería de hilo, la vajilla de lujo, herencia de su madre, la cubertería de plata y la cristalería de bohemia. No tenía nada que envidiar ni al mejor de los restaurantes.

Los invitados estaban a punto de llegar. Tía Rosa se quitó el delantal y se retocó el pelo delante del espejo. Paco fue el primero en aparecer, puntual como siempre y con dos botellas de Ramón Bilbao Reserva 2002. Tía Rosa lo recibió con un beso y la mejor de las sonrisas. Poco después, Sara se presentó con Alejandra, seguida de Lluís y Pepe, que estaba como un pincel. Parte del dinero cobrado tiempo atrás en la agencia de limpieza lo había invertido en comprarse un sencillo pantalón y una camisa, que le daban un aspecto elegante y sacaban a flote su atractivo.

Nada más atravesar el umbral de la puerta, las fosas nasales de Pepe se inundaron de olores muy apetitosos que en algunos casos había casi olvidado. Recordó cuando era un chaval y entraba en el bar de su padrastro, en cuya barra se amontonaban una gran variedad de platos. Cuando intentaba meter la mano en alguno de ellos, siempre recibía un cachete. Esa noche iba a ser especial. Esa Nochebuena degustaría los manjares de Tía Rosa, como había aprendido a llamarla, en compañía de las personas que más apreciaba.

Durante la velada no hubo comentarios sobre la trama que estaban urdiendo. Así lo habían acordado el día anterior, y así lo iban a cumplir. Esa noche solo había seis personas disfrutando de una gran velada e intentando pasárselo bien.

CAPÍTULO 47

Hacía una mañana espléndida, la brisa primaveral acariciaba la cara de Tía Rosa mientras avanzaba por las calles del centro. La sonrisa adornaba su cara y el brillo de sus ojos reflejaba la felicidad de sentirse querida. Eso la llenaba de energía. Ya había hecho su visita de costumbre al Mercado Central y había visitado a Paco, quien le había recordado en susurros lo mucho que la quería y las ganas que tenía de que compartieran su vida juntos. Esa última frase la hacía estremecerse. Tía Rosa se lo estaba pensando de nuevo. Era demasiado pronto, se decía a sí misma.

¿Y si la convivencia no resultaba? Llevaba tantos años viviendo sola con sus sobrinas que el temor al fracaso la asaltaba constantemente. Las manías adquiridas con la edad la asustaban. Sobrellevarlas juntos no resultaría nada fácil después de acostumbrarse a vivir solos durante muchos años y sin dar explicaciones a nadie. Ese miedo se lo había hecho saber a Paco en más de una ocasión, pero él siempre le respondía que el amor haría que lo superaran todo. Tía Rosa quería creer lo mismo y con la misma fuerza, aunque no era algo para tomarse a la ligera, y ella precisamente no era de esa clase de mujeres que tomaban las decisiones sin pensar. Su sensatez continuaba intacta y daba gracias por ello.

Caminaba por las callejuelas contiguas al mercado buscando algo de ropa. No es que le hiciera demasiada falta, pero estaba eufórica y con ganas de comprar. Se detuvo frente a un escaparate; le llamaba la atención el vestido que lucía uno de los maniquíes, y decidió entrar.

—Perdone —dijo dirigiéndose a la señora pelirroja que había detrás del mostrador—. ¿Me podría enseñar ese vestido?

—Por supuesto —respondió la mujer amablemente—. Estoy

segura de que le quedará muy bien —dijo mirándola de arriba abajo—. La talla 42, ¿no?

—Sí. —Tía Rosa esbozó una sonrisa al comprobar el buen ojo de la mujer.

La dueña de la tienda se dirigió a una de las estanterías, cogió el vestido escogido por Tía Rosa y se lo entregó señalándole el probador. Tía Rosa comprobó que le quedaba como un guante y realzaba su silueta. No necesitó mucho tiempo para decidirse. Cuando salió del probador se dirigió directamente a caja.

—¡Me lo quedo! —añadió rebuscando el billetero en el bolso.

—Ya le he dicho que le quedaría bien. Es una prenda que suele lucir impecable.

Mientras Tía Rosa le abonaba el importe, pensando en cuándo lo iba a estrenar, la mujer pelirroja no paraba de mirarla. ¿De qué conocía a esa mujer? No lograba ubicarla. Sin poder contenerse, le preguntó:

—Perdone mi atrevimiento, pero desde que la he visto entrar... ¿Es posible que nos conozcamos?

—Pues... —Tía Rosa se la quedó mirando fijamente. A decir verdad, no le había prestado atención a su rostro, pero ahora que lo mencionaba...

—Claro, ya lo sé. ¡Eres Rosa! ¡Rosa Soler! Mi antigua vecina de María Cristina —gritó la mujer con gran alegría.

—¡Pilar! —exclamó, sorprendida—. ¡No me lo puedo creer! ¡Cuántos años sin vernos! ¿Qué ha sido de tu vida?

Un calor intenso le subió a las mejillas al formular la pregunta. Se recriminó por no haberse mordido la lengua. No entendía cómo había salido de su boca aquella frase, sabiendo la respuesta con antelación. No hacía falta que Pilar se la contara. A pesar de no haber tenido contacto con ella desde hacía más de quince años, sabía mucho de ella. Como que ya no vivía en María Cristina. Que no había tenido hijos. Que se había separado hacía casi seis años. De hecho, en estos momentos Tía Rosa estaba manteniendo una relación sentimental con su exmarido y se estaba metiendo en su cama. Una pregunta le pasó por la mente y notó cómo las mejillas le ardían. ¿Lo sabría ella?

—¡Casi veinte años sin vernos! —exclamó Pilar con añoranza—. ¿Qué tal tus sobrinas?

—Bien..., hechas unas mujeres. Sara con treinta años y Alejandra con veintisiete.

—Cómo pasa el tiempo. Demasiado deprisa —añadió con tristeza—. Y tú, ¿te casaste?

—No —contestó Rosa, cohibida, temiendo la llegada de las preguntas sentimentales—. Me he dedicado a criar a mis sobrinas y no he tenido demasiado tiempo para los hombres.

—¿Y qué pasó con aquel novio tuyo?

—Pues que se fue a vivir al extranjero, y allí se quedó —contestó Tía Rosa con sarcasmo.

—La vida no nos ha sonreído en el amor —agregó Pilar con una mueca de decepción—. ¿Sabes que me separé?

—No lo sabía —contestó con la boca pequeña.

Tía Rosa estaba incómoda, no sabía cómo comportarse; si debía desvelar que estaba saliendo con Paco y conocía todos los detalles, o directamente hacer como si no supiera nada. No era partidaria de la falsedad, pero, Dios mío, no tenía ni estómago ni fuerza para revelarle la verdad.

—Pues sí, Rosa, sí —Pilar seguía hablando mientras ella era incapaz de escucharla—. Después de tantos años juntos. —Su tono era de añoranza—. ¿Te acuerdas de nuestra boda? Acudisteis todos los vecinos.

—Claro que me acuerdo —contestó con un nudo en la garganta.

—¡Quién lo iba a decir! —murmuraba Pilar decepcionada—. Tan bueno que parecía y tan atento. ¡No es trigo limpio, te lo digo yo! Las apariencias engañan, amiga mía.

¿Qué había querido decir con eso?, se preguntó angustiada. No podía estar escuchando eso de Paco. Ahora no... Ahora que había decidido entregarse a él pensando que podría ser el hombre que la hiciera feliz. ¿Sería la rabia del fracaso de su matrimonio lo que la incitaría a hablar de esa manera? Necesitaba saberlo.

—¿Te encuentras bien, Rosa? —le preguntó Pilar preocupada—. Estás pálida.

—Sí, estoy bien, un poco cansada, nada más —contestó a duras penas y procurando disimular su intranquilidad—. Si parecía muy buena persona... —agregó Tía Rosa sobreponiéndose e intentando sonsacarle más información.

—Pues sí —continuó dolida—. Detallista, cariñoso, trabajador, todo un encanto hasta que le das el sí y te conviertes en suya para siempre. A partir de ese momento, ya no tienes ni voz ni voto. Yo me hubiese separado muchos años antes, pero ya me conoces, soy una mujer chapada a la antigua que pensaba que el matrimonio era para toda la vida. Hasta que abrí los ojos y me di cuenta de que me estaba maltratando psicológicamente. De hecho, en los últimos momentos y viendo que me perdía, llegó incluso a levantarme la mano.

—¡No! —Es lo único que pudo decir.

—Sí, hija, sí, ese fue el detonante que me llevó a tomar la decisión de separarme.

Tía Rosa no podía creer lo que le estaba contando. ¿De verdad estaba hablando de la misma persona? Por un momento recordó las últimas palabras que le había dedicado Paco hacía tan solo una hora: «Te quiero y quiero que te cases conmigo, que seas mía para siempre».

—No me lo puedo creer —murmuró con apenas un hilo de voz.

Eso fue lo único que la seca garganta de Tía Rosa logró articular.

—¡Sí, y mucho más que no te voy a contar ahora, aburriéndote con mi vida! —Pilar había recuperado el tono cordial como si hubiese pasado página.

Se despidieron a los pocos minutos. Tía Rosa salió a la calle, necesitaba que le diera el aire. La tensión vivida ahí dentro tras descubrir la verdadera identidad de Paco, y por no haber tenido el valor suficiente de confesarle a Pilar que estaba saliendo con él, la estaba ahogando.

CAPÍTULO 48

Sara comentaba la situación con Lluís y Pepe. Era cierto que habían guardado las siete llaves encontradas en un lugar seguro. Pero el hecho de tener a Erika y a Gustavo pisándoles los talones, unidos al tipo del puro controlando sus entradas y salidas, los tenía las veinticuatro horas del día en vilo. Pepe ya ni se molestaba en ocultar la amistad que les había unido. Era ridículo hacerlo, ya que en multitud de ocasiones los habían visto juntos. La jugada inicial de mantenerse al margen había sido un auténtico fracaso. Solo su verdadera identidad permanecía intacta y ninguno pensaba revelarla por nada del mundo.

—Creo que deberíamos buscar otro escondite para nuestros hallazgos. No me da buena espina que guardemos todas las llaves juntas —observó Sara—. No quiero ni pensar qué sucedería si la cosa se pone fea, después de todo lo que nos está costando encontrarlas. Además, la prueba la tenéis en mi padre. Únicamente reveló la posición de cuatro de las llaves en su libreta. Si él tenía tanto interés en separarlas, por algo sería.

—Me parece una sugerencia bastante coherente —concluyó Pepe.

—No va a ser fácil buscar otro escondite —añadió Sara pensativa.

—No lo es, y creo sinceramente que donde están es el lugar más seguro —atajó Lluís—. Por el micrófono que instalaron en vuestro piso deben saber perfectamente dónde guardamos las llaves. De hecho, siempre se hablaba de una sola caja fuerte porque realmente no teníamos otra. Lo más normal es que crean que las tenemos todas juntas, pero ¿y si abriéramos alguna más? Las repartiríamos entre ellas para despistarlos.

—Creo que voy entendiendo tu plan —continuó Sara—. Eso nos haría ganar tiempo suponiendo que las cosas se complicasen.

—¡Así es! —asintió Lluís con una sonrisa—. Son cajas de seguridad confidenciales, y nadie puede saber si tenemos una o varias. Sin ninguna duda es más seguro que buscar otro lugar donde guardarlas juntas. Con la vigilancia que tenemos encima, detectarían el movimiento enseguida.

—Me parece bien —sonrió Pepe.

—Lo comentaremos con Alejandra cuando regrese —dijo Sara—. Ahora deberíamos continuar con la investigación de Augusto Fonfría —sugirió Sara—. Esta última llave nos ha tenido tan ocupados que lo hemos dejado de lado. Si es el responsable de todo esto, no puede quedar impune.

—Mañana a primera hora nos pondremos manos a la obra —confirmó Pepe.

Eran las nueve de la noche y Alejandra todavía no había llegado. Según le había comentado a su hermana en la hora de la comida, le esperaba un día muy movido en la revista. En ese momento oyó el ruido de la puerta de la calle.

Cuando Alejandra entró en el salón, a ninguno de los presentes le pasó por alto el mal humor que la envolvía y el fuego que dejaban entrever sus ojos.

—¿Qué te ocurre? —le preguntó Sara preocupada.

—¡No os lo vais a creer! —respondió encolerizada—. Me han felicitado por mi artículo en la revista del mes pasado...

—Eso no suena tan mal —interrumpió Sara sin dejarla terminar.

—¡Espera y verás! He recibido una llamada de teléfono del mismísimo Augusto Fonfría y me ha propuesto hacer un extenso artículo sobre la organización AFCANI.

Los tres se quedaron mudos. Sus mentes navegaban a una velocidad de vértigo intentando adivinar dónde estaba la trampa.

—¿Qué pretende con ello? —cuestionó Sara—. Sabe que eres la hija de Jorge Ferrer, y si él es el culpable de todo esto, está enterado de que estamos tras la búsqueda de las llaves y sobre la pista de su organización.

—No lo sé, por eso estoy tan indignada. ¿Cómo puede pretender que haga un artículo alabando la organización e incluso a él mismo, si lo que pienso es todo lo contrario? Y si no lo hago, me juego el puesto de trabajo.

—¡Es un arma de doble filo! —manifestó Pepe—. Yo no me fiaría de él. Es muy astuto. Ya dicen que más sabe el diablo por viejo que por diablo.

—¡No hay mejor ataque que un buen contraataque! —exclamó Lluís que hasta el momento no se había pronunciado—. Se está cubriendo las espaldas. ¿No os dais cuenta? Algo trama y es bastante gordo. Sabe que vamos a por él y se está preparando el terreno. El muy hijo de puta.

—¿De cuánto tiempo dispones? —demandó Sara angustiada.

—De casi dos meses. Será para el número de marzo.

—Un momento —añadió Pepe—. Si tienes que hacer un artículo, tendrás que visitar sus instalaciones e indagar sobre la organización y sobre él.

—Así es —asintió ella sin saber muy bien a qué se refería.

—Pues que nos lo ha puesto en bandeja —especificó Pepe—. Es una manera de averiguar datos y visitar ciertas localizaciones a las que sin su permiso no podríamos acceder.

—Estás insinuando que juegue a dos bandos —murmuró más calmada meditando su proposición—. Por un lado, puedo recopilar información para el artículo y, por otro, intentar desenmascarar a ese cabrón. Cuando haya transcurrido el plazo...

—Entonces, Dios dirá —sentenció Pepe—. Esperemos que todo este embrollo se haya resuelto antes...

El inspector Moreno y el subinspector Roque hacían las pesquisas necesarias para localizar al tal Andreu Subies, el nuevo nombre que había aparecido en la investigación según las huellas dactilares encontradas en la estación de Colón. Disponían de dos direcciones en Valencia, aunque no tenían demasiadas esperanzas. Hacía más de diez años que no había ningún registro relacionado con ese nombre. Ni cuentas bancarias, ni declaraciones de renta, ni renovación de carné de identidad, ni de conducir, ni una mísera multa de tráfico. No aparecía ninguna vivienda a su nombre, ni ninguna otra propiedad.

Parecía que se lo había tragado la tierra, aunque tampoco constaba que hubiera fallecido ni en España ni en el extranjero. Ese individuo no figuraba en ningún sitio; era como si no existiera. Claro que sus huellas dactilares en el grifo del baño de la estación contaban otra historia. Se dirigieron a la primera dirección que, según los datos del informe, fue el hogar de su infancia y donde actualmente vivían su madre y su padrastro. Los dos agentes llamaron al timbre. Tras esperar unos minutos, una mujer de unos sesenta años, enlutada y menuda, les abrió la puerta. Su rostro pálido atestiguaba que no gozaba de buena salud.

—Díganme... —demandó con el estómago encogido presintiendo que no traían buenas noticias.

—Señora, ¿es usted Matilde García? —preguntó el subinspector Roque viendo cómo temblaba el bastón que la sujetaba.

—Sí, soy yo. ¿Qué ha sucedido? —preguntó con un nudo en la garganta.

—Nada, no se alarme —le tranquilizó el inspector Moreno—. Tan solo queremos hacerle unas preguntas sobre su hijo, Andreu Subies.

—Sobre mi Andreu. ¿Saben ustedes dónde está? —solicitó su madre esperanzada. Una oleada de dicha recorrió su cuerpo al escuchar después de tanto tiempo el nombre de su hijo.

No necesitó una respuesta por parte de esos dos hombres. En sus rostros pudo adivinar una rotunda negativa. La alegría que por unos instantes la había envuelto se disipó rápidamente. Cuando recobró la serenidad los invitó a entrar. Apoyada sobre su bastón y caminando con dificultad los acompañó hasta la salita de estar y les ofreció asiento.

—No, gracias, señora, tan solo serán unos minutos —se justificó Roque.

—Si no les importa, yo me sentaré, no me aguanto apenas en pie. Esta enfermedad que arrastro desde hace tantos años todavía no se ha decidido a llevarme al otro mundo. Ustedes dirán...

—Quisiéramos saber el paradero de su hijo, Andreu Subies.

—Yo también quisiera saberlo —respondió con añoranza—. Hace más de diez años que no sé nada de él. Al principio se fue a vivir fuera de la ciudad, más tarde, al extranjero. Pero ya son tantos años sin tener noticias suyas, que ya no sé qué pensar.

—¿No ha recibido una carta o una llamada de teléfono? —preguntó el inspector Moreno intentando descifrar si la mujer mentía o no.

—Nada de nada. Lo pasó muy mal cuando mi hija se suicidó. Mi pobre Andreu tuvo una infancia y una adolescencia muy difíciles. ¿Puedo saber por qué lo buscan?

El inspector Moreno dudó antes de contestar.

—Tan solo es un mero trámite burocrático.

La mujer lo miró con desconfianza. Podía adivinar en su rostro y en su voz que no decía la verdad. Después de tantos años a lo mejor su hijo había dado señales de vida. Quizás vivía al margen de la ley, por eso venía la policía buscándole y preguntando por él. Ese Andreu siempre metiéndose en problemas. La alentaba el saber que todavía vivía. Si no hubiese sido así, le habrían comunicado su fallecimiento.

—Tenemos una segunda dirección que está vinculada al nombre de su hijo, es de un bar en esta misma avenida —añadió Roque viendo que la mujer permanecía pensativa.

—Sí, es el negocio de mi marido. Allí están trabajando también mi yerno y mi nieto. No van a conseguir más información, pero si quieren ir a preguntarles. No tenemos nada que ocultar. Ojalá supiéramos su paradero. Se pueden imaginar la tortura de una madre al desconocerlo.

—Sí, señora, nos hacemos cargo —pronunció el inspector Moreno—. Muchas gracias, no hace falta que nos acompañe a la salida.

—Una cosa más —musitó la mujer desde su sillón—. Les agradecería que, si tienen noticias de mi Andreu, le digan que le echo mucho de menos y que se ponga en contacto conmigo. Por favor, ¿lo harán?

Los policías asintieron antes de marcharse. Los ojos de la mujer se tornaron vidriosos dejando escapar unas lágrimas. Durante unos instantes recordó las imágenes de Andreu gateando por el suelo, su primer cumpleaños, su primer día de clase. En esa época ella todavía estaba bien. ¡Qué momentos tan felices aquellos! La tristeza invadió aquella estancia y ella lloró y lloró como hacía mucho tiempo que no hacía.

La avenida de la Plata era larga y transitada, pero el número que buscaban estaba al principio. Aparcaron el coche patrulla en la puerta del Bar Oro y Plata. Roque y Moreno se adentraron en él. Se sentaron en la barra y pidieron un café para cada uno. Se limitaron a observar. Había tres hombres detrás de la barra. Por su edad encajaban a la perfección, según la explicación de la madre de Andreu. Era la hora del almuerzo y los bocadillos, la estrella de la mañana, acompañados de cervezas y refrescos. El inspector le preguntó al camarero más joven, que tenía un lunar en una mejilla.

—Perdona, quisiera información sobre Andreu Subies.

—¿Sobre quién? —demandó el chaval delatando sus nervios.

—Sobre Andreu Subies. Tengo entendido que eres su sobrino, ¿es así?

El chaval, desencajado, miró a su padre, que se acercó al instante.

—¿Ocurre algo, agente?

—Preguntaba por Andreu Subies —repitió el inspector, receloso—. Usted debe de ser su cuñado.

—Así es, solo que no sabemos nada de él. Hace más de diez años que desconocemos su paradero, y la verdad es que no nos importa demasiado. Siempre estaba metiéndose en líos. Ahora, si nos disculpa, estamos en una hora crítica y todas las manos son pocas. Por cierto, están invitados al café.

—Gracias, pero nos gustaría hablar con su suegro —demandó mirando al hombre más mayor.

—Como quieran, ahora se lo mando, pero, por favor, sean breves.

El hombre se acercó a ellos después de que su yerno le cuchicheara algo al oído.

—Ustedes dirán —pronunció en tono de fastidio y con los rasgos contraídos.

—Perdone que le molestemos —se disculpó de antemano el inspector—, ya sabemos que es una hora punta en su negocio, pero...

—¡No sé nada de Andreu, si es eso lo que quieren saber! Nos trajo bastantes problemas y no tengo ningún interés en que vuelva.

—Veo que no le tiene mucha estima a su hijo —apuntó el subinspector, molesto por el tono del hombre.

—¡Hijo! Ese no es mi hijo. Solo es un sinvergüenza que traía la mujer con la que me casé y que hizo que me destrozaran el local y no sé qué otras cosas más. ¡No tengo nada más que decir! Así que si me disculpan.

Roque y Moreno salieron del bar, más confundidos que cuando habían entrado. Aun así, no pensaban darse por vencidos.

—Voy a indagar en los archivos sobre el suicidio de la hermana de Andreu Subies y los incidentes que rodearon el bar y la familia —expuso el inspector Moreno lleno de curiosidad—, a ver si consigo algún dato más. A veces hay que remontarse atrás para dar con la clave de todo. Me huelo que aquí hay mucha más mierda de la que parece.

—Estoy contigo —le apoyó Roque—. Creo que hay muchas incógnitas por desvelar. Mañana a primera hora hablaré con Rebeca, que busque en los archivos y nos los envíe a la oficina. Y de paso a ver si aparece la joven que te tiene trastocado —concluyó con retintín.

Moreno le miró sin decir ni una sola palabra. Acto seguido puso el coche en marcha.

CAPÍTULO 49

Tía Rosa estaba tumbada en la cama sin fuerzas para levantarse, a pesar de que hacía rato que había amanecido. La persiana de la ventana permanecía cerrada dejando la habitación a oscuras, salvo por la tenue luz de la lamparilla. Estaba disgustada y pensativa, con la mirada fija en los dibujos de la talla del techo. Le costaba respirar, aunque no le dolía la cabeza, ni tampoco el cuerpo. Solo le dolía el corazón. La angustia era tan fuerte que no podía moverse. El mal de amores, lo llamaban algunos. Su más temido enemigo y el que la había perseguido gran parte de su vida volvía otra vez a acosarla. Otra vez se repetía, en cierta manera, la historia de hacía veintitrés años. Otra vez volvía a estar sola.

Paco había llamado en varias ocasiones, pero ella se había negado a descolgar el teléfono. No tenía ánimos para hablar con él. La conversación con su exmujer la había dejado a la deriva. Quizás era injusta, dándole crédito a ella sin escuchar la versión de él. Tenía que darle la oportunidad de defenderse, pero la frenaba el temor a que la convenciera y se la llevara al huerto como había hecho en otras ocasiones. Sabía de su don de gentes. Estaba segura de que volvería a intentar camelarla, por eso se resistía a verlo hasta que hubiera madurado el tema y pudiera obrar con frialdad. Pensó en el giro radical que había dado su situación sentimental cuando por fin iba como la seda. Tenía que darle una segunda oportunidad, a lo mejor Pilar exageraba en sus afirmaciones. Su cabeza era un ir y venir de suposiciones, de conjeturas sin sentido. Hoy no pensaba salir de casa. Quería meditar sobre la situación.

Se levantó y caminó descalza hasta la cómoda. Abrió el último cajón y escarbó entre la ropa. Al final encontró lo que buscaba. Lo cogió y se metió de nuevo en la cama. En sus manos llevaba una foto raída que aproximó a su pecho, luego su mirada buscó la figura que se encontraba en ella. Se acurrucó entre las sábanas y, con la luz encendida, se quedó dormida.

Tía Rosa se sobresaltó al escuchar el timbre de la puerta. Estaba aturdida y descolocada. Miró el reloj y eran más de las once de la mañana. El timbre volvió a sonar. Atontada, se levantó descalza y se dirigió a la entrada. Se asomó por la mirilla y su sorpresa fue mayúscula cuando vio que Paco estaba al otro lado. No podía abrirle, ahora no. A lo mejor si no contestaba se daba media vuelta y se iba por donde había venido. Sin embargo, Paco insistió una y otra vez. Rosa, al otro lado, nerviosa e indecisa, optó por abrir.

—Rosa, ¿te encuentras bien? Estaba asustado. No me coges el teléfono y ahora no abres la puerta. Yo...

—Estoy bien —murmuró débilmente—. Bueno, no demasiado. ¿Quieres pasar?

—Creía que no me lo ibas a pedir nunca —contestó él cohibido.

—Debo de tener un aspecto horroroso —se disculpó mientras se arreglaba el pelo.

—Estás preciosa de cualquier manera —dijo él, adulándola.

—Paco, no estoy de humor... He dormido fatal.

Tía Rosa se quedó pensativa unos instantes. ¿Qué día era hoy? ¿Era festivo?

—¿Tú no deberías estar trabajando en el mercado? —le preguntó.

—Sí, pero como no has venido ni tampoco me cogías el teléfono, he pensado que te había ocurrido algo, y he dejado allí al chico solo al cargo de la parada.

Tía Rosa pensó si estaría exagerando la situación. Miró a Paco y se sentó en el sofá. Un estornudo se interpuso entre ellos.

—¡Vas descalza! —exclamó él buscando las zapatillas por el suelo.

—Están en la habitación. No te preocupes. Siento haberte asustado —se disculpó arrepentida de su rabieta.

Paco se levantó y entró en la habitación. La cama estaba deshecha, la lamparilla permanecía todavía encendida. Abrió la persiana de la ventana y dejó que entrara algo de luz. Hacía un día de invierno precioso. Se dirigió a la mesita y apagó la luz, después cogió las zapatillas.

A punto de salir de la habitación, le pareció ver un papel entre las sábanas. Se aproximó para cogerlo y cuál fue su sorpresa al descubrir que era una foto. La cogió y se quedó perplejo, observándola. Había dos personas, una de ellas era Rosa con veintitantos años menos, la otra, un hombre aproximadamente de su misma edad. Paco clavó la vista en el rostro de aquel desconocido. En ese mismo instante un terrible escalofrío le recorrió de pies a cabeza.

—¡Santo Dios! —murmuró.

Acababa de reconocer al sujeto en cuestión. Era el antiguo novio de Rosa, el tal Miguel Roselló. De hecho, lo conoció en aquella época. Tenía un vago recuerdo de él. Esos ojos no se olvidaban así como así. Al instante cayó en la cuenta y se acordó del individuo que había visto en dos ocasiones merodeando por el Mercado Central. Era él sin ninguna duda. Era Miguel Roselló. ¿Qué buscaba? ¿Iba simplemente a comprar enseres o andaba buscando a Rosa? Ahora entendía ese temor inexplicable que le acosaba sin saber por qué cuando lo veía. Su subconsciente lo había reconocido antes que él. Una pregunta le inquietó: ¿sabría Rosa que había regresado a Valencia y por eso se encontraba tan mal?

Mantuvieron una amplia conversación en la que Tía Rosa le contó el encuentro fortuito con su exmujer, sus dudas y su malestar. Sin embargo, las justificaciones por parte de él, dándole la razón en algunas cosas y en otras no, la habían tranquilizado. Como ella imaginaba, la había convencido plenamente. El caso es que la relación volvía a estar casi como antes. Paco la observaba intentando adivinar si le ocultaba la presencia de su antiguo novio en la ciudad. Sin embargo, no parecía estar muy enterada del tema, y él tampoco se lo pensaba decir de ninguna de las maneras. Aun así, quiso tirarle de la lengua.

—Rosa, cuando he pasado a tu habitación por las zapatillas he visto una fotografía encima de la cama. Quizás no debía, pero no he podido evitar echarle un vistazo.

Ella se acordó de que se la había dejado entre las sábanas y por un momento sintió vergüenza.

—Es cierto —admitió—. Me sentía tan mal y tan sola que...

—Sabes que me tienes a mí para todo lo que necesites. Yo mismo romperé esa foto si quieres. —Paco hizo ademán de levantarse para cumplir su propuesta.

—No. Ya lo haré yo. No te preocupes —contestó a media voz.

—Sabes que Miguel no va a volver. Hemos hablado muchas veces del tema y creía que ya lo tenías olvidado.

—Lo sé —contestó Rosa, sumisa—. Ha sido un impulso.

—Rosa, te quiero y siempre te querré. Lo sabes, ¿verdad?

—Por supuesto.

Un beso culminó su frase. Rosa se sentía protegida y eso lo hizo sentirse bien. Paco la abrazó apasionadamente y el sosiego reinó en su interior. Al parecer ella no tenía noticias de su antiguo novio. ¡No podían volver a verse! Si eso ocurría, su felicidad correría peligro.

Quedaban pocas horas para la noche de fin de año y cada uno de los visitantes del Mercado Central apuraba para realizar sus últimas adquisiciones. Esa mañana Paco no estaba centrado. A pesar de ello, su puesto de fruta se cubría de gloria con los kilos y kilos de uva que había vendido. El año terminaba bien, solo esperaba empezarlo con buen pie. Al igual que la Nochebuena, la pasaría en casa de Rosa, solo que sería mucho más íntimo, ya que estarían tan solo ellos dos. Rosa estaba a punto de llegar. Solía hacer siempre el mismo recorrido y a la misma hora. Paco estaba intranquilo y un gran temor lo acechaba. ¿Y si Rosa se cruzaba con su antiguo novio? ¿Se conocerían nada más verse después de veintitrés años? ¿Sería casualidad que lo hubiera visto en dos ocasiones, o visitaría el mercado con frecuencia? ¿Qué demonios hacía de vuelta en la ciudad? ¿Se habría casado y formado una familia? De no ser así, sabía que sería un importante obstáculo en su relación.

—¡Buenos días! —escuchó a su espalda. Paco se giró al oír la voz de Rosa.

—Buenos días, preciosa —contestó ahuyentando los malos pensamientos—. ¿Llevas mucho aquí?

—No, acabo de llegar —dijo ella ajena a lo que se cocía en la mente de Paco—. Hoy se me ha hecho más tarde de lo habitual, pero no tengo prisa. Recogeré el encargo de la carnicería y daré una vuelta.

—Si quieres lo recojo yo —se ofreció, inquieto, intentando evitar que permaneciera más de lo necesario allí.

—De eso nada. Tú estás trabajando. Volveré dentro de un rato.

Paco la siguió con la mirada hasta que se perdió entre la gente. Hubiera ido detrás de ella si no fuera porque la parada la tenía a rebosar de clientes y no podía desatenderla.

Tía Rosa pasó por uno de los puestos de carne, después se detuvo para comprar algo de marisco y también frutos secos. Cómo le gustaba pasear por esos angostos pasillos, oír el zumbido de la gente y oler la infinidad de aromas diferentes. Su mente se transportó al pasado y se dejó llevar, inocentemente. Después de un breve lapso, regresó a la realidad mentalizándose de que ese era el momento que tenía que vivir y de que debía olvidarse de los recuerdos que la atormentaban.

Por segunda vez esa misma mañana, Tía Rosa pasó por el puesto de Paco, a quien, al verla, le cambió la cara. La incertidumbre lo estaba ahogando y su ausencia mientras daba una vuelta por el mercado se le había hecho interminable.

—¿Ya te vas? —le preguntó.

—Sí, nos vemos esta noche —asintió ella, sonriente.

—Ponte bien guapa para despedir el año.

—Tú también.

Tía Rosa le dedicó una mirada y se alejó de allí.

Miguel llevaba casi dos horas vagando por el mercado. No desistía en su empeño de encontrar a Rosa. Esa noche la pasaría solo, al igual que en Nochebuena, en compañía de una buena botella de vino. Estaba escrito que su sino era la soledad.

Se había instalado en la ciudad invirtiendo parte del capital que había ganado en los últimos veintitantos años, en un luminoso piso en la Ciudad de las Artes y las Ciencias. Tan solo había comprado lo indispensable para vivir, aunque reconocía que era necesario vestirlo y llenarlo de muebles. A ser posible con un toque femenino, y quién mejor que Rosa. No quería desechar esa posibilidad, esa ilusión de volver a verla, de poder unir sus vidas y reanudar lo que dejaron a medias. Le disgustaba pensar que hubiese rehecho su vida, aunque lógicamente cabía la posibilidad y estaba en todo su derecho. Si fuese así, tendría que asumirlo y vivir con ello, por mucho que le doliera.

Había decidido regresar a casa, tan solo le quedaba comprar un racimo de uva y le pediría al año nuevo que le ayudara a encontrarla. La búsqueda de hoy había concluido, por lo menos en esa zona, porque por la tarde y como de costumbre seguía buscándola en otras partes de la ciudad. Decidió acercarse a un puesto en el que otras veces había visto fruta de primera calidad, aunque todavía no se había decidido a comprar en él. Tan solo le quedaban unos pocos metros para llegar cuando el corazón le dio un vuelco y se detuvo en seco. Acababa de ver a una mujer de unos cincuenta años, aproximadamente, que hablaba con el dueño del puesto en cuestión. Los dos sonreían, dando la sensación de conocerse bien. Miguel no podía saber con exactitud quién era esa mujer, pero había algo en ella que le resultaba tremendamente familiar. Nervioso y ansioso al mismo tiempo, aceleró el paso, esquivando a la gente, pero la distancia que los separaba le impedía verle la cara lo suficiente como para identificarla con certeza. Acto seguido la mujer se dio la vuelta despidiéndose del hombre y se alejó de allí. Miguel la siguió con la mirada procurando no perder su rastro, pero la multitud le impidió alcanzarla.

—¡No! —gritó, viendo cómo la perdía entre el gentío.

Sus zancadas aumentaron de velocidad. A empujones se abrió paso por los colapsados pasillos a pesar de las quejas e insultos recibidos. Cuanto más se esforzaba en localizarla, más se daba cuenta de que la había perdido irremediablemente. Aquello era una terrible pesadilla. Necesitaba ver a esa mujer de frente, ver los rasgos de su cara para averiguar si realmente era la persona que llevaba varios meses buscando, pero la suerte no le acompañaba. Lo que en un principio había hecho resurgir sus esperanzas en cuestión de minutos se había convertido en un auténtico suplicio. Por más vueltas que daba, no la veía por ningún sitio. La desesperación se apoderó de él. Había sido todo tan rápido que...

—¡Maldita sea! —exclamó—. Cerró los puños y se maldijo mil veces por su torpeza y lentitud.

Desanimado, retrocedió sobre sus pasos y se encaminó al puesto de fruta. Pensó que posiblemente el hombre que estaba hablando con ella le podría ayudar. Cuando lo tuvo enfrente no dudó en preguntar.

—Perdone —dijo cortésmente—, la mujer con la que acaba de hablar, ¿la conoce?

La expresión del frutero se ensombreció al ver la cara del cliente. ¡No podía ser! Se dijo mientras intentaba disimular su sobresalto. Su temida pesadilla se convertía en realidad.

—¿Cómo dice? —demandó fingiendo no haberle escuchado.

—¿Que si conoce a esa mujer que estaba hablando con usted hace tan solo cinco minutos? —La voz de Miguel Roselló dejaba entrever su desesperación.

—No sé de quién me habla —mintió despiadadamente—. Por aquí pasan centenares de mujeres y no puedo recordarlas a todas.

—Escuche, es muy importante —le imploró Miguel—. ¡Tiene que recordarla! Llevaba un abrigo marrón. Hace tan solo unos minutos que ha hablado con ella, además se han reído. Seguro que la conoce. Por favor, intente hacer memoria.

Paco sintió como si un jarro de agua helada le hubiese congelado las entrañas.

—Pues no sé... —murmuró mientras fingía pensar.

—Dígame, ¿sabe si se llama Rosa? ¿Rosa Soler? —concluyó Miguel con la voz quebrada.

Al escuchar el nombre de Rosa, Paco notó como si hubiera recibido un golpe a la altura del vientre.

—Me temo que no. Lo siento. Quizás la haya confundido con otra persona. —Paco continuó colocando la mercancía, intentando ocultar su mentira—. ¿Quiere uva para esta noche?

—Sí, tan solo un pequeño racimo —respondió Miguel desanimado.

—¿Seguro que no quiere más para la familia? —le preguntó con la intención de sonsacarle información.

—No, gracias, es solo para mí —negó con tristeza.

Paco percibió cómo otro golpe lo destrozaba por dentro al descubrir que el antiguo novio de Rosa estaba solo. Así aumentaba el peligro de perderla. Impotente, apretó la mandíbula mientras le pesaba la uva.

CAPÍTULO 50

Las mesas del inspector Moreno y el subinspector Roque estaban hasta los topes de papeles y carpetas. La agente Rebeca, una joven morena, con el pelo bastante corto y algo entradita en carnes, iba y venía por la comisaría asistiéndolos en su investigación.

—Con esto creo que está todo el material que me habéis pedido —expuso con su simpatía habitual, descargando el último montón de archivadores—. Dado que hoy es Fin de Año, imagino que os durará hasta el año que viene —sonrió con ironía.

Moreno levantó la vista y la miró fijamente sin reírle la gracia. Echó una ojeada a la mesa y pensó si habría sido buena idea remontarse hasta tan atrás en el caso de Andreu Subies. Sin decir ni una sola palabra continuó revisando el informe que tenía en la mano. Roque se limitó a ordenar por fechas y a echarle un vistazo por encima. Lo que menos le apetecía era pasarse el último día del año leyendo.

—¿Qué haces esta noche, Moreno? —le preguntó en tono amistoso.

—Poca cosa. Cenaré con dos amigos y terminaremos la noche jugando a algún juego de mesa. Imagino que tú con la familia, ¿no? —preguntó sin levantar la vista del papel.

—Sí, con los pequeños no tienes libertad de movimientos. Ya sabes... —contestó cerrando una de las carpetas, dando por concluida la investigación—. ¿Vas a terminar el año leyendo sin parar?

—Hasta la hora de cenar no tengo otra cosa mejor que hacer. Si tuviera a alguien que me esperara en casa, la cosa sería diferente. —Moreno lo miró con una pizca de envidia sana.

—Ya es hora de que encuentres una mujer que valga la pena —añadió Roque pensando que hasta el momento solo había dado tumbos.

—No es tan fácil —murmuró.

—Por eso no se puede ser tan exigente —le replicó mirándolo de reojo.

—Y lo dices tú que ya la tienes, ¿no?

Los dos sonrieron.

Sara salía de su clase de yoga pensativa. Miró hacia un lado y otro de la calle. Juraría que no había moros en la costa. Ya se estaba empezando a acostumbrar a tropezarse con el individuo del puro, que la acechaba cada dos por tres. Lo más curioso era que, últimamente, lo hacía hasta con descaro, sin preocuparse en disimular que la vigilaba. Al principio esa situación le creó cierto temor, aunque con el paso de los días se fue relajando. A primera hora de la mañana los había seguido hasta el Banco de Valencia, junto con Alejandra y Lluís, donde habían abierto dos cajas más: una que permanecía vacía haciendo el papel de cebo y dos que contenían las llaves. No quería ni pensar qué sucedería si la cosa se complicaba. ¿Hasta dónde estarían dispuestos a llegar sabiendo que jugaban contra gente muy poderosa?

Intentó despejar su mente y mantenerla ocupada con la cena de esa noche. Los cuatro pasarían la Nochevieja juntos, y juntos entrarían en el Año Nuevo.

Acababa de llegar a la calle Quart y estaba a punto de abrir la puerta del portal cuando una sombra se le acercó por detrás.

—¡Hola, Sara! ¿Cómo estás?

—Bien, ¿y tú, Erika? —contestó muy entera.

—Se nos va este año —dijo amigablemente.

—Pues sí —continuó sin ánimos de dar mucha conversación, mientras tocaba el botón del ascensor.

—Tenéis un amigo nuevo —afirmó en tono curioso.

—¿Un nuevo amigo? —cuestionó Sara sin entender a qué se refería.

—Sí, ese indigente que merodea por aquí —especificó Erika queriendo recabar información—. Creo que se llama Pepe. Sois demasiado confiados. A veces la gente no es lo que parece.

A Sara se le estaba empezando a agriar cada palabra que escuchaba de esa lagarta.

—Cuando dices que la gente no es lo que parece, ¿lo dices por ti? —replicó con sarcasmo entrando en el ascensor.

—No —contestó con una media sonrisa—. Lo digo por ese

hombre sin identidad apodado Pepe. Con respecto a mí, yo soy muy clara y con el tiempo te darás cuenta de hasta qué punto.

Erika salió del ascensor cuando se detuvo en el segundo piso, y Sara siguió subiendo hasta el ático.

—¡Joder! —refunfuñó Sara llena de rabia.

Ya la había dejado con mal cuerpo. Por sus comentarios estaba claro que habían investigado a Pepe y querían saber su identidad. No podían descubrirla. Si cuando era tan solo un niño se encargaron de hacerle la vida imposible, ¿qué serían capaces de hacer ahora, convertido en un hombre y sin recursos?

Cuando llegó a su casa, Alejandra estaba frente al ordenador. Al girarse para saludarla percibió la palidez de su cara.

—¿Qué te pasa? —le preguntó.

—Me he tropezado con Erika, por sus comentarios deduzco que están investigando a Pepe. Aunque por el momento creo que no saben gran cosa.

—Nos están cercando poco a poco —musitó Alejandra, resignada—. Nos quieren tener tan controlados que para respirar vamos a tener que pedirles permiso. Esta mañana me ha llamado por teléfono Augusto Fonfría, quiere verme el día dos de enero en su despacho para comentar el artículo sobre su organización.

—¿Qué vas a hacer? —preguntó Sara.

—No lo sé. De momento me informaré de todo lo que pueda. Debe de tener algún punto débil y tengo que encontrarlo.

—Ayer comí con Tía Rosa —comentó Sara preocupada.

—¿Y?

—Pues la noto rara.

—¿A qué te refieres? —preguntó su hermana interesada.

—Está..., no sé..., diferente. Sabes que ella siempre ha sido una mujer fuerte por naturaleza y nunca le ha dado miedo nada. Al contrario, con los palos que le ha dado la vida, ha aprendido a sortear los baches.

—¡Me estás asustando! —le transmitió Alejandra.

—Pues es que la noté distante y lo que más me llamó la atención es que cuando habla de Paco es como si... No sé cómo explicártelo.

—¡Dilo claramente, me tienes en ascuas! —Su tono había subido de volumen.

—Pues su actitud era como... de sumisión —le confió Sara a su hermana.

—¿De sumisión? No me lo puedo creer. —Alejandra no daba

crédito a las palabras de su hermana. Era imposible. Su tía siempre había sido una mujer temperamental y con una gran determinación.

—Habla con ella y dime si estoy equivocada —la retó Sara.

—Lo haré —respondió Alejandra pensativa.

A primera hora de la mañana del dos de enero, Alejandra se presentó puntual en el despacho de Augusto Fonfría. Su secretaria no estaba en la antesala para poder avisarlo de su llegada, así que llamó directamente a la puerta. Al no obtener respuesta, lo volvió a intentar mientras los nervios la carcomían por dentro. Instantes después, escuchó al otro lado:

—¡Adelante!

Alejandra respiró hondo y entró. Era tal y como lo recordaba del día de la inauguración de la revista *Vía Augusta*: traje impecable, corbata de muy buen gusto y una cínica sonrisa. Él se levantó y le tendió la mano en señal de saludo. Alejandra se retuvo un instante, luego cedió y apreció la suavidad de su mano que, aunque madura, confirmaba su escasa experiencia con trabajos físicos.

Seguidamente tomaron asiento los dos.

—Con todos los periodistas de renombre que hay en la empresa, se preguntará por qué ha sido usted la elegida para la revista de marzo, precisamente una de las más importantes por coincidir con las fiestas de las Fallas.

Alejandra se sorprendió por su franqueza. Había ido directamente al grano. En parte lo agradeció. «Las cosas claras y cuanto antes, mejor.»

—Sí he de ser sincera, me sorprendió bastante —admitió.

—¡Quiero savia nueva en la empresa! —exclamó con orgullo. En su cara se dibujó una sonrisa mientras acariciaba una pluma Montblanc—. He estudiado su currículo y los últimos artículos que ha presentado, y es la persona ideal para esta tarea. Su trabajo consistirá en reseñar la evolución y progreso de nuestra empresa, hacer un sondeo de los últimos años, junto con su última fusión y, por supuesto, el nacimiento de *Vía Augusta*, dándole todo el esplendor que se merece. Sé que sabrá hacerlo bien.

—Gracias por depositar su confianza en mí. —Estaba abrumada y también recelosa. ¿A dónde quería ir a parar?

—Me gustaría que empezara cuanto antes —apremió Fonfría.

—Hoy mismo podría ser —contestó ella eficientemente.

—Tiene el mismo ímpetu que su padre. ¡Eso me gusta! —alabó satisfecho de su elección.

Alejandra, al oír estas últimas palabras, notó cómo la sangre le hervía en las venas.

—Perdone —le interrumpió con descaro—, pero no sé qué relación tuvo usted con mi padre y, por curiosidad, me gustaría saberlo.

—Esperaba esa pregunta de un momento a otro —respondió con frialdad—. Lo conocí hace muchos años —manifestó virando su tono hacia lo amigable—. Debía de ser tan solo una niña. Era una persona entusiasta y con una vocación que le fascinaba. Lástima que muriera tan joven.

—A los treinta y cuatro años, exactamente, y mi madre a los treinta —especificó con desdén—, dejando a dos niñas huérfanas.

—La vida es cruel a veces —opinó restándole importancia—, pero el tiempo ayuda a cicatrizar las heridas.

—¡No siempre! —puntualizó fríamente—. ¡Todavía no ha contestado a mi pregunta!

—Me gusta que sea tenaz —espetó con una media sonrisa—. Admiro esa cualidad en un hombre, y en una mujer, todavía más. Algún día le contaré la relación que me unió a su padre.

Alejandra lo miró cargada de recelo. Estaba convencida de que ese día no llegaría nunca.

El inspector Moreno había avanzado bastante en la investigación, e incluso se había llevado deberes a casa. El día dos de enero acudió al despacho más pronto de lo habitual y siguió repasando un sinfín de informes. Todavía no sabía si estaba perdiendo el tiempo y tampoco tenía argumentos para defender su repentino interés por indagar en la vida de Andreu Subies. Si no se demostraba lo contrario, no había habido víctimas ni tampoco destrozos importantes, pero ¿por qué le envolvía tanto misterio? ¿Tendría alguna relación ese tal Subies con Sara, la mujer que vio en las Torres de Serranos? El caso no tenía ni pies ni cabeza, pero necesitaba cumplir con su trabajo y también atenerse a las órdenes del comisario Morales. Roque entró en el despacho tarareando. Se sorprendió al verlo rodeado de papeles.

—¿Que has pasado la noche aquí? —preguntó al tiempo que miraba el reloj, por si era él quien llegaba tarde.

—Pues como si lo hubiera hecho —contestó, desperezándose—. Necesito un café urgentemente.

—¿Has averiguado algo? —preguntó Roque curioso.

—Pues hay algo que me llama la atención. He hablado por teléfono con la madre de Andreu para verificar ciertos datos.

—¿Y? —demandó el subinspector Roque.

—Hace unos diez años dejó de trabajar en el bar de su padrastro y se fue de la ciudad. Pasó por Madrid, Toledo, Sevilla y Cádiz. Aparecen cotizaciones en la Seguridad Social en empresas de poca monta, restaurantes, gasolineras, etc. Así se mantuvo un par de años. Luego desapareció. Durante unos ocho años Andreu Subies estuvo desaparecido por completo, no oficialmente porque nadie denunció su desaparición, pero no consta que estuviera vivo en ningún sitio, salvo por las huellas dactilares encontradas en el lavabo de la estación. ¿Cómo puede vivir una persona en una ciudad como esta sin ningún tipo de control? A no ser que viva en la calle y sin papeles...

Roque levantó la cabeza asimilando la última frase de su compañero.

—No me parece tan descabellada tu idea —farfulló—. Puede que tengas razón.

—Entonces tenemos mucho trabajo que hacer —declaró el inspector levantándose de su asiento.

—Aunque sin conocer su aspecto va a ser difícil dar con él —advirtió Roque.

—No lo creas —rectificó Moreno con una sonrisa de satisfacción—. He conseguido una foto de cuando tenía quince años. Ya la he pasado a informática para que intenten determinar su aspecto actual.

—Veo que estás en todo. ¿Algo más?

—Hay un dato más —prosiguió el inspector— sobre el suicidio de su hermana. He estado revisando los archivos y todo apunta a que se tiró por el balcón voluntariamente.

—¿Entonces? —demandó el subinspector sin saber a dónde quería ir a parar.

—Pues que su madre afirma que Andreu estaba convencido de que su muerte fue provocada, y que ese fue el detonante para que abandonara la ciudad.

—¿Crees que pudo ser él el causante de ello? —especuló Roque algo despistado.

—No sé qué pensar —susurró Moreno mientras le daba un

sorbo al café que acababa de traer Rebeca—. Empecemos por intentar localizarlo en la calle, en albergues y demás espacios frecuentados por indigentes, y esperemos tener suerte. Hay que peinar la ciudad si es que todavía se encuentra en ella y preguntar a toda persona sin techo que veamos. Tenemos que dar con él.

CAPÍTULO 51

La alarma se había desatado expandiéndose por las arterias de la ciudad. Todas las personas que poblaban las calles sin un techo donde cobijarse, ya fuese en descampados o casas deshabitadas; indigentes, inmigrantes, daba igual la raza o el país de procedencia, estaban alerta. La policía iba en busca y captura de uno de ellos, y eso podía repercutir a más de uno que no estuviera cumpliendo con la ley. Se había corrido el rumor, como reguero de pólvora, de que buscaban a dos personas. Un hombre cuyo aspecto mostraban con una foto robot y que decían que se llamaba Andreu Subies. Y una mujer que atendía al nombre de Sara.

Peinaron todos los albergues y se movieron por los recintos donde pudiera cobijarse una persona afincada en la calle, pero de momento no conseguían dar con ninguno de los dos.

Pepe, ajeno a semejante rastreo, bajó de casa de Lluís, miró hacia ambos lados y no vio señales del individuo del puro en su puesto habitual. Levantó la vista de reojo y se tropezó con Erika y Gustavo asomados al balcón. ¡Cómo no!, se dijo. Era mucho pedir que no hubiese ninguno en su sitio de vigilancia. ¡Qué asco! Menos mal que mantenía su identidad oculta. Al pasar por las Torres de Quart se tropezó con un hombre de aspecto desaliñado y muy similar al que él tenía tan solo unos meses atrás.

—¡Pachuli! ¿Cómo estás? —gritó Pepe saludándolo mientras le daba golpecitos en la espalda en señal de camaradería.

El hombre lo miró de arriba abajo intentando reconocer a ese individuo que le saludaba.

—Pepe, ¿eres tú? No puedo creerlo. Tío, no pareces ni la sombra. ¿Qué te has hecho? Cuántas veces habremos compartido la botella y los cartones.

—Muchas, Pachuli, muchas. ¿Estás bien? —le preguntó interesado.

—No tan bien como tú. Quién te ha visto y quién te ve —exclamó al tiempo que le tocaba la chaqueta que llevaba puesta—. No tendrás un euro, ¿verdad?

Pepe no solía llevar dinero. Alguna moneda de vez en cuando. De hecho, iba trapicheando con algún trabajillo que le mandaba Lluís y comía en la Casa de la Beneficencia o en casa de Sara y Alejandra. Pero aun así se revisó los bolsillos y algo sonó en uno de ellos. Sacó dos euros y se los entregó. Era lo único que le quedaba, aunque no estaba pensando en él, sino en ese hombre que le prestó su ayuda cuando la necesitaba.

—Es todo lo que tengo, Pachuli. Sabes que si tuviera algo más... —añadió disculpándose.

—¡Lo sé, tío! Yo sé que eres legal y que la calle no era lo tuyo. Aunque a veces nos toque vivirla, sabes. Por cierto, la poli está rondando las calles buscando a una pareja. No sabemos quiénes son. Llevan dos fotos robot de esas que hace la pasma. —Durante unos instantes lo miró fijamente—. Es curioso, pero el hombre se parece mucho a ti, se llama Andreu no sé qué. Ah, sí, creo que Subies o algo así. Y la mujer es joven y dicen que se llama Sara. Bueno, cuídate, tío.

—Tú también, Pachuli. Tú también —agregó mientras se despedía con el corazón en un puño.

Pepe se dejó caer en su banco habitual. ¿Había escuchado bien lo que le había dicho su antiguo colega? ¿Cómo era posible que le estuvieran buscando por su verdadero nombre y por qué? Alguien se debía de haber ido de la lengua. Pero ¿quién? ¿Lluís? ¿Alejandra? ¿Sara? No, ellos no podían ser, pondría la mano en el fuego y sabía que no se quemaría. Desconfiar de sus amigos era lo último que debía hacer. Las frases de Pachuli se repitieron dentro de su cabeza. Además, también buscaban a Sara con una foto robot. La cosa se complicaba. Tenía que advertirles del peligro que se avecinaba.

Cuando Lluís se enteró de la noticia llamó a Sara de inmediato. Si la policía se había empeñado en encontrarlos con una foto robot, tenían que ir con mucha cautela.

—No sé cómo han podido dar con mi verdadera identidad —comentó Pepe angustiado.

—Debimos dejar alguna pista en la estación —reflexionó Lluís intentando recordar dónde habían metido la pata. Por la mochila no ha podido ser...

—¡Mierda! —gruñó Pepe, interrumpiéndole—. Lluís, creo que ya sé dónde fue. Cuando salí del túnel corriendo para evitar que el tren me arrollase, me metí en los lavabos del personal, me quité los guantes para lavarme y no despertar sospechas por mi aspecto. Han debido de coger mis huellas de allí.

—Un fallo imperdonable —le recriminó Lluís—. ¿Cuántas veces dijimos que no debíamos quitarnos los guantes?

—Lo sé —murmuró cabizbajo—. Pachuli me ha comentado que el hombre que buscaban tenía un aspecto parecido al mío.

—Pepe, tienes que cambiar de *look* —le propuso su amigo, fríamente—. A partir de ahora déjate bigote y barba. Si están preguntando por las calles, es porque van como pollos sin cabeza. No tienen ni domicilio ni referencia donde buscarte. Fuiste muy hábil ocultando tu verdadera identidad. —Lluís le lanzó una sonrisa para rebajar la tensión—. Será mejor que, provisionalmente, te instales en mi casa y salgas lo menos posible.

—¿Qué pasa con Sara? —preguntó Pepe, inquieto.

—No lo sé —murmuró Lluís pensativo—. Tendrá que seguir su ritmo de vida normal, pero me temo que también le convendría cambiar de aspecto.

—Tanto nuestros rivales como la ley nos están cercando cada vez más —susurró Pepe con pesadumbre.

—Sí, pero saldremos airosos de todo esto. ¡Ya lo verás! —dijo Lluís con seguridad.

Alejandra, tras la visita al despacho de Augusto Fonfría, había empezado a recabar todo tipo de información para su artículo. Todavía tenía el mal sabor de boca de no saber qué unía a su padre con semejante individuo, y encima el muy hijo de perra no había querido revelarlo. Estaba segura de que algo escondía y no descansaría hasta averiguarlo.

Su investigación se remontó diez años atrás. Curiosamente, Augusto Fonfría era uno de los accionistas más antiguos y poderosos de la revista. Alejandra pensó que seguramente manejaría mucho dinero de dudosa procedencia, y que la revista donde ella trabajaba, junto con otras empresas más en las que tenía las narices, serían una buena manera de blanquear dinero.

Profundizó en la búsqueda de la organización. Disponían de centenares de cuadros de los pintores más prestigiosos de la historia. Alejandra se asombró del valor incalculable de su colección, formada por obras de, entre otros, Botticelli, Cézanne, Delacroix, Giotto, Leonardo, Manet, Miguel Ángel, Monet, Picasso, Rembrandt, Renoir, Rossetti, Van Gogh, Velázquez. La lista era interminable. Además, tenían obras escultóricas y piezas de joyería antiguas, sobre todo procedentes de China, así como collares, aderezos y brazaletes de alta gama pertenecientes a personalidades importantes y miembros de la realeza. Todo eso sin contar la gran variedad de coches antiguos, restaurados y tuneados, que conservaban en un estado casi perfecto.

Encontró un artículo en la edición digital de *Las Provincias* escrito en ocasión del treinta aniversario de AFCANI. En él se reproducía una fotografía en blanco y negro de dos personas dando un discurso. Una era Augusto Fonfría, que figuraba en cabeza acompañado de otro hombre. Alejandra buscó su nombre y, si la información no era errónea, se llamaba Ramiro Matoses. Imprimió la página y buscó una lupa en el cajón derecho de su escritorio. La acercó a la fotografía con el fin de apreciar hasta el último detalle.

El artículo explicaba que coleccionar arte había sido siempre símbolo de prestigio y poder, y por supuesto era un sinónimo de riqueza. Que los grandes museos históricos no existirían si los reyes, papas y nobles no hubiesen tenido esa necesidad caprichosa de guardar y amasar. También añadía que las grandes familias españolas no se distinguieron por su pasión coleccionista hasta los siglos XIX y XX. El señor Ramiro Matoses hacía hincapié en que sus antecesores provenían de la Italia renacentista y que después se instalaron en España siendo pioneros en almacenar arte y objetos de gran belleza.

Alejandra le dio vueltas a lo que acabada de leer durante unos instantes.

—¡Vaya par de peces gordos! —se dijo asqueada—. Juró que, aunque fuera lo último que hiciera en su vida, no descansaría hasta ver a esos indeseables metidos entre rejas.

CAPÍTULO 52

El frío se debatía con los rayos del sol dejando un cielo azulado y una apacible mañana. Miguel Roselló llevaba varios días sin salir de casa. La gripe le había afectado con fuerza causándole fiebre y dolor en las articulaciones. Transcurridos unos días parecía que los síntomas remitían y volvía a sentirse bien. Con barba de tres o cuatro días, había perdido la cuenta, y el pelo alborotado, se levantó de la cama. Durante el tiempo que estuvo enfermo pensó en lo triste que era la soledad. No tener fuerzas para levantarse le hizo darse cuenta de lo solo que se había encontrado gran parte de su vida. Se dirigió al cuarto de baño y se miró al espejo. Los años se le echaban encima. Cincuenta y seis años que había llevado bastante bien. Las personas que lo conocían no le ponían más de cincuenta. Pero esa semana se habían vengado sin piedad.

—Miguel, te haces mayor —pronunció en voz baja, resignado.

Se miró con detenimiento: la barba veteada de canas, los ojos verdes esmeralda que en otros tiempos quitaban el hipo de cualquier mujer ahora resultaban apagados y cansados. Abrió el grifo y se lavó la cara. Hoy se encontraba mejor y estaba dispuesto a recuperar los días perdidos. Llevaba todo ese tiempo sin salir de casa y sin poder visitar el Mercado Central. Tenía que continuar su búsqueda y tenía que recuperar su autoestima. No podía rendirse. Minutos después se afeitó y se metió en la ducha. Al cabo de un rato, vestido y acicalado, estaba preparado para las tareas de ese día.

Se aproximó al enorme ventanal que tenía en la terraza, abrió las cortinas y salió al balcón. Ante sus ojos tenía uno de los lugares más privilegiados de Valencia, la Ciudad de las Artes y las Ciencias, que lucía frente a él sumergida en el viejo cauce del río Turia y rodeada de jardines. Cinco edificios que, por su originalidad, se habían convertido en el reclamo de la ciudad.

Miguel no se cansaba de admirar tanta belleza. Daba igual la hora del día que fuese. A los pocos minutos salió de casa. Debía seguir buscando a Rosa. Por el camino recordó a la mujer que había visto de lejos en el mercado hacía tan solo unos días y que le había recordado tanto a ella. Cruzó los dedos y deseó que sus sueños se cumplieran lo antes posible.

En la central de policía, el comisario Morales abroncaba a los inspectores Moreno y Roque. Con la cara desencajada y las gafas de pasta negra en la punta de la nariz, les llamaba la atención tremendamente enfadado.

—¡No me puedo creer que en un mes todavía no hayáis dado con ese tal Andreu Subies y su amiguita! Me ha pedido explicaciones el conseller y, como de costumbre, me habéis dejado en ridículo.

—Estamos haciendo todo lo que está en nuestras manos —replicó el subinspector Roque.

—¡Pues no es suficiente! —gritó Morales dando un fuerte golpe en la mesa.

—Estamos cerca —puntualizó Moreno harto ya de escuchar al comisario.

—¡Ah, sí! ¿Y en cuánto tiempo crees que lo tendréis resuelto? —inquirió Morales lleno de sarcasmo.

—No puedo precisar un tiempo determinado —respondió Moreno procurando no pillarse los dedos—. Pero sé que estamos cerca.

—¡Pues más vale que así sea, porque os estáis jugando mucho! Os informo que hay un tugurio en la segunda planta que necesita dos personas para pasarse todo el santo día rellenando papeles, y tenéis todos los boletos para ser los elegidos. ¡Ya podéis iros!

Cuando salieron del despacho del comisario a Roque le ardían las orejas, y a Moreno se le había atravesado el desayuno.

—¡Joder! Tenemos que dar con ellos y tenemos que hacerlo ya —exclamó Moreno rabioso.

—¿Has conseguido hablar con el director del instituto Lluís Vives donde estudió Andreu Subies? —preguntó Roque con cierta preocupación en su voz.

—Sí, he quedado dentro de una hora con él. A ver si de una

puta vez sacamos algo en claro. Este caso se está haciendo demasiado largo.

Una hora más tarde el inspector y el subinspector se presentaron en el despacho del director Vicente Martí, que les recibió intrigado y algo confuso.

—¡Ustedes dirán! —dijo mientras les ofrecía asiento.

El inspector Moreno tomó la palabra:

—Son solo unas preguntas rutinarias, señor Martí, pero creemos que nos puede ayudar. ¿Cuánto tiempo lleva en el instituto?

El director se sorprendió. ¿A qué venía semejante pregunta?

—Llevo treinta años en este centro. Pero no entiendo a qué viene...

—Enseguida se lo explico. Andamos buscando el paradero de un exalumno que se llama Andreu Subies —le explicó Roque.

El director se estremeció. Después de veintitantos años sin tener noticias suyas, en pocos meses era la segunda vez que preguntaban por él. Primero Alejandra, la hija del profesor de la asignatura de Historia, Jorge Ferrer, y ahora la policía. ¿Qué demonios estaba pasando?

—Pues desconozco su paradero —respondió un poco descolocado.

—Pero sí que se acuerda de él —afirmó el inspector Moreno.

—Sí, perfectamente. Aunque hace más de veinte años que perdimos el contacto.

—¿Sabe de algún familiar que nos pudiera echar una mano? —insistió Moreno.

—Creo recordar que sus padres tenían un bar en la avenida de la Plata. Es todo cuanto sé —confesó el director.

Roque miró a Moreno. Ya habían visitado el bar sin obtener ninguna respuesta a sus incógnitas.

—Sí, estamos al tanto. Hay algo que me llama la atención —puntualizó Moreno—. ¿Dice usted que hace más de veinte años que no tiene noticias de Andreu?

El director asintió con la cabeza.

—¿Y es normal que usted recuerde el nombre de todos sus alumnos por mucho tiempo que haya trascurrido? —preguntó Moreno hábilmente.

—No, normalmente no —se limitó a contestar adivinando a dónde quería ir a parar.

—Pero ¿sí que recuerda a ese alumno en particular? —insistió.

—Sí —aseguró el director dispuesto a contarles todo lo que sabía—. Es cierto que llevo más de veinte años sin saber nada de él. Pero casualmente en menos de un año ustedes son las segundas personas que han preguntado por él.

Los agentes se miraron, sorprendidos y llenos de curiosidad.

—¿Quién más le ha preguntado por él? —inquirió el subinspector Roque.

—Una mujer —contestó Vicente Martí—. En la primavera pasada una joven se presentó en mi despacho. Quería información sobre un antiguo profesor de Historia que había ejercido en este centro hacía veintitrés o veinticuatro años. Al principio no le presté demasiada atención. Le dije que no podía acordarme de todos los docentes que habían pasado por aquí en todo ese periodo de tiempo. Pero muy hábilmente ella me acabó llevando a su terreno.

—¿Qué tipo de información quería? —preguntó el inspector Moreno intrigado y sin entender la relación con Andreu Subies.

—Ese profesor de Historia se llamaba Jorge Ferrer y había descubierto ciertas claves para resolver algún enigma. Parece ser que era algo importante. Nunca supe realmente lo que se llevaba entre manos.

—¿Usted lo conocía bien? —cuestionó Roque.

—Sí, cuando yo empecé a trabajar aquí él llevaba un par de años. Fuimos buenos compañeros; era una buena persona. Le gustaba su trabajo y le apasionaba la historia. Antes de morir... —El director se detuvo unos instantes.

El inspector Moreno aprovechó para intervenir:

—¿De qué murió? —preguntó intrigado.

—En un accidente de coche. Fallecieron él y su mujer y dejaron a dos niñas huérfanas. Precisamente la joven que vino a mi despacho era una de sus hijas.

El inspector Moreno se quedó mudo ante esas palabras.

—Perdone, pero todavía no veo la relación con Andreu Subies —preguntó el subinspector Roque viendo que su compañero no arrancaba.

—Andreu Subies era alumno de Jorge Ferrer y tenían una relación muy estrecha. He de decir que el trato de ese hombre con los alumnos era espléndido y lo adoraban, aunque Andreu era especial para él. La primavera en la que fallecieron Jorge y su mujer fue la última vez que vi a Andreu Subies. Se había matriculado al curso siguiente y era muy buen estudiante, y de repente no se presentó.

Hablamos con la familia, pero nos dieron una serie de excusas poco convincentes.

—¿Ha vuelto a ver a esa joven en todo este tiempo? —preguntó Roque.

—No, y desconozco si ha podido localizarlo.

—¿Sabe cómo contactar con ella? —interrogó el subinspector.

—Sí, me dio su número de móvil. Debo de tenerlo por alguna parte.

El director abrió los cajones de su escritorio y luego removió los papeles de su mesa hasta encontrarlo.

—¡Aquí está! —murmuró mostrándole una hoja de papel—. Se llama Alejandra Ferrer y ahí tienen su teléfono.

Fue el inspector Moreno quien tomó nota y sonrió. El director se ofreció a ayudarles en todo lo que estuviera en su mano. Estuvo a punto de preguntarles por qué lo buscaban, pero se contuvo. Mientras se despedían, y a punto de salir del despacho, el inspector Moreno sacó su cartera y desdobló el retrato robot de Sara. A continuación, se lo enseñó al director.

—Tan solo una cosa más señor Martí. Dígame si esa joven se parecía a esta.

El director, sorprendido por semejante retrato, la miró con atención y, después de unos segundos, asintió.

—No es ella, pero se parece bastante —agregó.

—Muchas gracias, nos ha sido de gran ayuda.

Cuando el inspector Moreno y el subinspector Roque salieron del instituto y subieron al coche patrulla, se sintieron satisfechos. Las piezas empezaban a encajar. Por el policía que se las encontró en la estación de metro sabían que la mujer que estaban buscando se llamaba Sara y que tenía una hermana. Ahora, también sabían el nombre de la hermana y su apellido, además de su número de teléfono. Una puerta comenzaba a abrirse. Investigarían a Jorge Ferrer y ahora más que nunca estaban seguros de que resolverían el caso.

CAPÍTULO 53

Era la hora de comer y los platos en la mesa seguían intactos. Las hermanas Ferrer estaban pensativas, desmoralizadas y sin apetito. Sara revolvía los macarrones con el tenedor.

—Definitivamente —murmuró a media voz— tengo que cambiar de aspecto. Ahora que había conseguido casi olvidarme de que me estaban buscando, vuelven a recordármelo y encima también a Pepe.

—Y si te tomaras unas vacaciones y te marcharas fuera de la ciudad —le propuso Alejandra sin saber qué más hacer.

—No puedo marcharme y dejaros aquí con semejante lío. Tengo que estar con vosotros al pie del cañón —añadió mentalizándose de que era la decisión acertada—. De todas formas, no hemos cometido ningún delito grave.

—Tienes razón, a pesar de ello no me gustaría que te encontraran. En más de una ocasión se ha tergiversado la verdad y... —advirtió Alejandra.

—Con esos ánimos que me das —refunfuñó Sara.

—Lo siento, es que estoy tan nerviosa —admitió su hermana.

—Esta misma tarde iré a la peluquería. Me teñiré de rubia y me cortaré el pelo —afirmó Sara con decisión.

El móvil de Alejandra las hizo volver a la realidad. Ella se levantó y rebuscó en su bolso. Antes de descolgar, miró la pantalla.

—Es un número desconocido —susurró, indecisa—. ¿Contesto o no?

—¡No lo cojas! —gritó Sara, temerosa—. A partir de ahora tenemos que ir con mucho cuidado. No nos podemos fiar de nadie.

Alejandra asintió mostrándose totalmente de acuerdo.

—Debemos centrarnos en buscar las cinco llaves que nos faltan —dejó caer Sara—. Tenemos que desvelar todo este misterio antes de que la policía nos localice. No podemos quedarnos a mitad de camino. ¿Qué pasaría con la investigación de papá? ¿De qué habría servido la muerte de nuestros padres y todo lo que hemos pasado durante estos nueve meses si no llegamos al final de todo este embrollo?

—Creo que lo mejor será que nos cambiemos de domicilio —atajó Alejandra asustada.

—¿Cómo? —exclamó su hermana descolocada. En ningún momento se le había pasado por la cabeza abandonar su casa.

—Provisionalmente, quiero decir —concretó Alejandra—. Piensa que llevan mucho tiempo buscándote. Hay que asumir que antes o después darán con nuestro paradero, y entonces, ¿qué haremos? ¿Les contaremos que andamos buscando unas llaves que nadie sabe de su existencia, salvo los que nos vigilan? ¿Y que no sabemos qué haremos con ellas cuando tengamos las doce en nuestro poder? ¿Que sospechamos que nuestros padres fueron asesinados, pero no tenemos ninguna prueba? ¿Que hemos cometido pequeños delitos e infracciones, pero que no pasa nada porque somos buena gente? —Su tono estaba cargado de cinismo.

—Creo que tienes razón, Alejandra. Pero ¿a dónde vamos a ir? ¿A casa de Tía Rosa?

—No, ese sería el primer sitio donde buscarían. —Alejandra intentaba pensar lo más rápido posible—. Podemos buscar un piso de alquiler.

—Un piso de alquiler... Alejandra... ¡creo que ya lo tengo! —chilló esperanzada. La situación se les escapaba de las manos y la angustia no le permitía apenas respirar—. Lucas, mi socio en el gabinete de psicología, alquila un piso en Llano de La Zaidía, al otro lado del río y a un kilómetro de aquí. Ahora mismo voy a llamarle.

En ese momento y a pocos kilómetros de allí, el inspector Moreno había salido del bar donde iba a comer y, ansioso por contactar con Alejandra Ferrer, hacía otro intento con el móvil. Era la tercera vez que la llamaba. Sin embargo, no tenía suerte. Era como si esa joven se oliera quién estaba al otro lado de la línea. De todas formas, había pasado la información a su compañera Rebeca para que le proporcionara la dirección del titular. Ahora solo quedaba esperar. Desanimado, volvió a entrar en el bar y se sentó en la mesa donde Roque ya había empezado a comer.

—Por la cara que traes, me temo que nada, ¿no?

—Así es, no lo coge —contestó Moreno instantes antes de darle un trago a la cerveza.

—Tranquilo, dentro de unas horas tendremos la dirección de su domicilio y le haremos una visita.

El teléfono apenas dio tres tonos y una voz masculina se oyó al otro lado. Sara respiró queriendo aparentar tranquilidad, aunque Lucas la conocía bien y se daría cuenta de su ansiedad y nerviosismo.

—Lucas, soy Sara. ¿Estás comiendo? ¿Te pillo en mal momento?

—No, acabo de terminar. ¿Pasa algo?

—Oye, mira, tengo un problema y creo que tú me puedes ayudar. —Su mente viajaba a una velocidad de vértigo tratando de formular las siguientes frases.

—¿Hay motivo para que me asuste? —preguntó él.

—No, espero que no llegue la sangre al río —respondió con cierta sorna, esperando que sonara algo gracioso con el fin de suavizar la situación.

—Tú dirás, me tienes en ascuas.

—¿Todavía sigues alquilando ese piso en Llano de La Zaidía? —Sara decidió ir al grano y dejarse de tonterías. Cruzó los dedos esperando oír una respuesta afirmativa.

—Sí, ¿por qué?

Sara respiró aliviada.

—Pues resulta que en la finca donde vivo, que como ya sabes tiene muchos años, se han roto las tuberías y la fosa séptica se ha obstruido.

—Creía que estaba restaurada —comentó Lucas inocentemente.

—Yo también lo creía —replicó Sara un poco más tranquila—. El comercial que me vendió el ático se cubrió de gloria conmigo. La cuestión es que tengo todo el piso inundado de aguas mayores. ¡Ya me entiendes! El olor es insoportable y no puedo permanecer aquí hasta que pasen unos días y solucionen el problema. Ahora mismo están los del seguro y los fontaneros poniéndose de acuerdo. Así que puedes imaginarte lo desesperada que estoy.

—¡Qué horror! —exclamó Lucas con cara de asco imaginándose el panorama—. No hay problema, Sara. Quédate en el piso el tiempo que necesites.

—¿Cuándo crees que podríamos entrar mi hermana y yo?

—El piso está amueblado. Si quieres esta misma tarde, por mí no hay ningún problema.

—Muchas gracias. Dentro de una hora estaré en el gabinete y recogeré las llaves. Ya formalizaremos el alquiler, aunque por mi parte no es necesario que haya contrato de por medio. No sé por cuánto tiempo será...

—Tranquila, tampoco pensaba cobrarte. Es un caso de necesidad y nos conocemos de hace muchos años —se ofreció su socio.

—No, no, te pagaré el alquiler igualmente. No lo aceptaré si no me piensas cobrar.

—De acuerdo, sé que, aunque insista, te saldrás con la tuya, como siempre —concedió Lucas.

—Gracias, no sabes cuánto te lo agradezco —murmuró Sara.

Con la cara más relajada Sara colgó la llamada y miró a su hermana.

—Dentro de una hora tendré las llaves. Hemos de recoger lo esencial y procurar no despertar sospechas. ¿Crees que vamos demasiado deprisa? —Sara observó sus manos. ¡Dios mío, cómo le temblaban!

—No lo sé, Sara, pero las cosas nos están saliendo rodadas. Quiero pensar que es una señal para que nos larguemos de aquí lo antes posible.

—Muy bien. Dejaré algunas cosas preparadas para que Lluís nos las traiga poco a poco. Hay algo más, creo que Pepe debería venir con nosotras.

Alejandra asintió.

Eran casi las ocho de la tarde y ya había anochecido. Sara, Alejandra y Pepe se estaban empezando a acomodar en el nuevo piso. Habían traído lo indispensable y solo esperaban que Lluís hiciera un par de viajes con el resto de sus cosas. El inmueble no era muy grande y nada tenía que ver con su acogedor ático de la calle Quart, pero en general no estaba mal. Tenía lo imprescindible y eso era lo que ellos buscaban. Dos habitaciones medianas con cuatro camas de noventa centímetros y un solo baño, una cocina equipada y un sencillo comedor. Suficiente para pasar ese mal trago. Era un piso que alquilaban para estudiantes, ya que la Escuela Oficial de Idiomas estaba a pocos metros.

Pepe había accedido a acompañarlas, aunque al principio se había negado rotundamente. Si no hubiese sido por la ayuda de Lluís, no lo hubiesen convencido. Ahora tenían que estar más unidos que nunca. Los cuatro tenían que convertirse en una verdadera piña.

El móvil de Sara sonó, sobresaltándola. Pensó que tenía que tranquilizarse. Con ese estado de nervios no aguantaría la situación.

—Tranquilos, es Lluís —los avisó para calmar la tensión.

—Dime —contestó Sara dibujando una sonrisa.

—¿Estáis bien? —su tono era de inquietud.

—Sí, ¿qué pasa?

—Hace un rato han venido dos policías preguntando por Alejandra.

La sonrisa de Sara se borró al instante.

—¿Cómo? —clamó llena de angustia.

—Han llamado a vuestra casa y, como no había nadie, han empezado a preguntar a los vecinos. Han llamado a casa de Erika y Gustavo y después a la mía.

Sara se sentó en una silla próxima, las piernas le flaqueaban. A su lado se colocaron Alejandra y Pepe presintiendo que algo grave había sucedido.

—¿Qué querían? —demandó Sara con apenas un hilo de voz.

—Querían saber si vivíais ahí.

—Y ¿qué les habéis dicho?

—Yo les he dicho que sí. No podía negarlo, pero que hacía varios días que no os veía y no sabía dónde localizaros.

—¿Por qué preguntaban por Alejandra?

—No lo sé, creo que están más cerca de lo que nos imaginamos.

—¡Dios mío! —susurró Alejandra al oír su nombre.

—Hay algo más —añadió Lluís—. Saben que sois hermanas y que vuestros nombres son Sara y Alejandra Ferrer.

—¡Vaya! —es lo único que pudo articular.

—También han preguntado por Andreu Subies. El amigo de Pepe tenía razón, llevan dos retratos robot de esos que hace la policía. Uno tuyo y otro de él. No sé hasta dónde saben, pero no me gusta.

—A mí tampoco —refunfuñó Sara, angustiada—. No sé cómo vamos a salir de este lío.

—Será mejor que no aparezcáis por aquí en algún tiempo —concluyó Lluís, precavido.

—Sí, será lo mejor —sostuvo Sara, cabizbaja.

—Estamos en contacto —dijo Lluís, y seguidamente colgó.

Mientras tanto, en la calle Quart, Erika mantenía una agitada conversación telefónica.

—¡Como lo oyes! —bramó en tono autoritario—. A las dos hermanas las está buscando la policía. Me temo que las pájaras han volado del nido.

—¡Se supone que vuestra misión era tenerlas controladas! —masculló la voz masculina.

—Así es, solo que son bastante escurridizas.

—¡No admito excusas! —gruñó la voz al otro lado del teléfono—. ¡Averigua dónde coño se han metido! Si saben que la policía las está buscando, se deben haber escondido en algún sitio. Vigilad, aún más, a su vecino Lluís, tarde o temprano os llevará a ellas.

—En cuanto las localicemos deberíamos actuar —prosiguió Erika.

—Sí, esto se nos está escapando de las manos. No estaba previsto que la policía metiera las narices, aunque tranquila, ya falta poco. Se está acercando el final —dijo eufórico—. La búsqueda está llegando a su término. Después de tantos años esperando, por fin.

—Hay algo más —continuó Erika con una suave sonrisa.

—¡Tú dirás! —la apremió curioso.

—La policía busca también a Andreu Subies. —Un silencio se apoderó de la línea.

—¡Andreu Subies! —repitió con sorpresa—. Eso sí que es una verdadera noticia. ¡Cuánto tiempo sin oír ese nombre! Maldito hijo de puta, cómo se ha escabullido durante todos estos años. Y pensar que habíamos llegado a pensar que estaba muerto. Esa rata de alcantarilla nos ha engañado a todos. —Su tono era de rabia y al mismo tiempo de triunfo por haberlo vuelto a encontrar—. ¿Qué sabes de él?

—No mucho, he ido atando cabos y tengo mis sospechas —dijo ella orgullosa de haber creado cierto revuelo.

—Erika, no admito ningún error por pequeño que sea y quiero saber dónde se encuentra ese tipo, aunque sea lo último que hagas. ¿He hablado con suficiente claridad?

—Tranquilo, nos pondremos manos a la obra.
—Eso espero.

Eran las cuatro de la madrugada y el vecindario dormía. Reinaba la oscuridad y el silencio. Tan solo el ruido de algún coche pasando por Llano de La Zaidía y el ladrido de un perro, a lo lejos, alteraban la calma de esa noche. En el piso alquilado, una pequeña luz en el cuarto de baño daba señales de actividad. Sara lloraba desconsoladamente procurando no despertar a su hermana; la había escuchado dar vueltas y vueltas en la cama hasta conciliar el sueño. Ella, sin embargo, se había tenido que levantar, ya que un agobiante y malévolo peso le oprimía el pecho y no la dejaba respirar. Frente a los antiguos azulejos que tenía delante y la frialdad de esa casa que no era la suya, lloraba sin poder evitarlo. Esa situación les estaba afectando a todos. Habían sido horas de mucha tensión y ahora estaba pagando las consecuencias. Pensaba en su casa, que había comprado con tanto esfuerzo. Que había amueblado y decorado a su gusto. Y de la noche a la mañana la había tenido que desalojar procurando no ser vista. Además, era perseguida por la ley como una peligrosa y vulgar delincuente. ¡Cómo se había ido todo al traste en tan poco tiempo!

Se juró y perjuró que no descansaría hasta llegar al final de esta retorcida historia. Se lo debía a su padre y a su madre. Se miró en el deteriorado espejo, se secó las lágrimas, se sonó los mocos y se lavó la cara. Acto seguido, salió del baño y se dirigió a la habitación. Tenía que dormir lo poco que le quedaba de noche. Mañana sería otro día.

CAPÍTULO 54

Habían transcurrido quince días desde el traslado y no habían vuelto a pisar el ático de la calle Quart. Sara y Alejandra, nostálgicas, intentaban arreglarse con el reducido equipaje y con los escasos objetos personales que tenían a su disposición. Gracias a que los ordenadores portátiles de ambas habían sido lo primero que habían puesto en la maleta, podían trabajar libremente. Sara había formalizado con Lucas el alquiler del mes de enero, dejando entrever que la cosa podía alargarse sin una fecha concreta. Él había aceptado sin preguntar demasiado sobre el estado de su casa, ya que la veía muy afectada.

La convivencia con Pepe era bastante buena. Aunque no tenían la intimidad de estar solas y en su propia casa, él intentaba molestarlas lo menos posible y ayudarlas en todo lo necesario. ¡Cómo se hacía querer! Día tras día, y a medida que se iban conociendo mejor, los tres iban afianzando su amistad.

Lluís se mantenía en contacto con ellos por el móvil. Tenían que ser discretos y suprimir las visitas, ya que la pareja de policías que bombardeó a preguntas a los vecinos del inmueble de la calle Quart había repetido la operación y raro era el día que no hacían acto de presencia para ver si les sonreía la suerte. Los vecinos habían empezado a rumorear y sacar sus propias conclusiones. Lluís se limitaba a restarle importancia y a defenderlas de las conjeturas que los más deslenguados empezaban a contar.

Las dos hermanas pusieron al día a su tía. ¡Menudo disgusto se llevó al enterarse! Con las aguas más calmadas, habían quedado con ella para comer en una pizzería de la Gran Vía, después de rechazar la oferta de su tía de comer en su casa pensando que podía estar vigilada. Sara fue la primera en llegar a la puerta del restaurante. Miró el reloj y faltaban todavía diez minutos para su cita. Anduvo de un lado a otro de la acera como un león enjaulado. Estaba tan nerviosa que no se podía estar quieta. A los pocos minutos llegó Alejandra con varias carpetas debajo del brazo.

—¿No ha llegado Tía Rosa todavía? —preguntó extrañada por su falta de puntualidad.

—No, solo pasan cinco minutos y mira cómo está el tráfico de colapsado.

—Vamos a entrar —propuso Alejandra—. La mesa está reservada. Tengo un hambre...

Bajaron las escaleras de acceso al local. Pocas mesas estaban ocupadas. Le pidieron al camarero un lugar apartado. La intención era poder hablar de cosas que no le importaban a nadie más que a ellas tres. Las colocaron en un sitio perfecto, algo retiradas y con un biombo que les daba un toque más íntimo. Se sentaron una enfrente de la otra. Sara miró el reloj: eran las dos y cuarto. Era muy extraño que su tía no hubiese llegado todavía. Si en cinco minutos no llegaba, la llamaría para ver qué le había ocurrido.

—¿Cómo vas con la investigación de AFCANI? —le preguntó a su hermana señalando el fajo de papeles que llevaba encima.

—Si solo fuera esa organización —contestó Alejandra con sarcasmo—. Me temo que hay bastante mierda ahí dentro. ¿Recuerdas que había una segunda persona al frente llamada Ramiro Matoses?

—Por supuesto —afirmó—. ¿Qué has descubierto?

—Pues el señor Matoses tiene cincuenta y ocho años, es viudo por segunda vez y con una única hija como descendencia. Tiene un sinfín de propiedades, entre ellas, una mansión en Ibiza, otra en Jávea y otra en Valencia, más alguna en el extranjero que no he podido precisar. Es accionista y directivo del Banco Popular. También pertenece al grupo AFCANI. Es director general de una de las cadenas de hoteles más importantes de España y colabora con el Colegio de Abogados. Y lo más curioso y aparentemente lo más sucio de este señor es que ha sido acusado de diversos delitos, entre ellos, montar fiestas particulares con prostitutas de alto nivel y un desenfrenado consumo de drogas y alcohol. Pero, como te puedes imaginar, todo ha quedado en agua de borrajas, y ha salido impune y libre de cargos. Bien por falta de pruebas, bien porque nadie ha sido capaz de echarle el guante o testificar en su contra.

—Por los cargos de los que se le acusa, buenos y competentes abogados no le faltarán —replicó Sara viendo que ese hombre era un rival demasiado poderoso—. ¿Qué sabes de Augusto Fonfría?

—Ese es otro buitre —gruñó Alejandra, asqueada—. ¿A que no sabes de dónde vengo?

—¿De tu oficina en la revista? —pronunció.

—Pues no. A mitad de mañana me ha llamado el señor Fonfría para invitarme a un café y para enseñarme la redacción. Le he dicho que la conocía de sobra y que agradecía su interés, pero que no era necesario. También se ha ofrecido a mostrarme, personalmente, su colección privada.

Sara torció el morro. No le gustaba nada lo que acababa de escuchar. Ese tipo la estaba queriendo embaucar.

—¡No me gusta! ¡Me da muy mala espina! Alejandra, no vayas y, si tienes que mandarlo a tomar por culo, hazlo.

—Tengo que ir —respondió recelosa y temiendo que su hermana tuviera razón—. Cuantas más cosas sepamos sobre él, más posibilidades tendremos de cogerlo con las manos en la masa, ¿no lo entiendes?

—Ten mucho cuidado —le advirtió Sara dejando entrever su preocupación. Le cogió la mano en señal de apoyo.

Las dos sonrieron.

El móvil de Alejandra sonó dentro de su bolso. Al ver la pantalla, miró a su hermana.

—Otra vez ese número desconocido. En cosa de quince días me ha llamado más veces que tú en todo el año. ¿Qué hago?

Sara se encogió de hombros.

—No sé... a lo mejor es algo importante.

Alejandra, sin pensarlo dos veces y como si no hubiera oído la respuesta de su hermana, apagó el móvil. No tenía ganas de hablar con nadie.

—¡Ya volverá a llamar!

—Me preocupa Tía Rosa. Son las dos y media y no ha dado señales de vida. No es normal en ella y nos hubiera llamado si le hubiera surgido algo.

En ese preciso instante sonó el teléfono de Sara, sobresaltándolas.

—Es ella —dijo temerosa de que hubiera sucedido algo.

—¡Sara, menos mal que te localizo! —exclamó Tía Rosa acelerada al escuchar la voz de su sobrina.

—¿Qué ocurre?

—Sara, no voy a poder acudir a la cita. Hace tan solo unos minutos que se ha ido la policía de mi casa. Me han preguntado por vosotras. Temo que me sigan si salgo de aquí y los lleve a donde estáis.

—¡Dios mío! —murmuró Sara a media voz.

—¿Qué pasa? —demandó Alejandra hecha un flan.

—Acaba de irse la policía de casa de Tía Rosa y le han preguntado por nosotras —le susurró con cautela

—¡Joder! ¡Joder! —se quejó una y otra vez—. ¡Nos están pisando los talones, y si nos cogen, no sé qué les vamos a contar!

—Tranquilízate, por favor —le susurró—. Tía, ¿qué te han preguntado?

—Andan buscándoos. Tal y como me dijisteis, están vigilando vuestra casa. Les he dicho que no sé dónde estáis y que llevaba algún tiempo sin hablar con vosotras. —Su voz temblaba—. Sara, no me gusta cómo se están poniendo las cosas. Temo por vosotras. Debéis acudir a la policía. No habéis hecho nada malo. Explicadle la situación y ellos lo entenderán, os pueden ayudar a salir de este berenjenal. No podéis ocultaros de esa manera como si fuerais unas fugitivas sin haber cometido ningún delito. Antes o después darán con vosotras. Por favor, os acompaño yo a la comisaría.

—Tía, no podemos hacer lo que nos estás pidiendo. ¿No te das cuenta? No se creerían nada de este embrollo. Además ¿cuántos inocentes hay en la cárcel y cuántos culpables fuera de ella? Parece mentira que no sepas que la justicia es una gran mentira. Y si no, mira lo que les pasó a mis padres.

La congoja se apoderó de Sara, incapaz de continuar.

—Ya lo sé, Sara, ya lo sé. Estoy tan aterrada. Solo quiero que no os suceda nada malo. —En el fondo sabía que su sobrina tenía razón—. Otra cosa, saben dónde trabajáis.

—¡Mierda! Saben demasiadas cosas de nosotras. Lo del trabajo era cuestión de tiempo. Parece que esos agentes están haciendo bien los deberes y que se han tomado el caso muy en serio. Veremos hasta dónde pueden llegar—. De repente, un mal presentimiento se apoderó de Sara—. ¡Creo que debemos salir de aquí lo antes posible! ¡Tía, voy a colgar!

—¿Pasa algo, hija? —le preguntó con el corazón en un puño.

—De momento no, tan solo es una corazonada.

—Tened mucho cuidado —suplicó su tía angustiada y con las lágrimas a flor de piel.

Sara cogió el bolso y le dijo a su hermana:

—¡Nos vamos de aquí!

—Pero... —Alejandra no terminaba de entender.

—¡Alejandra, vámonos de aquí ahora mismo, no hay tiempo para explicaciones!

—¡Joder! —maldijo su hermana mientras recogía sus cosas a una velocidad de vértigo.

Se levantaron como si el asiento estuviera lleno de alfileres. Pegada la una a la otra buscaron la puerta de salida, pero el restaurante en esa media hora se había llenado y tuvieron que ir esquivando a la gente. El camarero se les acercó apurado.

—Ahora iba a la mesa a tomarles nota —se excusó pensando que se podían haber molestado por tardar tanto.

—No se preocupe, nos tenemos que marchar. Ha surgido un contratiempo.

Subieron las escaleras que llevaban a la calle con las caras descompuestas. Pocos metros las separaban de la puerta de salida y Sara apenas podía respirar de la ansiedad. Con los ojos como platos, miró hacia un lado y otro de la calle intentando vislumbrar algún rastro de la policía. Pensó que estaba sugestionada y rezó por que fueran solo imaginaciones suyas. El sonido de una sirena se apoderó de la Gran Vía. Las hermanas sintieron cómo sus pulsaciones se aceleraban. Nada más pisar la calle pararon un taxi libre que pasaba por allí y subieron rápidamente.

—A Llano de Zaidía —le indicó Sara histérica.

El taxi avanzó un par de metros y se detuvo esperando que el semáforo se pusiera en verde. La sirena aumentó su intensidad escuchándose cada vez más próxima. Sara y Alejandra se encogieron en sus asientos. Un coche de la policía, con la sirena a toda pastilla, aparcó a pocos metros de donde ellas se encontraban. Un agente entró en la pizzería a toda prisa mientras otro se quedaba en la puerta. Las hermanas contuvieron la respiración ocultando sus rostros.

El semáforo cambió de color dando vía libre al tráfico y el taxista reanudó la marcha, muy a su pesar, pues quería enterarse de lo que pasaba ahí dentro.

—¡Seguro que están buscando a alguien! ¡Esos no se andan con chiquitas! —comentó ajeno al susto que llevaban sus clientas. Sara cogió la mano de su hermana y la apretó con fuerza. ¡Se acababan de salvar por los pelos!

El inspector Moreno y el subinspector Roque subieron al coche malhumorados. Habían llegado tarde por minutos.

—¡Maldita sea! —gritó Roque—. Se nos han vuelto a escapar. Ahora va a resultar que son más listas de lo que pensábamos.

—O tienen un buen ángel de la guarda —murmuró Moreno pensativo mientras tamborileaba en el volante con los dedos.

—Instalar un dispositivo de escucha en el piso de Rosa Soler no ha resultado tan efectivo como creíamos —mencionó Roque pesimista.

—Yo no diría eso —opinó Moreno recordando la conversación de Rosa con su sobrina Sara—. Según la conversación que hemos escuchado, están metidas en un lío de cojones, y según su tía, no tienen culpa alguna de lo que está sucediendo.

—Moreno, despierta ¡estás demasiado atontado con esa mujer! ¡Qué va a decir su tía sino que cree que son inocentes!

—Y ¿por qué Sara menciona que la justicia es una gran mentira y lo que les sucedió a sus padres?

—Pues no sé, tratará de justificarse —apuntó Roque, sin añadir más argumentos.

—¿Ante su tía, que aparentemente está al día de todo? No me encaja. Además... ¿qué sabemos de la muerte de sus padres? Nada en absoluto, salvo que Jorge Ferrer se salió de la carretera y volcó en la mediana dando varias vueltas de campana. Él y su mujer murieron al instante. No hay documentación donde poder escarbar, salvo el informe del accidente y del forense, que no es demasiado detallado. No se hizo ninguna investigación y el caso se cerró como un accidente y nada más. Pero ¿y si no fue un accidente? ¿Qué pasa con las claves de ese misterio que había encontrado Jorge Ferrer según nos informó el director del instituto Lluís Vives?

—Moreno, no hay nada que verifique esa declaración. Ninguna prueba que nos diga que eso es real. Después de todo el tiempo que llevamos en este caso, no hemos sacado nada en claro. A lo mejor ese hombre era un tarado. Hay personas que se creen sus propias mentiras.

—No sé, Roque —murmuró poco convencido—. Creo que aquí hay mucha más mierda de la que parece. Y ¿qué pasa con Andreu Subies? La tierra se lo ha tragado sin dejar rastro.

—Otro fantasma —renegó Roque cansado del tema—. Deberíamos habernos pasado antes por sus lugares de trabajo. Aunque va a resultar inútil ahora que su tía las ha avisado.

—No pierdas los nervios, hombre. Nos pasaremos por la redacción de la revista *Vía Augusta* y por la consulta de psicología de Sara Ferrer. De todas formas, con el micro que le hemos colocado a su tía, ella misma nos revelará su posición. Ten paciencia.

—Mi paciencia se agota, y más cuando el comisario Morales nos pida explicaciones.

Hacía tan solo diez minutos que Sara y Alejandra habían llegado a su nuevo domicilio. Parecía que los nervios habían remitido. Mientras Alejandra ponía al día a Pepe, Sara llamó a la escuela de yoga advirtiendo que estaría unos días sin poder dar clase por problemas familiares. Ahora tenía que llamar a Lucas y avisarle de que la policía pasaría por la consulta preguntando por ella. Era la única persona aparte de su tía y Lluís que conocía su nuevo domicilio. Si revelaba su posición, estaban perdidos. Era de total confianza y se avergonzaba de haberle mentido, pero en ese momento había creído que era lo más oportuno. Estaba sucediendo todo tan deprisa... Sin más preámbulos, marcó su número. Mientras esperaba que Lucas descolgara, pensó que se tendría que contentar con solo una parte de la historia, era demasiado larga para andarse con detalles.

CAPÍTULO 55

Había transcurrido una semana más de incertidumbre. De no saber qué día y a qué hora la policía los detendría para contestar a una serie de preguntas y explicar ciertos acontecimientos que no tenían ni pies ni cabeza. Seguramente pensarían que estaban locos, aunque disponían de las siete llaves encontradas como pruebas.

Alejandra había madrugado más de lo habitual. Mientras se maquillaba delante del espejo del cuarto de baño, dudó de si había hecho bien o no en quedar con Augusto Fonfría para que le mostrara su colección privada. Pese a las advertencias de su hermana de rechazar su oferta, ella había accedido, y ahora le carcomía el temor de estar toda la mañana junto a semejante individuo. Se dio los últimos retoques, se vistió con un traje de chaqueta y unos zapatos a juego, se perfumó y, después de despedirse de Sara y Pepe, salió a la calle. Cogió un taxi y le dio la dirección de la redacción de la revista. Había quedado en la puerta, muy a su pesar. No quería aparecer por allí a sabiendas de que la policía la buscaba, pero no le había quedado más remedio. También había rechazado la oferta de que el señor Fonfría pasara a recogerla a su casa. Demasiado servicial. Eso le llevaba a pensar que algo más quería...

Pocos minutos después, el taxista la dejó en plena avenida Blasco Ibáñez, que a esa hora de la mañana estaba saturada de tráfico. Apenas tuvo que esperar, un Mercedes S 450 CDI, de color plata, se detuvo a su lado. Augusto Fonfría se encontraba al volante, bajó la ventanilla del copiloto y le hizo una seña. Alejandra abrió la puerta y entró. Un fuerte olor a perfume masculino la emborrachó.

—Buenos días —saludó ella, educadamente.

—Buenos días, señorita Ferrer. ¿Dispuesta a trabajar?

Ella asintió. Durante todo el trayecto fueron escuchando una sinfonía de Beethoven con un estupendo equipo de audio. Alejandra aprovechó el trayecto para echar un vistazo al interior del vehículo, que estaba decorado con elementos de madera y piel de máxima calidad. Llevaban más de media hora de viaje y hacía bastante rato que habían dejado atrás la Nacional III, dirección Madrid, para pasar a una carretera secundaria plagada de campos de naranjos. Augusto Fonfría rompió el hielo.

—¿Cómo va con el artículo?

—Bastante bien. En pocos días estará terminado.

—Muy bien —aprobó satisfecho—. Se preguntará por qué quiero que visite AFCANI.

—Más o menos.

—Cuando termine el artículo que le encargué, quiero que haga otro de la organización. Lo presentaremos en la misma revista de marzo. No será demasiado extenso e incluirá material fotográfico.

Ella asintió.

—Estamos llegando.

Un guardia de seguridad les abrió la puerta mecánica. Se adentraron por unos jardines de cuento de hadas. Su magnitud era igual a su belleza. Alejandra se quedó boquiabierta, nunca había visto nada semejante. Los arbustos tenían formas de animales y cosas. Era como si se hubiera transportado a la película de Eduardo Manostijeras. A pesar de encontrarse a principios de febrero, las flores lucían espléndidas como si fuera primavera. En la cima de la colina se erigía una enorme y elegante mansión con una gigantesca pared de jardín vertical.

Los recibió una mujer delgada y con cara de pocos amigos. Alejandra le sonrió sin ser correspondida.

—Es mi ama de llaves —especificó Fonfría.

—Me lo imaginaba —puntualizó ella cohibida.

—No es la alegría personificada, pero sí muy eficiente —explicó.

—No lo dudo.

—Muy bien, manos a la obra. Empecemos por el modesto museo y luego le enseñaré la casa para no pecar de falta de cortesía.

Entraron en una amplia sala, anexa a la casa, y con los techos tremendamente altos. Cuando encendieron la luz, Alejandra se quedó maravillada. A esto le llamaba modesto museo. Las paredes albergaban preciosas y valiosísimas pinturas de los artistas más prestigiosos, corroborando la información que ella misma había investigado días antes. Montones de esculturas se exhibían en aquella opulenta estancia, alternando vitrinas con joyas, que lucían en varios puntos estratégicos.

Alejandra no tenía palabras para describir lo que sus ojos estaban viendo.

—Tener tantas cosas valiosas juntas puede atraer a los ladrones. ¿No teme que puedan robarle? —Nada más formular la pregunta se arrepintió de haberla hecho.

—No es fácil entrar aquí —aclaró con orgullo—. Hay cientos de cámaras de seguridad y es muy difícil burlarlas. Además, hay una habitación con varias personas que controlan todos los movimientos las veinticuatro horas del día. De hecho, ahora mismo nos están viendo.

Alejandra se sintió incómoda al saber que era observada e intentó medir sus movimientos.

—Todas las obras de arte que ve aquí, y otras que están almacenadas, han sido conseguidas a lo largo de muchas décadas. Se han necesitado muchos años y también mucho dinero para recopilar todas estas maravillas. Mis tatarabuelos ya eran unos coleccionistas natos. Su hambre por el arte era insaciable. Mire, ¿ve ese Monet?, admire cómo este pintor impresionista juega con la vibración cromática de sus lienzos. La luz le da el color y la forma. Mi abuelo lo consiguió hace más de cincuenta años.

—Todo esto es muy lujoso y de un valor incalculable. Por lo que veo su organización se centra en amasar y acumular piezas únicas para demostrar a los demás o a usted mismo que es poseedor de un gran imperio. Ello se traduce en una buena reputación y sobre todo en poder, mucho poder. Pero, además de todo eso, ¿fomentan o financian alguna iniciativa sin ánimo de lucro?

Durante unos segundos, Augusto Fonfría no supo qué responder. Le gustaba la franqueza de esa mujer. ¡Cómo le recordaba a su padre! Él había querido impresionarla mostrándole parte de su fortuna, y ella solo se preocupaba por averiguar si financiaban algún proyecto sin ánimo de lucro.

—Pues sí, señorita Ferrer.

Alejandra notó cierta irritación en su voz.

—Además de amasar... arte y estar rodeado de una belleza desmesurada, la Organización Fonfría o AFCANI, como prefiera llamarla, emplea a unos ochocientos trabajadores entre los museos y el instituto de arte que está en la plaza del Ayuntamiento, donde se facilitan becas a personas sin recursos para que puedan realizar cursos de formación sin coste alguno.

Alejandra escuchaba en silencio y anotaba los puntos que le parecían importantes para el artículo. Después de recorrer todas las estancias y quedar sumamente impresionada, Augusto Fonfría le quiso enseñar la mansión, no sin antes acceder a una especie de garaje gigante que albergaba media docena de coches antiguos, como un alucinante Rolls-Royce Phantom IV de 1955, un Cadillac de principios de siglo XX, un Porsche, un Lamborghini y un BMW. Alejandra se quedó atónita. ¡Qué mal estaba repartido el mundo!

Eran las doce del mediodía y llevaban casi tres horas recorriendo el museo y sus alrededores. La visita estaba llegando a su fin. Alejandra contaba los minutos para salir de allí. Reconocía que tener al alcance de su mano piezas tan valiosas había sido una ocasión irrepetible, además de contar con el privilegio de tener como guía al dueño de la colección. Pero su interés por mantener el contacto con ese hombre distaba de querer contemplar sus carísimas adquisiciones. Cada vez tenía más claro que el dicho de que «uno vale a razón de lo que tiene» debía ser la norma en la vida del señor Fonfría. Dicho con el que Alejandra discrepaba. Reconocía que era una persona respetuosa, egocéntrica, pero también muy astuta.

—Está muy callada, señorita Ferrer. ¿Que no le gusta la casa?

—Sí, ya lo creo que me gusta. Es preciosa y está decorada con mucho estilo hasta el último detalle.

—Espero que con la excursión de hoy tenga suficiente información.

—Pues la verdad es que sí. —Asintió con una sonrisa. Era la hora de irse.

—Tan solo una cosa más —apuntó Fonfría—. Esto que le voy a enseñar ahora no quiero que lo incluya en sus anotaciones. Estoy seguro de que le va a encantar.

Alejandra lo siguió por un pasillo hasta casi tropezar con una doble puerta. Fonfría la abrió con llave y entró. Ella le siguió con desconfianza. ¿Qué le iba a enseñar ahora? Con las ganas que tenía de marcharse de allí...

—Tome asiento —le dijo indicándole un sofá de piel que tenía a su espalda—. ¿Quiere algo de beber? —le ofreció mostrándole una bandeja con varias botellas de whisky y licor.

—No, gracias.

—¿Café? ¿Un refresco tal vez? —insistió.

—Agua, si puede ser. —Tenía una sed horrorosa y la boca seca por los nervios acumulados. Alejandra echó una ojeada al despacho donde se encontraba. Había una estantería con centenares de libros que ocupaba gran parte de una de las paredes. Los muebles de roble meticulosamente cuidados completaban el mobiliario. Varios cuadros adornaban el resto de las paredes, entre ellos un Van Gogh.

Fonfría le entregó el vaso de agua, tal y como ella le había pedido, seguidamente se dirigió al fondo de la habitación y retiró uno de los cuadros. Al igual que en las películas, había una caja fuerte incrustada en la pared. Alejandra no daba crédito a lo que veía. ¿Qué pretendía ese hombre mostrándole la ubicación de la caja de seguridad? Sus nervios aumentaron provocando un tembleque en la pierna derecha.

El señor Fonfría movió la rueda hacia un lado y otro sin que Alejandra pudiera ver ni adivinar el número en cuestión.

A los pocos segundos se oyó un clic y la pequeña puerta se abrió. Augusto Fonfría metió la mano dentro y sacó un cajón de metal poco más grande que uno de zapatos. Sonriéndole se acercó a ella. Alejandra se sintió frágil y asustada como una niña. Presentía que no le iba a mostrar cualquier joya de la realeza ni tampoco una reliquia de la antigüedad.

Augusto Fonfría se sentó a su lado estudiando su expresión. A continuación, y sin dejar de mirarla, dijo:

—Quiero saber su opinión sobre lo que hay aquí dentro.

Alejandra era incapaz de articular palabra. Fonfría colocó el paquete sobre su regazo y le dio la vuelta a una pequeña llave. Levantó la tapa y Alejandra se sorprendió al ver un envoltorio de hilo amarillento que le resultaba familiar. Ante su desconcertada mirada, el señor Fonfría deslió el trapo con sumo cuidado, como si el objeto que se escondía ahí dentro fuera de una fragilidad extrema, dejando al descubierto dos llaves antiguas de unos treinta centímetros aproximadamente. Alejandra las reconoció al instante. Su respiración se hizo más pesada y su pulso se aceleró. A pesar de ello, procuró disimular su sorpresa.

—¿Había visto algo tan precioso? —interpeló Fonfría esperando una respuesta.

Alejandra dudó. ¿A qué estaba jugando? ¿Por qué le enseñaba las llaves? Si él era el que estaba detrás de todo, debía de saber de sobra que ella era poseedora de varias similares a esas. ¿Qué tramaba enseñándoselas y poniéndole los dientes largos? Quizás quería atemorizarla o sacarle información. No sabía qué contestar. Si debía afirmar que sabía de qué se trataba o simplemente negarlo. Era una situación bastante delicada. Aún estaba planteándose qué decir cuando Fonfría insistió:

—¿Qué me dice? Se ha quedado pálida. —Fonfría cogió una de las llaves y se la entregó a Alejandra. Ella, aturdida, la cogió entre sus manos. Pudo leer en silencio la inscripción «Portal de la Trinidad».

Tenía un tacto y un peso similares a los de las que había encontrado con Sara y Lluís. Sin duda alguna era auténtica.

—No sé qué decir —contestó esquivando la pregunta y devolviéndole la llave como si le quemara.

—Pues debería saberlo, señorita Ferrer, creía que se sabía mejor la lección. —Su tono era neutro, sin mostrar ningún tipo de alteración.

—No sé de qué me está hablando —contestó aturdida.

—Pues se lo explicaré enseguida, ya que se niega a hacerlo por mí. Estas llaves corresponden a dos de las doce puertas de la muralla cristiana de Valencia, concretamente al Portal del Cojo o de los Dieciséis Clavos y al Portal de la Trinidad o de los Catalanes. Existen diez llaves más como estas y usted tiene en su poder gran parte de ellas.

Alejandra notó cómo un intenso calor le subía por el cuello y le aprisionaba las sienes. Acababa de confirmar quién era realmente ese hijo de puta.

Augusto Fonfría continuaba hablando con ese cínico tono de voz, aunque había subido de intensidad. La cosa se estaba caldeando.

—Esas llaves me pertenecen. ¡Su padre me las robó!

Esa última frase hizo que la joven perdiera los papeles. Carecía de importancia que revelara sus cartas. No podía permitir que semejante fantoche, porque para ella no era más que eso, hablara así de su padre y lo tratara de ladrón.

—¡Mi padre no se las robó! —exclamó levantando la voz—. Deduzco que fue al revés y ahora se quiere aprovechar del resto de su investigación. Pero no lo va a conseguir.

—Por fin, señorita Ferrer, por fin —rugió satisfecho—. Cuando murió su padre usted era tan solo una niña. Por lo tanto, imposible que supiera cómo se desarrollaron los hechos. Jorge Ferrer fue contratado por AFCANI para descubrir y localizar la posición de ciertas claves. Con ellas se podía averiguar la ubicación de doce llaves pertenecientes a la muralla cristiana de Valencia, que a su vez revelaban la posición de un tesoro de incalculable valor nunca visto en la historia. Esas llaves me pertenecen. Nosotros le contratamos y él cobró por sus servicios.

Alejandra le escuchaba llena de rabia e impotencia. No tenía argumentos para rebatirle lo que acababa de escuchar. Lo que hubiera dado por tener alguna carta de su padre, alguna pista que demostrara que eso no era verdad y no era un ladrón. Era la palabra de ese hombre contra las conjeturas que se habían formado de su padre, y si actuó escondiendo las claves para que no las localizaran, estaba segura de que tendría sus motivos.

—Señorita Ferrer, llevo veintitrés años queriendo localizar esas llaves. Hemos financiado varias investigaciones sin ningún resultado. Hemos invertido una fortuna en dar con ellas y estoy dispuesto a lo que haga falta para conseguirlas. Su padre se encargó de ocultar esas claves muy hábilmente. No sé cómo las han encontrado ustedes, pero me alegro por ello. Le repito que me pertenecen.

—Siento decirle que esas llaves están a buen recaudo y no pensamos entregárselas así como así —expuso ella recobrando su determinación.

—¿Me está chantajeando? —dijo secamente.

—En absoluto —negó rotundamente.

—Si es así, podríamos negociar un precio. ¿Qué tal un millón de euros? Su hermana y usted se llevarían una buena tajada y yo recobraría lo que es mío.

—Perdone, pero no me ha entendido. No quiero dinero a cambio, y menos el suyo. Mis padres murieron por esas llaves y estoy dispuesta a llegar hasta el final de este asunto. Es más, no creo que mis padres murieran en un accidente.

—¿Qué está insinuando, jovencita?

—Dejé de ser jovencita hace mucho tiempo, y por circunstancias de la vida, maduré bastante temprano —agregó en tono despectivo—. No creo que tenga usted el dinero suficiente para hacerme una oferta razonable, y vaya rezando, porque si es usted el culpable, tenga por seguro que pagará por ello.

—¿Sabía que la policía la está buscando y que ha venido a la redacción preguntando por usted?

Alejandra se frenó ante sus amenazas. En esos momentos no se acordaba.

—Para mí sería muy fácil ponerlos al corriente de todo —declaró Fonfría amenazante.

—Para mí también lo sería —respondió sin achantarse.

—Creo que debería meditar nuestra conversación y valorar la

posibilidad de que esas llaves vayan cambiando de dueño. Háblelo con su hermana. Estoy seguro de que entrarán en razón. Piense que les puede cambiar el destino. Una mejor calidad de vida siempre se agradece y máxime cuando puede resultar tan sumamente fácil conseguirla. De lo contrario, se van a tener que enfrentar a una carrera llena de obstáculos. Recuerde que el precio siempre es negociable. Lo importante es que las dos partes queden satisfechas. —Augusto Fonfría dio por cerrada la conversación con una falsa sonrisa.

Una hora más tarde Alejandra estaba de vuelta al lugar donde Augusto Fonfría la había recogido a primera hora de la mañana. Eran cerca de las dos y media del mediodía. No hablaron durante todo el trayecto, salvo para acordar que él la llamaría pasadas veinticuatro horas para escuchar la decisión que habían tomado. Alejandra solo pensaba en la conversación que habían mantenido minutos atrás.

Su despedida fue áspera, la de Fonfría también.

CAPÍTULO 56

A las ocho y media de la tarde ya había anochecido. Lluís llegó a Llano de Zaidía con ganas de ver a sus vecinas, en especial a Alejandra, y saludar a Pepe. Era la primera vez en cosa de un mes que iba a poner los pies en el piso alquilado. Hasta ahora se habían limitado a hablar por teléfono, pero la situación actual requería que se vieran en persona. Había tenido cuidado de que no le siguieran. El hecho de que Sara y Alejandra ya no frecuentaran el piso de la calle Quart había desatado cierto nerviosismo en el tipo del puro y sus vecinos Gustavo y Erika. Querían saber a toda costa dónde se habían metido las hermanas. La tensión iba en aumento y ahora se había acentuado mucho más con la oferta de Augusto Fonfría. Por ello, los tres intentaban salir lo justo y necesario.

Lluís llamó a la puerta ansioso. Le abrió Alejandra y le dio un fuerte abrazo acompañado de un apasionado beso en los labios. Sara lo saludó con un abrazo y Pepe le chocó la mano con fuerza.

—¿Cómo estáis? —preguntó mientras tomaba asiento.

—No muy bien —contestó Alejandra—. La soga cada vez aprieta más.

—Por lo menos ya sabemos de qué lado está Fonfría —puntualizó Lluís.

—¿Lo dudabas? —apuntó Sara.

—No, pero hasta hace unas horas todo eran conjeturas.

—¿Qué sabes de la policía? —se interesó Pepe.

—Poca cosa, salvo que raro es el día que no llaman a vuestra puerta y hacen la ronda con los vecinos. Erika es muy avispada y ha empezado a atar cabos. Como la policía pregunta por vosotras y un tal Andreu Subies, ha empezado a sospechar que pueda tratarse de ti, Pepe.

—¡Esa lagarta! La muy zorra... —murmuró Pepe temiendo que su identidad se revelara.

—Hay que tranquilizarse. —Lluís intentaba mantener la calma, ya que los ánimos estaban algo caldeados.

—¡Es muy fácil decir eso! —refunfuñó Alejandra—. Pero desde que ha empezado este asunto nuestra vida se ha ido al traste. Ha sido un ir y venir de nervios y de aventuras que nos vienen grandes. Por si fuera poco, el asesino de nuestros padres —dijo mirando a su hermana— nos amenaza con que, si no le cedemos las llaves, nuestra búsqueda se convertirá en una carrera llena de obstáculos. La policía nos pisa los talones y de un momento a otro nos encontrarán. ¿Y luego qué? Terminaremos en la cárcel, o tal vez encuentren nuestros cadáveres en algún descampado.

Alejandra estaba a punto de explotar. Sus ojos enrojecidos la delataban. Lluís se levantó y la abrazó.

—He estado pensando muy detenidamente en todo esto —pronunció aparentemente entero—. Las puertas se nos están cerrando, debemos contemplar una alternativa.

—¿Una alternativa? —preguntó Sara con un hilo de esperanza—. ¿Cuál?

—Entregarnos a la policía —soltó.

—Claro, a ti no te buscan —dijo Alejandra.

—Eso no importa. Si queréis, yo os acompañaré. Al fin y al cabo, estoy tan involucrado como vosotros.

—No creo que sea la mejor solución —puntualizó Pepe—. La policía no me inspira la menor confianza.

—No sé, Lluís —dijo Sara indecisa—. Está claro que debemos hacer algo. No podemos seguir ocultándonos.

—¡Escuchadme! —les espetó Lluís enérgicamente—. No hemos cometido ningún delito grave. ¡No somos asesinos! No hemos matado a nadie. ¡Tampoco somos ladrones! No hemos robado nada que puedan echar en falta. ¿De qué nos pueden culpar? ¿De entrar en algún recinto sin permiso y fuera de horas acompañado de algún desperfecto? ¡Nada más! Pensadlo fríamente.

Un silencio reinó en la habitación. Las palabras de Lluís les hicieron reflexionar. A lo mejor tenía razón. A pesar de ello, las dudas todavía los acosaban. Lluís insistió con sus convincentes argumentos:

—¿Os mantenéis igual de firmes que hace unas horas respecto a la propuesta de Augusto Fonfría? —preguntó Lluís.

—¡Por supuesto! —concluyó Alejandra—. No vamos a ceder

ante su prepotencia, y no vamos a aceptar ni un solo euro a cambio de las llaves que hemos encontrado. Cargaremos con las consecuencias.

Sara y Pepe asintieron.

—Con más motivo entonces debéis valorar lo que os acabo de decir —continuó Lluís—. Si no pensamos ceder ante Augusto Fonfría y la cosa se pone fea, necesitaremos a alguien que nos cubra las espaldas, o por lo menos que sepa por dónde van los tiros.

—Creo que debemos pensarlo más detenidamente —planteó Pepe—. Tienes razón en todo, Lluís, pero mi experiencia con la policía no es demasiado halagüeña. No me fío de ellos. ¿Creéis que, cuando los pongamos al día de todo lo que sabemos, nos van a creer así porque sí? Nos van a hinchar a preguntas. Nos bombardearán intentando aclarar cosas que ni nosotros sabemos todavía. ¿Qué argumentos fiables tenemos para pensar que vuestros padres fueron asesinados? ¿Cómo podéis demostrarlo? —Miró a Sara y Alejandra—. Al igual que mi hermana: ¿cómo puedo probar que no se suicidó? La propia policía se mostró incompetente en su investigación. ¿Y qué me decís de vuestra vecina Elisa, la que también, supuestamente, se tiró por la ventana, y días después ocuparon su piso Gustavo y Erika con el fin de tenernos controlados? Todo esto apesta demasiado. No me fío un pelo de nadie.

Lluís se quedó mudo. Pepe acababa de echar por tierra su determinación. Hasta él mismo dudaba ahora de cuál era la mejor opción.

—De acuerdo, esperaremos —cedió Lluís—. Pero a partir de ahora jugaremos siempre con un as en la manga.

Faltaba poco para que venciera el plazo. Veinticuatro horas le había dado Augusto Fonfría a Alejandra, y, nerviosa como un flan, esperaba a que el móvil sonara de un momento a otro. El tono de llamada de su teléfono la sobrecogió. Parecía que había llegado el momento. Miró la pantalla y arqueó las cejas. Otra vez era ese número desconocido que en poco más de un mes la estaba acosando día y noche. Estaba decidida a cogerlo la próxima vez, pero ahora no era el momento apropiado. Esperaba una llamada mucho más urgente. A los pocos minutos volvió a sonar. Esta vez el nombre de Augusto Fonfría aparecía en la pantalla. Alejandra respiró hondo e hizo una seña a su hermana y a Pepe.

—Tranquila —murmuró Sara transmitiéndole seguridad y confianza.

Alejandra conectó la grabadora y la acercó al auricular. Seguidamente descolgó.

—Sí, dígame.

—¿Señorita Ferrer? —se escuchó al otro lado.

—La misma. Dígame, don Augusto Fonfría —dijo con retintín y pronunciando su nombre con el fin de que quedara grabado.

—¿Han pensado la oferta que le propuse ayer?

—No teníamos mucho que pensar al respecto. El chantaje no es algo que nos entusiasme y usted debería saber que es ilegal.

—Hay muchas cosas ilegales en esta vida, jovencita —espetó Fonfría en tono de advertencia—. Aunque no son mi especialidad. Necesito una respuesta: sí o no.

Alejandra veía que se le escapaba de las manos sin poder decir nada que lo involucrara directamente. No podía contestarle solo con un monosílabo. Posiblemente no tuviera otra oportunidad como esa.

—Señorita Ferrer, estoy esperando —añadió impaciente.

—No aceptamos su proposición. Nos negamos rotundamente a cederle las llaves de mi padre a cambio de su dinero.

—Vuelvo a repetirle que no son propiedad de su padre, ni tampoco suya. Y le recuerdo que se trata de un robo en toda regla. Así que tendrán que atenerse a las consecuencias. Buenas tardes, salude a su hermana de mi parte.

Alejandra colgó el teléfono indignada, maldiciendo la desfachatez de ese hombre. Acto seguido conectó la grabadora con la intención de escuchar la conversación. Su sorpresa fue mayúscula cuando se encontró con que solo se había grabado su voz, la de Augusto Fonfría apenas podía identificarse.

—¡Maldita sea! —murmuró cabreada. Su plan no había dado resultado.

Tía Rosa salió de su casa preocupada. Hacía más de un mes que no había visto a sus sobrinas y eso la mantenía en vilo. Su contacto se reducía a llamarlas desde distintas cabinas telefónicas. Después del incidente del restaurante, donde casi las localiza la policía por su culpa, no estaba tranquila y andaba con mucho ojo con lo que decía o hacía. Por el bien de todos, se había guardado de visitarlas. La situación se estaba apoderando de ella; no dormía y apenas comía.

Esa mañana había quedado con Paco en el mercado como de

costumbre. Hasta el momento no le había comentado la gravedad del asunto. No es que no le tuviera confianza, pero Sara le había hecho prometer que lo mantendría en secreto, por lo menos de momento. Y ella siempre cumplía sus promesas. Alejandra le había revelado los detalles de la propuesta de Augusto Fonfría y su negativa. Por si la persecución de la policía era poco, ahora se les unía el chantaje de ese malnacido y sus amenazas. ¡Menudo hijo de puta!, pensó. ¡Qué desfachatez acusarlos a su cuñado y a ellas de ladrones! Tía Rosa intentó hacer memoria, hurgar en el pasado. Tenía que haber alguna pista, algo que les demostrara que Sara y Alejandra estaban en lo cierto. Se maldijo por no haber guardado más cosas. Posiblemente destruyó, sin saberlo, datos que hoy podrían ser vitales. Si pudiera retroceder veintitrés años, cuántas cosas cambiaría. La imagen de los cadáveres de su hermana y su cuñado la hizo estremecerse. No querría por nada del mundo volver a pasar por el mismo sufrimiento.

En ese momento Miguel Roselló se cruzó por su mente: su imagen, su mirada, su olor, su voz. Tía Rosa se sentó en un banco próximo con la mente bloqueada. Él era la pieza clave. ¿Cómo no se había dado cuenta antes? Miguel era la persona más cercana a Jorge en sus investigaciones. Ellos dos pasaban horas y horas resolviendo enigmas, estudiando y buscando un sinfín de cosas que ella desconocía. Seguro que podría ayudar a sus sobrinas a justificar que estaban en lo cierto y que Augusto Fonfría estaba mintiendo. ¡Tenía que encontrarlo como fuera! El corazón le dio un vuelco y una llama de esperanza se instaló en su interior. Quiso autoconvencerse de que lo buscaba por un bien mayor. Sin embargo, en lo más profundo de su ser, apareció una chispa de felicidad. Con las pilas cargadas de una potente determinación, se levantó del banco y cambió los planes de esa mañana. Hoy no visitaría el mercado. No era tan urgente. Tenía otras prioridades y no podía perder tiempo. Debía contactar con Miguel.

Cuando llegó a su casa, se fue directa a su habitación, cogió una silla y rebuscó en el altillo de uno de los armarios. Con una dulce sonrisa bajó una caja de cartón. Llevaba más de quince años sin tocarla. La última vez fue en el traslado del piso de María Cristina. Le pasó un trapo para retirar el polvo acumulado y su corazón latió con fuerza. Cuando la abrió percibió un intenso olor a papel viejo del montón de cartas que ocupaban el interior. Todas iban dirigidas a ella, escritas en una letra perfectamente legible. Tía Rosa cogió una al azar. La sacó del sobre y comenzó a leer:

Querida Rosa:

No sé nada de ti y me duele que no contestes a mis cartas. Por favor, dime algo o no soportaré estar lejos de ti.

Tía Rosa dejó de leer. No podía continuar, sus ojos inundados de lágrimas no se lo permitían. La plegó y miró el remite.

Miguel Roselló
Anton Schjøths gate 5, Oslo (Noruega)

Tenía su dirección, aunque la última carta estaba fechada hacía dieciocho años, poco antes de trasladarse de domicilio. Había pasado mucho tiempo y era posible que ya no viviera allí. Aun así, tenía que intentarlo. Le escribió una carta pidiéndole ayuda y la echó al correo ese mismo día. También necesitaba conseguir un número de contacto. No podía esperar a recibir una respuesta, ¿y si nunca le contestaba? Decidió pedir el favor al hijo de una vecina que daba clases de idiomas. Tenía que contactar con Oslo y averiguar el teléfono de esa dirección. Si no hubiese sido por la buena fe del chaval, se habría visto perdida. Después de mucho insistir y llamar a un lado y a otro, no hubo forma de hablar con Miguel. La dirección que aparecía en las cartas actualmente pertenecía a otra familia y ni siquiera habían oído su nombre. Era imposible seguirle la pista después de tantos años sin haber mantenido contacto.

Llevaba dos días enfrascada en su búsqueda. Ella, que esperaba tener una buena noticia para sus sobrinas y poder ayudarlas en algo, no había conseguido nada en absoluto. Desanimada y acongojada por la sensación de impotencia, se metió en la ducha. El agua le acarició la cara, entremezclada con las lágrimas, que no pudo contener; lloró y lloró arropada por el calor del agua.

La comisaría central estaba a rebosar. El comisario Morales había estado de baja una semana, muy a su pesar, por una gripe que le había causado fiebre alta. Esa misma mañana se incorporaba al trabajo y los inspectores Roque y Moreno temían que les pidiera explicaciones sobre el caso de las hermanas Ferrer. Unas explicaciones que no tenían, pese a que no habían descansado en su investigación. ¿Dónde coño se habían metido? No aparecían por la calle Quart ni tampoco acudían a sus puestos de trabajo. Estaba claro que se olían algo y por eso se escondían. Si al menos pudieran hablar con ellas para aclarar la situación. El inspector Moreno vio entrar al comisario Morales y lo esquivó para no tropezarse con él, salió a la calle con el móvil en la mano y llamó, por enésima vez, al teléfono que le había proporcionado el director del instituto Lluís Vives, aunque ya había perdido cualquier esperanza de contactar con ella.

De repente y para su asombro, una voz femenina se oyó al otro lado:

—Sí, dígame.

—¿Alejandra Ferrer? —preguntó cruzando los dedos porque fuera ella.

—Sí, soy yo. ¿Quién es? —demandó curiosa.

Moreno dudó por un instante en revelar que era policía. Al final decidió decir la verdad.

—Perdone que la moleste, pero llevo varias semanas intentando contactar con usted. Es importante que nos veamos. Necesito hacerle unas preguntas.

—Todavía no me ha dicho quién es —dijo recelosa.

—Soy el inspector Moreno de la comisaría Valencia Centro.

Alejandra se quedó muda. Un temblor incontrolado se instaló en sus piernas.

—¿Cómo ha conseguido mi teléfono?

—Me lo ha facilitado Vicente Martí, el director del instituto Lluís Vives. Se ve que la aprecia bastante, igual que apreciaba a su padre. Le prometo que tan solo serán unos minutos y podemos quedar donde usted me diga.

Alejandra estaba desconcertada. ¿Por qué mentaba a su padre? ¿Qué tipo de preguntas quería formularle? ¿Debía quedar con él? Además, se encontraba sola y no podía pedir opinión a su hermana o a Pepe. ¿Y si no era verdad? ¿Y si todo lo que le estaba diciendo era mentira y no era de la policía, sino algún esbirro de Augusto Fonfría? Estaba tan confusa. En qué mala hora había descolgado el teléfono.

—Alejandra, ¿está usted ahí?

—Sí, pero creo que no es buena idea que nos veamos. Además, por favor, no vuelva a llamar más.

Moreno veía que la perdía después de tantos intentos fallidos. Tenía que convencerla.

—Espere, por favor, no cuelgue. Sé que están metidas en un lío. Les estamos buscando a usted, a su hermana Sara y a Andreu Subies. He estado varias veces en su piso de la calle Quart sin resultado. Mi intención no es detenerla, no tengo ningún motivo. Solo quiero hacerle unas preguntas. Tan solo eso. Le estoy siendo sincero, le pido que usted haga lo mismo conmigo y me dé una oportunidad.

—¿Por qué tengo que creerle? —preguntó indecisa, aunque en el fondo, y sin saber por qué, le creía.

—Porque digo la verdad —puntualizó Moreno tiernamente.

—Muy bien. Espero que vaya solo —propuso Alejandra esperando no tener que arrepentirse de su decisión.

—Iré solo —afirmó convincente.

—Mañana a las once de la mañana.

—De acuerdo, ¿dónde? —solicitó esperanzado. Alejandra pensó en un lugar transitado.

—En el río, dentro del Gulliver —expuso temblorosa.

—Hasta mañana entonces.

CAPÍTULO 57

Esa noche el reloj parecía no avanzar, aunque a Sara, Alejandra, Lluís y Pepe no les importaba demasiado. Se había abierto un intenso debate sobre si Alejandra debía acudir o no a la cita con ese inspector de policía. Habían sopesado motivos y expuesto sus temores y la conversación no llegaba a ninguna parte.

—Ya sé que no he debido aceptar —murmuró arrepentida—. Me lo habéis reprochado mil veces. ¡Pero lo he hecho! No sé el motivo, pero me ha inspirado confianza.

—No entiendo cómo te ha podido inspirar confianza solo con una llamada de teléfono —añadió Lluís enojado—. Pero acudirás a la cita y nosotros tres también, aunque no estemos a tu lado. Seremos tu sombra. Si ese tipo no es de la policía, se le van a quitar las ganas de molestarte más.

—¿Y si lo es? —planteó Pepe sin terminar de verlo claro.

—Tenemos que averiguar qué es lo que quiere exactamente —concluyó Sara—. Puede que sepan mucho o nada.

—¡Y si me detienen! —exclamó Alejandra asustada—. No me lo había planteado cuando acepté su invitación.

—¿Por qué motivo iban a hacerlo? —manifestó Lluís seguro de sí mismo—. No tienen ninguna prueba que justifique nada en contra tuya. Nada de nada.

Eran las diez de la mañana y todo apuntaba a que sería un día espléndido. El viejo cauce del río Turia estaba bastante concurrido con deportistas haciendo *running* o paseando en bici, personas caminando por los jardines y chavales jugando al fútbol. Parecía una mañana perfecta para la cita de Alejandra con el inspector

Moreno. Ella y Sara, junto con Lluís y Pepe, avanzaban hacia el lugar citado. Todavía faltaba una hora, pero querían tomar posiciones y estar preparados por si las cosas se torcían.

El parque Gulliver, cuyo nombre se basaba en el cuento de Jonathan Swift, representaba al gigante de dicho nombre cuando llegó a Liliput, tendido en el suelo y atado con cuerdas. En su versión lúdica se había convertido en un entramado de rampas y toboganes donde los niños se divertían jugando a su alrededor. A excepción de dos jovencitos en compañía de sus padres que se lo estaban pasando en grande, el parque estaba bastante solitario. Alejandra se arrepintió de haber elegido ese lugar. Pensó que estaría más transitado, pero ya era tarde para echarse atrás. Se sentó en la inmensa espada de dicho personaje esperando a que llegara la hora acordada. Desde donde se encontraba, podía ver a Lluís sentado en uno de los bancos cercanos, leyendo el periódico. En la otra dirección estaban Sara y Pepe, a la sombra de un árbol, como si fuesen una pareja de enamorados. Alejandra miró el reloj: eran las once menos cuarto. Todavía faltaban quince minutos. Intentó tranquilizarse, los nervios la estaban destrozando. De repente alguien captó su atención. Un hombre joven de unos treinta y pocos años, moreno y alto, la estaba mirando fijamente. Sin ninguna expresión definida en su rostro avanzaba lentamente hacia ella. Alejandra notó cómo se le aceleraba el corazón. ¿Sería ese hombre el inspector Moreno? Miró de reojo a Lluís, que pareció darse cuenta de que su objetivo se acercaba. Faltaban tan solo un par de metros cuando una voz agradable dijo:

—Perdona, eres Alejandra Ferrer, ¿verdad?

—Sí —asintió asustada.

—¿Puedo sentarme?

—Sí —repitió.

—Soy el inspector Moreno de la comisaría de policía Valencia Centro —dijo mientras se presentaba y le estrechaba la mano.

Alejandra le correspondió.

—¿Cómo me has conocido? —preguntó algo confusa.

—Aparte de que eres la única mujer joven que se encuentra sola en los alrededores, te pareces mucho a tu hermana Sara.

El inspector Moreno sacó el retrato robot de su hermana.

Alejandra se sorprendió. Estaba demasiado bien hecho.

—¿Qué quieres saber? —preguntó inquieta.

—Demasiadas incógnitas rodean todo este asunto —contestó Moreno con su habitual sinceridad—. A decir verdad, no sé por dónde empezar.

Una algarabía de gritos y risas los hizo desviar la mirada. Alrededor de treinta o cuarenta niños acababan de invadir a Gulliver, custodiados por tres mujeres que supusieron serían sus monitoras.

—¿Te importa si nos movemos y buscamos otro lugar más tranquilo? —le sugirió Moreno viendo que sería imposible comunicarse con semejante jaleo.

Alejandra dudó unos instantes. Allí rodeada de tanta gente se sentía segura. A pesar de no estar muy convencida, accedió.

—De acuerdo. Busquemos otro sitio cerca.

—¿Te parece bien allí? —mencionó señalando un banco que se encontraba bastante próximo a Lluís.

—Me parece estupendo.

Pasaron por delante de Lluís, que ocultaba su rostro con el periódico. Moreno lo miró de reojo y lo reconoció al instante: era el vecino del inmueble de la calle Quart. Otras virtudes no tendría, pero desde luego no olvidaba una cara.

—¿Qué quieres saber y por qué nos buscáis a mi hermana y a mí? —le preguntó nada más sentarse.

—Sois muy escurridizas —replicó Moreno dispuesto a empezar con su interrogatorio—. Con respecto a tu hermana, tengo que decirte que llevo seis meses intentando dar con ella, concretamente desde agosto. La primera y única vez que la vi fue una noche en la plaza de los Fueros, frente a las Torres de Serranos. Esa misma noche alguien entró en las torres ocasionando ciertos desperfectos. Al principio pensamos que tu hermana Sara, entonces desconocía su nombre, podría haber visto algo al respecto. La intención de localizarla era simplemente en calidad de testigo, ya que al parecer nadie de la zona pudo dar ningún tipo de explicación.

—Para no haberla visto nada más que una vez, hiciste un buen trabajo —observó Alejandra.

—¿A qué te refieres? —preguntó Moreno sabiendo de sobra a dónde quería llegar.

—A su foto. Te puedo asegurar que casi la has bordado. No entiendo cómo puedes recordar tan bien las facciones de una persona que solo has visto unos minutos.

—Recuerda que es mi trabajo. Tengo buena memoria fotográfica y...

Alejandra lo miró sin sospechar cómo iba a continuar la frase. Moreno estuvo a punto de reconocer su obsesión por Sara, pero al instante cambió de opinión.

—¿Y? —añadió Alejandra esperando.

—El que tenía que formular las preguntas era yo —replicó sonriente.

—Tienes razón. Como ves, llevo en la sangre lo de ser periodista.

—Sí, doy fe de ello.

—Una pregunta más y luego contestaré a todas las tuyas —le pidió ella en tono de súplica.

Moreno asintió.

—Si el incidente de las Torres de Serranos no tenía mayor importancia, ¿por qué ese interés desmesurado en encontrar a mi hermana?

—No tenía importancia y sí la tenía —intentó explicar Moreno—. No la hubiera tenido si hubiese sido un caso aislado. El problema es que va unido a otros incidentes en lugares emblemáticos de la ciudad, como la entrada a hurtadillas en el Museo Arqueológico de la Almoina, la intrusión en la iglesia de San Juan del Hospital y posteriormente en el Miguelete. Curiosamente, en ninguno de los cuatro lugares hubo robos o desperfectos masivos. La sensación, según nuestras investigaciones, es que quienes lo llevaron a cabo buscaban algo que todavía no hemos logrado averiguar. —El inspector estudiaba cada gesto en ella a medida que avanzaba en su relato y su rostro la estaba delatando—. Es curioso también que las huellas y pistas que han dejado en todos los escenarios nos indican que se trata de dos mujeres y un hombre.

Alejandra intentaba mantenerse al margen, procurando que ninguno de sus músculos confesara que estaba involucrada en todos los incidentes que el inspector Moreno acababa de mencionar, aunque dudaba de que lo estuviera consiguiendo.

—Tal vez fuera algún caso de vandalismo —insinuó ella intentando desviar sus conjeturas.

—No lo creo. Estoy seguro de que buscaban algo, pero ¿qué? —Sus ojos se clavaron en los de Alejandra, que retiró la mirada discretamente.

—¿Y qué queréis de mí? ¿Qué tengo yo que ver en todo este asunto?

—Pues creo que bastante.

Alejandra se puso tensa.

—Creemos que tu hermana Sara y tú sois las dos mujeres involucradas.

—No veo cómo has llegado a esa conclusión —dijo sin apenas voz.

—Te lo explicaré. El detonante ocurrió en la estación de Colón. Hace tan solo un par de meses, en vísperas de Navidad, hubo otro incidente en las vías del metro. Lo curioso es que entraron dos hombres y tan solo salió uno. Pero cometieron un gran fallo dejando las huellas dactilares del sospechoso en el lavabo de la estación. Se barajaron varias hipótesis, desde atentado terrorista hasta un posible asesinato. Todas se acabaron desechando. Solo nos quedaba pensar que estaba relacionado con los incidentes anteriores.

—¿Cómo hicisteis esa conexión? —preguntó Alejandra tímidamente.

—Buena pregunta. Ahí es donde apareces tú en escena al lado de tu hermana. Casualmente estabais a la misma hora de los hechos fuera de la estación, porque hay un agente al que solicitasteis ayuda que lo corrobora. Esos hechos fueron los que nos ayudaron a atar cabos y a ver las cosas con otro enfoque. Como ya sabrás, las huellas pertenecen a Andreu Subies. Después de mucho preguntar, dimos con el instituto Lluís Vives donde estudió. Y qué casualidad, otra vez —dijo en tono de sarcasmo—, que era el mismo instituto donde vuestro padre impartió clases y donde meses atrás tú misma te entrevistaste con el director Vicente Martí.

Alejandra se agarró al banco de madera. Su cuerpo le empezaba a fallar. Lo sabía todo, todo en absoluto. Estaban perdidos...

—Puesto que desde que he llegado no he parado de hablar —añadió el inspector Moreno—, ya va siendo hora de empezar con mi interrogatorio.

—No creo que pueda contestar a ninguna de tus preguntas —dijo Alejandra con la visión completamente borrosa y notando un calor horroroso.

—Pues tendrás que hacerlo —espetó él, ajeno al malestar de la joven—, porque me estoy jugando el cuello por haberte citado aquí, y por haberme ido de la lengua cuando debería haberlo hecho formalmente en la comisaría.

—No puedo. De veras que no puedo —contestó Alejandra sin apenas controlar sus palabras. Sabía que estaba a punto de desmayarse y no podía hacer nada para evitarlo.

Antes de terminar la frase, Alejandra perdió totalmente el conocimiento. Su cuerpo inerte empezó a encorvarse en dirección al suelo. El inspector Moreno la sujetó impidiendo que se estampara. La tendió en el banco mientras intentaba reanimarla. Rápidamente Lluís se acercó dejando caer su periódico al suelo. Mientras tanto, Sara y Pepe se aproximaban deprisa a ellos por el otro lado, preocupados por el estado de Alejandra.

Parecía que Alejandra iba recobrando la consciencia. Sus mejillas recuperaban el color poco a poco. Moreno sonrió al ver cómo tímidamente abría los ojos. No se había preocupado de mirar a quienes tenía detrás, pendiente tan solo de la joven. De repente, Moreno notó un fuerte golpe en la cabeza que lo mandó al suelo. Mientras perdía la consciencia, entre tinieblas, divisó el rostro de una mujer. Era la misma que llevaba buscando seis meses. Estaba seguro de que se trataba de Sara. Segundos después, dejó de verla y todo se oscureció.

Faltaba poco para llegar a casa. Los cuatro se habían escabullido entre la maleza del parque después de dejar al inspector Moreno inconsciente y sentado en el banco con el periódico tapándole la cara. Pepe se había llevado unas cuantas broncas por haber golpeado al policía. Suerte que solo había sido un golpe sin importancia. Estaban seguros de que volvería en sí a los pocos minutos. Y también se podían imaginar que se despertaría con un humor de mil demonios.

—Lo siento —se justificó Pepe por sexta o séptima vez—. De verdad que no pensaba que fuera de la policía. Desde nuestra posición la perspectiva era diferente, ¿verdad Sara?

Ella asintió.

—Creía que te había hecho algo —continuó Pepe dirigiéndose a Alejandra—. La furia se ha desatado dentro de mí y lo he pagado con él.

—¡Nos la hemos ganado, Pepe! —gritó Lluís enfadado—. Agredir a un agente de la policía. ¡Nos hemos cubierto de mierda hasta las orejas!

—De todas formas, saben casi todos nuestros pasos —aclaró Alejandra.

—¿De veras? —temió Sara.

—Saben que tú y yo —dijo señalando a su hermana— estamos metidas de lleno en todo este embrollo. Y también saben que Andreu Subies está con nosotros. Lluís, de momento, se les escapa. Están al tanto de nuestras excursiones y saben que estamos buscando algo, pero desconocen el qué. Cuando me vuelva a llamar, porque seguro que lo hace, no sé qué voy a hacer.

—¿Qué le has dicho? —demandó Pepe.

—Poca cosa. Cuando tenía que contestar a sus preguntas me he desmayado. —Alejandra permaneció en silencio unos segundos—.

En el fondo creo que es buena persona. Ha dicho que se estaba jugando el cuello y que debía de haberme hecho el interrogatorio en la comisaría.

—¿Por qué tanta delicadeza? —se preguntó Pepe.

—No lo sé —contestó Alejandra, asombrada—. Pero repito que me ha parecido muy correcto y me ha contado todo lo que sabía. No tenía necesidad de hacerlo. Podía haberse limitado a preguntar y punto. Sigo opinando que me ha parecido un poli honrado.

—Es el mismo policía que vi en las Torres de Serranos —añadió Sara.

—Sí —afirmó Alejandra—. Además, me ha dicho que llevaba buscándote seis meses, y tenía bien grabadas tus facciones, porque el retrato robot estaba muy bien hecho.

Sara se quedó pensativa. ¿Qué tenía ese hombre que la hacía ponerse tan nerviosa?

CAPÍTULO 58

El reloj del Mercado Central marcaba las siete de la mañana del último día de febrero. Todavía no había demasiada afluencia de clientes salvo los que compraban al por mayor para bares o restaurantes. Miguel Roselló entraba triunfante mucho más temprano que de costumbre. Esa noche había sido muy especial. Un hermoso y paradisíaco sueño le había hecho recuperar la debilitada esperanza. Cuando despertó se sintió tremendamente feliz. Todavía podía revivir las bellas imágenes de ese campo lleno de vistosas y perfumadas margaritas que acariciaban sus pies descalzos. El olor a flores y a tierra húmeda aún perduraba en su olfato. Agachado sobre ellas, confeccionaba un enorme y precioso ramo. Una mujer a lo lejos se dirigía hacia él con una larga cinta roja en las manos. No veía las facciones de su cara, pero por su manera de moverse podía adivinar de quién se trataba. No podía dejar de mirarla. Era como si estuviera hipnotizado. Su melena dorada y ondulada brillaba con el reflejo del sol y su tierna sonrisa la convertía en la mujer más atractiva y sensual de toda la faz de la tierra.

Miguel, extasiado de felicidad, la esperaba ansioso. Tan solo unos pasos le separaban de ella. Extendió la mano y rozó sus dedos. Seguidamente la abrazó y besó con pasión. Le colocó una flor en el pelo y le entregó el ramillete de margaritas blancas, después de anudarle la lazada de raso roja. Cuando Miguel abrió los ojos, todavía se relamía del contacto de los labios de su amada. Había sido un sueño tan real que, a partir de ese momento, no había podido conciliar el sueño contando los minutos que faltaban para levantarse y acudir en su busca. Ese sueño era una premonición de lo que iba a ocurrir. Estaba tan convencido de ello. Desde que había regresado a Valencia hacía ya más de cinco meses, y a pesar de no dejar de pensar en Rosa en ningún momento, jamás se había introducido en sus sueños. Sin embargo, esa noche había sido mágica. Por eso algo le decía que esa mañana no sería como las demás. Que esa mañana encontraría al amor de su vida.

Mientras entraba en el mercado recordó el sueño de hacía unas horas y cómo hacía veintiocho años la conquistó. Se aproximó a los puestos de flores y sonrió al ver unas frescas y olorosas margaritas blancas, al igual que en su sueño. Sin pensarlo dos veces, encargó un ramo con veintitrés unidades. Una por cada año que habían estado separados. Además, tenían que estar rodeadas de una ancha cinta de raso roja. Quedó en pasar a recogerlo a lo largo de la mañana, aunque solo fuera para adornar la mesa del salón.

Se paseó por los pasillos que conocía al dedillo con los ojos bien abiertos, a sabiendas de que era demasiado pronto. Aunque no le importaba, se encontraba como un chaval repleto de energía. Su corazón palpitaba rápido. Tenía por delante muchas horas hasta el cierre, pero no pensaba desistir. Daría las vueltas que fueran necesarias. No estaba dispuesto a salir de allí sin ella.

Paco canturreaba mientras colocaba el género en el mostrador. Esa mañana tenía una fruta que era la envidia de la competencia y ello le enorgullecía. A lo largo de los años, se había ganado una fiel clientela y el negocio prosperaba de maravilla. A punto de cumplir los cincuenta y cinco años, rebosaba de una vitalidad que muchos de su quinta ya quisieran. Tenía que reconocer que Rosa había influido bastante en su estado de ánimo y, gracias a ella, perduraba la determinación que le hacía sentirse todavía joven. No quería perderla por nada del mundo y lucharía con quien hiciera falta para conservarla a su lado. Además, tenía que celebrar que llevaba casi un mes sin tropezarse con Miguel Roselló. Eso le llevó a pensar que posiblemente se hubiera cansado de buscar o simplemente esos encuentros fortuitos se debieron a pura casualidad. Recordó la última vez que lo vio por esos pasillos, a finales de enero. Se acercó para comprarle naranjas y algo más. En esa ocasión no le preguntó por Rosa, cosa que Paco agradeció. No le remordía la conciencia en absoluto haber negado que la conocía cuando él se lo preguntó el día de Nochevieja. En la guerra, al igual que en el amor, estaba permitido cualquier tipo de argucia, y en ese caso, si le hubiera confesado que la conocía y que sabía dónde encontrarla, habría perdido la batalla.

A las ocho y media de la mañana el ambiente en el mercado se había animado. Presentía que iba a hacer caja. Acababa de despachar a una señora que solía frecuentar la parada, cuando su mirada captó la imagen de Miguel Roselló, su gran rival. Una oleada de ira recubierta de celos se apoderó de él. No podía prohibirle la entrada al mercado. Quién era él para hacer semejante barbaridad. Ni tampoco podía prohibirle la entrada a Rosa. Tendría que darle demasiadas explicaciones. ¿Qué podía hacer? Se veía acorralado. Sus ojos, disimuladamente, lo siguieron hasta perderlo de vista. Entonces respiró aliviado. Quizás estaba de paso y ya se marchaba de allí, se consoló. A toda costa intentaba convencerse de que el peligro no era real. No podía vivir con esa angustia y ese temor. Gracias a Dios, todavía era muy pronto para que llegara Rosa. Seguramente, entretanto, Miguel Roselló ya se habría marchado.

Había transcurrido poco más de una hora desde que el corazón de Paco se alterara por la presencia de Miguel, dejándolo lleno de incertidumbre, distraído y pensativo, cuando lo volvió a ver enfilando el pasillo de la izquierda. Se fijó en su aspecto y le llamó la atención lo bien vestido que iba. Eso le daba mala espina. Eran las diez y cuarto y Rosa no tardaría en llegar. Empezaba la cuenta atrás. Un temblor en sus piernas se manifestó de la manera más vil, dejándolo indefenso. Eso no era una casualidad, se dijo abrumado. Presentía que ese hombre, irremediablemente, iba a cambiar el rumbo de su vida. ¡No podía ser!, se dijo una y otra vez.

¡Tenía que hacer algo! No podía permitir que Rosa se encontrara con ese individuo. Tenía que actuar rápido. Una idea le vino a la mente, y una ligera sonrisa se dibujó en su rostro mientras su enemigo se alejaba de nuevo.

La avenida del Puerto estaba repleta de tráfico. Asomada al balcón, Tía Rosa divisaba el puerto y parte de la playa. El sol lucía con todo descaro. Habían organizado un festival aéreo donde aviones ultraligeros, cazas a reacción, avionetas y distintos helicópteros de la Guardia Civil, de la Dirección General de Tráfico, de la Policía Local y de las Fuerzas Armadas realizaban multitud de piruetas acrobáticas. Tía Rosa estaba entusiasmada con el espectáculo y a punto estuvo de avisar a Paco para decirle que no acudiría al mercado. Instantes antes de llamarle, cambió de opinión. Perezosa, decidió arreglarse. No le costó demasiado. Se maquilló lo justo y apenas se repasó el pelo, ya que el día anterior había ido a la peluquería. Se miró en el espejo y se gustó. Sus cincuenta y dos años estaban muy bien llevados. En esos momentos, tan solo le preocupaban sus sobrinas. Y lo que más le dolía era que ella no se veía capaz de echarles una mano. A pesar de que daría su vida por ellas, en esos momentos tan difíciles se veía impotente. Lo había intentado buscando desesperadamente a Miguel en Noruega, pero la suerte no la había acompañado. Tía Rosa salió de su casa envuelta en una nube de pensamientos y reproches.

Pasaban de las once de la mañana cuando entró en la calle María Cristina y pasó por su antiguo portal. No pudo evitar echar un vistazo a lo que fue su balcón. Cuántos años había vivido allí, y cuántas cosas le habían sucedido. El recuerdo de sus padres la invadió de nostalgia, seguido de la sombra de Miguel, que no conseguía eliminar de su vida. Ahora ese lugar lo ocupaba Paco y estaba contenta con su relación. Ya estaba cansada de estar sola. Además, la seguridad y el afecto que le brindaba ese hombre no eran de despreciar. Se desvivía por ella y no trataba de ocultarlo. La mimaba constantemente y ella se dejaba querer.

¿Estaba plenamente satisfecha?, se preguntó. No lo sabía del todo, pero se conformaba.

Se adentró en el mercado más tarde de lo habitual. Esa mañana parecía haber más gente que otras veces. Lo primero que hizo fue dirigirse a la parada de Paco, que seguramente estaría preocupado. Desde lejos lo vio muy atareado y le llamó la atención su expresión de disgusto. Después de ocho meses de relación, empezaba a conocerlo. Cuando estuvo casi a su lado le sonrió, esperando ser correspondida. Paco no advirtió su presencia. No cabía duda de que algo enturbiaba sus pensamientos y no actuaba con total lucidez.

—Buenos días, Paco. ¿Qué ocurre?

—Hola, preciosa, nada. No sé por qué lo preguntas. —Su tono trataba de ser cordial.

—No hay más que verte la cara —replicó ella segura de que estaba contrariado.

—Estaba intranquilo por ti —agregó con gran parte de verdad.

—¡Cómo eres! —Tía Rosa se sintió halagada—. Tan solo he llegado una hora más tarde —se justificó ella.

—Ya lo sé, pero se me ha hecho eterna. ¿Vas a estar mucho por aquí? —preguntó con temor.

—No demasiado —contestó inocentemente—. Daré una vuelta rápida.

—Eso espero —concluyó él—. Contaré los segundos que estés lejos de mí.

—¡Qué tonto eres! —le susurró ella al oído.

Eran casi las doce del mediodía, la hora del ángelus, cuando Tía Rosa volvía al puesto de Paco para despedirse. Había comprado un par de cosas que necesitaba y daba por concluido su paseo matutino por aquellos pasillos que la entusiasmaban. De repente se le antojó comprar unas flores, las últimas se habían marchitado y las había tirado a la basura hacía un par de días, y se dirigió a uno de los puestos que frecuentaba.

—Buenos días, Toñi —la saludó mientras buscaba sus flores preferidas.

—Buenos días, Rosa. Si estás buscando margaritas, siento decirte que se me han terminado. Hoy han entrado muy pocas. Eso sí, el tamaño era excepcional, de las que a ti te gustan.

—¡No me digas que no te queda ninguna! —exclamó en tono de fastidio.

—Lo siento, si me hubieras avisado, te las habría guardado. Tan solo me queda ese ramo —señaló la mujer—, pero no puedo vendértelo porque el cliente me las ha encargado y pagado.

Tía Rosa centró su atención en ese ramo que se encontraba dentro de un búcaro de cristal. La pureza del blanco de sus pétalos contrastaba con una vistosa lazada de raso rojo. Se quedó sin aliento. No era posible. ¡Si era una broma, no tenía ninguna gracia! Un estremecimiento la recorrió de pies a cabeza al recordar el primer ramo que Miguel le regaló. Era idéntico a ese. Su pulso se avivó descontrolado dificultándole la respiración. La visión se le emborronó y perdió estabilidad. Tan solo escuchaba como un zumbido que se alejaba cada vez más y más de ella.

Toñi se le acercó al verla pálida.

—Rosa, ¿te encuentras bien? No tienes buena cara.

—No muy bien. Estoy algo mareada —consiguió decir a duras penas.

—¡Siéntate mujer! ¡No te vayas a caer! —exclamó mientras la abanicaba.

Después de varios minutos, Tía Rosa recobró la sensibilidad en todo el cuerpo y también el color de sus mejillas, aunque aún sentía cierta debilidad. La silueta de Toñi aparecía frente a ella con total nitidez, al igual que el resto del mercado. Por suerte, la ola de calor que la había azotado había menguado. Miró de reojo el ramo de flores y respiró hondo. Tenía que pensar con la cabeza, no con el corazón. Cualquier persona podía haber encargado un ramo así. A fin de cuentas, no era nada extraño, era de lo más normal del mundo. Pensó en preguntar a Toñi cómo era la persona que se lo había encargado, pero lo descartó. ¡Ya estaba bien de dar vueltas al asunto! ¡Estaba sacando las cosas fuera de lugar! Presentía que, si continuaba así, iba a perder la cordura.

A pesar de los reproches de Toñi, Tía Rosa se levantó dispuesta a marcharse de allí. Tenía la sensación de que la proximidad del ramo absorbía toda su energía. Agradecida por el buen trato de la mujer, empezó a andar con pasos cortos pero seguros.

Se habría ido derecha a casa. Habría tomado un taxi y se habría acurrucado en el sofá con una manta. En ese momento tenía algo de frío. Había sido un sobresalto demasiado fuerte e inesperado, aunque reconocía que todo había sido producto de su imaginación. Tan solo eso. Creía que estaba curada del mal de amor, pero no. A pesar de todos los años que habían transcurrido, seguía sintiendo algo especial por Miguel Roselló.

Decidió pasar a despedirse de Paco. No podía irse sin decirle adiós. La flojedad de piernas todavía era latente y prefirió salir para que le diera el aire. No quería que la viera con ese aspecto desvalido. El sol la hirió en los ojos nada más pisar la calle. Buscó en el bolso las gafas de sol y, con relativa torpeza, se acercó a tomar un café en un bar cercano. Eso la espabilaría. Mientras tanto, su mente, atascada por la emoción, le mostraba imágenes que hubiera preferido no recordar. A los pocos minutos, salió del bar en dirección al puesto de Paco. Se despediría y regresaría a casa.

CAPÍTULO 59

Miguel llevaba cerca de seis horas deambulando por el Mercado Central. Sus pies le recordaron que no tenía quince años. Había salido para dar una vuelta. Estaba saturado de ver siempre lo mismo. Esa mañana había entrado con una felicidad pletórica, solo que, a medida que pasaban las horas, la euforia se había convertido en incertidumbre. El maravilloso sueño ya no le parecía tan real. Y si lo había sido, ya dudaba de que realmente fuera a ser cierto. Siempre se había definido como una persona con gran sensatez. En ese momento, distaba mucho de ser sensato. Las dudas le hicieron pensar que estaba perdiendo el tiempo y tal vez también la cabeza. A veces era difícil interpretar correctamente las señales, se dijo con el fin de justificar todo el revuelo que había armado en su interior y que tan solo le traía una amarga agonía.

Sin embargo, además de ser sensato, siempre le habían catalogado de tenaz, y esos adjetivos se los había ganado a pulso a lo largo de toda su vida. No se daría por vencido. Todavía le quedaban fuerzas. No pensaba flaquear ni lo más mínimo. Pensaba retar al destino y pensaba encontrar a Rosa, aunque no estuviera escrito en ninguna parte. Si era necesario, él mismo lo pondría de su puño y letra y lo firmaría con su rúbrica para que no hubiese ninguna duda al respecto. Con paso firme, la cabeza bien alta y seguro de que estaba haciendo lo correcto por su felicidad, empezó a caminar y se adentró en el mercado de nuevo.

No había hecho más que dar un par de pasos, cuando le pareció ver a una mujer que, a pesar de tenerla de espaldas, le llamó la atención. Algo la envolvía que le resultaba francamente familiar. Su manera de caminar y de contonearse, su forma de retirarse el mechón que le caía por los hombros. Miguel notó cómo su corazón renacía ilusionado. Aceleró el paso esquivando a las personas que le dificultaban la visibilidad. Si era ella, esta vez no la podía perder, no se lo perdonaría jamás. La observó avanzar con paso corto. No le dio la sensación de que deambulara por los pasillos, más bien parecía llevar un rumbo fijo. Miguel se limitó a seguirla. Estaba a pocos metros de ella y se moría de ganas por verla de frente. Hasta ahora tan solo había visto parte de su perfil, pero juraría que era Rosa. Era consciente de que habían pasado veintitrés años, pero, aun así, estaba casi seguro de que no erraba.

De repente y para su sorpresa, la mujer se detuvo y se volvió de la manera más inesperada. Era como si hubiera presentido que alguien la seguía y observaba. En esos escasos segundos, Miguel la reconoció. ¡Sí, era ella! ¡Era Rosa Soler! No tenía la menor duda. Después de tantos años y después de tantos meses de intensa búsqueda, por fin la había encontrado. Su corazón brincó y brincó de alegría. Estaba igual que entonces. Apenas había cambiado. Tan solo una seductora expresión de madurez, que le daba incluso un aspecto más atractivo, más bello. Miguel ocultó su rostro disimuladamente. No estaba preparado para presentarse. Todavía no. Estaba temblando. A sus cincuenta y seis años y temblaba igual que un niño.

Ella continuó su camino ajena a la presencia de Miguel, que intentó dominarse. Tenía que vencer semejante tembleque o la perdería ante sus ojos. De pronto ella se detuvo en un puesto de fruta. Casualmente el mismo donde él había comprado en alguna ocasión y donde el día de Nochevieja creyó verla. Ahora sabía, con total seguridad, que sí era ella y que si no la hubiese perdido entonces... Pero no era el momento de reproches. Fijó sus ojos en el tendero. Su manera de comportarse daba a entender que la conocía bien. ¿Por qué negó que la conocía y no quiso facilitarle ningún tipo de información? Quizás quería ocultar su identidad y su paradero. Pero ¿por qué?

Se fijó, con gran temor, en que estaba en el campo visual del frutero, y no quería que lo descubriera. No es que tuviera nada que ocultar, pero quería presentarse ante Rosa a solas. Observó la escena que tenía frente a él, parecía que ese individuo significaba algo para ella. A lo mejor era su marido. Cosa bastante probable y que tendría que aceptar. Un escalofrío le recorrió parte del cuerpo.

Habían transcurrido tan solo unos pocos minutos cuando Tía Rosa se despidió del frutero. Miguel se mostró atento a cualquier detalle. Se alegró al ver que la despedida no era apasionada. Tan solo una sonrisa por ambas partes y nada más. Respiró tratando de controlar sus pulsaciones, que se habían disparado.

Tía Rosa retrocedió sobre sus pasos e irremediablemente iba a pasar al lado de Miguel en tan solo unos instantes. Él se dio la vuelta y aspiró su perfume. Era el mismo de siempre. Cerró los ojos como si el tiempo se hubiese detenido y sonrió. Después enfiló detrás de ella manteniéndose cerca. Quería saltar de alegría, gritar de felicidad. La sonrisa le brotaba sin poder evitarlo. Sus ojos verde esperanza permanecían fijos en la mujer que había amado durante toda su vida, y su sonrisa parecía haberse tatuado en su cara. Sus pies se habían olvidado del dolor y caminaban solos. Había soñado despierto con esos momentos, miles de veces, y ahora se habían convertido en realidad. En voz baja daba gracias y más gracias.

Tía Rosa se detuvo en un puesto de flores y, muy brevemente, saludó a la mujer. Miguel escuchó:

—Gracias a ti, Rosa. ¡Cuídate!

En ese momento recordó que justamente ahí había encargado un ramo. Con la emoción lo había olvidado. Aprovechó para recogerlo sin quitarle ojo a Rosa. Fue muy breve, tan solo unos segundos. El ramo era precioso, seguro que le iba a encantar. Cuando intentó retomar la visión de Rosa, la había perdido. Miguel, desesperado, empezó a mirar hacia ambos lados. No era posible. No podía ser. El corazón le dio un vuelco y la sonrisa se le borró de cuajo. Dio varias zancadas angustiado y lleno de temor. No soportaría perderla de nuevo. Se veía ridículo con el ramo de flores en la mano sin tener a nadie a quien entregárselo. Dios, ahora no.

Estaba a punto de salir del mercado. Pensó si ella lo habría hecho ya. Ni corto ni perezoso aceleró el paso. Tenía que encontrarla. No iba a desistir. Una vez fuera, la luz del sol lo cegó. Cerró los ojos molesto. Cuando volvió a abrirlos le pareció verla entre luces de colores. Parpadeó varias veces fijando la visión. Sí, era ella. Estaba cerca, muy cerca. Su corazón se volvió a acelerar. Gracias, se dijo. Respiró hondo. Había llegado el momento. Tenía que acercarse y darse a conocer. ¿Y si no se acordaba de él? ¿Y si no quería saber nada? Las dudas lo acosaron. Intentó ahuyentarlas y aceleró el paso. En cosa de escasos segundos estaría a su lado. Se armó de valor y coraje. Observó cómo Rosa esperaba a que el semáforo se pusiera en verde para cruzar la calle. Era el mismo lugar de hacía veintitrés años. La historia se repetía. Miguel dio tres grandes pasos y se colocó a su lado, ocultando el ramo de flores. Discretamente la miró mientras meditaba sus siguientes palabras.

Tía Rosa, ajena a la persona que se había colocado a su derecha, ya no tenía secuelas del mareo anterior y sus mejillas habían recobrado su color natural. A pesar de ello, solo quería llegar a casa lo antes posible. La visión del ramo la había descolocado más de lo que se imaginaba. Ignoraba quién se había puesto a su lado, pero tenía la sensación de ser observada. De repente, escuchó una voz masculina que le resultaba familiar.

—¡Hola, Rosa!

Ella se giró hipnotizada por ese tono que le recordaba tanto a alguien. ¡Santo Dios! ¿Quién era ese hombre que la saludaba?

Miguel vio cómo el rostro de la mujer que seguía amando se giraba y lo miraba desconcertada y con claros signos de incredulidad.

—¡Miguel! —susurró dulcemente.

Él sonrió. Lo había reconocido. *Thank you!* ¡Eureka! ¡Gracias! *Merci!*, gritó en silencio. Tan solo le había escuchado decir su nombre y fue suficiente para recobrar la fuerza necesaria para continuar. Se sentía más fuerte que nunca. Se sentía Miguel Roselló.

—Sí, soy yo. ¿Me permites que te ayude con las bolsas? —preguntó con ternura—. Y así podrás aceptar este ramo de margaritas en recuerdo a los veintitrés años que han pasado desde que nos despedimos.

Tía Rosa, aturdida, estaba en una nube. ¿Era todo producto de su imaginación? Su antiguo novio le ofrecía un ramo de margaritas idéntico al que había visto en el puesto de flores. Era una visión demasiado perfecta para ser realidad.

Miguel, viendo que no obtenía respuesta y que Rosa estaba demasiado impresionada con su encuentro, hizo el gesto de cogerle las bolsas y con una dulce sonrisa las intercambió por el ramo. Ella accedió sin rechistar, como si estuviera poseída por sus encantos, y solo pudo dedicarle una sonrisa de felicidad. Una sonrisa que Miguel recordaba y que había perdurado en su memoria como algo único.

Cruzaron la calle uno al lado del otro, cohibidos y sin articular palabra. Mientras caminaban, Tía Rosa percibió un suave roce en su mano que la hizo estremecerse. Estaba tan feliz que no sabía si reír o llorar. Miguel, sutilmente, volvió a acercar sus dedos acariciando la mano de ella. Esa sensación de cercanía se grabó en su memoria. Por fin la había encontrado. No sabía nada de su estado civil y posiblemente eso sería lo más cerca que podría estar de ella. Aun así, había valido la pena.

—¿Quieres tomar un café? —le preguntó intentando romper el hielo y arriesgándose a una negativa.

Ella lo miró fijamente. Se veía tan indefensa ante esos ojos verde esperanza.

—De acuerdo —aceptó olvidándose de las ganas que tenía de regresar a casa. Su mayor anhelo era estar a su lado. Saber qué había sido de su vida. Si estaba de paso o había venido a Valencia para quedarse. Saber si se había casado y había formado una familia.

Pasaron por María Cristina y Miguel le señaló su antigua casa.

—Sé que ya no vives ahí.

Tía Rosa se sorprendió. ¿Cómo podía saberlo? ¿Acaso la había estado buscando? ¿Quizás su encuentro en el mercado no había sido fortuito? ¿Tenía las flores preparadas? Un sinfín de preguntas acudieron a su mente.

—No, hace más de dieciséis años que no vivo ahí. Me trasladé a la avenida del Puerto.

—A la avenida del Puerto. ¿Y tu madre?

—Falleció cinco años después de que te fueras a Noruega.

—Lo siento —susurró dolido.

—Estaba muy delicada, ya lo sabes —contestó con nostalgia—. No soportó la muerte de mi hermana. Fue demasiado para ella. La verdad es que fue demasiado para todos.

Pasaron por la plaza del Ayuntamiento y entraron en una de las cafeterías. Se sentaron en la parte más tranquila del lugar.

—¿Qué tal Sara y Alejandra? —preguntó interesado.

—Bien. Se han convertido en dos mujeres preciosas. Ya se han independizado. Sara tiene un gabinete de psicología y da clases de yoga, mientras que Alejandra es periodista y trabaja en una conocida revista.

En ese momento Tía Rosa recordó la crítica situación por la que estaban atravesando sus sobrinas. Miguel había llegado en el momento oportuno. Era la pieza crucial para desvelar muchas incógnitas. Pero todo a su debido tiempo.

—¿Qué ha sido de tu vida? —le preguntó él, cauteloso, y con temor—. ¿Te has casado?

—No, no me he casado. La verdad es que me he pasado gran parte de este tiempo criando y educando a mis sobrinas.

Miguel respiró aliviado. No estaba casada. Eso le alegraba enormemente.

Tía Rosa continuó:

—Hace menos de un año que mantengo una especie de relación con un hombre.

—¿Es el frutero del mercado? —inquirió atando cabos.

—¿Cómo lo sabes? —demandó Tía Rosa confusa—. Y ¿cómo sabes que ya no vivo en María Cristina?

—Llegué de Noruega hace poco más de cinco meses con el firme propósito de encontrarte, aunque fuera lo último que hiciera en este mundo. El primer sitio al que acudí fue tu antigua casa. La dueña del piso no supo darme noticias tuyas, ni tampoco los vecinos del inmueble. No sabía dónde buscar ni a quién preguntar. Pensé en acudir al mercado con asiduidad. Sabía lo mucho que te gustaba frecuentarlo. He venido todos los días en estos cinco meses con la esperanza de volver a verte de nuevo.

Tía Rosa no podía creer lo que estaba oyendo. Si la había buscado con tanto interés es porque no estaba comprometido con otra mujer.

—El día de Nochevieja me pareció verte en el puesto de fruta hablando con ese hombre, pero te perdí de vista. Le pregunté por ti y negó conocerte.

Tía Rosa miró el ramo de margaritas.

—¿Y las flores? ¿Cómo sabías que me ibas a encontrar?

—No lo sabía. Anoche tuve un hermoso sueño en el que aparecías. Venías hacia mí y estábamos sobre un campo lleno de margaritas. Fue como una premonición. Esta mañana, antes de las siete, me he presentado en el mercado convencido de que hoy sería el día.

Tía Rosa estaba impresionada. Si esa era la intención de Miguel, desde luego lo estaba consiguiendo.

—¿Qué ha sido de ti en estos años? —quiso saber Tía Rosa, encandilada. Ahora que lo tenía delante después de tantos años, confirmaba que seguía igual de enamorada de él como el primer día—. ¿Has formado una familia? —Cruzó los dedos con la esperanza de que su respuesta fuera negativa.

—No. ¿Te acuerdas de la empresa que me contrató? —Tía Rosa asintió—. Pues he trabajado en ella todo este tiempo. He de reconocer que su comportamiento ha sido ejemplar. He aprendido mucho todos estos años y ellos me han correspondido en todo momento, sobre todo económicamente. Me compré una casa en Oslo, y allí he vivido solo estos veintitrés años. No me he casado. Las mujeres noruegas no son lo mío. Algún romance sin más.

—Sus miradas se cruzaron—. He reunido el dinero suficiente como para retirarme, llámalo jubilación anticipada, y me he instalado en Valencia. He vuelto a mi tierra. He comprado un piso enfrente de la Ciudad de las Artes y las Ciencias. Me reconcomía la añoranza de no estar aquí, y de no tenerte a ti.

Tía Rosa bajó la mirada, sonrojada.

—¿Por qué no contestaste nunca a mis cartas? —le preguntó Miguel sin ánimo de reproche, mientras se tomaba la libertad de sujetarle las manos en señal de cariño.

—No podía, Miguel. No podía atarte a una relación tan complicada. Tenías que ser libre para poder volar y actuar sin compromisos —le confesó Tía Rosa.

—Cuando me despedí me dijiste cosas que me dolieron mucho —añadió Miguel sin remordimientos—. Luego supe que no eran ciertas.

—No eran ciertas —murmuró ella, arrepentida—. Ahora puedo decirlo. Si hubiera admitido que mi amor era sincero y para toda la vida, no te hubieras ido y no me lo hubiera perdonado jamás.

—Sabes que nunca he dejado de pensar en ti —le susurró Miguel sin dejar de mirarla. Estaba preciosa—. Siempre te he querido y siempre te querré.

Tía Rosa sintió cómo una oleada de felicidad la embargaba.

—Al no tener noticias tuyas, pensé que todas tus crueles palabras eran verdad. Que querías librarte de mí. Aun así, insistí incansablemente.

—Lo sé. Tengo guardadas todas tus cartas. Me alegraban cuando las recibía y me destrozaban cuando las leía.

Miguel observó el brillo tan especial que desprendían sus ojos. Conocía bien esa mirada de alegría.

—En estos veintitrés años me he limitado a trabajar. El dicho de que vivía para trabajar me venía como anillo al dedo. Llegué a ser la mano derecha de mi jefe. Podía permitirme casi todos los caprichos que quería: tenía una bonita casa, un coche a la última y una buena posición. Pero me faltaba lo más importante: me faltabas tú. Cuando llegaba a casa no tenía a nadie con quien reír, con quien charlar, con quien hacer el amor. Mi casa estaba vacía y yo me sentía vacío. No te tenía a ti. Me he arrepentido miles de veces del día que tomé la decisión de marcharme de aquí. Por eso, hace un año me planteé volver a España. En seis meses arreglé mis papeles y aquí estoy para ver si soy capaz de recomponer mi vida. Dicen que nunca es tarde si la dicha es buena.

—Podría haberme casado o rehecho mi vida de alguna manera —dijo Tía Rosa.

—Lo sé. Aun así, valía la pena arriesgarme.

—Te he comentado que estoy en una relación —le recordó sincera.

—Sí. ¿Le quieres? —inquirió Miguel.

—Es amable y cariñoso. —Tía Rosa intentaba no engañarle. No era su estilo y no iba a empezar ahora—. Se desvive por mí y me hace sentir segura en muchos aspectos.

—No has contestado a mi pregunta —repitió con ternura y lleno de temor—. ¿Le quieres? Si es así, y no quieres volver a verme, no te molestaré más. —Su voz estaba llena de franqueza y resignación.

Tía Rosa le miró a los ojos. Sabía que ese gesto era su debilidad y sería su perdición, pero no le importaba. Llevaba demasiados años esperando ese momento y sus plegarias habían dado fruto. No desaprovecharía esa ocasión. Había aprendido la lección. Dicen que el tren solo pasa una vez y en este caso se le estaba brindando una segunda oportunidad.

—No, no lo quiero —pronunció convencida de sus palabras—. Lo he intentado y buscado la manera de que fuera así, de que ocupara el lugar que tú dejaste, pero no lo he conseguido. Y ¿sabes por qué? Porque nunca te he olvidado, porque he maldecido cientos de miles de veces las frases con las que te alejé de mí. Porque he pagado con creces la tristeza y la soledad de todos estos años. Porque no puedes imaginarte la alegría que he sentido al verte hace un rato y la felicidad que se desborda dentro de mí al tenerte a mi lado.

—Rosa, te quiero —pronunció mientras le apretaba las manos contra las suyas.

—Nunca creí que volvería a escuchar esa frase de tu boca. Yo también te quiero. Eres el único hombre al que realmente he querido y serás el único al que querré en todo lo que me quede de vida.

Miguel la abrazó y ella se perdió entre sus brazos. Sintió la fortaleza de sus manos y notó cómo sus fuerzas flaqueaban. Aquello no podía ser un sueño y, si lo era, no quería despertar. Seguidamente la besó con pasión y ella le correspondió. Al instante Tía Rosa reconoció sus besos. Eran los besos de Miguel Roselló.

CAPÍTULO 60

Eran las cinco de la tarde y Tía Rosa acababa de llegar a casa. Estaba nerviosa por los acontecimientos sucedidos a lo largo del día. Encontrar a Miguel había sido lo mejor que le había pasado en muchos años. Sabía a ciencia cierta que lo seguía queriendo con la misma intensidad. Le reconfortó enterarse de que no estaba atado a otra mujer. Empezarían de nuevo una relación que quedó estancada por circunstancias ajenas a ellos. Se merecían ser felices, aunque había una cosa que la atormentaba. Tenía que decírselo a Paco y tenía que contárselo lo antes posible. No era capaz de engañarlo. No se lo merecía. Él se había portado siempre muy bien con ella y se le notaba que la apreciaba. Tenía que cortar y tenía que decirle la verdad. No valían las mentiras piadosas. En sus propias carnes había experimentado que no eran un buen remedio.

Faltaban tan solo unos minutos para que Paco llegara. Mentalmente ensayaba las frases que le iba a decir procurando herirle lo menos posible. Un timbre le hizo salir de su agitado pensamiento. Tía Rosa, intranquila, respiró profundamente antes de abrir la puerta. Paco sonrió al verla. La saludó, se acercó a ella y la besó suavemente.

Ella apenas le correspondió.

Se sentaron uno enfrente del otro. Paco advirtió que ella tenía un brillo especial en la mirada, aunque su expresión era diferente. Quería equivocarse, pero presentía que algo sucedía.

—¿Qué tal el día de hoy? —le preguntó ella sin saber muy bien por dónde empezar.

—Bien, con bastante trabajo, ¿y tú? —Estaba inquieto. Algo no encajaba. ¿Se habría tropezado con ese desgraciado de Miguel? Tanto revolotear por el mercado...

—Bien, también —respondió ella un poco ausente.
—¿Ocurre algo? —demandó.
—Me temo que sí —afirmó sin más rodeos.
—¿He de preocuparme? —susurró con tono burlón intentando disimular su malestar.
—Más bien sí. —Tía Rosa respiró antes de continuar—. Paco, eres un hombre encantador y cualquier mujer se sentiría halagada solo con tu presencia. Sabes que yo nunca te he podido dar garantías de que esto funcionase. Hasta ahora hemos mantenido una relación que a los dos nos ha convenido, pero no tenemos ningún lazo que nos una de verdad.
—¿Qué intentas decirme? —Paco subió un poco el tono de voz.
—Por favor. Déjame terminar —le suplicó—. También eres conocedor de mi historia con Miguel Roselló. Sabes que él ocupó un lugar muy importante en mi vida, y por circunstancias nos separamos.
—¡Rosa, sabes que yo...! —interrumpió Paco.
Ella le hizo un gesto para que no continuara.
—Siempre he estado enamorada de él, aunque ese sentimiento haya estado latente. Yo te agradezco en el alma todos los momentos que me has brindado con tu compañía. Pero...
—¡Ha vuelto ese desgraciado!, ¿verdad? —gritó lleno de furia.
Tía Rosa asintió. Se miró las manos y le temblaban.
—No le llames así. Al fin y al cabo, la culpa es tanto suya como mía. —Tía Rosa trataba de poner las cosas en su sitio.
—¡Rosa, no te entiendo! Desde luego que las mujeres sois tontas y tropezáis mil veces con la misma piedra. ¿No te das cuenta de que se está riendo de ti en tus propias narices? Hace veintitrés años te abandona con tu madre enferma y tus sobrinas huérfanas y se va a otro país a empezar una nueva vida, pasando de ti olímpicamente. Y tú ahora vas y lo perdonas a pesar de haber pasado un sinfín de calamidades, cuando él debería haberse portado como un hombre y haberse quedado contigo en lo bueno y en lo malo. ¿Y qué quiere ahora...? ¿Reanudar lo que dejó a medias? ¿Marearte? ¿Quién te dice a ti que no está casado?
—Me lo ha dicho él —contestó Tía Rosa justificándose.
—¿Y te lo has creído? ¿Quién te asegura que no ha cambiado? ¿Que es la persona que tú recuerdas? Han pasado muchos años, Rosa. Intenta actuar con la cabeza y no con el corazón. No crees que es demasiada casualidad que durante todos estos años que no has

tenido una relación estable haya estado ausente, y justamente ahora que lo nuestro se está consolidando aparece para joderlo todo. ¿Que no te das cuenta de que te está manipulando a su antojo?

Tía Rosa estaba confusa. No sabía qué pensar. No se le habían pasado por la cabeza todas esas reflexiones. Nunca se imaginó que esta situación le resultara tan difícil. Pero no se dejaría convencer así. Sabía que Miguel había sido sincero. Sí, era cierto que llevaba mucho tiempo sin saber nada de él, pero siempre había sido una persona honesta. Además, solo sabía que lo quería con toda su alma, y no podía ser verdad que fuera un ser despreciable, tal y como lo pintaba Paco.

Mientras tanto, Paco echaba pestes de su rival. Tía Rosa se negaba a oír más atrocidades. Nunca lo había visto tan encendido y con tan mala leche. Era una persona totalmente desconocida para ella. Se había transformado por completo y estaba empezando a perderle el respeto que siempre le había tenido. De repente, se armó de valor y le dijo:

—¡No vuelvas a hacerme ningún comentario más! ¡Creo que ya está bien! Es posible que no conozca tanto al Miguel actual, pero ahora mismo a ti también te desconozco. Será mejor que salgas de mi casa —dijo levantándose y señalándole la puerta de la calle.

Paco se levantó con la cara congestionada.

—Te pido perdón por mi comportamiento —se disculpó viendo que por ese camino la estaba perdiendo.

—De acuerdo. Pero, aun así, será mejor que te marches —insistió decidida.

—Rosa, sabes que te quiero y que eres muy importante para mí. Lo sabes, ¿verdad? —Su tono empezaba a relajarse.

—Sí, pero creo que necesitamos un periodo de reflexión. Yo por lo menos. Será mejor que estemos un tiempo sin vernos. Eso nos ayudará a aclarar las ideas.

—Quieres estar libre para verte con él, ¿no es así? —chilló perdiendo los papeles de nuevo y sujetándola fuertemente por los brazos—. ¡No me voy a rendir tan fácilmente! ¡Te enteras!

—¡Paco, por favor! Suéltame, me haces daño. Y sal de mi casa. —Tía Rosa estaba asustada e intentaba mantener la entereza. Paco tenía la cara desencajada. ¿Cómo se podía transformar una persona tanto en tan poco tiempo?

—¡Que sepas que me voy! —bramó soltándola—. ¡Pero esto no va a quedar así!

En cuanto salió por la puerta dando un portazo, Tía Rosa se apoyó de espaldas a ella llorando. Estaba triste y decepcionada por la situación, y se sentía impotente ante sus amenazas. Aunque lo que más le dolía era que había mantenido una relación con un hombre durante un año y había ignorado su verdadera naturaleza.

Tía Rosa marcó el teléfono de Miguel, recientemente anotado en la agenda de su móvil.

—¡Rosa!

—Sí, ya se lo he dicho —articuló todavía afectada por la reacción de Paco.

—¿Qué tal se lo ha tomado?

—Bastante mal. Se ha puesto hecho una furia. Estaba totalmente desconocido.

—Te dije que debía estar a tu lado cuando se lo dijeras —protestó arrepentido.

—No, hubiera sido peor. Dios mío, estaba irreconocible.

—¿Estás en casa?

—Sí —asintió con temblor en la voz.

—Repíteme la dirección exacta. En diez minutos pasaré a por ti. Y recuerda: nunca, nunca más te volveré a dejar sola.

Tal y como prometió, Miguel se presentó en el domicilio de Rosa. Después de tranquilizarla y darle todo tipo de ánimos, ella le enseñó la casa. No era muy grande, pero sí acogedora. Miguel pensó que se hubiera sentido muy a gusto viviendo allí con ella. Pero todo a su debido tiempo. Después de un largo rato, bajaron a la calle y subieron al BMW plata de Miguel, que estaba aparcado a pocos metros. Tía Rosa quedó impresionada.

—¡Vaya coche! —exclamó sin poder evitarlo.

—¿Te gusta? —Miguel sonrió.

—Cómo no me va a gustar, es muy elegante. —A Tía Rosa le costó encontrar el adjetivo adecuado.

Miguel puso el coche en marcha y empezó a circular.

En la acera de enfrente y a la misma altura más o menos, un Mercedes estaba estacionado con su dueño dentro. Mientras observaba cómo se iban de allí, Paco apretó con fuerza el volante y murmuró lleno de ira:

—¡Maldito hijo de puta! Cómo has sabido engatusarla. Pero quien ríe el último, ríe mejor.

Miguel aparcó en su plaza de garaje. Tía Rosa bajó del coche. Estaba más sosegada por el incidente con Paco, aunque nerviosa por estar a solas con Miguel. Después de tantos años esperando, parecía que el momento por fin había llegado. Tenía una vaga memoria de sus caricias. Caminaron juntos hasta el ascensor. Él rozó su mano y ella se estremeció. Todo estaba sucediendo tan rápido que todavía no había podido asimilarlo. Solo esperaba no equivocarse de nuevo.

Miguel abrió la puerta de su nueva casa. Tal y como le había comentado durante el trayecto, estaba casi vacía, aunque limpia y ordenada. Tan solo contaba con los enseres más imprescindibles y estaba claro que necesitaba, con urgencia, un toque femenino. Después de enseñarle todos los rincones, la llevó a la terraza. Tía Rosa se quedó fascinada ante las vistas que se desplegaban ante ella.

—Lo escogí precisamente por todo lo que estás viendo en este momento —explicó satisfecho.

—Es precioso —susurró casi sin palabras—. Nunca había visto la Ciudad de las Artes y las Ciencias desde esta perspectiva.

Una vez dentro, Miguel le ofreció una copa y se pusieron cómodos en el sofá. Tenían mucho que contar y tiempo perdido por recuperar. Recordaron cuando se conocieron, los momentos que pasaron juntos, la dolorosa despedida de ambos, el fatal accidente de su hermana y su cuñado, el transcurso de esos años separados. Se rieron juntos recordando anécdotas curiosas, y también se sintieron invadidos por la nostalgia. Las horas pasaron sin darse cuenta con una cena animada que encargaron por teléfono. Los dos tenían la sensación de que el tiempo se había detenido. Tía Rosa lo miró embobada convencida de que esta vez sería diferente, y Miguel desprendía un cálido aroma de felicidad que brotaba por todos los poros de su piel. Eran casi las dos de la madrugada y habían perdido la cuenta de las horas que llevaban sin parar de hablar. Miguel echó un ojo al reloj, después de ver cómo a Tía Rosa se le escapaba un bostezo.

—¿Quieres que te lleve a casa o prefieres quedarte? —Miguel ansiaba con todas sus fuerzas que no se fuera, pero no quería forzar la situación.

Ella le puso los dedos sobre sus labios.

—Si no te importa, esta noche no quiero volver a casa. —Su mirada picarona la delató.

Miguel la abrazó y la besó apasionadamente. Llevaba varias horas deseando hacerlo y no había encontrado la oportunidad. Extrañamente se sentía algo cohibido ante su presencia. Ella se dejó querer entre sus brazos. Nervioso y torpe le desabrochó la camisa y le acarició los pechos. Tía Rosa recordó sus besos y sus caricias, mientras escuchaba lo mucho que la quería y lo mucho que la había echado de menos. Tía Rosa le correspondió con ímpetu y el mismo temblor que una jovencita en su primera cita. Entre besos llegaron a la habitación y se dejaron caer sobre la cama. En esos momentos sobraban las palabras. En esos momentos solo ellos dos importaban.

CAPÍTULO 61

Los primeros rayos de sol irrumpieron en la amplia habitación de matrimonio, que miraba al este. Hacía tan solo unos minutos que Miguel se había despertado. Tumbado en la cama, en silencio, observaba satisfecho el rostro y la figura de Rosa, que dormía a su lado. Todavía no podía creerse que fuera verdad. Sin embargo, el calor y la lujuria de esa noche lo confirmaban. No se cansaba de mirarla. Acarició su pelo y dio gracias por haberla encontrado.

Tía Rosa abrió los ojos, dichosa, y sus miradas se cruzaron. De su boca brotó una sonrisa.

—Gracias por esta noche tan maravillosa —le susurró él agradecido.

Ella le cogió la cara entre sus manos y le besó. Miguel empezó a acariciarla con maestría. No podía evitarlo, tenerla tan cerca le excitaba. Notó cómo su presión arterial ascendía cada vez más. Tía Rosa se unió en su afán de poseerlo y se dejó llevar. Sin prisa disfrutaron el uno del otro exprimiendo el placer de sus cuerpos hasta quedar extasiados, sudorosos y relajados sobre la cama.

Miguel se incorporó lleno de vitalidad al escuchar el ruido de sus tripas.

—Voy a preparar el desayuno. Necesitamos reponer fuerzas.

Ella aprobó su propuesta acurrucada entre las sábanas.

—¿Qué planes tienes para hoy? —le preguntó Miguel.

—Lo primero llamar a mis sobrinas. Llevo dos días sin saber nada de ellas y me tienen muy preocupada.

—¿Y eso? —Miguel frunció el ceño ignorando el motivo.

—Pues es algo que, de alguna manera, te concierne.

—¿A mí? —preguntó con cara de sorpresa.

—Sí, te lo contaré durante el desayuno porque es bastante largo.

Sentados en la mesa de la cocina y mientras degustaban tostadas con mantequilla y mermelada, café y zumo, Tía Rosa empezó con su explicación. En primer lugar, le contó cómo sus sobrinas descubrieron la libreta escondida en el forro del baúl de sus padres. Miguel lo recordó enseguida, ya que fue él quien la ayudó a recopilar los efectos personales de Jorge y Carmen. Todavía recordaba la angustia vivida en esos terribles momentos. Seguidamente, Tía Rosa le comentó las frases y acertijos que contenía y que hacían referencia a las doce llaves correspondientes a las doce puertas de la muralla cristiana de Valencia. Mencionó la visita al piso alquilado por su hermana y su cuñado en la calle Navellos. También le hizo saber los esfuerzos y las peripecias por las que habían tenido que pasar para localizar cinco de esas llaves, gracias a las claves de Jorge.

—¡No me lo puedo creer! —exclamó Miguel con cara de incredulidad—. Todo lo que Jorge anhelaba, especulaba y por lo que se devanaba los sesos era verdad... Tú sabes muy bien la cantidad de horas que se pasaba estudiando y repasando documentos.

Tía Rosa asintió. Durante unos segundos, Miguel permaneció pensativo visualizando muchos de los momentos en que los dos estaban enfrascados buscando todo tipo de información sobre la historia de la ciudad, aunque él siempre tuvo sus dudas con respecto a la veracidad de esas conjeturas. Sin embargo, ahora acababa de constatar que todo, absolutamente todo era cierto.

—¿Habéis dado parte a las autoridades? —preguntó Miguel confuso—. Los hallazgos son de su incumbencia.

—No, todavía no —dijo Tía Rosa secamente—. Me temo que aún hay más.

Miguel hizo un gesto para que continuara.

—Alejandra visitó el instituto Lluís Vives y tuvo una conversación con el director. A partir de ahí salió a relucir un tal Andreu Subies, antiguo alumno de Jorge. Casualmente su nombre aparecía en las anotaciones de su libreta y lo calificaba como el hijo que nunca tuvo. La vida está llena de casualidades: ese hombre resultó ser un indigente que merodeaba las Torres de Quart, a pocos metros de casa de Sara. El caso es que parece ser que Jorge le confió ciertas claves sin que el chaval lo supiera. Pasado cierto tiempo, Andreu Subies consiguió encontrar dos llaves más.

—Es decir, que de momento han encontrado siete de las doce llaves. Pero todavía no entiendo por qué lo mantenéis oculto —insistió Miguel.

—Sencillamente porque muchas de las cosas que han sucedido

en este último año nos hacen pensar, casi con absoluta certeza, que la muerte de mi hermana y mi cuñado no fue un accidente.

Miguel palideció de repente.

—¿Me estás diciendo que fueron asesinados? —No salía de su asombro. Aquello era demasiado descabellado—. ¿Y todo por la búsqueda de esas llaves?

Tía Rosa asintió de nuevo.

—Además, Sara y Alejandra han sido amenazadas y están vigiladas constantemente.

—¿Amenazadas y vigiladas? —Cada vez lo entendía menos. Parecía una película.

—En la libreta de Jorge se especifica que, hasta que no tengamos las doce llaves en nuestro poder, no podemos dar con la solución —explicó Tía Rosa desanimada—. No puedes imaginarte lo que daría por averiguarlo. Pero la historia no termina aquí.

—¿Más? —Miguel no salía de su asombro.

—Me temo que sí. En la búsqueda de una de las llaves, concretamente en la de las Torres de Serranos, Sara fue vista merodeando por allí por una pareja de policías que estaban haciendo la ronda, y como consecuencia el retrato robot de mi sobrina está expuesto en las comisarías para ayudar a localizarla como testigo.

Miguel no sabía qué pensar ni qué decir. Cada vez que Tía Rosa abría la boca, el asunto se ponía más feo.

—Como están buscadas por la policía, se han tenido que cambiar de domicilio y ahora están en un piso de alquiler. Tampoco pueden acudir al trabajo. También buscan a Andreu Subies e incluso fueron a mi casa para que les dijera su paradero. Por supuesto, me negué.

—¿Tenéis alguna sospecha de quién está detrás de todo esto? —demandó Miguel.

—Hay una organización llamada AFCANI que se dedica al coleccionismo de arte. La regenta un tal Augusto Fonfría, que resulta ser uno de los mayores accionistas de la revista donde trabaja Alejandra. Sospechamos que es el culpable de todo este entramado, aunque carecemos de pruebas. En la cena de inauguración de la revista *Vía Augusta* y tras un discurso ante todos los asistentes, se dio a conocer a mi sobrina, a sabiendas de que era la hija de Jorge Ferrer, diciéndole que apreciaba a su padre.

Miguel escuchaba perplejo. Tía Rosa no pensaba omitir nada en absoluto. Necesitaba desahogarse y con quién mejor que con Miguel, que conocía parte de la historia y a sus protagonistas.

—¿Entonces pensasteis que vuestras sospechas podían estar equivocadas?

—Más o menos... Nuestros recelos se derrumbaban ante la familiaridad de ese tal Fonfría con respecto a Jorge.

—Deduzco que hay algo más que os ha hecho cambiar de opinión —alegó Miguel adivinando la expresión de Rosa.

—Estás en lo cierto —confirmó—. Hace un par de meses, aproximadamente, Augusto Fonfría se puso en contacto con Alejandra para que hiciera un artículo sobre la nueva revista y también sobre la propia organización.

Miguel intentaba asimilar toda la información.

—Hace cosa de un par de semanas Fonfría la llevó a su casa y le mostró su museo privado con el fin de facilitarle información para el artículo. También le mostró su mansión. Después de la visita la llevó a su despacho y abrió la caja fuerte delante de ella para enseñarle el contenido de una caja de metal. —Tía Rosa se detuvo unos instantes y contempló la cara de Miguel, que la escuchaba como un niño ante un sorprendente cuento.

—Me muero por saber qué había en esa caja —añadió Miguel ansioso.

Tía Rosa dibujó una débil sonrisa.

—Dos llaves más de la antigua muralla cristiana.

—Así que tiene dos en su poder —clamó Miguel—. De momento hacen un total de nueve llaves. Pero ¿con qué intención se las mostró?

—Buena pregunta. Intentó chantajearla. Le ofreció un millón de euros a cambio de que le entregase las que ellos habían encontrado, amenazándola con que, si no aceptaban, se tendrían que atener a las consecuencias.

—Pero ¿qué se ha creído ese hijo de puta? ¿Que solo por el hecho de que tenga dinero y poder puede manipular a la gente a su antojo?

—Eso mismo fue lo que ellas pensaron. Fonfría mantiene que AFCANI contrató a mi cuñado para que encontrara las llaves y que él se las quedó a pesar de cobrar por sus servicios.

—¡Mentira! ¡Ese tío es un embustero! —gritó Miguel exasperado—. Conociendo a Jorge como lo conocí, puedo decir que todo su ímpetu por descubrir ese enigma nació completamente de él. En numerosas ocasiones le recriminé el tiempo que le dedicaba a ese proyecto, robándoselo a su mujer y a sus hijas, a cambio de nada. De ningún salario, de ninguna compensación económica.

Jorge no buscaba dinero ni fortuna, solo buscaba conocer la verdad. Para él, la satisfacción personal era lo más importante.

Tía Rosa posó sus manos sobre las de Miguel. Daba las gracias por que hubiese reaparecido en el momento oportuno.

—Tenemos que averiguar quién hay detrás de todo esto —prosiguió Miguel con decisión— y, sobre todo, tenemos que averiguar qué esconden esas llaves.

CAPÍTULO 62

Sara se levantó dando tumbos y con la espalda dolorida. Llevaba poco más de un mes durmiendo en esa incómoda cama y cada noche echaba más de menos su confortable colchón viscoelástico. Tan solo llevaba treinta y cinco días fuera de su querido ático de la calle Quart y le parecía toda una eternidad. Necesitaba volver a su vida, a su trabajo y a su rutina. Ese estado era un sinvivir. Cada vez que salía a la calle, y lo hacía solo cuando era imprescindible, le faltaban ojos para detectar si la seguían o si alguien la identificaba gracias a las fotos expuestas en las comisarías.

De momento parecía que los esbirros de Augusto Fonfría no habían dado con su paradero. Cosa que agradecía. Hacía varios días que Alejandra no había tenido noticias de él, desde su última conversación por teléfono, cuando se negó a ceder ante su chantaje. Menudo personaje y menudo hijo de puta. Mientras Sara preparaba la cafetera, recordó que tenía que llamar a Tía Rosa. Con todo este embrollo hacía dos días que no sabía nada de ella. Le sorprendía que su tía no se hubiese puesto en contacto con ellas. Oyó pasos a su espalda y vio cómo su hermana se sentaba en una silla de la cocina.

—¡Buenos días! —la saludó Sara con una tenue sonrisa.

—¿Qué tal has dormido hoy? —preguntó Alejandra.

—Fatal. Me duele todo —se quejó tocándose los riñones.

—No sé cuándo terminará toda esta historia y podremos volver a casa, pero lo que está claro es que así no podemos continuar.

—¿Y qué hacemos? —planteó Sara—. ¿Seguir buscando el resto de las llaves o entregarnos a la policía?

—¡Buenos días! —saludó Pepe mientras cogía una taza de café—. Es una buena pregunta. Ojalá tuviéramos la respuesta correcta.

El móvil de Alejandra, situado encima de la mesa, la avisó de que acababa de recibir un mensaje.

—¿Sigue insistiendo el inspector Moreno? —preguntó Pepe sin dejar de mirar el teléfono.

—¡Día y noche! —respondió Alejandra con pesar—. Como no contesto a sus llamadas, me ha enviado varios mensajes. Quiere que nos veamos y aclaremos la situación antes de que sea demasiado tarde. Respecto al golpe que le dimos en la cabeza, me ha dicho que no va a denunciarnos. Insiste en que somos las víctimas de todo este embrollo y que todo tiene solución.

—No sabe qué hacer para convencerte, ¿verdad? —puntualizó Pepe.

—Más bien no. —Alejandra vio que era un mensaje del inspector Moreno. A continuación, lo leyó en voz alta:

—«Alejandra, es importante que enciendas la televisión ahora mismo».

Los tres se miraron expectantes. Fue Pepe el primero en coger el mando.

—¿Qué canal pongo? —preguntó descolocado sin saber muy bien qué era lo que tenía que buscar.

—No lo sé. Haz zapeo —le indicó Alejandra temerosa de no saber qué era lo que se iban a encontrar.

En cuanto Pepe encendió la televisión, la respuesta se mostró ante sus ojos. No fue difícil. En la mayoría de las cadenas era la hora de los informativos matutinos. Una conocida presentadora hablaba sobre la organización AFCANI. Nombraba a sus representantes Augusto Fonfría y Ramiro Matoses como colaboradores en muchas otras empresas, incluida la revista *Vía Augusta*, y en varias obras de filantropía. Reflejaba sus vidas laborales y engordaba sus currículos.

—¿A qué viene todo esto? —requirió Sara.

Alejandra se encogió de hombros. No tenía ni idea, ni terminaba de entender por qué lo estaban enfocando como noticia.

La periodista continuó con su reportaje ante el asombro de ellos tres.

«En la tarde de ayer, el empresario Augusto Fonfría, propietario de la organización AFCANI y uno de los accionistas más importantes de la revista *Vía Augusta*, presentó una denuncia de robo en el juzgado de instrucción número 15 contra Alejandra Ferrer, periodista de dicha revista.»

—¡Qué! ¡Será hijo de puta! —gritó Alejandra sin poder dar crédito a lo que estaba escuchando.

La periodista seguía ofreciendo la información:

«El empresario acusa a Alejandra Ferrer de haberle robado de su caja fuerte unas llaves antiguas pertenecientes a la muralla cristiana de Valencia. Unas llaves que, según Don Augusto Fonfría, pertenecen a su familia desde hace varias décadas y que tienen un valor incalculable. Al parecer, la periodista Alejandra Ferrer era conocedora de la existencia de esas llaves porque el mismo Fonfría se las mostró en un momento de debilidad, ya que ella estaba trabajando para un artículo sobre la mencionada organización.

»Hay un dispositivo policial en marcha para capturar a Alejandra Ferrer, que, según fuentes oficiales, ha abandonado su domicilio y está en paradero desconocido.»

Seguidamente, una foto de Alejandra apareció en pantalla. Ella la reconoció al instante, era del archivo de la revista.

Alejandra se acercó una silla y se sentó en ella. Las piernas no la sostenían.

Sara se levantó rabiosa e indignada.

—¿Cómo se atreve a decir que le has robado las llaves cuando fue él quien intentó chantajearnos para que le entregáramos las nuestras? Y yo que pensaba que las cosas no podían empeorar.

—Creo que ha llegado el momento de tomar una decisión y de poner las cartas sobre la mesa. Llamaré al inspector Moreno y me pondré en sus manos. ¡Que sea lo que Dios quiera! —concluyó Alejandra temerosa de lo que podía llegar a ocurrir.

—Me parece una decisión acertada —atajó Sara, secamente—. Sobre todo, porque ya no podemos tener más mierda sobre nuestras espaldas.

—Siento deciros que estoy en total desacuerdo —se manifestó Pepe—. El rumbo de los acontecimientos no nos está favoreciendo nada en absoluto. Ese astuto empresario ha sabido jugar con nosotros. Somos David contra Goliat. ¿No lo entendéis? Si te entregas a la policía en estos momentos y con la denuncia penal sobre ti, te detendrán. Habrá un juicio y, o te buscas un abogado de prestigio que sepa hacer bien su trabajo, o irás a la cárcel.

—¿Qué puedo hacer? —solicitó Alejandra llena de congoja.

—No lo sé —contestó su hermana tremendamente asustada.

—Voy a llamar al inspector Moreno —soltó Alejandra sin meditarlo—. Hay algo en él que me transmite confianza. No tenía por qué avisarme de las noticias que acabamos de ver y, sin embargo, lo ha hecho. ¿No creéis que eso dice mucho en su favor?

—Puede que sea eso precisamente lo que pretende: ganarse tu

confianza —replicó Pepe desesperado—. Solo espero que la justicia esta vez sepa hacer bien su trabajo. Llamaré a Lluís y lo pondré al día.

El inspector Moreno y el subinspector Roque escuchaban las noticias atentamente. Moreno tenía la corazonada de que todo lo que estaba oyendo era un montaje. Pensó si realmente ese tal Augusto Fonfría tendría pruebas suficientes como para acusar a Alejandra. Reconocía que estaba metida en un buen aprieto. Por su parte, ya había hecho bastante llamándola y enviándole mensajes para que reaccionara. A partir de ahora, solo le quedaba esperar una contestación por su parte. Todavía no terminaba de entender su propia reacción ante este tema, demasiado condescendiente. Se preguntaba por qué no había actuado de la misma manera que con otros casos, manteniéndose al margen. Esa mujer..., Sara, lo tenía totalmente embobado. Se moría de ganas por volver a verla de nuevo. Por saber algo más de su vida.

—¡Menuda pieza esa Alejandra! —apuntó Roque interrumpiendo los pensamientos del inspector.

—¿Cómo dices? —requirió Moreno ajeno al comentario de su compañero.

—¡Que menuda está hecha esa mujer! —repitió en tono despectivo.

—¿Ya estás dando por sentado que la noticia es verídica? —le preguntó Moreno.

—¿Cómo puedes dudarlo? —dijo Roque sorprendido—. Ah, claro, que no me acordaba que es la hermana de esa mujer que te tiene sorbido el seso. Pues ¡vaya par de hermanas! A cuál más conflictiva. Más te vale que te vayas poniendo las pilas y te olvides de ellas o saldrás escaldado. Este asunto tiene mala pinta y no creo que al comisario le guste saber que estás a favor de ellas.

—No estoy a favor de nadie —negó sin ofrecer muchos argumentos—. Simplemente me mantengo al margen, y como ya sabes, nadie es culpable hasta que se demuestre lo contrario.

—Sí, sí, tú sigue en tus trece.

El sonido del móvil del inspector interrumpió la conversación. Moreno lo sacó de su bolsillo y reconoció al instante de quién se trataba. Discretamente, se alejó unos metros y contestó:

—Sí, dígame.

—¿El inspector Moreno? —preguntó una voz femenina.

—Sí, soy yo.

—Soy Alejandra Ferrer —dijo llena de nerviosismo.

—Lo sé.

—Gracias por el mensaje. He visto las noticias.

—No hay de qué, ¿qué pensáis hacer?

—Antes de nada, quiero que sepas que soy totalmente inocente de los cargos que se me imputan. Es una historia muy larga.

—Quiero creer en tu inocencia, pero ya es hora de que os sinceréis de una vez.

—Lo sé, pero es todo tan complicado —declaró Alejandra confusa—. ¿Qué debemos hacer?

—Lo primero —aconsejó el inspector Moreno después de meditarlo unos instantes—, acudir a la policía.

—Pero yo solo confío en ti, y tú eres policía —replicó sin convicción ante su propuesta.

Moreno repasó mentalmente la situación. Sabía sobradamente que si acudía a la policía la detención sería inmediata, debido a los cargos que pesaban sobre ella. Pero su ética profesional no le permitía ofrecerle otra opción, por mucho que quisiera protegerla.

—Alejandra, te voy a ser tan sincero que no sé hasta qué punto estoy obrando correctamente. Con la denuncia que hay contra ti, cuando pises cualquier comisaría, te van a detener.

Alejandra sintió un fuerte pinchazo en el vientre al escuchar esas palabras. No tenía escapatoria.

—Por otra parte, creo que es la mejor opción. Si te presentas con un buen abogado y eres inocente, no tienes nada que temer.

—¿Qué pasa con Andreu Subies y Sara?

—Lo lógico sería que ellos también te acompañasen, además de Lluís Esteve, vuestro vecino.

—¿Cómo has sabido que Lluís también está con nosotros?

—Recuerda que soy policía y muy observador. En todos los lugares donde habéis estado figuraban dos hombres. La relación con vuestro vecino, según mis informes, es de lo más cordial. Además, cuando quedamos en el río en nuestra cita, aquella en la que terminé malherido... —expuso con sarcasmo.

—Lo siento —se excusó afligida—. No he tenido ocasión de pedirte disculpas.

—Disculpas aceptadas. Pues aquel día tu querido vecino estaba casualmente en el banco de al lado leyendo el periódico. Y cuando te desmayaste, él fue una de las personas que acudió en tu auxilio.

—Ya sé que todo ha salido mal, pero de verdad que somos buena gente —Alejandra intentaba justificarse.

—¡Demuéstramelo! —exclamó tajante—. Quiero creer que es así.

—De acuerdo. Te enviaré un mensaje con el día y la hora.

—Me parece bien.

Lluís se unió a Pepe en no consentir que Alejandra acudiera a la comisaría de policía. Y le convencía menos aún la idea de presentarse allí los cuatro con las manos tendidas esperando que les colocaran las esposas. De eso nada. Por lo menos todavía no. Ya tendrían tiempo de hacerlo. Les quedaban muchas incógnitas que resolver. Si el hijo de puta de Augusto Fonfría quería guerra, la iba a tener.

Alejandra, indecisa, le envió un corto mensaje al inspector Moreno arrepintiéndose y disculpándose: decía así:

No es buena idea vernos de momento.
Todo lo que te he dicho es verdad.
Gracias.

CAPÍTULO 63

Eran casi las doce del mediodía. Miguel acababa de meterse en la ducha, mientras Tía Rosa recogía el desayuno. Apenas hacía veinticuatro horas que había encontrado a la persona que amaba y cada minuto lo había vivido con gran intensidad. Después de todos los nervios y toda la espera, reconocía que había valido la pena. Rosa era tal y como la recordaba: inteligente, dulce, cariñosa y tremendamente atractiva. Cada vez se alegraba más de haber tomado la firme decisión de regresar a España. Mientras el agua caliente recorría su cuerpo desnudo, a su mente acudieron frases de la conversación mantenida con Rosa. ¿Sería verdad que Jorge y Carmen fueron asesinados? Necesitaban encontrar una solución a ese enigma.

Afinó el oído y creyó escuchar cómo Rosa pronunciaba su nombre. ¡Qué raro! Sin embargo, una segunda vez confirmó su sospecha. Pero lo que realmente alarmó a Miguel fue su tono de angustia. Se aclaró rápidamente y, sin apenas secarse y con la toalla cubriendo su parte más íntima, salió del baño y se dirigió al salón.

—¿Qué sucede? —preguntó alarmado.

Su pregunta se respondió sola en cuanto dirigió su atención a la pantalla plana. Una periodista de Antena 3 estaba dando la noticia de que Augusto Fonfría había presentado una denuncia en el juzgado de guardia número 15 contra Alejandra Ferrer, colaboradora de la revista *Vía Augusta*. La acusaban de robar unas llaves antiguas de un valor incalculable.

—¿Estás viendo eso? —gritó Tía Rosa con evidentes signos de desconcierto.

—Sí, y no puedo creerlo —respondió Miguel mientras tomaba asiento en el sofá a su lado.

—¡Tengo que llamar a mis sobrinas! —mascullló mientras cogía el móvil, con torpeza—. ¡Dios mío, con esto no contaba! ¿Qué más cosas podían pasar? Tía Rosa rezó al tiempo que marcaba el número de Alejandra. La culpabilidad la roía por dentro por no haber hablado con ellas en casi dos días. Por si fuera poco, su teléfono no se encontraba operativo. Lo intentó de nuevo con el móvil de Sara. Lo mismo. El corazón se le encogió. No le gustaba nada en absoluto.

Eran más de las tres de la tarde cuando Sara y Alejandra recogían la mesa, ayudadas por Lluís y Pepe. Acababan de comer hacía pocos minutos y con el café comentaron el nuevo giro de los acontecimientos. Ellos trataban de convencer a las hermanas Ferrer de que posponer la cita con el inspector Moreno había sido una buena idea. Ya tendrían tiempo para confesarle toda la verdad cuando lo consideraran oportuno o no les quedara más remedio que hacerlo. Sin embargo, era de vital importancia que Alejandra se pusiera en contacto con un buen abogado.

—Yo puedo hablar con Arturo Arándiga. Es un abogado penalista y muy bueno en su trabajo —se ofreció Lluís muy preocupado—. Es el hermano mayor de un compañero de universidad. He coincidido con él en alguna fiesta familiar. En los últimos años se ha ganado un prestigio bien merecido y está muy bien situado. Tiene buenos contactos y, sobre todo y lo que más me gusta de él: es una persona tenaz y con un gran carácter. No se deja apabullar así como así. Cuando empezó a ejercer, trabajaba en un importante bufete de abogados. Hoy dispone del suyo propio en la calle Sorní. No sé sus honorarios, pero sea lo que sea, nos arreglaremos. —Su voz era firme y segura. Lluís abrazó a Alejandra demostrándole su apoyo incondicional—. No te preocupes —le susurró al oído—. Ese hijo de puta no va a poder con nosotros.

—De acuerdo, Lluís —apoyó Sara—. Ponte en contacto con él lo antes posible. Dentro de una hora he quedado con Tía Rosa, la pobre estaba muy preocupada por la noticia de la televisión y encima no había podido contactar con nosotras. Además, me ha dicho algo que me tiene muy intrigada.

—¿Qué te ha dicho? —preguntó su hermana.

—Que tiene una grata sorpresa para nosotros y que es una pieza fundamental en nuestra investigación.

La avenida del Puerto estaba colapsada como de costumbre. A pesar de ello, un Mercedes aparcado en doble fila llevaba más de una hora con las luces de emergencia. Su conductor miraba por el retrovisor de vez en cuando, controlando el portal donde vivía Tía Rosa. Sabía que ella estaba dentro, y juraría que sola. Sería un buen momento para darle una lección. Un coche a su lado dejó un hueco libre y Paco aprovechó para ocupar su lugar. Una sonrisa malvada se dibujó en su cara. Las circunstancias le abrían el camino para cumplir su objetivo.

Estaba obsesionado y lleno de rabia. La ira se había multiplicado al comprobar que Rosa había pasado la noche con ese malnacido de Miguel. Cómo había sabido llevársela al huerto en su nueva casa, el muy cabrón. En esos dos últimos días Paco había abandonado su higiene personal; iba con la misma ropa, sin afeitar y con el pelo revuelto. Deslizó los dedos por el cabello intentando arreglarlo e hizo caso omiso a sus violáceas ojeras. Estaba a punto de bajar del vehículo cuando le pareció ver a cuatro jóvenes que le resultaban familiares.

—¡Joder! ¡Malditos seáis! —murmuró rechinando los dientes.

Acababa de reconocerlos. Eran las sobrinas de Rosa acompañadas por su vecino y ese tal Pepe, que se dirigían a su casa. Apretó la mandíbula encolerizado. Su plan tendría que posponerse.

A la hora acordada, Tía Rosa recibió a los cuatro, envolviendo a sus sobrinas en cálidos besos y abrazos. A pesar de no decir ni una palabra, se la notaba preocupada y con los ojos irritados, como si hubiera estado llorando.

—¿Cómo estáis? —les preguntó emocionada.

—Estamos bien —contestó Sara intentando tranquilizarla—. Ya deberíamos habernos acostumbrado a las complicaciones.

—No hago más que pensar en ese impresentable de Fonfría —exclamó Tía Rosa disgustada—. El muy sinvergüenza, acusarte de ser una ladrona. Es que no me lo quito de la cabeza. Ese desgraciado, con todo lo que tiene y aún quiere lo que no es suyo. ¿Cuándo va a terminar todo esto?

—Tranquilícese —dijo Pepe afectado—. Ya verá como todo termina bien. —No resultó demasiado convincente, a pesar de intentarlo.

—Lluís ha hablado con un buen abogado conocido suyo —mencionó Alejandra—. Nos ha citado mañana a las nueve y media.

—¿Qué era eso que nos tenías que contar? —preguntó Sara intrigada.

Una media sonrisa se filtró en la cara de su tía.

—No os lo vais a creer —anticipó con una chispa de luz en la mirada—. Pero en estos dos días mi vida ha dado un giro radical.

Las dos hermanas se extrañaron sin entender nada en absoluto.

—¿A qué te refieres? —preguntó Alejandra—. Nos tienes en ascuas.

—¿Os acordáis de Miguel Roselló? —Tía Rosa prestó atención a sus expresiones.

Ellas asintieron.

—¡Ha vuelto! —soltó Tía Rosa de sopetón.

—¿Cómo? —exclamaron las dos hermanas a la vez.

—Hace dos días que nos encontramos en el Mercado Central. A decir verdad, él lleva varios meses viviendo en la ciudad, buscándome a diario.

Tía Rosa los puso al día contándoles los pormenores.

Sara y Alejandra se quedaron sin palabras. Lluís pensó si él mismo sería capaz de hacer una cosa así. Pepe, por el contrario, reconoció la fuerte voluntad de ese hombre.

—Y por fin el destino ha querido que nos volviésemos a encontrar. —Las palabras de Tía Rosa demostraban el gran amor que seguía sintiendo por ese hombre.

—¿Y Paco? —se interesó Alejandra sin poder contenerse.

—Paco pertenece al pasado. Él siempre supo de la existencia de Miguel y también era consciente de mis sentimientos hacia él. Tuvimos una conversación y le dije lo que sucedía.

—¿Y cómo se lo tomó? —quiso saber Sara.

—No demasiado bien.

—Lo entiendo —dijo Sara viendo un brillo desconocido en sus ojos—. No sabes cuánto me alegro por ti. —Seguidamente la abrazó—. Solo queremos que seas feliz.

Entre conversación y conversación la tarde transcurrió en un abrir y cerrar de ojos. Sara y Alejandra pusieron al día a su tía en relación con la denuncia y el trato que había tenido con ellas el inspector Moreno, y se sinceraron contándole sus temores. Tía Rosa sacó café con pastas para merendar y sus penas se aliviaron momentáneamente. Eran más de las ocho de la tarde cuando sonó el timbre de la puerta.

—Debe de ser Miguel —pronunció Tía Rosa algo nerviosa. La aprobación de sus sobrinas la preocupaba.

A los pocos instantes apareció él. Todos lo escrutaron con la mirada. Sara le dio un repaso de arriba abajo antes de levantarse para saludarlo. Le pareció maduro y con un porte atractivo y elegante. Cuando lo tuvo a tan solo un metro de distancia, sus enormes ojos de color verde esperanza, como su tía los describía, la dejaron anonadada.

—Me alegro mucho de conocerte —dijo Sara mientras le daba dos sinceros besos en las mejillas.

Alejandra siguió a su hermana y repitió sus mismos gestos. Después Lluís y Pepe le dieron la mano a modo de saludo.

Miguel miró a las dos jóvenes y recordó sus inocentes rostros veintitantos años atrás. ¡Cómo habían crecido!

—Os habéis convertido en dos mujeres preciosas y, si me permitís decirlo, unas réplicas de vuestra madre. —Esta última frase tuvo una punzada de emoción.

Todos los presentes se sentaron y Miguel tomó la palabra.

—Rosa me ha puesto al día sobre vuestra situación. Realmente es preocupante. Yo conocí a vuestros padres hace casi treinta años. Sobre todo, a Jorge; creo que en aquella época era la persona más cercana a él en lo referente a su investigación. Era tenaz, perfeccionista, constante, y tremendamente disciplinado. Adoraba su profesión y os adoraba a vosotras. Al principio ignoraba de dónde le surgió la idea de empezar con semejante búsqueda. Solo sabía que tenía un desesperado empeño por conseguir sus metas. También os diré, y creo que es importante recalcarlo, que no trabajaba para nadie. En repetidas ocasiones le recriminé el tiempo que estaba malgastando sin obtener ninguna remuneración a cambio. Pero él lo veía desde otro punto de vista, y por mucho que intenté convencerle, no pude hacerlo.

Sara y Alejandra se miraron al escuchar que su padre no trabajaba para nadie en su búsqueda, lo cual echaría por tierra la teoría de Augusto Fonfría.

—¿Podrías probar de alguna manera que mi padre trabajaba por su cuenta? —preguntó Sara esperanzada en obtener una respuesta afirmativa.

—Me temo que no —contestó Miguel con un ligero movimiento de cabeza.

—Por favor, sigue hablándonos de él, Miguel —le conminó Alejandra interesada en escucharlo hasta el final. Confiaba en que pudiera desvelar algo nuevo en toda esta historia.

—Al principio me pedía cierta ayuda esporádica —prosiguió

Miguel intentando recopilar todos los recuerdos de aquellos años—. Tenía que remontarse a hechos poco conocidos de la historia de la ciudad y hubo que escarbar en temas que no aparecían en los típicos manuales de historia. Acudíamos con frecuencia a la Biblioteca Nacional con el fin de recabar la máxima documentación posible y desempolvamos libros que hacía décadas que no se habían tocado. Jorge y yo llegamos a ser muy buenos amigos y compañeros en esta tarea. Había una especie de compenetración entre nosotros. Algo difícil de explicar.

»Esto que os voy a contar es totalmente confidencial. Supongo que después de veinticuatro años tampoco tendrá mayor importancia. En varias ocasiones, y después de sobornar al guardia de seguridad, entramos en el Museo de Cervelló. Allí se encuentra el Archivo Histórico Municipal de Valencia, cuyos fondos contienen una valiosa documentación. Es uno de los archivos más importantes, más antiguos y mejor conservados de toda Europa. Hay libros de actas desde 1306. Registros civiles de nacimientos, matrimonios y defunciones. Libros históricos desde 1226 hasta 1900, si no recuerdo mal. El acceso estaba restringido, pero tu padre consiguió acceder y, en más de una ocasión, pasamos horas y horas deleitándonos con pergaminos de hace más de quinientos y setecientos años. El resultado de esas pesquisas ya lo conocéis.

—Pero ¿con qué fin? —preguntó Alejandra—. ¿Qué encierran o revelan esas llaves?

—Muy buena pregunta —respondió Miguel con una dulce sonrisa—. El fin no lo sé, creo que ni el mismo Jorge lo sabía. Nuestras suposiciones siempre se basaban en que debían de esconder un, llamémosle, tesoro. Sin referirme a oro, plata o joyas, ni nada por el estilo. Aunque no se descarta que además contenga algo similar. El meollo de la cuestión es mucho más complejo. Él siempre me decía: «Miguel, cuando demos con las doce llaves y lleguemos al final, no nos acordaremos de todas las horas que le hemos dedicado». En diversas ocasiones le intenté hacer ver que podía no haber nada, que podía tratarse de una especie de juego, pero Jorge estaba empeñado en que nos revelaría algo que hasta ahora la humanidad no había descubierto, y que se abriría una nueva puerta al conocimiento y comprensión del ser humano.

—¿Quién se tomó la molestia de esconder esas llaves y por qué? —preguntó Pepe.

—Es algo complejo —prosiguió Miguel—. No sé si seré capaz de explicarlo.

—Inténtalo, por favor —atajó Sara hirviendo de curiosidad.

—Como os he comentado antes, Jorge me pedía ayuda cuando se veía sobrepasado. Tardé en preguntarle los motivos por los cuales se estaba metiendo tan adentro en su investigación. Siempre pensé que todo era material para sus clases, aunque me extrañaba que fueran temas tan rebuscados y al mismo tiempo tan ocultos. Con el tiempo la confianza se afianzó entre nosotros y un buen día, después de muchas horas de trabajo, me lo contó.

Los ojos de sus oyentes se abrieron más de lo habitual. No podían creerse que por fin fueran a escuchar gran parte de las respuestas que llevaban buscando tanto tiempo.

—Como ya sabéis, Jorge nació en Xàtiva, y su madre murió cuando era un adolescente. Su padre llevaba muchos años enfermo de alzhéimer y decidieron internarlo en un hospital de la Ribera. Tres años después, Jorge y Carmen se casaron. Su padre tuvo un problema de corazón y aguantó a trancas y barrancas. Poco antes de que tú nacieras —dijo dirigiéndose a Sara— tu abuelo falleció. El abogado le entregó el testamento en el que le correspondía la casa por ser hijo único. Un caserón de pueblo con demasiados años y bastante desatendido. Entre la escritura Jorge encontró una carta traspapelada y olvidada. Con la muerte de vuestro abuelo y la emoción de la paternidad de su primera hija, le restó importancia. Poco tiempo después, revisando la escritura con más detenimiento se volvió a tropezar con la deteriorada misiva. Iba fechada en el año 1865. Supuestamente había pasado de generación en generación y había permanecido oculta.

—¿No es ese el año en que derribaron la muralla cristiana de Valencia? —apuntó Alejandra.

—En efecto —respondió Miguel—, su bisabuelo fue la mano derecha de Cirilo Amorós, el gobernador civil de Valencia en esa época, que solicitó el permiso a la reina Isabel II para el derribo de la muralla, alegando la necesidad de dar trabajo a los obreros en paro por la crisis de la seda, y argumentando que la ciudad necesitaba un ensanche, ya que el cerco amurallado asfixiaba a la población.

Sara y Alejandra se miraron entre ellas. Parecía que se abría una nueva puerta en su investigación.

—¿Por qué ese afán por esconderlas? —quiso saber Pepe.

—No lo sé —negó Miguel.

—Necesitamos dar con esa carta —añadió Lluís—. Sería una prueba irrefutable ante un juicio —dijo mirando a Alejandra.

—No puedo ayudaros en eso —pronunció Miguel apenado.

—¿La viste? —preguntó Sara.

—Tan solo una vez y, teniendo en cuenta los años que han pasado, no recuerdo mucho más.

—¿Sabes dónde puede estar esa carta? —indagó Sara.

Miguel negó con la cabeza.

—Recogimos todo lo que había en la casa de la calle Navellos —mencionó Tía Rosa, con pesar—. No os podéis imaginar cuánto me arrepiento de haberme deshecho de cosas que hoy podrían ser importantes.

—Yo fui cómplice de esa selección —aclaró Miguel— y podría jurar que la carta no pasó por mis manos, pero ignoro si fue destruida. Si Jorge llegó a descifrarla, y al parecer así fue, no sé qué pudo haber hecho con ella.

—Si todo lo que tenemos de ellos está en el baúl, quizás no lo hemos revisado bien —observó Sara con un hilo de esperanza—. De hecho, hemos tardado veintitrés años en encontrar la libreta. Igual se nos ha pasado algo más por alto.

Los allí presentes la miraron con una chispa de ilusión.

¿Y si tenía razón? Lo registrarían de nuevo. No perdían nada por intentarlo.

CAPÍTULO 64

Ese cinco de marzo, Sara, Alejandra y Pepe bajaron a la calle. Eran casi las nueve de la mañana y tenían cita con el abogado.

Esquivando a los estudiantes que se dirigían a la Escuela de Idiomas, cruzaron la calzada hacia la parada del autobús. En otra época, ellas hubieran tomado un taxi, pero la cosa en estos momentos no estaba para tirar cohetes. Llevaban casi un mes sin acudir al trabajo y todavía no sabían cuánto tiempo más se alargaría esa situación.

El trayecto fue breve. Una vez en la Glorieta se dirigieron hacia la calle Sorní. Nada más doblar la esquina vieron que Lluís los estaba esperando en la dirección señalada. Después de los saludos pertinentes llamaron al portero electrónico y subieron al primer piso. En la puerta de entrada figuraba una placa en la que ponía: ARTURO ARÁNDIGA. ABOGADO PENAL.

Alejandra respiró hondo y apretó la mano de Lluís. Luego pulsaron el timbre y los recibió una señorita con una delicada sonrisa que los invitó a entrar y acomodó en una elegante sala de espera. Apenas habían transcurrido cinco minutos cuando apareció un hombre de unos cuarenta y tantos años. Vestido con un impecable traje con corbata a juego, y con unos relucientes zapatos negros. Era de estatura y constitución media. Unas gafas de Cartier, montadas al aire, suavizaban sus facciones y le daban un aspecto elegante.

—¡Buenos días! ¿Cómo estáis? —los saludó al tiempo que se aproximaba a ellos y les daba la mano.

—No tan bien como tú, Arturo —puntualizó Lluís en tono amistoso.

—Pasad —les indicó señalando la puerta de su despacho.

Seguidamente tomaron asiento. Sara cruzó los dedos. Pedía con todas sus fuerzas que las cosas se solucionaran lo antes posible y que todos ellos salieran ilesos.

—Lluís me ha comentado algo por teléfono —comenzó el abogado iniciando la conversación— y también la urgencia de recibiros lo antes posible. Mi agenda está saturada. En estos momentos lo que menos necesito son casos, pero os he hecho un hueco a primera hora de la mañana porque vi las noticias ayer, y estoy al tanto de tu acusación —dijo dirigiéndose a Alejandra—. Tratándose de Lluís y por su amistad con mi hermano, voy a hacer todo lo que esté en mi mano por defenderos y representar vuestros intereses. —Su tono era firme y decidido.

Una tímida sonrisa se dibujó en los rostros de los cuatro jóvenes en señal de agradecimiento.

—Para poder representarte —le explicó a Alejandra—, necesito saber absolutamente todos los detalles. Por muy insignificantes que os parezcan. Anoche estuve echando un ojo a la organización AFCANI y a sus representantes, y tengo que deciros que no va a ser nada fácil.

Fue Alejandra la que empezó con la historia, alternándose con Sara en determinados momentos. Arturo Arándiga fue tomando notas de todo lo que consideraba interesante. Solo les interrumpía para hacer ciertas aclaraciones o despejar sus dudas. Las escuchó, atentamente, hasta que llegaron a la fase de la búsqueda de las llaves, donde sus facciones se contrajeron y sus cejas se arquearon oscilando entre el asombro y la incredulidad.

Una llamada de teléfono interrumpió la conversación.

—¡Perdón! —se disculpó el abogado—. Marisa, no estoy para nadie. ¡Que llame a partir de las doce! —A continuación, colgó el teléfono—. Lo siento. Podéis continuar. Creo que esto va a ser más largo de lo que pensaba.

Las horas fueron pasando. Sara y Alejandra no tenían nada que esconder. Bastante tiempo habían mantenido ocultas ciertas cosas, y muy a su pesar Augusto Fonfría se había encargado de que saliera parte de ello a la luz. Por eso estaban decididas a no dejar títere con cabeza. Le dirían que intentó chantajearlas, que las amenazaron y que las perseguían y vigilaban constantemente.

Eran casi las once de la mañana cuando Arturo Arándiga llamó a su secretaria para que les trajera unos cafés. En el momento en que ella abandonó el despacho, continuaron con su explicación.

—¿Y dices que ayer hablasteis con un inspector de policía? —se interesó el abogado.

—Sí —respondió Alejandra—, pero no le hemos contado nada de nada. De hecho, fue él quien nos avisó de las noticias en televisión.

—Es una persona que se ha sabido ganar nuestra confianza —puntualizó Sara.

Arturo Arándiga se puso serio.

—Alejandra, a partir de ahora no debes hablar con nadie al respecto, si no es en mi presencia.

Las dos hermanas asintieron.

—¿Cómo ves el tema? —le preguntó Lluís intrigado.

—¿Quieres la verdad? —dijo el letrado.

—Por supuesto.

—Dejando a un lado la historia, que parece el argumento de una película de ciencia ficción, la cosa no pinta demasiado bien. Sería interesante, bueno, más que interesante, sería necesario para poder tener alguna esperanza recopilar una serie de pruebas.

—Tenemos la libreta —atajó Alejandra.

—No es suficiente —negó tajantemente—. Esa libreta prueba que vuestro padre era conocedor de la existencia de esas doce llaves y de que se encargó de plasmar en papel las claves para descubrir sus escondites. Pero no dice que esas claves no pertenezcan a Augusto Fonfría. Si él alega que contrató a tu padre y que le pagó por sus servicios, teóricamente esas llaves son de él.

—¡Siempre que pueda demostrarlo! —atajó Lluís a la defensiva.

—Por supuesto —confirmó el abogado—. Contamos con que eso sea así. No creo que esa clase de persona se haya atrevido a formular la denuncia sin ningún tipo de pruebas. Debe de estar muy bien asesorado. Tendrá su oportunidad para demostrarlo, y nosotros la nuestra para rebatirle. Tenemos que procurar ir por delante. Hemos de tener en cuenta que es un empresario con un alto poder adquisitivo. No va a ser fácil. Además, esto se va a convertir en un escándalo mediático. Ya se ha encargado esa persona en divulgarlo a los cuatro vientos.

—También tenemos las llaves —agregó Sara—. Mejor prueba que esa no creo que pueda haber.

—No nos sirve. Es una prueba que reclaman por robo —contestó el abogado—. Si pudiéramos demostrar de alguna forma que todo fue iniciativa de vuestro padre. Los descubrimientos, los hallazgos...

—Vamos a seguir buscando algo que demuestre que tenemos razón —atajó Sara—. Todavía tenemos alguna esperanza de conseguirlo.

—Otra cosa —puntualizó el abogado—. La policía os está buscando, sobre todo a ti —dijo mirando a Alejandra, que bajó la cabeza avergonzada.

»Respecto a vosotros —mencionó dirigiéndose a Pepe, Sara y Lluís—, los cargos son bastante superfluos. Si acudís a la policía por vuestra propia iniciativa, hará mucho en vuestro favor. Pero tú, Alejandra. Tus cargos son más graves. Hay una denuncia penal por medio y eso no es para tomárselo a broma. Debemos presentarnos en la comisaría y hacer una declaración.

Alejandra perdió el color de sus mejillas.

—Pero me detendrán —susurró hundida en la miseria.

—Me temo que no hay otra elección. Si voy a defenderte, no puedes estar en paradero desconocido. A partir de hoy me pondré en contacto con el letrado de Augusto Fonfría, veré cómo está la situación y estudiaré el caso.

Sara miró a su hermana llena de temor. Esa posibilidad todavía no la habían contemplado.

—¡No puedo! —exclamó Alejandra secamente.

—¿Cómo dices? —preguntó el abogado mirándola fijamente.

—Necesito una tregua —continuó Alejandra—. No puedo presentarme en este preciso momento en la comisaría y permitir que me detengan. No lo soportaría. Además, soy inocente y no merezco estar ni un solo minuto entre rejas. Si esa es su manera de hacer las cosas, sintiéndolo mucho, no quiero que me represente. No puede decirme que, mientras yo me pudro en la cárcel, usted va a ponerse en contacto con el letrado de Augusto Fonfría y va a estudiar el caso. Estaría loca si accediera, y encima atada de pies y manos. No tendría libertad de movimientos y dejaría a mi hermana y a los demás solos en este asunto.

»Conozco muy bien a la gentuza que me acusa. Todos los de esa calaña pecan siempre de lo mismo. Se creen que con el dinero se compra todo, y a veces lo consiguen. Y si no tienen pruebas al respecto, se las inventan, las compran o las roban. Todo por salirse con la suya. Si yo me presentara en la comisaría con usted, sería una víctima más de la justicia mal ejecutada como tantos y tantos casos hay en nuestro país. Me niego rotundamente a que ese desgraciado de Augusto Fonfría se pueda salir con la suya. La única opción para impedirlo es intentar conseguir más pruebas contra él, ya que, según su opinión, lo que tenemos hasta ahora no nos sirve de nada.

Por unos instantes, se quedó callada. Miró a su hermana y su rostro le delató la complicidad en todo lo que estaba diciendo. Seguidamente, cruzó la mirada con Lluís y Pepe, que le dedicaron una sonrisa de asentimiento. Alejandra se sintió más fuerte que nunca. Sabía que no estaba sola. Era una lucha compartida.

—Respeto tu decisión —expuso Arturo Arándiga—. No digo que esté a tu favor, pero entiendo tu posición. Solo os pido que seáis cautos y prudentes a la hora de actuar. Porque si todo lo que me habéis contado es cierto y con ello no quiero decir que lo ponga en duda, hay demasiados intereses de por medio. Presiento que no va a ser una tarea nada fácil.

—Hasta ahora no lo ha sido —confirmó Sara—. El cerco se va estrechando cada vez más. Disponemos de poco tiempo para desenmascarar todo esto.

—Lo entiendo —contestó el abogado.

—Gracias, Arturo, por dedicarnos tu tiempo —dijo Lluís mientras le estrechaba la mano en señal de despedida.

—Lo siento —se disculpó Alejandra mientras se levantaba.

—No, no lo sientas —agregó mientras le sujetaba la mano entre las suyas—. Esta conversación no ha terminado. A pesar de que vayáis por libre, voy a intentar hacer todo lo que esté en mi mano, y si llegado el momento necesitáis un abogado, podéis contar conmigo.

—Muchas gracias. —Alejandra se despidió con una sonrisa.

Los cuatro amigos esperaban ansiosos en el piso de Llano de Zaidía. Sabían que tenían las horas contadas; en algún momento cometerían un pequeño error y serían localizados, pero mientras tanto iban a agotar sus últimos cartuchos buscando el resto de las llaves y pruebas de la inocencia de Jorge. Nada más salir de la reunión con el abogado, se habían puesto en contacto con Tía Rosa y Miguel Roselló. Les habían encargado una sencilla misión que expiraba en breves minutos. Desesperados, consultaron el reloj esperando noticias suyas. Sara entró en el salón con una cafetera y cuatro tazas.

—Hemos de serenarnos —propuso mientras servía el café—. Con los nervios a flor de piel se nos van a bloquear los sentidos.

—¿Tú crees que lo habrán conseguido? —preguntó Alejandra

al tiempo que se frotaba las manos. Esa mañana estaba helada de frío.

—Espero que sí —continuó Lluís—. Es cierto que vuestro apartamento está vigilado y más ahora que existe una denuncia penal, pero confiemos en los recursos de vuestra tía.

En ese preciso instante, el móvil de Sara sonó indicando la llegada de un mensaje. Era de Miguel. «Ok, 15 minutos.» Ella sonrió contagiando tranquilidad al resto. Transcurrido el tiempo señalado, sonó el timbre de la puerta. Pepe escudriñó por la mirilla y vio a un joven despeinado que llevaba un paquete bastante grande entre las manos. Seguidamente abrió la puerta.

—¡Buenas tardes! —dijo el joven sin dejar de masticar chicle—. Traigo esto para usted. Firme aquí —dijo señalándole el recibo de mensajería.

Pepe hizo un garabato ilegible. Cuando entró, colocó el bulto encima de la mesa. Lo abrieron ansiosos hasta que el baúl se encontró ante ellos. Esparcieron encima de la mesa todos los objetos que había en su interior: el libro de familia, las partidas de bautismo de Sara y Alejandra, los carnés de identidad de sus padres, montones de fotografías que repasaron con una minuciosidad extraordinaria. Cualquier detalle imperceptible para uno podía ser importante para otro. También encontraron las joyas de Carmen, las alianzas de la pareja, el libro del *Lazarillo de Tormes* que Jorge le regaló a Pepe, y que una vez usado acordaron guardar en su interior, y un cordón de cuero negro con una pequeña llave colgando. Descosieron el forro de tela guardando la esperanza de que apareciera algo no visto hasta entonces, pero nada.

—¿Qué me decís de esta llave? —preguntó Alejandra.

—Poca cosa. No lleva nada inscrito —comentó Sara.

—Podría ser de cualquier sitio —continuó Pepe inspeccionándola—. Desde la llave de la taquilla del instituto donde daba clases hasta la llave del buzón de su piso en la calle Navellos.

—No creo que fuese la llave del buzón —opinó Lluís—. ¿Qué sentido tendría separarla del llavero con las demás llaves de la vivienda?

—Es posible que fuese de algo que él estimaba —pensó Alejandra en voz alta—, pero ¿qué? ¿Cómo podemos adivinar a qué pertenece? —Su cabeza no paraba de dar vueltas y más vueltas mientras acariciaba la diminuta llave. Al final optó por colgársela al cuello. Si era alguna pieza importante, cuanto más a mano la tuviera, mejor.

Pepe cogió el libro del *Lazarillo de Tormes* y lo hojeó por pura inercia. Leyó la dedicatoria impresa en la primera página y no pudo evitar sentir añoranza.

Para Andreu, con todo mi cariño.
Tu inteligencia y tu interés
harán que juegues bien las cartas.
Si es así, este libro te será de gran ayuda.

Tu profesor: Jorge Ferrer.

Gracias a ese libro habían conseguido encontrar la llave del Portal de los Judíos en la estación de Colón. Entonces habían dado por hecho que habían agotado las pistas que Jorge había dejado en esa novela. Pero ¿y si no era así? Y si Jorge había tenido la habilidad y destreza para esconder otras. De hecho, la libreta de Sara y Alejandra los había llevado a localizar la posición de cuatro llaves, mientras que él había dado con dos de ellas, hacía ya más de diez años, por medio del boletín de notas de clase, y la tercera mediante la novela que tenía en sus manos. Pero si las cosas cuadraban y Jorge no era de las personas que se dejaban nada a medias, a él todavía le faltaba una llave por encontrar entre los documentos que su maestro le legó. Fue página a página observando su contenido con los cinco sentidos. Había avanzado un buen trecho cuando dos palabras le llamaron la atención: «¡Olé! ¡Olé!». Parecía como si su color fuera algo más intenso que el resto. Pensó si sería la luz que acentuaba su tono. Se acercó a la ventana y efectivamente su color era más fuerte. Intentó leer la frase en su contexto con el fin de que adquiriera algo de sentido:

«—¿Cómo, y olistes la longaniza y no el poste?

»—¡Olé! ¡Olé! —le dije yo».

Pepe pensó que siendo una novela española del renacimiento que mezclaba la picaresca y la sátira, y puesto que el lenguaje era vulgar, debía esconder algo. Estaba claro que quería decir «Oled, Oled». Pero a simple vista no tenía ni idea de a qué se refería.

—Pepe, ¡qué callado estás! —dijo Lluís curioso.

—Creo que he encontrado algo —murmuró con la boca pequeña.

—¿De veras? —preguntaron Sara y Alejandra sorprendidas.

—No puedo asegurarlo. Quizás solo sean imaginaciones mías, pero fijaos en esto —señaló las palabras que había encontrado.

—«Olé, Olé» ¿Crees que tiene algún significado? —apuntó Lluís mofándose.

—No solo es eso —añadió Pepe confuso—. Hay una serie de palabras, entre ellas esas que acabas de leer, que por algún motivo están más oscuras que el resto, como si las hubiesen repasado a conciencia. Quizás con el fin de hacernos ver algo más allá de lo que cuenta la historia.

—¿Qué otras palabras son? —se interesó Sara.

Pepe comenzó a pasar las hojas y a leerlas en voz alta:

—Tiempo, arena, seis, media —Pepe las leyó sin entender nada—. ¡Esperad un momento! También aparecen tres letras iniciales: R, Z, F.

—Debe tener una explicación —murmuró Sara.

—Creo que las piezas encajan —dijo Alejandra—. ¿No lo veis? ¿Qué llaves nos quedan por encontrar?

Lluís fue el primero en responder.

—La del Portal del Real, Portal Nuevo o de San José y Portal de Ruzafa.

—¿Y qué letras iniciales están destacadas precisamente en el libro? —puntualizó Alejandra con una suave sonrisa.

—R, Z, F. ¡RUZAFA! Es posible que tengas razón —gritó Sara eufórica.

—Esto va viento en popa —murmuró Pepe satisfecho de su buen presentimiento—. Solo nos queda adivinar el significado de las demás palabras y nos conducirán a la décima llave.

—Empecemos por la primera: «Olé, Olé» —planteó Alejandra deseosa de llegar hasta el final.

Pepe hizo una aclaración.

—Sí, pero recordad que el libro está escrito en castellano antiguo, si leéis la frase en su contexto lo que realmente quiere decir es «Oled, Oled».

—No creo que mi padre quisiera que interpretáramos esas palabras como el verbo *oler* —puntualizó Alejandra.

—Lo dices muy convencida —dijo Lluís asombrado.

—Si os fijáis aquí —agregó ella mostrando un mapa antiguo de Valencia—. El Portal de Ruzafa estaba a pocos metros de la plaza de toros. Y qué casualidad que la palabra *olé* tiene un significado muy valioso en el mundo taurino.

—Puede que no vayas desencaminada —susurró Lluís admirando su sagacidad—. Además, la palabra *arena* también está resaltada y verifica tu hipótesis, ya que el ruedo está lleno de ella.

—Solo nos faltan tres más y ya lo tendremos —los animó Alejandra tomándoselo como un juego—. Tiempo, media y seis. Para medir el tiempo nada mejor que un reloj. Y es posible que con las palabras *seis* y *media* nos estén indicando la hora.

—La plaza de toros tiene un reloj en su parte este —apuntó Lluís—. Hace varios años que no voy por allí, pero cuando era un chaval mi padre me llevó a ver varias corridas.

—A mí no me gustan los toros —dijo Sara—. No soporto ver sufrir a un animal.

—Pues me temo que no va a haber más remedio que ir a una corrida si queremos verificar todas nuestras hipótesis —sugirió Lluís—. El sábado empieza el programa de fiestas de las Fallas y será la primera corrida de esta primavera.

Sara y Alejandra asintieron resignadas.

—Todo sea por conseguir nuestros objetivos —agregó Sara.

—Me encargaré de conseguir cuatro entradas, a ser posible las más próximas al reloj —determinó Lluís.

CAPÍTULO 65

Los ocho magistrados del Tribunal de las Aguas acababan de entrar en la Casa Vestuario, después de finalizar uno de sus tradicionales juicios. Esa mañana no se había presentado ningún demandante, de manera que su presencia en la puerta de los Apóstoles de la catedral había sido breve. Reunidos alrededor de la mesa de roble retomaron la conversación que habían suspendido una hora antes. Su avanzada edad aportaba sabiduría, pero también el cansancio hacía mella en sus cuerpos. Humberto Fernández levantó la mano derecha con el fin de retirar el sudor de su frente, dejando al descubierto la ausencia del dedo meñique. Hacía ya más de treinta años que la herida cicatrizó sin ningún problema. Ya ni recordaba la dolorosa experiencia y menos en ese momento en que peligraba la supervivencia del tribunal.

—Humberto —intervino Adolfo Serrano, jurado de Mislata—, todos hemos visto en las noticias que se busca a una de las hijas de Jorge Ferrer. La culpan del robo de las llaves. No contábamos con que salieran a la luz y mucho menos de la mano de Augusto Fonfría, esa sabandija que no se rendirá nunca.

—Es cierto que no esperábamos semejante noticia —convino Humberto Fernández—. Sabíamos que Augusto Fonfría iba tras ellas desde hace muchos años, aunque no tenía nada que hacer al respecto. Tendría que volver a nacer para igualar a Jorge Ferrer en todos sus conocimientos y en sus habilidades para desenmascarar enigmas.

Muchos de los componentes asintieron con la cabeza dándole la razón.

—Lo que sí ha sido una sorpresa es que las hermanas Ferrer fueran tan habilidosas —puntualizó Jaime Santos, jurado de

Quart—. Se han propuesto culminar lo que su padre dejó a medias y no cabe duda de que han heredado sus dones. Las hemos subestimado demasiado.

—Jorge Ferrer era tenaz y perseverante —apuntó Lorenzo Alonso, jurado de Rovella—, aunque con su fallecimiento todos pensábamos que la búsqueda de las llaves se habría detenido. Sin embargo, ahora, la situación es cada vez más alarmante.

—Tienes razón al pensar que el tema es preocupante —admitió Humberto.

Un nuevo murmullo estalló como un zumbido de moscardones.

—No hay duda de que han conseguido algunas llaves —aseguró Juan Alcázar, jurado de Mestalla.

—Me temo que sí —asintió Humberto, cabizbajo—, aunque desconocemos la cantidad exacta.

—¿Crees que podrán llegar a descifrar...? —preguntó uno de los síndicos con temor a terminar la frase.

—Confiemos en que no —respondió Humberto seriamente—. No podemos permitir que den con el lugar sagrado.

Ese sábado por la mañana a primeros de marzo amaneció con sol. La primavera estaba en ciernes y también las fiestas de las Fallas. Sara y Alejandra se despertaron temprano. Cuando llegaron a la cocina, Pepe había preparado café, y tenía el *Lazarillo de Tormes* abierto encima de la mesa.

—¿No podías dormir? —le preguntó Alejandra señalando la novela.

—La verdad es que no. Estoy preocupado por la búsqueda de esta tarde. La última vez en la estación de Colón fue una verdadera pesadilla. —Pepe palideció al recordar el túnel y el agujero donde se quedaron encerrados.

—No tiene por qué suceder nada —le animó Sara—. Es cierto que cada llave nos ha supuesto una arriesgada aventura, pero siempre hemos salido vencedores. Esta tarde iremos los cuatro juntos y no nos vamos a separar ni un minuto.

Los tres se unieron en dibujar una sonrisa de complicidad.

—¿A qué hora has quedado con Lluís? —preguntó Sara.

—Dentro de media hora —contestó Pepe.

Una melodía conocida se oyó en el móvil de Alejandra.

—¡Hablando del rey de Roma! —exclamó mientras leía el

mensaje—. Me temo que todavía tardará —comentó preocupada—. Lleva a Erika y Gustavo pegados a los talones.

—Al final van a dar con nuestro paradero —murmuró Sara, preocupada.

—Si no consigue despistarlos, nos veremos obligados a hacerlo solo nosotros tres —añadió Alejandra—. No podemos permitirnos el lujo de retrasarlo más. No sabemos de cuánto tiempo disponemos.

Pepe se quedó pensativo. Tenía el mismo mal presentimiento que la última vez, aunque no pensaba hacer el más mínimo comentario. No tenía por qué suceder nada malo. Se estaba volviendo demasiado supersticioso.

Lluís dio señales de vida cinco horas más tarde de lo acordado. Entró en el piso de Llano de Zaidía, agobiado, cabreado y escupiendo sapos y culebras.

—¡Esos hijos de puta! Llevan siguiéndome toda la santa mañana. Tan solo hace una hora que he conseguido despistarlos y de puro milagro. Estaba claro que hoy no les importaba una mierda que me diera cuenta de sus intenciones. Su mayor propósito era saber en todo momento dónde estaba y lo que hacía. ¡Esos malditos cabrones! ¡De buena gana les hubiera dado de hostias!

—Tranquilízate —le calmó Alejandra colocando un dedo en sus labios—. Ya te has desahogado y entiendo que estés enfadado, pero así no vas a conseguir nada. Ya tendremos nuestra oportunidad de vengarnos de toda esa gentuza.

—¿Tú crees que ese momento llegará algún día? —preguntó Pepe, que esa mañana estaba poco optimista.

—¡Por supuesto que sí! No tienes que perder la fe. ¡Mírame a mí! —dijo Alejandra llena de convicción—. De los cuatro, yo estoy en la peor situación. Tengo sobre mis espaldas una denuncia penal, y cuando me pillen voy derechita a la cárcel hasta que se demuestre lo contrario. ¿Y creéis que esos desgraciados me van a asustar? Pues no.

Lluís la abrazó y la besó. Luego añadió:

—Es hora de que repasemos los movimientos de esta tarde.

Faltaban treinta minutos para que diera comienzo la corrida de toros. La calle Xàtiva estaba abarrotada de gente haciendo colas en las puertas de la plaza. Las taquillas, a rebosar, ofrecían las últimas entradas y los vendedores de reventa se apresuraban en captar clientes, agotando los últimos cartuchos. Los cuatro jóvenes se mezclaron entre la multitud. Lluís llevaba las entradas en la mano y se acercaron a una de las puertas.

Una hilera de turistas hizo que se dividieran dejando a Sara más alejada del resto. Un hombre con bigote se aproximó a ella ofreciéndole una entrada.

—¡Mira, guapa, te la vendo a buen precio! —le ofreció impidiéndole avanzar.

—No, no me interesa —contestó esquivándole.

—Te la dejo a mitad de precio. Buen sitio y además sombra —insistió el hombre cortándole el paso.

—Ya le he dicho que no me interesa —repitió con cara de pocos amigos.

Pepe acudió en su ayuda y la cogió de la mano.

—¡Eh, jefe, no pierda el tiempo, que ya tenemos entradas! —exclamó.

Se unieron a los demás en la fila.

—Lluís cree haber visto a Erika y Gustavo rondando por aquí —les murmuró Alejandra—. Será mejor que no nos despistemos.

—¿Cómo lo han sabido? —musitó Sara en voz baja.

—A lo mejor no los despisté como yo había creído —puntualizó Lluís lleno de remordimientos—. Una vez dentro, no creo que nos encuentren. Hay demasiada gente. De todas formas, tenemos que estar muy atentos.

Un nerviosismo incontrolado se apoderó de Sara y Alejandra. Pepe recordó su mal presentimiento.

La cola avanzó más despacio de lo que ellos hubieran querido. Cuando entraron, subieron las escaleras de piedra buscando los asientos que les habían asignado. La plaza estaba a reventar. El sol les impedía ver con claridad. Protegidos con gafas de sol y gorras para camuflar su aspecto, observaron la posición del reloj. Todos se preguntaron cómo se las iban a ingeniar para subir, ya que lucía en lo más alto, resguardado por una especie de cúpula de piedra.

Sara admiró el albero liso y arenado para evitar tropezones y caídas de los diestros. La barrera estaba casi vacía, sorteada por cuatro portones que daban a las puertas de los toriles, de las cuadrillas, del arrastre y la puerta grande. Distraída con el entorno, tropezó con un joven que estaba sentado.

—¡Perdón! —murmuró.

Procuró poner más atención hasta llegar a su asiento. Atravesaron la contrabarrera y llegaron a la zona numerada. Se acomodaron en sus localidades y Alejandra se encandiló con el colorido que adornaba la plaza, considerada como una de las más grandes de España. De repente, la música la sobresaltó acompañando en el paseíllo a los toreros, banderilleros y picadores montados en hermosos caballos que, luciendo sus trajes de luces, atravesaban la plaza con arte y desafío.

—Nada más empiece la corrida, Pepe y yo nos escabulliremos hacia el reloj —las informó Lluís en voz baja.

Acto seguido el griterío de la gente les hizo mirar hacia el albero. Uno de los matadores con el capote en la mano esperaba de rodillas al toro que saliera de los toriles.

—¡Está loco! —chilló Alejandra escandalizada.

Dos hombres que estaban sentados delante de ella se giraron y la miraron extrañados. Sin decir ni una palabra se volvieron hacia el ruedo. En ese preciso instante, un toro de más de setecientos kilos de peso embistió con furia contra el torero, que le dio unos cuantos pases con el capote dominando con maestría la situación. Cuando las dos hermanas, que era la primera vez que presenciaban una corrida en directo, se giraron para hablar con Lluís y Pepe, vieron que habían desaparecido.

A pocos metros de distancia, en la parte norte de la plaza y cobijados por la sombra, Erika y Gustavo, provistos de unos prismáticos Zeiss, inspeccionaban el lugar. De pie y pegados a una de las escaleras trataban de detectar la presencia de los cuatro amigos. Llevaban casi una hora y no habían conseguido dar con su posición. Sabían que se encontraban en el recinto y seguramente inmersos en la búsqueda de alguna llave. No podían perderlos de vista esta vez. Se jugaban mucho. La confianza que su jefe había depositado en ellos se estaba yendo al garete.

—¿Ves algo? —preguntó Erika entrecerrando los ojos.

—Nada de nada —gruñó Gustavo empezando a perder la paciencia—. Hay demasiada gente. Nos va a costar dar con ellos. ¡Maldita sea!

—Si están buscando la llave, no creo que estén tranquilos en sus asientos —puntualizó Erika sin parar de mirar a través de los binoculares—. No tendría demasiado sentido y no creo que hayan venido tan solo a pasar el rato.

—¡Espera un momento! —exclamó Gustavo sonriente—. Creo que he localizado a dos de los pájaros que buscamos.

—¿Dónde? —requirió ella ansiosa.

—En la parte este, justo debajo del reloj. ¡Espera un momento! Creo que tengo el pleno al completo. ¡Ya los tenemos!

Erika enfocó donde Gustavo le había señalado. Efectivamente, ahí estaban sentadas las hermanas Ferrer y unos pocos metros más arriba, pegada al enorme reloj, una sombra entraba y salía de la pequeña caseta que lo resguardaba. Dedujo que se trataba de Pepe, lo que quería decir que Lluís se encontraría dentro.

Sin mediar palabra, Erika y Gustavo retrocedieron y bajaron por las escaleras, avanzando por los pasillos exteriores para aproximarse a su posición. De esa manera los pillarían infraganti.

Habían avanzado un buen trecho de la distancia que los separaba de su objetivo, pero todas las puertas de la plaza eran iguales y se habían desorientado. Se asomaron a la plaza para situarse y ver la distancia que les quedaba para llegar a Sara y Alejandra. Todavía estaban lejos.

Mientras tanto Sara, en su asiento, se frotaba las manos intranquila.

—Deberíamos subir con Lluís y Pepe —propuso tremendamente nerviosa.

—Espera un poco —atajó Alejandra—. Si nos juntamos los cuatro arriba, despertaremos sospechas.

—¿Crees que habremos acertado con el lugar? —Las dudas no paraban de acosar a Sara.

—No te preocupes, pronto lo sabremos. —De repente Alejandra se sobresaltó—. Sara, tengo algo que decirte, pero, por favor, disimula.

—¿Qué pasa? —solicitó Sara alterada.

—Acabo de ver a nuestros queridos vecinos. Se acaban de meter por las escaleras de la derecha, pero me ha parecido que Erika nos estaba señalando. Sara, creo que nos han visto. Tenemos que movernos de aquí lo antes posible.

—¡Joder! ¡Joder! —refunfuñó Sara agarrando su bolso y poniéndose de pie.

Las dos hermanas avanzaron en dirección contraria abriéndose paso entre la gente que estaba sentada, molestándola e impidiéndole ver con tranquilidad. En el interior de la plaza resonaron miles de aplausos y olés, mientras ellas procuraban llegar a la escalera más cercana con el fin de subir al piso de arriba y acceder al reloj.

Cuando tan solo les quedaban unos pocos metros para conseguir su objetivo, Erika asomó la cabeza cortándoles el paso.

—¡Sara, hay que retroceder! Está allí —exclamó Alejandra.

Las hermanas Ferrer recularon sobre sus pasos con el miedo en el cuerpo, sorteando con torpeza a la gente enfadada que les dificultaba el paso. Algunos las abuchearon a modo de protesta.

—¡Ya está bien! Queréis sentaros de una puta vez.

—Lo siento, lo siento —murmuraron ellas sin saber por dónde tirar, ya que Erika las seguía a poca distancia.

—¡Qué manera de molestar! —volvieron a escuchar.

Con oídos sordos ante aquella retahíla de quejas e insultos, tenían como único objetivo avanzar y salir de allí. Estaban a punto de llegar a las escaleras opuestas cuando Gustavo apareció por ellas y a punto estuvo de echarles el guante. Estaban atrapadas. No tenían salida.

En esos instantes, cargados de tensión, la mayoría de la gente se puso en pie aplaudiendo efusivamente y ondeando sus pañuelos blancos al aire, vitoreando al torero. Alejandra, ocultada por la multitud y con los segundos contados, agarró a su hermana del brazo y le gritó:

—¡Sígueme!

Se abrieron paso entre la multitud, que aún permanecía en pie ondeando sus pañuelos, y subieron por las gradas hasta llegar al palco general. Aprovechando la confusión, se agarraron a la barandilla y treparon por encima sin gran dificultad. Una vez dentro desaparecieron por una escalera cercana.

Cuando todos volvieron a sentarse, Erika y Gustavo eran los únicos que permanecían de pie. No había rastro de las dos hermanas. Se les habían vuelto a escapar. Rabiosos y confusos, se maldijeron varias veces antes de dar el siguiente paso.

Mientras tanto, en lo más alto de la plaza y pegados al reloj, Lluís y Pepe se devanaban los sesos intentando dar con la llave, ajenos a la persecución que se había desatado unos pocos metros más abajo. Habían roto el pequeño candado de la puerta de ese minúsculo habitáculo que cobijaba el reloj. Después de más de una hora, todavía no habían conseguido dar con lo que buscaban. Se estaba haciendo de rogar. La estancia era tan reducida que tenía pocos recovecos. Aun así, palparon las paredes buscando algún resorte que los llevara a algún escondite oculto. Pero nada de nada.

—¿Y si nos hemos equivocado? —planteó Lluís, cansado y agobiado por el sofocante calor.

—Algo me dice que tiene que estar aquí —insistió Pepe.

—Pero ¿dónde? —preguntó Lluís.

—No lo sé —respondió Pepe pensativo.

El reloj medía un metro de diámetro aproximadamente. Desde su posición lo veía del revés, pero apreciaba con claridad la hora exacta. Marcaba las seis y veinticinco minutos. Pepe se concentró analizando la situación y recapitulando las pistas que habían conseguido hasta ahora.

—Lluís, las palabras que tenemos del libro son *tiempo*, y por ella hemos deducido que está en el reloj. La segunda *arena*, y por ella creemos que se trata de la plaza donde nos encontramos. La tercera es *seis* y la cuarta, *media*, lo cual es posible que se refiera a la hora. Si es así, nos quedan cinco minutos.

—¿Insinúas que cuando sean las seis y media va a suceder algo? —preguntó Lluís con sarcasmo—. Precisamente hoy porque estamos aquí nosotros, ¿verdad?

—No solo por eso —puntualizó Pepe—. No digo que hoy sea una fecha específica, sino que, a las seis y media, y unido a algo más que tenemos que adivinar, es posible que...

—¡Espera un momento! Las letras que figuraban en el acertijo eran R, Z y F. Ahora intenta leer las palabras que pone en el reloj.

Pepe las leyó en voz alta. Lo veía del revés, pero le resultó relativamente fácil. Encima de las agujas del reloj había una palabra, *Morera*, mientras que en la parte inferior figuraba la palabra *Ruzafa*.

—¡Claro! —exclamó Pepe con una sonrisa que invadió su cara—. Hay que pulsar las letras R, Z y F.

El tiempo se agotaba. Eran las seis y veintinueve minutos. Atentos y dispuestos a conseguirlo esperaron a que transcurriera ese minuto y pulsaron las tres letras. No sabían si era hacia dentro o hacia fuera, pero tan solo tuvieron que girarlas noventa grados y un pequeño agujero se abrió ante sus ojos. Pepe fue el que por instinto introdujo la mano dentro y palpó algo blando.

—Parece una tela —murmuró.

—¡Cógela! —exclamó Lluís.

Pepe obedeció y sacó un reconocible envoltorio ya familiar. Curioso, lo desenvolvió con cuidado hasta revelar la llave del Portal de Ruzafa. La observaron durante unos segundos, emocionados. Lo habían conseguido.

—¡Salgamos de aquí y busquemos a Sara y Alejandra! —sugirió Lluís.

Pepe guardó la llave dentro de una pequeña mochila que se colocó a la espalda. Bajaron con cierta dificultad hasta que se situaron en los pasillos exteriores de la plaza. Acto seguido en sus caras se dibujó una mueca de asombro.

—¡Quietos donde estáis! —gritó una voz masculina.

Gustavo estaba detrás de ellos y les apuntaba con una pistola. Lluís y Pepe se sobresaltaron al ver el arma. La cosa iba muy en serio. Se encontraban solos a pesar de que desde su posición escuchaban los aplausos y gritos de la gente. Erika se aproximó a ellos con otra pistola del mismo calibre en la mano. Cuando estuvo a su altura, fue ella quien tomó el mando.

—¡Entregadnos la llave! —exigió secamente.

—No sé de qué estás hablando —replicó Pepe descarado.

Gustavo le descargó un doloroso golpe sobre la mandíbula. No le había dado ni tiempo a reaccionar. Pepe se llevó las yemas de los dedos a la boca y comprobó que estaban manchadas de sangre.

—¡Queremos la llave! ¡No volveré a repetirlo! —gritó de nuevo Erika.

Lluís miró de reojo a Pepe. No estaba por la labor de entregarles nada. Les tenía ganas a esos impresentables matones a sueldo que se habían hecho pasar por sus amables vecinos. Nunca le había gustado la gente falsa.

Pepe lo miró desconcertado, sin saber qué hacer. Lluís dibujó una leve sonrisa en su rostro y dijo:

—Ya tenía yo ganas de que llegara este momento y de comprobar las dobleces de algunos.

Erika se preguntó a qué venía esa frase. ¿Acaso no se había dado cuenta de que estaban en inferioridad de condiciones?

Lluís aprovechó ese instante de confusión y agarró el cañón del arma de Erika dirigiéndolo hacia arriba, mientras Pepe se abalanzaba contra Gustavo provocando que la pistola le cayera al suelo. Un intercambio de puñetazos se abrió paso entre unos y otros. Gustavo cogió a Pepe por el cuello y, demostrando su fuerza, lo empotró contra la pared ahogándolo. Apenas podía respirar. Notó cómo la llave se clavaba en su espalda. Estaba perdido ante aquella mole humana. Se veía dando sus últimas bocanadas de aire cuando, rescatando las pocas fuerzas que le quedaban, le hundió los pulgares en la cuenca de los ojos. Apretó sin medida, solo quería respirar. Ante ese espantoso dolor ocular, a Gustavo no le quedó más remedio que soltar el cuello de su oponente. Pepe, viendo que volvía a respirar con normalidad y que Gustavo se encontraba en un momento de debilidad, le dio un golpe certero y lo mandó al suelo.

Mientras tanto, Lluís luchaba con Erika que, agarrada a él como una hambrienta sanguijuela con un cuerpo fibroso y usando movimientos de artes marciales, le estaba dando una somanta de palos como nunca nadie le había dado. Harto ya de recibir patada tras patada y aprovechando un mínimo descuido de su invencible oponente, concentró toda su fuerza en el puño derecho y le noqueó con un fuerte golpe que impactó de lleno en la mandíbula.

—Odio pegar a una mujer, pero contigo no me ha quedado más remedio —exclamó Lluís frotándose la mano dolorida por el golpe.

—Lluís, tenemos que irnos de aquí lo antes posible —sugirió Pepe muy preocupado—. Sara y Alejandra no están en sus asientos.

Mientras se alejaban dejando a sus agresores tendidos en el suelo, Lluís sacó el móvil para contactar con Alejandra y vio que tenía varias llamadas perdidas.

—¡Maldita sea! —murmuró—. Está apagado o fuera de cobertura.

CAPÍTULO 66

Los pasillos de la plaza de toros eran como un laberinto. Todos exactamente iguales, salvo por la numeración. Sara y Alejandra deambulaban por ellos procurando no tropezarse con sus perseguidores. Habían desechado la idea de subir al reloj en busca de sus amigos, con quienes no habían podido contactar. No querían facilitarles el camino hacia ellos a Erika y Gustavo, suponiendo que las hubiesen seguido, aunque creían haberlos despistado. La plaza tenía tres alturas. Ellas procuraron descender sin ser descubiertas y con la intención de salir de allí lo antes posible. Ya habían llegado a la primera planta, tan solo unos metros más y estarían en la calle. Sara se asomó a la celosía y se detuvo en seco. Alejandra la imitó. Justo a sus pies tenían los corrales de los toros. Cuatro chiqueros pequeños, con dos burladeros en los extremos, de los cuales dos se encontraban vacíos. En los otros dos restantes, y a punto de salir a la plaza, un miura de color negro que resoplaba dejando clara su bravura y su casta, y en el otro, uno colorado cuyo trapío quedaba sobradamente demostrado. Alejandra sintió un escalofrío.

—¡Qué grandes son! —exclamó.

—Desde luego. ¡Vámonos de aquí! —ordenó Sara.

Bajaron por unas escaleras hasta la planta baja en busca de una de las puertas de salida. Iban con los ojos bien abiertos. No querían encontrarse con sus pegajosos vecinos, pero la suerte no las acompañó. Nada más entrar en el pasillo principal, se tropezaron con varias de las cuarenta y ocho puertas que daban acceso a la plaza, y todas estaban cerradas a cal y canto con una verja de metal. Tenían que seguir avanzando hasta dar con alguna que estuviera abierta. Caminaron atravesando la enfermería y la capilla, pasando de largo por el desolladero, y en ese preciso instante, para su sorpresa, vieron cómo Gustavo y Erika caminaban hacia ellas, cada uno por una parte distinta, lo que les cerraba el camino. No parecían tener buen aspecto, aunque lo que más las impresionó fue su expresión desencajada y que cada uno llevaba un arma en la mano. No podían esconderse, ni avanzar, ni retroceder. Sara se fijó en una puerta metálica de color rojo que tenían enfrente y que parecía estar cerrada. Agarró a su hermana por el brazo y le dijo:

—¡Sígueme!

—¿A dónde vamos? —le preguntó angustiada.

—No tenemos otra opción —le espetó Sara mientras intentaba abrir el pestillo—. Nos esconderemos ahí dentro.

Alejandra ayudó a su hermana a abrirla, queriendo recordar dónde había visto antes esa puerta. En pocos segundos se colaron dentro.

Sara estaba pendiente de Erika y Gustavo y no se había percatado de dónde se habían metido. Fue Alejandra la primera en darse cuenta y casi le da un síncope.

—¿Has visto dónde estamos? —le susurró apretándole el brazo a su hermana para no llamar la atención.

Al escuchar sus palabras, Sara aspiró el intenso hedor a excrementos de animal, miró sus zapatos y vio que estaban impregnados de un polvo amarillento. Presintiendo que algo no iba bien, se giró despacio. Su respiración aumentó de intensidad y los latidos de su corazón se desataron incontroladamente.

—¡Dios mío! ¡Dónde nos hemos metido! —musitó Sara en voz baja.

—¿Qué hacemos? —preguntó Alejandra muerta de miedo.

—No lo sé, pero ni se te ocurra moverte.

Delante de ellas, y a pocos metros de distancia, había un toro de más de quinientos kilos que las miraba desafiante. El animal, al ver interrumpido su descanso, empezó a bufar, dilatando sus fosas nasales, y a golpear el suelo una y otra vez con una de sus patas.

—¿Qué está haciendo? —preguntó Alejandra.

—Creo que nos va a embestir. ¡Que Dios nos ayude! —imploró Sara.

Apoyadas sobre la puerta de metal y rezando por sus almas, notaron cómo alguien estaba intentando abrirla desde fuera. Estaban atrapadas, y en su desesperación valoraron darse por vencidas y entregarse a Erika y Gustavo. Eran demasiado jóvenes para morir.

La presión era cada vez más grande y sin ninguna duda la puerta se estaba empezando a abrir. Mientras tanto el toro las miraba sin parar de arañar el suelo con la pezuña de su pata.

Una voz femenina se oyó al otro lado.

—¡Tienen que estar aquí dentro! —exclamó Erika.

En el mismo momento en que la puerta se abría y dejaba a las dos hermanas resguardadas detrás de ella, Erika y Gustavo se toparon con la bestia que empezaba a correr hacia ellos con los cuernos preparados para embestirlos sin ningún miramiento.

—¡Cierra! ¡Cierra! —bramó Gustavo asustado mientras ayudaba a cerrarla.

—Por qué poco. ¡Casi nos coge! —voceó Erika al tiempo que pasaba el cerrojo por fuera.

Aprovechando ese momento de confusión, Alejandra y Sara, pegadas a la pared, habían avanzado varios metros para meterse en una especie de burladero de cemento. Refugiadas allí dentro y con visibilidad reducida, salvo por un pequeño agujero a la altura de los ojos, podían ver cómo el miura había retrocedido sobre sus pasos y estaba olfateando por donde ellas se encontraban.

—¿Qué hacemos ahora? —planteó Alejandra temblando—. Nos han cerrado la puerta desde fuera. No podemos salir.

—No lo sé —respondió Sara ofuscada—, por lo menos ahora estamos protegidas por este muro.

—Sí, pero ¿por cuánto tiempo? —expuso Alejandra muerta de miedo—. Esa bestia no está por la labor de dejarnos tranquilas.

Antes de que pudiera terminar la frase, el animal embistió contra el muro con una fuerza de mil demonios.

Las hermanas no pudieron contener los gritos, abrazadas una a la otra.

El lugar donde se encontraban era un espacio muy reducido formado por cuatro paredes pintadas de blanco y abierto al aire libre. Según habían podido apreciar desde el piso de arriba, eran cuatro estancias pequeñas y una más grande a la izquierda, donde se alojaban los mansos, todas ellas comunicadas entre sí por puertas de metal rojas. Estaban absolutamente vacías salvo los burladeros y unos comederos de cemento para el agua y la comida. No había otro lugar donde esconderse. Sara y Alejandra pensaban en cómo salir de allí. Gracias a Dios, el toro se había cansado de intentar destrozar la pared que las protegía y les había dado una tregua.

—Fíjate en la barandilla de arriba del muro —le indicó Sara.

Efectivamente, al final de las paredes que componían los chiqueros, había un delgado pasillo con barandillas a los lados por el que se podía bordear el lugar sin ningún peligro de ser atacado por los animales.

—Tenemos que subir a ella —propuso Sara secamente.

—Me parece una estupenda idea. Con tal de salir de aquí, lo que haga falta —convino Alejandra.

La altura era de casi tres metros y no disponían de ningún saliente para apoyarse, salvo el pequeño agujero que les permitía ver el exterior. Apoyándose en él, Sara ayudó a subir a su hermana, que se encaramó en el final de la pared con dificultad hasta que consiguió trepar a la barandilla. Una vez allí echó una mano a Sara, que repitió sus pasos. El toro las miraba expectante en medio del corral. Consiguieron entrar en el delgado pasillo y miraron hacia un lado y otro, desorientadas, sin saber por dónde tirar. Fue Sara la que dio el primer paso abriendo una pequeña puerta que había a su lado, y de este modo pasaron al chiquero grande, donde se encontraban los mansos, enormes toros castrados que se utilizaban para guiar a los toros bravos. Avanzaron por el pasillo sin rumbo fijo mirando de reojo a los cabestros.

—Ten cuidado y preocúpate de no tropezar —le advirtió Sara.

El pasillo terminaba con una puerta cerrada. Sara abrió el pestillo y accedieron a una sala tras la cual encontraron unas escaleras. Las bajaron y salieron a un callejón.

—Estamos en la calle. No me lo puedo creer —exclamó Alejandra a punto de llorar.

Su móvil sonó en ese preciso instante. Era Lluís.

—Hola —contestó con lágrimas en los ojos—. No sabes cuánto me alegro de oírte.

—¿Dónde os habéis metido? —preguntó consternado.

—Ya te contaré. Es una larga historia.

—Pero ¿estáis bien?

—Sí, ahora sí. ¿Y vosotros?

—Algo doloridos, otra larga historia.

—¿La habéis encontrado? —inquirió Alejandra para saber si todos los sufrimientos habían valido la pena.

—Sí, está en nuestro poder. —Su tono rezumaba orgullo.

CAPÍTULO 67

Hacía siete días que había salido en televisión la noticia de la denuncia de Augusto Fonfría a su colaboradora Alejandra Ferrer por el robo de las llaves. Desde ese día, las dos hermanas, Lluís y Pepe habían extremado las precauciones. Miguel y Tía Rosa intentaban aportar su granito de arena. Se habían puesto de acuerdo en no verse con ellos pasara lo que pasara, con el fin de no dar pistas sobre su paradero. Tan solo se comunicaban por el móvil de Miguel a través de breves mensajes. Llevaban varios días buscando desesperados la llave número once, la que correspondía al Portal del Real, mientras los cuatro amigos se habían centrado en conseguir la del Portal de Ruzafa. A esas horas, cerca ya de las nueve y media de la noche, y si todo había salido como ellos esperaban, ya la tendrían en su poder. Tía Rosa miró de reojo el móvil esperando recibir un mensaje que la tranquilizara, pero de momento aún no habían tenido noticias de ellos.

Llevaban todo el día enclaustrados en el piso de Miguel. La mesa del salón y el sofá estaban abarrotados de papeles. Tía Rosa estaba agotada y con la cabeza totalmente embotada. Una vez más confirmaba lo lejos que estaba de sus años de estudiante. Por lo menos algo habían sacado en claro: el Portal del Real, construido en 1801, llamado así por estar ubicado enfrente del puente del mismo nombre, actualmente tenía una réplica en la Glorieta, casi exacta y a escala similar, representando al Arco del Triunfo, y recibía el nombre de Puerta del Mar.

Días atrás habían visitado el sitio en cuestión, haciendo las fotografías pertinentes, y también el punto aproximado donde se encontraba la puerta que buscaban.

—Fíjate en el Portal del Mar —indicó Miguel comparando las

fotografías recientes con las del antiguo portal, donde los detalles no se apreciaban con la misma nitidez.

—No son exactamente iguales —puntualizó Tía Rosa mientras se colocaba sus gafas de presbicia.

—Fíjate aquí —señaló la foto de nuevo—. La puerta antigua tenía en el centro una escenificación victoriosa, mientras que en la réplica de hoy hay una inscripción.

Tía Rosa asintió sin saber muy bien a dónde quería ir a parar. Miguel se levantó y buscó algo en los cajones de su escritorio. A los pocos instantes, regresó con una potente lupa que utilizaba en su colección de monedas y billetes antiguos. Sin mediar palabra, observó con detenimiento las fotografías.

—¿Qué ves? —preguntó ella llena de curiosidad.

—Todavía no lo sé... —Miguel se quedó pensativo durante unos segundos. Luego detalló sus impresiones, mientras Tía Rosa lo escuchaba atentamente.

—¿Ves los relieves alegóricos, la cruz de piedra en el vano central y los trofeos?

Tía Rosa asintió.

—Solo que en este caso en la parte central han colocado el escudo de la ciudad en lugar de la diosa Minerva. —Miguel seguía pensando en voz alta.

—No termino de entender...

—Aparentemente no tiene importancia —intentó aclarar Miguel sin dejar de mover la lupa de un lado a otro—, pero hay algo que no me encaja. Estoy convencido de que algo se nos está pasando por alto.

—Quizás tuvieron sus motivos. Han hecho una copia del portal del siglo XVIII, pero no tenían por qué calcarlo.

—Sí, estoy de acuerdo contigo, Rosa. Pero casualmente cuando estuve ayudando a Jorge con la investigación, recuerdo que esta puerta precisamente fue una de las que más guerra nos dio, y estoy queriendo hacer memoria de algunos detalles que entonces resultaron claves y que ahora no recuerdo con claridad.

—Es normal, Miguel. Piensa que han transcurrido veinticuatro años.

Un mensaje en clave llegó al móvil de Miguel. Tía Rosa, desesperada, lo leyó rápidamente: «Todo bien. Solo nos quedan dos».

Tía Rosa sonrió de satisfacción y respiró tranquila al mismo tiempo. La confirmación por parte de sus sobrinas de que todo había salido bien la llenó de alegría.

Miguel se levantó de la silla como un resorte.

—¡Creo que tengo algo! —gritó.

Tía Rosa lo siguió intrigadísima. Vio cómo entraba en la habitación y, subido en un taburete, rebuscaba en los altillos del armario. Pocos instantes después y con una caja grande entre las manos, se sentó a su lado.

—¿Puedo saber qué es eso? —le preguntó llena de curiosidad.

—Mi colección de billetes y monedas antiguos —le contestó orgullosísimo.

Tía Rosa lo miró con una dulce sonrisa. Todavía conservaba esa afición.

—No sabía que todavía coleccionabas. Ha pasado tanto tiempo... —Tía Rosa pensó en cuántas cosas más referentes a él desconocía, tendría que ponerse al día.

—Mi afición creció en Noruega. Era una manera de matar el tiempo libre —confesó Miguel.

—¿Y crees que eso nos va a ayudar? —preguntó Tía Rosa incrédula.

—Las casualidades de la vida —murmuró él mientras abría el álbum de los billetes.

Empezó a hojearlo despacio ante la atención de Tía Rosa. Todas las páginas estaban marcadas con el país al que pertenecían y su valor correspondiente con una meticulosidad envidiable. Los había de todos los tamaños y colores. Se detuvo en la página que ponía «España». Con sumo cuidado cogió un billete antiguo de cien pesetas: era de Felipe II, fechado del 1 de julio de 1925. A continuación, cogió otro de mil pesetas, en el que figuraban los Reyes Católicos y cuya fecha era el 29 de noviembre de 1957. Por último, sacó uno de cincuenta pesetas con la imagen de Velázquez, fechado el 15 de agosto de 1928. Sin decir ni una sola palabra, les fue dando la vuelta uno por uno. Tía Rosa se sobresaltó. En los tres había algo escrito: «Minerva», «Damiata de Mompalau» y «Convento de la Puridad».

—Estas son las claves que tenemos que buscar —puntualizó Miguel.

—¿Cómo es que estaban en tu colección de billetes? No entiendo. ¿Qué me he perdido?

Miguel la miró sonriente.

—Todo tiene una explicación. Como te he dicho antes, este portal nos trajo más de un quebradero de cabeza. Cuando conseguimos descifrar el enigma, estábamos en una situación un poco delicada. Nos encontrábamos a altas horas de la madrugada en una de las salas del Museo Cervelló. Como ya te expliqué, Jorge sobornaba al guardia de seguridad cuando podía, solo que esa noche lo sustituyeron por otro con cara de pocos amigos. Tuvimos que entrar a hurtadillas y no disponíamos del tiempo suficiente. Cuando Jorge consiguió dar con lo que buscaba, tan solo me pudo decir esas palabras, que yo anoté en los billetes que llevaba en el bolsillo y que acababa de adquirir hacía tan solo unas horas. Me dolió en el alma, pero no se me ocurrió nada mejor. Con el tiempo, y ya colocados en el álbum, olvidé lo que contenían en su reverso, hasta hace tan solo unos minutos.

—¿Y crees que con esas claves vamos a dar con lo que buscamos? —Tía Rosa creía que era imposible.

—Espero que sí —respondió con seguridad en su voz. Miguel repasó por enésima vez las fotografías, y rascándose suavemente la barbilla, intentaba recordar todos los detalles. Había algo más que se le escapaba...

—Empecemos por la primera palabra. Quizás eso refresque mi memoria —sugirió Miguel.

—¡Minerva! —pronunció Tía Rosa con el billete de cien pesetas en la mano.

—Es la diosa de la sabiduría y del arte —añadió Miguel.

Tía Rosa cogió el billete de mil pesetas y leyó en voz alta la anotación:

—¡Damiata de Mompalau! —¿Quién sería esa mujer? Con ímpetu, Tía Rosa cogió el billete de cincuenta pesetas. Estaba dispuesta a no parar hasta que dieran con la solución.

»¡Convento de la Puridad! Miguel, igual nos está diciendo dónde debemos buscar.

—No, Rosa. Hay algo más que no consigo recordar. Si la memoria no me falla, cuando dimos con estas claves fue pocos días antes de que Jorge y Carmen tuvieran el accidente. Por eso no le dio tiempo a formar un acertijo como los demás. Él sabía de sobra la ubicación exacta de esta llave, pero no podía buscarla por temor a algo que no recuerdo. Ya teníamos la posición exacta de once de las doce llaves. Tan solo nos quedaba el Portal del Real. Jorge prefirió tener todas las claves en su poder antes de empezar a buscar. Sabía que el resto sería pan comido. Lo que no sospechaba es que se acabaría llevando a la tumba su afán por recuperarlas.

—Eso no es del todo cierto —rectificó Rosa—. Recuerda que Augusto Fonfría tiene dos llaves en su poder.

—Tienes razón. Después de nuestro último encuentro, Jorge debió de ir en busca de alguna de ellas y parece ser que lo consiguió.

—¿Por qué no contó contigo? —preguntó Tía Rosa extrañada—. Al fin y al cabo, estabais embarcados los dos en esa aventura.

—No lo culpes —prosiguió Miguel disculpándole—. Eran los días previos a nuestra boda y nuestra partida a Noruega. Yo era un saco de nervios. No podía concentrarme en nada que no fuera mi futuro trabajo. Solo habría sido un estorbo a su lado y él lo sabía. Nos conocíamos bien. Actuó con sensatez.

Miguel se acercó al ordenador y empezó a aporrear las teclas.

—¿Qué buscas? —inquirió Tía Rosa.

—Creo que ya lo tengo —exclamó nervioso—. Sí, sí —gritó victorioso.

—¿Te importaría explicarme qué ocurre? —Tía Rosa estaba a punto de estallar.

—Damiata de Mompalau era la abadesa del Convento de la Puridad de Valencia.

Tía Rosa le miró con gran curiosidad, esperando que fuese más explícito.

Miguel continuó:

—En la Capilla de la Concepción de dicho convento, sor Damiata realizó el patrocinio del *Retablo Eucarístico de la Purísima Concepción*.

—¿Quieres decir que lo que buscamos está en ese retablo? —adivinó Tía Rosa dejando escapar una leve sonrisa.

—Me temo que sí —confirmó Miguel triunfante.

—Pues vayamos al Convento de la Puridad a por ella —propuso Tía Rosa inocentemente.

—¡Espera un momento! No seas tan impulsiva —añadió Miguel mientras seguía navegando—. El convento que buscamos ha cambiado varias veces de ubicación. En estos momentos se encuentra entre la plaza de la Virgen y la plaza Manises, aunque tampoco sabemos si lo que buscamos todavía se encuentra allí.

Miguel dominaba las nuevas tecnologías con gran maestría.

—Acabo de dar con el retablo —informó con agrado.

Tía Rosa se aproximó a la pantalla y con sus gafas pudo ver con detalle semejante obra de arte.

—Es precioso...

—¡Y grande, bastante grande! Mide más de cinco metros de alto —informó Miguel intentando adivinar en qué lugar estaría escondida la llave que buscaban.

—¿Has averiguado dónde se encuentra? —quiso saber Tía Rosa intranquila.

—Ten paciencia, Rosa, ten paciencia...

Ella se levantó y se paseó por la casa como un tigre enjaulado. Los nervios la estaban destrozando. Abrió el enorme ventanal y se asomó al balcón. Necesitaba aire fresco. Al apoyarse en la barandilla con la intención de recrearse con las vistas de la Ciudad de las Artes y las Ciencias, se fijó en un coche que estaba aparcado enfrente. Hubiera jurado que era el Mercedes de Paco. ¡No podía ser! ¿Qué iba a hacer él allí? A no ser que la estuviera vigilando. Desechó la idea de inmediato. Qué tontería, se dijo.

—¡Rosa, ya lo tengo! —exclamó Miguel desde el interior.

—¿De veras? —voceó nerviosa colocándose a su lado.

—En la actualidad el Retablo de la Purísima Concepción se encuentra en el Museo de Bellas Artes de Valencia, San Pío V.

—Está al lado de los jardines del Real —concretó Tía Rosa situándose.

—En efecto —asintió Miguel cogiendo a Tía Rosa por la cintura y dándole un beso de alegría—. Mañana iremos de excursión.

CAPÍTULO 68

El domingo amaneció teñido de gris. A pesar de ello, la mañana resultaba apacible. Según los meteorólogos, iban a subir las temperaturas en los próximos días acompañando la celebración de las Fallas.

En la ciudad se respiraba el ambiente fallero con sus calles adornadas con luces de colores, tenderetes de chocolate, churros, buñuelos, y gran cantidad de casales repartidos por doquier. Tía Rosa preparaba el desayuno mientras Miguel se acicalaba en el baño. Todavía se relamía de la noche de pasión. Cada vez estaba más convencida de que había hecho bien cortando con Paco y retomando la relación con Miguel. Era un hombre extraordinario; inteligente, amable, noble y seductor. La madurez había acentuado su atractivo y había despertado un morbo desconocido en ella. A la vejez, viruelas, se dijo con una sonrisa picarona. Miguel salió del baño con el albornoz, el pelo mojado y algo revuelto. Tía Rosa le pasó los dedos por su todavía abundante cabellera y le dio un beso en los labios. Él la agarró por la cintura y le correspondió.

—¿Quieres más? —preguntó él con la mirada viciosilla.

—Quizás más tarde... —respondió ella rodeando su cuello—. Primero vamos a coger fuerzas.

Durante el desayuno comentaron los pasos a seguir cuando llegaran al museo. Estudiaron un plano que habían bajado de Internet y localizaron la posición del retablo que buscaban. A las nueve de la mañana salieron a la calle ataviados como dos camuflados turistas.

Decidieron tomar el autobús, aparcar por los alrededores del museo era complicado, y además les permitía tener más libertad de movimientos ante cualquier imprevisto. Esperaron el 95 y en apenas veinte minutos bajaron a pocos metros de la puerta principal. Eran las diez menos cuarto. Faltaban quince minutos para que abriera sus puertas. Decidieron pasear ubicando las entradas y salidas por si las necesitaban con urgencia. Además de la puerta principal, situada en el margen izquierdo del antiguo cauce del río Turia, había unas grandes verjas verdes de metal para el acceso de los vehículos. También contaba con otra entrada por dentro de los jardines del Real, que daban a una especie de laberinto con una fuente en el centro. Ojalá todo les saliera como estaba planeado, pero teniendo en cuenta que el museo contaba con guardias de seguridad para controlar que los visitantes no manosearan ni pudieran dañar las obras que allí se encontraban, la cosa pintaba un poco complicada. Si no podían acercarse más de lo debido al retablo, el viaje habría sido en balde.

—Ya están abriendo —avisó Tía Rosa nerviosa como un flan.

—Tranquilízate —dijo él al tiempo que le agarraba la mano con fuerza y se encaminaban hacia las puertas—. Piensa que solo somos una pareja de turistas sedientos de arte. Además, tú eres única improvisando. No te preocupes, como mucho nos llamarán la atención. Ya verás...

Sin más dilación se adentraron en el Museo de Bellas Artes, también llamado San Pío V por el edificio que lo albergaba. Estaba formado de dos partes: el colegio y el templo. El primero se erigía alrededor de un claustro y tenía dos torres en su fachada que le daban un aspecto de alcázar. Adosado se encontraba el templo de planta octogonal con una gran cúpula de vidriado azul.

Miguel y Tía Rosa fueron los primeros en entrar. Se acercaron al mostrador donde una amable señorita les dio las entradas. Tía Rosa levantó la mirada a la enorme cúpula situada sobre su cabeza. Era de un azul intenso salpicado de centenares de ficticias estrellas que daban una sensación de paz y serenidad. Durante unos instantes perdió la noción de por qué estaba allí.

—Vamos... —le susurró Miguel.

El zaguán principal era amplio y meticulosamente cuidado. Las grecas del suelo relucían simulando un tablero de ajedrez. Tía Rosa caminó absorta sin perderse detalle. Se dirigieron hacia las salas de la colección permanente. Un amplio espacio rectangular separado por pequeñas paredes asimétricas que daban la sensación de estar divididas en pequeñas salas. No les costó mucho encontrar el Retablo Eucarístico de la Purísima Concepción. Por su tamaño era imposible que les pasara inadvertido. Según la placa, medía 635,5 × 374 centímetros y era un óleo sobre tabla, talla de madera dorada y policromada. Miguel y Tía Rosa se asombraron. Era grande y majestuoso. Su creatividad, llevada a cabo por la saga valenciana de los Forment entre 1500 y 1503, era una verdadera obra de arte, y la labor pictórica realizada por Nicolás Falcó entre 1507 y 1515 era digna de admiración.

—¿Y ahora qué? —apuntó Tía Rosa sin saber por dónde empezar.

—No lo sé —confesó Miguel mientras se fijaba en todos los detalles.

Una pareja de edad similar a la de ellos se detuvo a su lado admirando el retablo. Tía Rosa se alejó unos pasos y fijó su atención en otro, disimulando. Dos vigilantes uniformados, con trajes de color marrón, caminaban de un lado a otro.

—Muévete por la sala y fotografía todo lo que veas —le sugirió Miguel para que no levantaran sospechas—. Intenta despistar a los vigilantes. Acuérdate de no utilizar el *flash* o te llamarán la atención.

Tía Rosa sacó la cámara de fotos y, como si fuera una consumada profesional, llevó a cabo su cometido.

Mientras tanto, Miguel se devanaba los sesos. ¿Dónde estará la maldita llave?, murmuró para sus adentros.

Después de casi tres cuartos de hora y con los detalles medio aprendidos de memoria, Miguel buscó a Tía Rosa en el otro extremo de la sala y subieron a la planta de arriba. Apoyados en la barandilla de metal podían ver el retablo desde otra perspectiva.

—¿Has sacado algo en claro? —inquirió Tía Rosa.

—Nada, absolutamente nada. El guardia del bigote, cada vez que me acercaba más de la cuenta, me echaba unas miradas que me fulminaba. No he podido verlo con tranquilidad y mucho menos ponerle la mano encima. Pero por lo que recuerdo, la predela del retablo está dedicada a los gozos marianos: anunciación, natividad, epifanía, resurrección, ascensión y pentecostés. Y el propio retablo está dedicado a la Inmaculada Concepción, cuya imagen descansa sobre una peana en el centro, por debajo de san Joaquín y santa Ana. Sobre ellos hay seis tallas de bulto de santos y cuatro huecos vacíos, donde en principio se supone que eran diez.

—¿Cómo sabes todas esas cosas? —Tía Rosa estaba impresionada.

—Porque tengo mis apuntes y la sinopsis del retablo anotados aquí. —Miguel desdobló una hoja de papel en la que aparecía una fotografía del retablo y sus características.

Tía Rosa hizo una mueca de complicidad.

—Prosigamos, que lo estás haciendo muy bien —le conminó con retintín.

—Bajo de las pulseras, hay dos profetas tenantes —continuó Miguel corroborando mediante el retablo y el papel que sus afirmaciones coincidían—. Los guardapolvos están ocupados por los reyes David y Salomón y seis profetas más. Pero no veo ninguna pista aparente que nos diga dónde buscar. —En ese momento un mal pensamiento se apoderó de él—. ¿Y si después de tantos años y traslados la llave ya no está dentro del retablo?

—No digas eso ni en broma. Tiene que estar ahí y nosotros la vamos a encontrar. Repasemos lo que sabemos. —Tía Rosa intentaba dominar los nervios. Miguel respiró profundamente y se dispuso a escucharla—. Sobre las claves que ya tenemos: el primer billete decía «Minerva» —susurró Tía Rosa bajando el tono de voz, ya que se aproximaba uno de los vigilantes.

—Cierto... —corroboró Miguel—. Minerva es la diosa de la sabiduría y del arte. El retablo es puro arte y la sabiduría... —Se quedó pensativo por unos instantes—. ¡Ya está! ¿Quién puede tener más sabiduría que los profetas?

—En el retablo hay varios —indicó Tía Rosa en voz baja.

—Sí, solo falta saber cuál o cuáles hay que tocar. ¡Tenemos que volver a bajar!

Procurando aparentar cierta calma, descendieron por las escaleras y se colocaron delante de su objetivo.

—¿Cuáles dices que son los profetas? —preguntó Tía Rosa desorientada. A decir verdad, todas las figuras le parecían iguales.

Miguel fue señalándole tanto a la derecha como a la izquierda y nombrándolos uno por uno. Seis de ellos estaban pintados al óleo. Era prácticamente imposible que pudiera haber algún tipo de palanca o saliente que activara el escondite de la llave en cuestión. Por el contrario, había dos que se encontraban debajo de las pulseras y estaban tallados en madera. Medirían entre cuarenta y cincuenta centímetros cada uno y, salvo los turbantes que protegían sus cabezas y sus espesas barbas oscuras, el resto de sus vestimentas eran de un dorado envejecido. Miguel se aproximó al de la derecha.

—Tienen que ser estos —cuchicheó en voz baja.

Sin poder evitarlo, sus manos comenzaron a palparlos de arriba abajo.

—¡Perdón!, ¡perdón! ¡Caballero, no se puede tocar! —Una voz firme se oyó a su espalda.

—Lo siento —se disculpó Miguel ante el vigilante—. Ha sido un impulso. Están tan bien hechos que... —Dejó la frase a medias, sin saber cómo continuar.

—Creo que deberíamos irnos de aquí —apremió Tía Rosa asustada—. Recelan de nosotros y es normal, llevamos casi hora y media en el mismo sitio.

—¿Irnos? Si casi lo tenemos —protestó Miguel.

—No digo que nos vayamos del museo, pero sí que cambiemos de lugar. Vamos a ver otras salas, nos despejamos, dejamos que los guardias se confíen y pensamos cómo vamos a actuar.

Miguel sopesó su propuesta. Tenía razón.

—Me parece una idea muy sensata —aprobó Miguel mientras la cogía de la mano.

Se dirigieron hacia el patio Embajador Vich, recientemente restaurado. El color añil era el protagonista en el estuco veneciano. Su planta baja lucía rodeada de columnas y arcos. Un grupo de jóvenes se disponían a salir por la puerta que daba a los jardines del Real. Encontrarse solos en el patio les dio libertad para poder hablar con cierta normalidad.

—Tiene que haber algo en esos dos profetas que active el escondite de la llave —especuló Miguel convencido de su planteamiento.

—No lo pongo en duda, pero ¿cómo vamos a hacerlo sin tocarlos?

—Rosa, tienes que distraer a los vigilantes —dijo tajantemente—. Es nuestra única opción.

—De acuerdo. Fingiré que he perdido un pendiente. —Tía Rosa se tocó la oreja derecha, se quitó uno de ellos y lo escondió en el bolsillo.

A los pocos minutos entraban en la sala de la colección permanente donde se encontraba el retablo.

Tía Rosa se armó de valor y se dirigió a los dos vigilantes que estaban hablando entre ellos.

—Perdonen que les moleste, pero se me ha debido de caer un pendiente por aquí. Si ustedes fueran tan amables de echarme una mano. Es un recuerdo de familia y tiene un gran valor sentimental.

Uno de ellos puso mala cara al ver de nuevo a la pareja que había estado merodeando más de lo normal. ¿Qué diablos hacían allí otra vez con lo grande que era el recinto? Llevaba en la profesión más de veinte años y en ese mismo puesto cerca de siete, y creía conocer las reacciones de la mayoría de la gente que visitaba el museo. Estos dos andaban buscando algo. Pero lo del pendiente le había descolocado un poco y no supo reaccionar ante la petición de la mujer. De reojo, le miró los lóbulos de las orejas y efectivamente le faltaba uno.

—Sí, cómo no, señora. No se preocupe —contestó educadamente. El otro asintió.

Miguel observó cómo Rosa y los vigilantes se alejaban del lugar. Aprovechando que en la estancia no se encontraba ningún otro visitante, se aproximó al retablo y tocó el profeta de la izquierda sin descanso. Nervioso, se volvió hacia atrás, oía las voces de Tía Rosa y de los hombres en la búsqueda del pendiente y pudo comprobar que desde su posición no podían verle. Palpó los pies de la talla de madera, la dorada túnica, los brazos, el turbante, la cabeza...

—¡Un momento! —exclamó suavemente. Volvió a tocar la cabeza y le pareció que se había movido. Se centró en ella y, cuidadosamente, la giró—. ¡Eureka!

La cabeza giró un ángulo de noventa grados. Miguel detuvo su respiración, ansioso por ver u oír algún movimiento extraño en el retablo. Nada de nada. Tenía que comprobar si en la figura de la derecha ocurría lo mismo. Se movió hábilmente unos pasos con el fin de repetir la misma operación, cruzando los dedos para que sus sospechas fueran correctas. Unas voces femeninas desconocidas se oyeron a su espalda. Se giró instintivamente y vio cómo tres mujeres en edad de jubilarse se aproximaban. Intentó disimular cambiando de retablo, dándoles la espalda. Oyó cómo murmuraban entre ellas e intercambiaban risitas. Harto de escuchar que no se movían, se giró hacia ellas y una le dedicó una insinuante sonrisa, al tiempo que otra le guiñaba un ojo. Miguel no movió ni un solo músculo de su rostro, les volvió a dar la espalda y cambió de sitio. No se lo podía creer. ¿De verdad estaban intentando ligar con él?

No podía seguirles la corriente. De lo contrario, estaba perdido. Transcurridos un par de minutos comprobó que se había quedado solo. Era ahora o nunca. Posó sus dedos sobre la cabeza del profeta de la derecha y la giró con cuidado. Había acertado de lleno. Un ruido dentro del retablo le sorprendió. Estaba claro que algo se había activado. Solo rezaba porque no fuese demasiado escandaloso o lo pillarían con las manos en la masa. Agudizó el oído: era como la maquinaria de un potente reloj de pared. Miró hacia atrás con miedo a ser descubierto. Seguía oyendo la voz de Rosa, y la voz masculina, aunque esta vez era mucho más próxima.

Recorrió el retablo con la mirada intentando captar cualquier movimiento extraño. Nada de nada. Sin embargo, algo se agitaba en su interior. Podía sentirlo. En el centro y más o menos a su misma altura, se encontraba la imagen de madera de la Inmaculada Concepción. Ante sus ojos atónitos, el pedestal donde reposaba la Virgen se estaba empezando a mover. Miguel se aproximó. El tiempo apremiaba. Rosa no podría continuar mucho más con su farsa, y él corría el peligro de que entrara más gente o de que los guardias se cansaran de ayudarla a buscar.

La imagen de la Virgen había destapado una abertura de varios centímetros. Miguel metió la mano sin ningún tipo de reparo y rebuscó. Notó cómo sus dedos entraban en contacto con una superficie áspera, como acartonada, que ocultaba algo firme en su interior. Lo agarró con fuerza y lo sacó hacia fuera. En efecto, era un pañuelo de algodón raído y maloliente. Lo abrió por una esquina y pudo comprobar, con gran alegría, que contenía la llave que tanto ansiaban. Con un vistazo rápido leyó la inscripción: «Portal del Real». Sin pensarlo dos veces se la guardó en el bolsillo interior de la gabardina, y esperó a que la Virgen volviera a su posición inicial. Pero la figura permaneció inmóvil ante sus ojos. Sin perder tiempo, giró las cabezas de los dos profetas deshaciendo los movimientos. Teóricamente, la peana donde descansaba debería de haber vuelto a su anterior estado, pero por algún extraño motivo no se movía. Iba a delatarlo. La voz de Rosa se oía casi al lado, gritando más de lo normal con el fin de avisarle. ¡Dios mío!, me van a pillar. No podía dejar que eso sucediera. Podía ver la sombra de Rosa y de uno de los guardias a tan solo unos pocos metros. Tenía que desaparecer rápido.

A los pocos instantes Tía Rosa apareció en la pequeña sala acompañada de un solo vigilante. Ella fue la primera sorprendida al ver que Miguel ya no se encontraba allí. Seguidamente tragó saliva con dificultad, y notó cómo le faltaba el aire cuando vio la Inmaculada Concepción fuera de su lugar y con un agujero al lado. De repente se agachó al suelo intentando desviar la atención del guardia.

—¡Ya lo tengo! No puedo creerlo, pero si estaba aquí. El pendiente está aquí —gritó enseñándolo—. Muchas gracias, caballero. No sé cómo agradecerle su ayuda.

El guardia, harto, se giró hacia el retablo y, desconcertado, se aproximó a él. Algo había captado su atención. ¿Qué era lo que veía diferente? Su memoria iba a una velocidad de vértigo intentando averiguar qué era lo que no encajaba. De repente, lo vio claro. Era la imagen de la Virgen: no estaba en su lugar y además alguien había hecho un agujero en la madera. Rápidamente ató cabos. Se giró intentando localizar a la mujer del pendiente. Había desaparecido. Rastreó con la mirada caminando hacia ambos lados buscando al hombre que la acompañaba. Tampoco estaba. El vigilante se sintió burlado por haber seguido el juego de esa pareja y herido en lo más profundo de su ego.

CAPÍTULO 69

Miguel había conseguido escapar de aquella sala y buscaba la forma de salir del museo. Había descartado la puerta principal y se dirigía hacia el patio Embajador Vich con la intención de atravesarlo y deslizarse por la puerta que daba acceso a los jardines del Real. Una vez allí se perdería entre el laberinto de vegetación y sería difícil localizarle. Pero cuando estaba a punto de hacerlo, se detuvo en seco. Le remordía la conciencia haber dejado sola a Rosa con el guardia, aunque esa misma mañana habían acordado que, si la cosa se ponía fea, lo primero era sacar la llave fuera del recinto. Solo en el caso extremo de que corrieran peligro, acudirían en ayuda del otro. Miguel aceptó las condiciones propuestas por Rosa a regañadientes y juró que lo cumpliría a rajatabla. Sin embargo, ahora se arrepentía de ese juramento. Sabía de las dotes de Rosa para poder salir airosa de cualquier situación. Pero ¿y si la tenían retenida? En cuanto los guardias hayan visto el desastre del retablo, no la habrán dejado marchar, se dijo así mismo.

Retrocedió sobre sus pasos a sabiendas de que Rosa se lo reprocharía, pero no estaba dispuesto a dejarla sola, ni ahora ni nunca. Nada más cruzar el patio de nuevo, subió las escaleras de la izquierda para llegar a la primera planta. Mientras ascendía sus ojos y oídos se agudizaron, aunque todo parecía estar dentro de la normalidad. Un vigilante se cruzó con él sin prestarle la mayor atención. Miguel se tranquilizó. Estaba claro que no sabían nada. No terminaba de entender por qué no había saltado la alarma. Medio oculto tras una columna, se asomó por el pasamanos con el fin de aclarar sus dudas. Al instante, lo tuvo claro. Los dos vigilantes que acompañaban a Rosa se encontraban solos en la sala frente al retablo. Era como si no dieran crédito a lo que veían sus ojos. Miguel recorrió la estancia buscando desesperadamente a Rosa. No estaba por ningún lado. Eso quería decir que se había escapado. Una sonrisa se dibujó en su cara.

La voz grave de uno de los guardias terminó con su dicha al comprobar que, mediante el *walkie*, no solo denunciaban la profanación de una obra de arte de principios del siglo XVI, sino que daban una descripción bastante exacta de Rosa y de él. Miguel intentó poner tierra de por medio. Retrocedió sobre sus pasos buscando las escaleras con el fin de salir por los jardines del Real, pero, para su sorpresa, un vigilante subía a toda prisa por ellas mientras escuchaba por el *walkie* los datos de los sospechosos.

—¡Creo haberlo visto hace tan solo unos instantes! —reveló al tiempo que ascendía de dos en dos los escalones—. Juraría que era él.

Miguel, al escuchar que lo tenían localizado, entró en la primera sala que tuvo a mano sin apenas mirar. Se tropezó con una pareja y les pidió disculpas. Tenía que tranquilizarse y tener la suficiente sangre fría como para poder salir airoso de esa situación. Aquello era un laberinto de estancias, con apenas tres o cuatro personas en cada una de ellas. No podía camuflarse entre la gente y también les sería fácil delatarle si les pedían colaboración. Tenía que salir de allí lo antes posible. Se asomó a uno de los pasillos con el fin de acceder a las escaleras, pero el mismo guardia de antes se había unido a otros dos más. La cosa se complicaba. Miguel disimulaba parándose delante de cualquier cuadro, sin prestarle atención. Pasó por delante del autorretrato de Velázquez camuflado como uno más de los turistas.

En ese momento verificó que la llave permanecía envuelta en el pañuelo y continuaba en el bolsillo interior de su chaqueta. Se quitó la gabardina *beige* y la dobló del revés dejando a la vista el forro de cuadros de Burberry. Se la colocó sobre el brazo junto con el periódico y siguió avanzando con cautela, a pesar del eco del parqué. Entró en las salas del claustro buscando una salida. A decir verdad, creía que se había perdido. Aquello no tenía fin. Por algo el Museo San Pío V era considerado como el espacio cultural más importante de la Comunidad Valenciana en cuanto a pintura histórica se refería.

Los nervios se habían apoderado de Miguel, que se veía atrapado. Los vigilantes se habían dispersado y se aproximaban a él por tres ángulos distintos, cercándolo. Miguel salió de la sala a hurtadillas y atravesó un corredor menos iluminado. Al final del pasillo había una puerta plegable de metal que conducía a unas pequeñas escaleras junto a una hornacina. Miguel aceleró el paso con los dedos cruzados. Podía oír perfectamente los latidos de su corazón. Pensó que estaba algo mayor para semejantes jueguecitos. Cuando llegó a las ansiadas puertas, corroboró que estaban cerradas con candado. A pocos metros había una señal de salida. Respiró y sonrió a la vez.

Antes de dar el primer paso vio que uno de los guardias se dirigía hacia él. Miguel le dio la espalda. No se podía mover. Tan solo le quedaba esperar a que lo detuvieran de un momento a otro. Cerró los ojos encomendándose a quien fuera. El sonido de una campanilla desconocida le hizo abrirlos en un momento de desesperación. A su lado, se abrieron unas puertas metálicas apenas visibles. Una persona salió del ascensor empujando una silla de ruedas con un joven impedido. Sin pensarlo dos veces, se coló dentro pulsando el botón de la planta baja mientras oía a su espalda una voz grave que le interpelaba:

—¡Perdone! ¡Perdone, caballero! ¡Oiga!

La silla de ruedas les dificultó el paso a los guardias, que no llegaron a tiempo.

Miguel salió corriendo en cuanto las puertas se abrieron y cruzó el patio Embajador Vich. Gracias a Dios nadie le esperaba a la salida. Sus pasos eran rápidos y no pensaba mirar atrás. Sus ojos solo estaban pendientes de la puerta de salida mientras que su mente pensaba en el paradero de Rosa. Esperaba y confiaba con todas sus fuerzas que hubiera alcanzado la calle sin ningún problema. Por fin veía la luz, solo tenía que atravesar unos jardines rodeados de yacimientos y llegaría a la puerta que daba a Viveros. Echó un ojo por los alrededores y comprobó que tan solo dos parejas de mediana edad y una familia con tres niños se encontraban por allí. Los pocos metros que le quedaban se le hicieron interminables. Cuando estaba a punto de cantar victoria, vio cómo dos policías y un guardia del museo obstruían la salida.

—¡Maldita sea! —gruñó.

No podía retroceder, ni tampoco arriesgarse a salir sin que lo interrogaran o lo registraran. Tenía que pensar en algo y tenía que hacerlo ya. El llanto de un niño le hizo girarse. Se aproximó a él poco antes de que lo hicieran sus padres.

—¿Estás bien, pequeño? —le preguntó mientras le ayudaba a levantarse y sostenerse en pie.

El niño lloraba desconsolado. La rodilla le sangraba al haber tropezado con una piedra. La madre se acercó para consolarlo y le dio las gracias a Miguel. Cuando el niño se hubo calmado, la familia se aproximó a la salida. Miguel se colocó detrás integrándose con ellos mientras, disimuladamente, sujetaba la llave con fuerza. El mayor de los tres pequeños, de unos cinco años, se quedó unos pasos rezagado. Miguel aprovechó para darle la mano, a pesar del asombro del niño, al mismo tiempo que se agachaba hacia el pequeño, le hablaba y sonreía, ocultando parte de su rostro al pasar por delante de los policías.

Uno de los agentes le miró de refilón suponiendo que sería el abuelo. El otro hizo ademán de pararlo, pero se abstuvo ante el gesto disuasorio de su compañero.

Una vez al otro lado, Miguel respiró sintiéndose libre y soltó al niño, que correteó por los laberintos de los jardines. La madre le echó una mirada a medio camino entre el agradecimiento y la desconfianza. A partir de ese momento y viendo que lo peor había pasado, Miguel se camufló entre la maleza y se alejó de allí.

Mientras tanto, dentro del museo, Tía Rosa permanecía escondida en una sala de exposición temporal. No había conseguido escapar y se había camuflado allí entre la gente. Nada más perder de vista a los guardias que la habían ayudado a localizar el pendiente, salió al zaguán. Iba encaminada hacia la puerta principal cuando dieron la alarma, vigilando todas las salidas y difundiendo entre el personal de seguridad los detalles de su físico e indumentaria. Temerosa de ser descubierta, se dirigió hacia la derecha donde unas puertas de cristal dejaban ver la luz de la calle, pero también estaban controladas. Aturdida y desorientada, miró a su alrededor con la intención de buscar un sitio donde ocultarse hasta que pasara la tormenta. Tan solo pudo ver una pequeña tienda con los típicos *souvenirs* y una cafetería casi vacía. Ninguna de las dos estancias le pareció buena idea para poder refugiarse, y tenía que tomar una decisión con rapidez, así que subió por los escalones de la derecha.

Se dirigió al final del pasillo, donde había otra salida, pero estaba cerrada con llave. Tía Rosa intentó forzarla. Era imposible. Desanimada miró a su alrededor. Pensó en Miguel. Esperaba que hubiera conseguido salir de allí. Se pasó la mano por la frente, estaba empapada de sudor. Tenía que buscar un lugar relativamente seguro. Pero ¿dónde? En ese amplio pasillo tan solo había dos salas: una de Ribalta, otra de Joanes, y unos lavabos. Entró en ellos y se lavó la cara con el fin de calmar el fuego que le ardía por dentro. Al oír unos pasos se metió en uno de los aseos y cerró el pestillo. Tía Rosa escuchó cómo tiraban de la cadena a su lado y después abrían el grifo. Silenciosa, esperó a que se vaciara de nuevo para salir. A través del espejo le pareció ver un uniforme marrón similar al de los guardias del museo y volvió a cerrar la puerta. Su corazón latía cada vez con más fuerza y tenía la boca completamente seca. La mujer de uniforme se lavaba las manos mientras la otra señora al salir le preguntaba:

—¿Ha pasado algo? Hay mucho revuelo.

—Nada señora, tan solo que unos desalmados han deteriorado un retablo del siglo XVI, pero tranquila, que está todo controlado.

—¡Qué poca vergüenza! —murmuró la mujer al tiempo que abandonaba el lugar.

Tía Rosa cruzó los dedos y rezó porque no le diera por mirar en todos los aseos. Cerró los ojos buscando una plegaria que la ayudara en semejante situación. A los pocos minutos, se agachó por debajo de la puerta con el fin de verificar si había alguien, salió cautelosa y se asomó por la escalera que estaba colapsada de policía. Retrocedió y buscó la sala Ribalta con el fin de refugiarse allí. Los nervios apenas le permitían caminar con naturalidad. La sala estaba a oscuras y una voz retumbaba en toda la estancia narrando la vida del pintor mientras unas imágenes se dibujaban en una gran pantalla. Tía Rosa apreció que había varias personas sentadas, escuchando, mientras otras tantas disfrutaban de pie. Le pareció el sitio perfecto para ocultarse y se sentó en una de las sillas.

Tía Rosa, que se había sentido orgullosa por la habilidad con la que había desaparecido de la sala del retablo, ahora estaba arrepentida de llevar en el mismo sitio más de dos horas. Ya se sabía la vida del pintor de memoria. Había hecho un intento de salir de allí, pero había desistido al ver aparecer a una pareja de policías dentro de la sala. Gracias a la oscuridad que allí reinaba habían estado solo de paso. Tenía que improvisar algo. No podía quedarse allí hasta que cerraran las puertas. Miró el móvil. Eran las tres y media de la tarde y su estómago le recordaba que no había tomado nada desde el desayuno. Tenía varias llamadas perdidas de Miguel y un mensaje que decía «Rosa, estoy fuera. ¿Dónde estás? Estoy preocupado». Pensó en contestarle, pero no podía decirle que todavía estaba dentro. Seguramente hubiera vuelto a entrar y no estaba dispuesta a que corriera peligro. De repente, lo tuvo claro. Miró a su alrededor y se dio cuenta de que de las veinte personas que había a su lado, ella se encontraba al final. Lo que quería decir que tenía a todos dándole la espalda. Estaba claro que su vestimenta la delataba, así que se deslizó hacia delante y con suma habilidad se apropió de un abrigo negro que había sobre el respaldo de una de las sillas, sin perder de vista a la dueña que intercambiaba frases con su acompañante. Lo cogió con fuerza, se puso de pie y salió de la sala lo más entera que pudo.

Se lo colocó en el pasillo, se anudó un pañuelo que llevaba en el bolso para ocultar su media melena y bajó los escalones. Entró en la cafetería y pidió una botella de agua mientras controlaba el entorno. Tía Rosa sabía que no debía perder tiempo. Si la dueña del abrigo se daba cuenta de que se lo habían sustraído, la cosa empeoraría. Su plan era salir por la puerta de la cafetería que daba al pequeño patio exterior y poder subir la rampa que le conducía a la calle. En el patio había cuatro o cinco estudiantes y eso le dio fuerzas para lanzarse a la aventura. Dio un trago a la botella y caminó hacia ellos camuflándose en el grupo. Un sonido intermitente del *walkie* la puso en alerta.

—¡Alguien le ha robado a una señora en la sala Ribalta! —comentó uno de los vigilantes.

—¡Qué mañana llevamos! —exclamó el compañero.

Tía Rosa aprovechó la confusión para subir por la rampa. Caminó apresurada soportando el calor del mediodía y la doble capa de ropa. Se tropezó con una valla de cipreses tan espesa que le era imposible ver lo que había al otro lado. Al final del camino se vislumbraban las grandes verjas de metal verdes destinadas a la entrada de vehículos. Aceleró el paso y vio cómo estaban a punto de cerrarse. Corrió y se deslizó entre ellas. Por fin estaba en la calle. Anduvo unos pasos por la acera y le echó el alto a un taxi con la bandera verde. Se subió rápidamente al vehículo y miró hacia atrás. Parecía estar todo tranquilo. Por fin había conseguido salir sana y salva. Sacó el móvil del bolsillo y llamó a Miguel.

CAPÍTULO 70

A pesar de ser domingo, en la comisaría Valencia Centro había reunión urgente. El inspector Moreno había salido a toda prisa de su casa desperezándose de su nuevo y cómodo sofá. Eran las cuatro de la tarde cuando entraba en su oficina, cogía la carpeta con toda la documentación del caso de Sara y Alejandra Ferrer solicitada por su jefe, y se dirigía al despacho del comisario Morales. En el pasillo se tropezó con el subinspector Roque.

—¡Joder!, ¿qué coño pasa ahora? —protestó secamente.

—No tengo ni idea —concedió el inspector Moreno percatándose de la cara agria de su compañero—. ¿Te han despertado de la siesta? —preguntó con sorna.

—No precisamente. Estaba en el Bioparc con mi mujer y mis hijos. Menuda llorera... han cogido los críos al ver que no iba a entrar con ellos a ver los lémures.

—Este oficio no es muy compatible con la familia que digamos —le espetó Moreno deteniéndose frente a la sala de reuniones—. Por eso yo no me he casado.

Se sentaron junto al comisario Morales y dos agentes de la policía científica: Víctor Sanahuja y Tomás Valls. Después de intercambiar los saludos pertinentes, pasaron a comentar la situación.

—Hace unas horas han profanado un retablo de no sé qué siglo en el Museo San Pío V —empezó comentando el comisario Morales—. Han sido identificados dos sospechosos: una mujer de unos cincuenta años y un hombre de una edad similar. Tenemos su descripción por los guardias de seguridad. Según los testigos, han estado merodeando el lugar de los hechos a lo largo de la mañana con bastante descaro.

—¿Qué quiere decir con que lo han profanado? —preguntó el

subinspector Roque—. ¿Lo han destrozado, o acaso se han llevado algo?

—Pues eso es lo que tenéis que averiguar vosotros —aclaró el comisario—. Quiero que repaséis las cámaras de seguridad y descifréis qué coño ha pasado ahí. Han actuado limpiamente, no ha habido violencia, ni tampoco desperfectos. Salvo que el retablo afectado ha sufrido una pequeña metamorfosis.

—¿Puede explicar lo de metamorfosis, comisario? —inquirió Roque con un poco de guasa.

El comisario lo miró con el entrecejo contraído bajo sus gafas oscuras y prosiguió.

—Según la policía científica —explicó mientras miraba a los dos agentes en cuestión—, ha cambiado misteriosamente de forma, a pesar de que, supuestamente, no hay nada roto.

—¿Que ha cambiado de forma? —se hizo eco el inspector Moreno creyendo que había escuchado mal.

—En efecto —confirmó Víctor Sanahuja—. Lo mejor será que veáis las cintas de vídeo. Es algo surrealista. Si no fuera porque lo he visto con mis propios ojos, todavía estaría dudando de su credibilidad.

El comisario Morales tomó la palabra:

—Los años de experiencia me dicen que, por la manera de operar, se asemeja bastante al caso de Sara y Alejandra Ferrer.

—¿Está diciendo que cree que tiene algo que ver con el caso de las hermanas? —preguntó Moreno con cierto interés.

—Eso es lo que quiero que averigüéis vosotros —dijo tajantemente el comisario—. Moreno, ¿has traído el informe?

El inspector asintió y se lo entregó en mano.

—Esto se está alargando más de la cuenta —empezó reprochando el comisario—. Lo que no puede ser es que nos estén toreando de semejante manera. ¿Se puede saber qué coño pasa con esas hermanas que no hay forma de dar con su paradero? ¡Quiero a todas las unidades disponibles peinando la ciudad hasta que den con ellas! No estoy dispuesto a que esto se demore más. Sabéis de sobra lo que tenéis que hacer. ¡Quiero resultados y los quiero ya!

Cuarenta minutos más tarde el inspector Moreno y el subinspector Roque entraban en el Museo San Pío V. La sala de la colección permanente de la planta baja donde se encontraba el retablo afectado estaba precintada. Tan solo podía entrar el personal autorizado. Mientras caminaban con el fin de comprobar dicha metamorfosis, como lo había denominado el comisario, se tropezaron con compañeros ocupados en sacar huellas y otras cuestiones rutinarias.

—El misterio todavía está sin resolver —dijo un hombre acercándose a ellos.

—¿Perdone? —murmuró Roque sin saber quién era.

—Lo siento, no me he presentado. Soy Matías Segura, encargado del museo —se presentó mientras les estrechaba la mano a ambos—. He sido el responsable de las obras del museo durante más de diez años y nunca había visto algo semejante.

—¿A qué se refiere? —indagó el inspector.

—Pues, como pueden comprobar, el retablo es de grandes dimensiones —expuso mientras lo señalaba—. A pesar de ello, está cuidado hasta el más mínimo detalle. Los Forment y Nicolás Falcó hicieron un gran trabajo. —Moreno y Roque hicieron una mueca que delataba su ignorancia en estas materias—. Lo que quiero decir es que este retablo es de principios del siglo XVI, desde entonces ha pasado por varias manos y lugares, y nunca, repito, nunca, nadie había conseguido hacer que la imagen de la Inmaculada Concepción se moviera de su lugar. No quiero pensar que se trate de un milagro, pero lo que sí está claro, aunque parezca un tanto fantasioso, es que han debido de activar algún mecanismo oculto, ya que, como pueden observar, la peana donde descansa la Virgen tiene como una especie de guías en su base.

—¿Está queriendo decir que esas dos personas iban buscando algo escondido detrás de La Virgen? —preguntó Moreno con gran curiosidad.

—Me temo que sí —contestó rotundamente el señor Segura.

El subinspector Roque dio un resoplido, mientras que el inspector Moreno se frotaba la barbilla, pensativo. Aunque fuera un poco rebuscado, las conjeturas de ese hombre eran la teoría más plausible. ¿Qué podían haber guardado en esa pequeña abertura y por qué?

—Nos gustaría ver la grabación de las cámaras de seguridad —solicitó Moreno desconcertado.

Pocos minutos después, en una pequeña sala rodeada de monitores, los policías se devanaban los sesos intentando averiguar qué demonios había sucedido. Al principio se les pasó por alto la cara de la mujer sospechosa. Casi siempre aparecía de espaldas, como si supiera que las cámaras la estaban grabando. A diferencia de su acompañante, que al parecer no tenía demasiado reparo en ser visto. Se centraron en el instante en que se produjo la sustracción y vieron cómo el sospechoso tocaba la cabeza de las dos figuras de la parte baja, y cómo seguidamente la Virgen se movía sola. Tenía razón el encargado del museo, pensó Moreno. Luego se fijaron en lo que ese hombre consiguió sacar de detrás de la imagen. Por mucho que quisieron ampliar la escena, la calidad de la imagen no permitía descifrar qué puñetas era. Tan solo consiguieron identificar un trapo de color ambarino que envolvía algo. Retrocedieron la grabación y apareció de nuevo la mujer con los guardias agachados y buscando algo en el suelo.

—¿Se puede saber qué están buscando? —preguntó Moreno, cabreado—. Tráigame a los dos guardias de seguridad.

Instantes después los dos hombres se presentaron para responder a las preguntas del inspector.

—Buscábamos el pendiente de la mujer sospechosa —respondió avergonzado uno de ellos.

—¿El pendiente? —preguntó Roque con sarcasmo.

—¿Puedo saber cuál es su trabajo aquí? —le preguntó Moreno a uno de ellos.

—Vigilar las obras que nos han sido asignadas y que el público no toque ni deteriore ninguna de ellas.

—Ya. ¿Y es normal que un visitante pase más de dos horas delante de una pieza? —preguntó de nuevo el inspector.

—No, señor. De hecho, me ha llamado la atención. Por mi experiencia en este trabajo, había algo que no me encajaba y me ha dado que pensar.

—Pero ¿no ha avisado de ello? —volvió a preguntar el inspector astutamente.

—No, no lo he hecho —respondió el guardia cabizbajo.

—¿Ni tampoco le ha quitado la vista de encima a ese individuo cuando le ha llamado la atención por primera vez por tocar el retablo? —insistió el subinspector.

—No tenían pinta de maleantes y, cuando la mujer ha solicitado ayuda para buscar un pendiente que se le había perdido..., he pensado que podía ser verdad —intentó justificarse.

—¡Rebobina eso! —gritó Moreno al que controlaba la grabación—. Me ha parecido ver algo.

Todos centraron su atención en la pantalla. La sospechosa aparecía en un primer plano, de espaldas, justo en el momento en que se llevaba la mano al bolsillo y hacía creer a los guardias que había encontrado lo que buscaban. Todos se miraron unos a otros. Estaba claro que había sido una farsa. Sin embargo, en un descuido, la mujer giró la cabeza y su rostro quedó casi visible.

—¡Detén la imagen! —ordenó el inspector—. ¡Amplíala todo lo que puedas! —Sus pupilas se centraron en la cara de esa mujer. ¡Ya te tenemos!, pensó Moreno con una mueca parecida a una sonrisa.

El rostro aparecía borroso, pero el profesional que lo manejaba, tras unos cuantos retoques, consiguió darle suficiente nitidez.

—¡No me lo puedo creer! —murmuró el inspector Moreno al reconocerla.

—¡Yo tampoco! —dijo el subinspector Roque, entre dientes—. ¡Rosa Soler! La tía de nuestras desaparecidas. Nadie lo hubiera dicho. Esta familia no tiene remedio.

CAPÍTULO 71

La oscuridad del anochecer envolvió la Ciudad de las Artes y las Ciencias, que refulgía bajo la inmensa luz artificial que desprendían aquellos monstruos arquitectónicos. Miguel y Tía Rosa reponían fuerzas con una cena ligera, después de las hazañas en el museo. Habían vivido momentos de tensión por la incertidumbre de si saldrían ilesos de tal aventura. Habían analizado la situación y habían optado por que Tía Rosa se mudara a casa de Miguel temporalmente hasta que pasara la tormenta y se aclarase semejante enredo. Sabían de la existencia de cámaras de seguridad en el museo y, aunque habían intentado ser discretos, seguro que los habían identificado, en especial a Tía Rosa, a quien la policía ya había interrogado sobre el paradero de sus sobrinas. Sin embargo, tan solo Sara, Alejandra, Lluís y Pepe sabían de la existencia de Miguel en la vida de Tía Rosa. Era prácticamente imposible que los relacionaran y dieran con su paradero, por lo menos eso era lo que ellos pensaban.

A primera hora del lunes, Sara desayunaba con su hermana y Pepe mientras planeaban el día. Lo primero y más urgente era depositar en el Banco de Valencia la llave encontrada en la plaza de toros. No podían arriesgarse a extraviarla o que cayera en manos no deseadas. Aprovechando que Tía Rosa y Miguel habían conseguido dar con la undécima llave, se iban a reunir en una cafetería cercana a la sucursal del banco, en la calle Pintor Sorolla, para guardarlas juntas.

Sara, Alejandra y Pepe fueron los primeros en llegar. Se sentaron en una mesa de la cafetería y pidieron tres cafés. A los pocos instantes entraron Miguel y Tía Rosa, que se pusieron en una mesa contigua sin hacer la menor señal de que se conocían. Tía Rosa preguntó al camarero por el cuarto de baño. Después de perderse por un estrecho pasillo, fue seguida por sus dos sobrinas. Una vez dentro, a salvo de miradas indiscretas, se abrazaron unas a otras.

—¿Cómo estáis? —preguntó Tía Rosa con los ojos llorosos.

—Estamos bien, tía. No te preocupes —intentó consolarla Alejandra.

—Gracias por conseguir la llave —le agradeció Sara—. Sé que no ha resultado fácil.

—No hay de qué —contestó su tía con una sonrisa—. Al fin y al cabo, estamos todos subidos en el mismo barco.

Sara la abrazó de nuevo. Cómo la echaba de menos.

—¿Creéis que es necesario fingir que no nos conocemos? —preguntó su tía dolida por tener que andar a escondidas.

—Todas las precauciones son pocas —apuntó Alejandra previsora—. Están pisándonos los talones. Sobre todo, a mí. Lluís nos llamó ayer y han entrado en nuestro ático de la calle Quart. Han forzado la puerta y lo han dejado todo patas arriba. La policía lo ha precintado como si fuéramos unas delincuentes —añadió con tristeza—. Hicimos bien en mudarnos temporalmente.

Tía Rosa notó congoja en sus palabras y rezó porque esa pesadilla acabara cuanto antes.

—¿Cómo está Lluís? —quiso saber Tía Rosa preocupada—. ¿Cómo es posible que no sospechen de él cuando habéis sido siempre uña y carne?

—Todo está controlado —le explicó Sara—. Lluís ha pedido unos días de asuntos propios en la empresa. Y ha hecho creer a los vecinos que se ha ido de viaje de trabajo, pero realmente se ha ido a vivir al piso de un colega. Mientras que su colega se ha quedado en su casa de la calle Quart para cuidar de Thor y al mismo tiempo mantenernos informados.

—Veo que no se os pasa nada por alto —observó su tía más tranquila.

Sara le sonrió.

—No ha podido venir con nosotras porque está intentando dar con las claves de la última llave —concretó Alejandra justificando la ausencia de su vecino—. Con la llave número doce en nuestro poder habremos terminado gran parte de este complicado enigma.

—¿Y después qué? —preguntó su tía.

Sus sobrinas se encogieron de hombros. Ni ellas mismas lo sabían. Tía Rosa sacó de su bolso la llave encontrada en el Museo San Pío V. Sara la cogió y le echó un vistazo. A continuación, la envolvió y se la guardó en su mochila. Pasados unos minutos se dieron un último abrazo y salieron del baño como si no se conocieran.

El Banco de Valencia, ubicado en el chaflán de Pintor Sorolla con Don Juan de Austria, se construyó en 1942 con corte clásico. La base del edificio estaba consolidada por una serie de columnas donde Pepe se apoyó esperando que las hermanas Ferrer hicieran la gestión. El sonido de su móvil le hizo ponerse en guardia. Miró la pantalla y vio que era Lluís.

—Dime...

—¿Dónde estáis? —preguntó Lluís algo nervioso.

—Sara y Alejandra acaban de entrar en el banco. Yo me he quedado fuera como acordamos.

—Pepe, me ha llamado el amigo que está en mi piso. La policía está histérica y están volviendo a preguntar a los vecinos. ¡Andaos con mucho ojo! Están desesperados por encontrarnos. Al parecer se les ha agotado la paciencia. Tenemos que agilizar la búsqueda de la última llave o presiento que nos van a atrapar antes de tiempo.

—De acuerdo. Tendremos cuidado.

Pepe colgó la llamada y se guardó el móvil en el bolsillo. Abrió sus enormes ojos claros inspeccionando cualquier indicio de presencia policial.

Mientras tanto, dentro de la entidad bancaria, las hermanas estaban delante de las dos cajas de seguridad. Sara abrió una de ellas; su primer objetivo era coger la libreta de su padre y guardársela en el bolso para repasarla en busca de claves para hallar la llave número doce. Por su parte, Alejandra depositaba la llave dentro de la otra caja. Hicieron recuento. Nueve, incluyendo la llave que acababan de depositar, más dos que Augusto Fonfría tenía en su poder hacían un total de once llaves. Tan solo les quedaba una. Una duda asaltó a Sara. Según las anotaciones de su padre, les advertía que no buscaran la solución hasta no tener las doce llaves en su poder. Pero si Augusto Fonfría tenía dos de ellas en su caja fuerte...

En la fachada del Teatro Principal, situado a pocos metros de donde se encontraban, había un Mercedes mal aparcado con su conductor al volante que cotilleaba la posición de Pepe. Llevaba espiándolos desde que salieron de la cafetería. Se preguntaba qué demonios estaban tramando. Pero si el olfato no le engañaba, estaba más que convencido de que no entraba dentro de la legalidad. Había dejado marchar a su primer objetivo, que era Rosa, ya que sus sobrinas le parecieron mucho más interesantes, después de haber visto en dos ocasiones la fotografía de Alejandra en los informativos acusada de un robo bastante serio. De lo que se enteraba uno, y eso que parecía una mosquita muerta, se dijo. Su mayor ansia era hacerle daño a Rosa. Lo había humillado dejando que se enamorara de ella para luego darle una patada en el culo. Menuda zorra, como la mayoría de las mujeres; una fulana de cuidado. En cuanto te das la vuelta, te apuñalan por la espalda. No descansaría hasta que se lo hiciera pagar bien caro. Enfrascado en sus perversos pensamientos, casi no se dio cuenta de que Sara y su hermana acababan de salir del banco y hablaban con Pepe. En ese preciso instante un policía se acercó a la ventanilla del vehículo.

—Buenos días, caballero. ¡No se puede aparcar aquí!

Paco, sobresaltado, pensó que había llegado su oportunidad.

—Perdone, agente. Me voy enseguida. Es solo que... —dudó.

—Si no se va ahora mismo —dijo el agente sacando la libreta de multas—, me veré obligado a...

—¡Ya me voy, ya me voy! —se disculpó con una risita malévola—. Es que me ha llamado la atención aquella joven —dijo señalando a Alejandra—. Juraría que es la chica que andan buscando. ¿Cómo se llama? Ah, sí, Alejandra Ferrer.

El policía miró siguiendo las indicaciones del hombre y comprobó que tenía razón. Sin perder tiempo dio aviso mientras se dirigía hacia el banco.

Paco sonrió. Estaba empezando a saborear parte de su venganza.

—De nada —exclamó cargado de cinismo.

A continuación, arrancó el coche y salió de allí dejando que la autoridad cumpliera con su trabajo. Instantes después escuchó la sirena de un coche de policía acercándose a gran velocidad.

El sonido alertó a Pepe, que, al girarse, vio cómo un agente se aproximaba a ellos dando grandes zancadas. Estaba a punto de cruzar la calle.

—Chicas, ¡salgamos cagando leches de aquí!

Pepe dobló la esquina hacia la calle peatonal Don Juan de Austria seguido por Sara y Alejandra. El policía, al ver que se le escapaban, gritó:

—¡Alto, policía! —Al tiempo que sacaba el arma reglamentaria.

La frase fue en vano, tal y como el agente se temía. Se sumaron cuatro policías más a la persecución después de bajar de uno de los vehículos. Tres de ellos los siguieron a pie intentando no perderlos de vista. Los otros dos subieron al coche con el fin de bloquearles el camino al otro lado de la calle. Las dos hermanas corrían esquivando a los transeúntes y los enormes maceteros que adornaban la acera. Pepe echó un vistazo hacia detrás controlando la ventaja que llevaban. La calle peatonal, repleta de tiendas de moda, cafeterías y puestos de venta ambulante, estaba llegando a su fin. No tenían dónde esconderse. El edificio de El Corte Inglés, a su izquierda, aún no había abierto sus puertas.

Un coche de la policía hizo su aparición por el callejón que daba al aparcamiento de los grandes almacenes y estuvo a punto de atropellar a Alejandra. Tras frenar y dejar los neumáticos grabados en el asfalto, dos de los agentes se unieron en la persecución. Pepe les hizo una señal para que se metieran en la estación de metro de Colón y las dos hermanas le siguieron sin rechistar. Con la respiración alterada bajaron las escaleras de dos en dos. Sara tropezó y estuvo a punto de caer. Eran las nueve y media de la mañana; hora punta en la estación. La gran cantidad de gente los haría pasar inadvertidos. Atravesaron los tornos saltando por encima. Pocos instantes después dos agentes irrumpieron en la estación. Los murmullos de los viajeros aumentaron ante tal persecución. Sara y Alejandra se abrieron paso por las escaleras automáticas a base de empujones. Las quejas de los usuarios retumbaban en el recinto ayudando a los agentes a seguirles los pasos.

Apenas sin aliento consiguieron llegar al andén y, camuflados entre los pasajeros, esperaban que llegase el primer metro. Sara miró el panel informativo y consultó el reloj de la estación: tan solo treinta segundos para que llegase el metro dirección Rafelbunyol. Alejandra vio aparecer a tres de los policías por las escaleras. Se giró de espaldas intentando ocultar su rostro. En ese momento llegó el tren. Pepe sintió un terrible escalofrío que le recorrió la espina dorsal al recordar cuando Lluís y él se adentraron en el túnel para conseguir una de las llaves. Alejandra le tocó en el brazo haciéndole una señal para que estuviese preparado nada más se abrieran las puertas. Mientras tanto, los policías, a varios metros de ellos, se aproximaban cautelosos y con los ojos bien abiertos. La gente apiñada en la estación les dificultaba la identificación de los sospechosos, que avanzaban poco a poco hacia la puerta más cercana. Pepe fue el primero en entrar, seguido de Alejandra, que se le había adherido al brazo como una lapa, después iba Sara. Una mujer con un cochecito de bebé se interpuso entre ellas. Sara, gentil, la dejó pasar. Una de las ruedas se enganchó en la rendija de la puerta y ella la ayudó a soltarla. Cuando la madre le sonrió agradecida, un agente de la policía se acercó y exclamó:

—¡Sara Ferrer, queda detenida!

Sara, pálida, notó cómo la sangre se le congelaba. Con el rabillo del ojo divisó a su hermana y a Pepe dentro del vagón, camuflados entre la gente. Alejandra hizo un ademán de salir, pero Pepe la detuvo sujetándola del brazo. A continuación, las puertas del tren se cerraron y Sara se quedó fuera junto a los tres representantes de la ley. No opuso resistencia. No valía la pena, estaba claro que antes o después iba a suceder. Sin pestañear vio cómo el tren se alejaba dejando el túnel oscuro y silencioso.

El tren continuó su recorrido ajeno a la congoja de Alejandra. Pepe la abrazó para consolarla mientras pensaba cómo iban a salir de allí. La siguiente parada era en la Alameda, bajo el puente de la Exposición. Lo más probable era que la estación estuviera llena de policías. Si se habían propuesto arrestarlos, lo iban a tener difícil para despistarlos.

—Alejandra, debemos tener mucho cuidado en las próximas estaciones —le murmuró casi al oído.

—Han cogido a mi hermana, han cogido a mi hermana... —se lamentó sollozando.

Pepe observó su cara, estaba desencajada y con la moral por los suelos. Eso no jugaba a su favor si querían escapar. La gente los miraba curiosa.

—Escúchame —le susurró cogiéndola por los hombros para hacerla reaccionar—. Tenemos que llamar a Arturo Arándiga y ponerlo al día de lo ocurrido. Él sabrá qué hacer.

Ella se limitó a asentir con la cabeza.

Pepe no se equivocaba. La estación de la Alameda estaba atestada de agentes con uniforme y de paisano. No podían permitir que se les escapasen esta vez. Tenían órdenes de detenerlos a toda costa. Repartidos por el andén descontaban los segundos esperando que asomara el tren.

Pepe y Alejandra vieron a varios agentes repartidos y camuflados entre los pasajeros. La cosa no pintaba nada bien. Pensaron en esconderse dentro del vagón y continuar el trayecto, pero en todas las puertas había un policía esperando para registrar el interior. Estaban perdidos. Temiendo lo que ya era inevitable, Pepe le dijo a Alejandra al oído:

—¡No deben cogerte! Contra ti hay cargos importantes y no podrás salir hasta que no tengamos todas las pruebas de tu inocencia. Tienes que escapar, ¿me oyes?

Ella volvió a asentir. Parecía estar más repuesta y lo abrazó con fuerza en señal de despedida.

Los agentes se aproximaron cercando el terreno. Si no lo remediaban, serían arrestados. A pesar de ello, salieron en masa con el resto de los viajeros. Nada más avanzar unos pocos metros, Pepe sintió cómo alguien le sujetaba del brazo.

—¡Andreu Subies, queda detenido!

Pepe se dejó llevar sin oponer resistencia. Alejandra, a pocos metros de su posición, se quedó quieta sin saber cómo reaccionar. No podía ser. Acababan de detener a Pepe delante de sus narices. ¿Y qué pasaba con ella? Necesitaba avisar a Lluís urgentemente. Tenía que salir de allí. Cerró los ojos y se acordó de su padre. Mentalmente le suplicó que la ayudara en ese momento tan crítico. Después reanudó el paso esperando que de un momento a otro le llamaran la atención y tuviera que detenerse. No quería mirar atrás. Sus pies iban solos hacia la puerta de salida. Era increíble que hubiese avanzado tanto sin que la detuvieran. Se sentía invisible. Ya podía ver la luz de la calle filtrándose en el interior. No podía parar. No debía parar. Aceleró el paso y se colocó sus gafas de pasta de Gucci, se echó el pelo hacia delante y se subió el cuello de la chaqueta. Ya casi estaba fuera. Echó una ojeada al exterior. Vio a varios policías ubicados en sitios estratégicos. Agachó la cabeza y continuó caminando. La estación se encontraba bajo el puente de la Exposición, una espectacular obra de ingeniería diseñada por el arquitecto Santiago Calatrava dentro de los jardines del Turia. Ante ella, tenía kilómetros de vegetación. Sin mirar atrás, se camufló entre la maleza y se alejó de allí.

CAPÍTULO 72

El coche de la policía entró por la plaza del Poeta Llorente y aparcó a pocos metros de la comisaría. Era un edificio amplio, antiguo y restaurado recientemente. Sara iba esposada en el asiento de atrás. Nunca en su vida se había sentido tan humillada al ver cómo los usuarios del metro la observaban como si fuera una vulgar delincuente. Los agentes no la habían tratado ni bien ni mal, simplemente se habían limitado a cumplir con su trabajo y a leerle sus derechos. Una y otra vez se repetía que era inocente. No había cometido ningún delito. No era una mala persona. Solo intentaba defender una causa que creía justa a sabiendas de que acarreaba una serie de consecuencias. La verdad es que no tenían ninguna prueba contra ella. Tan solo la habían visto dos veces, y de pura coincidencia, en el lugar de los hechos. De ninguna de las maneras podían acusarla de nada.

El coche se detuvo y uno de los policías le abrió la puerta para que saliera. Sara volvió a la realidad posponiendo sus preocupaciones y dejando que la invadieran los nervios, que se habían convertido en sus compañeros inseparables. No tenía nada que temer, se decía una y otra vez. No era culpable. Con todo, la duda de si la justicia actuaría correctamente la roía por dentro.

Esa mañana la comisaría estaba más concurrida de lo habitual. El inspector Moreno y el subinspector Roque tenían entre manos un caso de tráfico de drogas, en el que habían asesinado a un tipo del Este, supuestamente por un ajuste de cuentas. Llevaban horas interrogando al sospechoso sin lograr sonsacarle nada.

Cuando le notificaron la detención de Sara Ferrer, el inspector Moreno le dio preferencia y dejó solo a su compañero.

Cuando Sara entró en la comisaría, se convirtió en el centro de todas las miradas. Todavía colgaban de algunas paredes los retratos robot que se habían difundido por media ciudad. Tras los trámites burocráticos, la dejaron en una pequeña habitación donde tan solo había una mesita y dos sillas a ambos lados. Sara dedujo que iba a ser interrogada, o al menos eso era lo que había visto en las películas. Sentada y sola se preguntó qué podía contar de la verdad. En ese momento, la puerta se entreabrió. Un agente ya conocido entró con dos tazas de café en la mano. Se sentó enfrente de ella, la miró a los ojos sin pestañear y, sin mediar palabra, le ofreció una taza.

—¿Quieres? No sabía si te gustaba solo o con leche.

—No, gracias... —contestó Sara recelosa.

—¿No te acuerdas de mí? —le preguntó sin dejar de mirarla a los ojos. Era tal y cómo la recordaba: extraordinariamente bella.

—Creo que sí —respondió ella sonrojada. ¿Por qué la miraba de semejante manera?

—Nuestro primer encuentro fue una noche en las Torres de Serranos. ¿Lo recuerdas?

—Sí.

—Me gustaría saber qué hacías allí.

—Creo que te lo dije bastante claro ese día: esperaba a mi novio, y no voy a responder a ninguna de tus preguntas si no es en presencia de mi abogado. —Por un momento Sara pensó que no tenía abogado—. Además —dijo intentando disimular su confusión—, ¿puedo saber de qué se me acusa?

Antes de que el inspector Moreno pudiera contestar, su compañero Roque llamó a la puerta y le pidió que saliera un momento.

—¿Qué pasa? —preguntó Moreno contrariado—. ¿Tú no estabas interrogando a ese tipo?

—Sí, pero me he tomado un descanso. Un letrado que se llama Arturo Arándiga y que dice ser su abogado —señaló a Sara— está en camino.

—¡Joder! —murmuró con fastidio.

—Dice que no tenemos pruebas contra su cliente y exige que la dejemos en libertad ahora mismo —añadió Roque.

—Lo malo es que tiene razón —gruñó Moreno en voz baja—. Intenta distraerlo cuando llegue, voy a ver si consigo sacar algo de información.

—Pero ¿qué quieres que le diga? —protestó Roque pobre de argumentos.

—¡Invéntate algo! —renegó Moreno mientras cerraba la puerta dejando a su compañero con la palabra en la boca.

—¿Por dónde íbamos? —solicitó el inspector con un ligero toque de humor.

Ella ni se inmutó. Luego recapacitó recordando el mensaje que le había enviado a su hermana avisándola de que salía en las noticias y la cita del río donde acabó herido. No parecía una mala persona. Desconocía por qué había sido tan condescendiente con ellos. A partir de ese momento, sería un poco más agradable.

—Creo que por el principio —respondió ella en un tono sereno.

El inspector se percató de su cambio de humor. No sabía a qué se debía, pero no pensaba preguntar.

—Bien —dijo Moreno después de dar un trago al café—, no sé hasta qué punto estás involucrada en todo este lío, pero me gustaría que me contaras qué sabes al respecto.

—No he hecho nada malo y soy inocente —añadió ella con firmeza.

—Si eso es cierto, no tienes nada que temer. ¿Y tu hermana también es inocente del robo que se le imputa?

—¡Por supuesto! —replicó tajantemente—. A veces las cosas no son lo que parecen.

—Espero no estar equivocado respecto a vosotras —puntualizó mientras hacía un segundo intento de ofrecerle la taza de café.

Sara la sujetó en sus manos en señal de aprobación. Luego le dedicó una tenue sonrisa. ¿Qué tenía ese hombre, que no podía mantener su mal humor delante de él?

El inspector Moreno la miró a los ojos agradeciéndole la muestra de simpatía. Era inconfundible e igual de valiosa que la sonrisa de *La Gioconda* de Leonardo da Vinci.

—Como hay bastantes temas a tratar, me gustaría que empezaras por el principio. La acusación contra tu hermana Alejandra es bastante grave. Deduzco que Augusto Fonfría debe tener pruebas que justifiquen el delito. Si no fuera así, no se habría arriesgado a poner la demanda.

—Es imposible que tenga pruebas —objetó Sara—. Ella no ha robado esas llaves ni nada por el estilo.

—Ni tu Tía Rosa ha profanado un retablo de no sé qué siglo del Museo San Pío V, ¿no? Casualmente se encuentra ausente de su domicilio habitual, como vosotras. ¿Qué está pasando? Sara, estáis todos con la soga al cuello.

El rostro de Sara palideció delatando su sorpresa.

—Todo tiene una explicación —impugnó con la boca pequeña.

—Quiero creerte, pero para ello necesito saber de qué va todo esto.

Sara meditó sus palabras durante unos minutos. Creía que había llegado el momento de decir la verdad. De quitarse esa losa que llevaba arrastrando más de un año. No tenía ningún sentido seguir ocultándola. Hablaría y lo contaría todo con pelos y señales.

—De acuerdo —dijo con resignación.

—Muy bien Sara, Sarita... —exclamó con dulzura el inspector Moreno satisfecho de que se sincerara.

Sara se quedó desconcertada durante unos instantes. Escuchar su nombre unido a ese diminutivo había abierto una brecha en su mente. Una brecha que había permanecido cerrada veintitantos años. Estaba confusa. Ese inspector no tenía la suficiente confianza como para llamarla de ese modo. Sin embargo, estaba segura de que alguien lo solía hacer así mucho tiempo atrás, pero por más que se esforzaba en recordar quién era esa persona no lo conseguía.

—Cuando quieras —demandó Moreno notando la confusión en su rostro.

Sara pensó que podía haber sido una casualidad. Respiró hondo y decidió iniciar su relato:

—Mi hermana Alejandra y yo nos quedamos huérfanas a los cuatro y siete años, respectivamente, y fuimos criadas por nuestra Tía Rosa, hermana de mi madre. Nuestros padres murieron en un accidente de coche. Hasta hace cosa de un año éramos dos chicas normales con los problemas normales. Yo me compré un ático en la calle Quart con la intención de independizarme y mi hermana se instaló conmigo. Al mes de vivir allí empezaron las complicaciones.

El inspector Moreno estaba sumido en un mutismo sepulcral. Atento a la historia de Sara y deleitándose con su angelical voz. No se cansaba de mirarla. Sus ojos lo encandilaban.

—¿Qué tipo de complicaciones? —preguntó el inspector.

Sara continuó. No pensaba omitir ni el más mínimo detalle. Estaba dispuesta a que todo saliera a la luz, a desenmascarar a ese maldito hijo de puta. Empezó por el hallazgo de la libreta y siguió narrando todas sus peripecias y obstáculos por descifrar su contenido. El inspector arqueó las cejas en más de una ocasión. La cosa empezaba a ponerse interesante rozando lo inverosímil, sobre todo en lo referente a las claves y acertijos.

—¿De qué tipo de acertijos estamos hablando? —indagó muy interesado.

—La libreta está llena de ellos, acompañados de varios dibujos de llaves antiguas.

Moreno recordó la denuncia de Augusto Fonfría. Era por el robo de unas llaves antiguas. El tema iba cogiendo algo de forma.

—¿Puedo ver esa libreta?

Sara dudó. Casualmente la llevaba en su bolso. Hacía unas horas la había sacado de la caja fuerte del banco. Pero ¿haría bien entregándole una de las principales pistas que los había ayudado a navegar en todo este enredo?

El inspector Moreno notó enseguida su inseguridad. Quiso tranquilizarla.

—El que me muestres esa libreta no os va a perjudicar en absoluto. Al contrario, si todo lo que me estás contando es cierto, es una valiosa prueba a vuestro favor. Creo que deberías enseñármela.

—Está en mi bolso.

El inspector se levantó y salió de la habitación. Pidió a Roque, que todavía se encontraba por allí, que le trajera el bolso de la joven.

—¿Cómo va? —preguntó intrigado.

—Bien, bastante bien —contestó Moreno satisfecho—. ¿Has conseguido calmar al abogado?

—Más o menos. Por cierto, Andreu Subies viene de camino. Lo han detenido en la estación de la Alameda.

—Hoy estamos de suerte —murmuró el inspector—. ¿Y Alejandra Ferrer?

—Se les ha escapado.

—¡Joder! —gruñó en tono de fastidio—. Tráeme el bolso y, cuando llegue Andreu Subies, avísame.

A los pocos minutos Moreno le entregó el bolso a Sara. Ella buscó la libreta en su interior y se la dio. El inspector Moreno la hojeó atentamente, mientras valoraba si sería conveniente hacer entrar también a Andreu Subies en la misma habitación. Era poco usual, pero algo le decía que debía hacerlo. La pregunta era si Sara seguiría hablando con la misma libertad frente a él. En las páginas de la libreta no había nada aparentemente importante: anotaciones a lápiz de números y palabras incoherentes. Pasó una hoja tras otra y se tropezó con el dibujo de varias llaves antiguas.

—La libreta no revela gran cosa. A decir verdad, es poco explícita —dijo con sarcasmo.

—Eso fue lo que nosotros pensamos la primera vez que la vimos.

—¿Y cómo llegasteis a la conclusión de que había algo más? —preguntó el inspector Moreno muerto de curiosidad.

—Todo a su debido tiempo —mencionó fríamente—. Creo que antes deberías escuchar la historia completa. Te ayudará a verlo desde nuestro punto de vista. No quiero que nos juzgues precipitadamente.

—Me parece justo —aceptó Moreno asintiendo—. He de decirte que Andreu Subies ha sido detenido y está a punto de llegar, y que tu hermana está en paradero desconocido.

Sara se quedó muda.

El inspector se arrepintió de no haberse mordido la lengua, pero ya no había vuelta atrás. ¿Qué tenía esa mujer, que no podía mentirle?

—¿Puedo verlo? —pidió Sara desanimada.

—Ese no es el protocolo —respondió manteniéndose firme en su sitio—. Pero si me prometes que vas a continuar con tu historia, le dejaré entrar.

Sara asintió con un leve movimiento de cabeza.

Moreno se levantó y al cabo de unos minutos volvió a entrar con Pepe.

Sara lo abrazó.

—¿Cómo estás? —fue lo primero que preguntó él.

—Bien, ¿y tú?

Pepe le sonrió. Después tomaron asiento. Moreno le interrogó con la mirada en espera de que Sara continuara. Ella miró a Pepe.

—Creo que ha llegado el momento de sacar toda la verdad a flote —le explicó ella resignada.

Pepe simplemente asintió mientras escuchaba a Sara cómo relataba, con todo lujo de detalles, cómo se conocieron y el papel que él representaba para su padre. También detalló el encuentro de su hermana con el director del instituto Lluís Vives y las amenazas y la vigilancia a las que estaban sometidas.

—¿Quién os vigila exactamente? —indagó el inspector Moreno sin terminar de entender.

—Hay un tipo apostado diariamente enfrente de nuestra casa.

—¿Podrías identificarlo? —preguntó Moreno en papel de policía.

—Por supuesto —afirmó Sara con ironía—. Todos podríamos identificarlo. Ha sido nuestra sombra desde entonces. A partir de ese momento nos tomamos la búsqueda mucho más en serio. Las pocas pistas que teníamos y las amenazas que habíamos recibido nos hicieron pensar que algo gordo se escondía tras este misterio. También empezamos a sospechar que nuestros padres no murieron accidentalmente.

El inspector Moreno se quedó pensativo durante unos instantes. Lo que acababa de escuchar tenía sentido en parte.

—También creemos —continuó Sara— que ha habido más asesinatos.

—¿Tenéis pruebas de ello?

—No precisamente —negó Sara—, pero nuestra vecina Elisa apareció muerta en la calzada. Supuestamente se tiró o se cayó por el balcón.

—¿Por qué habéis llegado a esa conclusión? —interrogó el inspector—. ¿Qué podían tener en contra de esa mujer?

—Era una mujer mayor, sin familia y que vivía sola —explicó Sara—. A la semana ocuparon su piso una pareja un tanto extraña. Después de mucho tiempo hemos descubierto que también están involucrados. Una noche que cenaron en nuestra casa nos colocaron un dispositivo de escucha en el teléfono fijo.

Al inspector Moreno le costaba digerir tanta información. O todo era mentira y esta chica disponía de una imaginación fuera de lo habitual, o aquello era un caso enrevesado con todas las de la ley.

—Lo del asesinato es una acusación grave —puntualizó el inspector.

—Sí, lo sabemos —añadió Pepe tajantemente—. Yo también creo que mi hermana murió de la misma forma. Estoy seguro de que no fue un suicidio. Pero la policía nunca averiguó la verdad y optó por la conclusión más fácil.

—Nuestro trabajo a veces es difícil —defendió Moreno.

—No lo pongo en duda —continuó Pepe—. Pero ¿cuántos casos están archivados y sin resolver?

Moreno no supo qué contestar.

—Si no hay pruebas, no podemos hacer nada —continuó Moreno—. ¿Qué interés podían tener en matar a tu hermana?

—Asustarme, darme una lección —dijo Pepe con decisión.

—Explícame eso...

—Jorge Ferrer era mi profesor de Historia en el instituto y un padre para mí. Me confío sus inquietudes acerca de su búsqueda sobre unas claves en nuestra ciudad que cambiarían el rumbo de la historia. Pocos días después de su entierro, me abordaron unos tipos con un montón de preguntas. Acudí a la policía y no me hicieron el menor caso. Pensaron que lo hacía por llamar la atención. Estos tipos vigilaban a toda mi familia y llegaron a entrar en el bar y en nuestro domicilio particular poniéndolo todo patas arriba. Mi padrastro siempre creyó que era por mi culpa y mis amistades. Recibíamos amenazas constantemente y decidí que lo mejor era olvidarme de Jorge Ferrer.

»Sin embargo, diez años después vi una noticia en la prensa sobre la organización AFCANI que contaba que había financiado una investigación para localizar el mayor hallazgo de toda la historia y que, según ellos, se encontraba en suelo valenciano. Pensé entonces en mi profesor y me negué a que esa organización se pusiera las medallas que no le pertenecían. Gracias a las claves que me dejó Jorge conseguí localizar dos de las llaves. Los esbirros que nos vigilaban se olieron lo que estaba haciendo y me cogieron una noche por banda intentando sacarme toda la información. Me dieron una paliza de muerte. A pesar de ello, no consiguieron que les dijera ni una sola palabra. A la mañana siguiente mi hermana apareció muerta.

»En cuanto me recuperé, me marché lejos. Estuve trabajando fuera de Valencia, pero siempre daban con mi paradero. Al final opté por irme al extranjero. Al cabo de unos años regresé y me uní a un grupo de indigentes. Llevo casi seis años con mi identidad oculta. Para todos los que me han conocido en este tiempo, yo soy Pepe.

El inspector Moreno pensó en la organización que acababa de nombrar. En este caso había muchas cabezas de turco y los culpables seguían vivitos y coleando. Se hizo el firme propósito de que llegaría hasta el final.

—¿De manera que encontraste dos de las llaves que buscaba Jorge Ferrer? —recapituló dirigiéndose a Pepe.

Este asintió.

—¿Y qué me decís del resto de las llaves que se supone que ha robado tu hermana a Augusto Fonfría? —interrogó mirando a Sara.

—Para empezar, te diré que ella no ha robado esas llaves. Las hemos conseguido gracias a la libreta de mi padre.

—¿Cómo? —El inspector no lo entendía. Por muchas vueltas que daba a las hojas no conseguía que le revelaran nada.

—¿No tendrás una lámpara de luz negra? —solicitó Sara.

Moreno se sorprendió por la pregunta. Por suerte sí que disponían de una en la comisaría.

Sin mediar palabra se levantó y salió de la sala. A los pocos metros se cruzó con el subinspector Roque.

—Moreno, Arturo Arándiga acaba de llegar.

—Necesito un poco más de tiempo —le imploró.

—Veré lo que puedo hacer. ¿Qué está pasando ahí dentro? —preguntó Roque mientras no le quitaba ojo a la rendija que había quedado entreabierta en la puerta.

—Necesito una lámpara de luz negra, ahora mismo.

—¿Para qué?

—No preguntes y tráemela.

—¿Y si viene el comisario Morales del funeral? —preguntó Roque temiéndose lo peor.

—Le dices que yo, personalmente, le mantendré informado.

Minutos después el inspector Moreno entraba con la lámpara en las manos. La enchufó y esperó al siguiente paso.

Sara se levantó y colocó la libreta bajo el haz de la potente luz ultravioleta. Andreu apagó la luz de la sala.

A los pocos instantes, y ante los ojos incrédulos de Moreno, se dibujaron unas frases que antes habían permanecido ocultas. En la primera página aparecieron cuatro líneas con una caligrafía perfectamente legible. El inspector las leyó en silencio.

A las tres mujeres de mi vida: Carmen, Sara y Alejandra.
A Andreu, que ocupó el lugar del hijo que nunca tuve.
Si leéis estas líneas, significa que algo me ha sucedido.
Pero las claves que describo, solo vosotros cuatro podéis adivinarlas.

Moreno empezó a entender el papel que jugaba Andreu en todo este embrollo. En la tercera línea, el autor dejaba entrever que su vida corría algún tipo de peligro. Continuó leyendo en la siguiente hoja:

No perdáis el tiempo buscando el significado.
Solo cuando tengáis las doce llaves en vuestro poder,
hallaréis la solución.

La tercera página dejaba ver un dibujo de la antigua muralla cristiana de Valencia. Moreno se arrepintió de no haber prestado más atención a las clases de historia en sus años de estudiante.

Donde los cardinales convergen y la iglesia no ve,
donde no llega la luz y se humedecen la bravura y la abundancia,
allí está la nada.

—¿Me queréis decir que basándoos en estas frases habéis conseguido encontrar las llaves? —preguntó Moreno asombrado.

—Así es, aunque no todas —afirmó Sara—. La llave del primer acertijo que correspondía a las Torres de Quart estaba en el Museo Arqueológico de la Almoina. El único delito que cometimos allí fue entrar fuera de horas y forzar la cerradura.

—Muy hábilmente —añadió Moreno con retintín.

—La segunda llave, que pertenecía a las Torres de Serranos —continuó Sara—, la encontramos en las mismas torres. Forzamos algunas de las puertas y bloqueamos los potentes focos del suelo para evitar que nos descubrieran.

—Y allí fue donde nos conocimos —murmuró el inspector.

Ella asintió.

—La tercera llave, que pertenecía al Portal del Mar, la encontramos en la iglesia de San Juan del Hospital. Aquí no forzamos ninguna cerradura. Solo entramos fuera de horas y sin permiso al yacimiento arqueológico.

—Las huellas os delataron —confirmó Moreno—. Debisteis pasarlo mal. Esa noche fue una de las peores de todo el invierno.

—Doy fe de ello —atajó Sara con los pelos de punta al recordarla—. Fue tan terrible que pensé que aquella noche sería la última. De no ser por Pepe...

Él la cogió de la mano. Moreno pensó si habría algún tipo de relación entre ellos dos.

—La cuarta llave, perteneciente al Portal de San Vicente, la encontramos en el Miguelete —prosiguió Sara—. Estaba en una de las campanas.

El inspector Moreno escuchaba atentamente. Intentaba mantenerse al margen y mostrarse lo más neutral posible, aunque la historia parecía más bien un cuento. Cualquier persona sensata diría que todo era una sarta de mentiras. Sin embargo, él, incomprensiblemente, se lo estaba creyendo hasta la última palabra. Lo verdaderamente difícil iba a ser exponerle el caso al comisario Morales. No tenía ni idea de cómo iba a redactar el informe.

—La quinta llave —dijo Pepe tomando la palabra— pertenecía al Portal de los Judíos y la encontramos dentro de la estación de Colón.

—Por fin sabremos lo que sucedió dentro de la estación —exclamó Moreno intrigado—. Menudo revuelo armasteis. Y ahora me dirás que vuestro vecino Lluís era quien te acompañaba en la hazaña.

Pepe le miró receloso. En ningún momento pensaba nombrar a Lluís como cómplice, pero ¿cómo lo había sabido? Echó una mirada a Sara y pudo leer la sorpresa en su rostro. Estaba claro que ella tampoco lo había nombrado.

—Puedo saber qué te hace pensar que Lluís está con nosotros —inquirió Sara sorprendida.

—Recordad que soy policía y además muy observador. Cuando me cité con Alejandra en los jardines del río, casualmente él estaba sentado en el banco de al lado simulando leer un periódico.

Era absurdo negar lo evidente. Pepe continuó tras una seña del inspector para que lo hiciese.

—Esa noche solo intervinimos Lluís y yo —empezó a decir contándole todos los pormenores de su aventura.

—Sé que os preocupasteis de que los montones de tierra no afectaran a la circulación del metro —aclaró Moreno con una leve sonrisa.

—Era una de nuestras prioridades —prosiguió Pepe—. No queríamos causar ningún accidente y que alguien saliera herido, aunque con las prisas y la angustia me dejé todos los artilugios de por medio. Al llegar a la estación me metí en el baño del personal y aparentemente dejé mis huellas.

—¡Así es! —afirmó Moreno—. ¿Y qué pasó con Lluís?

—Logró dar con el pasadizo que estábamos buscando. A decir verdad, lo tenía muy cerca cuando el túnel colapsó. Logró salir a la calle a través de los túneles de ventilación del aparcamiento de El Corte Inglés.

—¿Encontró lo que buscabais? —preguntó Moreno con cierto escepticismo.

—Así es —afirmó.

Moreno se quedó pensativo durante unos minutos. Todavía no entendía cómo podía creerse toda esa historia.

—¿Quién se supone que ha escondido esas llaves? —preguntó Moreno dando en el clavo.

—¡No lo sabemos! —exclamó Sara—. Al igual que tampoco sabemos qué gran hallazgo se esconde detrás de las doce llaves. Según mi padre, tiene que haber algo importante...

—¿De cuántas llaves disponéis? —preguntó el inspector.

—Hemos encontrado siete —contestó Sara con la boca pequeña. Acababa de meter la pata hasta las trancas.

—¿Siete? —apuntó el inspector. Las cuentas no le encajaban. Si había contado bien, solo le habían nombrado cinco.

—Encontramos la sexta, la del Portal de Ruzafa, en la plaza de toros —explicó Sara con mucho tacto y temiendo la siguiente pregunta.

—¿Y la séptima? —insistió Moreno sabiendo la respuesta por anticipado.

—No puedo decirlo —contestó ella tajantemente.

—No es necesario que respondas —rectificó el inspector viendo lo incómodo que le resultaba—. Yo lo haré por ti. La séptima fue en el Museo San Pío V y la encontró tu Tía Rosa.

Ni Sara ni Pepe se inmutaron.

—Hay pruebas al respecto —afirmó Moreno restándole importancia—. Pero tengo dos dudas. Una de ellas es: ¿a qué puerta correspondía esta llave? Y la segunda es: ¿quién era el hombre que acompañaba a tu tía?

Fue Sara quien contestó. No tenía ningún sentido ocultar cosas que antes o después se iban a saber.

—Corresponde al Portal del Real. Y quien acompañaba a mi tía era su antiguo novio.

—¿Y me vas a decir cómo se llama?

—Me temo que no —negó Sara—. Eso tendrás que averiguarlo tú solito.

—Me lo imaginaba —concluyó Moreno con sarcasmo—. Retomando el tema de las llaves...

—Como te he dicho, nosotros hemos encontrado siete —añadió Sara de nuevo—. Más dos que tenía Pepe, suman nueve. Más dos que tiene Augusto Fonfría, hacen un total de once llaves.

El inspector Moreno se puso alerta. ¿Cómo disponía de esa información?

—¿Puedo saber cómo sabes que Augusto Fonfría tenía dos de las llaves? —preguntó suspicaz—. ¿Acaso las has visto?

—Yo personalmente, no —negó Sara—. Pero el señor Fonfría se las enseñó a mi hermana en su despacho, tras su visita para documentarse para el artículo que le había encomendado. Entonces no sabíamos sus verdaderos motivos, ahora sí.

—Entiendo —murmuró Moreno.

—Ese viejo diablo supo hacerla estallar —explicó Sara—. Le dijo que tenía dos de las doce llaves y que sabía que nosotros teníamos gran parte de ellas. La chantajeó. Le ofreció un millón de euros a cambio de las llaves que tenemos. Nos amenazó si no aceptábamos. Parece que ese malnacido ha cumplido con sus amenazas.

Moreno se quedó pensativo durante unos instantes.

—¿Sabes si las tocó en algún momento? —dijo en tono amigable. Sara se quedó pensativa. Luego asintió desconsolada.

—Me temo que sí. Era tal su desconcierto que, cuando se las ofreció, creo que las tuvo unos segundos en sus manos.

—Ese hombre es muy astuto —añadió el inspector sospesando el asunto—. Lo tenía todo preparado para que cayera en la trampa.

—Ella es inocente. No ha robado nada. —Sara intentó justificar a su hermana—. Las llaves que tenemos las hemos encontrado nosotros gracias a mi padre. Pero ese malnacido no se conforma con el poder que tiene.

—Esa gente suele ser así. Nunca tienen suficiente —comentó Moreno—. Lo que no termino de entender es cómo han llegado esas llaves a su poder.

—Creo que tengo parte de la respuesta —afirmó Sara—. Parece ser que el señor Fonfría contrató a mi padre para que investigara el misterio y diera con las claves para hallar las doce llaves. Él alega que mi padre le robó la posición de los escondites, y por tanto las llaves que hemos encontrado nosotros deberían estar en su poder.

—Y vosotras creéis que no es así —concluyó el inspector.

—Por supuesto —dijo Sara rotundamente.

—Pero me temo que no tenéis ninguna prueba que lo justifique.

—No —dijo Sara cabizbaja.

—Como ya os he dicho, si no hay pruebas, no se puede culpar a nadie ni acusarlo de absolutamente nada. Si todo esto llega a juicio, y me temo que si el señor Fonfría ha empezado esta batalla es con el ánimo de llegar hasta el final, y alega que vuestro padre le robó los resultados de una investigación que le pertenecía, me temo que no tenéis nada que hacer. Sintiéndolo mucho, es muy posible que tengáis que devolvérselas.

—Pero las hemos encontrado nosotros —alegó Sara hundida.

—Aun así —confirmó Moreno con resignación.

—Dudo mucho que ese impresentable tenga pruebas al respecto —vociferó Pepe lleno de ira. Preveía que la justicia le iba a defraudar de nuevo.

—Es algo que desconocemos —continuó Moreno—. Es posible que haya algún contrato o algo similar de por medio.

El silencio volvió a adueñarse de la sala.

CAPÍTULO 73

Eran más de las tres de la tarde cuando Sara y Pepe aparecieron en el piso de Llano de Zaidía. Estaban agotados, aunque Sara tenía una extraña sensación de liberación. Acababa de quitarse de encima el peso de una historia que le venía grande. Recordó el interrogatorio y admiró la delicadeza con la que los había tratado el inspector Moreno.

¿Qué había en ese hombre que le resultaba tremendamente atractivo? ¡Y con qué facilidad le había sonsacado todo tipo de información! ¿Sería por su profesionalidad o quizás había algo más?

Sara estaba contenta, a pesar de haber recibido por parte de Arturo Arándiga una buena reprimenda por haber contado toda la historia sin estar él presente. La verdad es que la declaración se había desarrollado de una manera espontánea y no se arrepentía de ello.

Mientras Sara y Pepe comían algo rápido después de haber rebuscado en la nevera, llegaron Lluís y Alejandra. Los cuatro se abrazaron emocionados.

Mientras tanto, en la calle, a pocos metros de su casa, una pareja de policías, vestidos de paisano, los vigilaban. El inspector Moreno había pedido que los siguieran para averiguar su nueva dirección y controlar sus movimientos las veinticuatro horas del día. Según la historia que acababa de escuchar por boca de Sara Ferrer y Pepe, aquello tenía un trasfondo que no le gustaba. A pesar de que su relato le pudiera parecer fantasioso, no ponía en duda su credibilidad. Aparentemente, ellos tan solo eran las víctimas de ese enrevesado caso.

Después de haber relatado los pormenores de las últimas horas, se concentraron en la búsqueda de la llave número doce. No podían perder tiempo. Ahora más que nunca necesitaban dar con la solución. Lluís llevaba varios días buscando información; el problema estribaba en que en esta ocasión no tenían ningún acertijo que les indicara el camino. La libreta de Jorge Ferrer estaba exprimida al máximo, al igual que el *Lazarillo de Tormes*, que habían desmenuzado palabra por palabra. Se habían puesto en contacto con Miguel Roselló, ya que gracias a él habían encontrado la llave número once correspondiente al Portal del Real. Pero para su desconsuelo, Miguel desconocía cómo continuar. Los ánimos habían descendido y el cansancio y el estrés vivido hasta ahora estaban haciendo mella en ellos.

—Pero tiene que haber algo más... —murmuró Sara rozando la desesperación.

—Eso es lo que todos anhelamos —continuó Lluís—, pero ¿el qué?

—Repasemos —intervino Pepe procurando mantener la calma—. Hasta ahora hemos conseguido todos nuestros propósitos.

—¿Qué me decís de la llave? —mencionó Sara.

—¿De qué llave hablas? —demandó Alejandra mientras, inconscientemente, jugueteaba con el cordón de cuero que llevaba alrededor del cuello, y del que colgaba la pequeña llave que encontraron en el baúl de sus padres hacía tan solo unos días.

Lluís y Pepe centraron sus miradas en ella, quien, ante lo evidente, cayó en la cuenta de que era algo que todavía les quedaba por averiguar.

En ese preciso momento el sonido de una melodía familiar irrumpió en la estancia. Sara cogió su móvil del bolso.

—Es Miguel —anunció al tiempo que descolgaba—. Hola, dime... ¿De veras? Entonces... ¿Tú crees? Gracias. Muchas gracias.

Todos la miraron expectantes.

—Miguel ha estado haciendo memoria y nos propone que vayamos a Xàtiva y visitemos la casa de nuestro abuelo. Cree que es posible que lo que buscamos esté allí.

—¿A qué esperamos? —gritó Sara invadida por la emoción.

—Tía Rosa y Miguel nos esperan dentro de media hora en la entrada de la Pista de Silla —explicó Alejandra dirigiéndose a la puerta sin más preámbulos.

El atardecer se les había echado encima cuando llegaron a Xàtiva en el Audi de Lluís. Detrás les seguían Miguel y Tía Rosa. Numerosos nubarrones se habían apoderado del cielo azul dejándolo triste y sombrío. A pocos metros de distancia y con mucha precaución, dos hombres les pisaban los talones en su vehículo. Cuando entraron en el municipio fue Miguel quien los guio hacia el caserón. Tía Rosa recordó las pocas veces que había estado allí. La penúltima vez fue en el entierro del padre de Jorge. Todavía se le hacía un nudo en la garganta al rememorar la tristeza de su cuñado y su hermana. La última vez que pisó esas calles hacía tan solo cinco años y fue acompañada de sus sobrinas, cuando contemplaron la posibilidad de vender la casa, aunque al final lo descartaron porque era uno de los pocos recuerdos que conservaban de su padre. Acordaron mantenerla a no ser que fuera estrictamente necesario.

Bajaron de los coches y se dirigieron al portón principal. Su fachada necesitaba urgentemente una mano de pintura y la puerta se enganchó al intentar abrirla. Entre sombras y crujidos se adentraron en la vivienda y se dividieron por habitaciones con el fin de agilizar la búsqueda. La casa era bastante grande y la noche se les estaba echando encima.

Después de varias horas revisando cajones y armarios, inspeccionando cada rincón y buscando cualquier pista que les pudiera ayudar a localizar la procedencia de la pequeña llave, tenían las manos vacías. Allí tan solo había muebles viejos, llenos de polvo, telarañas y heces de ratones. Salieron pasadas las nueve de la noche desanimados y sin saber a dónde ir. Estaban a punto de subir a los coches y regresar a la ciudad cuando Sara tuvo una descabellada idea.

—¡Un momento! Los abuelos están enterrados en este cementerio, ¿no?

—Sí —respondió su tía sin saber a dónde quería ir a parar.

—Pues creo que deberíamos hacerles una visita —propuso como si hubiese tenido una revelación—. Es lo único que nos queda por ver.

—Sara, se está haciendo de noche —replicó Tía Rosa—. No creo que sea una buena idea visitar el cementerio a estas horas.

—¿Por qué no? —cuestionó Pepe apoyando la sugerencia—. Ya que estamos aquí, lo peor que nos puede pasar es que se nos aparezca algún alma en pena —dijo con algo de sorna.

—Tía, tú siempre nos has dicho que había que temer más a los vivos que a los muertos —añadió Sara con firmeza.

Alejandra sonrió forzadamente. No estaba muy de acuerdo, pero, a estas alturas, ¿qué tenían que perder?

Por unanimidad se encaminaron hacia el cementerio. Las puertas estaban cerradas y el muro que lo rodeaba era bastante alto. Estaba claro que tendrían que escalar, y también que no todos podrían hacerlo.

Lluís y Pepe fueron los primeros en ofrecerse, seguidos de Sara y Alejandra, que no querían permanecer de espectadoras. Tía Rosa y Miguel les explicaron la ubicación aproximada de la tumba de sus abuelos. Después de sacar dos linternas del maletero los cuatro se encaramaron al muro hasta llegar al otro lado.

La noche era cerrada, con la luna apenas visible camuflada entre las oscuras nubes. De no ser por la potente luz de las linternas, hubieran tropezado unos con otros. Avanzaban de dos en dos. Alejandra iba pegada a Lluís como una lapa. No podía parar de temblar de frío y de miedo.

—Quieres dejar de rechinar los dientes. Me estás poniendo nervioso —le dijo Lluís mientras le iluminaba la cara.

—Ojalá pudiera controlarlo —le contestó ella.

Se adentraron en silencio por los pasillos llenos de lápidas y nichos sin perder de vista a Pepe y a Sara, que iban ganando terreno por el otro lado. Se dirigieron hacia el centro del camposanto. Según las indicaciones de Miguel, tenían que estar muy cerca. Alumbraron las tumbas del suelo. Algunas de ellas estaban tan cerca unas de otras y en tan mal estado de conservación que parecía que se iban a abrir de un momento a otro. Sara, con el vello erizado, se arrepintió de haber hecho semejante proposición. Menos mal que Pepe estaba bastante entero. Sin saber por qué, le agarró del brazo para sentirse más segura.

—¿Estás bien? —le preguntó él.

—Regular. Tenía que haberme mordido la lengua —confesó Sara.

—No seas tonta. No va a pasar nada. ¿Y si encontramos algo y resulta que estabas en lo cierto?

—Tenemos que estar atentos —añadió Sara con los pelos como escarpias—. Tiene que estar por aquí.

Se juntaron los cuatro y alumbraron una tumba detrás de otra. Ningún nombre coincidía con el de sus abuelos. De repente, Alejandra gritó:

—¡Aquí! ¡Aquí!

Los demás se agruparon en torno a la lápida de mármol blanco y leyeron la inscripción:

TOMÁS FERRER MONLLEÓ FALLECIÓ EL 3 DE SEPTIEMBRE DE 1980
A LOS 64 AÑOS
AMPARO ÁLVAREZ GÓMEZ FALLECIÓ EL 25 DE ENERO DE 1968
A LOS 41 AÑOS

A continuación, un epitafio decía así:

DESCANSAD EN PAZ Y LIBRES DE TODA CARGA,
QUE VUESTRAS BUENAS ACCIONES SE VERÁN RECOMPENSADAS

Sobre la lápida y dentro de una pequeña urna de cristal había dos fotos de sus abuelos, en color sepia, que descansaban sobre un pequeño pedestal. Detrás había una imagen de la Virgen de los Desamparados cuidando de sus almas. Sara enfocó el haz de luz hacia las fotografías. Se fijó en las facciones de su abuelo y apreció cierta semejanza con su padre. Sintió tristeza por no haberlos conocido mejor. Estaba claro que la visita al cementerio había sido en balde. Desanimada, dio un último repaso a la urna de cristal y una idea le pasó por la mente.

—¡Un momento! —gritó mientras se aproximaba lo máximo posible a esa pequeña ventana de cristal.

—¿Qué ocurre? —preguntó su hermana esperanzada.

Los demás se aproximaron.

—No lo sé, pero ¿y si lo que buscamos está ahí dentro? —sugirió.

—Tendríamos que romper el cristal —añadió Lluís.

—No lo creo —dijo Alejandra con una media sonrisa.

—¿Estás pensando lo que creo que estás pensando? —Pepe sonrió con una mueca de complicidad mientras señalaba con el dedo índice el diminuto orificio de una pequeña cerradura.

—Es posible que la llave que llevas colgando del cuello —dijo Lluís dirigiéndose a Alejandra— sea precisamente la llave que encaja aquí.

—Solo hay una manera de averiguarlo —constató quitándose el cordón de cuero del cuello.

La incógnita se despejó rápidamente. Ante el asombro de los cuatro, la llave dio media vuelta abriendo la portezuela de cristal. Alejandra metió la mano dentro y, al hacerlo, rozó el marco de la fotografía de su abuelo, que cayó boca abajo. Al intentar ponerlo en pie, algo pegajoso le pringó los dedos. Alumbró el pulgar y el índice y vio que estaban impregnados de algún tipo de sustancia.

Los frotó con la intención de averiguar de qué se trataba y los acercó a la nariz. No olía a nada que pudiera identificar. Posiblemente el calor hubiese derretido el material y por eso se estaba descomponiendo. Alejandra se agachó de nuevo, cogió el marco y lo miró detenidamente. El rostro de su abuelo la miraba fijamente. Después le dio la vuelta y alumbró con la linterna la parte posterior mientras sus tres acompañantes la observaban silenciosos.

—¿Qué buscas? —preguntó Lluís sin poder contenerse.

—No lo sé exactamente —contestó Alejandra algo confusa—. He tenido una especie de corazonada.

Al terminar la frase desmontó el marco sacando la fotografía y, sin saber por qué, le dio la vuelta.

—¿Qué diríais que es esto? —formuló mientras les enseñaba la parte de atrás.

Sus caras se tiñeron de sorpresa al ver que había ciertas anotaciones.

—Parece una frase —expresó Sara mientras la leía en voz alta—: «Si tratase de agradar a los hombres, no sería siervo de Jesucristo 13 PZLL». ¿Sabéis a qué se refiere? —preguntó confundida.

Los demás se encogieron de hombros.

—Mira en la foto de tu abuela —propuso Pepe.

Sara la cogió y la desmontó en un santiamén. Luego le dio la vuelta imitando los gestos de su hermana, pero su decepción fue mayúscula al verla totalmente limpia. Después inspeccionaron el resto de la urna sin obtener nada que les llamara la atención.

Al final decidieron regresar a los coches. Retomaron sus pasos en dirección a la sección del muro que habían saltado un rato antes, y a los pocos minutos se encontraron con Miguel y Tía Rosa. Nada más verlos les mostraron la frase que habían encontrado.

—¿Os dice algo? —inquirió Alejandra.

Los dos negaron con la cabeza.

CAPÍTULO 74

Estaba amaneciendo y los primeros rayos de luz que provenían del Mediterráneo llenaban de sombras el salón de Miguel. Sentado en su sillón, no dejaba de pensar en la frase de la noche anterior. Apenas había dormido un par de horas. Harto de estar en la cama, se había levantado dejando a Rosa descansar. Había consultado varios libros sin saber muy bien qué buscaba. Esas letras al final de la frase le sonaban, estaba seguro de que las había visto en alguna otra ocasión. Pero ¿dónde?

Cogió la biblia que había dejado encima de la mesa y la hojeó de nuevo. Estaba convencido de que esa frase provenía de ahí, pero iba a ciegas. Las letras PZLL y el número 13 no encajaban con ningún versículo. Como la llave que estaban buscando pertenecía al Portal Nuevo, Miguel había recabado toda la documentación que estaba a su alcance sobre él. Su nombre se debía a que fue el último que se abrió en la muralla del siglo XIV. Tuvo otras denominaciones como Portal de Santa Cruz, por un retablo que había en él, y por la vecindad de la parroquia del mismo nombre. También fue conocido por Campanar o Zaidía, por su proximidad y orientación, o Portal de San José por encontrarse enfrente del puente del mismo nombre, y por el convento de las carmelitas cuya fachada daba a dicho portal.

Miguel miró el reloj y eran casi las siete y media de la mañana. Pensó en llamar a Sara y los demás a ver si habían averiguado algo, pero después de tener el móvil en la mano, desistió. Le pareció demasiado pronto. De repente, y para su sorpresa, sonó la melodía de su teléfono. Miró la pantalla y era Alejandra.

—Dime —contestó.

—Miguel, perdona que llame a estas horas. ¿Estabas durmiendo?

—No te preocupes —respondió Miguel tranquilizándola—. El sueño no ha querido hacer acto de presencia esta noche, ni para tu tía ni para mí. ¿Habéis sacado algo en claro?

—Nada de nada, pero no podía aguantar más, ¿y tú?

—Tampoco. —Su voz sonaba apagada. Se sentía frustrado al ver que no era de gran ayuda.

—La verdad es que nosotros cuatro tampoco hemos pegado ojo y, además, se nos ha terminado el café. De hecho, ahora mismo estoy en el balcón admirando las vistas del río y observando el puente de San José. Y pensar que lo tenemos delante de nuestras narices. He pasado por ese lugar miles de veces. El Portal Nuevo estaba al otro lado del puente, si aún estuviera en pie también podría verlo desde aquí.

—¡Alejandra! —gritó Miguel en un impulso incontrolado.

—Dime. —Alejandra se soliviantó.

—¿Puedes ver el puente al completo? —requirió Miguel esperanzado.

—Pues prácticamente entero.

—Cuenta el número de arcos que tiene —le pidió con nerviosismo.

Alejandra se limitó a obedecer. De entrada, le pareció que eran trece, pero el temor de haberse equivocado le hizo repetir con más calma la operación.

—Miguel, son trece... —dijo emocionada.

—Bien —murmuró él pensativo.

—¿Crees que la llave puede estar en uno de ellos?

—No lo sé.

Alejandra escuchó a su hermana y a Lluís que se habían levantado y aprovechó para ponerlos al día. Detrás iba Pepe. Mientras tanto, Miguel, que seguía al otro lado de la línea le daba vueltas al asunto.

—Creo que puede tratarse de una pista para indicarnos la ubicación —concluyó.

—Miguel, ¿cómo sabemos que se refiere a este puente en particular? —dudó Alejandra.

—Buena pregunta, jovencita —murmuró Miguel enfrascado en sus enrevesados pensamientos—. Tu padre era muy listo. Qué digo listo. ¡Era un genio! ¡Ya lo tengo! Alejandra, creo que acabo de dar con la solución al enigma.

—¿De veras? —exclamó con una enorme sonrisa al tiempo que les hacía una seña a los demás para darles a entender que iban por buen camino.

—Escucha bien lo que te voy a decir —solicitó Miguel con dulzura—. El puente de San José fue originalmente un puente de madera construido en 1486. Sobre el año 1606 se reconstruyó en piedra y, años después, sobre los dos tajamares colocaron dos esculturas. Una de ellas era de san Luis Bertrán y la otra de santo Tomás de Villanueva. Fueron obras del italiano Jacobo Antonio Ponzanelli. ¿No te dice nada el nombre?

Alejandra se quedó perpleja intentando buscar una conexión, pero hasta ahora no lo conseguía.

—¿Cuáles son las letras que estamos buscando? —preguntó Miguel viendo que no obtenía respuesta.

—PZLL —deletreó la joven. «PONZANELLI.» Son las consonantes principales del apellido. Lo tengo, Miguel —dijo con una sonrisa, y levantó la vista al puente para comprobarlo. Se vino abajo al ver que las dos esculturas ya no existían y que habían sido sustituidas por una de san José.

—Te habrás fijado en que ya no están —añadió Miguel adivinando el desencanto de la joven.

Alejandra asintió con la cabeza desanimada.

—La imagen actual fue colocada a raíz de la destrucción del puente en la riada de 1957. Y te preguntarás dónde están esas esbeltas esculturas que buscamos.

—En efecto —pronunció Alejandra presintiendo que tenía la respuesta.

Miguel continuó con su explicación.

—Fueron retiradas en 1906 al ensanchar el puente, y trasladadas al Museo de Bellas Artes de Valencia. Posteriormente en 1950 se trasladaron al puente de la Trinidad, donde siguen en la actualidad sustituyendo las esculturas de los patronos de Alzira que fueron derribadas en la guerra de la Independencia.

Alejandra recordó la multitud de veces que había pasado por ese puente, y efectivamente recordaba haberlas visto.

—Dices que hay dos imágenes, una de san Luis Bertrán y la otra de... —Alejandra se quedó muda, se le había olvidado el otro nombre.

—La otra es de santo Tomás de Villanueva —aclaró Miguel.

—¿Y sabes en cuál de las dos hemos de buscar? —preguntó la joven intrigadísima.

—Por supuesto —confirmó Miguel radiante de felicidad—. La llave número doce tiene que estar escondida en la escultura de piedra de san Luis Bertrán.

—¿Cómo has llegado a esa conclusión? —demandó Alejandra, perpleja.

—Recuerdas la frase que encontramos que decía «Si quisiera agradar a los hombres, no sería siervo de Cristo».

—La recuerdo —afirmó ella.

—Esa frase la hizo grabar el santo en la puerta de su habitación con el único objetivo de librarse de la tentación de sobresalir entre los demás.

Alejandra permaneció pensativa durante unos instantes, mientras Miguel continuaba con su explicación.

—Es una frase de san Pablo: *«Si hominibus placerem, Christi servus non essem»*, en Gálatas 1, 10. He recordado que fue a tu padre a quien le oí pronunciarla en dos ocasiones refiriéndose a fray Luis Bertrán como ejemplo de humildad.

—Gracias, Miguel —agradeció entusiasmada—. Iremos ahora mismo. Si hemos de subir a la imagen será mejor que vayamos cuanto antes y con los menos espectadores posibles.

—Me parece muy buena idea —apoyó Miguel satisfecho—. Llámame cuando la tengáis.

—Lo haré.

Cogieron una mochila y poco más y se dirigieron al puente de la Trinidad, que estaba a unos quince minutos andando. Mientras tanto, Lluís y Pepe se rifaban quién de los dos iba a subir a la imagen. Sara y Alejandra intentaban controlar sus nervios. Si estaban en lo cierto, en poco tiempo darían con la última llave. Parecía que se aproximaba el final de la búsqueda. ¿Qué se escondería detrás de todo este misterio? ¿Valdría la pena tanto sufrimiento?

—Ya estamos llegando —murmuró Lluís.

Estaban entrando en el puente de la Trinidad. A pocos metros se alzaban las dos imágenes que se encontraban a derecha e izquierda del muro que hacía de barandilla. Se centraron en la escultura de san Luis Bertrán, que medía unos tres metros aproximadamente. Sus ojos se clavaron en ella escrutando dónde podía estar la llave que buscaban. Pepe se asomó al viejo cauce del río y sopesó la altura que había. Luego tragó saliva.

—¿Y ahora qué? —preguntó.

—Pues ya sabes —dijo Lluís con una risita de complicidad—, te ha tocado a ti, recuerda. Será mejor que empieces a escalar cuanto antes.

Antes de que terminara la frase, y en un acto reflejo, Pepe brincó y se sujetó al pedestal donde reposaba la figura del santo. Aun estando de puntillas le costaba tocar los pies de piedra de la imagen. Consideró cómo iba a subir a buscar la llave teniendo en cuenta que desconocía el lugar exacto. Miró la silueta y se sujetó en los pliegues del hábito. También observó que la estatua llevaba un libro en su mano izquierda. Después de hacer varios intentos de ascender y viendo que no era tan fácil como esperaba, pensó en pedir ayuda a Lluís, pero no quería perder la apuesta. Algo rozó su codo derecho. Se giró y vio a Lluís con una sonrisa malévola.

—¿Es para hoy o qué? —le susurró con cinismo.

—Estoy estudiando los pasos a seguir —aclaró Pepe con orgullo.

—¡Ya! —exclamó Lluís.

—Necesito tu ayuda para subir —reconoció Pepe con una humilde sonrisa.

—Me lo imaginaba.

—Chicos, viene gente —les advirtió Sara desde abajo.

Dos hombres de mediana edad se aproximaban a ellos. Intentaron moverse lo menos posible con la intención de pasar inadvertidos. Cuando les pareció que el peligro había pasado, Lluís impulsó a Pepe con todas sus fuerzas. El mayor inconveniente era que no tenían dónde agarrarse y, por otra parte, la altura a la que se encontraban iba siendo poco agradable. Pepe comprobó que tan solo le llegaba al pecho. A ciegas y sin saber qué hacer o dónde tocar, empezó a palpar la imagen sin ton ni son. Lluís le indicaba desde algo más abajo las zonas que aún no había tocado. Mientras tanto, Sara y Alejandra caminaban nerviosas en la acera de enfrente intentando no levantar sospechas.

—¿Dónde estás? —murmuró Pepe con las manos ennegrecidas, mientras, sin descanso examinaba los múltiples pliegues de su sotana, las mangas del hábito, las lorzas del cuello de su vestimenta, los finos dedos de sus manos y el libro que llevaba en una de ellas. Le miró a la cara implorando que le ayudara.

—¡Ya no sé dónde buscar! —exclamó Pepe.

—Pues tiene que estar por ahí —le conminó Lluís—. No podemos irnos sin conseguirlo. Piensa en Jorge Ferrer, él te guiará.

Pepe cerró los ojos y visualizó la imagen de su querido profesor de Historia. Hacía mucho tiempo que no lo hacía y le reconfortó ver que todavía tenía su rostro fresco como el último día que estuvo con él. Dio gracias por conservar su afinada memoria y mentalmente hizo su petición.

A continuación, recordó la frase que les había conducido hasta ahí: «Si quisiera agradar a los hombres, no sería siervo de Cristo». Abrazado a la escultura con el fin de no perder el equilibrio, recordó que, como les había contado Miguel, era una frase de san Pablo, y justo en ese momento sus manos tropezaron con el libro que el santo llevaba en su mano izquierda. Arañó el lomo de sus tapas y el relieve de sus hojas. Acarició los dedos meñique, anular, corazón...

La sirena de un coche de la policía se oyó a lo lejos.

—Pepe, date prisa —gritó Lluís.

—Cómo si fuera tan fácil —renegó desorientado.

Continuó toqueteando los dedos de san Luis Bertrán: índice, pulgar... Justo en ese momento le pareció oír un mecanismo en el interior de la imagen. Sus ansias de encontrar la llave y salir de ahí le llevaron a magrear sin parar las falanges de piedra con el objetivo de obtener una señal que le abriese el camino.

—Lluís, creo que tengo algo —dijo esperanzado.

—No es suficiente —contestó tajantemente—. El coche de policía viene hacia nosotros y me temo que estará aquí en pocos minutos. Alguien nos ha delatado. ¡Sara y Alejandra, marchaos rápidamente! ¡Corred! —les gritó al otro lado de la calle.

Las dos hermanas se alejaron de allí a regañadientes.

—Tú tampoco deberías estar. Lluís, márchate de aquí —le gritó Pepe con tono autoritario.

—De eso nada. Céntrate en lo tuyo y déjate de monsergas.

Pepe se concentró olvidándose del zumbido de las sirenas que perturbaban sus oídos. Tenía que poner los cinco sentidos en su búsqueda. Respiró hondo y volvió a acariciar el pulgar afinando el oído. Efectivamente, le pareció oír cómo algo se movía en el interior, pero parecía que no era suficiente. Había que activar algo más. Por encima de su hombro vislumbró cómo un coche patrulla se aproximaba a toda velocidad por Conde de Trénor y en pocos minutos estaría a sus pies esperando a que bajara. ¿Qué demonios haría entonces? Rozando la desesperación, apretó con fuerza el pulgar por cuarta o quinta vez y apreció que en la cubierta del libro había un pequeño orificio. Sin pensarlo dos veces, metió un dedo y esperó. Para su sorpresa, el libro se dividió en dos dejando al descubierto un trozo de tela envejecida.

—Lluís, ya lo tengo, lo tengo —gritó con una emoción incontrolada.

—¡Cógelo y vámonos! La poli está muy cerca. No vamos a poder escapar por mucho que corramos.

Pepe metió la mano en la abertura del libro y agarró con fuerza el retal. Apreció el tacto de la llave que se había convertido en tan familiar. Sin dudarlo, lo guardó en una pequeña mochila y se deslizó hacia abajo. Lluís le esperaba en la acera y los dos juntos echaron a correr en dirección a la calle Alboraya.

CAPÍTULO 75

Un grito de reproche se oyó dentro del coche patrulla. El policía de turno no terminaba de entender por qué tenía que dejar escapar a esos dos hombres que estaban atentando contra el patrimonio de la ciudad. Un vecino les había alertado y, a tan solo unos pocos metros de esos delincuentes, se habían visto obligados a aminorar la velocidad dejando que escaparan irremediablemente. La rabia contenida de los dos agentes por no haber podido echarles el guante se dibujaba en sus rostros.

—Pero, señor, aún podemos... —replicó el policía.

—¡He dicho que bajo ningún concepto los detengáis! Habéis estado a punto de echar por tierra un importante operativo —gritó imponiendo su autoridad—. Soy el inspector Moreno y estamos en medio de una investigación. Esas personas están vigiladas constantemente y estamos informados de todos sus pasos.

—Sí, señor —contestó el agente con voz sumisa al tiempo que colgaba con evidente desgana.

—¿Estás seguro de que estamos haciendo lo correcto? —cuestionó el comisario Morales con poca convicción.

—Estoy convencido de ello —replicó el inspector Moreno—. Después de todo lo que sabemos, y a pesar de que parece más un guion de cine que la realidad, estamos actuando correctamente. Dos de nuestros hombres les siguen de cerca y estamos informados de hasta cómo respiran. Ya sé que no estamos siguiendo el protocolo al pie de la letra, pero a veces hay que saltarse un poco las normas si queremos conseguir nuestro objetivo.

El comisario Morales se quedó pensativo mientras se acariciaba la barbilla. Por su gesto Moreno asumió que lo había convencido.

—Entonces, Moreno, si dan con la llave número doce, ¿cuál va a ser su siguiente paso? —preguntó el subinspector Roque, que, después de renegar de una historia tan inverosímil, había claudicado y se había pasado al otro bando.

—Pues tienen un serio problema.

—¿Cuál? —preguntó ansioso Roque, que iba un poco despistado en este enrevesado asunto.

—Pues que Augusto Fonfría dispone de dos de las llaves, y el padre de Sara y Alejandra les advirtió que no se molestaran en resolver el misterio hasta que no tuvieran las doce llaves en su poder.

—Lo cual quiere decir... —añadió el comisario Morales.

—Que tendrán que hacerle una visita al señor Fonfría —puntualizó el inspector Moreno interrumpiendo la observación de su superior.

A esa hora aproximadamente, Tía Rosa caminaba nerviosa de un lado a otro del salón. Todavía no tenía noticias de sus sobrinas, y eso que se suponía que la última llave que les quedaba por encontrar pintaba más fácil que las demás, según le había dicho Miguel. Miró el reloj y pensó que quizás le había contado una mentira piadosa para que no se angustiara. Buscó el móvil con la mirada. No lo encontraba por ningún lado; seguro que Miguel se lo había llevado cuando bajó al quiosco de enfrente para comprar la prensa. Se asomó por el balcón y no había ni rastro de él. Un coche que le resultó familiar estaba aparcado al otro lado de la calle, pero Tía Rosa no le dio más vueltas. Tan solo quería tener noticias de Sara y Alejandra, saber si todo había salido bien y estaban sanas y salvas. Intranquila, decidió bajar a buscarlo. Cabía la posibilidad de que hubieran llamado confirmando que todo había ido sobre ruedas y que ya se encontraban en casa, pero la incertidumbre no la dejaba apenas respirar. Tomó el ascensor, salió a la calle y se encaminó hacia el quiosco. Se sorprendió al ver que Miguel no se encontraba allí. ¿Dónde se había metido justamente en ese preciso momento? Miró a ambos lados y no lo vio. Se recriminó por haberse movido de casa, culpando a los nervios, y regresó de vuelta al patio. Cogió las llaves del bolso y abrió la puerta. Justo en el momento en que se disponía a entrar, una voz conocida la soliviantó:

—¡Hola, Rosa! ¡Qué cara eres de ver últimamente!

—Paco... —murmuró apenas sin aliento.

—Veo que la cosa te va muy bien. Has cambiado de domicilio —exclamó con tono cínico.

—Pues no precisamente —es lo único que pudo decir.

Tía Rosa estaba desconcertada. No entendía qué hacía él allí. ¿Había sido casualidad, o simple y llanamente la estaba espiando? Su mente recordó las veces que le había parecido ver su coche aparcado por los alrededores. ¡Y cuántas veces había pensado que eran imaginaciones suyas! Además, se fijó en su aspecto, y dejaba mucho que desear. Estaba desaliñado, y no era difícil deducir que llevaba varios días sin ducharse ni afeitarse. Algo desconocido en él, que siempre había sido una persona limpia y ordenada.

—Paco, no puedo entretenerme. Lo siento —dijo dando un paso hacia dentro y esperando que él se despidiera.

—No vayas tan deprisa, o ¿es que te está esperando ese impresentable de tu exnovio?

Tía Rosa dio otro paso y se adentró en el portal. No le gustaba el tono que había empleado. Su sorpresa aumentó cuando Paco le dio un empujón y entró con ella cerrando la puerta a sus espaldas. Ella miró a ambos lados. No había nadie a quien pedir auxilio y parecía que no traía buenas intenciones. ¡Cómo podía transformarse tanto una persona! Era un total desconocido para ella, y pensar que no solo había compartido con él su total confianza, sino también su cama.

—Paco, entiendo que estés molesto, pero a veces las cosas...

—¡Cállate, maldita zorra! —bramó mientras la agarraba del cuello con una mano y con la otra la manoseaba de arriba abajo. Primero se recreó en sus pechos apretándolos con fuerza para después buscar su entrepierna—. Ahora no te ríes, ¿eh? —le susurró al oído—. ¿Qué te crees, que me puedes manejar a tu antojo y luego tirarme como un pañuelo usado?

—Paco, déjame, por favor. Nunca te mentí. Tú sabías lo que Miguel significaba para mí, lo sabías. Además, está a punto de llegar —murmuró entre dientes marcándose un farol.

—Pues mira lo que se va a encontrar... —Paco presionó la mano que tenía en su cuello. Tía Rosa sintió cómo sus cuerdas vocales se apelotonaban y le faltaba el aire.

Un sonido al otro lado de la puerta le hizo girarse. Miguel intentaba abrirla a toda costa tras haber visto, a través de los cristales, la desagradable escena. Entró rápidamente y agarró a Paco por los hombros separándolo de Tía Rosa y dejándola libre de semejante energúmeno. Una tos seca la sobrevino mientras presenciaba una lucha entre los dos hombres. Miguel lo zarandeó varias veces descargando su furia en su cara y cuerpo. Paco se defendió como pudo, pero era evidente que no tenía las de ganar. ¡Menudo cobarde! Después de varios puñetazos, Paco logró salir a la calle. Tía Rosa sujetó a Miguel para que lo dejara marchar. Ya había recibido su merecido y una lección que nunca olvidaría.

Habían pasado varias horas y los ánimos se habían calmado. Miguel estaba sentado en una butaca de su balcón, leyendo la prensa y con el cuerpo dolorido. Quería poner interés en los titulares, pero su mente no lo acompañaba. No conseguía quitarse de la cabeza la agresión de ese malnacido. Consultó el reloj de pulsera por décima vez y volvió a posar sus ojos en las noticias.

Tía Rosa entraba y salía suspirando resignada. De repente, oyó cómo Miguel se sobresaltaba. No había escuchado el teléfono, por lo que no se imaginaba a qué podía deberse semejante ímpetu. Ansiosa y extrañada, se colocó a su lado.

—¿Qué sucede, Miguel?

—No lo sé —contestó él, confuso—. Quizás no tenga nada que ver, pero este hombre... —dijo señalando una fotografía del periódico.

Tía Rosa leyó el titular:

—«Ayer el presidente de la Generalitat y la alcaldesa de Valencia entregaron un premio a Humberto Fernández Cáceres, presidente del Tribunal de las Aguas, en homenaje a sus cuarenta años de entrega y dedicación a nuestra tierra y a su historia».

»¿De qué lo conoces? —preguntó Tía Rosa fijándose en su rostro.

Miguel permaneció en silencio durante unos instantes antes de contestar.

—No lo sé exactamente. Juraría que este hombre estuvo en el entierro de tu hermana y de Jorge —dijo sin apartar la mirada de la fotografía.

Tía Rosa se fijó en él, intentando recordar.

—Miguel, yo no lo recuerdo. Había tanta gente y en aquellos momentos... Tía Rosa visualizó el funeral y una congoja se apoderó de ella. Los ataúdes de Carmen y Jorge, la imagen de sus desconsoladas sobrinas, su madre enferma hecha un mar de lágrimas y el apoyo incondicional de Miguel en aquellos duros momentos.

—Rosa, haz memoria —insistió Miguel—. Fíjate en la mano derecha de este hombre —dijo señalándola con su dedo índice.

Tía Rosa examinó la imagen y se centró en ese detalle. Un escalofrío le recorrió la médula, dejándola casi sin habla.

—Su mano... —balbuceó con dificultad.

—¿Lo recuerdas? —preguntó Miguel—. Retrocede veinticuatro años.

—Sí, creo que tienes razón —contestó sentándose a su lado—. Le falta el dedo meñique.

Su mente se transportó a aquel día en que recibió decenas y decenas de pésames, y, en efecto, uno de ellos fue de ese hombre, cuyo rostro se emborronaba en su mente. Sin embargo, recordaba perfectamente que al darle la mano le faltaba ese dedo. De hecho, le impresionó y se lo comentó a Miguel. Ninguno de los dos consiguió averiguar quién era en realidad, al igual que los otros hombres que lo acompañaban. Detuvo sus ojos en las facciones de su rostro e intentó imaginárselo con veintitantos años menos.

—Miguel, estoy segura de que era él —afirmó convencida.

—¿Recuerdas que no iba solo?

—Sí, lo recuerdo —confirmó Rosa— y también recuerdo que fueron muy correctos y discretos. ¡Espera un momento!

Miguel la miró sorprendido. Era como si hubiese recordado algo importante.

—Creo que este hombre, y posiblemente los que lo acompañaban, estuvieron también en el funeral del padre de Jorge.

El móvil de Sara vibró encima de la mesa mientras los cuatro se recreaban admirando la nueva adquisición. Aparentemente esa llave era muy parecida a las demás. En letras pequeñas casi imperceptibles se podía leer «Portal Nuevo», y estaba adornada con una serie de marcas que parecían algún tipo de jeroglífico.

Sara contestó el teléfono sin poder quitar los ojos de la llave.

—Dime, lo siento, tía, se nos ha olvidado por completo avisaros —se disculpó—. Vamos a ir al banco para ponerla en lugar seguro y ver si hay forma de descifrar el mensaje sin tener las doce en nuestro poder. Si no es así, tendremos que ingeniárnoslas para conseguir las otras dos que nos faltan.

—Sara, ¿habéis comprado la prensa esta mañana? —preguntó Tía Rosa omitiendo la agresión de Paco.

—No. —El tono de su tía la había puesto en guardia.

—Hay un artículo en el *Levante* sobre un homenaje a un síndico que ha dedicado más de cuarenta años al Tribunal de las Aguas.

—¿Y? —Sara no entendía nada en absoluto.

—Ese hombre estuvo en el funeral de vuestro padre y de vuestro abuelo. Lo hemos reconocido porque en su mano derecha le falta el dedo meñique. Nos llama la atención que nunca supimos quién era, y no iba solo.

—¿Qué quieres decir con que no iba solo? —preguntó Sara algo confusa.

—Que en las dos ocasiones iban más hombres con él. No puedo precisar el número, pero eran varios.

—Ahora mismo bajaré a comprar el diario —puntualizó la joven—. ¿Crees que puede tener algo que ver en todo este embrollo?

—No lo sé, Sara, pero habrá que averiguarlo.

Mientras Sara y Alejandra pagaban el viaje del taxi, Pepe y Lluís bajaron del coche justo en la puerta del Banco de Valencia, donde iban a guardar la llave con las demás. Nerviosos por los acontecimientos y todavía desconcertados por haberse librado de la policía de forma inesperada, hacían su entrada en la majestuosa puerta de la entidad. Solicitaron las cajas de seguridad que tenían contratadas y bajaron en ascensor hasta llegar a la cámara acorazada. El empleado los miró con discreción e intentó adivinar qué tendrían dentro tan bien guardado. A decir verdad, siempre se preguntaba lo mismo cuando bajaba con los clientes a ese lugar.

Cuando se quedaron solos, sacaron las diez llaves y las pusieron sobre la mesa. Después verificaron el nombre de cada una de ellas y repasaron meticulosamente cada centímetro de hierro que las componía. Cada una de ellas llevaba una letra pequeña en la empuñadura que era apenas visible y que se les había pasado totalmente inadvertida hasta ahora. Decidieron anotarlas: O, A, E, L, N, R, E, T, S, G. Después de probar mil y una combinaciones, creyeron haber encontrado algo con cierto sentido. Las palabras resultantes fueron: *TOR E ANGEL S*. Teniendo en cuenta que les faltaban dos llaves para completar el enigma, dedujeron que las letras que podían faltar serían la R y la E, de manera que aquello podría querer decir: «TORRE ÁNGELES».

—¿Cómo sabemos que hemos dado con la combinación correcta? ¿Alguien conoce esa torre? —preguntó Sara.

Todos movieron la cabeza negativamente menos Pepe.

—La Torre del Ángel es un resto de muralla musulmana que se encuentra en pésimo estado y fue reconvertido en vivienda. Está declarada monumento nacional —añadió Pepe, que presumía de conocer bien las entrañas de la ciudad.

—Pues serás tú quien vaya a investigar esa torre —sugirió Lluís.

Pepe asintió encantado de ser útil.

—Me llama la atención —puntualizó Sara pensativa— que las letras se refieren a esa torre en plural. Ángeles. La Torre de los Ángeles —pronunció en voz alta—. ¿Y si no se refiere a esa torre?

—Tengamos fe, hasta ahora esa ha sido la principal virtud que nos ha acompañado —les recordó Alejandra con una dulce sonrisa—. Hemos llegado hasta aquí a pesar de que en muchas ocasiones pensábamos que no lo lograríamos. Hemos de tener paciencia.

—Lo mejor será que hagamos fotos de todos los detalles y que los examine Miguel. Puede que nos pueda ayudar —propuso Alejandra mientras fotografiaba las llaves—. Es importante que no omitamos nada de los dibujos que aparecen grabados. Por experiencia, ya sabemos que cualquier mínimo detalle puede ser de gran valor.

—Hemos de darnos prisa —apremió Lluís—. Son las once y media y el Tribunal de las Aguas empieza el juicio a las doce en punto.

Ultimaron las fotos que les quedaban y se dieron prisa en recoger las llaves y depositarlas en las cajas de seguridad. A los pocos minutos salían del banco en dirección a la plaza de la Virgen. Aunque la distancia no era grande, tomaron un taxi para no perder tiempo. Querían disponer de un buen sitio.

CAPÍTULO 76

La fuente del Turia, ubicada en la mitad norte de la plaza de la Virgen, rara vez carecía de visitantes. A esa hora de la mañana, a punto de llegar al mediodía, es cuando tenía su mayor auge. El burbujeante sonido del agua refrescaba la calurosa mañana de ese inicio de primavera, mientras las palomas bebían y sacudían sus alas en señal de alegría. Fue construida en honor al Tribunal de las Aguas, y, como cada jueves, decenas de curiosos se aproximaban a la puerta de los Apóstoles de la catedral con el fin de presenciar uno de los juicios orales que allí se celebraban.

Las campanas del Miguelete irrumpieron con su ensordecedor y armonioso sonido anunciando las doce en punto, mientras los ocho miembros del Tribunal de las Aguas salían de la Casa Vestuario en compañía del alguacil, y se abrían paso entre los presentes para tomar asiento en el sillón de su acequia correspondiente. Rodeados de una pequeña verja de metal, que les concedía cierta intimidad, se disponían a empezar el juicio.

Sara y Alejandra estaban en primera fila, junto a Lluís y Pepe. Inspeccionaron los rostros de los ocho hombres a medida que pasaron por su lado, localizando la cara de la fotografía del periódico. Inconscientemente, sus ojos buscaron la ausencia de uno de sus dedos en la mano derecha. Lo localizaron enseguida al sentarse en el sillón de la acequia de Favara. Muchos eran los que grababan las escenas inmortalizándolas en sus cámaras y móviles. Ellos, atentos, simplemente se limitaban a ver y escuchar. El alguacil, después de solicitar la venia presidencial, empezó a nombrar acequia por acequia esperando que algún labrador se presentara para exponer su denuncia. Para el desconsuelo de ellos, nadie se presentó. El alguacil dio por terminado el juicio a falta de denunciantes y, en pocos minutos, fue disuelto ante el revuelo de los asistentes. Sara y Alejandra se miraron perplejas ante la rapidez con la que se había concluido la ceremonia. Tenían que hablar con alguno de los síndicos.

—¡Ahora o nunca! —exclamó Lluís achuchándolas.

Alejandra fue la primera en tomar las riendas y se abrió paso entre la gente que empezaba a moverse con bastante parsimonia. Sara y los demás la seguían pisándole los talones. Cuando consiguió colocarse en la puerta de la Casa Vestuario, vio que los miembros del jurado estaban de tertulia. Sus ojos buscaron al síndico de Favara, situado al fondo de la estancia. ¿Qué le iba a preguntar? ¿Por dónde iba a empezar? Improvisaría, dijo para sus adentros infundiéndose ánimo. Los observó con la máxima discreción posible. Todos eran de edad avanzada y aparentemente ocupaban el mismo cargo. Estudió sus expresiones con el fin de poder descifrar qué tendrían que ver en todo este asunto. Recordó las palabras de su tía cuando mencionó que el hombre que buscaban no iba solo, que lo acompañaban otros hombres. ¿Serían los que tenía delante? Sus rostros no la intimidaron en absoluto; al contrario, resultaban bastante serenos. Un pequeño empujón de Pepe la hizo reaccionar y dio un paso adelante, seguido de otro, hasta colocarse frente al más cercano. Buscó el nombre de la persona que le interesaba en los rincones de su memoria. El caballero la miró fijamente esperando una aclaración.

—¡Perdone! Me gustaría hablar con el señor Fernández... con don Humberto Fernández —rectificó.

Humberto se giró al oír pronunciar su nombre y su rostro se contrajo al reconocerla.

—La señorita quiere hablar contigo —aclaró el síndico.

Alejandra le dedicó una de sus mejores sonrisas. Se aproximó a ella con paso tranquilo y, antes de que pudiera decir ni una palabra, le dijo:

—Si es sobre la acequia de Favara, sepa, señorita, que ha llegado tarde.

—No, no lo es —contestó ella sin demasiados argumentos.

—¿Entonces? —Sus ojos y su expresión pedían una explicación.

—Me gustaría hablar con usted en privado. Si es posible, claro —añadió mirando de reojo a otro de los síndicos, que los observaba curioso.

—No termino de entender cuál es su propósito, jovencita.

—Tan solo serán unos minutos. Por favor... —suplicó viendo que se le escapaba la oportunidad de las manos.

—De acuerdo. Sígame.

Alejandra respiró profundamente mientras caminaba detrás de él y era conducida a una antesala cercana.

—¡Usted dirá! —requirió Humberto intentando descifrar sus propósitos.

—Pues verá, no sé por dónde empezar —balbuceó.

—Por el principio. Me gustaría que fuese por el principio —articuló el síndico con una serenidad que la aturdió.

—Esta misma mañana me he enterado de que usted estaba presente en el entierro de mis padres. Y me preguntaba de qué los conocía —le soltó de sopetón.

—Si no es más concreta —agregó el síndico sin entender a qué venía ese comentario—. A lo largo de mi vida he asistido, por desgracia, a muchos funerales.

—Sí, ya me imagino —murmuró avergonzada. Tenía que tranquilizarse y tomar las riendas de la situación—. Mis padres murieron hace veinticuatro años. Él se llamaba Jorge Ferrer y era profesor de Historia. —Sus ojos se clavaron en las facciones de ese hombre. Quería estudiar su actitud al pronunciar el apellido de su padre. Al instante supo que lo había conocido y que sin lugar a duda sabía perfectamente de quién estaba hablando.

—Ahora soy yo el que no sé qué decir, señorita. No conozco ni tengo referencia alguna de nadie con ese nombre.

—Piénselo bien. Como le digo, hablamos de hace veinticuatro años. A veces la memoria nos puede jugar malas pasadas —mencionó astutamente presintiendo que le mentía.

—Gracias a Dios —puntualizó sin inmutarse—, los años han pasado para mí, pero conservo total lucidez y una memoria extraordinaria.

—No lo pongo en duda, pero me consta que usted se encontraba allí, y no solo eso, sino que también estaba presente en el entierro de mi abuelo, cinco años antes —insistió Alejandra.

—Señorita, se ha acabado su tiempo. Recuerde que tan solo le he concedido unos minutos. Si es tan amable —le pidió señalándole la puerta.

—Le agradecería que si pudiera hacer memoria... —murmuró Alejandra humildemente viendo que era la única alternativa que le quedaba.

—Ya le he dicho todo cuanto sé. Buenos días. —Su tono era inescrutable.

Alejandra se dirigió a la salida con el peso del fracaso sobre sus espaldas. Se recriminó su falta de tacto para formularle las preguntas. Debía haber actuado de otra manera. Pero era tarde. Parecía mentira que se dedicara al periodismo, había actuado como una novata inexperta. Al pasar entre los síndicos camino de la calle observó sus miradas silenciosas. Una vez fuera, respiró hondo. Necesitaba llenar sus pulmones de aire fresco. ¿Qué les iba a decir a su hermana y los demás? Un pellizco en la cintura la hizo girarse en redondo.

—Qué tal, ¿cómo ha ido? —la sonrisa de Sara se borró al ver la expresión de su hermana.

—¡Mal, muy mal! —renegó decepcionada—. No me ha dicho nada en absoluto, pero estoy segura de que sabe mucho más de lo que aparenta.

Lluís y Pepe se unieron en la conversación.

—Pues si sabe algo —apuntó Pepe—, tendremos que averiguarlo.

Alejandra sonrió ante la determinación de Pepe.

—No os giréis —susurró Lluís—, pero tres miembros del jurado, entre ellos el señor Fernández, acaban de salir y nos están mirando.

Alejandra se giró clavando sus ojos en él. Su mirada le resultó fría y desafiante. Con una reverencia de cabeza, en señal de cortesía, le dedicó una de sus mejores sonrisas. Después los tres hombres se alejaron por la calle del Miguelete perdiéndolos entre la muchedumbre.

—¿Crees que deberíamos seguirlos? —planteó Pepe dispuesto a correr detrás de ellos.

—No creo que sea necesario —concluyó Sara—. Al fin y al cabo, todos los jueves, a la misma hora, tienen una cita en este lugar.

—Hemos de llevar a Miguel las fotografías de las llaves a ver si consigue sacar algo en claro —propuso Lluís—. No podemos perder tiempo.

—Tienes razón —asintió Alejandra mucho más tranquila—. Ahora mismo nos reuniremos con él.

El fregadero de la cocina estaba repleto de tazas de café y vasos. Habían perdido la noción del tiempo ensimismados en semejante laberinto de dibujos. Estaba claro que tenían un significado en clave. Miguel se devanaba los sesos y cada vez admiraba más a Jorge por su infinita habilidad y astucia con los enigmas. Tía Rosa aportó su granito de arena preparando unos sándwiches, que agradecieron todos hincándoles el diente.

—Hemos de centrarnos —expuso Miguel harto ya de dar vueltas y consiguiendo la atención de todos—. Por una parte, tenemos las letras que, si no nos falla la intuición, creemos que nos remiten a la Torre de los Ángeles, a pesar de que nos faltan dos vocales que suponemos se encuentran en las dos llaves que tiene Augusto Fonfría en su poder. Sobre los dibujos que hemos ampliado y tenemos encima de la mesa, he barajado varias hipótesis y creo haber llegado a la conclusión de que corresponden a una especie de mapa.

—¿Un mapa de dónde? —preguntó Sara.

—Buena pregunta —respondió Miguel acariciándose la barbilla—. ¡Esperad un momento! —gritó con euforia.

Tía Rosa lo miró con adoración. Sabía que Miguel representaba una pieza importante en este puzle. Su cercanía con Jorge y el hecho de que hubieran compartido horas y horas de complicidad le hacía pensar que ahora sería de gran ayuda. Cuánto deseaba que así fuera, principalmente por sus sobrinas. Se aproximó a él, que en ese momento tecleaba con fervor buscando la información deseada.

—Chicos —los llamó Miguel con una gran sonrisa—, creo que estamos en lo cierto al pensar en la Torre de los Ángeles y creo saber también a cuál se refiere.

Tía Rosa le agarró del cuello y le besó. Miguel se levantó y se llenó un vaso con limonada. Tenía la boca seca por la emoción. No podía creer que estuvieran tan cerca del final. Miró las impacientes caras a su alrededor.

—Y bien... —Alejandra fue la primera que no pudo contenerse.

—¿Habéis oído hablar del Palacio Real o Palacio del Real, como queráis llamarlo? —preguntó a modo de profesor.

—¿Ese palacio no desapareció en la guerra de la Independencia y estaba situado frente al puente del Real y en los jardines del Real, de ahí sus nombres? —respondió Pepe con sus vastos conocimientos históricos.

—En efecto —verificó Miguel—. El Palacio del Real fue uno de los edificios más relevantes de la ciudad de Valencia, y por desgracia uno de los más desconocidos e ignorados en la actualidad. Como bien ha comentado Pepe, parte de su ubicación estaba en los jardines de Viveros o del Real, extendiéndose hacia la calle

General Elío y el bloque de fincas del otro lado. Su origen se remonta al siglo XI y fue mandado construir por Abd al-Aziz como *munya* o villa campestre de recreo. Tras la conquista cristiana, Jaime I lo convirtió en el Palacio del Real y sus sucesores lo transformaron en un auténtico alcázar.

»Para que os hagáis una ligera idea de cómo llegó a ser, su tamaño era como la superficie de dos campos de fútbol. Fue conocido también como el palacio de las trescientas llaves en alusión al número de habitaciones que llegó a tener. Más tarde, tras la unión de Aragón y Castilla, el noble edificio medieval fue residencia de reyes y virreyes, pasando después a ser alojamiento de los capitanes generales hasta que, durante la guerra con los franceses, como muy bien ha comentado Pepe, fue demolido por las autoridades militares españolas con el fin de que el enemigo no pudiera utilizarlo contra la ciudad colocando allí su artillería.

—¿Y qué tiene que ver con la Torre de los Ángeles? —preguntó Lluís impaciente.

—Todo a su debido tiempo. —Miguel hizo una señal con la mano derecha indicándole paciencia—. Sobre el año 2005, si la memoria no me falla, el geógrafo Josep Vicent Boira estaba realizando una investigación sobre el mariscal Suchet, que capitaneaba las tropas napoleónicas, cuando descubrió unos planos del Palacio Real realizados por el ingeniero militar Manuel Cavallero en 1802. Se encontraban en el Archivo Nacional de la Biblioteca de París, y al parecer habían sido sustraídos, trasladados e incluidos por el mismo mariscal en una extensa colección de mapas y cartografías tras la retirada de su ejército. Durante doscientos años esos mapas se creían desaparecidos. El ayuntamiento negoció la adquisición definitiva de los documentos, un tesoro cartográfico que desvelaba el interior del Palacio Real, demolido en 1810. Lo mostraban con todo lujo de detalle, desde la fachada hasta la distribución de las diferentes plantas del edificio.

—¿Cómo quedó la negociación? —se interesó Tía Rosa atenta a la explicación.

—Como una cesión temporal —explicó Miguel—. Estuvieron expuestos durante un tiempo en el Museo de Cervelló y fueron devueltos de nuevo a París.

—¿Cómo sabes tantas cosas? —inquirió Lluís a sabiendas de que llevaba fuera de la ciudad y del país más de veinte años.

—Te sorprende, ¿verdad? —le preguntó Miguel—. Nunca perdí el contacto con mi país y mucho menos con mi tierra. He procurado estar informado siempre que tenía tiempo libre. Tan solo fallé en una cosa y la más importante: no conocer el paradero de Rosa. —Sus ojos se encontraron con los de ella.

—Pero el que la sigue la consigue —agregó Alejandra con risitas—. ¿No dicen eso?

Los demás asintieron dando su aprobación.

—¿Nos estás diciendo que la Torre de los Ángeles pertenecía al Palacio del Real? —preguntó Pepe.

—Así es —afirmó Miguel mientras daba un sorbo a la limonada—. El palacio se componía de varios recintos rodeados por jardines en su parte posterior. Disponía de cuatro plantas y en los planos se detallaba desde donde dormía el cocinero hasta donde se encontraban las caballerizas o donde se limpiaba la plata. También detallaba las estancias nobles, en especial el salón del trono, también llamado la Sala de los Ángeles.

—¿Y cómo vamos a buscarla si lo demolieron en 1810? —preguntó Tía Rosa confusa—. Además, carecemos de esos mapas para que nos indiquen dónde se encontraba.

—Ese no es el problema principal —añadió Miguel con cara de preocupación.

—Ah, ¿no? —preguntó Tía Rosa con gesto de curiosidad.

—Desde luego no es un impedimento que no haya restos del palacio, porque hemos encontrado algunas de las llaves en lugares mucho más insospechados —expuso Alejandra—. El problema es que siempre hemos seguido algún acertijo que nos ha ido abriendo puertas, pero ahora, ¿por dónde vamos a buscar si no tenemos ni una sola letra de mi padre para guiarnos?

—Alejandra, estás subestimando a tu padre —puntualizó Miguel—. ¿Has olvidado los dibujos grabados en las llaves? Con ellos nos está diciendo dónde tenemos que buscar. Lo que tenemos que empezar a activar es nuestra habilidad para saber leer su significado.

—¿A qué problema te referías antes? —preguntó Sara intranquila.

—Hay un problema añadido —Miguel se quedó callado durante unos instantes, pensando en cómo exponerlo. Un silencio reinó en la habitación esperando la explicación—. En 1986, y a raíz de unas obras realizadas en los colectores de la ciudad, fue levantado el asfalto de la calle General Elío. En el subsuelo aparecieron los cimientos de la fachada oriental del palacio, aunque por supuesto ya se conocía su existencia. Después de una fuerte polémica sobre si los restos debían de ser enterrados de nuevo o había que dejarlos al descubierto, se optó por volverlos a tapar, ya que la mencionada calle era una de las arterias más importantes de la ciudad. Tan solo dejaron un pequeño montículo dentro de los jardines del Real conocido como la Montañeta del General Elío.

—La he visto en alguna ocasión mientras paseaba por los Viveros —comentó Sara—, aunque no conocía su procedencia.

—Quieres dejarle terminar —protestó Lluís nervioso.

—Pues resulta que, después de veintitantos años, la Junta de Gobierno ha decidido reanudar las obras de nuevo —terminó de decir.

—¿Quieres decir que, cuando vayamos, vamos a estar acompañados de un grupo de arqueólogos? —gritó Pepe sin dar crédito a lo que había escuchado.

—Me temo que sí —confirmó Miguel resignado—. Parece ser que es uno de los proyectos de recuperación de patrimonio más importantes de la historia de la ciudad. Su inversión asciende a más de un millón de euros y el proyecto consiste en excavar y construir una marquesina o un edificio ligero acristalado para proteger los restos.

Pepe lanzó un silbido al oír la desorbitada cantidad que se iban a gastar.

—¿A qué esperamos? —pronunció Alejandra ansiosa por empezar con la búsqueda mientras un cosquilleo de adrenalina le recorría la médula espinal.

—No podemos dejar ni un solo cabo suelto —sugirió Miguel tomando el mando—. Sería conveniente que echáramos un vistazo a los Viveros para ver cómo van las excavaciones y hacer un repaso general de los horarios que tienen los que trabajan allí y quiénes son.

—Me parece buena idea —aprobó Lluís enérgico—. Pepe y yo iremos mañana y haremos un seguimiento.

—Vosotras —señaló Miguel a las dos hermanas— deberíais tener controlados a los miembros del Tribunal de las Aguas y saber qué tienen que ver en todo este asunto.

Las dos jóvenes asintieron con un movimiento de cabeza.

—¿Y nosotros qué haremos, Miguel? —preguntó Tía Rosa viendo que no tenía nada que hacer.

—Nosotros tenemos que averiguar el significado de los jeroglíficos de las doce llaves. Si es un mapa, hay que descifrarlo para llevar nuestra investigación a buen puerto.

Todos accedieron de buen grado a que Miguel liderara la búsqueda. Sabían que su experiencia en ese terreno les iba a ser muy favorable y era una persona que se hacía respetar.

Miguel recorrió con la mirada a todos los presentes, que se habían convertido en una piña. Se sintió orgulloso de ello y supo que llegarían hasta el final.

CAPÍTULO 77

Ese jueves por la mañana la Casa Vestuario acogía a los miembros del Tribunal de las Aguas mucho más temprano que de costumbre. Reunidos con los primeros rayos del alba y con la máxima urgencia, uniformados con los típicos blusones valencianos y sentados alrededor de su mesa, discutían y se reprochaban unos a otros sin ponerse de acuerdo. Parecía mentira que reinara la disconformidad entre ellos, cuando precisamente la cordialidad y la sensatez eran su lema preferido para atajar los problemas.

—¡Calma, señores! ¡Calma, por favor! —Humberto Fernández intentaba poner orden sin conseguirlo.

Aquello, más que una reunión de hombres serios y civilizados, parecía un mercado en hora punta. La situación se les iba de las manos.

Humberto Fernández insistió de nuevo, aunque esta vez con un tono mucho más severo y enérgico.

—¡Por favor! ¡Señores! ¡Basta ya!

Sus palabras empezaron a surtir efecto. Las voces graves y comentarios malhumorados se fueron aplacando, poco a poco, dejando la estancia envuelta en un perpetuo y descarado murmullo de fondo.

—Calma, por favor —insistió—. Os pido calma y paciencia para deliberar respecto a lo que está sucediendo.

Por fin el murmullo cesó dejando paso a un estremecedor silencio. Humberto creyó oportuno abordar la situación ahora que la tormenta había cesado.

—Ante todo, os agradezco vuestro madrugón para acudir a esta reunión. No voy a deciros lo sacrificada que es nuestra misión. —Su tono era de confianza y seguridad. Todos sabían que era un gran orador y lo tenían en muy buena estima, por ello era el componente más veterano del tribunal. Llevaba cuarenta años al pie del cañón y no había decaído ni un ápice en cumplir con sus obligaciones. Todos lo respetaban demasiado como para contradecirle y más sabiendo que sus palabras eran sabias y certeras—. Os agradezco vuestro apoyo y lealtad durante todos estos años. Jaime —dijo dirigiéndose al jurado de Quart, que tenía a su derecha—, tú mismo llevas treinta y cinco años con nosotros. Adolfo —esta vez se dirigió al jurado de Mislata, situado a su izquierda—, tú nos acompañas veintisiete años.

»No voy a nombraros a todos, pero como bien sabéis hemos pasado buenas y malas rachas a lo largo de nuestro trayecto juntos, y de todos es bien sabido que el Tribunal de las Aguas también ha sido víctima de sabotajes y altercados, algunos de ellos muy peligrosos a lo largo de su historia. Pero siempre ha salido adelante —su tono de voz se volvió más firme— y ha flotado como el aceite, gracias a Dios y a la ayuda de todos los que con su apoyo han contribuido para que sea así. Nuestros antecesores tenían una misión importante que cumplir y la cumplieron, y nosotros nos comprometimos a seguir con ella hasta el final de nuestros días y así vamos a continuar. De nuevo ha surgido una amenaza para nuestra existencia. Todavía no sabemos la gravedad que supone, ni el alcance de sus repercusiones, pero hemos de tener los ojos bien abiertos ante cualquier anomalía en nuestros menesteres.

Se alzaron varias manos para pedir la palabra. Humberto Fernández le cedió el turno a Lorenzo Alonso, jurado de Rovella.

—Humberto, felicito tu discurso y que nos hayas recordado nuestro juramento y compromiso, pero con todos mis respetos, creemos que la situación es más grave de cómo la pintas.

—Sé la gravedad del asunto —continuó el presidente del Tribunal—, y máxime ahora que las hermanas Ferrer saben de nuestra existencia y nos han relacionado con la búsqueda que están llevando a cabo. Creí conveniente mantenernos al margen y continuar con la discreción que nos caracteriza, pero creo que he fallado en mis conclusiones y posiblemente haya cometido un gran error. Siento que mis facultades están menguando y quizás debería empezar a plantearme renunciar a mi cargo...

—Humberto... —atajó Juan Alcázar, jurado de Mestalla—. Es cierto que tu propuesta de mantenernos al margen ha sido, hasta ahora, nuestra mejor baza, y es posible que no haya sido la mejor decisión respecto a lo que se nos ha venido encima, pero no estamos de acuerdo, y hablo en nombre de todos nosotros, en que renuncies al cargo que ocupas. Todos nosotros —hizo un barrido con la mirada para confirmar la aprobación de todos los síndicos— queremos que continúes y creemos que no hay nadie que pueda representar el cargo con mejor nobleza y sabiduría que tú.

—Os doy las gracias por vuestra lealtad. Sé que hemos tenido a las hermanas Ferrer controladas durante muchos años. Estaba claro que tenían que crecer, y también está claro, aunque solo sean conjeturas por nuestra parte, que su padre les debió de dejar alguna pista para que ellas pudieran tirar del hilo.

—Estoy totalmente de acuerdo contigo —apoyó Adolfo Serrano, jurado de Mislata—. Además, Alejandra Ferrer nos ha estado pisando los talones a Jaime y a mí desde hace dos días. No sé cómo se ha enterado de nuestros movimientos, pero rara vez la hemos perdido de vista en estas cuarenta y ocho horas.

Humberto cedió la palabra a Jaime Santos, jurado de Quart, para contrastar esa afirmación.

—Es verdad y cierto que vivimos los dos en la misma calle, y eso le puede haber facilitado espiarnos, pero no hemos sido los únicos. Su hermana ha estado siguiendo también a Lorenzo y a Juan —estos asintieron—. ¿Qué pretenden esas jóvenes? ¿No sería más fácil reconocer que sí que estuvimos en los dos funerales?

—No creo que eso sea una buena idea. Implicaría dar explicaciones —replicó Humberto Fernández negando con la cabeza al mismo tiempo—. Hasta ahora nos hemos mantenido al margen de toda sospecha y en el más absoluto anonimato, y debemos seguir en la misma línea.

—Pero ¿y si no podemos impedirlo? ¿Y si nos llevan una ventaja que desconocemos y logran acceder al lugar sagrado? —preguntó Adolfo con la expresión descompuesta—. ¿De qué habrán servido todos nuestros esfuerzos y los de nuestros antepasados?

—No nos anticipemos a algo que no va a suceder —continuó Humberto con el alma en vilo—. Hemos de estar muy, pero que muy despiertos. —En sus ojos se percibía la preocupación.

—Todos confiamos en que tengas razón —manifestó Lorenzo Alonso, jurado de Rovella.

Era la hora acordada. Miguel consultó el reloj por enésima vez en los últimos diez minutos. Tía Rosa trajinaba en la cocina preparando café cuando el sonido del timbre de la puerta les sacó de sus cavilaciones. Miguel abrió la puerta y comprobó que los cuatro jóvenes esperaban ansiosos y sonrientes a la vez.

—Buenos días, muchachos. Puntuales como siempre.

Tomaron asiento mientras Tía Rosa los mimaba con un café recién hecho.

—Gracias, tía —agradeció Sara al tiempo que se acercaba la taza a los labios.

—¿Qué tenéis? —demandó Miguel.

Lluís fue el primero en hablar.

—En estos últimos días nuestra misión ha consistido en ver todos los movimientos en las excavaciones de los jardines del Real —explicó entregándole un cuaderno con anotaciones de horarios y personal autorizado a las obras—. Está todo ahí. Está supervisado por el Servicio Municipal de Arqueología. En la intervención trabajan veintitrés operarios, un topógrafo y cuatro arqueólogos. En estos momentos han colocado una pequeña barandilla donde la gente puede admirar parte de los restos encontrados. Pero si lo que buscamos está ahí dentro, lo tenemos bastante crudo.

—¿Por qué dices eso? —demandó Miguel muy interesado.

—Porque solo hay un montón de piedras de lo que supuestamente fue parte del Palacio del Real —alegó Pepe continuando con la explicación.

—No nos desanimemos —exclamó Miguel—. ¿Y vosotras? —dijo señalando a las dos hermanas.

—Hemos estado bastante ocupadas siguiendo los pasos de varios miembros del Tribunal de las Aguas.

—¿Y bien?

—Pues aparentemente llevan una vida normal. Al principio intentamos pasar desapercibidas, pero no somos profesionales y no tardaron en darse cuenta de que los teníamos vigilados. Además, nos dio la sensación de que nos conocían y sabían quiénes éramos.

—¡Seguramente! —exclamó Miguel—. ¿Seguisteis también a Humberto Fernández?

—No, pensábamos hacerlo hoy después del juicio.

—Hay un dato curioso que posiblemente no tenga mayor relevancia —añadió Lluís haciendo un inciso—, pero mientras recopilábamos información en los yacimientos del Palacio del Real, el señor Humberto Fernández estuvo merodeando por los alrededores en compañía de otro hombre que ahora mismo no consigo identificar.

—¿Y? —preguntó Sara—. Posiblemente estuviera dando un paseo por los jardines.

—No digo que no, pero se recreó demasiado en los restos arqueológicos y no dejaba de mirar a todos lados, como si estuviera pendiente de la gente que se encontraba allí. Pero eso no fue lo raro.

—Lluís, ¡quieres terminar de una puñetera vez! Nos tienes con la miel en los labios —le regañó Alejandra nerviosa—. ¿A dónde quieres ir a parar?

—Ya llego al meollo de la cuestión —Lluís apremió con su relato—. Pues que lo teníamos vigilado y, sin darnos cuenta, desapareció en nuestras narices.

—Vamos a ver..., ¿cómo qué desapareció? —preguntó Tía Rosa.

—Pues eso mismo —intervino Pepe dando total credibilidad a los comentarios de su amigo—. Desapareció sin dejar rastro. Pero no solo el señor Fernández, sino también su acompañante. Es cierto que estaba anocheciendo, pero aún había suficiente luz como para no perderlos de vista tan fácilmente.

—¿Recordáis el lugar exacto donde se encontraban? —solicitó Miguel.

—Por supuesto —afirmó Lluís tomando de nuevo la palabra—. De hecho, minutos después nos acercamos intentando averiguar qué narices había sucedido, pero no logramos explicarlo. Se los tragó la tierra.

—Estoy seguro de que tiene una explicación por muy descabellada que parezca —manifestó Miguel hablando casi entre dientes—. Todos hemos sido testigos de los rocambolescos obstáculos que hemos tenido que superar para conseguir las ansiadas llaves. ¿Por qué no pensar que hay una entrada oculta que se comunica con el Palacio del Real?

Los presentes trataron de asimilar sus palabras. Era una propuesta disparatada, pero ¿acaso no llevaban algo más de un año viviendo experiencias irracionales propias de un mundo fantástico, alocado, y sumergiéndose en las entrañas de la tierra a través de pasadizos que nadie sabía que existían? Todo aquello era una historia que no tenía ni pies ni cabeza, pero a pesar de ello era la historia que les estaba tocando vivir. Tal vez Miguel tenía razón y ese era el final de su interminable búsqueda.

—Puede que no sea tan descabellada como dices —alegó Alejandra de su parte—, y puede también que ese tal Humberto Fernández sepa mucho más de lo que nosotros nos imaginamos. No deberíamos perderlo de vista.

—Estoy de acuerdo contigo —le apoyó Miguel mirando al resto del grupo—. Habrá que vigilarlo estrechamente. Tenemos que ser su sombra.

Todos asintieron.

—Lo podemos hacer nosotros —Pepe se ofreció contando también con Lluís—. Posiblemente no nos reconozca.

—Me parece bien —aprobó Miguel—. Debemos presionarlo para que pierda los papeles.

—No va a ser sencillo —apuntó Alejandra—. Cuando hablé con él, me dio la sensación de que no era un hombre fácil de intimidar. Es una persona madura y educada que transmite calma y seguridad.

—Pues, Alejandra, tienes que hacer que pierda esa calma —añadió Sara sin dejar de mirarla—. Dicho de otra manera, tienes que sacarlo de quicio.

—Lo intentaré... —Alejandra miró el reloj. Eran casi las once de la mañana. Disponía de una hora para estar presente en el nuevo juicio del Tribunal de las Aguas y tenía que ingeniárselas para sacarle la máxima información posible, o, por lo menos, ponerlo nervioso para que diera un paso en falso.

—¿Todavía no me habéis preguntado qué tal mis investigaciones con los dibujos de las llaves? —dejó caer Miguel cambiando de tema y ansioso por mostrar sus progresos.

Los jóvenes se miraron unos a otros con una flamante sonrisa y un hilo de esperanza.

—¡Acercaos! —los animó Miguel—. Es muy interesante lo que he descubierto.

Todos alrededor de la mesa esperaban ansiosos una exposición convincente.

—Creo que estábamos equivocados respecto a lo del mapa. Más bien son símbolos que nos están indicando algo. ¡Fijaos! —les comunicó.

Miguel mostró el dibujo tallado de una de las llaves. Eran tres pequeñas protuberancias a modo de esferas.

—Son como diminutos guisantes —puntualizó Sara.

—En efecto —afirmó Miguel—. Hay dos llaves que tienen las mismas marcas, mientras que estas otras dos —dijo al tiempo que las intercambiaba— son diferentes...

Se aproximaron para comprobar que los dibujos simulaban una especie de X en horizontal con una esfera en su intersección.

—¿Has averiguado el significado? —demandó Pepe confundido.

—Todavía no, pero me llama la atención que son dibujos que se van repitiendo... —expuso Miguel.

—Muy bien, eso respecto a cuatro de las llaves —repasó Alejandra—. Pero ¿qué nos dices de las otras seis que tenemos en nuestro poder?

—De momento nada, pero todo se andará —contestó Miguel sin mucho más que añadir.

CAPÍTULO 78

La temperatura había descendido respecto a los días anteriores y las grisáceas nubes cubrían la plaza de la Virgen amenazando con descargar tormenta. A pesar de ello, la gente se apelotonaba alrededor de la puerta de los Apóstoles de la catedral para ver uno de los famosos juicios valencianos del Tribunal de las Aguas. Sara y Alejandra llevaban casi una hora en el lugar y habían observado todos y cada uno de los movimientos de los síndicos, en especial de Humberto Fernández. No se habían preocupado de disimular su posición y mucho menos de falsear sus objetivos. No tenía sentido hacerlo, ya que al término del juicio se iban a presentar ante ellos para pedirles explicaciones.

Al tañido de las campanas del Miguelete, se inició el juicio en el que, a diferencia de la semana anterior, sí que había un demandante que solicitó audiencia para la acequia de Mislata y explicó su problema. Después del veredicto por mutuo acuerdo, el juicio se dio por concluido. El alguacil y los miembros del tribunal entraron en la Casa Vestuario, como de costumbre, pero cuál sería su sorpresa al ver dentro a Sara y Alejandra que estaban dispuestas a bombardearlos con una retahíla de preguntas. La expresión de los síndicos se agrió, principalmente la de Humberto Fernández, que no pudo evitar tensar la mandíbula. Estaba claro que no eran bien recibidas.

—Señoritas Ferrer, no entiendo qué hacen aquí, y por qué las han dejado entrar —fue el primer comentario que salió por la boca del señor Fernández, mientras el resto susurraba sus quejas casi en silencio.

—Me alegro de que se acuerde de mí y también de mi apellido —dijo Alejandra con picardía—. Lo que me llama la atención es que haya dado por sentado que somos hermanas. ¿Será porque quizás nos conoce?

—O quizás será porque son como dos gotas de agua —puntualizó Humberto Fernández con una voz serena, tranquila y con un deje de ironía.

—Señor Fernández, necesitamos hablar con usted de algo importante —solicitó Sara de forma respetuosa.

—Señorita, la semana pasada ya le dije a su hermana que no tenía absolutamente nada qué decir.

En ese preciso momento Jaime Santos, jurado de Quart, se aproximó a él y le susurró al oído:

—Tal vez sea mejor que hables con ellas y averigües qué saben al respecto. —Humberto reflexionó sobre esa observación y rectificó.

—Les concedo tan solo diez minutos.

Sara y Alejandra le siguieron hasta una pequeña biblioteca. Humberto les indicó a las dos jóvenes que se sentaran, después lo hizo él.

—Señor Fernández, nos gustaría saber qué lazos le unían a nuestro padre y a nuestro abuelo para acudir a su sepelio —inquirió Alejandra.

—Señorita Ferrer, vuelve usted a la misma pregunta, y creo recordar que ya se la contesté el jueves pasado.

Su mirada era fija, pero no fría. Alejandra por unos instantes se sintió perturbada. ¿Por qué no podía ser más directa con él? ¿Por qué no le fluían las preguntas como a ella le hubiera gustado? Intentó reaccionar ante ese repentino atontamiento.

—Se lo preguntaré de otro modo, ¿conocía usted a mi padre? —Su voz sonó dulce y casi con un tono de súplica.

—No. —Su respuesta fue inapelable.

—Entonces no tenemos nada que hacer aquí —murmuró Alejandra—. Por lo que nos dice, no podrá ayudarnos a resolver cierto enigma.

Sara la miró con incredulidad. Eso no era lo que habían comentado. ¿Por qué reaccionaba así cuando se suponía que tenía que atacarle para sacarlo de sus casillas? Por un momento dudó en coger ella las riendas del interrogatorio, pero ¿y si era una estrategia? Decidió seguirle la corriente. Ante todo, confiaba en ella.

Las dos hermanas dieron un paso dirigiéndose a la salida. Tan solo una palabra por parte de ese hombre las haría detenerse.

—Quizás si me lo cuentan y está en mi mano, pueda ayudarlas —comentó con tono amistoso.

Las hermanas se detuvieron en seco. Eso encendía una pequeña llama de esperanza. A Alejandra le pareció percibir una ínfima nostalgia en su voz, algo que no había escuchado hasta ahora.

—Es difícil de explicar —empezó a decir Alejandra—. Hay indicios, señales que, según mi padre, nos conducen a cierto punto de la ciudad en el que posiblemente haya escondido algo que pueda cambiar el rumbo de la humanidad. —Sus ojos estaban fijos en los de ese hombre mientras pronunciaba las frases. Quería detectar cualquier cambio en su rostro, en su mirada.

—Me temo que si no es más explícita... —añadió el hombre intentando no mostrar ninguna señal que le delatara.

—Si todo esto que le estoy diciendo no le suena a nada, creo que hemos terminado la conversación —concretó Alejandra con voz firme—. Creo que usted podría ayudarnos, pero si no quiere colaborar no seremos nosotras quienes le obliguemos.

—¿Es por eso por lo que han estado vigilando a varios miembros del tribunal durante estos últimos días?

—Sí, en efecto. Pensamos que ustedes nos podrían ayudar a resolver este enigma —dijo Alejandra—, pero veo que no hay nada que hacer. De todas formas, aquí tiene mi número de teléfono por si, en un momento de lucidez, decide echarnos una mano.

Humberto estaba desconcertado ante la franqueza de esa joven. No cabía duda de que era hija de Jorge Ferrer. De buena gana les habría contado hasta la última pieza de ese misterio, pero todavía no había llegado el momento. Todavía no.

Sara y Alejandra salieron decepcionadas de la Casa Vestuario. Se dirigieron hacia los jardines del Real para reunirse con Lluís y Pepe mientras comentaban lo sucedido.

—Estoy segura de que ese hombre sabe algo —alegó Alejandra.

—Yo también —corroboró Sara.

—Es muy listo y, aunque ha intentado dominarse, los músculos de su mandíbula inferior le han delatado. ¿Cuándo acabará todo esto? Llevamos más de un año y estamos casi como al principio.

—No te irás a derrumbar ahora, ¿verdad, Alejandra? Justo cuando más unidas tenemos que estar y más fuertes hemos de ser. Porque algo me dice que el desenlace de esta búsqueda sin fin está llegando a su término.

Alejandra le dio un apretón en la mano y le sonrió. Ya estaban llegando, acababan de pasar el Museo San Pío V y caminaron paralelas a la verja de Viveros. Entraron por una pequeña puerta y atajaron por los laberintos de vegetación hasta llegar al punto de encuentro.

—¡Allí están! —gritó Sara al verlos.

Después de ponerse al día mutuamente, recorrieron el yacimiento con los restos arqueológicos. Un panel informativo con los planos de lo que fue el Palacio del Real les iba indicando dónde se encontraban en todo momento. Pasaron por lo que en su día fue el foso, la torre de la reina, las bodegas y despensas, la puerta suroccidental, el pórtico y la puerta principal. A través de una pequeña barandilla que impedía el descenso hacia el yacimiento, cada uno intentaba imaginarse cómo era antes de su derrumbe. Mientras tanto, solo podían deleitarse admirando un buen montón de piedras.

—¿Crees que de verdad hay algo aquí abajo? —preguntó Pepe a Sara.

—No lo sé, pero quiero creer que sí. Eso querría decir que nuestra búsqueda está llegando a su fin y no ha sido en vano.

—¿Dónde decís que se encontraban Humberto y su amigo cuando desaparecieron misteriosamente? —preguntó Alejandra interesada.

Situados en la parte más alta de la Montañeta del General Elío y con los restos arqueológicos a sus pies, Lluís estiró el brazo indicando la posición exacta junto a una fuente con el busto de la Dama de Elche, que se encontraba en el centro de una pequeña plaza con dos bancos a cada lado. Parecía imposible que se los hubiera tragado la tierra en ese encantador rincón, donde ni árboles ni ningún otro tipo de obstáculo los habían podido camuflar.

—Sé lo que estáis pensando... —murmuró Pepe—. Pero os aseguro que los perdimos de vista en cosa de segundos y de una forma inexplicable.

—Será mejor que nos acerquemos —sugirió Alejandra—. Igual sacamos algo en claro.

Los cuatro jóvenes se dirigieron al busto de la Dama de Elche, mientras estudiaban la situación y los alrededores en el más absoluto silencio.

Recorrieron cada centímetro del lugar sin tener demasiado claro lo que buscaban. Alejandra posó sus enormes ojos verde oliva en la estatua de la Dama de Elche. Estaba claro que un misterio se ocultaba cerca, y por qué no pensar que lo escondía esa bella mujer. Observó las curvas de su perfil, su nariz, el contorno de sus labios, la perfección del óvalo de su cara; las joyas que llevaba repletas de filigranas, y las especies de ruedas que le cubrían las orejas atestadas de grabados. Sus ojos se clavaron en ellos. ¿Dónde los había visto recientemente? Miró a su alrededor y chistó a su hermana para que se acercara.

—Fíjate en los grabados de los adornos de las orejas. Sé que los he visto antes pero no recuerdo bien dónde...

La mirada de Sara se centró en ellos seguida de una sonrisa incontrolable al reconocer los símbolos.

—¡Alejandra, ya lo tenemos! —gritó sin poder contener la emoción—. Son los mismos que encontramos en las llaves.

—No puede ser. —El corazón le dio un vuelco al comprobar que era cierto. Sin perder tiempo llamaron a Lluís y Pepe para que se acercaran.

—Hay que avisar a Miguel y Tía Rosa —apuntó Sara nerviosa sin haber asimilado todavía el último descubrimiento y con la adrenalina disparada. Estaban a punto de desvelar el misterio.

Alejandra llamó a su tía para ponerla al día mientras los demás revoloteaban a su alrededor como moscas a la miel.

—¿Qué te ha dicho? —preguntó Pepe inquieto.

—¡Que vienen hacia aquí! —respondió Alejandra.

Se sentaron en uno de los bancos a esperar, frente al busto de la Dama de Elche. A pocos metros, dos hombres en el más absoluto silencio los vigilaban ocultos entre unos arbustos.

Tía Rosa quería seguir el paso de Miguel, pero apenas lo conseguía. A pesar de sus cincuenta y tantos años, estaba como un chaval. Cada día que pasaba se alegraba de que hubiera aparecido en su vida después de haberlo dado por perdido. Se había convertido en una pieza clave de esa lucha, y la ayuda incondicional que les estaba prestando a sus sobrinas no tenía precio. Y lo más importante, se sentía totalmente segura a su lado e irremediablemente enamorada de él. Quién le iba a decir que a su edad recuperaría ilusiones que con el paso del tiempo creía perdidas.

—Vamos, Rosa... —la alentó Miguel tendiéndole la mano para ayudarla a seguir su ritmo—. Los muchachos están esperándonos y no podemos perder tiempo.

Tía Rosa le sonrió.

—¡Allí están! —voceó él conteniendo la alegría.

Tras los saludos pertinentes, Miguel se colocó enfrente de la dama de piedra y observó las filigranas de sus adornos. Sus dientes relucieron al sonreír triunfalmente. Tal y como Alejandra le había indicado por teléfono, las marcas inscritas en la dama ibérica a la altura de sus orejas eran idénticas a las de cuatro de las llaves encontradas. De momento, no entendía la conexión, pero estaba convencido de que acababan de dar un paso hacia delante.

—Sería conveniente que subiéramos hasta ella —propuso Miguel mirando la altura de más de dos metros que la separaba del suelo.

—¿Y qué hacemos con el agua del estanque? —preguntó Sara.

—Habrá que mojarse... —murmuró Pepe con sorna.

—Sí, me temo que sí, y no podemos hacerlo a la luz del día —advirtió Lluís cargado de razón—. Tendremos que esperar a que anochezca. Este lugar está demasiado transitado.

—Tienes razón —apoyó Miguel mirando el reloj—. Deberíamos buscar un lugar para comer y dejar la tarde para ultimar los detalles. Haremos una lista de todo lo necesario y creo que deberíamos traer las llaves —sugirió—. Aunque suponga un riesgo, me temo que nos van a hacer falta. Esta noche, sin más demora, tenemos una cita con la bella dama ibérica.

Tal y como Miguel había sugerido, acudieron al Banco de Valencia para retirar las diez llaves. Escondidas en mochilas las transportaban esperando no encontrarse con el menor de los obstáculos.

Las horas siguientes transcurrieron en un abrir y cerrar de ojos. Apenas probaron bocado; los nervios de pensar que podían concluir esa interminable aventura les habían provocado una inapetencia generalizada.

En casa de Miguel, comentaron los pasos a seguir y se aseguraron de que no les faltara nada.

—Ha llegado el momento de marcharnos —los apremió Miguel—. Entraremos en los Viveros y nos camuflaremos hasta que cierren sus puertas, tal y como hemos acordado. Nos separaremos por parejas, cada una llevará una mochila y accederá a los jardines por una puerta distinta. Todos sabemos lo que tenemos que hacer. A la hora acordada nos veremos frente al estanque de la Dama de Elche. Sincronicemos nuestros relojes y que Dios nos acompañe esta noche.

Una tímida sonrisa brotó de sus rostros a medio camino entre la incertidumbre y la esperanza.

CAPÍTULO 79

Un manto de oscuridad había cubierto la ciudad dejando los jardines del Real inmersos en lóbregas tinieblas, con la tenue iluminación de las farolas poblándolos de centenares de sombras. La temperatura había descendido varios grados y la típica humedad mediterránea había dejado su huella con una capa de rocío en todas las superficies. El silencio alterado por el silbido del viento acariciaba las hojas de los árboles, y una retahíla de chasquidos y crujidos les daba a entender que no estaban solos.

Sentados sobre unas escaleras de piedra y rodeados de una poblada hiedra, se ocultaban Sara y Pepe esperando a que llegara el momento de actuar. El punto escogido era estratégico, ya que tenían a sus pies el yacimiento, aunque la negrura les impedía observar nada que estuviera a más de un metro de sus narices.

—¡Joder, otra vez ese ruido! —murmuró Sara con el vello erizado, oculta detrás de unas ramas.

—Será alguna rata... —confirmó Pepe a su lado.

—¿Tú crees? —preguntó mirando a su alrededor y confiando en que estuviera equivocado.

—Estoy convencido de ello —corroboró Pepe fríamente—. Aquí debe de haber cientos, y algunas como conejos.

—Muy gracioso... —murmuró Sara encogiendo los dedos de los pies de puro repelús.

—¿Ves algo? Me refiero a los demás —preguntó Pepe inquieto.

—No veo un pimiento. Es la noche más negra que he visto jamás.

—No seas exagerada, mujer...

—Ay, me ha parecido ver a alguien que se movía. Está allí enfrente —dijo Sara señalando con el dedo—. Es Miguel —dijo resoplando.

—Tienes razón. Creo que debemos salir del escondite y reunirnos con ellos.

Bajaron las escaleras despacio. Sara tropezó y estuvo a punto de caer. Tuvo suerte de los ágiles reflejos de Pepe que la agarró con fuerza.

En pocos minutos se unieron a Miguel y Rosa, seguidos de Lluís y Alejandra. Los seis se colocaron frente a la Dama de Elche, cuya cara se vio iluminada por el haz de luz de una de sus linternas.

—¿Por dónde empezamos? —preguntó Tía Rosa nerviosa, a pesar de que sabía que estaban solos y de haber presenciado con sus propios ojos cómo el guardia había hecho su ronda habitual y había cerrado las verjas de acceso.

—Hemos de trepar por la efigie —pronunció Miguel.

—Eso está hecho —añadió Pepe.

A continuación, se agachó para dejar que Sara se subiera sobre sus hombros, se levantó y la sujetó por las rodillas mientras metía un pie en el estanque. Sus botas de agua chapotearon mojadas mientras se acercaba a su objetivo. Sara, ya a la misma altura que la imagen de piedra, la alumbró con el fin de descubrir por qué dos de las llaves tenían los mismos dibujos que los adornos de sus orejas. La palpó y tocó sintiendo su gélido tacto. Acarició cada grieta, cada pliegue de su cara y de sus alhajas. Después miró a los demás con expresión de descontento.

—No hay nada extraño —murmuró decepcionada—. Creo que nos hemos equivocado.

—No puede ser —gruñó Miguel—. Dame las dos llaves que coinciden con esos dibujos —dijo dirigiéndose a Lluís, que las sacó de una de las mochilas. Miguel las cogió y se las entregó a Sara estirando el brazo.

—Escucha bien, la clave tiene que estar en ellas. ¡Búscala! —exhortó con convicción.

Sara volvió a centrarse en la bella y fría cara, esta vez con más detenimiento. Observó las esferas y filigranas de sus collares, la simetría de su corona, y comprobó que el grabado de las llaves era idéntico al... ¡Un momento! Se dijo. Un pequeño agujero situado en el centro de las ruedas, a modo de adorno, suscitó su atención. Miró las llaves y, sin pensarlo dos veces, incrustó el final de una de ellas, que encajó a la primera.

—¡He encontrado algo! —gritó llena de alegría.

Los demás la enfocaron con cautela viendo cómo una de las llaves permanecía erguida dentro de la efigie de piedra.

—¡Bien! ¿Puedes hacerla girar? —pronunció Alejandra, emocionada.

—Lo voy a intentar... —dijo con un hilo de voz.

Pepe se esforzaba por mantenerla en equilibrio. Sara no pesaba demasiado, pero si la cosa se alargaba... Solo pedía estar a la altura y ser útil en la misión que se le había encomendado.

Sara se armó de valor y concentró toda su energía e hizo virar la llave noventa grados.

—¡Se ha movido! —gritó emocionada.

Desde arriba vio cómo su hermana y su tía se abrazaban.

—Silencio. Callad —chistó Sara. Acababa de oír un ruido, pero no podía identificar de dónde provenía—. ¡Algo se ha movido!

Todos empezaron a mirar a su alrededor esperanzados. Ansiaban que se hubiera abierto una puerta que los transportara al corazón del misterio que estaban a punto de desvelar. Pero su búsqueda fue en vano. Mientras tanto, Sara, con las piernas entumecidas, y Pepe, soportando su peso, estaban a punto de darse por vencidos. Habían perdido la noción del tiempo y aquello parecía el cuento de nunca acabar.

—¡Esperad un momento! —dijo Miguel viendo que Pepe hacía ademán de salir del estanque—. La Dama de Elche original, al igual que otras figuras ibéricas de carácter religioso, tenía en su espalda una cavidad que servía para introducir reliquias, objetos sagrados o cenizas como ofrenda al difunto. Hay que buscar si esta réplica tiene algo similar.

Pepe caminó hasta colocarse en la parte trasera mientras Sara inspeccionaba la efigie.

—Sí, tienes razón, Miguel —asintió la joven.

—Juraría que ese agujero antes estaba tapado —añadió Alejandra algo confusa.

—Busca dentro —propuso Lluís—. Mira a ver qué hay.

Sara enfocó con la linterna su interior con torpes movimientos. Se sorprendió al comprobar que tan solo había un pequeño orificio de unos pocos centímetros de diámetro, pero con bastante profundidad.

—¿Qué ves? —preguntaron a la vez.

—No lo sé. Un pequeño y profundo agujero —dijo algo confusa.

—Sara —dijo Miguel con voz firme—, utiliza la otra llave. Inténtalo con la otra llave.

Ella obedeció sin rechistar a pesar de que un suave temblor se había apoderado de sus manos. Necesitaba dominar la situación.

No podía fracasar. Agarró la anilla de la llave con fuerza y la introdujo en el orificio. Parecía que no encajaba. La movió hacia un lado y hacia otro intentando que coincidiera con la posición adecuada. Asustada, notó cómo sus piernas, en sintonía con sus manos, empezaban a moverse por su cuenta.

—¡Sara, estás temblando! —susurró Pepe manteniendo el tipo—. Tranquilízate, respira hondo.

La joven apenas le escuchaba. El sonido de la voz de Pepe era como un lejano e ininteligible silbido. Se centró en la tarea y, después de luchar con el agujero, consiguió colocar la llave en la posición correcta.

—¡Creo que ha encajado! —gritó sin apenas voz.

Se miraron unos a otros. Parecía que iban por el buen camino. A pesar del oscuro ambiente, un hilo de luz pareció iluminar sus corazones.

Sara, ajena a la felicidad de sus acompañantes, se centró en girar aquella pieza fría de metal que la estatua había ingerido en su mayor parte. Volvió a concentrar todas sus fuerzas y apretó hasta que la llave giró en círculo. Sara activó los cinco sentidos. Un ruido ensordecedor despertó bajo sus pies.

Pepe, que soportaba su peso desde hacía ya tiempo, notó cómo el suelo mojado vibraba bajo sus botas de agua. Avisó a Sara y a los demás en el momento que perdía el equilibrio.

—¡Sara, no sé qué está pasando, pero nos vamos a caer! —gritó mientras la agarraba fuertemente dando una zancada para salir del estanque.

Sara estuvo a punto de caer ante el quiebro inesperado de Pepe.

—¡Salid de ahí rápidamente! —chillaron todos desconcertados e incrédulos ante ese rugido que provenía de las entrañas de la tierra.

Tras dar varias vueltas y piruetas sin control, Lluís y Miguel les ayudaron a salir. Pepe recobró el equilibrio. Cuando bajó a Sara al suelo, las piernas apenas le respondían. Un hormigueo se había apoderado de ellas dejándolas fuera de combate durante un buen rato. Tía Rosa probó a masajearlas para activar de nuevo la circulación mientras los demás se asomaban una vez más al estanque en busca de una respuesta a lo sucedido.

Alejandra alumbró con la potente luz de su linterna el interior de aquella misteriosa fuente. Lluís y Miguel se quedaron atónitos.

—¿Qué está sucediendo? —se preguntó ella espantada.

No podía creer lo que veían sus ojos. Dentro de la fuente y en su misma base, se había formado una grieta contigua al pedestal de la efigie de piedra, que cada vez se iba haciendo más y más grande y por la que se estaba colando el agua como si fuese el desagüe de una bañera.

—Alejandra, se está abriendo una entrada en el suelo —murmuró Miguel sin apenas voz.

—Sí, ya lo veo...

—Tenemos que bajar —sugirió Lluís eufórico—. Nos está invitando a entrar.

Pepe se aproximó y confirmó la teoría de su amigo. A continuación, se acercaron Sara y su tía.

—¡Santo Dios! —rezó Tía Rosa santiguándose.

—Será mejor que bajemos nosotros —sugirió Miguel refiriéndose al sector masculino, luego miró a Tía Rosa esperando su aprobación—. No sabemos lo que nos podemos encontrar ahí abajo.

—¡De eso nada! —protestó Alejandra—. Si hemos llegado hasta aquí, no es para que nosotras nos quedemos fuera.

—Vamos a actuar con sensatez —pidió Pepe—. Alguien se debe quedar aquí arriba. ¿Y si los que bajan no tienen posibilidades de salir? Alguien tendrá que dar la voz de alarma.

Hubo unos minutos de reflexión. Tía Rosa fue la primera en hablar:

—Yo me quedo.

—Sara, ¿tú como llevas las piernas? —preguntó Alejandra viendo que todavía no se podía mantener erguida.

—Algo dormidas, pero se me pasará rápidamente. —Sus miradas se cruzaron y entendió perfectamente la indirecta de su hermana—. Está bien..., me quedaré con Tía Rosa —dijo con tono de resignación.

Lluís se aproximó a la entrada y la iluminó con el haz de luz. Había unos escalones de piedra que parecían no tener fin. Tragó saliva antes de mirar al grupo.

—Será mejor que no lo pensemos demasiado —murmuró con un escalofrío—. Tened cuidado de no resbalar, está todo mojado.

Alejandra abrazó a su hermana y a su tía. Seguidamente se colocó al lado de Lluís. Miguel se acercó a Tía Rosa y la besó. Pepe le imitó abrazando a las dos mujeres, que permanecían inmóviles viendo cómo desaparecían entre las fauces de la tierra.

Tan solo sus pasos alteraban la paz de ese tenebroso pasadizo. Las escaleras parecían interminables, pero por fin habían conseguido llegar a su fin. El camino seguía con un estrecho y lóbrego pasillo. Lluís y Pepe fueron los primeros en iniciar la marcha alumbrando sus pasos.

—¿A dónde crees que nos conducirá? —inquirió Alejandra intranquila.

—No lo sé —contestó Miguel ansioso—. Quiero pensar que al Palacio del Real.

Yo también, dijo ella para sus adentros.

Alejandra caminaba expectante, cuando, sin querer, tropezó con algo que le pareció una piedra. Enfocó el suelo empolvado y se agachó para verlo con más nitidez. No pudo contener un grito.

—Es un cráneo... —susurró indefensa.

—Sí, a este no hay que temerle —refunfuñó Pepe alumbrando alrededor—. Esto debe ser el resto del cuerpo.

—¡Santo Dios! —exclamó ella viendo un puñado de huesos.

—Hemos de continuar —propuso Lluís agarrando a Alejandra por el brazo y ayudándola a levantarse.

—¿Cuánto hemos avanzado? —interrogó Miguel a Pepe.

—Ni idea, yo diría que unos cien o doscientos metros.

—¡Mirad ahí delante! —gritó Lluís enfocando al frente.

—¿Qué demonios es eso? —preguntó Miguel receloso.

—Parecen dos puertas —apuntó Alejandra delante de ellas—. Hemos traído las llaves, ¿verdad?

—Por supuesto —Lluís rebuscó en su mochila—. Habrá que ir probando.

—¿A qué esperamos? —preguntó la joven inquieta.

Fueron comprobando y desechando las llaves que no encajaban.

—Esta parece que sí —afirmó Miguel incrédulo.

—¡Y esta también! —exclamó Pepe sonriente.

—Muy bien, tenemos las dos puertas abiertas. ¿Y ahora qué? —preguntó Alejandra presintiendo que se iban a tener que separar—. ¿Nos dividimos? —dijo con pesar.

—Creo que será lo mejor —asintió Lluís—. ¿Alejandra, vienes conmigo?

—Sí, ¿y qué pasa con las llaves?

—Yo llevo una mitad y Pepe la otra —puntualizó Lluís sabiendo a dónde quería ir a parar.

—Y si necesitamos utilizarlas, ¿cómo sabremos que las que llevamos cada uno son las correctas?

—Nos arriesgaremos —dijo Miguel resignado.

—Puede que Alejandra tenga razón —añadió Lluís pensativo—. Quizás sea mejor que no nos separemos. Por lo menos los pasos que demos sabremos que son seguros.

—De acuerdo —dijo Pepe, buscando la aprobación de Miguel—. ¿Qué puerta, derecha o izquierda?

Se miraron sin saber qué contestar, pero el tiempo apremiaba. Pepe sacó una moneda del bolsillo y la lanzó al aire.

—Cara, derecha y cruz, izquierda —murmuró. Levantó la mano y dijo—: Cara. Vamos por la derecha si no hay ninguna objeción.

—¡Adelante! —se unieron los demás.

—¡Un momento! —chilló la joven—. ¿No deberíamos recoger las dos llaves que nos hemos dejado en las puertas?

—No veo el motivo, supuestamente ya han cumplido su función —añadió Miguel—. Pero si te quedas más tranquila...

Alejandra las sacó de las cerraduras. Algo le decía que no debían olvidarlas tan alegremente, y más cuando ya se habían dejado por el camino las dos incrustadas en la Dama de Elche.

Sus pasos los llevaron a un laberinto que parecía abrirse como un embudo. Para su sorpresa encontraron unas antorchas apagadas y ancladas a ambos lados de la estancia.

—Diría que estas antorchas han sido utilizadas recientemente —afirmó Lluís mientras cogía una de ellas y le prendía fuego con un encendedor. Luego se guardó la linterna.

—¿Por los miembros del Tribunal de las Aguas? —Alejandra lanzó la pregunta al aire.

—Es muy posible...

—¡Mirad esto! —exclamó Miguel.

Habían llegado a una inmensa sala con cuatro puertas de madera cerradas a cal y canto.

—Ya empiezo a estar un poco harto de tanta puertecita —dijo Pepe con tono de fastidio.

—Menos mal que no nos hemos separado —apuntó Alejandra sacando las llaves de una de las mochilas.

—Fijaos en el símbolo que hay en cada una de las puertas —advirtió Miguel tocándolos.

—Son todos iguales. ¿Qué significan? —preguntó Alejandra.

—No son exactamente iguales —apuntó Miguel—. Todos tienen el mismo símbolo, la cruz maya, un círculo con la cruz en el centro, pero cada una tiene un punto en cada una de las cuatro esquinas.

—¿Sabes a qué se refieren? —preguntó Pepe.

—Creo saberlo —afirmó Miguel—. Me atrevería a decir que se refiere a los cuatro puntos cardinales, y la cruz representa los poderes en equilibrio.

—¿De veras? —susurró Alejandra asombrada. Hay que ver lo que sabía ese hombre.

—Esta puerta representa el este, o quizás se refiera a... —Miguel se frotó la recortada barba blanca, pensativo.

Los tres jóvenes le observaron sin pestañear. Qué importaba el significado de cada una de las puertas si tenían sus llaves.

—¡Podemos abrirlas todas! —exclamó Lluís, inocentemente.

—No creo que sea lo correcto —advirtió Miguel con serenidad—. Vuestra juventud os lleva a actuar impulsivamente. Ojalá estuviera Jorge con nosotros. Estoy seguro de que él sí sabría lo que debemos hacer.

Lluís hizo caso omiso a los comentarios de Miguel y fue introduciendo las llaves en una puerta tras otra. Alejandra le cogió del brazo intentando disuadirlo, pero fue en vano. La emoción del momento no le permitía escuchar más que a su propio orgullo, unido a su equivocado instinto.

—Estoy seguro de que nos están avisando —declaró Miguel precavido, a media voz—. No me cabe en la cabeza que, si esto lleva enterrado tantos años como suponemos, acceder sea tan fácil. Tiene que haber obstáculos, estoy seguro de ello. Hemos de medir bien nuestros pasos. Si lo que se esconde aquí abajo es tan valioso... —Sus palabras retumbaban en la estancia y apenas eran escuchadas por Lluís y Pepe, que se habían unido en la desesperada misión de introducir las llaves en las cerraduras. Alejandra era la única que le escuchaba atentamente, temerosa de que pudiera tener razón.

—¡Hemos dado con ella! —gritó Lluís lleno de júbilo unido a Pepe.

Antes de que Miguel y Alejandra pudieran impedirlo, le dieron la vuelta a la llave y abrieron una de las puertas. Los dos jóvenes alumbraron el interior. La desilusión fue mayúscula cuando sus ojos les mostraron un pequeño habitáculo, de pocos metros, totalmente vacío.

—¿Qué juego es este? —Lluís se quejó mientras se adentraba con la antorcha en la mano—. ¡Pepe! —voceó desde el interior—. Hay una manivela al final. Tenemos que moverla, igual abre algo.

Pepe siguió sus indicaciones dejando su linterna en el borde de la puerta. Pegados a la manivela y dispuestos a unir sus fuerzas, empezaron a moverla ansiosos por ver qué les desvelaba. Mientras tanto, Miguel y Alejandra los observaban desde el quicio de la puerta.

—¡Tened cuidado! —gritó ella asustada.

Esas fueron las últimas palabras que escucharon retumbando en el interior antes de que el suelo, aparentemente seguro, se desintegrara por completo en medio de un gran estruendo. Los dos cayeron al vacío, junto con los escombros y la antorcha de Lluís, provocando una espesa nube de polvo que obstaculizaba la visibilidad por completo.

—¡Dios mío! —chilló Alejandra aterrada, mientras Miguel agarraba la linterna enfocando hacia el fondo.

—Se lo he dicho, se lo he dicho. Es por mi culpa. Tenía que haber impedido que actuasen por su cuenta —se reprochó Miguel desconsolado.

—¡Lluís!, ¡Pepe! ¡Dios mío, que contesten, por favor! —imploró Alejandra hecha un mar de lágrimas mientras los llamaba sin cesar.

CAPÍTULO 80

Una gigantesca nube de polvo invadió la estancia tras el estrepitoso sonido de los escombros al caer. Alejandra estalló en gritos y lloros. Un ataque de ansiedad la dejó fuera de control. Miguel logró contenerla evitando que se cayera por el precipicio.

Habían perdido la cuenta de las veces que les habían llamado y no habían obtenido respuesta. La nebulosa se empezó a disipar y podían distinguir sus cuerpos tendidos sobre el suelo del foso, a varios metros de profundidad. La luz de la antorcha junto a ellos no mostraba ni el más mínimo movimiento.

Miguel los alumbraba con la linterna sin parar, pero la nitidez de la luz se difuminaba en la distancia.

—¡Lluís!, ¡Pepe! —gritó Alejandra por enésima vez sin obtener respuesta. Miguel retrocedió con la luz al ver algo que se movía entre los escombros—. ¿Qué narices es eso? —preguntó Alejandra confusa.

—Parecen un puñado de ratas —confirmó Miguel con el estómago encogido.

—¡Dios mío...! ¡Lluís! ¡Pepe! —gritó sin parar mientras notaba que los pelos se le ponían como escarpias—. ¡Despertad, maldita sea! —Alejandra se quedó muda durante unos instantes—. ¡No pueden estar muertos!

Miguel, con un nudo en la garganta, la abrazó. Nunca se lo perdonaría. Nunca. Había sido por su culpa. Se suponía que era el más sensato del grupo, y ¿qué había hecho para impedir semejante desgracia? Nada.

—¿Hay alguien ahí? —Una frágil y resquebrajada voz se oyó desde el foso.

—Son ellos... —chilló Alejandra envuelta en un llanto desconsolador.

Miguel los enfocó de nuevo. Pepe estaba de pie, con un pésimo aspecto, y ayudaba a moverse a Lluís, que parecía estar en peores condiciones.

—¡Cabronas! ¡Malditas hijas de puta! —bramó desde el fondo.

—¿Qué pasa? —demandó Miguel tremendamente preocupado.

—Estamos rodeados de unas sanguinarias ratas —gritó Pepe sin parar de moverse—. Estaban mordisqueando a Lluís. Pero esa va a morder poco, la muy... —Un crujido de piedras se oyó seguido de un alarido.

Alejandra observó cómo la antorcha iba y venía de un lado a otro manipulada por Pepe, que perseguía a los repugnantes roedores.

—¿Cómo está Lluís? —preguntó con el corazón en un puño.

—Respira, si es eso a lo que te refieres —gritó Pepe desde el agujero mientras intentaba espabilarlo.

—¿Cómo vamos a sacarlos de ahí? —planteó Alejandra a Miguel llena de pesar.

—Intenta contactar con tu hermana. Necesitamos unas cuerdas.

Alejandra buscó su móvil entre los bolsillos. Cuando dio con él, se limitó a marcar el contacto de su hermana, pero no hubo ningún tipo de respuesta.

—Miguel, no hay señal. ¡No tenemos cobertura!

—Tranquilízate, mujer. No podemos perder el control ahora.

—¡Vamos a conseguir cuerdas para sacaros de ahí! —chilló la joven intentando infundir algo de ánimo.

—Gracias, y lo siento. —Una voz débil se oyó desde la profundidad. Alejandra la reconoció al instante.

—¡Lluís! ¿Estás bien?

—He estado mejor —balbuceó.

—No tiene nada roto. Tan solo está magullado y aturdido —respondió Pepe buscando algo entre los restos de piedras esparcidos por el suelo.

—¿Se puede saber qué buscas? —preguntó Miguel confundido.

—Buena pregunta —respondió Pepe—. Las malditas ratas se han escabullido por algún sitio cuando las he amenazado con la llama. Si ellas han podido salir, igual nosotros también.

Las paredes estaban debilitadas por la humedad. Pepe cogió una piedra y golpeó el tabique con ganas hasta que se desmoronó abriendo un agujero de grandes dimensiones. Pepe se agachó e introdujo la antorcha para ver el interior. Era otro habitáculo. Rezó porque tuviera una salida. Sabía de antemano que tardarían en conseguir cuerdas, por eso tenían que buscar otra alternativa y parecía que esa era la única opción por el momento.

—He encontrado una salida —gritó con la intención de tranquilizar a Miguel y Alejandra—. Iré a inspeccionar primero —voceó perdiéndose por la brecha. A su espalda oyó una dolorida voz:

—Vuelve pronto, ni se te ocurra dejarme aquí... —le conminó Lluís.

—Tranquilo, amigo, te tengo muy presente —dijo asomando la cabeza.

Lluís fue incapaz de contar el tiempo transcurrido, pero le resultó interminable. Cuando Pepe regresó, su rostro había cambiado. Una sonrisa brillaba en la oscuridad dejando sus dientes al descubierto.

—Espero que traigas buenas noticias —pronunció Lluís incorporándose a duras penas. A Alejandra, al verlo de pie, se le escapó una sonrisa.

—Las traigo —dijo mientras le sujetaba—. Tenemos que irnos de aquí.

—¿Has encontrado algo? —preguntó Alejandra con incertidumbre.

—Sí —verificó Pepe—. Vamos a pasar al otro lado —clamó—. Vosotros tenéis que continuar. No os preocupéis por nosotros.

—Pero... —protestó Alejandra dirigiéndose a Miguel mientras veía cómo desaparecían.

—¡Tenemos que seguir! —intervino Miguel, abrazándola en señal de apoyo—. ¡Vamos!

Miguel y Alejandra se vieron, de nuevo, ante la tesitura de tener que escoger otra puerta. La pregunta era si las demás serían igual de traicioneras.

—Tenemos que afinar en la elección —añadió Miguel estudiando con detenimiento los símbolos—. No solo se refieren a los cuatro puntos cardinales, sino también a los cuatro elementos: tierra, agua, aire y fuego. La puerta que está abierta pertenecía al oeste, que también representa el elemento tierra, de ahí la trampa en la que han caído. Esta otra nos indica el este y también el elemento fuego —dijo palpándola meticulosamente.

—No quiero ni pensar en lo que habrá al otro lado —dijo ella asustada.

—Yo tampoco. Hemos de sacar las llaves que tenemos y decantarnos por una de las tres puertas que nos quedan.

—Te dejo escoger a ti —cedió Alejandra viendo que aquella situación le venía grande—. Yo no soy capaz de hacerlo.

Mientras tanto, en la superficie, a bastantes metros de distancia y escondidos detrás de unos matorrales, dos policías observaban asombrados a Tía Rosa y su sobrina. No daban crédito a lo que habían visto en las últimas horas. Bien les había advertido el inspector Moreno que en esa misión se requería paciencia y mucha imaginación. Al principio, no habían terminado de entender a qué se refería con esa expresión. Ahora quedaba claro que lo que sus ojos habían visto y sus oídos habían escuchado estaba fuera de toda lógica. Incluso habían llegado a dudar de su propia cordura. Tan solo deseaban terminar el operativo lo antes posible, regresar a sus hogares y vivir una vida sencilla y sin sobresaltos.

—Tengo los huesos calados con la dichosa humedad —se quejó uno de los agentes.

—Y yo tres cuartos de lo mismo. Espero que salgan ya. Con lo bien que se está en casa y esta gente se empeña en buscar y buscar.

Tía Rosa y Sara consultaban el reloj una y otra vez. Se habían cansado de utilizar el móvil intentando ponerse en contacto con el resto del equipo. La respuesta siempre era la misma: «está apagado o fuera de cobertura». La oscuridad de la noche las rodeaba como una losa de mármol sobre sus espaldas, y la incertidumbre de no saber qué estaba sucediendo les había formado un nudo en las gargantas que apenas les permitía respirar.

—Tenemos que bajar —volvió a proponer Sara por sexta o séptima vez.

—¿Y si avisamos a la policía? No quiero ni pensar que les haya podido pasar algo —añadió Tía Rosa con el rostro desencajado—. ¿Cuánto hace que se han ido?

—Más de cuatro horas.

—Hay que avisar a alguien —insistió de nuevo Tía Rosa.

—No podemos llamar a nadie. Sé por experiencia que esas búsquedas no son fáciles.

—Pero ¿y si llamaras a ese inspector que os inspira confianza? —sugirió desesperada.

Sara se quedó pensativa. Reconoció que era la única persona

con la suficiente autoridad para echarles una mano y en la cual confiaba.

—¡Llámale, hija!, ¡llámale! —achuchó su tía.

Sara marcó el número de teléfono del inspector Moreno tratando de controlar el temblor de sus manos, causado tanto por la humedad que se había alojado en sus huesos como por los nervios que la estaban corroyendo por dentro.

Escuchó la señal varias veces sin obtener respuesta. Sara estaba a punto de colgar cuando una voz ronca y adormecida contestó:

—¡Dígame...!

—¿El inspector Moreno? —preguntó Sara, con cautela.

—Sí, ¿quién llama?

—Soy Sara Ferrer, siento muchísimo despertarte a estas horas, pero necesitamos...

En el momento en que el inspector fue consciente de quién estaba al otro lado de la línea, se incorporó de la cama en un santiamén y dejó la modorra atrás.

—Dime, Sara, me extraña que me llames a estas horas. Debes tener algún motivo importante.

—Lo tengo. Nos encontramos en los jardines del Real y hemos descubierto un pasadizo en la fuente de la Dama de Elche que posiblemente nos ayude a resolver todo este misterio.

—¿En los jardines del Real? —repitió Moreno mirando el reloj—. ¿A estas horas?

—Sí, es complicado y largo de contar. —Sara midió sus palabras—. Creemos que a mi hermana y a los demás les ha ocurrido algo. Hace más de cuatro horas que han descendido por un túnel y no han vuelto.

—No te preocupes. Dime vuestra ubicación exacta y en veinte minutos estaré allí.

Sara le indicó el lugar y le dio las gracias antes de colgar. Durante unos instantes dudó de si había hecho lo correcto.

—¿Has oído ese ruido? —preguntó Tía Rosa recelosa mirando a un lado y a otro.

—No, no he oído nada —susurró Sara asomándose a la boca del corredor, que seguía oscuro y silencioso.

Antes de que pudieran reaccionar, dos sombras salieron de detrás de unos arbustos y, sigilosas, se colocaron a pocos metros de donde ellas se encontraban.

—Buenas noches... —saludaron con sorna.

El sobresalto de las dos mujeres fue mayúsculo al descubrir que no estaban solas. A pesar de la escasa luz, pudieron apreciar que se trataba de un hombre y de una mujer.

Sara los reconoció al instante. Sus queridos vecinos Erika y Gustavo entraban de nuevo en escena y esta vez sin ningún tipo de disfraz.

Gustavo se acercó a ellas y las apuntó con el cañón de su arma.

—¿Dónde están los demás? —les preguntó de mala forma.

Ninguna de las dos contestó. Tía Rosa se devanaba los sesos intentando averiguar quiénes eran esos dos mequetrefes que se atrevían a amenazarlas, aunque se lo imaginaba. Erika se acercó con cara de pocos amigos y repitió la pregunta. Estaba claro que acababan de llegar y no habían visto el pasadizo, pensó Sara. Intentó no mirar hacia el suelo de la fuente para no revelar su existencia.

—No lo volveré a preguntar —amenazó Gustavo—. Estoy harto de dar vueltas por el jodido parque buscándoos. Ahora que os hemos encontrado, vamos a ir todos juntitos a descifrar este maldito jeroglífico.

—Está claro que se han separado y que están esperando al resto de la pandilla —afirmó Erika mirando alrededor y olfateando como un sabueso. Espera un momento, ¿qué es esto?

Sara cerró los ojos y rezó en silencio para que no encontrara la entrada oculta mientras agarraba las manos de su tía con fuerza.

—Mi niña, creo que lo acaban de descubrir —dijo en un susurro que su sobrina captó de inmediato.

—¡Gustavo, alumbra aquí!

Él obedeció al instante dejándolas a un lado.

—¿Qué dirías que es? —inquirió descolocado.

—Está muy claro, parece una entrada —gritó Erika victoriosa—. Seguro que lo que buscamos está ahí dentro.

—Muy bien, pues vamos a bajar —añadió su fiel compañero.

—¡Vamos, vosotras dos primero! —gritó empujando a Sara y a Tía Rosa hacia dentro del estanque.

Sara miró el reloj, el inspector Moreno no tardaría en llegar. Tan solo tenía que ganar un poco de tiempo.

Mientras tanto, a los dos policías escondidos en los matorrales les llamó la atención la presencia de dos nuevos personajes.

—¿Qué narices está pasando ahí? —soltó uno de ellos—. Ahora hay dos personas más.

—Tienes razón —contestó el otro—. Oye, ¿llevan un arma o es imaginación mía?

—No se ve una mierda —se quejó el otro—. Mejor será que nos acerquemos.

—Deberíamos avisar antes de los nuevos acontecimientos al inspector Moreno.

—Tienes razón.

Sara se agachó para atarse los cordones de las botas. Necesitaba ganar tiempo, pero Erika no estaba por la labor de consentir niñerías y la empujó tirándola al suelo.

—¡Ponte en pie y baja tú la primera de una puta vez! —gritó sin contemplaciones.

Sara la fulminó con la mirada, agarró su linterna y empezó a descender seguida de su tía. Erika siguió sus pasos. Gustavo se encontraba todavía en la superficie cuando se oyó un grito que alteró la tranquilidad de la noche.

—¡Alto, policía!

Gustavo disparó a ciegas en dirección al sonido de la voz, y se coló por el agujero subterráneo mientras escuchaba cómo varias balas rebotaban en el pedestal de piedra que sostenía el busto de la Dama de Elche. Sara y su tía aminoraron la marcha en cuanto lo oyeron. ¡Estaban salvadas! ¡Gracias a Dios! Pero Gustavo y Erika no pensaban dejar bajar a nadie a quien no hubieran invitado. En cuanto vieron que alguien se asomaba a la pequeña entrada, abrieron fuego.

El sonido de los disparos retumbó en aquellas viejas y húmedas paredes, dejando al personal sumido en un ensordecedor ruido. Sara y su tía se taparon los oídos. Tía Rosa resbaló a causa del suelo húmedo y perdió el equilibrio. Para evitar la caída, se agarró a un saliente de metal anclado en la pared, activando, sin saberlo, un mecanismo que hizo que la entrada que daba al parque se cerrara sin poder remediarlo. Sara la miró con desánimo. Si aún quedaba alguna esperanza de que pudieran ser auxiliadas por los agentes de la ley, se acababa de esfumar. Tía Rosa miró a su sobrina, no tenía palabras.

Erika y Gustavo se miraron complacidos.

—No sé qué habéis hecho, pero ha sido en el momento más oportuno —dijo ella con una macabra sonrisa.

—¡Seguid caminando! ¡Vamos, bajad! —gruñó Gustavo obligándolas a reemprender la marcha.

Erika rastreó el suelo. La alfombra de polvo acumulado durante décadas se veía alterada por huellas recientes. Se limitó a hacer una seña a su compañero para que las tuviera en cuenta. El interminable pasillo apestaba a aire viciado y maloliente. Sara y su tía iban delante esperando encontrarse con el resto del grupo. Solo esperaban que estuvieran bien. Algo al fondo les llamó la atención.

—¡Esperad un momento! —gritó Erika adelantándolas.

Sara fijó la vista al frente y se sorprendió al ver dos puertas de un grosor exagerado que estaban abiertas. Dedujo que su hermana y los demás habían pasado por allí. Pero ¿cómo saber por cuál de ellas? Erika, como buen sabueso, les indicó por dónde tenían que continuar. Sara, entre dientes, juró que no permitiría que esa hiena se saliera con la suya, ni por supuesto que le hiciera daño a su tía o los demás.

—Vamos, ¡que no tenemos toda la noche! —achuchó Gustavo con la pistola en mano empujando a Tía Rosa.

Sara se revolvió como una fiera y le gritó:

—¡No vuelvas a tocarla, desgraciado!

—Más vale que te calles, zorra. —Gustavo la agarró del cuello demostrando su fuerza bruta.

Tía Rosa se interpuso para calmar las aguas.

—¡Suéltala, maldita sea! —intervino Erika con autoridad—. La necesitamos hasta el final. Acuérdate de las órdenes.

Gustavo cedió dejando a Sara dolorida, mientras se alejaba maldiciendo.

Habían perdido la noción de cuánto habían avanzado, pero cada vez se hacía más insoportable. Sara, agarrada de su tía, caminaba obediente hasta que llegaron a una sala en la que había cuatro puertas. Dos de ellas estaban abiertas. Solo que esta vez no había pistas suficientes para adivinar por dónde habían ido.

—¿Y ahora qué? —preguntó Gustavo, desconcertado.

—No lo sé —contestó Erika.

Se asomaron a la primera y vieron un agujero bastante profundo y con una gran cantidad de escombros amontonados en el fondo. Pensando que no tenía salida, pasaron a la siguiente. La otra sala era más grande y sus paredes estaban repletas de grietas. Desconfiado y precavido, Gustavo obligó a Tía Rosa y a Sara a entrar las primeras. No le gustaba un pelo tener que pasearse por las entrañas de la tierra como si fuera una alimaña.

Tía Rosa fue la primera en entrar, seguida de Sara. Al instante sus fosas nasales se inundaron de un fuerte olor que al principio no supieron identificar. Cuando supusieron que no había peligro, las siguieron Gustavo y Erika. Sin embargo, de repente unos ruidos a los lados captaron su atención. Sara alumbró hacia una de las paredes y gritó:

—¡Al suelo! ¡Tía, tírate al suelo!

Las dos mujeres se agacharon con agilidad y, casi besando el suelo, observaron cómo de las incalculables grietas de las paredes salían lenguas de fuego que atravesaban prácticamente el ancho de la estancia, calcinando todo lo que encontraban a su paso. Sara reconoció el hedor que había detectado minutos antes al entrar en la estancia: era gas. Gustavo fue alcanzado por una de las inesperadas llamas, que prendió fuego a parte de su atuendo. Erika, que se encontraba a su lado, se quitó la chaqueta e intentó apagarlo con rapidez al tiempo que esquivaba las ráfagas de calor.

Sara y su tía estaban atrapadas en un ángulo muerto. Si estimaban sus vidas, sabían que no podían ni debían moverse. Las llamas se alternaban unas con otras sin ningún criterio evidente. La temperatura ascendió vertiginosamente, simulando el mismísimo infierno. Tenían que salir de allí lo antes posible o terminarían achicharradas. Gustavo y Erika se arrastraron como reptiles y consiguieron llegar al otro lado. Sara y su tía los imitaron. Comiéndose el polvo y con poca visibilidad pudieron llegar al otro lado, momento en que las llamas cesaron misteriosamente.

—¿Cómo te encuentras? —preguntó Erika a Gustavo mirando su chaqueta chamuscada.

—Bien. Gracias. —Una sonrisa se le escapó de su cara.

Sara los miró fijamente y con odio, mientras ayudaba a su tía a ponerse en pie y a sacudirse el polvo acumulado en su ropa.

—¡Hay que continuar! —gritó Erika. Gustavo asintió.

CAPÍTULO 81

En las profundidades de la tierra y a pocos metros de distancia, Miguel y Alejandra vagaban sin rumbo después de haber atravesado el panel de fuego sin apenas incidentes, y ansiosos por encontrar a Lluís y Pepe después de haberlos perdido en el derrumbamiento. En numerosas ocasiones habían intentado contactar con Sara, pero no había sido posible. Desconocían cuánto habían descendido desde que se adentraron en esos pasadizos, y también ignoraban quién les pisaba los talones.

Por el camino encontraron varias antorchas y cogieron una cada uno. Eso les permitía un respiro con las linternas, que antes o después se agotarían. Miguel iba identificando dónde se encontraban en cada una de las estancias del Palacio del Real.

—Entonces, según tus investigaciones, aquí es donde se encontraba la capilla —inquirió Alejandra mirando un montón de escombros.

—Me temo que sí, aunque se supone qué estaba encima de nosotros —dijo mientras cogía un trozo de piedra—. ¿Ves estos grabados?

La joven asintió.

—Es un trozo de capitel califal —explicó mientras le daba la vuelta para verlo desde todos los ángulos—. Tiene mucha semejanza con los de Madinat al-Zahra. Esto debe de ser del siglo X y debió pertenecer a la *munya* de Abd al-Aziz.

La joven se acercó para inspeccionarla.

—¡Vaya! —murmuró—. Lo que darían los arqueólogos por todo este material.

Miguel lo dejó donde lo había encontrado y alumbró al frente. Alejandra iba en primer lugar y tragó saliva al comprobar que el pasadizo se empezaba a estrechar. No le gustaba un pelo cómo se presentaba la situación, ya que tenían que ir en fila india para poder avanzar. Tenía la sensación de que el maldito túnel se estaba encogiendo; sus codos ahora rozaban las paredes y tuvo que agacharse para no tropezar con la cabeza. Ante el espacio tan reducido, la llama de la antorcha era demasiado intensa y el calor que emanaba se estaba haciendo inaguantable. Sin embargo, para su sorpresa, el torrente de fuego empezó a menguar a medida que avanzaba, ofreciéndole la negrura de un agujero infernal.

—Miguel, se está apagando la antorcha y no me gusta —gritó asustada—. Apenas puedo caminar —dijo encorvada sin poder ponerse de pie.

—Tiene que ser por aquí —insistió Miguel siguiéndola con dificultad y viendo que su antorcha hacía amagos de apagarse.

—Creo que deberíamos retroceder —sugirió Alejandra angustiada.

En ese momento se empezó a escuchar cómo la tierra se movía y un escalofriante chillido se escapó de la boca de Alejandra. Miguel, asustado, alumbró hacia delante y no la vio. ¡Dios mío! ¿Dónde estaba?

La antorcha se apagó en ese mismo instante dejando que la negrura se hiciera la dueña del lugar. Nervioso, buscó la linterna en su mochila mientras pronunciaba su nombre sin parar:

—¡Alejandra! ¡Alejandra!

—¡Miguel, ayúdame! ¡No sé dónde estoy!, ¡me voy a caer! —gritó desesperada.

Miguel por fin dio con la linterna. Al dar un paso al frente notó cómo el pie derecho, que estaba más avanzado, resbalaba. Rectificó de inmediato, teniendo la horrible sensación de que no había superficie. Mientras tanto, Alejandra no paraba de gritar y lamentarse. Enfocó hacia su voz y se estremeció.

—¡Santo Dios! —fue lo primero que logró decir.

Las piernas le temblaron de inseguridad. Habían pasado de un diminuto pasillo lóbrego e irrespirable a un inmenso lugar donde las paredes de piedra y tierra apenas se veían. El techo estaba muy por encima de ellos y el suelo... ¡Santo Dios!, ¿a cuánta profundidad estaba el suelo? ¿A cincuenta o quizás cien metros? Por mucho que intentara iluminar, el haz de luz no tenía el suficiente alcance para ver el final de semejante precipicio. Parecía imposible que eso estuviera bajo tierra, a tan solo unos metros de la civilización.

—¡Miguel! —volvió a chillar Alejandra al verse deslumbrada por el resplandor. No pudo reprimir las lágrimas mientras se agarraba con uñas y dientes.

—¡Agárrate bien! ¡Te sacaré de ahí! —voceó sin saber qué iba a hacer.

Alejandra había caído al vacío y, por suerte, estaba asida a un pequeño saliente de piedra, pero no lo suficientemente grande como para que permaneciera mucho más tiempo. Tenía que ayudarla, pero ¿cómo iba a llegar hasta ella si la distancia era de casi dos metros y no podía agarrarse a nada seguro? Tenía que pensar algo ya. Miró dentro de la mochila en busca de una respuesta. No había nada de interés salvo las asas de nailon de la mochila. Mientras escuchaba los lamentos y las plegarias de Alejandra sacó una pequeña navaja y se puso manos a la obra. Quiso tranquilizar a Alejandra, aunque su voz sonó poco convincente. Dudó de si sus reflejos estarían a la altura de las circunstancias. Se consideraba un hombre fuerte para su edad, pero ahora temía que fuera simple fachada. Echó de menos a Lluís y Pepe con su vitalidad y su juventud.

—¡No te preocupes, pequeña! —volvió a decir cariñosamente mientras urdía una manera de acceder a ella— Creo que ya lo tengo.

—¿De veras? —murmuró Alejandra viendo cómo se le engarrotaban los dedos de los pies.

—Sí, ¡ya lo tengo! —dijo Miguel con entusiasmo.

Las cintas de nylon estaban unidas mediante unas hebillas y atadas entre sí con un nudo marinero, técnica que aprendió en el servicio militar. Ahora solo quedaba probarlo y rezar para que fuese lo suficientemente resistente para poder subirla.

Miguel se tumbó en el suelo con los brazos colgando en el vacío, mientras agarraba las cintas con fuerza y fijaba una de ellas en su muñeca izquierda. No podía permitir que se le deslizara mientras Alejandra subía y perderla en aquella oscuridad abismal. No se lo perdonaría jamás. Además, esa era la única manera de asegurarse de que, si eso sucedía, él iría detrás; no querría seguir viviendo y mucho menos darle la noticia a Rosa.

Antes de lanzarla miró hacia atrás buscando algún saliente para sujetarse. Tan solo vio una profunda grieta en una de las paredes. Metió el pie en ella y lo clavó profundamente para hacer palanca. Luego respiró hondo pidiendo a Dios que le diera las fuerzas suficientes para conseguirlo.

—¡Alejandra! —gritó lanzando la improvisada cuerda en su dirección—. Agárrala con fuerza y anúdatela en una de tus muñecas.

Ella le miró con esperanza y obedeció sin rechistar. Solo quería salir de ahí lo antes posible. Tuvo que colocarse de puntillas para poder conseguirlo, ya que la cinta era demasiado corta. Cuando dio el visto bueno, notó un tirón y creyó que le iban a arrancar el brazo por la presión ejercida. Miró hacia abajo y la desmedida profundidad hizo que se agarrara con las dos manos como una vulgar y hambrienta sanguijuela.

Miguel, con el pie anclado en la grieta, tiraba con todas sus fuerzas. Había subido casi la mitad, pero el cansancio estaba haciendo mella en su cuerpo, y aunque su mente no paraba de darle ánimos, no era suficiente. Congestionado y sudoroso vio la cara de Alejandra, jadeante y compungida de terror. Falta poco, se dijo así mismo. Pero las palabras de consuelo no le echaban una mano y, aunque no quería admitirlo, no podía más.

—Alejandra... —murmuró exhausto, sin apenas poder respirar y temiéndose lo peor.

—Miguel, ya casi está —gritó asustada y sollozando por el tono de su salvador, que parecía a punto de rendirse.

Tan solo les separaban cincuenta centímetros, pero Miguel había agotado su fuerza: sus músculos contraídos se habían agarrotado y apenas le respondían. Notó cómo su respiración era cada vez más agitada y su corazón le recordaba que ya no era un chaval.

—¡Miguel! —volvió a gritar viendo que no reaccionaba—. Por Dios, súbeme de una puñetera vez.

Alejandra se veía en medio de ese gigante agujero, con su cuerpo colgando en el aire y sin poder hacer absolutamente nada. Tan solo necesitaba un empujón más, tan solo eso. Lágrimas de impotencia desbordaron sus ojos.

—¡Papá! —exclamó llena de furia, dando la sensación de haber perdido la cordura.

Miguel trataba de no desfallecer. No podía soltarla, pero tampoco podía subirla. Estaba en un punto muerto. Al oír las palabras de Alejandra, reaccionó.

—Jorge, dame fuerzas, amigo. ¡Ayúdame! —susurró sin apenas voz.

Inexplicablemente un cosquilleo inundó sus arterias, sus músculos, sus nervios y sus tendones. En pocos instantes recobró la energía perdida y, mirando a Alejandra, le dijo:

—¡Lo vamos a conseguir!

Tan solo necesitó un par de empujones para tenderle la mano y hacerla tocar tierra firme. Miguel la abrazó y, emocionado, le acarició el cabello. Había estado a punto de perderla.

Una vez repuestos del susto y con el pulso de vuelta a la normalidad, Miguel cogió la antorcha y le prendió fuego de nuevo, llenando la estancia de luz. Se quedaron asombrados. Era como si estuvieran en los confines del universo. Aquel recinto tenía un diámetro de unos cien metros aproximadamente, rodeado de rugosas paredes de tierra. Afinaron los sentidos y observaron que al otro lado también había agujeros. Quizás se trataba de otros pasadizos similares como el que ellos habían pasado. Pero era imposible acceder hasta allí.

—Si al menos hubiera un puente o algo por el estilo —mencionó Miguel acariciándose su recortada barba.

—Eso sería demasiado fácil —agregó Alejandra—. Me temo que esta tarea es muy rebuscada. Espero que la recompensa valga la pena.

—Yo también —añadió él resignado mientras hacía un barrido general—. ¿Qué dirías que es eso? —dijo señalando algo en el centro.

La joven alumbró con su antorcha. Luego sonrió.

—Miguel, es una cuerda. No, no es una cuerda —rectificó—, es un puente de sogas. No me lo puedo creer. Estaba camuflado con el entorno.

—Hemos de llegar hasta él sea como sea —concluyó Miguel investigando las posibilidades que tenían de conseguirlo.

La pasarela de maroma llegaba hasta el otro lado. El problema era que para acceder a ella tenían que desviarse unos pocos metros a la derecha, y salvo unos pequeños salientes formados en las paredes por la erosión de los años, no había otro camino.

—¿Crees que vamos a poder hacerlo? —preguntó Alejandra sopesando sus posibilidades de éxito.

—Tengo mis dudas, pero no hay otra alternativa.

—Pues nada —añadió ella con sarcasmo—. Está claro que mi final es caer en este tenebroso agujero.

Miguel dejó la antorcha en el suelo y se encaramó al muro con la mochila a la espalda. Despacio y con paso firme avanzó piedra por piedra en dirección al puente. Sus manos se aferraban a los pequeños salientes y sus pies procuraban no tropezar ni dar un paso en falso. Alejandra lo miraba con temor y medía cada movimiento que realizaba. Estaba a punto de conseguirlo cuando, en uno de los últimos pasos, un saliente se desprendió de la pared haciéndola vacilar antes de buscar otro apoyo.

—Ah... —chilló ella.

Miguel, en cambio, no pudo articular palabra. El corazón se le había detenido y sus uñas permanecían clavadas a la pared. Cuando recobró la compostura, avanzó los pocos pasos que le quedaban y llegó al objetivo. El puente se meció con el peso de un cuerpo extraño. Miguel se sujetó para no perder el equilibrio y dio gracias por llegar sano y salvo. Seguidamente encendió la linterna para guiar los pasos de su compañera.

—Bien, Miguel —le animó Alejandra contenta de que lo hubiera conseguido y temblando de ver que le tocaba a ella. Se frotó las rodillas, que estaban a punto de fallarle, y se dispuso a trepar cuando vio que Miguel había desaparecido.

—¡Miguel! ¡Miguel! —lo llamó histérica.

A los pocos instantes reapareció acompañado de un agradable resplandor.

—Estoy aquí —contestó en tono tranquilizador—. Hay otro pasillo, pero no sé dónde conduce.

—¡Qué bien! Esto es el cuento de nunca acabar —murmuró la joven cansada.

—Alejandra, busca los apoyos más grandes y aférrate con coraje. Y muy importante, no mires abajo.

Alejandra se armó de valor. Se santiguó y se encomendó a su padre pidiéndole que la ayudara a conseguirlo. Después sacó un pie al vacío y lo apoyó en la piedra más cercana. Al sentirla segura, continuó con las otras extremidades. Miguel la controlaba iluminando su trayecto. Alejandra tenía la sensación de no avanzar. Cada saliente era un tormento y las piernas volvían a hacer de las suyas. La derecha había empezado a temblar. Sabía que en situaciones extremas los nervios la solían traicionar. Procuró mantener la mente en blanco, pero era mucho más fácil decirlo que hacerlo.

Con el rostro pegado a la terregosa pared, se arrastraba verticalmente cual reptil. Y pensar que nunca había querido escalar y tenía que hacerlo a la fuerza. Un suave cosquilleo acarició los dedos de su mano izquierda. ¡Oh, no...!, murmuró. Pensó que sus dedos empezaban a dormirse. Giró la cara para ver su mano al tiempo que movía las falanges para que despertaran de su somnolencia, cuando un chillido se escapó de su boca sobresaltando a Miguel.

—¿Qué ocurre? —preguntó él temiendo que pudiera caer.

—Una araña —murmuró con voz temblorosa.

—¿Cómo dices? —no había terminado de entender.

—Hay una araña gigante entre mi mano y mi cara —dijo con claros síntomas de arcadas.

—No pasa nada, seguro que no es venenosa. —Miguel no sabía qué decir para tranquilizarla—. Alejandra, sigue avanzando. No la mires y sigue avanzando.

—No puedo. Te juro que no puedo. Estoy totalmente paralizada.

—¡Alejandra! ¡Por Dios, ten mucho cuidado! —exclamó detrás de ella una voz masculina que no era la de Miguel.

—¡Lluís! ¡No sabes cuánto me alegra oírte! —voceó reconfortada por el sonido de su voz y sin atreverse a moverse ni un centímetro.

—Alejandra, cariño, tienes que avanzar poco a poco. Lo vas a conseguir, amor. —Lluís le dio ánimos con el corazón en un puño.

—Alejandra, eres muy valiente, puedes hacerlo. —Otra voz familiar se unió al coro para infundirle ánimos.

—Pepe, ¿tú también estás ahí? —dijo acongojada y sin arriesgarse a mirar. Tenía que continuar. No podía quedarse ahí eternamente. Quería volver a abrazar a Pepe y quería volver a besar a Lluís.

Miguel se giró en redondo complacido de verlos de nuevo. Los dos jóvenes habían salido del túnel que daba al puente en el que ellos se encontraban. Los tres hombres estaban pendientes de Alejandra y con el alma encogida intentaban animarla.

—Muy bien, Alejandra... —dijo Miguel.

—Lo estás haciendo muy bien. Un par de pasos más y lo habrás conseguido —añadió Lluís.

Cuando la joven rozó las sogas, seis manos la acogieron con dulzura. En ese instante una tremenda sonrisa brotó de su rostro mezclada entre lágrimas de alegría. Necesitaba desfogarse, habían sido demasiadas emociones seguidas. Lo había logrado y, lo más importante, volvían a estar juntos.

Lluís la cogió por la cintura y la besó sin mediar palabra. Ella se dejó querer...

CAPÍTULO 82

La tensión se había disipado y el beso de Lluís resultó tremendamente reparador. Alejandra, en compañía de sus tres hombres, cruzaba el frágil puente. El balanceo provocado por el peso y sus movimientos los hizo caminar con precaución. Pepe iba el primero portando una antorcha, la misma que se cayó con ellos cuando se derrumbó el suelo. Faltaba poco para llegar al otro lado cuando oyeron voces a sus espaldas. El eco había rebotado en todos y cada uno de los muros magnificando su intensidad. De la boca del túnel donde empezaba la pasarela afloraba un nuevo resplandor. ¿Quién, además de ellos, podía andar por esos lugares? El murmullo era cada vez más intenso y la aureola incandescente aumentaba de tamaño a medida que se aproximaban.

Aligeraron sus pasos con el fin de esconderse. Apagaron las linternas y disimularon el resplandor de la antorcha para que no les delatara. Apenas unos segundos después, sus dudas se despejaron transformándose en asombro e ira. No podían creer lo que veían sus ojos. Sus farsantes vecinos Erika y Gustavo aparecieron acompañados de Tía Rosa y Sara, y para colmo de males, estaban siendo amenazadas con armas de fuego. Se miraron entre ellos. Malditos cabrones, murmuró Pepe para sus adentros, mientras que Miguel apretaba los dientes cargado de rabia y tensando los músculos de su mandíbula. Alejandra se llevó las manos a la boca y Lluís apretó los nudillos.

Tenían que actuar con rapidez. Les ganaban en número, pero solo eso estaba a su favor. Disponían de sus puños y de una ridícula navaja de *boy scout* contra dos pistolas. Miraron a su alrededor y descubrieron ciertas grietas en las paredes lo suficientemente amplias como para poder colarse por ellas. Era un escondite espléndido y los ayudaría a cogerlos por sorpresa. Los observaron cruzar el puente de cuerdas con dificultad. Tía Rosa y Sara, cogidas de la mano, iban las primeras. Analizaron la situación y esperaron a que estuvieran a su altura. Los minutos restantes se hicieron eternos. Agazapados cada uno en su posición, vieron cómo Tía Rosa se adentraba en el túnel, seguida de su sobrina y achuchadas por sus vecinos. Era ahora o nunca.

En ese mismo instante, Pepe y Lluís se lanzaron sobre sus enemigos sin ninguna piedad. Sara y su tía se refugiaron en los brazos de Miguel y Alejandra, asustadas por lo que pudiera ocurrir. El forcejeo subió en intensidad. Pepe le dio una patada a Gustavo en la mano donde llevaba el arma, consiguiendo que la soltara. La pistola se arrastró varios metros y cayó al vacío. Pepe se resintió; aquel hombre era un verdadero armario ropero.

—¡Ahora estamos en igualdad de condiciones, hijo de puta! —espetó Pepe satisfecho de haber dado en el blanco mientras se enzarzaban en una pelea, cuerpo a cuerpo, con gran desventaja por su parte.

Mientras tanto, Lluís intentaba dejar a Erika fuera de combate sin conseguirlo. Recordó el anterior enfrentamiento con ella en la plaza de toros. Cómo peleaba la muy zorra, con conocimientos de artes marciales, a diferencia de él que tan solo las había practicado esporádicamente como *hobby*. Ahora se arrepentía de no haber estado más atento a las clases.

Miguel se acercó a ellos para echarles una mano, pero no era fácil reducir a esa máquina de dar patadas y puñetazos. Lluís ya hacía bastante con aguantar y esquivar los golpes que le venían desde varios ángulos.

Pepe había avanzado en su furia por derribar a ese monstruo y se encontraban al filo del despeñadero. Estaba magullado, pero eso no le impedía mantener firme el tipo. Alejandra chilló avisándole y temiendo que pudiera dar un paso en falso y caer por el precipicio.

—¡Cuidado, detrás de ti!

En ese momento, la lucha dio un giro inesperado y Gustavo resbaló con la tierra del borde de la sima cayendo al suelo enroscado con su contrincante. Golpeándose entre ellos se rebozaron de polvo. Gustavo fue el peor parado: estaba a punto de despeñarse. Un corrimiento de tierra hizo que su cuerpo quedara colgando. Sabía que ese era su fin e instintivamente se aferró, cargado de cólera, a su rival, y con una sonrisa macabra tiró de él para no caer solo. Pepe intentaba soltarse, pero no lo conseguía. Miró al vacío y solo vio una escalofriante oscuridad. Miguel agarró fuertemente a Pepe de los pies.

Viendo que lo perdían se sumaron Tía Rosa y sus sobrinas, que se tiraron al suelo para impedir que fuese arrastrado a las profundas tinieblas de aquel macabro lugar. Todos palidecieron cuando vieron que sus fuerzas no eran suficientes para evitar que fuera descendiendo centímetro a centímetro. Gustavo, con su arrogancia y masoquismo, soltó una espeluznante carcajada cuando estaba a punto de desplomarse deseoso de llevar a su rival consigo. Pepe luchaba desesperadamente por mantenerse en tierra firme. Desencajado y agotado, dudaba de si lograría deshacerse de semejante bestia, a pesar de la tremenda presión en sus piernas que ejercían sus fieles compañeros en un vano intento por salvarle.

Sara y su hermana no podían contener las lágrimas. No podían perder a Pepe. Sin dudarlo, Alejandra le soltó, de una rápida zancada cogió la antorcha encendida y con agilidad la inclinó hacia Gustavo con el fin de intimidarle para que soltara su presa. La llama lo desestabilizó, pero ante su asombro Gustavo la agarró con tal fuerza que ella se tambaleó. Aquello no era un ser humano. Acababa de amarrarse a las llamas como si nada.

—¡Alejandra, suéltala, te va a arrastrar! —gritó Pepe viendo que peligraba la vida de la joven.

—¡Suéltala! —chillaron los demás con el corazón encogido.

Apenas fueron unas milésimas de segundo, pero duró una eternidad. Alejandra soltó la tea al mismo tiempo que escuchaba los alaridos de dolor de su vecino y cayó de espaldas al suelo. Pepe aprovechó la confusión para darle un puñetazo a su contrincante haciendo que se soltara y perdiéndolo de vista en el oscuro agujero. La antorcha se hundió con él iluminando su trayecto.

Su grito combinado con una escalofriante carcajada se fue disipando a medida que se sumía en el abismo. Pepe cerró los ojos sobrecogido, por nada del mundo hubiera querido sucumbir con ese desgraciado. Aquello parecía el fin del mundo, la mismísima entrada al infierno.

Erika, confusa ante el grito de su compañero y dolida por su pérdida, bajó la guardia durante unos instantes, permitiendo que Lluís, harto de recibir golpes, le asestara un puñetazo en la cara y la dejara atontada.

Cuando Pepe retomó el reconfortante contacto con tierra firme, buscó angustiado a Lluís. Parecía tener dominada la situación.

Sara y Alejandra lo abrazaron. Acababan de pasar por una inolvidable prueba. ¿Cuántas más les quedarían antes de llegar al final de su búsqueda?

Estaban seguros de que iban descendiendo, y también jurarían que lo hacían en enormes círculos. ¿A dónde se dirigían? Ese maloliente y oscuro pasadizo parecía no tener fin. Caminaban ansiosos de ver la luz, menos Erika que, con las manos atadas, iba renegando.

Se tropezaron con unas estrechas escaleras. Sara fue la primera en bajarlas, los demás la siguieron. El ambiente era denso, a Alejandra le costaba respirar. No tenía ni idea de a cuántos metros bajo tierra se encontraban, pero aquello era demasiado surrealista para ser verdad. Sus rostros sintieron un ligero alivio al comprobar que las escaleras se empezaban a ensanchar y el aire se volvía menos viciado.

Al final del recorrido una enorme puerta de madera les impedía el paso. Miraron a su alrededor: atravesarla era la única forma de continuar. Miguel la palpó y pidió las llaves que llevaban en sus mochilas. Fueron probando una por una hasta que oyeron el clic que todos esperaban. Abrieron la pesada y enmohecida puerta y recuperaron la llave. Tras ella divisaron una hilera de antorchas colocadas a cierta distancia a ambos lados. Pepe arrimó la suya y fue prendiendo todas, a medida que avanzaban. La intensa luz que emanó de ellas les ofreció la imagen de un lugar amplio y diferente a lo que estaban acostumbrados. Algo les decía que se aproximaban al final de su búsqueda.

Después de todo el tiempo que llevaban investigando, no sabían ni por asomo qué se iban a encontrar. Aquel era el secreto mejor guardado de todos los tiempos. Posiblemente uno de los más enrevesados y, desde luego, el más oculto. Miguel se quitaba el sombrero ante la persona o personas que lo habían protegido durante tanto tiempo.

Buscaron una salida. No podían retroceder, tenían que avanzar. Esta vez no divisaban ninguna puerta ni tampoco una señal que los guiara.

—No puede ser este el final —exclamó Lluís harto de dar vueltas por las enmohecidas paredes, con las uñas negras y dolorido tras la lucha con Erika.

—Tiene que haber algo que nos indique el camino —susurró Alejandra cansada.

—¡No hay nada! —gritó Erika maniatada, tratando de aumentar la tensión del grupo.

Sus miradas se cruzaron desafiantes.

—Este lugar es una antesala —articuló Alejandra—. ¿No os dais cuenta?

Todos la miraron. Había conseguido captar su atención.

—Llevamos toda la santa noche por estas lóbregas grutas sin apenas poder respirar, con un hedor vomitivo, envueltos en difíciles pruebas y dejándonos la piel en ellas. Su objetivo ha sido frenarnos y que nos demos media vuelta. Sin embargo, esta sala es diferente. En ella ha habido vida. Las antorchas colgadas a ambos lados así lo indican, nos demuestran que estamos muy cerca. Tenemos que ser más optimistas. Presiento que nos queda muy poco. Hemos de demostrar que mi padre tenía razón.

—¡Tu padre solo fue un maldito ladrón! —las palabras de Erika retumbaron y todos se giraron.

Erika había adoptado un rictus burlón después de haber escupido parte de su veneno. Alejandra se acercó a ella y la miró con desdén y odio. Seguidamente, descargó su mano contra la mejilla de su vecina con toda la furia de que fue capaz.

—¡No vuelvas a nombrar a mi padre! —fue lo único que dijo mientras se cogía la mano dolorida por el impacto.

—¡Aquí hay algo! —murmuró Tía Rosa señalando la pared del fondo.

Todos se acercaron para verlo. En uno de los lados había un cuadrado grabado en la pared, similar a una tabla de ajedrez. Se dividía en doce cuadrados más pequeños, y ante el asombro de todos ellos, diez de ellos tenían un agujero en el centro. Pepe fue el primero en manosearlos. Advirtió que no tenían ninguna movilidad. Sin embargo, el orificio era bastante profundo. Una idea le asaltó la mente. ¿Y si eran cerraduras? Algo ilógico, pero ¿había algo cuerdo en todo este embrollo?

—Vamos a probar con las llaves —exclamó esperanzado.

Todos hicieron la misma reflexión, aunque ninguno fue capaz de articular palabra. Ellos disponían de diez llaves y Augusto Fonfría de las dos restantes. De esas diez, dos de ellas se habían quedado incrustadas en la Dama de Elche. Por lo tanto, solo les quedaban ocho, mientras que la tabla de ajedrez tenía diez agujeros. Los números no salían...

Faltaron manos para abrir las mochilas e ir pasando una llave tras otra. Tenían que despejar la incógnita lo antes posible. Pepe, nervioso, cogió la primera y la introdujo en uno de los huecos al azar. Entró con dificultad, lo que hizo que probara en otro agujero. En el segundo intento la llave encajó a la perfección. Solo faltaba darle la vuelta. Miró a los demás y sus rostros le dieron seguridad. Cerró los ojos y presionó el frío metal hacia uno y otro lado. Como respuesta, la puerta de la estancia por la que habían entrado se cerró de golpe.

Se miraron unos a otros extrañados al sentirse encerrados. Rápidamente, Pepe cogió la segunda llave y repitió la operación. Instantes después un estridente ruido retumbó en el interior de aquella caverna dejando a todos los presentes con el corazón encogido. Nada parecía moverse, ni tampoco había aparecido ninguna entrada oculta y secreta. En cambio, el chirriante sonido aumentó su intensidad y se escuchaba por ambos lados. La incertidumbre de no saber qué estaba sucediendo afectó a todos.

Era el turno de la tercera llave. Pepe lo hizo casi sin mirar..., nada de nada. Respiró hondo intentando mantener la calma cuando un crujido en el techo les hizo mirar hacia arriba. Una especie de trampilla se acababa de abrir dejando a la vista un misterioso hueco negruzco.

—¡Esto no me gusta! —exclamó Tía Rosa.

—A mí tampoco —añadió Sara recelosa—. ¡Un momento! tengo la sensación de que los muros se están moviendo.

Todos fijaron sus ojos en ambas paredes mientras el estrépito seguía invadiendo sus oídos. Lluís dio unos pasos y verificó que la inmensa sala estaba disminuyendo de tamaño. Su movimiento era lento y preciso. Algo mecánico se había activado con las llaves y los muros de ese lugar se estaban estrechando sin remedio.

—¡No puede ser! —gritó Alejandra con temor—. Tenemos que continuar probando las llaves.

—¡Inténtalo de nuevo! —ordenó Miguel a Pepe entregándole la cuarta.

Con recelo, Pepe repitió la operación y de nuevo se oyó otro chirrido proveniente del techo. Sus ojos se clavaron en la nueva abertura, que era igual que la anterior, pero en el lado opuesto.

—Cada vez que nos equivocamos ocurre algo nefasto —afirmó Lluís sin dejar de mirar cómo las paredes seguían moviéndose hacia ellos lentamente.

—¿Qué finalidad tendrán los agujeros del techo? —preguntó Rosa compungida.

—Ni idea —respondió Sara sin quitarles el ojo de encima.

En ese momento Pepe hacía un nuevo intento con la llave número cinco. Cruzó los dedos esperanzado, pero tampoco era la correcta. Esta vez al sonido se le añadió otro ruido distintivo. Era como una gran orquesta a la que se iban añadiendo instrumentos. Esta vez provenía de encima de la puerta.

—¡Otro agujero! —exclamó Alejandra con la mosca detrás de la oreja—. Me muero de curiosidad por saber para qué sirven. —Estaba convencida de que tenían una función y mucho se temía que no fuera buena para ellos.

Pepe, harto y desquiciado por no obtener resultados favorables, le pasó la responsabilidad a Lluís.

—Inténtalo tú a ver si tienes más suerte. Se nos están agotando las posibilidades.

Lluís ocupó su lugar con la sexta llave cuando de uno de los agujeros del techo empezó a caer un grueso chorro de arena.

—¿Habéis visto eso? —exclamó Alejandra angustiada y al mismo tiempo desconcertada.

—¿No querías saber para qué servían esos agujeros? —dijo Erika en tono despectivo—. Vamos a morir todos sepultados.

—Lluís, date prisa —apremió Pepe—. No podemos perder tiempo.

Él le obedeció y se encomendó al cielo. Esta tenía que ser la buena. Instantes después su cara reflejaba el desánimo al ver que no había sido posible. El suelo empezó a cubrirse de arena a una velocidad vertiginosa y la angustia se dibujó en sus caras.

—Lluís, continúa —Miguel le entregó la séptima llave.

La escena se repitió una vez más. De uno de los dos agujeros que permanecían inertes en el techo brotó otro chorro de arena, igual que el primero. Todos se miraron desilusionados. La situación era cada vez más insostenible.

—¡Lluís, es la última! —gritó Miguel visiblemente angustiado. Si esa no funcionaba, todos sus esfuerzos habrían sido en balde.

—¿Y qué pasa si esta no resulta? —preguntó Sara con los ojos vidriosos.

—Pues es muy posible que la respuesta esté en una de las dos llaves que tiene Augusto Fonfría en su poder —exclamó Alejandra lamentándose—. Ese malnacido. Si esta no funciona, no podremos avanzar. No puedo creer que, después de todo lo que hemos pasado, vayamos a morir encerrados entre estas cuatro paredes. Teníamos que haberle robado a Fonfría las dos llaves que nos faltan. Bien nos advirtió mi padre que no nos molestáramos en buscar la solución hasta que no tuviéramos las doce en nuestro poder. Hemos actuado demasiado a la ligera.

Tía Rosa la abrazó para consolarla.

—Lluís, adelante —añadió Miguel resignado—. ¡Inténtalo!

Lluís repitió la misma operación que en ocasiones anteriores, esta vez con toda la responsabilidad sobre sus espaldas. Todos prestaron atención a sus movimientos. Algunos rezaron las plegarias que sabían para que su última bala fuera la certera. Sin embargo, la situación se agravó todavía más. De la tercera trampilla emanó otro chorro de arena. Un fino polvo que iba cargando el ambiente, haciéndolo irrespirable. Pronto la situación sería insostenible y no podrían moverse. Una gigantesca nube de polvo producida por la arena provocó ataques de tos en varios de los presentes.

Lluís lo intentó de nuevo una y otra vez. No había nada que hacer.

Pepe se dirigió hacia la puerta arrastrándose por la arena. Cuando consiguió llegar, le fue imposible abrirla. Por esa parte no tenía cerradura. Solo se podía abrir desde fuera. Estaba claro que aquello estaba premeditado. Quienes habían diseñado esas trampas lo habían hecho a sabiendas de que era imposible traspasar ese umbral sin las doce llaves. No tenían escapatoria de ningún tipo. Pepe se giró y observó el desánimo en sus rostros. Se le hizo un nudo en la garganta al confirmar que era imposible salir de allí.

CAPÍTULO 83

El panorama no era nada halagüeño. No se lo deseaban ni a sus más odiados enemigos. Lo que habían descrito un par de horas antes como una sala espaciosa y con un aire más saludable se estaba convirtiendo en un estrecho pasillo envuelto en un ambiente espeso e irrespirable. La claustrofobia hacía mella en todos y cada uno de ellos, y el temor a ser aplastados incrementaba su estado de ansiedad. Habían pasado por experiencias difíciles a lo largo de ese año y medio, se habían adentrado en desconocidos túneles y lóbregos pasadizos, pero siempre habían encontrado la manera de salir airosos. Ahora los ánimos habían decaído y hasta los más optimistas habían entrado en un pesimismo extremo.

Durante el tiempo que llevaban allí encerrados y angustiados, habían recorrido la estancia centímetro a centímetro intentando dar con alguna clave que los sacara de semejante atolladero. Habían llegado a la conclusión de que solo un milagro los sacaría de allí. No podían retroceder en el tiempo ni mucho menos detener los chorros de arena, ni tan siquiera frenar las paredes que cada vez los obligaban a estar más juntos. El nivel de arena iba ascendiendo. La inmovilidad los aturdía y la inhalación del polvo les producía constantes golpes de tos. La situación era bastante crítica. Solo les quedaba la agonía de esperar un arduo final.

Tía Rosa abrazó a sus sobrinas con los ojos envueltos en lágrimas. Hubiera dado su propia vida por cambiar aquella situación y que sus sobrinas pudieran salir de ese infierno. A pesar del reencuentro con Miguel, se iría tranquila de este mundo sabiendo que él aún la seguía queriendo y dejando a Sara y Alejandra sanas y salvas.

Pepe chocó la mano fuertemente a Lluís en señal de gratitud.

Nunca nadie se había molestado en ayudarle, incondicionalmente, de una forma tan noble.

—Gracias, amigo. Ha sido un placer conocerte y un honor morir juntos —pronunció emocionado.

—Gracias a ti por tu lealtad —le correspondió Lluís.

Miguel abrazó a Rosa, y pegado a su oído le susurró:

—Te quiero tanto que la muerte no va a ser un obstáculo. Te buscaré en el otro mundo y no pararé hasta encontrarte otra vez.

Tía Rosa sonrió acongojada mientras una lágrima rodaba por su mejilla.

Lluís cogió a Alejandra y le acarició la cara. No quería que su rostro se le desdibujara.

—Eres preciosa y un regalo para mis ojos. Mis últimas palabras son para ti. ¡Te amo!

—Y yo a ti —susurró ella apenada. Ese no era el final que había imaginado y, acercándose a él, se fundieron en un apasionado beso.

Un chasquido metálico se oyó en medio del estruendo.

—¿Habéis oído eso? —preguntó Pepe atento.

—¿El qué? —añadió Sara.

—Ese ruido. Sí, ahí está otra vez, ¿no lo escucháis? —Pepe estaba tan confuso que llegó a pensar que se estaba volviendo loco. Afinó el oído—. Es al otro lado de la puerta —gritó.

—¿Estás seguro? —preguntó Miguel escéptico.

—Sí, lo estoy —confirmó Pepe ilusionado.

Todos mantuvieron el máximo silencio.

—Creo que tienes razón, parece que hay alguien —murmuró Miguel soliviantado.

Sus rostros cambiaron de expresión. Esa frase había llenado de esperanza sus desalentados corazones. Parecía imposible que alguien pudiera transitar por esas grutas perdidas de la mano de Dios.

—¡Estamos aquí! —gritó Alejandra seguida de todos los demás.

—¡Socorro! ¡Ayúdennos! —las palabras de auxilio retumbaron en el pequeño recinto.

Las miradas estaban fijas en la puerta. De repente, y ante el asombro de todos, escucharon cómo manipulaban la cerradura hasta que se abrió. Parte de la arena acumulada se desparramó bajando el nivel unos pocos centímetros e invadiendo los pies de las tres personas que menos hubieran imaginado. Augusto Fonfría estaba al frente del trío con claros signos de satisfacción y victoria. A su lado, su sabueso y guardaespaldas, el hombre del puro. Alejandra notó como su vello se erizaba. Tras ellos, y para la sorpresa de todos, estaba Humberto Fernández, presidente del Tribunal de las Aguas y jurado de Favara. Su presencia descolocó a Sara y Alejandra. No tenían muy clara su función en este misterio, pero ahora se delataba su complicidad con el presidente de AFCANI. Todos estaban metidos en el ajo. Sin embargo, la expresión de ese hombre los confundió.

—Deduzco por los gritos de auxilio que estabais en un buen aprieto —murmuró Augusto Fonfría regodeándose ante todos y enseñándoles sus magníficos y blancos dientes, aunque su sonrisa se agrió al ver a Erika maniatada.

»¡Marc, suéltala, inmediatamente! —le ordenó al tipo del puro. Por fin le ponían nombre, nunca lo hubieran adivinado.

—Pero... —protestó Tía Rosa instintivamente.

Miguel le hizo una seña. No estaban en situación de poner pegas, ya lo harían cuando estuvieran todos a salvo. Seguidamente vieron cómo el guardaespaldas se adentraba y le soltaba las manos mientras ella se acariciaba las muñecas resentidas por la presión de las cuerdas.

—Creí que no ibas a llegar nunca —le increpó Erika, aliviada.

Alejandra la miró con despecho. Esa lagarta sabía que ese malnacido llegaría antes o después y no había abierto la boca.

—¿Y Gustavo? —preguntó Fonfría al no verlo.

Erika hizo un gesto de tristeza al tiempo que negaba con la cabeza.

—No me extraña —espetó Fonfría con un descarado desprecio—. No servía ni para tacos de escopeta. Mucho músculo y poco cerebro.

—No hables de él así, papá —refunfuñó Erika, resentida.

—¿Papá? —exclamaron todos.

Sara y Alejandra se quedaron boquiabiertas, al igual que todos los demás. ¿Cómo no se lo habían imaginado? La insensibilidad por parte de padre e hija era visiblemente idéntica. Lo llevaban en los genes.

—Han probado las ocho llaves de que disponen sin obtener ningún resultado positivo —se apresuró a decir Erika poniendo al día a su padre mientras señalaba el panel de ajedrez con sus correspondientes orificios.

Tía Rosa pensó en lo rápido que pasaba página esa joven. Si

Gustavo era su pareja, no había derramado ni una sola lágrima por él.

—No me puedo creer que, de todas las llaves que tenéis, no os haya servido ninguna. —Augusto soltó una carcajada—. Sabía que no podía perderme este espectáculo. Llevo veintitrés años esperando este grandioso momento. ¿Sabéis lo que es eso? Jorge Ferrer lo puso difícil. A pesar de ser un ladrón, reconozco que era brillante.

Marc y Erika sonrieron siguiéndole la corriente mientras Humberto Fernández seguía detrás de ellos, inexpresivo. Algo no terminaba de encajar. Todos sintieron ganas de hacerle tragar cada una de las palabras con las que había mancillado la imagen de Jorge. Todos tenían motivos para odiar a ese prepotente e indeseable ser.

—Por eliminación, deduzco que soy yo quien tiene la solución —exclamó Fonfría hinchando su ego mientras avanzaba con dificultad a través de la arena, acercándose a ellos y sacando de una pequeña mochila las dos llaves que faltaban—. Creo que usted ya las conoce..., ¿no es así, señorita Ferrer? —susurró mientras pasaba por su lado.

Alejandra le miró desafiante y mordiéndose la lengua.

Marc agarró del brazo a Humberto Fernández y le obligó a avanzar. Todos se encontraban ante el panel de piedra cuando Augusto Fonfría, con las dos llaves en la mano, y dudando de cuál de las dos utilizar primero, le entregó una de ellas a su guardaespaldas y la otra a Erika para que procedieran a intentarlo. Ella le obedeció al instante. Acababa de introducir la llave cuando el miembro del Tribunal de las Aguas, que hasta ahora había permanecido mudo como una estatua, se pronunció:

—Será mejor que acierte a la primera, señorita.

Todos se giraron hacia él ante semejante frase. Alejandra lo miró confusa. Su tono y forma de dirigirse a Erika daba claras muestras de que no estaba en el mismo bando, y no solo eso, sino de que sabía mucho más que todos ellos juntos. ¿A qué demonios estaban jugando?

—¿Por qué dice eso? —preguntó Erika recelosa.

—No le hagas caso —gruñó Fonfría—. Intenta ganar tiempo y marearnos.

—No es cierto —continuó Humberto Fernández—. Ya han sido testigos de lo trágico que les ha resultado el no dar con la llave correcta. No saben a lo que se enfrentan. Yo ya he vivido muchos años y no temo a nada. Pero aquí hay personas con toda una vida por delante.

—Díganos a qué nos enfrentamos —le preguntó Sara. No sabía por qué, pero confiaba en ese hombre.

Ante la confusión creada, Augusto Fonfría empujó a su hija quitándola de en medio y cogió la llave, con ímpetu, girándola hacia un lado y otro mientras gritaba:

—¡Paparruchas, solo son paparruchas!

—¡Nooooo! —gritó Humberto Fernández en vano. Ya era demasiado tarde. No habían querido escucharle y ahora pagarían las consecuencias.

Su grito desgarrador afligió a todos. Era como si hubieran destapado una maldición y sus vidas estuvieran en grave peligro. Las firmes palabras de ese hombre habían sido ignoradas por el pecado de la avaricia personificada, que ahora les arrastraba a un pozo de tinieblas.

Sin embargo y sin saber cómo ni por qué, las paredes que habían estado aprisionándolos se frenaron cada vez más hasta detenerse. Una llama de esperanza iluminó sus corazones. A continuación, y detrás de ellos, se oyó un chirrido como si algo se moviera. El sonido se asemejaba al roce de dos piedras. ¿Habrían acertado con la llave y estarían ante la abertura de una entrada secreta? ¿Se habría equivocado el señor Fernández con sus predicciones? ¿O quizás intentaba despistarlos como afirmaba Augusto Fonfría? Ya no sabían qué creer. El ruido provenía de las trampillas del techo situadas encima de la puerta de entrada y a ambos lados de la estancia. Continuaban vomitando chorros de arena, pero algo parecía moverse en su interior. Los allí presentes fijaron toda su atención con el fin de descifrar qué era.

—No tenemos escapatoria. La probabilidad de que podamos sobrevivir es muy baja —pronunció Humberto Fernández al mismo tiempo que se santiguaba, sobrecogiendo a todos y dejándolos con el miedo en el cuerpo.

—¡Quieres callarte de una puta vez! —protestó Marc alterado. Perdiendo el control, levantó la mano con el fin de hacerle callar, pero con su nerviosismo se le resbaló la llave que minutos antes le había cedido Augusto Fonfría para que la custodiara—. ¡Joder! —chilló al ver cómo se adentraba en la arena perdiéndose su rastro.

Todos se sobrecogieron. Desde luego, si la misión de Humberto Fernández era ponerlos nerviosos, lo estaba consiguiendo a la perfección. Con tanto misterio no sabían qué pensar y estaban llenos de incertidumbre y agonía. Si la única salida era la última llave que acababa de tragarse la arena y que Marc buscaba desesperado, hundiendo sus manos en el fondo mientras blasfemaba una retahíla de palabras malsonantes. Si esa era la única escapatoria, ahora sí que estaban perdidos.

—¡Erika y tú, ayudadle! —ordenó Fonfría dirigiéndose a Pepe—. ¡Eres un inútil! —le recriminó a Marc sin dejar de mirar hacia el suelo.

—¡Miguel, alumbra allí arriba! —gritó Lluís señalando uno de los agujeros del techo—. Algo se mueve y no tiene pinta de ser una rata.

Dentro de la pequeña abertura se dibujaron una serie de sombras que alteraron los nervios de quienes intentaban adivinar qué podía ser aquello, y si era tan mortal como se había insinuado.

Sus temores se confirmaron mucho antes de lo que les hubiese gustado. Un cuerpo alargado y cilíndrico, de color pardo rojizo y de poco más de un metro, se asomó altivo y erguido, mientras su lengua bífida provocaba exclamaciones de terror.

—¡Es una serpiente! —gritó Sara sintiendo una incontrolable flojedad de piernas.

—¡Santo Dios! —Tía Rosa se santiguó.

—Tranquila, las serpientes normalmente no atacan al hombre a no ser que se vean acorraladas —apuntó Miguel intentando calmar los ánimos.

El reptil, después de dejar ver gran parte de su cuerpo, se lanzó al vacío cayendo encima de la arena, retorciéndose lentamente y formando un ovillo.

—¿Eso es a lo que debemos temer? —exclamó Augusto Fonfría soltando una carcajada.

Apenas pudo terminar la frase cuando un silbido espeluznante les hizo desviar la mirada hacia el mismo agujero. Un puñado de serpientes de varios colores, desde el gris hasta el pardo, se enroscaban unas con otras, aterrizando en el suelo y dejando a todos boquiabiertos.

—¡Tenemos que salir de aquí cagando leches! —gritó Lluís alterado.

Pepe miró hacia la puerta de entrada. Estaba abierta y hubieran podido escabullirse por ella, si no hubiera sido porque el manojo de culebras se encontraba delante impidiéndoles el paso. De momento estaban a unos pocos metros de distancia y, al estar en la superficie de la arena, estaban relativamente controladas.

—¡Parecen aturdidas! —exclamó Miguel sin quitarles los ojos de encima.

—No las subestime —dijo Humberto Fernández—. Estas víboras hocicudas son muy inteligentes, y muy superiores a las demás de su especie. Su misión consiste en no dejarnos pasar. Están desorientadas, pero será cosa de unos pocos minutos hasta que se sitúen y se percaten de nuestra presencia.

—Pero eso no puede ser —atajó Alejandra incrédula—. Las está definiendo como si fueran soldados entrenados para matar.

—Yo no lo hubiera descrito mejor —afirmó Humberto inexpresivo—. Hay algo más...

—¿Y bien? —gritaron los demás.

—El veneno de estas serpientes es diez veces más potente. Con su mordedura inoculan un veneno que mata a la víctima en cuestión de segundos.

Las palabras de Humberto Fernández los dejaron con el corazón y el estómago encogidos.

—¿Qué pasa con la llave? —vociferó Fonfría, harto de ver que no la encontraban.

—No sé dónde está —voceó Marc envuelto de arena.

Sin mediar palabra, todos se lanzaron a la arena tratando de localizar la ansiada llave. Era la única salida en esa descabellada pesadilla. La angustia de saber que tenían a esos reptiles cerca y lo que eran capaces de hacer los impulsaban a la incesante y desesperada búsqueda. Un manojo de manos esparcía y removía la arena, levantando una fina capa de polvo que enturbiaba el ambiente.

—¡Tened cuidado! —gritó el presidente del Tribunal de las Aguas a modo de advertencia. Sus palabras surtieron efecto, frenando en seco la búsqueda—. La visión de estas culebras es limitada y su oído está prácticamente incapacitado —puntualizó fríamente y sin apartar los ojos de ellas—, pero tienen unos detectores de calor y movimiento que actúan como un visor de infrarrojos, lo que las hace muy sensibles a las vibraciones del suelo.

—¿Nos está diciendo que si nos movemos llamaremos su atención? —preguntó Alejandra asustada y rezando por que fuese solo una de sus horrorosas pesadillas.

—Me temo que sí —afirmó con un leve movimiento de cabeza.

—Pero necesitamos encontrar esa maldita llave —chilló Sara desquiciada.

—Lo sé —contestó Humberto resignado—. Solo les estoy advirtiendo.

—¡Pues vamos bien! —exclamó Pepe procurando no moverse.

El silbido de las culebras iba en aumento, creando un sonido estremecedor, y para sorpresa de todos, estaban empezando a reptar alineándose entre ellas. No daban crédito a sus ojos. Se estaban colocando en formación como si fueran un pequeño ejército.

—¡Oh, no! Tenemos que encontrar la llave ahora mismo. ¡Vienen hacia aquí! —grito Lluís aterrorizado.

—¡Que vengan, que vengan, que las voy a achicharrar vivas! —bramó Pepe blandiendo la antorcha.

Todos rebuscaban en la arena con los nervios a flor de piel y el pánico metido en sus cuerpos. En ese momento no había diferencias de ningún tipo, les unía una misma misión: salir de allí ilesos lo antes posible.

—¡Dios mío!, no me lo puedo creer. Esos bichos son más listos que el hambre —murmuró Rosa, acobardada—. Están avanzando hacia nosotros.

—Y lo que es peor, algunos de ellos se están hundiendo en la arena quedando totalmente ocultos —añadió Miguel más que sorprendido—. Así no conseguiremos seguirles el rastro.

—¡Acelerad! —voceó Fonfría mientras rebuscaba como los demás.

Sus movimientos eran bruscos, provocados por la premura y la impaciencia. Tía Rosa y sus sobrinas temblaban sin cesar esperando de un momento a otro la mordedura de esos reptiles.

Todos ellos tenían las piernas sepultadas por la arena hasta la altura de los muslos, lo que agravaba su torpeza. Si esos indeseables bichos reptaban ocultos en la arena, sus piernas serían unos cebos certeros.

—¡Me ha parecido tocar algo! —gritó Sara histérica—. Creo que es la llave.

—Dios, que sea verdad —rezó Tía Rosa temiendo que pudiera tratarse de una serpiente.

—Más vale que sea cierto —añadió Pepe retrocediendo y con la antorcha en la mano—, las tenemos encima.

—¡Cuidado con esa! —voceó Lluís viendo que estaba a punto de atacarle.

Pepe acercó la llama a una de ellas y vio cómo se arrugaba abrasada, desprendiendo un desagradable olor a chamusquina.

—¡Toma, cabrona! —gritó eufórico.

—¡La tengo!, ¡la tengo! —chilló Sara envuelta en llanto mientras levantaba la mano en señal de victoria con la ansiada llave en su poder.

—Rápido, introdúcela en el hueco que falta —señaló Miguel inquieto—. No podemos perder tiempo.

La joven le obedeció corriendo. En el mismo instante en que estaba a punto de dar la vuelta y hacerla girar, Marc soltó un quejido de dolor.

—¡Me ha mordido! La muy hija de puta. Me ha mordido —gruñó mientras sacaba una pierna de la arena para ver la herida.

Los que se encontraban a su lado contuvieron la respiración, quietos como estatuas, mientras escuchaban las protestas y lamentos de Marc maldiciendo su mala suerte. Con los ojos como platos, no dejaban de mirar a su alrededor. Tenían todos los números de ser los siguientes en la lista.

—¡Vamos, Sara! —Oyó a sus espaldas, procurando no pensar el riesgo que estaban corriendo.

Se centró en la cerradura y, con los dedos cruzados y los ojos cerrados, se encomendó a su padre. Por fin logró girarla al completo. Era la llave correcta. Al instante, la pared donde se apoyaba crujió y se desplazó hacia un lado abriendo poco a poco una rendija que les permitía pasar al otro lado. Desconocían a dónde los llevaría, pero no podía ser peor que la situación en la que se encontraban.

—¡Vamos!, ¡vamos! —se gritaron unos a otros empujándose y ayudándose entre ellos.

Sara estaba más cerca de la abertura y fue la primera en pasar, seguida a empujones de Erika y Augusto Fonfría, que solo se preocupó de mantener a salvo su pellejo. De su cara había desaparecido la expresión cínica y burlona que había mantenido hasta que la cosa se había puesto crítica. Ahora, una pura estampa de horror dominaba su rostro. Miguel sujetó a Tía Rosa y la acercó a la abertura, seguida de Alejandra, que iba cogida de su tía en señal de protección. Tía Rosa, temiendo por su sobrina, le cedió el paso, y en el momento en que iba a atravesar el umbral, notó un fuerte pinchazo a la altura de la pantorrilla. El dolor se reflejó en su cara.

—¿Estás bien? —le preguntó Sara al verle las facciones contraídas.

—Sí —contestó Tía Rosa mintiendo.

—¡Pepe!, date prisa. Déjalo ya —gritó Lluís preocupado por su amigo, que intentaba frenar las víboras amenazándolas con las llamas al tiempo que ayudaba a Humberto Fernández.

Pepe se giró y se dispuso a desalojar ese infierno, mientras, con la ayuda de su amigo, echaban una mano a Marc, que se debatía en un tormentoso sufrimiento. Apenas sin poder andar y entorpeciendo el avance de los dos amigos, se quedó rezagado y cayó de rodillas. Una serpiente hocicuda se abalanzó sobre el cuello del herido infligiéndole una segunda mordedura. Pepe le acercó la llama de la antorcha y cayó al suelo abrasada después de haber depositado su mortal veneno. Instantes después consiguieron pasar los tres al otro lado.

CAPÍTULO 84

La estancia era amplia, semejante a un enorme pasillo que no conducía a ninguna parte. La oscuridad no les permitía ver mucho más y la iluminación de las dos antorchas y un par de linternas no era suficiente. Habían dejado atrás aquel infierno. Ahora se recreaban con un aire que, si no era puro, aparentemente, sí menos contaminado.

Apenas habían avanzado unos pocos metros con el fin de dejar atrás el tormento de los asesinos reptiles, cuando Marc claudicó, cayendo al suelo sin conocimiento. Tenía un aspecto deplorable. La última mordedura le había dejado la yugular sangrando y rodeada de una fuerte hinchazón. Miguel se arrodilló con el fin de echarle una mano. Sus ojos abiertos de par en par reflejaban el terror del suplicio y su agonía final. Lluís le tomó el pulso y negó con la cabeza indicando que no había nada que hacer. Había fallecido. Humberto Fernández no se había equivocado lo más mínimo al advertirles del malévolo y mortal veneno de esas malditas chupasangres.

—¡Dios mío! ¡Miguel! —gritó Alejandra compungida. Él se levantó alarmado al oír el lamento de la joven.

—¡Tía! ¿Qué te ocurre? —bramó Sara acongojada al verla perder fuerzas y con una evidente arritmia.

—Rosa... —susurró Miguel más que asustado al verla palidecer y con los labios algo amoratados mientras la abrazaba y la dejaba caer delicadamente sobre el suelo—. ¿Qué te pasa? Rosa, no me hagas esto, por Dios.

—Lo siento —murmuró ella con un hilo de voz—. No quería estropearos...

—No te preocupes por nada. Todo saldrá bien, ya lo verás. —Miguel intentaba alentarla sujetándole las manos.

Alejandra, arrodillada a su lado, posó su mano sobre una de las piernas de su tía. Al hacerlo notó algo húmedo y viscoso. Cuando se miró la mano vio que estaba manchada de sangre. Llena de angustia y desesperación, comprendió de dónde provenía.

—¡Oh, no! ¡Tía, no! —sollozó mientras le levantaba el pantalón y dejaba al descubierto las marcas de una mordedura.

Sara se echó las manos a la boca, llorando. Pepe y Lluís se aproximaron llenos de impotencia.

Miguel sintió como si le hubiesen clavado una estaca en el corazón y se lo hubiesen reventado en mil pedazos. Aquella pesadilla no podía ser verdad. ¿Cómo iba a perder al amor de su vida ahora que lo había vuelto a encontrar? Dios no podía ser tan cruel llevándosela de esa manera. Se merecía ser feliz. Decenas de preguntas se apelotonaron en su atormentada cabeza bloqueándolo momentáneamente.

—¡No vamos a detenernos! —gruñó rabioso Augusto Fonfría ante el inesperado contratiempo—. Al fin y al cabo, todos sabemos lo poco que le queda.

Pepe dio un paso hacia delante con los ojos endiabladamente enfurecidos y lo agarró del cuello hasta que su rostro se tornó de un color amoratado. Mirándole fríamente, le amenazó:

—¡Rece porque salga de esta! ¡De no ser así, no descansaré hasta acabar con usted!

Erika intentó abalanzarse contra Pepe en defensa de su padre, pero Lluís se lo impidió.

—¡Yo que tu no me movería, encanto! —Y dirigiéndose a Pepe, añadió—: Será mejor que lo dejes ya, creo que ha captado el mensaje.

—¡Tenemos que hacer algo! —gritó Alejandra observando las acentuadas ojeras de su tía.

—Si succionamos el veneno, es posible que aún lleguemos a tiempo de salvarla —sugirió Humberto Fernández.

Miguel despertó de su bloqueo y rebuscó en sus bolsillos. Recordaba haber guardado su pequeña navaja en alguno de ellos.

—Necesitaremos un pañuelo o cinturón —prosiguió Humberto mirando a los presentes—, algo con lo que poder hacerle un torniquete y evitar que la ponzoña se extienda.

Sara sacó su cinturón y se lo ató al muslo a su tía. Miguel abrió la navaja y dejó la pequeña y afilada cuchilla al descubierto.

—¿Usted lo ha hecho alguna vez? —preguntó Sara al presidente del Tribunal de las Aguas.

—Me temo que no, lamento no ser de gran ayuda. Solo sé la teoría.

—Lo haré yo —pronunció Miguel con entereza.

—Es importante que la incisión sea pequeña —continuó Humberto—. De lo contrario, aumentaría la difusión de la toxina y los riesgos de infección y de necrosis.

Miguel notó la boca seca y el temblor en sus manos. Sabía que no era el mejor momento para dudar, pero no podía evitarlo. ¿Y si fallaba? ¿Y si por su culpa Rosa no salía bien parada? No se lo perdonaría nunca. Cerró los ojos durante un instante para recobrar la calma y recuperar la seguridad y la confianza. El rostro de Tía Rosa se debatía entre gestos de dolor y sufrimiento, a pesar de sus intentos por disimular su malestar con sonrisas forzadas. Ello confirmaba la gran mujer que era. No había tiempo que perder.

Humberto Fernández se colocó a su lado en señal de apoyo y le dijo:

—Antes debo advertirle que es posible que no absorba todo el veneno, y lo peligroso que resultaría si usted tiene alguna lesión en la boca.

Miguel le miró a los ojos agradeciendo su observación. Luego añadió:

—¡Correré el riesgo!

Los minutos que duró la succión del veneno fueron un infierno. Sara y Alejandra acariciaban la cara y manos de su tía. Miguel era un manojo de nervios. Hacía tan solo unos instantes que se había detenido. Ya estaba hecho. Solo quedaba esperar y rezar.

—Hemos de salir de aquí lo antes posible —apremió Sara asustada—. Tenemos que llevarla a un hospital.

—¡Ya está bien de tanta tontería! —interrumpió Augusto Fonfría con su habitual insensibilidad—. Todos estamos aquí por el mismo motivo, y ahora que estamos a punto de conseguirlo, no vamos a desistir por un maldito contratiempo.

—¡Este no es un contratiempo cualquiera! —gruñó Alejandra encarándose al presidente de AFCANI y mirándolo desafiante—. Si tanta prisa tiene, ¿por qué no continúa usted solo? ¿O es que acaso no sabe por dónde debe hacerlo? ¡Acuérdese bien de mis palabras, don Augusto Fonfría —pronunció su nombre con desprecio—, porque, en cuanto salgamos a la superficie, usted va a terminar con el culo entre rejas por el asesinato de mis padres, de la hermana de Pepe y de nuestra vecina, Elisa Hurtado!

—No sé de qué me habla, señorita —respondió haciéndose el loco.

—Pues lo sabrá muy pronto, ya lo verá —voceó desafiante—. Tengo en mi poder un documento que testifica que usted fue el inductor del asesinato de Jorge Ferrer y Carmen Soler, y que mi padre no trabajaba para usted, sino que tan solo requirió de sus servicios para financiar sus investigaciones. Además, hay dos cintas en las que se ve claramente cómo las otras dos personas son obligadas a lanzarse al vacío desde el balcón, fingiendo un suicidio. Señor Fonfría, no existe el crimen perfecto —una mueca parecida a una sonrisa se dibujó en la cara de la joven fortaleciendo su argumento—, y usted va a pagar por todos sus crímenes como un vulgar y despiadado asesino.

Sara la miró confusa. Sabía que ese documento no existía, ni tampoco esas cintas, pero ¡caramba!, lo había dicho con tal convicción que, hasta ella, que sabía que era mentira, se lo habría creído. Lluís y Pepe sonrieron percatándose de la jugada maestra y apoyaron totalmente su versión.

—Veo que tiene tanta imaginación como su padre —dijo Fonfría, que se quedó sin argumentos para defenderse.

—Sí, yo tengo mucha imaginación, por eso ya estoy viendo cómo se pudre en la cárcel.

Augusto Fonfría notó cómo un escalofrío le recorría la espina dorsal. Sabía que eso era imposible. Jorge Ferrer no tenía ningún documento que revelara su culpabilidad, y tampoco había grabación alguna de las muertes de esas otras dos mujeres. Inconscientemente intentaba autoconvencerse de que tenía la situación totalmente bajo control. Pero ¿y si no era así? ¿Y si la hija de ese malnacido hablaba en serio? No, seguro que era un farol..., se dijo. Esa maldita desgraciada se acababa de marcar un farol ante sus narices dejándole con el culo al aire ante los demás. También es cierto que desconocía la naturaleza de las pistas que Jorge Ferrer les había dejado y que habían permitido que sus hijas emprendieran la búsqueda de las doce llaves. ¡Esa mujer había plantado la duda en su interior!

—Hemos de salir de aquí lo antes posible —murmuró Sara tocando la frente de su tía.

—Quizás si el señor Fernández se dignara a revelar la ubicación exacta de lo que buscamos —insinuó Fonfría mirándolo—, esto sería mucho más soportable para todos y podríamos llevar a su tía a un médico.

Todos dirigieron sus miradas al presidente del Tribunal de las Aguas esperando una respuesta. Salvo Fonfría, nadie sabía qué función tenía en todo este entramado. ¿Era cierto que sabía la ubicación exacta y la naturaleza del misterio que buscaban? También era posible que conociera otra salida más fácil ya que había demostrado sus conocimientos del lugar y sus trampas.

—Lo siento, pero no puedo ayudarlos —negó Humberto fríamente—. Si estoy aquí, no ha sido por voluntad propia, sino bajo amenaza. He colaborado hasta donde he podido.

—Quiero que sepa que las amenazas todavía siguen vigentes —bramó Fonfría con intimidación y cargado de furia mientras le apuntaba con una pistola.

Humberto Fernández le miró sin mostrar un ápice de temor, y con voz calmada y serena, declaró:

—Esa arma no le va a sacar de aquí. He vivido demasiado y no temo a la muerte.

—¡Mirad esto! —voceó Pepe ajeno a la discusión e investigando la estancia por su cuenta.

Augusto Fonfría fue el primero en acudir a la llamada de Pepe, olvidándose de Humberto Fernández y seguido de Erika. Sin embargo, Pepe los miró con desgana y esperó a que llegaran sus amigos. Las paredes de ese lugar estaban repletas de pequeños signos geométricos: cuadrados, triángulos y líneas rectas combinadas con imágenes del sol, la luna y la Tierra.

—¿Qué creéis que puede significar? —preguntó Augusto Fonfría ansioso.

—No lo sé... —murmuró Pepe hipnotizado por los símbolos.

Estaba más que claro que aquello no podía terminar ahí. Debía de haber otra entrada secreta que les permitiera avanzar.

—¿Os habéis fijado en esos signos, o quizás son letras? —señaló Lluís tocándolas por la parte exterior.

Miguel se aproximó a ellas con el fin de averiguar el significado. Necesitaban encontrar una salida lo antes posible, Rosa no podía esperar mucho más. Estaba consciente y sumamente agotada, pero no sabía la cantidad de veneno que corría por sus venas.

—¡Esperad un momento! —gritó Lluís acariciando dos pequeñas grietas horizontales en la otra pared, aparentemente virgen. En la parte de arriba había algo escrito en un idioma que no conocía—. A lo mejor aquí está la pista que necesitamos.

Todos se aproximaron menos Sara, que se quedó al lado de su tía.

—Es curioso, pero caben perfectamente dos manos —susurró Lluís pensativo.

—Yo tendría mucho cuidado, joven —comentó Humberto Fernández en tono preventivo—. ¿Han pensado por un momento que esos símbolos podrían ser una advertencia?

El silencio se impuso de nuevo y las miradas de unos y otros se encontraron. Ese hombre les ponía los pelos de punta cada vez que abría la boca. ¿Y si tenía razón de nuevo? Algo les decía que no tenían que tomar sus comentarios a la ligera.

—¿Qué quiere decir? —preguntó Pepe mirándole a los ojos.

—Si lo sabe, tiene que ayudarnos —le suplicó Alejandra—. No podemos retroceder y mi tía necesita ayuda.

Humberto Fernández dudó antes de empezar a hablar:

—Como muy bien ha supuesto Lluís, esos agujeros nos conducen a la salida al introducir las manos. —Todos sonrieron—. Pero me temo que no es tan fácil —continuó en un tono neutro.

—No veo por qué —dijo Erika dando un paso hacia delante.

—Si quiere, puede ser la primera en probar. Así nos permitirá salir de dudas —continuó Humberto con un deje de cinismo.

Erika se detuvo. Ese hombre le daba grima. No era miedo, pero sí respeto.

—¿Y bien? —añadió Augusto Fonfría más que impaciente.

—Tan solo una persona con ciertas aptitudes puede conseguirlo. —El presidente del Tribunal de las Aguas se tomó unos instantes antes de seguir—. Es una prueba de fe.

—¿Qué demonios quiere decir con eso? —refunfuñó Fonfría de nuevo.

—Solo una persona noble de corazón puede introducir las manos. Si lo hiciera usted, por ejemplo —dijo dirigiéndose a Augusto Fonfría con una tenue sonrisa dibujada en sus labios—, se le amputarían de inmediato.

Fonfría se frotó las manos ante semejante afirmación mientras la aprensión se adueñaba de su rostro.

—¿Y quién de todos nosotros cree que puede hacerlo? —preguntó Pepe confuso.

—No soy yo el que debo decirlo. Apenas los conozco. ¿Qué hora es? —preguntó Humberto Fernández.

—Las cinco y media —pronunció Miguel sin entender a qué venían ahora las prisas.

Alejandra pensó que dentro de poco amanecería. Había perdido la noción del tiempo. Tenía la sensación de que llevaban varios días allí abajo.

—¿Qué puede importar la hora? —protestó Fonfría en tono impertinente.

—Aunque les parezca una tontería lo que voy a decir —continuó Humberto Fernández, pausadamente—, nos encontramos en las mismísimas entrañas de la Tierra..., y la Tierra, aunque les parezca absurdo, respira, y lo hace tanto en positivo como en negativo, dependiendo de si las horas son más o menos aptas.

—¿Nos está diciendo qué hay un horario propicio para ello? —protestó Lluís incrédulo.

—Llamémoslo así —prosiguió Humberto captando la atención de todos los presentes—. Existen horas sagradas en las que las emanaciones de radiaciones telúricas pueden ser menos perjudiciales.

—¿Y qué horas son esas? —preguntó Pepe asombrado.

—Antes del crepúsculo, concretamente, de cuatro a seis de la mañana. Disponemos tan solo de media hora para decidirnos. De no ser así, esas fisuras —dijo señalando las dos grietas— empezarán a supurar gases altamente nocivos provenientes de las capas del subsuelo. Teniendo en cuenta que nos encontramos en un laberinto de escasas dimensiones, en pocos minutos habremos sucumbido.

CAPÍTULO 85

El tiempo apremiaba y los nervios iban caldeando los ánimos. Lluís consultó su reloj por quinta o sexta vez en los últimos diez minutos. Los gritos de unos y otros habían alterado la paz de ese malicioso agujero, convirtiéndolo en un vulgar mercado. Nadie era capaz de ofrecerse como voluntario para introducir sus extremidades en esas siniestras grietas a riesgo de perder sus valiosas manos. ¿Acaso merecía la pena?, se preguntaban algunos. Sin embargo, habían llegado a un punto en el que no podían retroceder, algo les hacía pensar que el final estaba próximo.

Humberto Fernández pidió calma sin ser escuchado.

—Por favor, señores —dijo consiguiendo algo de silencio—, de esta forma no vamos a solucionar nada, y el tiempo apremia.

—No podemos dejar que los nervios nos traicionen —puntualizó Miguel a favor del presidente del Tribunal de las Aguas—. Tenemos que mantener la calma.

Por fin se impuso el silencio a regañadientes.

—Señores —continuó Humberto Fernández—, la pared de la derecha nos está advirtiendo con sus símbolos sobre nuestro siguiente paso, y deben creerme cuando les digo que es un aviso.

—¿Y qué pasa con la otra pared? —preguntó Alejandra señalando las fisuras y los garabatos que la rodeaban.

Miguel se adelantó y dijo:

—Creo que estas palabras están escritas en hebreo o arameo, aunque soy incapaz de leerlas.

El señor Fernández se aproximó y le sonrió.

—Tiene usted parte de razón, Miguel. Es una palabra aramea repetida varias veces —dijo mientras señalaba letra por letra—. *Effeta* —pronunció en voz alta—. Significa «ábrete». Tan solo hay que pronunciar estas palabras al mismo tiempo que se introducen las manos y podremos salir de aquí.

—Dicho así suena muy bien —añadió Lluís con sarcasmo.

—¿Y quién será el sacrificado? —murmuró Erika.

—Ya les he dicho que no soy yo quien debe decidir —contestó Humberto Fernández.

—Y si yo le dijera que es usted el elegido. Al fin y al cabo, usted ya ha perdido uno de sus dedos —bramó Augusto Fonfría apuntándole con el arma.

—Le diría que no soy yo la persona indicada, y pasadas las seis en punto, es decir, dentro de unos quince minutos, los gases inundarán esta estancia y usted, al igual que todos los demás, nos asfixiaremos sin poder remediarlo.

El silencio era unánime. Ese hombre les tapaba la boca siempre que se lo proponía. Pero ¿y si era una estrategia o una simple excusa para salir airoso y conservar enteras sus manos?

—Les sugiero que hagan un examen de conciencia —propuso Humberto Fernández—. Les recuerdo que es una prueba de fe. Tan solo quien esté aquí por un motivo de nobleza y de fuerza mayor, dejando a un lado el egoísmo, la avaricia y la codicia, podrá conseguirlo.

Alejandra miró a su hermana mientras acariciaba las mejillas de su tía. Sería ella, tenía que ser ella. El motivo fundamental de su búsqueda era hacer realidad los sueños de su padre y, ante todo, desenmascarar su muerte y la de su madre en extrañas circunstancias. Pero ¿y si no eran lo suficientemente fuertes? Se miró las manos y una ligera náusea le revolvió el estómago al tiempo que un repentino escalofrío le recorrió la columna vertebral.

—¡Lo haré yo! —pronunció con plena convicción.

—¡No! —gritó Sara—. Alejandra, tú no puedes hacerlo, espera...

Lluís se aproximó a ella y la abrazó.

—¡No, Alejandra, no puedo permitirlo! ¡Lo haré yo en tu lugar! —añadió él con resignación.

—¡Qué tierno! —dijo Erika cargada de sarcasmo—. Voy a vomitar.

Pepe se adelantó y se colocó de espaldas a las grietas. A continuación, añadió:

—Yo soy la persona adecuada. Mis motivos nada tienen que ver con la avaricia ni nada por el estilo. Se lo debo a Jorge por su amistad y por considerarme como a su propio hijo.

—¡Pepe! ¡No puedes hacerlo! También mis motivos son desinteresados —gritó Alejandra, indefensa, a punto de romper a llorar.

—Lo sé, pero yo no tengo nada que perder y tú sí —concluyó con decisión mirando como Lluís la abrazaba con dulzura.

—¿Pepe? —espetó Erika con desprecio—. No sé por qué sigues haciéndote llamar así cuando tu verdadero nombre es Andreu Subies.

Humberto Fernández permaneció pensativo durante unos instantes fijándose en sus facciones. ¿Había dicho Andreu Subies? Ese nombre le hizo retroceder en el tiempo. ¡Andreu Subies!, susurró mentalmente ajeno a los demás. No podía ser verdad; si era así, daba gracias a la providencia.

Seguidamente, Pepe se dio la vuelta, levantó los brazos, y con las yemas de los dedos rozando la piedra cerró los ojos durante unos instantes. Rezó lo que supo y respiró hondo. Un sudor frío invadió su cuerpo y su frente cuando sus manos se aproximaron al oscuro agujero. Notó cómo su corazón y su respiración se aceleraban. Los demás le observaron con un silencio sepulcral mientras veían como sus manos desaparecían poco a poco por la rendija.

Pepe las miró lleno de congoja y temor. Sus dedos estaban totalmente ocultos. Apreció el tacto rugoso y áspero, y, aun así, no desistió. Dios mío, se dijo. ¿Y si era la última vez que las veía? De un momento a otro esperaba que una guillotina le amputara sus extremidades superiores. Sabía que, si eso ocurría, no tenía salvación posible. Se desangraría en un abrir y cerrar de ojos. A pesar de ello, se había propuesto llegar hasta el final.

—¡Pronuncia las palabras! —chilló Humberto Fernández atento.

Pepe notó cómo la punta de sus dedos hacía tope. Pero la superficie había cambiado, no parecía piedra sino algo más frío, como hierro o algo similar. Fijó sus ojos en las palabras que se encontraban a la altura de sus ojos, y mientras presionaba sobre el nuevo obstáculo y se despedía mentalmente de sus manos, gritó con toda la fuerza que le permitieron sus acongojados pulmones.

—*¡Effeta!, ¡effeta!, ¡effeta!*

Sus palabras retumbaron con un potente eco anegando cada rincón del espacioso pasillo. Nadie más se atrevió a pronunciar ni una sola sílaba.

Un estruendo espantoso retumbó por todo el lugar. Nadie sabía de dónde provenía. Era imposible seguirle el rastro. Agudizaron sus oídos intentando detectar la procedencia. De repente, alguien gritó:

—¡Por aquí!

Las miradas se dirigieron hacia la alarmante voz y, efectivamente, una de las paredes empezaba a moverse dejando una fina abertura que poco a poco aumentaba de tamaño. Pepe, que aún continuaba con las manos ocultas y al parecer enteras, y en un impulso incontrolado de supervivencia, las sacó todo lo rápido que pudo. Cuando las tuvo ante sus ojos, las miró y remiró sin creérselo. Lo había conseguido. Las piernas le flaquearon y estuvo a punto de caer, si no hubiera sido porque Alejandra, Sara y Miguel le abrazaron rebosantes de alegría y con lágrimas en los ojos. Lluís le estrechó las manos en señal de aprobación y Pepe miró el gesto cargado de congoja.

—No podemos perder tiempo —apremió Humberto Fernández precavido—. Debemos salir de aquí cuanto antes.

Augusto Fonfría, sujetando una antorcha, y su hija Erika fueron los primeros en traspasar el umbral de aquella puerta secreta. Miguel alzó a Tía Rosa en sus brazos y, junto a sus sobrinas y a Humberto, pasaron al otro lado.

—Nunca olvidaremos tu gesto —dijo Lluís con afecto—. Me alegro de que conserves las dos manos.

—Yo también me alegro —añadió Pepe con una radiante sonrisa y lleno de satisfacción mientras los dos se unían a los demás.

La negrura de ese desconocido lugar se vio interrumpida por la luz rojiza incandescente de las antorchas y los haces de luz de las linternas. Parecía enorme, aunque no podían precisarlo con exactitud. Lluís y Pepe avanzaron con precaución y se tropezaron con unos escalones de piedra, estando a punto de perder el equilibrio. ¿Qué más obstáculos les esperaban? Lluís alumbró en su dirección. Tan solo tres o cuatro peldaños que se sumergían aún más en el interior de las tripas de esa cueva.

—¡Mira esto! —gritó Pepe dirigiéndose a su amigo y señalando unos estrechos canales que contenían un fino polvo negro situado a ras de suelo.

—¿Estás pensando lo mismo que yo? —preguntó Lluís con una media sonrisa.

—Solo hay una manera de averiguarlo —concluyó Pepe.

Nada más terminar la frase acercó el fuego de la antorcha al polvo negro y el reguero cobró vida de inmediato, prendiendo y avanzando metros y metros a una velocidad de vértigo. Atónitos, se preguntaron dónde se encontraban. En tan solo unos minutos habían pasado de la más fría y tétrica oscuridad a un lugar cálido e iluminado. Sus ojos se abrieron como platos y en sus rostros se dibujó la señal de la victoria. Sus cuerpos magullados bajo la tensión y el cansancio acumulados se transformaron en pura vitalidad y energía.

—¡Lo hemos conseguido, papá! ¡Lo hemos conseguido! ¡Cuánta razón tenías! —murmuró Alejandra con lágrimas en los ojos y abrazada a su hermana.

Miguel besó a Tía Rosa intentando darle ánimos.

—¡Lo hemos conseguido, Rosa!

Lluís abrazó a su amigo Pepe y le tendieron la mano a Humberto Fernández en muestra de afecto. Mientras tanto, Augusto Fonfría y Erika habían avanzado unos metros y se deleitaban tocando y admirando parte de los hallazgos encontrados.

Ante sus ojos se extendían miles y miles de objetos valiosos de todos los tamaños y de todas las épocas. Augusto Fonfría palpaba con incredulidad vasijas, espadas, tapices y cuadros de hacía más de quinientos años. Erika se colocó un collar que posiblemente pertenecía al siglo v. Aquello era un tesoro en mayúsculas. Nunca a lo largo de la historia se había encontrado algo semejante.

Sara y Alejandra se adentraron por los innumerables y estrechos pasillos plagados de todo tipo de objetos. La sensación era como si se encontraran en un gigante mercado donde podías encontrar de todo, eso sí, siempre que tuviera una antigüedad de más de cien años. Las dos hermanas se cebaron con un cofre repleto de coronas. Las jóvenes no pudieron contener la tentación y se probaron diademas y tiaras de brillantes y piedras preciosas, que contrastaban con su ajado aspecto, sus ropas sucias y malolientes, sus caras tiznadas de polvo y sus cabellos desmadejados. No había suficientes adjetivos en la Real Academia de la Lengua para calificar esas joyas en toda su magnitud.

—Estás preciosa —susurró Sara mientras las dos hermanas se unían en un cálido y emotivo abrazo—. Será mejor que regresemos, nos estarán echando de menos.

Mientras tanto, Pepe y Lluís se dejaron llevar por la emoción perdiéndose en aquel interminable laberinto.

—¡Es como un sueño! —murmuró Lluís anonadado.

—¡Pues si es un sueño, no quiero despertar! —agregó Pepe

tocándolo todo, con la espada y el escudo de un guerrero en las manos.

—¿Tú crees que este será un buen momento? —le preguntó Lluís nervioso.

—Creo que es el mejor de todos. No lo dejes escapar —le animó Pepe mientras le colocaba la mano en el hombro a su mejor amigo.

Caminaron unos pasos y, al doblar el recodo del pasillo, se tropezaron con las dos hermanas abrazadas. Lluís se centró en Alejandra, que llevaba sobre sus alborotados cabellos una pequeña corona de brillantes. Cuando lo vio, le sonrió. Lluís se quedó mudo. Era terriblemente preciosa. Tragó la poca saliva que le quedaba, se acercó a ella y, después de mirarse mutuamente, la agarró por la cintura y se besaron apasionadamente. Cuando ella recobró el aliento le miró a los ojos. Había un brillo especial en ellos. Lluís se agachó clavando una rodilla en tierra y, tomándole la mano, le dijo:

—Alejandra, sé que nunca más nos encontraremos en un entorno similar, por eso quiero aprovechar para pedirte si quieres casarte conmigo.

Sara, ante esa súbita sorpresa, abrazó a Pepe, que satisfecho admiraba la escena.

Alejandra se quedó muda. En toda su vida nunca se había imaginado que si algún hombre le pedía matrimonio sería en esas circunstancias. Después de su breve silencio, sus ojos chispeantes le contestaron afirmativamente, mientras de sus labios brotó una inconfundible sonrisa de aprobación.

—¡Sí, quiero!

Los dos se fundieron en un ardiente y conmovedor beso.

CAPÍTULO 86

Estaban rebosantes de emoción y alegría por haber conseguido el reto más difícil de sus vidas. Se consideraban unos privilegiados. Al parecer sus plegarias habían dado su fruto y sus momentos amargos habían merecido la pena.

La preocupación por Tía Rosa había disminuido. El color amarillento de sus mejillas se había sustituido por un tono más sonrosado y natural. Eso les hacía pensar que la intervención de Miguel succionando la ponzoña había dado resultado. Aun así, querían salir a la superficie lo antes posible.

—Hemos de encontrar una salida —comentó Miguel a Humberto mirándolo fijamente—. Y no podemos retroceder por razones obvias.

—Lo sé —contestó Humberto Fernández—. Existe una salida —dijo pausadamente.

Miguel lo miró expectante.

—Todavía no nos ha contado qué rol juega usted en este entramado —le soltó Pepe con dureza.

—¡Es una larga historia! —musitó Humberto Fernández suavemente.

—Nos gustaría escucharla —añadió Alejandra atenta a la conversación.

—¡Esto no debería haber sucedido! —apuntó Humberto fríamente haciendo caso omiso a las palabras de la joven.

—¿A qué se refiere? —inquirió Miguel despistado.

—¡No deberíamos estar aquí! Todavía no ha llegado el momento oportuno.

—Pero este tesoro debería de estar en un museo y no oculto aquí abajo —continuó Miguel confuso.

—Ustedes no lo entienden —murmuró Humberto Fernández, apenado.

—Quizás, si nos diera una explicación convincente —sugirió Alejandra en un nuevo intento—, podríamos verlo desde su punto de vista. Hasta el momento tan solo hemos ido dando palos de ciego. Hemos llegado hasta el final gracias a los acertijos de nuestro padre y su ayuda, pero todavía desconocemos muchas cosas, como, por ejemplo, quién ha escondido este tesoro, por qué, y, sobre todo, cómo encaja la muerte de mis padres en todo esto.

—Tenía entendido que fallecieron en un accidente de tráfico —añadió Humberto Fernández con expresión de asombro. Esa frase le había descolocado.

—Nosotros también, hasta que empezó toda esta desordenada búsqueda —contó Alejandra con voz temblorosa—, pero hemos llegado a la firme convicción de que su muerte no fue un simple accidente. Señor Fernández, mis padres fueron asesinados.

Durante un minuto se hizo el silencio. El miembro del Tribunal de las Aguas se había quedado mudo ante tal afirmación.

—Eso cambia las cosas... —murmuró.

—¿Qué quiere decir con eso? —inquirió Sara esperanzada.

—Que su presencia aquí está justificada. Y que la lealtad entre todos ustedes está más que demostrada.

—Conoció usted a mi padre, ¿verdad? —preguntó Alejandra mirándole fijamente a los ojos.

—Sí, le conocí, y también conocí a su abuelo —afirmó con una dulce sonrisa. Miguel, Alejandra y los demás se miraron en silencio—. Les pediría que mantuvieran en secreto todo lo que acaban de ver y tocar. Que olvidaran estas últimas horas. Si ustedes me dan su palabra, sé que la cumplirán, aunque me temo que ellos no... —dijo señalando a Fonfría y a su hija, que se encontraban unos metros más allá envueltos por la codicia y la ambición—. Tan solo les pido que, cuando salgamos —Humberto Fernández bajó el tono de voz— sean prudentes y no den más detalles de los necesarios. Ante todo, necesito que no me descubran.

—¡No le entiendo! —le increpó Alejandra—. Se atreve a sugerirnos que no contemos la verdad y le cubramos, que ignoremos que usted es una pieza crucial en todo este entramado, cuando usted, don Humberto Fernández, no ha sido capaz de confiar lo suficiente en nosotros. Y encima se atreve a ponernos condiciones. Pero ¿usted qué se ha creído?

—Alejandra, tranquilízate —sugirió Lluís viendo que estaba perdiendo los papeles.

—Tiene usted toda la razón, señorita Ferrer —se disculpó Humberto humildemente—, los juzgué mal y les pido perdón. Por el momento es mejor que no sepan nada más, pero prometo aclarar todas sus dudas siempre que esté en mi mano. Vuelvo a repetirles que prometo contarles hasta el último detalle si ustedes no me involucran más de lo necesario.

—¿De verdad quiere que le creamos? —preguntó Sara defendiendo la postura de su hermana—. ¿Qué garantía nos da de que eso sea así?

—Tan solo mi palabra —corroboró Humberto Fernández—. Pero les puedo asegurar que es tan fiable como el mejor documento escrito.

Miguel dio un paso al frente y, mirándole fijamente a los ojos, añadió:

—Supongo que el cargo que ocupa como presidente y jurado del Tribunal de las Aguas de Valencia, y por la intachable reputación de dicha institución, es garantía suficiente de que dice la verdad y piensa cumplir lo prometido.

—¡Así es! —afirmó Humberto con un leve movimiento de asentimiento.

Todos recordaron cómo Humberto Fernández se había aliado con ellos cuando la cosa se puso difícil, previniéndolos de los peligros y ayudándolos a avanzar. Pensaron que, si hasta ahora no había abierto la boca, sus motivos tendría. Solo esperaban que esos motivos fueran lo suficientemente justificados.

Iban de regreso a casa, o por lo menos eso era lo que ansiaban. Humberto Fernández les guiaba, y les había asegurado que el camino de vuelta nada tenía que ver con el recorrido hasta entonces. Si hasta ahora todo había sido un sendero lleno de espinas, después de haber superado todas las perturbadas y retorcidas pruebas no tenía sentido que la salida fuera peligrosa. La Tierra les brindaba una puerta para desalojar sus entrañas como premio por haber superado el examen con creces. En hileras de dos avanzaban por un túnel oscuro y estrecho que los condujo a unos interminables escalones. Estaba claro que se encontraban a bastante profundidad, y parecía que ahora se disponían a subir de una sola tirada.

—¡Madre mía! —murmuró Augusto Fonfría—. ¿Hemos de subir todo eso?

—Si no quiere quedarse aquí, me temo que sí —respondió Humberto Fernández desganado. Estaba harto de las impertinencias de ese hombre.

Empezaron a ascender sin más preámbulos, ayudando a Tía Rosa, que no podía seguir el ritmo de los demás. Aunque tenía que dar las gracias: Gustavo y Marc no lo podían contar. Hicieron varios recesos. Parecía imposible que la Tierra tuviera tanta profundidad. Aquella cavidad era relativamente estrecha y, a pesar de que cada vez estaban más próximos a la superficie, el aire viciado se hacía irrespirable.

Humberto Fernández se colocó en primera posición con la respiración agitada. Era la única persona que conocía la salida. Sudorosos y agotados, se tropezaron con una pared que tenía un escudo grabado.

—¡Un momento! —exclamó Miguel acercándose para curiosear—. ¿No es este el escudo que había en la Torre de los Ángeles del Palacio del Real?

—Digamos que sí, aunque es una réplica de menores dimensiones —corroboró Humberto Fernández sorprendido de los conocimientos de Miguel—. Nos encontramos justo en lo que fueron los aposentos del rey.

Sara y Alejandra se miraron.

—¿Eso quiere decir que las excavaciones las tenemos sobre nuestras cabezas? —preguntó Pepe.

—Así es —verificó el presidente del Tribunal de las Aguas—. Por la hora que es, me temo que no vamos a pasar desapercibidos, pero ya no tiene demasiado sentido que permanezca oculto. Imagino que ustedes lo harán público en cuanto pisen tierra firme. —Sus ojos se volcaron hacia Augusto Fonfría.

Nadie contestó salvo el presidente de AFCANI.

—¡Por supuesto! Todo ese tesoro que hemos dejado atrás no puede permanecer escondido, tiene que ver la luz del día y usted tendrá que dar muchas explicaciones al respecto. —Su tono fue amenazante.

—No pienso seguir su juego y no voy a decir ni una sola palabra, porque no sé absolutamente nada —protestó Humberto Fernández fríamente—. Recuerde que yo estoy aquí porque, bajo sus amenazas, peligraba mi vida y la de mi familia.

—¡Tengo testigos! —gritó Fonfría cargado de rabia y señalando al resto del grupo.

—Nosotros no sabemos nada y no vamos a apoyarle en absoluto —refunfuñó Miguel en nombre de todos ellos—. Lo único que sabemos es que este pobre hombre ha bajado aquí contra su voluntad. Además, por su edad y pensando en las amenazas a las que nos hemos enfrentado, su vida ha corrido peligro.

—Pero ¿no se dan cuenta de que ese hombre sabe mucho más de lo que parece? —gritó Fonfría histérico—. De hecho, gracias a su información, estamos a punto de salir de esta cueva.

—Lo sentimos mucho, pero vamos a negar cualquier cosa que lo involucre directamente —puntualizó Pepe.

—¿Qué demonios les ha dicho para convencerlos? —gritó sumamente contrariado—. Estoy seguro de que han llegado a un acuerdo —especuló—. Pero tranquilos, que mi hija y yo tenemos suficiente credibilidad.

—¿Está seguro? —preguntó Sara—. No creo que ninguno de sus testimonios sea fiable.

Augusto Fonfría se encendió como un energúmeno.

—¡Usted no sabe con quién está hablando! —Su tono era una mezcla de despotismo y menosprecio.

—Lo sabemos perfectamente y por eso precisamente se lo decimos —recalcó Miguel Roselló creciéndose ante él.

—Tengo mucho poder, más del que usted se imagina, y mi reputación es excelente —gritó como una fiera haciendo especial énfasis en las últimas palabras.

—Lo veremos cuando le condenen por asesinato. —Alejandra tomó aliento para poder continuar, el nudo que tenía en el pecho se lo impedía—. Y no vamos a descansar hasta que se pudra en la cárcel el resto de sus días.

—¡Cómo te atreves, niña del demonio! —Hizo un ademán de levantar la mano y descargarla sobre la joven—. Lluís se interpuso entre los dos con cara de pocos amigos, al tiempo que Erika intentaba calmar los ánimos.

—¡Padre! —le interrumpió—. Hemos de tener cuidado cuando salgamos de aquí. Hay algo que no te he comentado.

Augusto Fonfría la miró con dureza.

—¿A qué te refieres? —masculló inquisitivamente.

—Antes de adentrarnos en este maldito agujero, hubo un tiroteo.

—¿Cómo que un tiroteo? —preguntó con tono dictatorial.

—Sí, unos policías se presentaron por sorpresa justo en el momento en que descendíamos Gustavo y yo, y nos vimos obligados a disparar. —Su voz estaba a punto de trabarse.

—Ese malnacido siempre metiendo la pata —gruñó despiadado—. Ahora está donde se merece: bajo tierra. ¡Cuando salgamos de aquí, déjamelo todo a mí! —agregó con autoridad.

Se encontraban frente a la réplica del escudo de la Torre de los Ángeles que fue demolido junto con el palacio. El señor Fernández lo palpó. Supuestamente sabía qué debía tocar para salir a la superficie. Todos fijaron su atención en él, sin despegar la boca. No querían desconcentrarlo. De repente se oyó un rugido similar a tantos otros que habían escuchado en las últimas horas. Una trampilla se abrió ante sus narices dejándolos con la boca entreabierta, y un rayo de luz se filtró con toda su furia obligándolos a entornar los ojos. Todos sonrieron.

Uno a uno salieron sin importarles que el día se les hubiera echado encima. Como bien había dicho el presidente del Tribunal de las Aguas, estaban rodeados de piedras y más piedras. Sara y Alejandra miraron a su alrededor y se sacudieron el polvo que sus ropas habían acumulado. Sus miradas se tropezaron con dos hombres que, a tan solo unos pocos metros, y rodeados de restos arqueológicos, limpiaban y medían ciertas piezas del suelo. Su cara de sorpresa dio claras muestras de que no entendían cómo nueve personas habían salido de la nada en medio del yacimiento. Pasaron uno a uno por su lado y, educadamente, los saludaron dándoles los buenos días.

A escasa distancia observaron cómo la policía había acordonado la zona, incluyendo la fuente de la Dama de Elche, por donde habían empezado su aventura. Sara vio al inspector Moreno, con expresión preocupada, que hablaba con otro agente. Cuando los vio aparecer en ese estado tan lamentable, se quedó helado.

—¿Se puede saber qué...? —gritó descontrolado.

—Buenos días, inspector —dijo Sara con voz melosa interrumpiéndolo—. Necesitamos una ambulancia para mi tía lo más urgentemente posible. Le ha mordido una serpiente venenosa.

El inspector Moreno, cada vez más perplejo, dirigió una mirada a Tía Rosa, que se señalaba la herida. Confuso ante el devenir de los acontecimientos, se limitó a coger la radio.

—¡Aquí el inspector Moreno, necesitamos una... —por un momento dudó en si pedir una o varias, parecía que venían de la guerra— dos ambulancias en la puerta principal de los jardines del Real! ¡Es muy urgente!

CAPÍTULO 87

El sonido característico de la ambulancia se perdía en la lejanía mientras se dirigía al hospital más cercano. Tía Rosa, desorientada y asistida por el médico de urgencias, había dejado a los demás en los jardines de Viveros con el inspector Moreno. Después de la detención y de leerle sus derechos a Erika por el tiroteo con los policías, uno de ellos se encontraba en estado crítico, la habían esposado y obligado a meterse en uno de los coches patrulla, a pesar de los intentos de su padre por evitarlo. Ahora iban todos de camino a la comisaría Valencia Centro acusados de entrar en una propiedad municipal sin permiso y obstruir una excavación arqueológica, a excepción de Alejandra, sobre la cual, además, pesaba una orden de búsqueda por el supuesto robo de las llaves de Augusto Fonfría. También se acusaba a Miguel Roselló y Rosa Soler de haber manipulado un valioso retablo del siglo XVI en el Museo San Pío V, con pruebas concluyentes gracias a las cámaras de seguridad.

Cuando entraron todos en la comisaría, se armó un gran revuelo seguido de un sinfín de descaradas miradas, debido a su mal aspecto y al estado lamentable de sus atuendos.

El comisario Morales salió de su despacho y, tocándose la barbilla, se limitó a observarlos uno a uno. Augusto Fonfría fue el primero en hablar.

—¡Mi abogado está de camino y exijo que se me deje en libertad inmediatamente, al igual que a mi hija Erika!

—Eso habrá que verlo más detenidamente —le espetó el comisario acostumbrado a tratar con todo tipo de gentuza y harto de escuchar las mismas frases.

—¡No tiene derecho y lo sabe! —le protestó Fonfría levantando el dedo índice en señal de aviso—. Nos veremos en los tribunales y, acuérdese, quien ríe el último, ríe mejor. —Después de esa amenaza, pasó delante de ellos bufando como un toro en la plaza. La mirada que les dedicó a las dos hermanas fue tan fulminante que, de haber podido, las hubiera convertido en estatuas de piedra.

El comisario hizo caso omiso al comentario del presidente de AFCANI, lo que provocó que se encolerizara aún más.

—¡Exijo! —bramó Fonfría con su acostumbrada prepotencia.

—¡Usted no exige nada! —le ordenó el comisario imponiendo su autoridad—. ¡Aquí el único que puede exigir soy yo, y hasta que se aclare todo este embrollo, permanecerá con la boca cerrada y solo la abrirá cuando se lo digan!

Augusto Fonfría lo miró con desdén y, a pesar de la advertencia del comisario, se limitó a mascullar:

—¡Esto no va a quedar así, ya verá cuando llegue mi abogado!

—Inspector Moreno, haga el favor de mandar a las hermanas Ferrer a mi despacho —añadió el comisario Morales ignorando el comentario del señor Fonfría y dejándolo para el final.

Las jóvenes se acomodaron y esperaron a que el señor Morales iniciara su interrogatorio.

—El inspector Moreno —comenzó diciendo el comisario— ha intercedido por ustedes como pocas veces ha hecho en los casos que le han sido asignados. Me ha puesto al día en lo referente a la búsqueda que ustedes han llevado a cabo en el último año, y que le contaron aquí en la comisaría. También he de decir que la confesión voluntaria es un atenuante a su favor. Después de escucharla y reírme a carcajadas hasta la saciedad, solo pude pensar que ustedes tenían una desbordante imaginación y que habían tomado el pelo al inspector, eso sí, con mucho aplomo y mucha astucia.

»Pero después de los hechos acontecidos en las últimas horas, debo retractarme de mis erróneas conclusiones. Así que espero que ustedes, teniendo en cuenta su visible agotamiento, puedan refrescar su memoria y me puedan poner al día y explicarme, con la mayor claridad posible, qué hacían esta mañana en los jardines de Viveros, saliendo de las entrañas de la intervención arqueológica que se está realizando en estos días.

—Es una larga historia... —comenzó diciendo Alejandra.

—No tengo prisa —replicó el comisario mientras se acomodaba en su sillón—. A decir verdad, tengo todo el día para escucharla.

En ese mismo momento alguien llamó a la puerta.

—¡Adelante! —voceó el comisario.

—Perdone que le interrumpa, comisario, pero acaba de llegar el abogado del señor Fonfría y también el letrado Arturo Arándiga, que dice que representa a las señoritas.

—¿Es eso cierto? —les preguntó el comisario.

Las jóvenes asintieron. Al parecer, se había dado bastante prisa después de recibir la llamada de Miguel para que acudiera urgentemente.

—¡Muy bien! ¡Hágale pasar! —dijo resignado—. Así no vamos a terminar nunca.

Después de las presentaciones, Arturo Arándiga tomó asiento e hizo alguna aclaración como asesor legal en defensa de las jóvenes y, seguidamente, cedió la palabra a las hermanas Ferrer.

—Cuando quieran señoritas... —comentó el comisario haciéndoles un gesto con la mano para que empezaran. Se moría de ganas por ver cómo terminaba todo ese entuerto.

Alejandra comenzó con su relato, procurando no omitir nada en absoluto, mientras veía cómo la expresión del comisario Morales cambiaba de aspecto ante tantos incoherentes acontecimientos. Estuvo siempre asesorada por el letrado Arándiga, que, en varias ocasiones, intervino restándoles importancia a sus pequeños delitos, acogiéndose a innumerables artículos que dejó bien claro que conocía a la perfección. Alegó que no había motivos para retenerlos más de lo necesario después de que se hubieran desvelado todas las incógnitas.

El comisario Morales se quedó pensativo durante unos instantes, para tomar de nuevo la palabra.

—Señorita Ferrer, ¿cómo explica la apropiación indebida de esas llaves, que supuestamente usted le robó al señor Fonfría?

—Tiene una explicación muy sencilla —intentó aclarar Alejandra. Aun a sabiendas de que era inocente, la acusación la corroía por dentro, dejándola intranquila. Se jugaba mucho en esa declaración—. Perdone, pero ¿pueden entrar los demás?

—¿Se refiere a Miguel Roselló, Lluís Esteve y Andreu Subies? —inquirió el comisario mientras consultaba sus informes con los nombres y apellidos correctos.

—Sí —afirmó la joven—. Ellos pueden testificar a mi favor y creo que deberían estar aquí.

—¡Muy bien! ¡Háganlos pasar! —dijo con desgana.

A los pocos instantes, tomaron asiento Miguel, Lluís y Pepe, que fueron incluidos en las declaraciones confirmando su complicidad y dispuestos a corroborar el relato de Alejandra.

—Y ya con todos presentes, ¿me va a explicar, señorita Ferrer, de una vez por todas qué sucedió con el robo de esas llaves?

—Le recuerdo señor comisario que el robo no está probado y que... —interrumpió Arturo Arándiga representando bien su papel defensor.

—Lo sé, lo sé... —masculló Morales haciendo un ademán con la mano para que cesara en su aclaración y no le sermoneara con otra ley más.

—Por supuesto, señor comisario —contestó dócilmente la joven contándole su encuentro con Fonfría sin ahorrarse ni un solo detalle.

—Empiezo a ver la conexión —murmuró el comisario Morales mirando de reojo al inspector y al subinspector—, pero hay algo que no termino de entender. ¿Cómo podía saber el señor Fonfría de que usted o ustedes habían encontrado algunas de las llaves?

—Muy sencillo —puntualizó Alejandra—, porque hemos sido amenazados y vigilados constantemente desde que empezamos la búsqueda.

—Vaya, veo que la cosa empeora cada vez más en contra del señor Fonfría —murmuró Morales quitándose sus gruesas gafas de cerca y frotándose los ojos.

—Y no contento con eso —prosiguió la joven encendida—, presumió de haber contratado a mi padre para dar con las claves que revelan la ubicación de las llaves, asegurando que se las robó. ¡Trató a mi padre de ladrón! —Sus palabras reflejaban dolor y añoranza al mismo tiempo.

—Yo sé con seguridad que eso no fue así —interrumpió Miguel con decisión—. Jorge Ferrer trabajaba por su cuenta en la investigación, y deduzco que acudió al señor Fonfría para que le ayudara como patrocinador. En alguna ocasión me comentó la posibilidad de buscar algún mecenas que le subvencionara la búsqueda.

—¿Y por qué iba a querer Augusto Fonfría acusarlo de robo y más después de que Ferrer falleciera? —preguntó el comisario confundido.

—No lo sabemos —contestó Sara—. Quizás lo único que pretende es llevarse las medallas y el reconocimiento ante tal hallazgo.

—No lo descarto —sugirió el comisario—. Con esta clase de personajes uno nunca sabe lo que puede llegar a pasárseles por la cabeza. Como tienen de todo y lo que quieren lo consiguen a base de bolsillo... El aburrimiento los lleva a querer ser protagonistas en los medios de comunicación. Para Augusto Fonfría, pasar a la posteridad como el artífice del descubrimiento del mayor tesoro de toda la historia puede resultar tentador, e incluso llegar a seducirle de una manera excitante.

El comisario miró la hora y advirtió el agotamiento en los detenidos. La verdad era que todos necesitaban un respiro y prefirió hacer un descanso.

Las horas habían transcurrido a una velocidad de vértigo y el cansancio y el hambre hacían mella en sus maltrechos cuerpos. Menos mal que habían tenido la delicadeza de traerles unos cafés con leche y unas ensaimadas para saciar sus rugientes estómagos. Durante el receso, el comisario Morales había aprovechado para interrogar a Augusto Fonfría, que estaba que mordía por haberle dejado en último lugar. Cuando entró en el despacho por segunda vez, dio un repaso a todos con la mirada y seguidamente se giró hacia Miguel después de haber saciado gran parte de sus tormentosas dudas:

—Supongo que usted, señor Roselló, y la señora Rosa Soler estaban buscando otra de esas llaves cuando se adentraron en el Museo San Pío V, ¿no es así?

Miguel asintió.

—¿Me puede explicar qué demonios le hicieron al retablo ese de no sé qué Virgen?

—*Retablo Eucarístico de la Purísima Concepción* —especificó Miguel aclarando la duda al comisario.

—¡Ah, bueno! pues como se llame. ¿Se puede saber qué le hicieron que los encargados del museo no saben cómo volver a colocar la imagen de la Virgen en su lugar, y tienen el retablo apartado esperando dar con la solución?

—Lo sentimos mucho, de verdad —dijo disculpándose por parte de los dos a pesar de la ausencia de Rosa—. Le prometo, señor comisario, que es la primera vez que obramos de una manera semejante.

El comisario levantó la mano aceptando sus disculpas. De hecho, antes de citarlos ya había hecho sus deberes como veterano en su profesión y tenía los historiales de todos y cada uno de ellos. Había comprobado que todos estaban limpios y carecían de antecedentes penales, salvo Pepe, aunque tampoco era nada reseñable.

Miguel se adelantó, se situó al borde del asiento para seguir con su respuesta:

—Es muy sencillo —puntualizó—. Tan solo tienen que girar las cabezas de los dos profetas que hay en los extremos y, automáticamente, la imagen de la Virgen de la Purísima Concepción volverá a colocarse en su lugar cerrando el agujero donde se escondía la llave.

—¿Así de sencillo? —preguntó Morales arqueando las cejas.

—Sí —asintió Miguel con una tenue sonrisa.

El comisario llamó en presencia de todos al museo para poner en conocimiento la supuesta fórmula, de manera que todo volviera a la más absoluta normalidad. Mientras tanto, todos esperaban ansiosos. Miguel se frotaba las manos; los nervios no le abandonaban. Había dado por sentado que lo que acababa de decir sería la solución, pero ¿y si no había manera de que el retablo recobrara su forma primitiva? Él lo había intentado antes de salir corriendo del museo y no lo había conseguido. Pero tenía que ser así.

Pasados unos minutos, el comisario confirmó que, efectivamente, la imagen de la Virgen había vuelto a su antiguo lugar como si nadie la hubiera manipulado. Ellos sonrieron más relajados.

El comisario sonrió bajo sus gafas de pasta negra. No sabía por qué, pero esa gente le estaba empezando a caer bien. ¡Y pensar que los había maldecido en numerosas ocasiones a lo largo de la investigación!

—Inspector Moreno, haga pasar a Humberto Fernández —dijo con aplomo.

A los pocos minutos el síndico hizo su aparición. Sus ojos se posaron en todos y cada uno de sus cómplices. Por la expresión de sus caras, supo al instante que ninguno de ellos había roto su promesa de no involucrarlo más de lo necesario.

A continuación, el comisario se giró hacia Humberto Fernández y, mirándole con curiosidad, dijo:

—Quisiera saber qué pinta usted en todo este entramado. Un respetable síndico del Tribunal de las Aguas metido en todo este lío. Por mucho que intente imaginármelo, no lo veo por ningún lado. Claro que, después de la historia que ustedes me han contado, puedo creerme cualquier barbaridad.

—Ni yo mismo lo sé —respondió Humberto Fernández serenamente—. Solo sé qué a punta de pistola el señor Fonfría y su sabueso entraron en mi casa y me obligaron a acompañarlos. Me secuestraron.

El comisario se irguió en el asiento. Ese dato era totalmente nuevo para él. De reojo, miró al inspector Moreno para ver si estaba enterado del tema y le puso cara de no tener ni idea.

—¿Sabe por qué razón actuaron de esa manera con usted? —preguntó el comisario con interés.

—Naturalmente que no —respondió con firmeza el síndico—. Deduzco que se equivocaron de persona.

—¿Ustedes qué tienen que decir al respecto? —preguntó a los demás. Fue Miguel quien contestó.

—Solo sé que, cuando el señor Fernández apareció en los pasadizos, nos encontrábamos en un verdadero aprieto. Llegó en compañía de Augusto Fonfría y de su gorila, que lo encañonaban con una pistola.

—¡Ya! —exclamó el comisario oliéndose algo extraño—. El señor Augusto Fonfría ha confesado que el señor Fernández disponía de valiosa información, hasta el punto de que les enseñó la salida cuando todos ustedes la desconocían.

El comisario, como gato viejo en el cuerpo de policía, observó sus agarrotados rostros con el fin de detectar algún gesto que les delatara ante su imperturbable inexpresividad.

—¿Están todos ustedes de acuerdo ante el testimonio de este señor? —preguntó escéptico mientras señalaba al síndico—. ¿Apoyan su testimonio? —preguntó por segunda vez intentando detectar no sabía bien qué.

Todos asintieron procurando no delatarle ante el avispado comisario.

—¿Entonces, usted, señor Fernández, afirma que no tiene nada que ver en todo este asunto y que todo ha sido un malentendido?

—Sí —pronunció el síndico. En su credo no figuraba la mentira, pero cuando se trataba de defender y salvaguardar el Tribunal de las Aguas y su historia, no podía más que negar su complicidad. De no hacerlo, tendría que dar muchas explicaciones y cabía la posibilidad de que todo quedara al descubierto. Tenía que ser cauto y mantener la discreción que hasta ahora envolvía el buen nombre del tribunal.

—Ahora, quieren explicarme —exigió el comisario— qué es lo que encontraron en las entrañas del Palacio del Real que no han sido capaces de localizar los arqueólogos experimentados que están llevando a cabo la excavación. Porque, según el señor Fonfría, allí se esconde el mayor tesoro de toda la historia, pero dado que su hija está detenida por tenencia ilícita de armas y por atentar contra la autoridad, no está por la labor de colaborar demasiado a no ser que obtenga algún trato de favor particular.

—Lo cual quiere decir que Erika saldrá a la calle en cuanto paguen la fianza, ¿no es así? —preguntó Alejandra.

—Yo no hago las leyes —puntualizó el comisario resignado—. Tan solo me limito a vigilar que se cumplan.

El comisario Morales se quedó en silencio esperando una explicación. Todos se miraron unos a otros sin atreverse a empezar el relato de lo que habían encontrado, por temor a decir más de lo que debían. Al final fue Miguel quien tomó la palabra.

—En efecto —dijo con voz pausada—, después de seguir las claves que Jorge Ferrer ideó con tanta habilidad, conseguimos dar con el llamémosle tesoro. Puedo decir, aunque no soy un experto en la materia, que el número de antigüedades que allí se encuentran y su valor son incalculables.

—¿Saben quién o quiénes han podido atesorar semejantes objetos? —demandó el comisario.

Todos lo negaron. De hecho, todavía quedaban muchas incógnitas por resolver, aunque, por supuesto, no en la comisaría.

—Hay que dar parte a las autoridades para que se haga una valoración exhaustiva de semejantes hallazgos —añadió el comisario estudiando sus rostros—. Si todo eso que ustedes dicen es cierto, y no lo pongo en duda, deberían estar donde les corresponde.

Todos hicieron un sutil gesto de asentimiento.

—Hay algo más en toda esta historia y se trata de un hecho muy grave —interrumpió Sara.

—¿A qué se refiere? —preguntó el jefe de la comisaría interesado.

—Estamos convencidos —habló Sara con decisión— de que Augusto Fonfría asesinó o mandó asesinar a nuestros padres, Jorge Ferrer y Carmen Soler, para apoderarse de las claves y localizar el tesoro que hemos encontrado. Y también es el responsable de la muerte de la hermana de Pepe, quiero decir de Andreu Subies, Marta Subies, y estamos casi seguros de que también es culpable del supuesto suicidio de nuestra vecina Elisa Hurtado.

El comisario cogió uno de los informes que tenía encima de la mesa, y después de pasar varias páginas y localizar la que le interesaba, la leyó en silencio ante las atentas miradas de los detenidos. El inspector Moreno le había narrado con lujo de detalle la confesión voluntaria de Sara, que corroboraba la presunta culpabilidad de asesinato.

—¿Están acusando al señor Augusto Fonfría del asesinato de esas cuatro personas? —preguntó el comisario confirmando tan grave imposición. Aquello estaba tomando otro cariz.

—Por supuesto —afirmó Sara con una terrible convicción—. Estamos completamente seguros.

—Vaya, veo que no se les escapa nada —dijo Morales con sarcasmo—. ¿Tienen alguna prueba al respecto?

Todos negaron con la cabeza incapaces de articular una negativa. Sara se quedó muda, no tenía argumentos para rebatir o fortalecer su teoría.

—Solo son suposiciones —susurró el comisario sabiéndose la lección— y con ellas no podemos hacer absolutamente nada. De acuerdo que el señor Fonfría no es trigo limpio. Es un hombre muy poderoso y con muy buenos contactos, además de gozar de los mejores abogados del país. De hecho, ha tenido varias querellas y siempre ha salido totalmente indemne y sin cargos. Creemos que no solo está metido en el mundo de las drogas, sino también en el contrabando de arte. Resumiendo —abrevió el comisario—, la justicia estaría encantada de ajustar cuentas con un individuo de esa calaña y más si ustedes aseguran que está involucrado en todos esos asesinatos.

—¡Yo no diría involucrado! —dijo Alejandra con rabia—. Ese hombre es el único responsable.

—Quizás exista una forma de hacerle confesar, o por lo menos de que caiga en su propia trampa —añadió el comisario Morales al tiempo que se frotaba las manos y dirigía una ojeada a todos los presentes.

Todos agudizaron su oído procurando no perderse detalle. ¿Sería verdad que de una vez por todas darían caza al poderoso Augusto Fonfría? Una sonrisa brotó de sus rostros inundando la habitación de esperanza y anhelo de justicia.

CAPÍTULO 88

La penumbra y el silencio de la habitación facilitaron que Tía Rosa conciliara el sueño. Por fin descansaba plácidamente en su cama después de haber sido atendida en urgencias y haber recibido el alta. Gracias a la rápida intervención de Miguel, no había sufrido males mayores y no le quedaría ninguna secuela. Así se lo habían comunicado los médicos después de hacerle las pruebas pertinentes.

Miguel salió de su cuarto de puntillas para no despertarla.

—Ya era hora de que se relajara. Lo ha pasado tan mal —dijo dirigiéndose a Sara y Alejandra—. Si le hubiera pasado algo... Fue una temeridad meternos en las entrañas de la tierra sin prever los peligros que se nos podían presentar —prosiguió Miguel confesando su irresponsabilidad—. Pero después de todo, hemos de dar gracias por salir airosos.

—Sabíamos de antemano que esta aventura era difícil —continuó Alejandra serenamente—. Lo supimos desde el primer momento, cuando nos sumergimos en las profundidades del Museo Arqueológico de la Almoina buscando la primera llave. Ahora podemos confirmar que nuestro padre tenía razón con sus teorías. Lo que hemos encontrado es mucho más de lo que nos podíamos imaginar.

—Es cierto —continuó Miguel con nostalgia—. Es una lástima que Jorge no esté... —La voz se le quebró impidiéndole continuar.

Hubo unos minutos de silencio mientras los tres se reponían de la emoción.

—Todavía no entiendo cómo el inspector Moreno se jugó el tipo dando la cara por nosotros. Bien dicen que hay que tener amigos hasta en el infierno —murmuró Miguel—. En especial por ti —dijo mirando fijamente a Sara.

La joven se quedó pensativa unos instantes mientras recordaba el rostro del inspector. Notó cómo sus mejillas se ruborizaban.

—Yo creo que, a pesar de lo descabellada que parecía la historia que le contamos —dijo Sara intentando sobreponerse al sopor que la embargaba—, creyó desde el principio que era cierta, y tan solo nos veía como meras víctimas. Suerte que los hechos nos han dado la razón y que hemos salido bien parados. Solo de pensar en todo por lo que hemos pasado se me ponen los pelos de punta. No sé si sería capaz de hacerlo una segunda vez.

—No veo probable que haya una segunda vez —añadió Alejandra con una suave sonrisa.

El timbre de la puerta interrumpió la conversación.

—Deben de ser Lluís y Pepe —murmuró Sara mientras se dirigía a abrir.

Efectivamente, los dos jóvenes entraron en el salón. Su aspecto nada tenía que ver con el que lucían horas antes recién salidos del agujero de Viveros. Lluís besó a Alejandra y se sentaron.

—¡No os lo vais a creer! —exclamó Pepe con sarcasmo, entregándoles la prensa de esa mañana—. Ese malnacido todavía no ha recibido el castigo que se merece.

En primera plana, ocupando gran parte de la página, aparecía el Palacio del Real antes de su demolición junto con los restos del yacimiento actual. Sara lo leyó en voz alta empezando por el titular:

—«El desaparecido Palacio del Real y sus ignorados tesoros descubiertos por Augusto Fonfría».

Sara notó cómo la sangre le hervía a borbotones.

En el subsuelo donde se edificó el antiguo Palacio del Real, que se mandó demoler en la guerra de la Independencia por motivos meramente estratégicos, y que hoy se encuentra en la Montañeta del General Elío dentro de los jardines del Real, ha estado escondiendo el tesoro más codiciado de toda la historia. Aunque todavía no se han sumergido en las profundidades de la tierra para extraerlo y que vea la luz, aseguran que tan solo un reducido grupo de personas han tenido el privilegio de verlo con sus propios ojos.

Al parecer, el importantísimo Augusto Fonfría, presidente de la revista *Vía Augusta* y dueño de la organización AFCANI, junto con muchos otros prósperos negocios, ha dirigido la expedición. Todo gracias a unas llaves que eran la clave para localizar su posición, a pesar de la desaparición de dos de ellas, que fueron robadas por Alejandra Ferrer, periodista de dicha revista y que fue denunciada hace unos meses. El señor Augusto Fonfría hace unas declaraciones al respecto en las que su alegría es evidente: «Después de más de veinte años buscando e investigando, el esfuerzo por fin ha dado sus frutos y la recompensa ha merecido la pena. Mis teorías eran ciertas y ahora todos lo sabrán».

Sara dejó de leer. No podía continuar con semejante sarta de mentiras. Ante las declaraciones de ese sinvergüenza, quedaba claro su objetivo fundamental: figurar como único autor del descubrimiento. Ese indeseable se había atribuido todos los méritos, pasando por encima de la memoria de su padre e ignorando todo su laborioso trabajo. Además, no contento con eso, reincidía en difamar a Alejandra.

—¡Juro que ese desgraciado no se va a salir con la suya! —amenazó Alejandra con los dientes apretados y la rabia contenida—. Aunque sea lo último que haga en este mundo.

—Ninguno de nosotros lo vamos a permitir —la apoyó Sara.

—Por supuesto que no —se unieron los demás solidarios.

—Esto todavía no ha terminado —añadió Alejandra recobrando la entereza—, así que no podemos dormirnos. Todavía tenemos mucho que hacer. Para empezar, hemos de mantener una larga conversación con Humberto Fernández, ya que todavía hay un montón de incógnitas por resolver. Tendrá que cumplir su promesa de revelarnos una tras otra. Nosotros hemos cumplido nuestra parte del trato no involucrándolo más de lo necesario, ahora le toca a él aclarar qué pinta en todo este entramado. Una persona inteligente, que actúa con gran sensatez y que sabe mucho más de lo que aparenta, debe tener un papel crucial, pero ¿cuál?

—Se me había olvidado por completo —dijo Lluís dándose un pequeño golpe en la frente y pasándose los dedos por el cabello todavía húmedo—. El señor Fernández ha llamado a tu móvil —dijo dirigiéndose a Alejandra—. Lo llevaba en el bolsillo de mi chaqueta por error, y he quedado aquí con él. —Lluís miró el reloj—. Estará a punto de llegar.

Sara y Alejandra se miraron. ¿Sería posible que de una vez por todas fueran a saber toda la verdad? El sonido agudo del timbre los sobresaltó.

—Debe ser él —dijo Sara mientras se levantaba para recibirle.

A los pocos instantes Humberto Fernández hizo acto de presencia en el salón seguido de Sara, quien le invitó a sentarse.

—¿Le apetece una taza de café? —le preguntó Sara haciendo el papel de anfitriona.

—Sí, muchas gracias —contestó educadamente mientras tomaba asiento al lado de Miguel—. Ante todo, les quiero agradecer su silencio durante el interrogatorio del comisario. Estoy tremendamente en deuda con todos ustedes por haber mantenido su palabra de no destapar mi posición.

—Nuestra palabra vale tanto como la suya —interrumpió Miguel—. Aunque su posición, como usted señala, la desconocemos por completo.

—Por eso estoy aquí —dijo mientras cogía la taza que Sara le entregaba—. Ustedes se han ganado todo mi respeto y creo que ha llegado el momento de desvelar parte de la historia.

Todos los allí presentes se miraron unos a otros con una irremediable sonrisa de satisfacción dibujada en sus rostros.

—¿Tan solo parte? —preguntó Alejandra impulsiva.

—Jovencita, todo a su debido tiempo —le contestó con dulzura.

Humberto Fernández dio un sorbo al café a la vez que dedicaba una rápida mirada a todos y cada uno de ellos, quienes le esperaban impacientes. Seguidamente empezó con su narración:

—Hace tres mil años aproximadamente —empezó a decir con un tono de voz agradable— los antiguos griegos llamaron a las gentes del Levante y el sur de la península ibérica «íberos», que se dividían en tres pueblos: norte, centro y sur. En el centro, en estas mismas tierras, concretamente en el sur de la provincia de Castellón y en las dos terceras partes septentrionales de la provincia de Valencia, había un pueblo llamado «edetanos».

Todos le escuchaban sin apenas pestañear procurando no interrumpirle. Humberto se acababa de remontar tres mil años atrás. Sus mentes intentaron asimilar todas sus palabras, aunque parecía que iba a ser bastante largo.

—Este pueblo —continuó—, situado en un punto estratégico y privilegiado como el litoral mediterráneo, supo aprovechar la riqueza levantina cultivando sus fértiles tierras y haciendo crecer la ganadería. Además de ser pastores y labradores, dominaban el arte y la ciencia del barro cocido y los metales fundidos, hasta el punto de que alcanzaron un alto nivel de perfección en la tecnología de la cerámica a torno. Todos sus territorios y residencias siempre estaban al lado de fuentes, manantiales y ríos, ya que para ellos el agua era sagrada, al igual que tenían una fe ciega en la energía del sol y en la madre tierra.

»Aunque sabían leer y escribir, sus tradiciones, leyes y costumbres se transmitían oralmente. De este pueblo nacieron un grupo de hombres que poseían una inteligencia fuera de lo habitual, con mentes privilegiadas y altamente evolucionadas. Eran maestros con una sabiduría muy avanzada para su época. Vivían en edificios religiosos destinados a santos y sabios y dedicaban su vida a ampliar sus conocimientos, que imprimían sobre finísimas láminas de plomo, que luego enrollaban y guardaban en los santuarios.

—¿Algo así como los egipcios? —preguntó tímidamente Alejandra.

—Digamos que sí —corroboró Humberto—. De hecho, en la misma época que los edetanos existían otras sabias civilizaciones con varios miles de años de antigüedad, como los egipcios, y, curiosamente, existían ciertas similitudes entre sus creencias y tradiciones.

—Por favor, continúe, siento haberle interrumpido —se disculpó Alejandra.

—Tranquila —añadió el presidente del Tribunal de las Aguas respetuosamente—. Sé sobradamente que lo que les voy a contar es difícil de creer. Solo les diré que todo, absolutamente todo, hasta la última palabra, es cierto.

—Le creemos —murmuró Sara sonriente y totalmente convencida de que no mentía. Después de todo lo pasado, no había razón alguna para que les contara una fábula con la intención de consolarlos.

El señor Fernández reinició su discurso:

—Tierras adentro habitaban otros pueblos que, al igual que los edetanos, vivían de la agricultura y la ganadería. Tanto unos como otros eran guerreros. Sin embargo, el pueblo edetano, que habitaba en la desembocadura del río Tyrius, como entonces llamaban al que hoy conocemos como río Turia, era pacífico. Daban prioridad a valores hoy perdidos, como la palabra dada, la conducta ejemplar, la nobleza... —Humberto se detuvo por unos instantes, con claros signos de tristeza en su rostro—. Hoy en día, la corrupción, la mentira, la codicia y el ansia de poder dominan los informativos y rodean nuestras vidas.

»El mundo se está echando a perder por culpa de los hombres. Cada vez son más las calamidades, las muertes de personas inocentes. La Tierra se está revelando y, si no ponemos remedio... —El presidente del Tribunal de las Aguas volvió a hacer una pausa. Su tono había subido de intensidad inesperadamente—. Ruego me disculpen —añadió volviendo a su voz habitual—, todavía me quedan muchas cosas por explicarles y reconozco que estaba empezando a desviarme.

—No se preocupe —pronunció Lluís en tono tranquilizador—. Por favor, continúe.

—Mientras los edetanos vivían en armonía, los demás pueblos de alrededor crecían, comerciaban y competían entre ellos prosperando. Por el contrario, los edetanos, como pueblo pacífico que era, no tenían espíritu de lucha, ni de conquista y grandeza, solo les importaba ser felices viviendo acordes con sus creencias y tradiciones. En el primer milenio antes de Cristo, en las costas mediterráneas, dos eran los pueblos que, en comercio, política y poder se disputaban la primacía: los cartagineses y los romanos.

»Después de muchas guerras entre ellos, que llamarían "púnicas", los romanos salieron vencedores. Todo el litoral mediterráneo acabó sometido a la autoridad militar de Roma que, con el tiempo, potenció y engrandeció las tierras valencianas, construyendo en Sagunto un canal de más de cincuenta kilómetros y otro en la desembocadura del Tyrius, donde se instaló el campamento romano y posteriormente Valentia, como entonces se llamaba la ciudad. Con la creación de villas y canales romanos, los asentamientos edetanos fueron destruidos, abandonados, y sus habitantes, repartidos al servicio de los nuevos amos.

»El agua marcó para los romanos la razón de ser de todas sus edificaciones, y se aplicaron con gran inteligencia para aprovechar los recursos hídricos. Para armonizar de forma óptima el rendimiento y mantenimiento de su obra hidráulica, crearon entidades federativas encargadas de administrar sus canales. Estas entidades, a pesar de ser representadas por romanos, tomaron como patrón el carácter de los edetanos en cuanto al comportamiento y formas de hacer, respetando su tradición, ritos y lugares sagrados. De manera que las aguas del territorio edetano-valentino pasaron a ser administradas oralmente por los vencidos edetanos.

—Perdone que le interrumpa —atajó Pepe algo confuso—. ¿Nos quiere decir que esas entidades federativas encargadas de administrar el agua pertenecían al Tribunal de las Aguas?

—Algo así —confirmó Humberto—, aunque tendrían que pasar todavía muchos años hasta que se bautizara con el nombre que hoy todos conocemos.

—Pero lo curioso y lo que más me llama la atención —añadió

Sara en voz alta— es que, a pesar del dominio de los romanos, aceptaran seguir con las costumbres edetanas.

—Sí —dijo el señor Fernández con una dulce sonrisa—, piensa que este pueblo, nuestros antepasados, no eran personas problemáticas. Al contrario, sabían hacer su trabajo y lo sabían hacer con justicia y sabiduría. Esas cualidades son las que les hicieron demostrar su valía y su nobleza a lo largo de la historia. ¿Recordáis que os he comentado que había un grupo de hombres sabios entre los edetanos?

Todos asintieron.

—Pues los descendientes de su linaje fueron los encargados de guardar y custodiar, como grandes tesoros, las finísimas láminas de plomo en las que estaban anotados sus más reveladores conocimientos. Los denominaron *Manuscritos edetanos*.

Una sonrisa se dibujó en la cara de Sara, demostrando su firme convicción respecto a lo que acababa de escuchar. Seguidamente hizo una señal para animarle a continuar con su relato.

—En el transcurso de cien años, estas tierras se convirtieron en unas de las más prósperas de todo el imperio. Pero lo bueno no dura siempre, y tras la guerra civil romana del 76 al 70 a. C., que fue cruel y exterminadora, tan solo se salvaron los templos y los monumentos funerarios. Todas las obras públicas se paralizaron y abandonaron, y se tardó más de medio siglo en levantar cabeza. El renacer de la ciudad vino de la mano de inmigrantes, en su mayoría antiguos súbditos cartagineses que no podían sobrevivir en su tierra. Representaban el flujo migratorio que iba de África a Europa. Los huertos fueron recuperados y también los canales, y se reactivaron las funciones de los síndicos. Se construyeron nuevos azudes que daban agua a las acequias pasando del cultivo de secano valenciano al regadío.

»Así se formaron con el paso del tiempo las ocho acequias que hoy todos conocemos. Tanto en la época musulmana como en la cristiana, cada acequia tenía su síndico. En el caso de Valencia, estos formaban un sindicato o tribunal, que se dio en llamar el Tribunal de las Aguas. —Su voz transmitía satisfacción y una pizca de emoción. Se detuvo durante unos instantes para coger aliento—. Su función consistía en repartir de forma justa el agua del canal entre todos aquellos que tuvieran derecho a ella. Nunca se puso nada por escrito, tan solo cuando llegaron los cristianos, y a partir de ellos fue cuando se empezó a dejar constancia de todo lo que se consideraba importante.

—¿Le apetece otra taza de café o quizás un vaso de agua? —le ofreció Alejandra pensando que debía tener la boca seca.

—Un vaso de agua, gracias. —Después de dar un largo trago y refrescarse la garganta, retomó el hilo de la conversación—. Los síndicos que componían el recién instaurado Tribunal de las Aguas eran hombres escogidos minuciosamente por sus cualidades. Todos ellos eran descendientes de aquellos hombres sabios, que mantenían el serio compromiso de preservar aquellos importantes documentos reforzando su mutuo y estricto acuerdo. Dado que la tierra y el agua era algo primordial para el pueblo edetano, y puesto que se conservaban sus ritos y costumbres, las siguientes generaciones se mezclaron con distintas razas debido a la inevitable inmigración. Ese acuerdo inviolable ha continuado con las mismas estrictas condiciones hasta nuestros días. Toda persona que entra a formar parte del Tribunal de las Aguas hace un serio e irreversible juramento de mantenerlo hasta el fin de sus días.

Un tremendo silencio se apoderó de todos, incluyendo Humberto Fernández, que los miró orgulloso de ser miembro de dicha institución.

Ahora entendían en parte el motivo por el que se había negado a revelar nada al principio. Pero ¿qué le había llevado a cambiar de opinión quebrantando su promesa? Esa pregunta se la formularon casi todos en el más estricto silencio. Nadie se atrevió a inquirir sobre ello; no querían perturbar las confesiones de ese hombre.

Humberto continuó:

—Con el paso de los años el lugar escogido para ocultar esos valiosísimos *Manuscritos edetanos* estaba en peligro. Lo que casi mil años atrás había sido una apuesta segura por encontrarse en un punto aislado y estratégico, con las guerras acontecidas y la expansión de la ciudad resultaba demasiado expuesto. Era necesario un traslado, y además con la máxima urgencia. Después de barajar distintas opciones, la elección fue reubicarlo al otro lado del río y totalmente fuera del recinto amurallado de la ciudad. El hallazgo de unos interminables pasadizos ya existentes, descubiertos por azar por uno de los síndicos, facilitó el traslado. Supusieron que era una señal divina y se pusieron manos a la obra. Además, estaba lo suficientemente cerca como para que pudiera seguir cumpliendo con su cometido. Acondicionaron y reforzaron su seguridad para que nadie pudiera traspasar sus puertas. Las trabas que ya conocen fueron estudiadas concienzudamente por mentes superiores con la intención de que nadie, absolutamente nadie, pudiera burlarlas.

Alejandra levantó la mano con la intención de preguntar. Humberto le hizo un gesto dándole la palabra.

—Perdone que le interrumpa nuevamente. Imagino que los pasadizos de los que nos acaba de hablar son los mismos que hemos visitado en las últimas horas, pero hay algo que me llama tremendamente la atención: los *Manuscritos edetanos*, que se supone que eran lo realmente valioso, no se encontraban dentro, o por lo menos no a la vista.

—En efecto, como iba diciendo, el lugar era perfecto por la proximidad a la ciudad y de esa forma se podía poner en marcha un nuevo plan. —Todos le miraron todavía más atentos—. Hasta ese momento los manuscritos mencionados eran el único tesoro que se custodiaba en el santuario y, de hecho, construyeron una cámara específica para ocultarlos. Nadie desde entonces ha accedido a ellos o los ha tenido en su poder.

—Pero usted cree en ellos ciegamente... —afirmó Miguel desconcertado.

—Sí —dijo Humberto rotundamente.

—¿Cabe la posibilidad de que no existan, de que sea una fábula? —preguntó Pepe.

—No, puedo asegurarles que siguen donde se dejaron hace casi dos mil años.

—¿Y qué nos dice de la inmensa sala repleta de tesoros donde entramos? —preguntó Lluís confuso.

—Buena pregunta —respondió el síndico—. Esa sala se adaptó como tapadera.

—¿Como tapadera? —preguntaron todos casi al mismo tiempo.

—En efecto —afirmó con un leve movimiento de cabeza—. Esa sala fue una estrategia para custodiar de una manera fiable los *Manuscritos edetanos*, suponiendo que alguien consiguiera adentrarse y sobrepasar los obstáculos, algo bastante improbable, pero no imposible, se quedaría fascinado al encontrarse con millares de objetos de un valor incalculable.

Todos asintieron con una sonrisa dibujada en sus labios.

—Cada uno de esos objetos se ha ido recopilando a lo largo de la historia. La misión de los síndicos, además de repartir justamente el agua del canal entre todos aquellos que tuvieran derecho a ella, era rescatar y proteger los tesoros de la ciudad. Tesoros que habrían perecido en incendios, plagas y epidemias. Gracias a ellos, se han salvado de desaparecer en batallas, guerras y conflictos de intereses. Cuando se derrumbaban museos, templos, palacios y demás edificios patrimoniales, todo lo que podía representar algo de valor se requisaba y se protegía, ya fueran cuadros, tapices, vasijas, espadas o joyas.

—Si lo que esa sala contiene —interrumpió Alejandra— es tan valioso como comenta, y tan solo es una tapadera para ocultar la cámara donde se custodian los manuscritos en cuestión, ¿nos quiere decir que esos *Manuscritos edetanos* superan con creces el valor de esos objetos?

—En efecto —contestó Humberto Fernández—. Esos documentos no tienen precio. No hay dinero que equivalga a los conocimientos que contienen y la antigüedad a la que se remontan. Estamos hablando de manuscritos de hace tres mil años. ¿Se dan cuenta ustedes de lo que significa eso?

Las miradas de sorpresa entre unos y otros fueron la reacción dominante.

—Me gustaría que escucharan la historia hasta el final —añadió el síndico con humildad.

Todos asintieron.

—Durante la época musulmana, la muralla se amplió y los potentados construyeron *munyas* o casas de recreo en las afueras de la ciudad. Ello les permitía estar en contacto directo con la naturaleza. La *munya* de Russafa fue construida por un príncipe omeya, la de la Walafa perteneció a un gobernador y estaba situada donde hoy se encuentra la plaza del Ayuntamiento, y sus jardines ocupaban la extensión de la plaza de toros. La *munya* de la princesa Zaydia perteneció a la familia de Mardanís, más conocido entre los cristianos como Rey Lobo, y estaba situada cerca de Marchalenes, lo que ahora es Llano de Zaidía. Pero la que realmente nos interesa es la *munya* de Abd al-Aziz, primer gobernador general del al-Ándalus, situada junto a los jardines del Real. Los síndicos del Tribunal de las Aguas creyeron que al construirla peligraría el secreto escondido, pero lo único que ocurrió es que permaneció todavía más oculto y sus entradas siguieron en activo. Más tarde, sería el Cid quien residiría en la mencionada casa de recreo durante el asedio al que sometió Valencia.

Estaban empezando a atar cabos, aunque aún les quedaban muchas dudas por resolver. Por ello, siguieron escuchando al síndico en un estricto silencio.

—Las reuniones del Tribunal de las Aguas, dado que se reconoció el carácter sagrado y santo de los síndicos, se acordó celebrarlas en el centro de la alfaguara de la mezquita mayor de Balansiya, como entonces se denominaba la ciudad, donde hoy se encuentra la catedral de Valencia. Por ese motivo y guardando la tradición, se sigue celebrando en el mismo lugar.

»Pero cuando la ciudad fue conquistada por los cristianos, limpiaron la mezquita de todo lo musulmán, y los síndicos rescataron gran parte de aquellos objetos, evitando que se destruyeran. Los eclesiásticos se empeñaron en expulsar a los componentes del tribunal esperando que Jaime I los apoyase. Pero el rey, que comprobó que los ancianos que lo componían no alardeaban ni presumían de sus métodos de hacer justicia, y no existían jerarquías entre ellos, decidió conservarlos sin variar sus juicios orales. A pesar de ello, durante la época cristiana, los canónigos de la catedral nunca permitieron que se hiciera justicia dentro de ella. Cuando fueron expulsados del interior de la catedral, el tribunal no se alejó de su alfaguara manteniendo sus ritos del agua, de ahí que se celebre en la calle, en la puerta de los Apóstoles.

»Durante la dominación de los Reyes Católicos, y tras la expulsión de los judíos y los abusos de la Inquisición, algunos de los síndicos, en su mayoría moros, pasaron a ser cristianos. Sin embargo, fuera cual fuera su origen, asumían los ritos del agua y el fuego, al igual que el juramento de mantener intactos y ocultos los *Manuscritos edetanos*. Un par de siglos antes, Jaime I había iniciado las obras en lo que fuera la *munya* de Abd al-Aziz convirtiéndola en el Palacio del Real de Valencia, y sus sucesores lo transformaron en un verdadero alcázar. Tras la unión de Aragón y Castilla, el noble edificio medieval fue residencia de virreyes y de capitanes generales hasta que durante la guerra de la Independencia, y ante el avance del ejército francés, fue demolido por las autoridades militares españolas, con el fin de que el enemigo no pudiera utilizarlo para cañonear la ciudad.

»Fue una gran pérdida —suspiró Humberto Fernández—. Los síndicos volvieron a rescatar, como tantas otras veces, objetos que se hubieran perdido. El Palacio del Real se convirtió en un montón de escombros, pero nuestro secreto aún seguía a salvo. —Sara le acercó un vaso de agua y Humberto le dio un largo trago—. En el siglo XVII, la situación política de España llevó a la monarquía a tomar decisiones drásticas. Ciento cincuenta mil moriscos fueron expulsados de la tierra. Debían abandonar la ciudad en el plazo de tres días bajo pena de muerte, dejando sus hogares y llevándose únicamente los bienes que pudieran transportar. Tras esa expulsión, las huertas quedaron nuevamente despobladas de labradores musulmanes. Tan solo quedaron los señores y sus familias cristianas.

»De modo que parte de los síndicos se fueron y sus puestos no fueron ocupados por nadie. Para repoblar de nuevo, los virreyes valencianos y los señores de los campos gestionaron traer labradores de otras partes, de Cataluña, Aragón..., ya que sus campos estaban abandonados y sus acequias anegadas. —Una punzada de tristeza invadió su voz haciéndola más grave—. Cuando los nuevos inquilinos ocuparon los cargos en el Tribunal de las Aguas, la casi totalidad desconocían los ritos del agua y el fuego. Desconocían los usos y sus valores. Fue un momento difícil para el tribunal —murmuró entre dientes—. Su continuidad estuvo en peligro, ya que muchos de ellos no fueron capaces de hacer suya la ley de la huerta, pues nadie se la había transmitido. Y también desconocían el juramento sobre los *Manuscritos edetanos* y su existencia. Durante mucho tiempo solo parte de los síndicos que lo componían estaban al corriente del secreto e intentaron mantenerlo vivo.

»Más tarde, en el siglo XVIII, se planteó otro problema muy grave que volvió a atentar contra la supervivencia del tribunal. En tierras valencianas y manchegas se decidía el futuro de la Corona española. Los Austrias y los Borbones se disputaban quién sería el nuevo rey, quedando vencedores los segundos. Por cuestiones políticas, Valencia quedó desamparada por haber apoyado a los perdedores. Felipe V, rey Borbón, impuso el Decreto de Nueva Planta según el cual todo lo valenciano, o lo que lo pareciera, tenía que desaparecer, momento que aprovecharon los síndicos para recuperar parte de su patrimonio y resguardarlo en su lugar seguro. Cuando el nuevo rey tuvo que decidir el destino del Tribunal de las Aguas, se encontró con algo que desconocía y no supo cómo interpretarlo. El tribunal fue considerado como una vulgaridad de los labradores que, política y legislativamente, era imposible manipular. Felipe V decidió eximirlo del decreto y que siguiera sus funciones al ver que las personas que lo componían impartían justicia de forma sana, y los que se adherían a él tenían una fe ciega en su eficiencia.

»A los síndicos se les recomendó que aprendieran castellano y que lo hablaran cuando se relacionaran con las autoridades. —Humberto Fernández se levantó y caminó unos pasos como si quisiera reactivar el flujo sanguíneo de sus piernas. Luego, dirigiéndose a sus oyentes, continuó—: Muchas han sido las trabas que a lo largo de la historia el Tribunal de las Aguas ha sufrido, y muchas las veces que las ha superado. Mi intención no es aburrirlos con ellas y el relatarles parte ha sido para que entiendan nuestra función y, de alguna manera, nos comprendieran.

—Continúe, por favor... —añadió Alejandra encandilada con la historia de ese hombre.

—En el siglo XX, a partir de los años cincuenta, los dirigentes de la ciudad se desvivieron porque creciera urbanísticamente, provocando con ello la merma de la huerta. A finales de siglo, esta política llegó a ser tan exagerada que, en apenas treinta años, la ciudad había doblado su terreno edificado. Como consecuencia, desaparecieron las huertas, azudes y acequias. Ello provocó que, al morir los labradores ancianos, no hubiera continuidad. En los siglos anteriores, la agricultura había sido la fuente de riqueza de Valencia. A partir del siglo XXI, no sabemos de qué vivirá. —Volvió a sentarse con claras señales de resignación y tristeza—. Les vuelvo a pedir disculpas por haber sido tan extenso y haberme remontado hasta el origen, pero necesitaba plasmar nuestros motivos y el porqué de todo esto. También imagino que se preguntarán por qué he roto mi promesa y el causante de que les haya revelado nuestro secreto con respecto a los *Manuscritos edetanos*.

Ellos asintieron con una tímida sonrisa.

—Como habían supuesto —dijo dirigiéndose a Sara y Alejandra—, no solo conocí a su padre Jorge Ferrer, sino también a su abuelo, Tomás Ferrer. Todos los síndicos acudimos a los funerales conmovidos por su pérdida. El padre de vuestro abuelo, es decir, vuestro bisabuelo, llamado también Tomás Ferrer, fue la mano derecha del gobernador civil de Valencia, Cirilo Amorós, quien decretó, a pesar de la oposición militar, el derribo de las murallas cristianas de la ciudad alegando la necesidad de dar trabajo a los obreros en paro por la crisis de la seda, además de querer ensanchar la ciudad, ya que la población había aumentado y se asfixiaba por el cerco amurallado.

»El hermano mayor del mencionado gobernador era un venerado síndico del Tribunal de las Aguas. En aquella época hubo otro conflicto que amenazó su supervivencia. Ya habían pasado unos sesenta años desde que se derrumbara el Palacio del Real y nuestro escondite no resultaba demasiado seguro. Se habían filtrado ciertas sospechas, de las cuales desconocíamos la procedencia, en las que se rumoreaba que algo valioso se escondía en estas tierras. Antes de que cundiera el pánico, los rumores se extendieran y los más atrevidos iniciaran su búsqueda, los síndicos lo acallaron y procuraron que el secreto mejor guardado de la historia permaneciera oculto. No podían consentir que aquello se difundiera y mucho menos que nadie ultrajara lo que el tribunal y todos sus componentes habían guardado con el mayor de sus desvelos. Todavía no había llegado el momento. Se barajaron varias alternativas y se sellaron las entradas a dicho escondite. Después de deliberar durante mucho tiempo, decidieron reforzar su seguridad ampliando los sistemas de defensa.

»Aprovechando el derribo de las murallas y la desaparición de la gran mayoría de sus puertas, se decidió, por unanimidad, conseguir todas sus llaves con el fin de esconderlas en los lugares más insospechados y despistar a sus supuestos enemigos. Nada mejor que esas llaves que simbolizaban la ciudad de Valencia y que habían convivido con ella a lo largo de cinco siglos. El trabajo requería mucha pericia y sobre todo mucha imaginación. De mutuo acuerdo, se solicitó la ayuda del hermano de uno de los síndicos, el gobernador civil Cirilo Amorós, quien ofreció su juramento de no divulgar ni delatar la posición secreta de dicha cámara. Él recomendó a su mano derecha, vuestro abuelo Tomás Ferrer, para que realizara tan difícil tarea, ya que su inteligencia para los acertijos y su lealtad eran incuestionables. Como era tradición, también juró silencio absoluto. Se meditó mucho la ubicación donde se ocultarían las llaves, optando por lugares emblemáticos de la ciudad, ya que los tesoros a los que conducían pertenecían a tierras valencianas. Después de realizar su complicado y magistral trabajo, se comprometió a destruir todas las pruebas. —Humberto Fernández los miró con tristeza, apenado de sus siguientes palabras—. Me temo que su bisabuelo cumplió su promesa tan solo a medias.

—¿Qué quiere decir con eso? —preguntó Sara sin poder contenerse y llena de angustia.

—Que su bisabuelo no destruyó todas las pruebas como se le pidió. No sabemos el motivo. Tal vez lo hiciera por guardarse las espaldas, aunque no veo motivo para ello, o quizás fue un simple descuido. El caso es que debería haber sido mucho más cauto, tratándose de semejante misión. No acatar las normas fue un error imperdonable.

—Pero ¿cómo puede asegurar que eso que acaba de decir es así? —interrumpió Alejandra dolida ante tales acusaciones—. ¿Cómo sabe usted que no cumplió su juramento y dejó pruebas intencionadamente?

—Soy consciente de que mis palabras son como puñales para

ustedes —apuntó Humberto Fernández con humildad—, y ruego me disculpen porque nada está más lejos de mi intención que hacerles daño. Pero, si no es así, ¿cómo es posible que su padre diera con los acertijos él solo? Sabemos que era una persona muy despierta y con una inteligencia poco habitual, además de su tenacidad, pero tuvo que necesitar alguna señal que le hiciera despertar su ansia por esa búsqueda.

Miguel reaccionó ante esa afirmación. Su mente retrocedió veintitantos años. Ahora más que nunca necesitaba recordar.

—Tengo algo que aclarar —atajó con firmeza.

Todos fijaron sus ojos sobre él esperando una respuesta en defensa de la familia Ferrer.

—Le escuchamos —pronunció el síndico.

—Como todos aquí sabemos, Jorge Ferrer y yo éramos amigos y compañeros de fatigas, y realizamos juntos parte de la investigación. Indagamos y rastreamos la posición de las llaves y él mismo fue quien inventó los acertijos para que localizarlos fuera lo más enrevesado posible. Su interés se desató cuando falleció su padre. El abogado le leyó el testamento, dejándole la casa de Xàtiva donde habían vivido sus padres y él hasta que se casó. Entre las páginas de la escritura de dicho caserón se encontraba una carta fechada en el año 1865 y que Jorge encontró por casualidad.

Humberto Fernández aguzó el oído, que ya le empezaba a fallar en determinadas ocasiones, al escuchar la existencia de una carta con tal antigüedad.

—Recuerdo perfectamente el día que la leyó en mi presencia. Era la segunda vez que lo hacía y estaba eufórico. Entonces creímos que iba dirigida a su abuelo, yo desconocía que en el árbol genealógico se había repetido el mismo nombre. Pero después de escuchar su testimonio —dijo dirigiéndose a Humberto Fernández— deduzco que se trataba de su bisabuelo, la persona de confianza de Cirilo Amorós y quien se encargó de esconder esas doce llaves. Esa carta había pasado de generación en generación totalmente inadvertida, o por lo menos ninguno de sus descendientes había sentido la más mínima curiosidad por saber a qué se refería.

»Si la memoria no me falla —añadió Miguel curándose en salud—, le encomendaban una especie de misión por la que tenía que esconder de la manera más hábil posible doce llaves que conducirían a un lugar sagrado donde nadie había estado jamás. No es que el texto fuera tan explícito, pero Jorge consiguió descifrarlo sin apenas dificultad. También hacía referencia a la discreción y al juramento que debía realizar si aceptaba el trato. En el reverso había unas anotaciones imposibles de descifrar, hechas a lápiz, seguramente por el propio Tomás Ferrer. Para Jorge, que era impulsivo, tenaz y disciplinado, supuso un tentador desafío, que se convirtió en su principal razón de ser, además de su familia.

—Deja usted entrever que esa carta no se dejó adrede —continuó el síndico precavido—. Es posible que tenga razón y que fuera un descuido por su parte. Pero eso no le exculpa de su tremendo error.

Miguel asintió corroborando esa teoría.

—Perdone —interrumpió Pepe pensativo—. ¿Cómo sabía usted que Jorge Ferrer había iniciado una búsqueda al respecto?

—Veo que no se le escapa nada —dijo el síndico sonriente—. Porque acudió a nosotros.

—¿Cómo? —exclamaron todos.

—Sí, Jorge Ferrer acudió a nosotros en plena investigación. Era muy listo y al mismo tiempo muy astuto. Personas de su nivel hacen falta en este mundo, lástima que no podamos contar con su presencia.

—Le importaría aclarar ese pequeño detalle —puntualizó Alejandra con cierto retintín.

—Jorge Ferrer se presentó en la Casa Vestuario un día al término de uno de los juicios, al igual que lo hicieron ustedes hace unas semanas —dijo señalando a las dos hermanas—. Vino con una historia muy parecida a la que estamos contando en estos momentos y nos pedía colaboración, ya que al parecer disponía de cierto documento, del cual no quiso dar detalles, donde constaba la firma del Tribunal de las Aguas y por lo tanto nos involucraba.

—¡Claro! —gritó Miguel como si se hubiera acordado de algo—. Es cierto, la carta iba rubricada con un sello ilegible, pero está claro que nada se le podía resistir a Jorge —murmuró con orgullo.

—Y ustedes se negaron —dijo Sara llena de frustración.

—Sí —agregó Humberto Fernández advirtiendo la tristeza en los ojos de la joven—. No podíamos reconocerlo. Nuestra misión era seguir ocultándolo y hacerle ver que todo era producto de su imaginación. Pero no, Jorge Ferrer no se iba a dejar convencer, y continuó con su rastreo. Simplemente nos limitamos a marcarlo de cerca y a tener controlados tanto sus movimientos como sus progresos.

—¿No hubiera sido más fácil acceder a su petición y ponerlo al día? —dijo Alejandra resentida—. Al fin y al cabo, su bisabuelo había sido uno de los protagonistas de esta historia. ¿Acaso no tenía derecho a conocerla? ¿Se le ha pasado por la cabeza pensar que, a lo mejor, si ustedes hubieran accedido, hoy mis padres podrían estar vivos?

—Esa es una conjetura que no tiene fundamento —agregó Humberto Fernández sin demasiada convicción.

—¿Usted cree? —insistió Alejandra desafiante—. Si ustedes no le hubieran cerrado las puertas a mi padre, no habría tenido la necesidad de buscar a otro para que le ayudara en su investigación.

—Señorita Ferrer, entiendo su descontento y su desazón, pero entonces no podíamos revelar tal misterio porque todavía no había llegado el momento. Si nosotros hubiéramos desvelado el preciado secreto a su padre, estoy convencida de que no se hubiera detenido en su búsqueda. Hubiera querido llegar hasta el final y eso no podíamos permitirlo. Entonces no...

—¿Qué ha cambiado, señor Fernández? —preguntó Sara intrigada—. ¿Qué le ha hecho sincerarse con nosotros como lo está haciendo ahora?

Humberto se frotó las manos, que se le habían quedado heladas.

—Cuando ustedes me preguntaron en la Casa Vestuario delante de mis colegas si conocía a Jorge Ferrer y a su padre —dijo dirigiéndose a las dos hermanas—, lo negué. Lo negué porque no debía reconocerlo entonces, al igual que, teóricamente, tampoco debería de afirmarlo ahora, pero durante el tiempo que pasamos en los pasadizos del antiguo Palacio del Real ocurrió algo que cambió totalmente el rumbo de los hechos. Yo desconocía su verdadera identidad —dijo señalando a Pepe, quien se sobresaltó ante tal afirmación—. Cuando descubrí que su nombre era Andreu Subies, todo cambió.

Pepe le miró sin comprender nada en absoluto. ¿Qué tenía que ver su nombre en toda esta historia?

—Sí, Pepe —afirmó el síndico con voz serena—. Supongo que tendrá sus razones para camuflar su nombre y apellido, pero debo decirle que lo puede llevar con orgullo. Su bisabuelo Andreu Subies, llamado igual que usted, fue un síndico muy respetado del Tribunal de las Aguas durante más de treinta años.

—¿Y cómo está tan seguro de nuestro parentesco? —preguntó Pepe desconcertado ante la nueva revelación—. Quiero decir que, después de tantos años, el apellido Subies puede haberse extendido y es posible que no sea yo ese biznieto.

—¿Qué referencias tiene usted de sus antepasados? —preguntó Humberto Fernández con voz firme.

—¡Pocas! —contestó Pepe avergonzado—. Mi padre falleció cuando yo era tan solo un niño y no he tenido ningún tipo de contacto con mi familia paterna. Pero eso no demuestra que usted esté en lo cierto.

—Estoy convencido de ello —dijo Humberto seguro—. Si no hubiera sido así, no hubiera pasado la prueba.

—¿De qué prueba habla? —Pepe no entendía absolutamente nada.

—Ante mis ojos, es evidente que tú eres ese Andreu Subies. —Humberto Fernández había cambiado su tono y ahora le tuteaba como si fuera de la familia—. De lo contrario, ninguno de nosotros estaríamos vivos, ni habríamos podido salir airosos de aquellos lóbregos pasadizos, y tú habrías perdido tus manos.

Un absoluto silencio se extendió inundando la estancia.

—Reconozco que mis palabras entonces no fueron del todo honestas y maquillé las condiciones. Había asumido que nuestros días terminaban en aquel túnel. La cuestión es que no se valoraba solamente la honestidad o la nobleza de una persona... —Humberto Fernández permaneció en silencio durante unos segundos—. También debía ser una persona especial: un *elegido*.

Esa última palabra, en la que había puesto énfasis, les había pillado a todos por sorpresa. ¿Qué les intentaba decir ese hombre?

—¿Qué quiere decir con la palabra *elegido*? —preguntó Lluís más que confuso ante el devenir de la conversación.

—A lo largo de la historia y en numerosos lugares del planeta, ha habido un número de personas que tienen un potencial de fuerza y poder superior a los demás, incluyendo aquel grupo de hombres que escribieron los *Manuscritos edetanos*. Están aquí para ayudar a la madre tierra que nos está avisando para que despertemos hacia un nuevo amanecer de paz, lealtad y otros valores olvidados.

La expresión de todos los presentes era de desconcierto. Ninguno fue capaz de articular palabra alguna.

—Pensarán que me falla la razón —planteó Humberto Fernández advirtiendo el escepticismo en los rostros que tenía delante—, que he perdido la cordura, o quizás que, por mi avanzada edad, estoy empezando a caducar. Nada más lejos de la verdad. Todas mis palabras, absolutamente todas, son la pura y desconcertante realidad. Ustedes me han preguntado por qué hace veinticuatro años no revelé la verdad a Jorge Ferrer, y creo haberles comentado que todavía no había llegado el momento. —Vio cómo todos asentían con un leve movimiento de cabeza—. Nos estamos acercando a una nueva era y con ella se inicia una inédita fase en el crecimiento humano. Hemos llegado a un punto en el que la gente no cree en nada; el interés personal y el dinero son los que ocupan ahora el primer lugar. El hombre es destructor por naturaleza, ansía poder; la codicia y la ambición pueden con él. Los valores básicos se están perdiendo. La ideología que hoy domina a las grandes masas es el materialismo, somos esclavos de nuestro propio consumo y nos estamos olvidando de algo tan primordial como es el amor. En muchos países hay multitud de personas que se están sublevando en contra de los abusos de poder reclamando justicia y libertad. ¿No se dan cuenta de que el planeta está cambiando?

No se necesitaba tener una inteligencia muy avispada ni disponer de muchos conocimientos para darse cuenta de que tenía razón. La Tierra estaba cambiando ante la indiferencia de la mayoría.

—Señores —continuó el síndico—, la madre tierra está enferma, metafóricamente hablando. Ella nos da la vida, el aire que respiramos, el agua y el alimento para subsistir, y ¿qué hemos hecho la raza humana a cambio? Violarla y envenenarla. Los informativos reportan sin cesar catástrofes en todo el mundo. El cambio climático causado por los hombres ha hecho que suba la temperatura, provocando un desequilibrio atmosférico. Hay tsunamis destructores, grandes huracanes, arrasadoras inundaciones. La contaminación del aire está provocando enfermedades como el asma. Hasta las abejas se están extinguiendo. Por esos motivos y muchos más la Tierra va a cambiar de frecuencia vibratoria o dimensión, como prefieran llamarlo.

—¿Nos está diciendo que realmente el mundo va a cambiar? —preguntó Alejandra con un nudo en la garganta.

—Así es, hace veinticuatro años era todavía demasiado prematuro y no podíamos aventurarnos a desvelar nada. Pero en un tiempo no muy lejano todas nuestras conjeturas van a tener respuesta. Y personas como Pepe y usted —dijo dirigiéndose a Alejandra— van a contribuir a que se conviertan en realidad.

Alejandra se quedó pálida. ¿Qué había querido decir con que ella también?

—Perdone, pero no le entiendo —dijo ella a trompicones.

—Usted tiene un gran potencial que tiene que aprender a desarrollar —dijo Humberto Fernández mirándola cálidamente.

—¿Cómo lo sabe? —preguntó la joven tímidamente.

—Lo sé. Me temo que gran parte de los genes de su padre los ha heredado usted, y eso me alegra enormemente.

—Me deja usted de piedra —es el único comentario que Alejandra pudo pronunciar.

—No piensen que les acabo de desvelar esta historia sin contar con el beneplácito de los demás componentes del tribunal. La decisión ha sido tomada por una absoluta unanimidad. Y, por supuesto, tenemos que llegar hasta el final.

Todos se miraron unos a otros sin terminar de entender sus últimas palabras.

—Recuerden que todavía nos queda entrar en la cámara donde se encuentran los *Manuscritos edetanos* —añadió Humberto Fernández con absoluta determinación—. Estoy convencido de que ha llegado el momento de descifrarlos. Hay demasiadas señales que nos indican que no nos podemos quedar de brazos cruzados. Que ha terminado el tiempo de la espera y del silencio. Ha llegado el momento de actuar con unión y determinación. Estamos en la obligación de hacer que nuestro planeta sane de su enfermedad y eso nos ayude a convertirnos en mejores personas. Y lo vamos a lograr con la colaboración de todos ustedes, en especial la de Andreu Subies —dijo mirándole fijamente a los ojos.

Pepe, con la boca seca y con un tremendo nudo en la garganta, pensó en el arduo trabajo que le esperaba. Nunca se hubiera podido imaginar que el destino le tenía reservada semejante misión. Pero le gustaba la idea, si ese era su cometido, se volcaría en cuerpo y alma.

—Hay un ligero inconveniente —añadió Miguel tendiéndole el periódico al síndico.

Humberto Fernández se tropezó con el titular sobre el Palacio del Real y lo leyó en silencio. Cuando hubo concluido, murmuró:

—Otra vez el señor Augusto Fonfría. La gente de su calaña, tal y como me imaginaba, solo busca reconocimiento; ser el primero en encontrar el tesoro y llevarse todas las medallas posibles. Y no contento con eso, va a montar un circo mediático llevándose a los medios de comunicación cuando se adentre en los pasadizos para mostrar el camino que conduce al tesoro.

—No podemos consentir que ese indeseable se salga con la suya. Además, tiene que pagar por todo lo que ha hecho —concluyó Alejandra llena de rabia—. Tiene que haber algo que podamos hacer —añadió tajantemente.

—Recuerden —continuó el síndico— que ese tesoro ha servido de tapadera a lo largo de los siglos, y demos gracias de que Augusto Fonfría haya mordido el anzuelo. Hay algo que todos hemos de tener muy claro y es que los *Manuscritos edetanos* deben permanecer en el más absoluto secreto. Si por un pequeño descuido llegaran a caer en las manos equivocadas, se desataría un tremendo e irremediable caos.

—Puede confiar en nosotros —dijo Miguel contando con el asentimiento de todos los demás.

—Hay algo que no me encaja —interrumpió Pepe confuso—. ¿Cómo pudo entrar usted en los pasadizos, junto con Augusto Fonfría y su difunto sabueso Marc, la noche que encontramos el tesoro, si la fuente de la Dama de Elche estaba repleta de policías obstaculizando la entrada?

—Muy buena observación —murmuró el síndico con orgullo.

—Es cierto —añadió Sara percatándose de que Pepe tenía razón—. ¿Cómo lograron entrar ustedes?

—Existe otra entrada —confesó Humberto Fernández con una media sonrisa.

—¿Otra entrada? —preguntaron todos a la vez.

—Me temo que sí.

Sara respiró tranquila. Si tenían que volver a entrar en ese laberinto de oscuridad, por lo menos que fuese un trayecto más llevadero.

—Y deduzco que con esa otra entrada no necesitan ninguna llave, ¿verdad? —preguntó con cierto sarcasmo.

—Digamos que no —contestó el presidente del tribunal.

—Y presiento también que su recorrido no será tan complicado ni con tantas trabas como el que hicimos nosotros, ¿no es así? —continuó preguntando la joven.

—En efecto. Piensen que nosotros necesitábamos un camino fácil para continuar con nuestra misión. De hecho, todos los síndicos del tribunal tenemos un sello como este —dijo mientras alzaba la mano derecha mostrando un voluminoso anillo en su dedo anular—. Tan solo hay ocho en todo el mundo y han pasado de generación en generación. No se pueden hacer copias. Únicamente los originales fueron forjados al mismo tiempo que se sellaron los pasadizos y tienen el poder de abrir esas puertas. Además de los miembros del tribunal, se pueden contar con los dedos de las manos las personas que lo saben y cuya lealtad es incuestionable.

—¿Augusto Fonfría lo sabe? —preguntó Miguel.

—Lo intuye. Es una persona muy perspicaz.

—De todas formas, las dos llaves de la Dama de Elche quedaron incrustadas en su busto —concretó Miguel—, lo que quiere decir que en cualquier momento pueden activar la trampilla y entrar a los túneles.

—No vaya tan rápido, Miguel —atajó Humberto Fernández—. Esas dos llaves ya no se encuentran donde ustedes las dejaron.

—Ah, ¿no? —preguntó Lluís con inocencia.

—No, el Tribunal de las Aguas ya se ha encargado de confiscarlas hasta que llegue el momento.

—¡Qué barbaridad! No se les escapa nada, son ustedes como hormiguitas —exclamó Lluís, espontáneamente.

—Entonces, Augusto Fonfría no podrá entrar a los pasadizos para recrearse con los hallazgos y tendrá que acudir de nuevo a usted —murmuró Alejandra esbozando una traviesa sonrisa que anunciaba venganza—. Me temo que el señor Fonfría se va a asfixiar en sus propias arenas movedizas.

Humberto Fernández dibujó una mueca similar a una sonrisa. Su madurez y formalidad se transformaron en tan solo unos segundos en la expresión de un niño que estaba a punto de cometer una diablura.

—¿Se puede saber qué estáis tramando? —preguntaron el resto ante la visible complicidad de ambos.

—Todo a su debido tiempo —agregó el síndico.

CAPÍTULO 89

La noche se les había echado encima y en poco más de una hora los jardines del Real cerrarían sus puertas. La luz de las farolas amortiguaba la oscuridad mientras Alejandra Ferrer y Humberto Fernández se paseaban intranquilos alrededor de la fuente de la Dama de Elche, en espera de su encuentro con Augusto Fonfría.

—¿Cree que vendrá? —preguntó la joven.

—Estoy convencido de ello.

Apenas pudo terminar la frase cuando unos suaves pasos se oyeron a sus espaldas, e instintivamente se giraron a la vez. Tal y como el síndico había previsto, ante sus ojos tenían al presidente de AFCANI, acompañado de un tipo con las medidas propias de un armario ropero.

—Quedamos en que vendría solo —le increpó Alejandra.

—Señorita Ferrer, estaríamos en total desigualdad, ya que usted viene con el señor Fernández. —Su tono estaba cargado de cinismo.

—Ya, pero su acompañante vale por tres de nosotros —murmuró entre dientes la joven.

—¿Han traído el anillo? —preguntó Fonfría de sopetón y sin más, mirando las manos del síndico, que estaban enfundadas en los bolsillos del chaquetón.

—¡No vaya tan deprisa! —le espetó Humberto Fernández con autoridad.

—Antes hemos de aclarar las condiciones —expuso Alejandra sin miramientos—. Hemos visto la prensa, y todo lo que usted dice es tan solo una sarta de mentiras.

—Yo no lo veo así —protestó Fonfría secamente.

—Si le entregamos el anillo —continuó la joven—, puesto que, sin él, ya sabe que no podrá acceder a los pasadizos y quedará totalmente en ridículo, cosa que imagino no querrá que suceda, mi padre no puede permanecer en el olvido. De hecho, tiene usted que retractarse y debe figurar como el responsable de desvelar las claves para su localización.

—¡Ese no fue nuestro trato! —protestó Fonfría con evidente enfado.

—Espero que no haya olvidado el documento que le incrimina en la muerte de mis padres, al igual que de la hermana de Andreu Subies y de mi vecina Elisa Hurtado. ¿O tal vez quiere que le refresque la memoria?

—No sé de qué me está hablando. ¿Está intentando hacerme chantaje? —preguntó Fonfría con recelo.

—No sería capaz de hacerlo tan bien como usted... —le soltó la joven—, cuando intentó chantajearme ofreciéndome un millón de euros a cambio de las llaves que habíamos encontrado gracias a mi padre.

—Si tuviera ese documento en su poder, cosa que dudo, ¿por qué no se lo ha mostrado a la policía? —preguntó Fonfría con recelo y tono desafiante.

—Porque no he terminado de poner mis condiciones, señor Fonfría —agregó Alejandra como un témpano de hielo—. Entonces no acepté su chantaje porque me dejé llevar por los demás. —La joven cogió resuello y se mojó los labios, secos como la mojama—. Pero yo también soy ambiciosa y quiero parte de los beneficios, no como mi hermana, que no tiene las suficientes agallas como para llamar a las cosas por su nombre. El tesoro encontrado lo repartiremos entre los tres.

Augusto Fonfría se quedó mirándola fijamente. Estudió su rostro y su expresión. Esas últimas frases le habían dejado boquiabierto. Los ojos de la muchacha parecían hablar por sí mismos. Siempre había presumido de saber detectar el estado de ánimo de los demás con solo mirar a los ojos. Esta vez esperaba no equivocarse, ya que su mirada reflejaba ambición y soberbia por los cuatro costados. ¿Qué pretendía esa mujer? ¿Acaso le estaba echando un pulso?

—Si todo lo que dice es cierto —concretó Fonfría, desconfiado—, ¿por qué cuentan conmigo para el reparto cuando pueden hacerlo perfectamente sin mí?

Alejandra procuró no desenmascarar sus verdaderas razones y maquilló una mueca convirtiéndola en una sonrisa.

—Buena pregunta, señor Fonfría —interrumpió el síndico previendo la incomodidad de la joven—. Creemos conocerle lo suficiente como para saber que usted no nos dejaría tranquilos después de haber visto el tesoro con sus propios ojos. Usted es de los que no dejan cabos sueltos y de los que no dudan en quitar de en medio a quien haga falta con tal de conseguir sus objetivos. Jorge Ferrer era una seria amenaza para usted, porque asumo que no se entendieron y le debió de cortar el suministro de las llaves. Por eso se deshizo de él cuando iba con su familia en el coche.

»Pero sus planes no salieron como quería, ya que sus dos hijas se salvaron en ese brutal accidente. Gracias a ellas, usted ha conseguido sus objetivos ya que al parecer para usted y sus secuaces era una ardua y difícil tarea. ¿No cree que tienen derecho a enriquecerse por el esfuerzo realizado? Por ese motivo, no queremos malentendidos con usted y nuestra intención es dejar las cosas lo más claras posible. Usted tiene mucho poder y nosotros tenemos la clave que le permitirá convertir sus sueños en realidad. Dejémonos ya de chiquilladas y de jugar al ratón y al gato, y vamos a unir nuestros medios para un firme y único propósito. Eso sí, yo también quiero mi buena tajada —alegó el síndico con una risita malévola.

—No estoy para bromas y les aconsejo que no pongan mi paciencia a prueba —dijo Fonfría con un cabreo monumental—. ¿Dónde está el anillo?

—¡No verá el anillo a no ser que firme este papel en el que se compromete a dejar a mi padre en el lugar que se merece, y a nosotros con los bolsillos bien llenos! —exclamó Alejandra tajante mientras desplegaba unas hojas de papel.

Augusto Fonfría, con los ojos enrojecidos de cólera y la mandíbula engarrotada a punto de desencajársele, metió la mano en el bolsillo de la americana y sacó una pequeña pistola.

—¡Los avisé que no agotaran mi paciencia! —amenazó mientras les apuntaba con el arma—. Mira a ver si lleva el anillo —le dijo al guardaespaldas.

El hombretón, con pistola en mano imitando a su jefe, cogió al presidente del Tribunal de las Aguas y lo zarandeó haciéndole sacar las manos de los bolsillos. Ante su sorpresa, parecía que no lo llevaba puesto. Lo registró como un profesional, por arriba y por abajo, por delante y por detrás. Seguidamente, hizo lo mismo con Alejandra, quien, llena de ira por semejante acoso, montó en cólera y le golpeó las manos para que la dejara en paz.

—Veo que me han engañado —gruñó encolerizado Fonfría, y

acercándose a la joven, la agarró por el cuello apuntándole a la sien—. A mí nadie me toma el pelo. ¿Me oyen? ¡Quiero ese anillo y lo quiero ya! ¡Si no..., vas a morir, igual que lo hizo el maldito de tu padre y todos los demás! Llevo demasiado tiempo detrás de todo esto para que ahora una niña del demonio como tú lo tire todo por la borda y encima quiera parte del botín. ¡Y tú, viejo carcamal, ya estás cantando el lugar donde has escondido lo que busco, y si no ve despidiéndote de este complicado mundo!

Humberto se quedó perplejo ante tal amenaza y sus ojos se encontraron con los de Alejandra. Un terrible escalofrío le recorrió la espalda al verla encañonada por ese malnacido. Ese hombre era déspota, despreciable y sin escrúpulos. Además, acababa de confesar el asesinato de Jorge Ferrer y los demás. La situación era un tanto delicada. Debían medir muy bien sus palabras para no cometer un error del que pudieran arrepentirse el resto de sus vidas.

El silencio fue la nota dominante durante unos escasos instantes. A continuación, y ante la inevitable sorpresa del presidente de AFCANI y de su enorme acompañante, un ruido de maleza empezó a escucharse a su alrededor.

—¡Alto, policía! ¡Tiren las armas! —se oyó gritar a una voz masculina que salía de los arbustos.

El crujir de las plantas invadió el recinto dejando paso a una retahíla de agentes que les apuntaban sin ningún tipo de contemplación.

—¡Tiren las armas muy lentamente! —se oyó de nuevo.

—¡Maldita hija de...! —murmuró Fonfría viéndose acorralado—. ¡Si se acercan un paso más, le pego un tiro que la dejo seca! —gritó observando la peliaguda situación.

—No tienen escapatoria —voceó el inspector Moreno echándole un pulso—. No agrave más la situación —añadió con voz firme.

Alejandra no podía mover ni un solo músculo, aunque hubiera querido. Ese indeseable estaba tan cerca que podía oler su caro perfume entremezclado con su maloliente hálito.

El gorila que lo acompañaba hizo ademán de disparar, y uno de los agentes apretó el gatillo y le incrustó una bala en el hombro dejándolo malherido, lo que provocó que le cayera el arma a un lado. Seguidamente levantó los brazos en señal de rendición, lo que dio pie a que los agentes se aproximaran para esposarlo.

—¡Cobarde! —gritó Fonfría solo ante el peligro—. ¡Aléjense, o juro que le pego un tiro!

—¡Tire el arma al suelo! —se volvió a escuchar de nuevo.

—¡Antes me la llevo por delante! —exclamó Fonfría presionando el cañón de la pistola contra la cabeza de Alejandra.

—¡Tire el arma! ¡Es el último aviso! —exhortó el subinspector Roque.

El inspector Moreno afinó la puntería por si tenía que disparar. Había sido número uno de su promoción y su reputación le precedía. Pero ¿y si fallaba en el momento crucial? No podía permitirse dudar de sus habilidades, pero una sombra se cernía sobre la joven como una letal advertencia.

Alejandra tan solo escuchaba los latidos de su corazón, que le azotaban el pecho. La situación era crítica. Cerró los ojos despidiéndose de este mundo y se vio sangrando y moribunda delante de la Dama de Elche.

—¡Depongan las armas! —gritó el presidente de AFCANI encolerizado y viéndose perdido. ¿Me han oído? ¡Antes me la llevo por delante! —amenazó por última vez Augusto Fonfría.

—¡Hijo de la gran...! —bramó Alejandra encolerizada, harta de soportar su retahíla de amenazas. Sin pensarlo dos veces, apretó los puños y moviendo un brazo hacia su raptor le propinó un rabioso codazo en el vientre, haciendo que se inclinara hacia un lado, lo que facilitó que el inspector Moreno se asegurara el tiro. Fonfría perdió el equilibrio hincándose de rodillas mientras los agentes se aproximaron sin demora para quitarle el arma.

Alejandra se quedó inmóvil mientras su cuerpo temblaba igual que una niña. Humberto Fernández se aproximó a ella y la abrazó como si fuera su propia hija, mientras el llanto contenido de la joven se abría camino.

—Augusto Fonfría —rugió el inspector Moreno mientras se guardaba el arma en el cinto y le colocaba las esposas—, queda detenido por el intento de homicidio de Alejandra Ferrer y por el asesinato de Jorge Ferrer y Carmen Soler. Tiene derecho a guardar silencio... Si no puede pagarse un abogado, se le proporcionará uno de oficio.

—Sabía que lo conseguirías —le dijo el inspector Moreno guiñándole un ojo de complicidad a Alejandra.

—Yo no estaba tan segura —añadió ella con una tenue sonrisa mientras se secaba las lágrimas.

A los pocos minutos, apareció Sara con Lluís y Pepe, emocionados y con el corazón en un puño. Habían escuchado la conversación desde un furgón de la policía. Daban gracias por que todo hubiera salido según lo planeado.

Sara abrazó a su hermana sin poder contener el llanto.

—Te quiero, lo sabes ¿verdad?

—Lo sé, lo sé —respondió sin apenas poder pronunciar palabra y con un incontrolado temblor de piernas.

Pepe felicitó al inspector. Después de tantos años sin confiar en el cuerpo de policía ni en la justicia, al final se abría un hilo de esperanza. Seguidamente, estrechó la mano a Humberto Fernández, que se había sentado en un banco próximo, recuperando el aliento. Reconocía que estaba mayor para semejantes sobresaltos.

Lluís se acercó a Alejandra, la miró y le acarició la cara. Después la abrazó y le susurró:

—Has sido muy valiente.

—Ya ha pasado —fue lo último que pudo decir antes de sentir el roce de sus abrasadores labios.

CAPÍTULO 90

La primavera se iba asentando con sus primeros brotes, mientras la Ciudad de las Artes y las Ciencias resplandecía con su mejor estampa convirtiéndose en un reclamo turístico de la ciudad. Cualquiera que se dignara a visitarla no podía contener su admiración y elogios ante semejante ciudad del futuro, vanguardista e innovadora.

Miguel trasteaba en la cocina preparando el desayuno: zumo de naranjas recién exprimidas, tostadas y cafés con leche. Canturreaba sin ton ni son, rebosante de felicidad, mientras colocaba con sumo detalle los alimentos en una bandeja. Sus ojos verde esmeralda tenían una mirada cautivadora. Seguidamente, añadió unas olorosas y frescas flores en un rincón, y entre ellas escondió una diminuta cajita adornada con una lazada en raso dorado. Sonrió dando su aprobación y se giró viéndose reflejado en el cristal de la puerta de la terraza.

Deslizó sus dedos sobre el pelo canoso todavía mojado, se acarició su recortada barba y un suave y fresco perfume masculino inundó sus fosas nasales. Después se anudó perfectamente el albornoz, cogió el desayuno y se dirigió hacia el dormitorio. Abrió la puerta de la alcoba despacio, dejó la bandeja encima de la cómoda, subió la persiana de la habitación y el resplandor de un nuevo despertar se adueñó de la estancia. Tía Rosa entreabrió los ojos y los volvió a cerrar escondiendo la cabeza bajo de la almohada. Al hacerlo, aspiró el olor del hombre que la había hecho gozar esa noche. Se sintió pletórica de felicidad. Era una sensación que había añorado tanto que, ahora que la tenía, pensaba disfrutarla al máximo.

—¿Qué hora es? —preguntó adormilada. Miguel la miró con dulzura y admiración.

—Hora de desayunar —contestó también con dulzura. Tía Rosa le sonrió y miró con lujuria.

—Sabes que todavía estás de muy buen ver —murmuró ella sin quitarle ojo de encima y levantando una ceja.

—Gracias —contestó él sonriente—. Tú tampoco estás nada mal, eres como el buen vino. Vamos, que nadie te pondría más de treinta y tantos años.

Las risas retumbaron en las cuatro paredes. Se palpaba la complicidad y buena armonía entre los dos.

—¡Has preparado el desayuno! —afirmó Tía Rosa sentándose en la cama y dispuesta a degustar semejantes manjares—. Es todo un detalle. ¿Acaso quieres algo a cambio? —dijo con ojos provocadores.

—¿Quién sabe? A lo mejor quiero otra noche de pasión...

—¡Así que solo me quieres por mi cuerpo! Ya decía yo... —susurró ella con una chispeante sonrisa y un tono viciosillo mientras agarraba el ramo de flores y se lo acercaba a la nariz, dejando al descubierto la pequeña cajita de cartón con su llamativo lazo.

Tía Rosa se quedó muda y quieta como una estatua.

—¿No piensas abrirla? —preguntó él con un remolino de nervios alojados en la boca del estómago.

Tía Rosa dejó el ramillete a un lado y alargó la mano. Observó que le temblaba y que era incapaz de controlarla. Cogió la cajita y deshizo el lazo. Antes de abrirla, le miró.

—¡Adelante! —la animó él.

Tía Rosa levantó la frágil tapa y dejó al descubierto un precioso anillo de compromiso. Un solitario de platino adornado con un deslumbrante brillante que lucía con un sinfín de tonalidades diferentes.

—Miguel, esto es demasiado —dijo con humildad.

—Para ti, nada es demasiado. Rosa, te lo mereces todo. Quiero compensarte por todos los años que no hemos podido estar juntos. Y no solo eso. —Miguel cogió aire esperando decir la frase de un tirón—: Quiero que te cases conmigo y que compartamos juntos todos los años que nos queden por vivir.

Tía Rosa le miró a los ojos y sintió que la encandilaban igual que ocurrió el primer día que lo vio por primera vez. Le estaba pidiendo matrimonio. La emoción del momento le impidió articular palabra alguna. Sus ojos acuosos no le permitían ver con claridad.

—Rosa, ¿quieres casarte conmigo? —Miguel estaba hecho un

flan. La expresión de Rosa, con los ojos a punto de llorar, le había descolocado por completo. ¿Sería por la emoción de un sí, o quizás por la tristeza de un no?

—Sí, sí, Miguel, quiero casarme contigo y quiero que estés a mi lado todos los días de mi vida —asintió sin poder contener las lágrimas.

Miguel apartó la bandeja con el desayuno y la abrazó y besó como un fiel enamorado.

Era cerca de la una y media del mediodía. En la terraza del ático de la calle Quart y protegido por un enorme toldo para hacer la estancia mucho más placentera, habían preparado una ataviada mesa, adornada con motivos florales, para seis comensales. Sara y Alejandra se quitaron el delantal después de ultimar los detalles. Todo estaba de lujo, hasta habían desempolvado la cristalería y la vajilla después de estar varios meses ausentes. Tenían mucho que celebrar.

Había sido un año tremendamente movidito e inolvidable. Se habían visto involucradas en experiencias y aventuras difíciles de olvidar y tremendamente embarazosas, pero las habían superado con confianza y éxito. Se sentían orgullosas de las etapas a las que la vida las había conducido, sobre todo porque ello les había permitido conocer mucho más a Jorge Ferrer, ya no solo como padre, sino también como persona. Antes sus recuerdos se basaban en meras fotografías inanimadas; ahora cerraban los ojos y, aunque pareciese increíble, cobraban vida. El timbre sonó y Sara se dirigió a abrir la puerta. Lluís Esteve y Andreu Subies, como pensaban llamarlo a partir de ahora a petición suya, hacían acto de presencia con una apetitosa paella encargada en un restaurante cercano. La colocaron sobre una mesita auxiliar mientras preparaban el aperitivo y sacaban la bebida. Miguel y Tía Rosa llegaron en esos instantes.

—¡Qué bien huele! —exclamó Miguel estrechando la mano a Lluís y Pepe.

Tía Rosa saludó a sus sobrinas con besos y abrazos, y luego les tendió la mano luciendo el anillo de compromiso y deslumbrando a las dos jóvenes.

—¡Es precioso! —gritó Sara con la boca abierta.

—Me ha pedido matrimonio —añadió Tía Rosa todavía emocionada.

—¿Cuándo? —preguntó Alejandra con alegría.

—Esta misma mañana.

Las tres se abrazaron. Se alegraban tanto por su tía. Se merecía ser feliz después de tantos años. Al final, parecía que todo se iba encauzando. La vida, a pesar de sus trabas, les abría una nueva etapa. Una etapa en la que todos sus miedos y sufrimientos se diluían perdiéndose en un ancho mar.

En la tertulia previa a la comilona, se palpaba la serenidad y complicidad de todos ellos. Miguel desplegó el periódico y se lo mostró a los demás. Sara fue quien leyó en voz alta el titular, que destacaba en primera plana:

—«Augusto Fonfría, presidente de la organización AFCANI y mayor accionista de la revista *Vía Augusta*, es condenado por múltiples asesinatos».

> Agentes del grupo de homicidios han detenido en Valencia al importante empresario Augusto Fonfría, presidente de la organización AFCANI y mayor accionista de la revista *Vía Augusta*, condenado por el asesinato de Jorge Ferrer y su mujer Carmen Soler, fallecidos hace veinticuatro años en un supuesto y trágico accidente, tal y como se determinó en la investigación de entonces. Gracias a la intervención de las huérfanas Sara y Alejandra Ferrer, el inculpado ha confesado sus crímenes. También se le inculpa del homicidio de Marta Subies y Elisa Hurtado, cuando ambos casos inicialmente se habían calificado de suicidios. No se descarta la posibilidad de incluir algún nombre más en tan fúnebre lista. Su hija, Erika Fonfría, cómplice de algunas de las fechorías de su padre, está detenida por el tiroteo, en los jardines de Viveros, de un agente que continúa en estado crítico, temiéndose por su vida.
>
> Según ha informado el Tribunal Superior de Justicia de Valencia, Augusto Fonfría pasará a disposición judicial ingresando en prisión provisional, comunicada y sin fianza. El señor Fonfría tenía una larga lista de cargos de los que siempre había salido indemne. Al parecer, se le terminó la buena suerte.

Sara terminó de leer el artículo con una increíble sonrisa. Los demás se sumaron en su alegría. La policía había realizado bien su trabajo haciendo justicia con quien se lo merecía.

—Me alegro tanto de que ese indeseable pague por todo lo que ha hecho —añadió Alejandra echando de menos a sus padres.

—¡Yo también! —dijo Tía Rosa agarrándole la mano.

—La vida termina pasando factura —susurró Miguel Roselló a media voz.

Andreu Subies dejó la copa vacía sobre la mesa. Por fin se hacía justicia no solo por Jorge y su mujer, sino también por su querida hermana Marta. Por unos instantes, la recordó tal y como era, alegre y vivaracha. Él siempre supo que no se suicidó. Sabía sobradamente que su hermana nunca se hubiera quitado la vida. Ahora podía decirlo a los cuatro vientos y le creían. Entonces era el malo de la película, tan solo su madre lo entendía. ¿Cómo estaría su madre en estos momentos? ¿Cuántos años llevaba sin verla?

Alejandra se acercó a él y pareció adivinar sus pensamientos más íntimos.

—¿Cómo estás? —le preguntó preocupada.

—Bien —dijo con una media sonrisa.

—Me alegro de que por fin se haya reconocido que Marta no se suicidó.

—Yo también.

—Ahora que todo ha salido a la luz, ¿piensas visitar a tu familia? —preguntó la joven hurgando en la herida sin saberlo.

Andreu la miró sorprendido. Era como si le hubiese leído el pensamiento. Qué razón tenía Humberto Fernández con respecto a ella. Era especial. ¿Sería cuestión de instinto? ¿O quizás premonición?

—No lo sé, ha pasado mucho tiempo —respondió confuso.

—No quisiera meterme en tu vida —continuó Alejandra con mucho tacto—, pero creo que deberías hacerles una visita. Me refiero principalmente a tu madre. Estoy segura de que se alegrará mucho de verte. Ojalá yo pudiera hacerlo —le dijo mientras le sujetaba las manos con la ternura de una hermana.

—¿Tú crees? —preguntó Andreu dudoso.

—Estoy segura.

—No es momento para ponerse melancólico —interrumpió Lluís viendo que el ambiente se entristecía—. No hay más que echar un vistazo a la mesa para que se nos quiten todas las penas.

La comida transcurrió en un ambiente agradable y con una temperatura inmejorable. Cuando llegaron a los postres y al café, Sara se levantó y volvió con dos botellas de champán.

—Hay mucho que celebrar, y qué mejor que un buen cava —sugirió mientras le acercaba una de las botellas a Andreu para que hiciera los honores.

El tapón de corcho rebotó en uno de los apliques de la pared, lo que provocó carcajadas y comentarios guasones. Una vez recobraron la compostura, Sara se levantó y alzó la copa con un brindis:

—¡Por que siempre conservemos esta alegría que nos invade hoy, y por las dos parejas comprometidas! ¡Brindo por su eterna felicidad!

Miguel y Tía Rosa se levantaron y, después de darse un beso, alzaron la copa en alto, seguidos de Alejandra y Lluís, que siguieron sus mismos pasos. Pepe se limitó a sonreír y a chocar la suya con la de Sara.

—Algún día nos tocará a nosotros, ¿no crees?

—Seguro que sí —le contestó ella—. A propósito, ¿hay fecha para la boda?

Miguel y Tía Rosa tan solo se miraron y sonrieron. Los dos habían tenido la misma idea y al mismo tiempo.

—¿Qué te parece, Rosa, el día treinta de mayo? —preguntó Miguel radiante.

—Me has leído el pensamiento.

Sara y Alejandra recordaban perfectamente que esa era la fecha que, veinticuatro años atrás, fijaron para su boda y tuvieron que posponerla.

—¡Es perfecta! —murmuraron las jóvenes.

—Alejandra, ¿qué te parece si nosotros nos casamos ese día también? —preguntó Lluís lanzado.

—¿Lo dices en serio? Pero si queda poco más de un mes —respondió ella dubitativa.

—Y ¿por qué no? —Lluís estaba ansioso por la respuesta.

—Sí —gritó ella dejando la copa en la mesa, le cogió del cuello y le besó como se merecía.

—No me lo puedo creer —murmuró Sara agobiada y dichosa—. Tenemos tan solo un mes para organizar los preparativos, con el lío que lleva una boda, y encima por partida doble.

CAPÍTULO 91

Ese lunes por la mañana el autobús de la línea 95 iba a reventar. Andreu, de pie y agarrado a una de las barras de sujeción, estaba ajeno al alboroto de los pasajeros. Su mente navegaba por lugares muy distantes. Apenas había podido conciliar el sueño dando vueltas y más vueltas, y no porque la cama de la habitación de invitados de Lluís no fuera cómoda. Sus remordimientos no le dejaban descansar. El día anterior, en la comida con Sara y los demás, se había desarrollado con total perfección; era digno de enmarcarlo en los recuerdos más agradables de su vida. En ningún momento se sintió desplazado o fuera de lugar. Se veía integrado como uno más de la familia. Todos le aceptaban tal y como era, y eso le hacía sentirse bien consigo mismo y con ganas de correspondérselo con una total lealtad. Tan solo se conocían de hacía varios meses, ni tan siquiera hacía un año; sin embargo, se habían volcado con él, ayudándole en todo lo necesario. A pesar del peligro y la adversidad a la que habían tenido que enfrentarse, su relación se había fortalecido. Habían formado una sólida piña.

Pero a pesar de sentirse bien con ellos, de valorar sus buenas acciones y de estar integrado como uno más, ¿qué pasaba con su verdadera y legítima familia? ¿La que llevaba su sangre y que durante muchos años le habían hecho sentirse tan humillado e inútil? Estos últimos días habían supuesto un verdadero sinvivir. Alejandra tenía razón, debía visitarlos y no ya por su padrastro, al cual no tenía nada que agradecer salvo broncas y palizas, pero sí por su madre. Tan solo mencionar su nombre le creaba una sensación de angustia y ternura al mismo tiempo ante la mujer que le había dado la vida. Si ella hubiera sido fuerte y determinada, libre de la enfermedad que llevaba arrastrando tantos años, posiblemente no hubiera permitido que su marido la dominara dejándola al borde de la sumisión, ni tampoco que por celos humillara a su descendencia. Pero ya era demasiado tarde para buscar una explicación o intentar cambiar los hechos, aunque no para poner remedio y buscar una reconciliación.

El autobús dio un brusco frenazo que hizo moverse a los pasajeros, dando pie a quejas. Eso hizo que Andreu despertara de sus revoltosos pensamientos y fuera consciente de dónde se encontraba. Aturdido, miró por las ventanillas intentando situarse en el trayecto. Faltaba poco para que llegara su parada. A decir verdad, decidió bajarse en la siguiente, necesitaba respirar aire puro y, sobre todo, aclarar sus ideas. Mientras caminaba, las dudas de estar haciendo lo correcto le atormentaron como puñales hurgando en las heridas de sus recuerdos. Giró a la derecha y la inmensa avenida de la Plata se extendió ante él. Desde allí divisó el cartel luminoso del Bar Oro y Plata. A pocos metros estaba la finca en la que creció. Sus piernas se negaron a obedecerle, mientras su mente rezagada titubeaba sin saber qué hacer. Tenía que tomar una decisión.

Se armó de valor y, tras obligar a sus pies a ponerse en marcha, avanzó sin prisa, pero sin pausa. Cuando llegó a la altura del bar, le pudo la curiosidad y echó un vistazo a su interior. Los clientes bullían en la hora crítica de los desayunos, mientras los camareros, a destajo, iban y venían de la barra a las mesas. Andreu reconoció a su cuñado, trasteando de aquí para allá. Los años no se habían detenido en ese lugar, sino que habían pasado si cabe con menos piedad. Un chaval salió de la cocina llevando un plato con embutido y él sonrió al verle. Sin lugar a duda, era su sobrino. El lunar en su mejilla izquierda lo confirmaba. Se había convertido en un joven apuesto. Añoró no haberle visto crecer. A su hermana le hubiera gustado. Hizo memoria intentando recordar qué edad tenía el muchacho cuando se marchó. Años que nunca volverán. Cuánto se había perdido por culpa de ese indeseable de Augusto Fonfría. Tan solo esperaba que se pudriera en la cárcel el resto de su vida.

Agudizó la vista intentando localizar a su padrastro. No es que tuviera un especial interés en verlo, pero el morbo de ver cómo le había tratado la vida durante estos años le reconcomía por dentro. Dio un paso para poder ver mejor el interior, dejando que el descaro lo delatara, invadiendo la puerta de entrada. No parecía que estuviera allí, o por lo menos no a la vista. Estaba a punto de deshacer sus pasos cuando oyó unas palabras a su espalda:

—Perdone, ¿me deja pasar?

Andreu reaccionó de inmediato dejando la entrada libre al escuchar la grave y familiar voz. El corazón se le detuvo por unos instantes mientras sus recuerdos retrocedían en el tiempo haciéndole sentir como un colegial. El estómago le dio un vuelco como tantas otras veces le había pasado años atrás al oír su voz. Pero ya no era un niño indefenso, ni tampoco un adolescente temeroso de su ira. Su mirada desafiante se clavó en ese individuo. Le reconfortó ver que se había convertido en un mísero hombre y que estaba pagando el precio de la vejez. El hombre abrió la puerta. Al hacerlo, posó sus ojos sobre él con tremenda curiosidad. Sus miradas chocaron. Su padrastro se sorprendió al encontrar un reto en aquellos inquisidores ojos. ¿Quién demonios era ese individuo que se atrevía a intimidarle con esa prepotencia? Esos ojos le recordaban a alguien que no supo identificar. Cuando llegó a la altura de la barra, un escalofrío recorrió su envejecido cuerpo, se giró de inmediato buscando ese desconocido, y murmuró:

—¡Andreu! No puede ser.

Sin embargo, la puerta y los ventanales estaban vacíos. El hombre había desaparecido.

Andreu ascendió los escalones hasta el primer piso, a pesar del temblor de piernas que se había apoderado de él, dejándolo como a una marioneta sin vida. Frente a la puerta de lo que fue su casa hacía ya tantos años, las dudas y los temores le asaltaban como fantasmas del pasado. Andreu cerró los ojos y casi a tientas posó sus dedos sobre el timbre. Tenía que ser valiente; si había tomado la firme determinación de visitar a su madre, no podía volverse atrás por mucho respeto e intranquilidad que le provocase. Un timbre retumbó en todo el rellano. Nervioso, pasó las manos por su chaqueta simulando una plancha y deslizó los dedos por el cabello. Quería causarle buena impresión. Escuchó unos lentos pasos al otro lado de la puerta. Andreu notó cómo su corazón cabalgaba sin frenos y sus pulsaciones se disparaban. Al oír cómo alguien al otro lado manipulaba la cerradura, tragó saliva. Una débil y menuda mujer enlutada apareció al otro lado. Sus apagados y cansados ojos, y sus acentuados rasgos, dejaban entrever que la vida no había sido generosa con ella.

—¡Dígame! —susurró apenas sin aliento y con la puerta entreabierta.

Andreu se quedó mudo e inmóvil como una estatua de mármol. Su mirada se enfrentó con la de su madre y sintió que desfallecía de la emoción. Recordó imágenes pasadas de su niñez en compañía de esa mujer que ahora era tan solo un triste reflejo de lo que había sido. Solo tenía ojos para admirarla, y presentía que la agonía le delataría de un momento a otro.

—¡Dígame, joven! ¿Le puedo ayudar en algo? —repitió la mujer de nuevo con un tono de voz más intenso.

—Lo siento, señora, creo que me he confundido. —No sabía por qué acababa de soltar esa frase, pero se veía incapaz de confesarle quién era.

La mujer, confusa al escuchar su voz, sintió cómo una punzada de emoción se abría en su corazón. Esa voz... le recordaba tanto a su querido y desaparecido hijo Andreu. Y esos ojos... eran iguales a los de su pequeño.

—¿Andreu? —le llamó tímidamente con un hilo de esperanza.

—¡Madre! —exclamó echándose en los brazos de esa mujer que le tendía los suyos para acogerlo en su regazo.

Los sollozos de madre e hijo fundidos en aquel tierno y maternal abrazo resonaron en aquel pequeño espacio. Tantos años de letargo, de desesperación, de incertidumbre, de desconsuelo se purgaron con las lágrimas puras de ambos.

—No puedo creerlo —susurró su madre sin dejar de abrazarlo y con la congoja del momento—. Andreu, estás aquí. Mi Andreu. Gracias, Señor, gracias.

CAPÍTULO 92

Había anochecido y la oscuridad se había adueñado de toda la ciudad, tan solo la amarillenta luz de las farolas y de alguna que otra vivienda, o el letrero luminoso de algún establecimiento, alumbraba el barrio del Carmen. La calle Quart, como tantas otras contiguas, se veía cortejada de innumerables sombras, como fantasmas meciéndose lentamente, dándole un aspecto siniestro y mágico. Sara trajinaba en su ático intentando poner algo de orden. ¡Cómo disfrutaba de estar de nuevo en su casa! Después de tantos meses, por fin lo habían conseguido. Recordó el piso alquilado donde tuvieron que alojarse deprisa y corriendo. Menos mal que todo había vuelto a la normalidad.

Alejandra había retomado su puesto en la revista, donde se habían efectuado ciertos cambios en la jerarquía, ya que Augusto Fonfría había sido encarcelado por asesinato múltiple y, por supuesto, relevado de su cargo. Además, la joven había recibido una inmejorable oferta de la competencia y andaba llena de dudas. Menos mal que el trasiego de la boda, que iba viento en popa, la tenía tremendamente ocupada. Sara había reanudado sus clases de yoga, con una emotiva acogida por parte de sus alumnos, y también sus consultas de psicología.

También se había visto obligada a dar ciertas explicaciones ante el increíble revuelo que se había formado con el descubrimiento del inmenso tesoro que escondían las entrañas del Palacio del Real. La noticia había corrido como un reguero de pólvora y los medios de comunicación habían activado todo su potencial desplegando unidades en las inmediaciones de Viveros. El equipo de arqueólogos se había multiplicado por diez y parte de los jardines del Real se habían precintado prohibiendo la entrada a atrevidos y curiosos. La Conselleria de Cultura de la Generalitat Valenciana se había puesto en contacto con las hermanas Ferrer y los demás, ya que habían sido las personas que habían conseguido dar con el tesoro, y después de felicitarlos con incansables adulaciones y ofrecerles una suculenta remuneración económica por su pericia, algo que no pensaban despreciar, iban a subvencionar semejante despliegue de mano de obra y material.

Sara dio un repaso mental a la casa y sonrió. Todo estaba como a ella le gustaba. A continuación, se dio una ducha rápida y se cambió de ropa. Miró el reloj y comprobó que todavía tenía un par de horas por delante. En ese preciso momento el sonido de su móvil la sobresaltó. Llena de asombro descolgó:

—Sí, dígame... —dijo a sabiendas de quién se encontraba al otro lado.

—¿Sara, Sara Ferrer? —preguntó una voz masculina con claros signos de nerviosismo.

—Sí, soy yo —contestó ella con una sonrisa.

—Soy el inspector Moreno. Siento molestarte a estas horas. Es que casualmente me encuentro en la calle Quart y me preguntaba si podía invitarte a tomar una copa, o si a lo mejor podíamos quedar en otro momento... En fin, no sé...

Su voz sonaba insegura y dubitativa. Sara sonrió antes de contestar:

—Pues...

—Sé que debía de haberte avisado antes —atajó Moreno viendo que acababa de meter la pata. Después de tanto pensarlo, y al final...—. Es que no sé qué me pasa cuando hablo contigo que no doy pie con bola.

—¿Dices que estás en mi calle? —inquirió la joven haciéndoselo algo más fácil.

—Sí, casi veo tus balcones —aclaró él viendo que se abría una posibilidad.

—Si quieres, puedes subir a casa. ¿Te apetece un café? Aunque he de advertirte que solo dispongo de poco más de una hora. He quedado con mi hermana y no puedo retrasarme.

—De acuerdo. Subo enseguida —contestó más contento que unas castañuelas.

Sara se arregló el pelo y se puso unas gotas de perfume. Desde que habían resuelto el caso, no había tenido noticias del inspector, y de eso hacía más de quince días, aunque reconocía que en más de una ocasión se había acordado de él. Incluso había pensado en llamarlo por teléfono. Y ahora era él quien la estaba llamando a ella, y con ese delatado nerviosismo. Intuía con un reducido margen de error que le gustaba. No había más que verlo cuando se dirigía a ella y cómo se la comía con los ojos. Y pensar que en su trabajo se le veía un hombre firme en sus decisiones y serio, tremendamente serio. Sin embargo, delante de ella parecía un adolescente ante su primera cita. El timbre de la puerta la sacó de sus pensamientos. Sara se dispuso a abrir.

—¡Hola! —fue lo primero que dijo él plantado como un árbol delante de ella.

—¡Hola! —contestó Sara sin poder contener la risa provocada por los nervios del momento.

—¿Puedo pasar? —solicitó viendo que no se decidía a invitarlo a entrar.

—Por supuesto —añadió ella pensando que acababa de hacer el ridículo.

Pasaron al salón y se sentaron en el sofá. Sara sacó dos tazas de café y le sirvió. Moreno dio un largo trago y se abrasó la lengua. La joven lo adivinó por la subida de temperatura en sus mejillas.

—Quemaba un poco, ¿verdad?

—Un poco. Creo que voy a estar una semana sin poder meterme nada en la boca.

—No sabes cuánto lo siento. Debí advertirte.

—No te preocupes. No pienses que esto me pasa a menudo. A decir verdad, es la primera vez.

—Vaya, ahora dirás que es por mi culpa —se quejó Sara con cierto toque de humor.

—Pues me temo que así es... Sara, Sarita.

Sara se quedó muda. Era la segunda vez que la llamaba por su nombre acompañado de un diminutivo. Y de nuevo estaba segura de que alguien más la había llamado de esa forma. Lo grave era que no conseguía recordar quién.

—Tengo curiosidad por saber por qué me llamas así.

—No te acuerdas, ¿verdad? —preguntó Moreno dulcemente.

—¿Acordarme?

Sara intentó retroceder en el tiempo, pero su mente estaba bloqueada. Moreno la miró fijamente a los ojos y ella sintió cómo se estremecía de pies a cabeza.

—Tus ojos —murmuró ella desconcertada—, sé que los había visto antes. Hay algo en ellos que...

Moreno sacó un pañuelo del bolsillo. Era de un blanco inmaculado. Estaba plegado y perfectamente planchado. Olía a limpio y a flores.

—¿Te dice algo este pañuelo? —le preguntó estudiando su rostro. Sara lo cogió con temor, como si con él fueran a despertarse imágenes en su mente que no sabía si quería recordar. Lo desplegó con cuidado y con un incontrolado temblor. En una esquina había dos iniciales grabadas con hilo de color rojo y con una letra pulcra y perfecta. Las iniciales eran: S. F. En ese mismo instante recordó ese pañuelo. Sí, se lo regaló su madre y también lo bordó ella. Ahora recordaba lo bien que bordaba. ¿Cómo había podido olvidarlo?

De repente se puso tensa y, sin ver el pañuelo completo, supo qué había en el otro extremo. Lo desplegó para confirmar su teoría y sonrió con temor. Había acertado de pleno. Dos iniciales diferentes, J. V., aparecían bordadas con hilo de color azul y parecían hechas por una niña en fase de aprendizaje. Sara levantó la cabeza y miró al inspector. Sus ojos le confirmaron las pocas dudas que le rondaban. No podía ser él. Su nombre no encajaba y...

—Soy yo —le dijo él viendo la duda en su rostro.

—¿Jesús Valdés? No puede ser.

—Cuando te vi la primera vez en las Torres de Serranos —aclaró el inspector—, el corazón me dio un vuelco. Sin saber por qué retrocedí veintitantos años. Aquella niña alegre se presentó en mi mente. Aquella niña de la que yo estaba terriblemente enamorado. No supe con exactitud que eras tú hasta que revelasteis vuestros nombres en la estación de Colón. A partir de ese momento, supe que mis primeras intuiciones eran ciertas y no había día que no te recordara.

Sara empezó a atar cabos. Unas imágenes aletargadas en su subconsciente empezaron a recomponerse mostrándose tal y como eran. La cara de aquel niño travieso que la hacía rabiar y al mismo tiempo tanto la divertía, encandilándola con su forma de ser, aparecía con total nitidez.

—Pero ¿por qué Moreno? —preguntó Sara todavía cariacontecida ante las últimas revelaciones.

—Por mi padre. Trabajó en el cuerpo de policía y dio sus mejores años. Murió en acto de servicio el mismo día en que yo ingresé en el cuerpo. Le llamaban Moreno por su tono de piel. En su memoria y como homenaje, quise que me llamaran con su mismo nombre. Sé que nunca llegaré a su altura, pero cuando me llaman Moreno es como si él no se hubiese ido, como si estuviera siempre conmigo.

—Me parece un gesto muy noble por tu parte —murmuró Sara sin saber qué decir—. No puedo creer que todavía conserves el pañuelo.

—Cómo no voy a conservarlo si lo bordaste tú expresamente para mí.

Una sonrisa invadió los dos rostros. A partir de ese momento, los relatos y los recuerdos de uno y de otro fluyeron espontáneamente. Las carcajadas de ambos retumbaron por todo el piso. A pesar de que los minutos corrían en su contra, el tiempo parecía haberse detenido para ellos dos.

Tan solo hacía unos pocos minutos que el inspector Moreno, o quizás tenía que llamarlo a partir de ahora Jesús Valdés, acababa de marcharse. Aunque no sin haber quedado para el día siguiente. Bien se había encargado él de que accediera. Tenían que retomar la conversación y qué mejor que con una cena. En otras circunstancias lo hubiera invitado a cenar esa misma noche, pero la situación requería que se deshiciera de él, ya que la esperaban otros planes más importantes que no podían demorarse. Sara, nerviosa, consultó el reloj y un frío helado le recorrió de pies a cabeza, recordando escenas pasadas y lugares angostos y lóbregos por los que había tenido que pasar.

Salió a la terraza, quería respirar algo de aire puro. Nada la hacía más feliz que estar allí fuera. Era una sensación de libertad difícil de explicar. Inspiró profundamente hasta que sus pulmones estuvieron saciados, y lo expulsó lentamente saboreando aquella sensación. Sus ojos hicieron un barrido a lo largo de la calle deteniéndose en las Torres de Quart. Un indigente dormía en uno de sus bancos tapado con cartones. La imagen de Pepe se reflejó en su retina. Sara parpadeó intentando salir de semejante pesadilla. El destino había querido que se conocieran justo en ese lugar, y Sara sonrió recordando el susto que se llevó cuando lo vio por vez primera. Nunca hubiera pensado que ese hombre llegaría a convertirse en casi un hermano para ella.

La vida llega a sorprendernos tanto que a veces no le vemos ni pies ni cabeza, al igual que la descabellada búsqueda que habían realizado a lo largo del último año. Su vida había dado un vuelco en todo ese tiempo. Aunque físicamente estaba exactamente igual, algo había mudado dentro de ella, y lo mismo sentían los demás. Esa búsqueda no terminaba con las doce llaves. Su verdadero final todavía estaba por ver. A lo largo de su vida nunca se hubiera imaginado que podía verse envuelta y ser en parte protagonista de ayudar al mundo a cambiar de una forma positiva. Todavía no terminaba de entender demasiado sus conclusiones, pero ¿qué había en todo ese entorno que la hacía sentirse tan bien y con una incontrolable euforia? El sonido de la puerta de la calle la hizo retroceder sobre sus pasos y acceder al salón. Alejandra acababa de entrar en compañía de Lluís y Andreu.

—¿Estas preparada? —le preguntó su hermana con cierto nerviosismo.

—Creo que sí —contestó Sara.

—No te vas a creer lo que me acaba de pasar hace tan solo un rato.

Alejandra la miró extrañada. Los ojos de su hermana chispeaban como pocas veces los había visto.

—Ha estado aquí el inspector Moreno, y no os vais a creer lo que voy a contar. Resulta que...

Cuando terminó su relato, Alejandra se quedó muda.

—La vida está llena de coincidencias. No puedo creerlo. Y ¿habéis quedado?

—¿Que si hemos quedado? Mañana por la noche para cenar —confesó con una irremediable sonrisa.

Ahora entendían el trato de favor del inspector con respecto a ellos.

—Ha llegado el momento. Hemos de llevar ropa y calzado cómodo —apuntó Lluís mientras revisaba su mochila—. Ya sabéis a dónde vamos.

Andreu cogió la suya y se la colocó a la espalda. A los pocos minutos se encontraban dentro del Audi negro de Lluís camino de los jardines del Real. Aparcaron a unos doscientos metros del lugar indicado, y como habían acordado, Humberto Fernández los esperaba en compañía de Juan Alcázar, síndico del Tribunal de las Aguas y jurado de Mestalla. Después de los saludos pertinentes, se encaminaron hacia su objetivo, adentrándose en los jardines sin apenas complicaciones. Llevaban varias semanas observando el curso de los acontecimientos, y a pesar de que los arqueólogos y su extenso grupo de colaboradores habían conseguido sacar a la superficie una pequeña parte del tesoro, todavía les quedaba mucho trabajo por realizar. Aquello podía requerir bastantes meses de trabajo sin descanso, tiempo del que ellos no disponían. Habían contemplado la posibilidad de esperar, pero se había desechado de inmediato. Si realmente querían recuperar los valiosísimos *Manuscritos edetanos*, necesitarían tiempo. Así que se habían puesto manos a la obra y ahí estaban, en la penumbra de la noche, escondiéndose como si fueran peligrosos fugitivos.

Sara levantó la mirada al cielo, que se veía salpicado de estrellas con una resplandeciente y plateada luna llena. Inconscientemente rezó una corta plegaria. Le atormentaba bajar de nuevo a semejante oscuridad, pero por otro lado no podía perdérselo.

Pepe consiguió esquivar una de las barreras, creando un hueco suficiente para que todos pudieran pasar. Ya habían conseguido adentrarse a la zona restringida. Se aproximaron a la posición donde semanas antes se encontraba la fuente de la Dama de Elche, ahora no quedaba nada de ella en pie. La expedición que se estaba encargando de airear y sacar a la luz los hallazgos encontrados la había desmontado y trasladado a otro lugar, tras enterarse de que debajo se encontraba la entrada misteriosa y oculta de acceso al laberinto. Ahora todos admiraban un agujero en el suelo tapado con una pesada plancha de metal custodiada con varios candados.

—¿Cómo vamos a entrar? —preguntó Alejandra angustiada.

—Debes tener fe —sugirió Humberto Fernández con voz calmada.

—Sí, pero la fe no rompe candados —añadió Andreu buscando algo en su mochila—. Esto, sí —dijo sacando una cizalla.

Juan Alcázar sonrió al verlo con la herramienta en la mano.

—Si forzamos la entrada, nos descubriremos —atajó Sara con gran sensatez—. Habrá una investigación por parte de la policía y será como empezar la pesadilla de nuevo... —dijo angustiada y reviviendo escenas pasadas.

—Tienes razón —reflexionó Andreu reconociendo su irresponsabilidad y mirando a los síndicos en busca de una respuesta.

—Repito que tenéis que aprender a tener fe —pronunció Humberto Fernández con voz tranquila. Es cierto que el anillo es imprescindible para poder acceder a los pasadizos en ausencia de las llaves, pero nunca os dije por dónde se podía entrar. Que la entrada era por la fuente de la Dama de Elche fue vuestra deducción.

Todos se miraron confusos. Ese hombre era un perro viejo y, como reza el dicho, más sabe el diablo por viejo que por diablo.

—¡Seguidme! —les exhortó Humberto Fernández acompañado de Juan Alcázar.

Caminaron unos pasos y vieron cómo el síndico se agachaba en la maleza y hurgaba en ella, para posteriormente quitarse el anillo e introducirlo en un hueco expresamente diseñado para ese propósito. El silencio se vio alterado por el chirriante sonido de la fricción de varias piedras acompañado de un ruido metálico. Tal y como ellos esperaban, se abrió una abertura lo suficientemente grande, dejando paso a un oscuro abismo en su interior. En ese mismo instante se percataron de que era la misma entrada por la que habían salido semanas atrás gracias al señor Fernández, que los conducía a la sala del tesoro por un camino mucho más corto y seguro.

Lluís fue el primero en descender por los innumerables escalones con una potente linterna, seguido de todos los demás. Avanzaron pegados unos a otros, en espera de llegar a la gigantesca sala donde se encontraban todos los objetos de valor acumulados durante miles de años. Aun siendo guiados por Humberto Fernández, que les daba total confianza, no subestimaron las entrañas de la Tierra, respetando y midiendo sus pasos.

Cuando llegaron a la inmensa sala se deleitaron observando todo cuanto allí había de un valor incalculable. Parecía increíble que todo aquello hubiera permanecido tanto tiempo escondido y que lo hubieran agrupado y recogido tan solo los componentes del Tribunal de las Aguas. De repente, Juan Alcázar y Humberto Fernández se detuvieron. Colocados frente a una de las paredes como si estuvieran castigados, accionaron un saliente incrustado en la piedra, lo que provocó que, misteriosamente, saliera a la altura del pecho una pequeña repisa de un palmo aproximadamente con tres muescas dibujadas en ella.

Humberto se quitó su anillo y lo incrustó en una de ellas. Parecía encajar a la perfección. El señor Alcázar se quitó el suyo y repitió la misma operación. Sacándose uno igual del bolsillo, lo colocó en el tercer dibujo. Ante su atenta mirada algo se activó. Todo parecía ir sobre ruedas. Lluís y Andreu se miraron y sonrieron. Interrumpieron su sonrisa tras escuchar un sonido similar a dos piedras arrastrándose entre ellas, lo que dejó al descubierto dos grietas que les resultaron tremendamente familiares. Sara y Alejandra dirigieron sus ojos cargados de temor hacia Andreu. No habían dicho ni una sola palabra sobre ello, pero todos sabían qué significado tenían esas dos hendiduras. Humberto Fernández se giró y le cedió los honores a Andreu Subies.

—Nosotros ya hemos hecho todo lo que estaba en nuestras manos —dijo con serenidad—. Ahora ha llegado tu turno.

Andreu Subies tragó saliva y dio un paso hacia delante. A continuación, se miró las manos. Se habían salvado una vez de la supuesta guillotina, tras haber pronunciado la palabra *effeta*, pero ¿y si esta vez no funcionaba? Notó cómo su corazón incrementaba el ritmo cardiaco y su estómago se encogía produciéndole cierta sensación de náuseas. Echó un vistazo a su alrededor y observó la cara de sus acompañantes, que esperaban cabizbajos y preocupados, a excepción de los dos síndicos. Sus ojos eran la esperanza y la seguridad personificadas.

—¡Adelante, Andreu! —oyó decir por boca del presidente del Tribunal de las Aguas.

Andreu Subies cerró los ojos tratando de autoconvencerse de que no iba a pasarle nada. Ahora que la vida empezaba a sonreírle, no podía sucederle nada malo. Lo presentía. No ahora que había recuperado el contacto con su madre y su familia. No ahora que su vida empezaba a tener sentido. Abrió los ojos y se miró las manos, confiando en que no fuera la última vez. Se ubicó enfrente de las pequeñas grietas y las levantó situándolas en posición. Prefirió no pensar en nada. Procuró dejar la mente en blanco y que la nobleza de sus actos desinteresados se sobrepusiera a la arriesgada situación. Adentró las manos de un tirón en las aberturas, con los ojos abiertos como platos, y con un cosquilleo en el estómago entre agradable y vomitivo.

—Di las palabras, Andreu —pronunció el síndico guiándole.

—*Effeta, effeta, effeta...* —gritó Andreu recuperando la confianza en sí mismo.

Un corrimiento de piedras les hizo desviar la cabeza absorbiendo su total atención. Una pared comenzaba a moverse ante la mirada atónita de los presentes. Estaban llegando al final de la búsqueda. Era un momento grande y esperado. Los ojos de Sara y Alejandra se anegaron de lágrimas mientras seguían el movimiento de la gigante pared.

—¡Por fin, papá! ¡Por fin! —murmuró Alejandra entre sollozos.

—Ya puedes descansar tranquilo —proclamó Sara apretando la mano de su hermana.

Andreu se quedó mudo. Ya estaban en el último asalto. Tan solo traspasar ese umbral y estarían ante el secreto mejor guardado de toda la historia. La imagen de su profesor Jorge Ferrer le vino a la mente. ¡Lo había conseguido!

Lluís se acercó a él lleno de emoción y, señalando las ocultas extremidades de su fiel amigo, le dijo:

—¿No piensas sacar las manos? —inquirió cargado de sarcasmo.

Andreu miró hacia las grietas y rápidamente tiró de sus brazos dejando ambas manos al descubierto y totalmente intactas. La alegría por haberlo conseguido y haber sido partícipe como pieza clave de ese rompecabezas le había hecho olvidarse por completo de que sus valiosas extremidades superiores permanecían todavía dentro de esos agujeros.

CAPÍTULO 93

Todos atravesaron el umbral igual de nerviosos que un niño ante su primer examen. Ninguno de ellos fue capaz de abrir la boca para articular ni una sola palabra. Cualquier expresión se quedaba corta en esos momentos. Posiblemente fuera uno de los instantes más preciados de toda su vida y no estaban por la labor de desaprovecharlo. Se adentraron en una estancia relativamente pequeña en comparación con la inmensa sala que habían dejado atrás. El hedor espeso y estancado les provocó algún que otro golpe de tos. Las sólidas y armadas paredes de piedra mostraron una cámara segura y difícil de penetrar.

A pesar de no tener a su disposición la tecnología de nuestros tiempos, cuando se engendró semejante escondite se podía considerar como una de las mejores cajas fuertes. Eso sin contar con las innumerables trampas que habían tenido que esquivar hasta llegar hasta allí y lo bien pensadas que estaban. Sin lugar a duda, tenían ante ellos el resultado de unas mentes prodigiosas y verdaderamente extraordinarias. Se consideraban afortunados por estar presentes en esos momentos. Humberto Fernández se adelantó unos metros con la humildad que le caracterizaba y estudió la situación. Mientras tanto, Andreu y Lluís tomaron la iniciativa de aumentar la iluminación de aquel lugar tiñéndolo de un resplandor dorado gracias a varias antorchas esparcidas en un rincón.

—Mucho mejor —murmuró Alejandra fijándose en lo que tenía a su alrededor.

Aquella pequeña sala se encontraba absolutamente vacía, salvo una especie de cripta situada en el centro, a modo de pequeño panteón o tumba funeraria.

—Me recuerda a la tumba de Napoleón Bonaparte. La que está bajo la cúpula de los Inválidos en París —apuntó Lluís.

—¿Está usted seguro de que lo que buscamos son los *Manuscritos edetanos*? —preguntó Andreu Subies desconfiado—. Mire que igual nos encontramos con algún esqueleto de nuestros antepasados.

—Pues si eso es así —dijo Alejandra señalando la tumba—, esta persona debía de ser muy importante para que se tomasen tantas molestias en ocultarla.

—Todo lo que sé es que se ha transmitido de generación en generación —agregó Humberto Fernández—. Como les indiqué anteriormente, yo nunca he llegado hasta aquí, pero puedo decir con total seguridad que esos manuscritos existen y están ahí dentro. No dudo en absoluto de todas las historias que he heredado como representante del Tribunal de las Aguas, y en breve todas sus conjeturas obtendrán una respuesta.

Sara y Alejandra se aproximaron, de puntillas, como si temieran despertar a alguien, pero todos tenían la inexplicable sensación de no encontrarse solos. Algo flotaba en el aire, era un ambiente enrarecido. Algo que no podían ver, ni tampoco oler, ni oír, ni tocar. Sus sentidos se mostraban atrofiados ante dicha presencia. Tan solo un sexto sentido invisible los recibía dándoles la bienvenida.

Colocados alrededor de la supuesta tumba, intentaron descifrar cuál sería el paso siguiente.

—¿Y ahora qué? —preguntó Sara en voz baja.

—Teóricamente, debemos quitar la tapa de piedra —argumentó Andreu sopesando semejante bloque macizo—, y para ello me temo que deberemos colaborar todos.

Todos posaron sus manos sobre aquel pedrusco, que debía de tener un peso abismal, y arrimaron el hombro con todas sus fuerzas. Pero aquel bloque parecía hormigón pesado y no había manera de deslizarlo ni un solo milímetro.

—Tenemos que intentarlo de nuevo —dijo Juan Alcázar notando cómo el sudor se apoderaba de su espalda y de su frente.

Repitieron la misma operación una y otra vez. El cansancio era visible en sus cuerpos, y a pesar de ello, no desistieron y siguieron intentándolo, pero sus esfuerzos eran inútiles y sus fuerzas empezaban a menguar dejándolos a la deriva.

—Es imposible —gruñó Lluís quitándose la chaqueta y dejándola en el suelo, al mismo tiempo que se secaba los regueros de sudor que le caían por la frente—. Pero no hemos venido hasta aquí para volvernos con las manos vacías, así que lo haremos tantas veces como haga falta hasta que lo consigamos, o nos tengan que sacar de aquí arrastras por la falta de aliento.

—¡Así me gusta! —intervino Alejandra con una sonrisa dándole un suave beso en la boca—. Eso es lo que más me gusta de ti, que no te amedrentas ante nada.

Se unieron de nuevo motivados y estimulados por las palabras de Lluís y cargados de fuerza y esperanza. Necesitaban abrir esa tapa. Tenían que averiguar qué habían escrito sus antepasados edetanos, aquellos hombres sabios, hacía ya más de tres mil años. Sara y Alejandra Ferrer unieron sus fuerzas, Andreu y Lluís hicieron lo mismo, y los dos síndicos les imitaron. Una firme convicción de lo que iban a hacer se forjó sobre aquella piedra.

—¡A la de tres! —gritó Andreu Subies con la moral por las nubes mientras todos se colocaban en posición—. ¡Una, dos, y tres!

La suma de todos sus intentos de fortaleza dio su fruto. La roca pesada hizo un amago de cambiar ligeramente de posición.

—¡Creo que se ha movido! —gritó Humberto Fernández casi sin aliento. Su avanzada edad hacía mella ante tales excesos.

—Sí, tiene razón —chilló Sara emocionada al escuchar el chirrido de la piedra y ver el fino polvo levantado a su paso.

—Ahora más que nunca no podemos desfallecer —exhortó Andreu con total autoridad—. Vamos muy bien, hay que continuar.

La tapa se movió ligeramente ante la mirada debilitada de aquellas seis personas unidas en su afán por conseguirlo. Un hedor rancio y enrarecido se escapó de su interior y se esparció por toda la sala.

La abertura era lo suficientemente grande como para comprobar qué había dentro. Humberto, emocionado, alumbró con la linterna. Los demás se asomaron detrás de él.

—¡Lo hemos conseguido! —gritó Alejandra.

—¡Sí, lo logramos! —se sumó su hermana acongojada y llevándose las manos a la boca.

El haz de luz iluminó el fondo mostrando centenares y centenares de finísimas láminas de plomo, escritas y agrupadas por tomos y apiladas unas sobre otras. Todos se miraron rebosantes de alegría. Por fin su objetivo estaba cumplido y su viaje había concluido, o por lo menos eso era lo que todos imaginaban. El presidente del Tribunal de las Aguas no pudo contenerse y, alargando el brazo, acarició el tacto frío del plomo y los relieves de sus anotaciones. Ya podía descansar tranquilo. Llevaba más de cuarenta años al servicio del tribunal. Se sentía cansado y al mismo tiempo satisfecho. Gran parte de su misión había concluido. Había visto mucho más de lo que nunca hubiera imaginado.

Andreu y Lluís, extasiados, le ayudaron a sacar uno de los últimos y pesados tomos. Lo depositaron sobre el suelo y se agruparon a su alrededor admirándolo como una valiosísima pieza de museo. Humberto sopló sobre su superficie para despejar el polvo acumulado durante siglos. Un remolino de finas partículas se evaporó haciendo estornudar a Sara. Juan Alcázar se aproximó e intentó descifrar aquel galimatías.

—La lengua de los edetanos es muy anterior al castellano, valenciano o latín. De hecho, tan solo quedan algunos vestigios en antropónimos y tan solo un reducido puñado de personas son capaces de descifrarla con total fiabilidad.

—Entonces ¿cómo vamos a traducir semejantes manuscritos? —preguntó Alejandra agobiada.

Humberto Fernández y Juan Alcázar se miraron y luego sonrieron.

—Creí que nunca tendría la oportunidad de comprobar hasta qué punto soy apto para las lenguas muertas —murmuró Juan Alcázar, síndico de Mestalla, con un cierto sarcasmo, algo que descolocó al personal.

—¿Está insinuando que es capaz de leerlo? —demandó Andreu asombrado y sin dejar de mirar semejante galimatías.

—Por supuesto —respondió Humberto Fernández—, todos los síndicos desde que se implantó el Tribunal de las Aguas, junto con el juramento de salvaguardar los *Manuscritos edetanos*, han de aprender la lengua íbera. ¿Qué sentido tendría guardar todos estos conocimientos si, llegado el momento de revelar su existencia, nadie es capaz de leerlos?

Los cuatro jóvenes asintieron boquiabiertos. Ese hombre no dejaba de asombrarlos cada vez que abría la boca.

—Acordaos —continuó el síndico— de que los hombres que se dedicaron por entero a anotar estas páginas tenían una mente muy evolucionada y privilegiada, al igual que los descendientes de su linaje, que se encargaron de cuidar y mimar su lengua para que no se extinguiera.

—¡Si los síndicos son capaces de leer todas estas páginas, estamos salvados! —gritó Sara eufórica.

Juan Alcázar asintió centrándose en aquellas letras ilegibles para la mayoría. Un silencio sepulcral anegó la estancia en espera de una palabra que desvelara una ínfima parte de lo que se ocultaba tras esas láminas de plomo.

—Este tomo —opinó Juan Alcázar con la máxima atención puesta en el texto— parece como una introducción a lo que supuestamente se esconde ahí dentro. Es como si la persona o personas encargadas de guardar y almacenar estos manuscritos los hubieran ordenado por fechas, sucesos, o el orden con que deseaban que se leyeran.

—¡Qué curioso! —apuntó Alejandra tremendamente emocionada.

—Si es así, eso nos facilita el trabajo —señaló Andreu lleno de admiración.

—En efecto —afirmó Lluís asomándose a ver la profundidad de la tumba y la innumerable cantidad de láminas que allí se guardaban. Sopló agobiado ante el inmenso trabajo que todavía les quedaba por realizar.

El síndico Juan Alcázar continuó ensimismado en sus traducciones ajeno a los comentarios. Su rostro reflejaba asombro por los cuatro costados.

—¡Esto es increíble! —exclamó—. ¡Escuchen esto! Al parecer, este tomo corresponde a los planetas.

—¿A los planetas? —preguntó Lluís extrañadísimo—. ¿Qué podían saber hace tres mil años de los planetas, si varios siglos después todavía se creía que la Tierra era plana?

—Lluís, quieres callarte y dejar que lea —le increpó Alejandra.

—No olvidemos que estamos hablando de seres con una inteligencia muy superior —intervino Humberto Fernández haciendo recapacitar al joven.

—Pues escuchen esto y verán si sabían o no al respecto... —prosiguió el síndico con una sonrisa de satisfacción—. Aquí hace mención a que hay más de cien mil millones de planetas terrestres en la Vía Láctea, y también hace mención de la existencia de miles de civilizaciones en nuestra galaxia. Y no solo eso, sino que también hay una extensísima lista de sus nombres y lo que podría ser su ubicación. —Andreu y Lluís se miraron algo incrédulos mientras el señor Alcázar seguía con sus comentarios—. De hecho, hay una relación de los planetas Gliese.

—¿Qué? —preguntó Sara sin saber de qué hablaba.

—Perdonen —se disculpó el síndico—. He dado por hecho que

tenían ciertos conocimientos de astrología. A mí personalmente me fascina y es una de mis mayores aficiones. A lo largo de los años se han descubierto cientos de planetas que desconocíamos. El primer exoplaneta que orbita alrededor del otro sol fue descubierto en 1995. Desde entonces se han registrado alrededor de cuatrocientos trece sistemas y unos quinientos exoplanetas. Los planetas Gliese están entre ellos. El primero, llamado Gliese 876 b por los astrónomos, y que orbita alrededor de una enana roja, se descubrió, si la memoria no me falla, en 1998. Del último, Gliese g, tuvimos constancia de su existencia en 2010, y se cree que es el planeta más parecido a la Tierra, estando en el rango denominado «zona habitable».

Un silencio imperturbable anidó en la pequeña estancia. Sus mentes intentaban asimilar semejante noticia. ¿Sería verdad que esas personas edetanas tuvieron acceso a semejantes conocimientos hace tres mil años? ¿Cómo podía ser eso posible?

—Esto es solo el principio —reflexionó Humberto Fernández viendo la cara de sorpresa de sus jóvenes acompañantes—. Estoy convencido de que en estos *Manuscritos edetanos* existe una larga exposición de teorías. Teorías como la existencia de nuevos planetas que para la humanidad eran totalmente desconocidos hasta hace pocos años y que Juan nos ha demostrado que nuestros antepasados ya conocían. Estamos ante la puerta de una serie de revelaciones que nos van a indicar el camino a seguir para ayudar a este infestado mundo a vivir mejor, o por lo menos, vamos a hacer todo lo que esté en nuestras manos para conseguirlo. Como habrán imaginado —dijo dirigiéndose a los cuatro jóvenes—, la aventura todavía no ha terminado. Me temo que habrá dificultades a nuestro paso y para ello necesito el compromiso de todos ustedes. Un compromiso incondicional.

El sol irradiaba con su luz toda la ciudad dejando que esa mañana de jueves fuera cálida y especial. La fuente de la plaza de la Virgen, construida en honor al Tribunal de las Aguas, adornaba la plaza refrescando el ambiente. Una tupida bandada de palomas blancas revoloteó alrededor de ella bebiendo y sacudiendo sus alas. Después volaron por encima de Sara y Alejandra Ferrer mientras cruzaban los adoquines de la plaza seguidas por Lluís Esteve y Andreu Subies. A su lado iban Miguel Roselló y Rosa Soler, nerviosos a la espera de lo que iba a acontecer. Se dirigieron hacia la Casa Vestuario, donde les esperaba El Tribunal de las Aguas.

Entraron cohibidos por la situación y fueron recibidos por todos los síndicos, ataviados con el típico blusón de huertano, similar a la toga de un magistrado, con la mejor y más amable de sus sonrisas. Pasaron a una gran sala. Ocho sillones antiguos de madera de roble los esperaban. Después de ocupar cada uno su lugar correspondiente y colocarse las tres parejas delante de ellos, Humberto Fernández empezó con el protocolo. Comentó cómo con la ayuda de todos ellos iban a sacar de los laberintos del Palacio del Real los valiosos manuscritos y buscarles un lugar seguro donde poder estudiarlos y descifrar sus incógnitas. Todavía les quedaba mucho trabajo por realizar y eso les daba las fuerzas necesarias para no flaquear. Después de un extenso y emotivo discurso, pasó a nombrar a cada uno de los magistrados que lo acompañaban y que componían el Tribunal de las Aguas. Todos y cada uno de ellos se mostraron a favor de que esas seis personas entraran a formar parte del tradicional juramento, comprometiéndose con ello a respetar y preservar el secreto que se había mantenido durante siglos, y a poner en práctica todo lo que estuviera a su alcance para que se cumpliese. Humberto Fernández hizo un ademán para que se levantaran. Los seis obedecieron al instante. El síndico empezó de derecha a izquierda, pronunciando el nombre de cada uno de ellos.

—Sara Ferrer, ¿jura usted mantener su lealtad al juramento y que se involucrará dentro de sus posibilidades para conseguir los objetivos antes mencionados?

—Lo juro —dijo la joven con entereza.

—Alejandra Ferrer, ¿jura usted que mantendrá su lealtad al juramento...?

Los seis fueron nombrados y juraron lealtad. Sabían lo que ello implicaba y lo asumían. Estaban convencidos de que todos tenemos una misión en este mundo. Si ese era su cometido, lo aceptaban con gusto y con todas las consecuencias. Tras concluir, y sin saber por qué, los nervios que les habían estado acompañando durante la mañana habían desaparecido. Una extraña sensación los invadió por dentro. Una sensación de libertad y de satisfacción que se traducía en una radiante sonrisa; el convencimiento y la confianza de que estaban haciendo lo correcto.

Las campanas del Miguelete bramaron por la ciudad a la hora del ángelus. Los miembros del Tribunal de las Aguas hicieron su aparición en la Puerta de los Apóstoles de la catedral, como cada jueves. Tomando asiento en el lugar que les correspondía según la acequia que representaban, procedieron en compañía del alguacil a comenzar uno de los juicios orales más antiguos de Europa, rodeados por numerosos turistas y curiosos que intentaban inmortalizar el momento. Tía Rosa y Miguel, junto con sus sobrinas, Lluís y Andreu, se encontraban en primera fila. Siguieron el acto hasta que concluyó. A pesar de que no era la primera vez que presenciaban un juicio del mencionado tribunal, esa mañana se sentían diferentes, algo había cambiado en su interior. No tenían temor de ningún tipo; al contrario, una fuerza poderosa se había asentado en todos ellos infundiéndoles el valor suficiente para llevar a cabo la misión que todavía les quedaba por realizar. Su trabajo no había concluido. Tras retirarse los magistrados y desaparecer en la Casa Vestuario, los seis se fueron caminando hacia la calle Quart. Todavía tenían mucho que hacer antes de empezar el encargo que les habían encomendado. Tenían que preparar dos bodas y disponían de muy poco tiempo. Mientras se adentraban en la calle Caballeros, camino del ático de Sara, las risas y bromas de unos y otros los acompañaron hasta que se perdieron de vista, y el callejón se quedó tan solo con el recuerdo del eco de seis personas rebosantes de felicidad.

FIN

AGRADECIMIENTOS

A veces los sueños se cumplen, principalmente cuando trabajas y luchas por ellos con constancia, perseverancia y tesón.

Todavía recuerdo el día en que decidí escribir la historia de las hermanas Ferrer y sus andanzas. Entonces desconocía el largo camino que les esperaba a mis queridas protagonistas. Doce años han pasado desde que emprendí esta aventura literaria y confieso que me costó mucho acostumbrarme a pasar por las librerías y ver *Las doce llaves* expuesta en sus estanterías, porque no me terminaba de creer que esas setecientas páginas fueran mías.

Y siento orgullo y satisfacción, porque lo que hace más de una década parecía una misión imposible se ha hecho realidad. Porque los personajes que yo creé con ilusión, sois vosotros, lectores y lectoras, quienes les habéis dado vida. Un trayecto sacrificado en ocasiones, pero apasionante y adictivo a la vez, que me ha enseñado mucho y del que sigo aprendiendo cada día. Porque la vida, al fin y al cabo, es un continuo aprendizaje.

Quiero agradecer a la Editorial Planeta la confianza que ha depositado en mí al apostar por tres de mis novelas: *Las doce llaves*, su segunda parte *Huellas de plomo* y, como novedad, *Lienzo de sangre*.

También a todas y cada una de las personas que, de una manera u otra, me han apoyado y han estado ahí, aun en la distancia. En especial a los miles de lectores y lectoras por su valiosa e inestimable lealtad.

Gracias a Joaquín, mi marido, porque este viaje lo hemos realizado juntos.

De todo corazón, gracias.